光武大帝 上卷

铁马秋风

王瑞国 著

长江出版传媒
湖北人民出版社

图书在版编目(CIP)数据

光武大帝·铁马秋风(上卷)/王瑞国著.
武汉:湖北人民出版社,2016.1
ISBN 978-7-216-08577-9

Ⅰ.光… Ⅱ.王… Ⅲ.长篇历史小说—中国—当代 Ⅳ.I247.5
中国版本图书馆 CIP 数据核字(2015)第 089862 号

出 品 人:姚德海
责任部门:文史古籍分社
责任编辑:余兆伟
封面设计:何 鹰
责任校对:范承勇
责任印制:王铁兵

出版发行:湖北人民出版社	地址:武汉市雄楚大道268号
印刷:中印南方印刷有限公司	邮编:430070
开本:720毫米×1000毫米 1/16	印张:20.75
字数:361千字	插页:3
版次:2016年1月第1版	印次:2016年1月第1次印刷
书号:ISBN 978-7-216-08577-9	定价:42.00元

本社网址:http://www.hbpp.com.cn
本社旗舰店:http://hbrmcbs.tmall.com
读者服务部电话:027-87679656
投诉举报电话:027-87679757
(图书如出现印装质量问题,由本社负责调换)

自序　王婆卖瓜

　　王婆卖瓜,自卖自夸,是句妇孺皆知的熟语。在传统观念中,凡提及王婆卖瓜,大多是嘲讽卖瓜者的自卖自夸。拙作问世之前,似乎没有哪位作家作序自夸自己的作品。有感于当代为商战遍地广告盖天之时代,名不见名作家榜的洒家,决定效王婆卖瓜,斗胆自卖自夸一回。

　　光武帝生活的时代,距今近两千年矣。写三卷本《光武大帝》,是否又是一大盆帝王将相的蛋炒饭?洒家答曰:非也非也。关于本书的主旨蕴含,在《光武大帝·铁马秋风》的开篇处,专门有开宗明义一段文字。若照搬过来,不仅有露底之虑,也不是唯一答案。上中下三卷大部头小说,若几句话能说清其主旨蕴含,充其量是一箱有一定销量的矿泉水。王婆卖瓜,只说瓜甜。寻常人吃瓜,似乎也只在乎瓜甜与否。不怕不识货,就怕货比货,走过您别错过,洒家开始吆喝了。

　　洒家的瓜甜,甜在语言文字独树一帜。

　　小说和话剧有些类同,以语言上功夫分伯仲。洒家的作品可能难与大师级作品比肩,但拙作是文学长廊中独特的"这一个"。无须在身上标识,千百人中可一眼认出"我"来。最显著的特点,是熔散文、骈文、文言、对偶、排比、诗词、熟语、俗语、常识于一炉。口说无凭,请看第二章关于甄寻的一段描述:

　　少壮侯爷甄寻,年纪二十五六,身材七尺开外;富贵祖上传下,俊美胎里带来。骤然身居高位,痴心一朝难改。原安定太后少年寡居,就使甄寻想入非非许久。通过安定太后每旬接受大臣朝贺的机会,甄寻才偷眼饱看了正值花季的美貌皇太后。不看不打紧,看了很要命。此后富有爱美之心的甄寻欲罢不能,安定太后的花容玉颜再也挥之不去。

　　再如第十章关于王莽大军出发征讨刘縯、刘秀的一段描写:

到了王莽百万征剿大军出征之日，但见长安东南地面：刀枪剑戟，辉耀日月失色；旌旗辎重，连绵千里不绝。自春秋战国以降，就数新朝天兵气势摧枯拉朽要席卷一切。真好比：破巢群蚁蠢蠢动，溃堤浊浪层层叠。

此类生动别致的叙述描写俯拾皆是，写时得心应手，读着顺水漂流，您试着念念上述有关王莽大军军威的一段，绝对朗朗上口。再细心咂摸一下，难道不像一阕句句押韵的宋词元曲么？

洒家的瓜甜，甜在化用大量熟语、俗语，极力描摹和展现生活的"原生态"。

如果说对偶、排比、诗词的巧用是追求文学品位，大量使用熟语、俗语、口语便是接近生活的"原生态"。是有生命力，接"地气"的，洋溢着生活气息的质朴美。如"公鸡不撒尿，自然有说道"、"世上无难事，只要肯花钱"、"人生欢愉事，他乡遇故知"、"月儿弯弯照九州，有人欢喜有人愁"。化用此类熟语作为一个段落发端语，无疑会增加读着的阅读快感。正是大量使用熟语、俗语，拉近了历史与现实的距离。将那帝王将相，嫔妃贵胄，统统剥去他们的衣衫，展示与普通人一样无二的喜怒哀乐。比如第四十二章光武帝和郭皇后半夜吵架的描写：

知心莫过夫妻，敏感也莫过夫妻，光武帝从郭皇后嘤嘤哭泣中知道，郭皇后先前的哭泣是委屈，后来的哭泣是抗议。因光武帝此次还京路途被阴贵人的抑郁情绪弄得心情不畅，便无心择言道："朕在坤宁宫，也在梦中叫过'郭皇后'，但阴贵人从不计较。现在正是子夜时分，皇后也撂开睡觉吧。"

郭皇后呼地一下掀开锦被坐起大声道："撂不开，撂不开！我凭什么要撂开？我凭什么能和阴贵人比啊？阴贵人和皇上是从小好上的，梦里还哥哥妹妹肉麻呢。去年阴贵人肚子里血团团还没长成形状呢，便张张扬扬到京城外小阳庄保胎养胎。皇上御驾亲征往返几千里，还要带着大肚子一路随行。皇上至高无上君临天下，尽可我行我素，根本犯不着兴师动众劳民伤财的找个借口讨好阴贵人。皇上此次明里是去荆州南郡劳军，实则是陪阴贵人回娘家。天恩浩荡，调蜜浓情。古往今来，唯此一人。凭什么，凭什么啊，就凭阴贵人胸前那对大布袋啊？许美人、戚美人胸前的布袋和阴贵人比，也小不到哪里去，咋没见皇上日里梦里惦记别个呢……"

大量的俗语、口语，还集中使用在一个虚构的"女先"乔三金身上。此幽默人物的设置，也是为了突破自己。在拙作60万字长篇小说《羊祜大将军》中，洒家虚构了一个幽默人物丘三，此人只要一出场，便有好看的文字。此人物得自己喜爱，亦得到读着的特别喜爱。无丑不成戏，是戏剧创作的一个小诀窍，在本书中，亦设置了乔三金这个"女丑"。仅举例乔三金在第十一章中，劝解光武帝的落难中的大姐刘黄时的两段对话：

乔三金说到苦命人时，有些哽咽地说不下去。富有同情心的刘黄安慰乔三金道："女先切莫伤心，被你称作贵人的人才是苦命人。"

乔三金拦住刘黄的话头道："贵人别正话反说。女人女人，依靠男人。嫁汉嫁汉，穿衣吃饭。魏二爷在淮源镇跺跺脚，淮河水就起大浪花。一个少妇逃难遇到魏二爷这样的男人就是大贵人，是福气也是缘分。莫说魏二爷天天给贵人赔小心、底小意，他就是霸王硬上弓，把生米煮成熟饭，也比给皇帝当正宫娘娘还有福气。贵人你看我一眼的意思我知道，我说话自然有我的道理。皇帝都是三宫六院七十二妃，外加昭仪、美人、答应成百上千。莫说一年半载临不到皇帝睡一回，就是临到睡一回也是蜻蜓点水，应个景意思意思。这些说辞，就证明贵人答应了魏二爷，确实比正宫娘娘有福气。谁像我十三岁嫁汉，十四岁守寡。这些年一直想找个男人当依靠，没男人敢要我这个克夫白虎星。为生活所迫，我十五岁时拜了个女先学着吃开口饭。如今吃喝穿戴不打饥荒，就是饥荒晚间没男人陪着自己上床。贵人别笑乔三金想法下贱，人世上原本男人离不开女人，女人离不开男人。若是有男人没女人，有女人没男人，现今人世上就没有人。所以，女人命苦，最苦是命中没有疼自己一辈子的男人"。

乔三金是纯虚构的人物，但因生活中的语言，这个文学人物却是地道的真实人物。这个生活在最底层的人物，用自己的智慧和尊严去博得权贵一笑，她在各种场合下讲的笑话，都是令人喷饭处。无疑，乔三金是俗而又俗的俗人，当她俗到极至时，又折射出人性中最美的光辉。拙作"雅可反刍，俗能喷饭"的艺术追求，在她身上，亦得到完整体现（这个人物在中卷《江山社稷》里才走完她的人生历程）。

洒家的瓜甜，甜在对一个个人物的生动描摹和刻画。

长篇小说若没有一群栩栩如生的人物，只能称作单线平涂之类的儿童绘画。洒家有半路出家的戏曲编剧之底子，努力追求人物出场时脸谱勾勒和人物塑造。在人物外貌勾勒上，绝对不与名家们类同。第四章对刘玄的外貌刻画的文字是：

刘玄八尺身材，大颧骨，高鼻梁，细眉小眼瘦脸长。唇上须少分八字，颌下毛稀色发黄。刘玄虽然号"圣公"，但天生长相屏弱，生性懦弱，不喜赌斗，唯喜安静。里魁重用他为什户主，主要看中他是舂陵村首户刘𬙂的族兄，次要看中他懦弱胆小。凡是懦弱胆小者，一般安分守己，发现左右邻居不轨行为不敢瞒报漏报。

同在第四章，对女一号阴丽华的外貌刻画是——

阴丽华芳龄十八，生得光彩照人，绝色无比。天上仅有，人间难觅。若要描摹，须套借《阳春曲》，可得她姣容韵姿万一：面如满月天河洗，眉眼不画便俏丽。沉鱼落雁都不及，贤淑女，男儿梦里娶做妻。

在第十九章，对于一个过场人物俎鼎，洒家给他如此漫画：

俎鼎字勋臣，年纪三十挂零，猴眉鹰眼兔唇。马脸驴鼻牛耳，相貌古怪寒碜。他私下掂掂自己的斤两，知道自己的腹藏和尊容不会被更始皇帝乃至他的重臣接纳，便鼓动去长安游过学的邓禹出山复兴汉室。

以上三类人物的脸谱勾勒,大致可以展示拙作中人物外貌描写之别致。当然,人物刻画,外貌描写只是表面功力,唯人物的内心世界和行为的塑造,才显笔头上真功夫。主人公刘秀、主要人物李通、邓禹、冯异、耿弇、阴丽华、郭圣通等一大批人物,须倾力塑造不必赘述。特别值得炫耀的,便是对中国民间有很高知名度的伪君子王莽的塑造。

王莽在史书里有很多记载,在拙作上卷《铁马秋风》的第一、第二章对其已有刻画,然最精彩情节,集中在第五章"国事家事演闹剧,公仇私仇累国师"、第十七章"哭苍天君臣作态、舔金砖殿宇颓倾"。在这里不想粘贴有关王莽的许多风趣优美的讽刺文字,留待读者去扑哧一笑为上。王莽这主儿,是暴戾、贪婪、虚伪、愚蠢、吝啬的复合体。洒家塑造这个人物最得意之处,在展示他暴戾、贪婪、虚伪、愚蠢的同时,特特放大了他的吝啬。极其精彩有趣的情节文字,便是王莽一个人在"国库""舔金砖"。王莽去"国库"舔金砖虚构于史实,和葛朗台、严贡生PK起来,稳得第一吝啬鬼的桂冠。

洒家的瓜甜,甜在让重大历史事件历史人物生动起来。

《光武大帝》是小说,不是历史教科书。但是,在重大历史事件、重要历史人物,都尽力符合历史的真实。以小说的语言,来述说历史,是洒家的又一追求。昆阳大战,是古今中外以少胜多的经典战例。许多智者、作家对昆阳大战有过研究、分析、描写。然以浓墨重彩、全方位地写出昆阳大战的气势、经过、结局,窃以为拙作有关昆阳大战的三个章节可以博得些许赞语。

其他如王莽暴死、更始颠覆、光武帝巡行河北等事件,既遵循历史的真实,又做到了艺术真实。是历史的再现,也是可以让读者重复阅读的章节。

洒家的"瓜"甜,甜在散文笔法中的富于情感的诗意美。

在叙述性交代笔墨中,不经意间,可以让读者领略到散文的诗意之美。在第三十六章,有这样一段风景描写:

> 光武帝一行乘舟自洛水顺风鼓帆拐入祥河,便如打开一幅绝美山水长卷。祥河河面宽十余丈许,一带绿水逶迤,两岸青岭对立。林木葱郁,山绿水碧。白鹭绕帆,锦鳞露脊。渔歌俚曲,相和成趣。溯河十里之后,渐觉天高山底。夹河两岸,房舍依势栉比。再行三二里,天地豁然大启。

但见:柳暗花明,夏季犹如春季。绿隐亭台,疑是仙家福地。

在第二章中,在叙述甄寻意欲说服他父亲支持自己向黄皇室主求婚时,有这样一段文字:

诅咒大多是无奈无效无稽无耻的小人行为,但身为侍中、京兆大尹的甄寻诅咒却是卓有成效扭转乾坤,很快传来孙豫被黄皇室主指桑骂槐撵出承明宫的消息。《易经》的妙处就在变易,每天的太阳都走出一个新的轨迹。原来坏消息变成好消息,甄寻觉得自己遇到千载难逢的良机。他觉得仅凭自己的能耐不能确保心想事成,便想定一条妙策,回家争取父亲的襄赞助力。

以上两节粘贴,是散文诗,亦是诗散文。诗意追求也氤氲于拙作整体。在人物对话中,能押韵则押韵,能对偶则对偶。有人说,今天的人青睐快餐文化、网络文化。当人们厌倦快餐文化、网络文化时,大餐文化必定会凝聚人们安坐于书桌,享受宁静安详和诗意美好。

此拙作初稿以及后续两卷创作计划,曾请身边文友予以参赞。文友们得知此后两年内将有中卷《光武大帝·江山社稷》、下卷《光武大帝·天地仁心》问世,都异口同声惊诧提到了大家二月河。文友们提到二月河,便不无调侃说:好哇,南阳有个二月河,襄阳有个王瑞国。

洒家佩服二月河先生,仔细研读了他的《康熙皇帝》《乾隆皇帝》《雍正皇帝》系列。研读的心得体会是:王瑞国无论从质和量,都不可能超越二月河。人得有自知之明,我辈与二月河是黄鳝泥鳅难扯一般齐。不过,黄鳝是黄鳝,泥鳅是泥鳅。这不,洒家作了一篇王婆卖瓜的自序,大吹特吹我的"瓜"甜。

就吆喝到这地儿,上帝您请了。

2014 年 10 月于湖北襄阳

目录
MULU

第 一 章	花季太后孑身叹月　少年子弟附凤攀龙	1
第 二 章	机关算尽求福得祸　昧心问案殃及无辜	8
第 三 章	较锱铢秘定大计　泄机谋招至血灾	16
第 四 章	刘秀携美逛村市　王凤恋财闹分金	22
第 五 章	国事家事演闹剧　公仇私仇累国师	29
第 六 章	图南阳气势如虹　遇莽军流水落花	37
第 七 章	硕儒刘歆难弭横祸　人主王莽易得福星	42
第 八 章	文叔巧言劝邓晨　次元献计说王常	48
第 九 章	蓝乡驿里刘秀纵火　棘阳城外甄阜丧身	55
第 十 章	淯水设坛圣公称帝　中宫正位巨君点兵	63
第十一章	刘黄淮源遭羁绊　伯姬李庄认大爹	69
第十二章	昆阳陷围上公怯敌　砥柱中流太常将兵	76
第十三章	劝援兵刘秀费周折　觅生路王凤暗献城	84
第十四章	战昆阳英雄留名　取宛城俊杰建功	91
第十五章	刘文叔新婚燕尔　李次元信守誓言	99
第十六章	取父城英主得冯异　设奸计宵小谋伯升	106
第十七章	哭苍天君臣作态　舔金砖殿宇颓倾	112
第十八章	刘秀赋闲赴淮源　李通托词拒伯姬	120
第十九章	孤身履险刘秀仗节　慧眼度势邓禹出山	127
第二十章	刘林失意问卜　王朗得志称孤	132

第二十一章	曲阳道宣慰使食麦粥	信都城任太守聚县兵	137
第二十二章	谋王朗策反真定	娶郭女厚爱新人	144
第二十三章	平邯郸遥领封号	遭危机决计自立	150
第二十四章	巡营帐铜马臣服	战顺水英主身危	157
第二十五章	凭民心坚壁清野	报兄仇借刀杀人	163
第二十六章	李次元历阳娶妻	刘文叔鄗城登基	169
第二十七章	取洛阳定都洛阳	得长安逃出长安	176
第二十八章	后宫安顿二贵妃	禁城借重一将军	182
第二十九章	淮源镇魏卜凡别公主	延嘉殿光武帝宴皇亲	188
第 三十 章	群雄明结同盟	宗亲暗起反心	195
第三十一章	阴贵人谦让后位	光武帝亲征内黄	201
第三十二章	二帝陵刘林重演故伎	清水河贵妃歌舞荡舟	208
第三十三章	清河城贼酋就擒	坤安宫光武堵心	214
第三十四章	邓禹贪功全军覆没	冯异设谋大获全胜	221
第三十五章	光武帝威仪降敌	牧牛儿本色善终	228
第三十六章	郭圣通谑贬大布袋	阴丽华养胎小阳庄	233
第三十七章	庞太守北地翻大浪	楚犁王南郡却王师	239
第三十八章	乔三金入厨下逗乐	光武帝携孕妇远征	245
第三十九章	王师行缓玄机暗伏	彭宠疑惧驱鬼禳灾	252
第 四十 章	驻跸元氏拗心阴贵人	重食麦粥巧遇谭琵琶	259
第四十一章	阴贵人片语救赵弦	光武帝劳军征秦丰	266
第四十二章	省故里阴贵人吞泪	幸中宫郭皇后撒泼	271
第四十三章	反躬自省厚赐郭况	处心积虑恩结隗器	278
第四十四章	隗器审时遣子阙下	马援欣然屯垦上林	285
第四十五章	冯异释疑携眷属	隗器塞道阻汉军	290
第四十六章	光武帝长安祭祖	冯公孙咸阳骂妻	295
第四十七章	兵不厌诈汉帅入险境	积米成山英主夸能臣	299
第四十八章	阅奏疏惜才遗草野	觅庄光至诚留高贤	305
第四十九章	执迷不悟降身投簪	略阳争夺折将损兵	312
第 五十 章	亲征隗嚣郭宪阻车驾	京畿传警光武发悲音	318

第一章
花季太后孑身叹月　少年子弟附凤攀龙

人生得意,男莫过位尊九五的帝王,女莫如母仪天下的皇后。

不过,是话都有两说。冷眼看过去未来,无论帝王将相,还是平头百姓,人生绝不是万事如意心想事成。福兮祸所伏,祸兮福所依。福兮祸兮,谁主沉浮?本书在激活东汉兴衰的历史记忆和描摹人生荣辱悲欢的同时,试图对朝代更替和无常祸福略作探究。种瓜得瓜,种豆得豆,这是天地间极简单的大道理。属于你的你得了,恭喜你;不属于你的你也得了,也恭喜你。打住!此话很像一块两夹皮。别急别急,千言万语,就从一个未成年的美貌皇太后说起。

话说西汉末代权臣、安汉公王莽,于汉孝平帝原始五年(公元5年)毒死了十四岁的女婿汉平帝刘衎(kàn)。毒死刘衎的好处,可为自己当皇帝扫清最后的路障;毒死刘衎的不好处,是让自己的女儿孝平皇后十二岁就守了寡。王莽付出的代价很大,得到的回报更大。毒死刘衎的当年,王莽操纵年仅两岁的孺子刘婴为嗣皇帝,自己做了摄皇帝。毒死刘衎四年后,王莽废黜六岁的后备皇帝刘婴,正大光明心想事成地当上新朝皇帝,新皇帝王莽给自己取了个浅白别扭的"始建国"年号。

新官上任三把火,新帝登基好事多。头一等好事,依照上天降下的金匮策书,王莽诏拜了十一个辅佐重臣。十一个辅佐重臣分三类:第一类重臣是王舜、平晏、刘歆、哀章,成为天子驾前近臣;第二类重臣是甄邯、王寻、王邑,拜为三公;三公之后,还有专职征讨的四大将军。四大将军名号和姓名是:更始将军甄丰,立国将军孙建,卫将军王兴,前将军王盛。戳穿上天金匮策书的道貌岸然,此一道上天符命纯属滑稽扯蛋。当王莽借上天符命大造"新朝当兴、汉室祚衰"的舆论之际,能胡诌几句《易经》的市井无赖哀章看准时机,暗制铜匣一具,私下捏造新朝四辅、三公、四将军的花名册装入匣内。接着,哀章又在铜匣贴上"摄皇帝王莽当为真皇帝"的符命,乘着晦暗黄昏,穿戴黄袍黄冠,鬼鬼祟祟神神秘秘将"金匮策书"进献到京城汉高祖庙。

王莽得此金匮策书,即视为上天降下的符瑞,立即下旨照准。岂料哀章在捏造那个金匮策书时绞尽脑汁,怎么也凑不够四将军人选。无奈之下,哀章就在甄丰、孙建之后凭空瞎编了"王兴"、"王盛"两个假姓名凑数。诏封大典临近,皇上王莽得知太常寺还没寻到王兴、王盛,亲自口谕哀章:"无论他是贫富贵贱,也不论他宰牛劁猪,新朝的将军的姓名定要与上天昭示的金匮策书相符。"哀章无奈,只好出高价请人在长安城四下寻寻觅觅。

世上无难事,只要肯花钱。三天之后,哀章果然得知一个城门令史叫王兴,一个当街卖烧饼的十六岁少年叫王盛。于是,城门令史王兴白日好梦连升八级当卫将军,卖饼儿王盛懵懵懂懂一步登天任前将军。四将军凑齐,立即随着四辅三公一起受命拜爵侍立朝班。

王莽在大事封赏新朝功臣的时候,没忘打压和淡化西汉宗室的影响。为了抬高身价,王莽钦命御用文人们寻根溯源,追溯出他王莽原来是黄帝、虞舜的"后裔"。紧接着,新皇帝立自己的祖庙五所,亲庙四所。王莽祖庙既立,降汉高祖庙为文祖庙。汉室刘姓诸侯王三十二人贬爵为公,刘姓列侯一百八十一人贬为子爵。在贬刘的基础上,新皇帝王莽封列侯数千。天下土地封完,后来的列侯只能象征性得到一束青茅和一包五色土。忙活完天下封赏,平定了几处反叛,王莽便想起爱女定安太后终身大事。

安定太后闺中乳名叫"苇儿",一个谦逊得不能再谦逊的名字。

汉哀帝元寿二年(前1)六月中旬,汉哀帝以二十六岁的寿命龙御大行,九岁的汉平帝刘衎在王莽的操纵下登基。四年后,年仅十一岁的苇儿与十三岁的汉平帝大婚成为历史上最年轻的皇后。立春霜降又一年,汉平帝喝了国丈王莽敬献的椒酒一命呜呼。历史上最年轻的皇后立马变成历史上最年轻的安定太后。待王莽建立宗庙平定叛乱封赏天下已毕,安定皇太后正值二十岁芳龄。为了表示和短命的刘衎绝婚了断,王莽下旨安定太后改称"黄皇室主"。此称谓是王莽皇帝的新创,前无古人后无来者,至今没有高人能准确阐释"黄皇室主"的奥妙玄机。

苇儿由安定太后改称黄皇室主,还是居住在承明宫。按照王莽新朝礼制,每旬六品以上文臣武将例行朝会,仍然享受皇太后待遇的黄皇室主,也应该接受满朝文武大臣的谒见朝拜。然苇儿越来越看不惯父亲的作为,大都托病拒绝在朝堂露面了。

因为女儿改称黄皇室主,王莽面见女儿免去了新朝皇帝谒见先朝安定太后的繁琐礼数。没有繁琐礼数,父女见面就随意得多。这天,直到王莽进到承明宫内宫畅春园,苇儿方才觉察到父亲的到来。她刚想行跪拜礼迎接,王莽紧行几步制止道:"黄皇室主亦是万乘金躯,就不必行国礼了。"

仲春暖阳,群花竞放,因满园花开带来的一点好心情的苇儿随着父亲到来胸闷腹胀。苇儿见身边的宫女都已回避,便带了情绪说:"既然不行国礼,皇上应该以父亲身份和苇儿说话。"

王莽有些尴尬道:"苇儿是乳名,人前呼喊有碍黄皇室主的尊贵。"

苇儿凄然一笑道:"皇上不是皇上的时候,处处谦恭,所以才给苇儿取名'苇儿'。与天地比,与这广厦百间的承明宫比,我觉得父皇还是喊'苇儿'好。"

王莽不得已顺着苇儿的话道:"只要黄皇室主心情舒畅,朕以后多以'苇儿'相称就是了。"

"请父皇到戴月亭内说话。"

"不必了,朕心里牵念苇儿,过来看看。看到苇儿气色还好,朕这就得去了。诚望黄皇室主保重,朕就放心了。"

苇儿没想到父亲只是来承明宫看她一眼就走,满肚子有话要说,也只得咽了回去。看着父皇离去的身影,苇儿不知道该恨他还是该爱他。记忆中,苇儿最忘不了是父亲做安汉公之前的谦卑。

按照先代皇帝聘后故事,当年汉平帝刘衎得给皇后娘家行聘礼黄金二万斤,钱二万万缗(千文钱为一缗)。可是父亲那时只接受了聘礼四千万。就是这四千万钱中,父亲自留七百万,拿出三千三百万,赠送给和自己一同选为刘衎后妃的十一个姐姐们每人三百万。当时主政的太皇太后见自己家得聘礼太少,格外赏赐二千三百万。父亲接受了太皇太后的赏赐二千三百万,从家里拿出一千七百万凑成四千万钱全部散给王姓寒族。此后群臣在给父亲加号安汉公之时,还请封土地二万六百顷,父亲也只虚领了封号,坚辞二万六百顷土地。

那时的父亲的声誉特好,普天下的官吏黎庶都因父亲的谦恭感动。可是,自从父亲做了新朝皇上,戴上高高的天子冠,苇儿反而觉得父亲看上去矮小了许多。父亲颁行了那么多天下大治的诏令,咋就招致天下的载道怨声?无论国事家事,苇儿有很多话要和父亲说,可是苇儿知道自己和父亲越来越说不到一起。

月华尽泻,满地花影。殿宇巍峨,宫院冷清。用过晚膳,苇儿一人又独坐畅春园戴月亭,享受着一如往日的孤独静谧。十一岁与汉平帝大婚时苇儿不知因何大婚,如今朝朝暮暮渴盼大婚了,又不知道自己何年何月能够和谁大婚。

在朦朦胧胧的遐思中,自己的郎君应该是一位跃马疆场的少年将军。苇儿之所以欲慕少年将军,是因为她进宫出宫时留心了站殿武士的英武身姿。尤其那个手执丈二铜钺的金甲武士,面如昆山白玉,身若岩上青松。站像生根石柱,雄似铜铸翁仲。自从注意上那个金甲武士,苇儿在心里把他命名为"铜钺小将军"。有了铜钺小将军装在心里,苇儿就有了绵绵不绝的少女春梦。在春梦中,苇儿和铜钺小将军同乘一匹白龙驹。白龙驹驮着少男少女时而驰骋原野,时而飞腾天空。累了倦了,铜钺小将军就拥抱着苇儿进了一个偌大的军帐。在军帐的胡床上,苇儿被小将军拉进锦被狠狠压在身下。苇儿没品尝过大婚的实际滋味,她的春梦只做到被小将军压在身下就醒了。梦醒以后苇儿羞愧得再也睡不着,睡不着还是胡思乱想。

她觉得小将军将自己压在身下应该还对自己做些什么,想了很多次也想不出具体的情节情景。在白昼的遐思中,苇儿祈求父皇给了铜钺小将军一个镇国将军的封号,让他去边关大漠建功立业。小将军一去大漠边关就开疆拓土,建立不世大功被封为镇国大将军。经过无数次遐思梦想,苇儿就有了打听铜钺小将军姓名的欲望。可是,有黄皇室主的身份在,苇儿自己不能亲自去打听,也没有让太监门闩去打听的勇气。

据父皇的圣意,他下旨改称安定太后为黄皇室主,就是为了自己以后归宿着想。父皇的圣意虽然没有明说但意思很明了,自己不会因为安定太后的名分在承明宫孤独一生。因了这点念想,苇儿早早用过晚膳,支开宫女太监,对月遐想着有朝一日真的能和铜钺小将军同乘一匹白龙驹。当年在汉平帝的后宫,苇儿当皇后当了一年多时间。因为压根不喜欢和懦弱的刘衎在一起,也因为父亲一次给了刘衎选了十二个嫔妃,苇儿赌气很少和刘衎睡到一个床上。就是刘衎软缠硬磨要自己侍寝,苇儿也不让他压到自己身上。再后来因为刘衎惧怕王莽,跟着也惧怕作为皇后的苇儿,直到成了十二岁的安定太后,再由安定太后变为黄皇室主,苇儿也还是个处女金身。

"月明夜色阑,更显身影单。姮娥悔无疑,寂寞不知年。"

仰对青天明月,苇儿遐思一番铜钺小将军之后,情不自禁吟出四句伤感的诗句。

耳朵像兔子一样灵敏的太监门闩闻声急步趋进戴月亭,躬身低首问道:"启禀黄皇室主,方才吟咏的诗句,要不要奴才记档?"

苇儿被门闩吓了一跳,待看清是门闩,便半真半假道:"你听见了就是大不敬,敢记档就是欠打了。"

"黄皇室主息怒,室主有懿旨,奴才不敢多嘴找打。现在夜露下来了,室主该回寝殿歇息了。"

门闩是承明宫唯一一个太监,论年龄还比苇儿小两岁,苇儿心底只把他当成可以多说几句话的小伙伴。

"我是该回寝殿了。门闩,我再嘱咐一遍,不准你把刚才听到的外传。倘若泄露一句,我用藤鞭打你,还不准你喊疼。"

在一脸孩子气的门闩面前,苇儿才会发出带有孩子气的懿旨。

尽管门闩给苇儿做了保证,王莽第二天就知道了苇儿那晚对月吟出的四句诗。知道了苇儿子身叹月,王莽心疼得差点背过气去。俗话说"父母最疼幺儿女",苇儿就是王莽四十六岁时最后一个幺女儿。那天在承命宫畅春园见到貌压群芳的苇儿,王莽就为冷清许多年的苇儿愧疚难过。"姮娥悔无疑,寂寞不知年",苇儿一定是悔恨不该在不省事时成为皇后,也怨恨在省事后成为太后。限于礼制和人伦,身为父皇的王莽不能够问明苇儿还是不是女儿身。但不管苇儿是不是女儿身,让女儿从十二岁守寡终身就是戳父亲的心窝子。王莽是君临天下的皇上,他决定不再优柔寡断,立即为苇儿物色一个可以托付终身乘龙快婿。

下了决心,王莽便开始在心腹重臣中物色对象。世上无难事,只怕会选挑,王莽很快确定四大将军之一的立国将军孙建的儿子孙豫为第一人选。孙建在建立新朝时出力最多,恰有未婚儿子孙豫是个风华正茂的翩翩郎君。王莽君意已决,立即密诏孙建进宫,当面就此事和孙建密商许久。

孙建仰叩天恩喜色难禁,急急归府唤犬子孙豫秘密商议,特特选了个黄道吉日,设计入承明宫以先博得黄皇室主的好感。自汉武帝罢黜百家独尊儒术以来,礼仪和名分早已形成看不见的戒律。囿于礼仪和名分,才使得看似简单不过的男婚女嫁,放在尊贵复杂的前安定太后现黄皇室主苇儿身上,要费去意欲附凤攀龙者许多心思。按照礼制,皇太后是不可再婚的。虽然苇儿现在的名分是黄皇室主,但要苇儿接受孙豫,还须首先博取苇儿的一见钟情,接下去才是戳破窗户纸正式谈婚论嫁。

西汉前后的很长时代,美男子的标准是宋玉、子都。知道楚国美男子宋玉的人很多,知道郑国美男子子都的人不够多。子都的大号叫公孙阏,"子都"是他的字。与只会和屈原一样吟诵楚辞写写诗赋的宋玉相比,郑国子都是文武双全,才貌俱佳。就连很古板的孟子都在文章里感叹写道:"至于子都,天下莫不知其娇也。不知子都之娇者,无目者也。"孟夫子夸子都之美用了娇美的"娇"字,还说不知子都之美的都是瞎子,可见文武双全的子都具有"男人阳刚女性美"的双重魅力。孙豫研究透彻这一点,刻意做了精心打扮。

但见精心打扮的孙豫:头戴樊哙冠,身穿张良衫;足蹬步云鞋,腰坠玉连环。张良、樊哙是西汉文武名臣,仅从穿戴上就彰显出了自己的能文能武之才。为了体现男人女性美,孙豫还往白玉般细腻的脸上涂抹几遍珍珠蚌壳粉。原本不一般长短的眉毛，也用黛色弥补了稍稍的美中不足。经过孙府的老妈子小丫头一番精心打扮，孙豫果然风流无比，须眉不让巾帼。孙建是天子近臣，知道黄皇室主不可轻易造访。他为儿子想了一个晋见黄皇室主的极好理由——让一个医术精到的太医跟着孙豫，托词奉旨探视承明宫，问安请好黄皇室主的饮食起居。

芋儿素来不与外臣接触，闻听立国将军孙建之子孙豫、太医一行奉旨谒见探视，只得勉强到承明宫前殿见面。

孙建穿子都衣饰，效子都举止，进到承明宫前殿，便趋前给芋儿深深一礼拿捏着嗓子歌吟般道："久慕黄皇室主仪容，建国将军的将门虎子孙豫叩拜黄皇室主。恭祝黄皇室主青春永在，花容常驻。肌似白雪，发如飞瀑！"

芋儿见到搔首弄姿不伦不类的孙豫便微蹙了细长黛眉道："孙豫一旁站下，让太医近前说话。"

孙豫哪容太医近前半步，上前三步抢在太医前面给芋儿转了几圈，以便让黄皇室主看清自己匀称身材。孙豫在扭转自己身体之际，一双色眼始终不离芋儿面部胸前。不怪孙豫控制不住色欲，二十妙龄的芋儿桃李正艳，花蕊正香。眉宇间的愁绪心里的抑郁，凝结成不散乌云，恰为她一双如水杏眼，涂抹出似有似无的淡淡眼影。孙豫一见芋儿的绝色容貌，暗暗得意与自己今天做出"男人女性美"，恰与眼前"女性病态美"天造地设一对绝配佳偶。

芋儿微闭了杏眼，待孙豫扭捏完毕，嗔笑一声问道："孙公子，你独自转来扭去是何道理？"

孙豫又给芋儿施了一礼道："黄皇室主尊居承明宫，如天仙遥在九重。今日一见，孙豫的魂魄已经飞到九霄云外。好叫黄皇室主得知，孙豫文可精通《诗经》，武能开疆拓土。如蒙垂怜，孙豫愿意为室主执戟宿卫，天天问好请安。"

芋儿至此已经明白这个纨绔子弟的痴心妄想，心里觉得孙公子的痴心唐突，大大亵渎了自己心中的铜钺小将军，当下便不无揶揄问道："孙公子还精研过《诗经》？"

孙豫闻听芋儿问到《诗经》，便清了一下嗓子道："黄皇室主听了：山有扶苏，隰有荷华。不见子都，乃见狂且。山有桥松，隰有游龙……"

芋儿打断孙豫的吟诵问："孙公子打住，听了公子背诵郑风《山有扶苏》，可见你精研《诗经》其言不谬。据我所知，'不见子都，乃见狂且'，当读作'不见子都，乃见狂且'。'且'音读'居'，本字是'疽'，不知孙公子知不知道疽乃狂病。得狂病者即为狂夫，狂夫又分文狂和武狂。不知公子能否区分何为文狂？何为武狂？"

孙豫知道自己丢了丑，便干笑一声道："疽乃从病，文狂、武狂都是狂态。"

苇儿冷笑一声沉沉地说:"孙公子既然知道文狂、武狂都是狂态,你和太医可以去了。"

那位长着马脸的太医已经明白黄皇室主骂孙公子是有病文狂,便道声"黄皇室主保重",便低下马脸退出殿外。

孙豫一见好事不好,扑通一下跪在苇儿面前叩着头连连道:"室主垂怜,室主垂怜,孙豫还有心曲禀告……"

苇儿厌恶地转身到了里间大声喊:"门闩哪里,快拿藤鞭来!"

门闩闻听苇儿要藤鞭,以为苇儿要打外间跪着的孙豫,就选了一个粗大的藤鞭问苇儿道:"室主,你要打谁?"

苇儿夺过藤鞭,照着门闩就打了几鞭骂道:"我就打你个因病而狂的瞎眼蠢夫。本室主让你看管门户,焉敢疏忽大意,放进来一只癞皮蛤蟆!别以为长齐了鼻子眼睛下巴耳朵就是宋玉、子都,往后仔细看看猴子、鸡子、猪啊、羊的,一群一群都是双眼皮。你以为穿戴了绫罗绸缎云鞋袍衫的,都能是正人君子啊?"

苇儿可能被孙豫气糊涂了,边打边骂,把个无辜的门闩打得喊叫着满地乱滚。孙豫在外间再也待不下去,沮丧如霜打的茄子归报孙建。孙建立即进宫回奏王莽。王莽一见苇儿不领情,也觉在心腹之臣面前很没面子。当下安慰孙建几句,心里放下苇儿再婚不提。新朝国事太多太急,当皇帝的不可能深陷儿女私情之事。

孙建、孙豫父子第一起攀龙附凤因失败偃旗息鼓,却使另一对父子动了攀龙附凤的心思。他们仔细总结了孙建父子的失败教训,开始了自己的精心谋划。天下年轻貌美的黄花少女一抓一大把,年轻貌美如黄花少女的黄皇室主几千年碰不着一个。有运气碰上了不去试试缘分,如同见钱不抓的土鳖笨瓜。

想知道哪只癞蛤蟆要吃天鹅肉啵?请您接着看下去。

第二章
机关算尽求福得祸　昧心问案殃及无辜

在王莽新朝第一批执掌大将军印的人中，名列第一的是更始将军甄丰。甄丰虽身列第一，心底很不满意自己位置。

公鸡不撒尿，自然有说道。当年王莽扶持汉平帝登基后，王莽自选的官职是大司马，爵位安汉公。甄丰也因附议王莽扶立新帝，官擢大司空。

汉代大司空为三公之一，职权是掌控全国的土木工程、天子郊祀等重大礼仪国事。身居高位手握重权的人想捞钱不费吹灰之力，不关门拒贿给人面子就可以了。

汉平帝原始二年四月与苇儿大婚时，甄丰得汉平帝刘衎的钦命，带着乘舆法驾前往安汉公府迎娶皇后苇儿。王莽一心要篡汉称帝，甄丰见风使舵，也出了顺水推舟的大力。有此几件功劳，王莽称帝后，甄丰坐定是首席辅佐重臣。叵耐市井无赖哀章捏造进献"金匮策书"，眼睁睁让他丢失了首辅重臣的高位，委屈做了爵位低于公侯的更始将军。好在王莽忙活完登基大典，想到了对甄丰的亏欠，诏封甄丰的儿子——京兆典司甄寻为茂德侯、侍中、京兆大尹。秦汉时"侍中"是列侯以下郎中以上的加官，有此加官，甄寻就有了侍从皇帝、出入宫廷、应对顾问的资格。儿子骤然身居高位，稍稍抚慰了甄丰那颗积怨多多的心。

少壮侯爷甄寻，年纪二十五六，身材七尺开外；富贵祖上传下，俊美胎里带来。骤然身居高位，痴心一朝难改。原安定太后少年寡居，就使甄寻想入非非许久。通过安定太后每旬接受大臣朝贺的机会，甄寻才偷眼饱看了正值花季的美貌皇太后。不看不打紧，看了很要命。此后富有爱美之心的甄寻欲罢不能，安定太后的花容玉颜再也挥之不去。为了一解难耐饥渴，甄寻也去教坊青楼寻访买回一个眉眼酷似安定太后的歌女收为小妾。叵耐假的真不了，怀里拥着歌女小妾，梦里的情人还是安定太后。后来安定太后改称黄皇室主，再后来黄皇室主不再接受大臣朝贺，甄寻因说不出口的单相思厌食身倦，命悬悠悠一线。

就在甄寻万念俱灰相思夺命的当口，内宫传出了一好一坏两个消息。好消息是皇上要为黄皇室主挑选乘龙快婿了，坏消息是皇上已经属意立国将军之子孙豫。皇家选婿选到孙豫，甄寻不敢恚怨皇上有眼无珠，但心下把孙豫做了对头情敌，时时咬着牙叫着孙豫的名字诅咒他："苍天有眼，就让孙豫在与黄皇室主新婚之夜颠鸾倒凤的前一刻，突然死于心脑中风吧！"

诅咒大多是无奈无效无稽无耻的小人行为，但身为侍中、京兆大尹甄寻的诅咒却是卓有成效扭转乾坤，很快传来孙豫被黄皇室主指桑骂槐撵出承明宫的消息。《易经》的妙处就在变易，每天的太阳都走出一个新的轨迹。原来坏消息变成好消息，甄寻觉得自己遇到千载难逢的良机。他觉得仅凭自己的能耐不能确保心想事成，便想定一条妙策，回家争取父亲的襄赞助力。

更始将军甄丰自父子俩一同位列朝班，心里也没了非分之想。对于儿子甄寻突然想做皇上的乘龙快婿，还要他襄赞助力，甄丰起初不以为意。他以父亲身份教训道："寻儿你知足吧，皇上的乘龙快婿不是好当的。况且，你不是早早娶了家室了么？"

甄寻早料到父亲不会轻易支持自己做皇家女婿，便站在父亲的胡床后，给他边按摩着双肩边道："天与不取，后悔莫及。古人给妇人定下七出之规，随便找个借口，再破点钱财，打发那几个妇人还不易如反掌？"

甄丰听了儿子轻松的语气，知道他已经深思熟虑。自己便也在心下活动起来，埋在心底的不平衡又浮到心头。且不说那个哀章仅凭捏造了金匮策书就成为辅佐重臣，就是原来官居自己之右的甄邯、王寻、王邑都拜为三公。尤其让甄丰引以为耻的是每次上朝，自己竟然和过去不入流的城门令王兴、卖饼儿王盛站在一起。人争一口气，树争一张皮。不是不争取，只恨没时机。倘若甄寻天随人愿心想事成，甄家父子岂不是新朝第一父子？自己岂不是皇上倚重的第一权臣？甄丰想到这里，便问等着他说话的甄寻："孙家父子已经吃了黄皇室主的闭门羹，你有何把握让那个冷美人青睐于你？"

甄寻见父亲的语气已经同意自己当皇上的乘龙快婿，便伏在父亲耳边，低声将自己深思熟虑的连环计细细说了一遍。

甄丰年四十三四，相貌堂堂，体态富态，不须铁甲金盔帮衬，举止坐卧间就具备更始将军的威严风度。他在胡床上坐直身子，略蹙英雄眉，微眯丹凤眼，稍稍沉吟道："谋事在人，成事在天。寻儿既然为了黄皇室主煞费苦心，为父只好陪你试试运气了。"

甄丰的话让外人听着有些中气不足，但甄寻听了却是很给力。在他的连环妙计中，身为父亲的甄丰的投石问路计很是关键。只要投石问路成功，把黄皇室主天天压在自己身下就有了九分九的把握。

自汉平帝原始元年到新朝建国三年的十余年间,王莽在操纵国家大事或者立储封后时,都假以上天符命行事。所谓上天符命,就是一种造假忽悠天下民意的行为。比如王莽未称帝之前,武功县县令为讨好王莽,将一块白玉刻上"安汉公王莽当为皇帝"预先投入水井,然后大张旗鼓去疏浚该井,当众捞起白玉,就得到一个"安汉公王莽当为皇帝"的"上天符命"。这道上天符命进献给王莽,武功县县令立即被擢拔为云阳太守。

哀章进献金匮策书后,因"通晓"《易经》被王莽钦命为中常侍。哀章四十出头,身板干瘦,相貌不俗。矮鼻梁,大颧骨,三撇稀稀山羊胡。头戴九寸铁梁冠,身穿常侍绿袍服。中常侍属皇帝近臣,多在皇上驾前应对顾问。哀章得皇帝倚重,是四大辅臣中位次排在大国师刘歆之后的人物。刘歆是西汉经学家、目录学家、文学家刘向的儿子,刘向官至谏议大夫、宗正。刘歆青出于蓝胜于蓝,他的社会头衔是古文经学派始祖、目录学家、天文学家。刘歆不仅有古书目录集大成的《七略》传世,而且第一个精算出圆周率为3.1547,故汉代天文界已有"刘歆率"美誉。王莽建国元年,就开始使用"刘歆历"。

人贵有自知之明,在泰山一样高大的硕儒刘歆面前,市井文痞哀章特心虚,日子过得很不踏实,夜晚多是不吉利的恶梦。每天早晨醒来,第一个下意识的动作是扭扭颈脖,证实一下自己的脑袋是否还长在脖子上。哀章为了使自己真像通晓《易经》的中常侍,每天下朝以后,就让哀府的师爷解说《易经》之卦辞和爻辞。凭着过耳不忘的好记性,哀章记住了很多"元亨利贞"、"用见大人"之类的卦辞。又凭着先天带来的好悟性好口才,在王莽垂询国事时,都能体察上意做出皇上满意的解说。就在甄丰父子运筹结皇亲之际,哀章出于十分复杂的动机给王莽上了一道密奏。密奏大意是:"现在皇恩浩荡,天下大定,符命之风不可久行。符命人人都可利用,若奸人利用符命售奸,可致乱象迭起。"

哀章密奏正合君意,王莽当机立断下诏:"符命乃天意,非五威将军以上呈进之符命,均为无稽。若擅自捏造符命,皆下狱论罪。"五威将军着五色服代君巡行东西南北中,宣示皇家威严权力,此等荣耀也是王莽的新创。就在王莽下诏严禁捏造符命之后,位在五威将军之上的甄丰给王莽上了一道符命。甄丰的符命大意说:"庚子日流星如炬划过西空陕地,上天启示新朝皇帝当效周公、召公分陕故事,分陕地设二伯:更始将军甄丰可为右伯,太傅平晏可为左伯。"

按照甄寻的连环妙计的第一计,是以"符命分陕"来试探当了皇帝的王莽是否继续相信符命,若真的按照这一道符命"分陕",甄寻的第二道符命就会紧跟着进呈。甄寻在父亲的符命进呈之时已经捏造出下一道上天符命。其符命的核心主旨是"天地配序，成化两仪。故汉平帝遗孀安定太后，应下嫁散骑常侍、京兆大尹甄寻为妻。"

甄丰的符命头天呈进，王莽次日下诏照准。诏命甄丰为陕地右伯，平晏为陕地左伯。《礼记·王命》曰："分天下以为左右，曰二伯。"周公、召公，因德高望重、功可敌国才享受周王室二分陕地的殊荣。

福星临门，心想事成，仅仅一道捏造的上天符命，轻易就成了陕地右伯。甄丰父子欣慰直至由衷感叹：这上天符命可真是立竿见影，一玩儿就灵啊？再者，按照先前的金匮策书，平晏是三公之一的大司马。就因此一道符命，甄丰的爵位一下跃在平晏之前。眼见得符命是一服灵丹妙药，甄寻立即将自己又一次捏造的上天符命进呈王莽。岂料甄寻点儿背，有心栽花花不发，灵丹妙药药失灵。王莽一见甄寻呈进的符命，气得胡须上翘面红如血大骂："岂有此理，岂有此理！黄皇室主贵如国母，岂可轻易为人妻？何况甄寻个鳖崽子有妻有妾，焉能痴心妄想亵渎黄皇室主？"

甄寻满以为这道符命进呈，自己稳稳当当就是当今皇上的乘龙佳婿。他在呈进符命的同时，塞给王莽贴身太监一个金蟾蜍，让他及时把喜讯传出宫外。甄寻候在皇宫小侧门听了太监传出坏消息，心下着实后悔不该在符命中写上"下嫁散骑常侍、京兆大尹甄寻为妻"这句有损皇家尊严的话。想到皇帝喜怒无常，甄寻心里恐惧不已。他回京兆大尹署衙匆匆收拾了一些细软，不及回家和父亲告辞一声，就惶恐无措逃出了长安。

甄府在长安西城繁华地界，因甄丰当过主管全国土木工程的大司空，甄府亭台楼阁连宇接栋很有气象。甄丰自接到受命为陕地右伯的诏书，心里很是惬意舒坦。他盼咐家人慢慢整理巡查陕地的行装，一面悄悄为黄皇室主准备聘礼。管家领命忙活去了，甄丰则暗暗物色从承明宫迎聘黄皇室主的人选。甄丰倚在高风堂大胡床靠枕上，心里把皇上身边的重臣一一筛选：国师刘歆德高望重想请请不动，中常侍哀章请得动却不愿请他。哀章向为甄丰瞧不起，走路面对面碰上连话都不想和他说。但眼下哀章是皇上驾前宠臣，不请他当迎聘黄皇室主的傧相就等于得罪他。

甄丰因是否请哀章迎聘黄皇室主一事决断不下，心里就有些烦躁。他起身正想找陕地左伯平晏征询一下意见，忽听前院传来一阵争吵和骚动。心里正诧异之际，就见中常侍哀章、有司典尉荀勃带着几十个兵士冲进高风堂。那哀章不等甄丰问话，便对甄丰拱拱手道："甄大将军切勿惊慌，中常侍哀章和有司典尉是奉旨缉拿犯官甄寻。荀典尉速速在府内搜查钦犯，不得有意惊扰甄大将军的眷

属,不得肆意损坏甄府财物。"

荀勃对哀章应诺一声,挥挥手带着兵士就冲出了高风堂。这一切发生得很突然,甄丰就像从五彩云端跌到尘埃,晕头晕脑不知高低。他结结巴巴问哀章:"中常侍……大大大人,犬子甄寻犯……犯犯……了何罪?"

哀章一进高风堂就对甄寻那张大胡床感兴趣,他抚摸着大胡床镶金嵌玉的靠枕笑问甄丰:"甄大将军,如果我没猜错,这张胡床是金贞楠木做成,这个靠枕是天鹅绒的胎子,论年月至少百年以上。"

甄丰从哀章有些眍瞜的鹰隼般的眼里看出无常凶险,他跟在哀章后面顺着哀章的话低声下气道:"中常侍喜欢这个靠枕,我马上命人送到哀府去。"

哀章的大颧骨凹马脸上有了不置可否的笑意,他虚捏着稀稀山羊胡,饶有兴致地欣赏着高风堂道:"甄大将军不愧是世家出身,看看这'风高节清'的堂匾,再看看这'日月相辉映,湖海共澄鲜'、'门开九河曲,堂前五湖连'的楹联。甄府祖上高远德风,熙熙然扑面而来啊。"

自王莽登基做新朝皇帝以来,朝中大臣没少满门抄斩。哀章云遮雾罩的作派,让甄丰感到甄府大祸临头。他急切想知道甄寻究竟犯了何种不赦大罪,就紧跟哀章带着哭腔道:"中常侍大人休再谬夸甄府,究竟甄寻身犯何罪?还望大人指点迷津。事过之后,定有重重酬谢。"

哀章见从不把自己看在眼里的甄丰吓得惶恐不安,心里好一阵惬意道:"非是哀某拿大,今日皇上龙颜大怒,一迭声要哀某和典尉过府缉拿钦犯。除此之外,哀某也是云天雾地不知所以。"

甄丰见哀章仍然拿大不肯透露半点消息,正要发作拽哀章去金殿面君,就听后府传来妻妾下人一阵阵哭叫声和搜府兵士的呵斥声。心底泛起的一点大将军脾气立即化为乌有,当下跪在哀章面前叩了一个头求道:"中常侍大人看在老夫年近半百,膝下孑然的份上,超生犬子甄寻一条蚁命吧。"

哀章看着甄丰,脸上现出怜悯神色道:"真是金殿伴君如伴虎,荣华富贵如水流啊。要想这富丽堂皇的高风堂不改姓,就看甄大将军愿不愿意舍去眼前的浮华,换得皇上龙心释然,求个否极泰来了?"

甄丰正琢磨哀章神龙不见首尾的话语,荀勃进到高风堂禀报:"启禀中常侍大人,甄府没有钦犯甄寻。"

哀章看着甄丰干笑一下转脸对荀勃道:"俗话说,跑得了儿子跑不了老子。荀典尉就和兵士们守在高风堂左右,只要钦犯回府,立即捉拿归案。"

哀章说完,朝甄丰一甩袍袖便出了高风堂。

第二章　机关算尽求福得祸　昧心问案殃及无辜

有司典尉荀勃年约四旬，生得五大三粗壮如天神。他一屁股坐到大胡床上双手拄剑对甄丰打个哈哈说："嘿嘿，甄大将军刚才听见了吧？我是受人差遣身不由己。俗话说王命如山，在下只好在甄府守株待兔。再个说当兵吃粮，可我的手下兵士不能带上锅灶来甄府执行王命。甄寻一天不到案，我和兵士们一天不得离开甄府。请将军速去后府安排膳食——还有，后府内眷门户自当看紧，别让那起没见过俊俏女人的兵士们见色起意……嘿嘿，说多了说多了，甄将军请自便啊。"

甄丰原就认识荀勃，一个熟识的有司典尉竟然如此大不敬和新任陕地右伯说话，可见甄寻凶多吉少。甄丰不知道怎样离开的高风堂，回到自己寝处，一路见各处庭院都是一片狼藉。妻妾下人们一时也不知拘押在何处？他顾不得寻觅妻妾们予以抚慰，跌跌撞撞到了书房，想给皇上写份服罪辩疏，以求皇上对甄寻开恩减罪。

甄丰自己濡墨铺绢，提笔半天难着一字。有司典尉亲自捉拿钦犯，可见甄寻犯了十恶不赦之罪。究竟犯何大罪，做父亲的却一无所知。甄丰此时想起了哀章临去劝自己那些话，竟然句句都是暗示自己已经死路一条。"要想这富丽堂皇的高风堂不改姓，就看甄大将军愿不愿意舍去眼前的浮华，换得皇上龙心释然，否极泰来了？"也许哀章说得对，只有自己一死了之，才能让皇上解气。只有皇上解气，才能对功臣之后网开一面。只有甄寻保住性命保住前程，才能保住甄府和高风堂不易他姓。甄丰想到此处，胸襟豁然开朗，一股丈夫怜子的豪气油然而生，他提起象管狼毫，濡墨唰唰写下几句绝命诗：

　　犬子罪非轻，乞恩达明君。
　　甄丰身虽死，不改忠臣心。

甄丰将绝命诗念了一遍，很满意自己临死前的遣词造句。他拿出秘藏的鸩酒，先仰首做一阵声震屋瓦的凄然大笑，后毅然喝干了青釉撒花美人腰小瓷瓶里的鸩酒。

哀章得到甄丰的绝命诗，立即进乾宁殿呈给王莽御览。与甄丰死前的愿望初衷相反，经过哀章对王莽一番摇唇鼓舌，甄丰以死换取王莽怜悯的行为变成罪大恶极畏罪自杀。王莽称帝十余年来，各地叛乱此起彼伏，心下很怀疑有心腹大臣们在暗中幸灾乐祸，故而平叛不力。于是口谕哀章："不惜代价缉拿甄寻归案，严查与之有关联人犯。不论他官居何职爵位何等，凡参与同谋者，一律严惩不贷。"哀章对皇上谕旨从来都是深得圣意，立即在长安城内，各处关隘要道，发布了生擒钦犯甄寻黄金百两，死得钦犯甄寻黄金五十两的赏格。

古往今来，重赏之下必有所得。朝廷赏格发出不几天，一个在陕地猪猡山挖陷阱猎狗熊的猎人，从陷阱中救起被跌得昏昏然的甄寻。恰巧那猎人去县城卖山货看见过朝廷捉拿钦犯的露布，由甄寻一身褴褛的缯褛联想到朝廷钦犯。猎人心里一阵狂喜，眼前就出现黄灿灿百两金子。猎人试着把甄寻往吏胥那里一送，果然是朝廷赏格缉拿的钦犯。

哀章抓获甄寻，立即交廷尉吴宪谳审。

廷尉吴宪得哀章青睐成为当朝新贵，领命谳审甄寻当然铁面峻严。

甄寻初到有司大堂，身受有司大堂皂隶一顿无情棍之后，很男人地回答："启禀廷尉大人，捏造黄皇室主应下嫁散骑常侍、京兆大尹甄寻为妻的符命，是我一人所为。父亲甄丰不知晓，也没其他人参与。"

甄寻的供词不是吴宪想要的供词，他不对称的柿饼脸上起了一处嘲讽的笑靥。他将嘲讽的笑靥保留片刻，对皂隶们倏然垂下眼睑，轻轻说了句："继续打，打到他愿意招供为止。"

有司皂隶们是有收拾过大人物经验的皂隶，他们见问官对钦犯没有一丝呵护的意思，举着水火棍照着甄寻的膝盖、脚踝处一阵猛敲狠打。一棍一声惨叫，几阵惨叫几阵昏厥。一盆凉水浇头，甄寻回到阳间。他哼哼呻吟一阵提气大喊："我招供我招供！廷……廷尉大人想要我说什么？"

"皇上想知道有哪些人参与此案，你知道什么就说什么。比如，你和哪些人最友善？谁最能够替你遮风挡雨？"

甄寻万不料一次异想天开的附凤攀龙，竟然惹来泼天大祸。从吴宪的问话里甄寻得到一丝启发，便一气说出了刘芬、刘泳、丁隆、王奇等一长串好友的名字。甄寻是上两千石的官吏，他的好友也不是寻常人等。刘芬、刘泳是新朝第一重臣刘歆的儿子。刘芬官任侍中、刘泳官任长水校尉，丁隆是刘歆的得意门生，官任骑司马。王奇则是大司空王邑的弟弟，官任左关将军。以甄寻的本意，先攀扯上这些朝廷重臣的子弟亲属，可求得几堵厚实的挡风墙。特别是国师刘歆，最为皇上尊重，也为当世文人敬重。就因为刘歆声望太高，王莽才专为他设置位比宰相的"国师"一职。国师国师，一国之师，有大国师的两个儿子连坐此案，此案才可大案化小小案化了。

甄寻太天真，现实忒残酷，皇上王莽没有因为刘歆是国师而网开一面。被甄寻攀扯为挡风墙的刘芬、刘泳、丁隆、王奇等三十余人全部连坐"罔上不道"的罪名，被王莽钦点死罪。在三十余名死犯中，甄寻、刘芬、刘泳、丁隆、王奇等二十余人第一拨先行问斩。待甄寻、刘芬、刘泳、丁隆身首异处，哀章又上疏王莽。其疏大意说：依上古虞舜殛鲧于羽山故事，请流甄寻、刘芬、丁隆三凶尸首于三危、幽州、羽山，播扬其恶于天下。

  王莽对哀章从谏如流，当即下诏照准哀章所请。第一拨死犯明正典刑后，第二拨死犯临刑前又攀扯其他朝臣达数百人。此案牵出案中案和无中生有案越来越多，有司集中了数十问官前后审理达数年之多。后来陆续连坐甄寻"罔上不道"罪名的数百朝臣的生死祸福史书没有详细记载，大约肯定不会都是无罪释放。《尚书·太甲中》云："天作孽，犹可违；自作孽，不可逭。"没有王莽、哀章君臣一系列倒行逆施，怎可激起天怒人怨官逼民反。新朝天凤年间，先后爆发了大规模的绿林、赤眉农民起义。在新朝内部也激怒一位以天下为己任的巨眼英豪，这位巨眼英豪凭三寸不烂之舌，说动一介布衣刘秀匡扶天下。一部波澜壮阔跌宕起伏的历史大剧，至此徐徐拉开了厚重帷幕。

第三章
较锱铢秘定大计　泄机谋招至血灾

南阳郡所辖蔡阳县白水乡,是舂陵侯刘买的封邑,从此,大汉皇室一脉便在此地繁衍生息。俗话说:富贵不过三代,君王之恩五世而斩。这俗话用于汉景帝七世孙刘秀,简直是巫家方士的灵验谶语了。汉景帝刘启的儿子刘发封长沙王,长沙王刘发的儿子刘买封舂陵侯,舂陵侯刘买的儿子刘外官为郁林太守,郁林太守刘外的儿子刘回官任钜鹿都尉,钜鹿都尉刘回的儿子亦即刘秀的父亲刘钦,依次递降为南顿小县县令。刘秀九岁时父亲去世,正值王莽以安汉公把持朝政。别说汉景帝七世孙刘秀将来仕途无望,就是汉平帝刘衍本人,一条小命也是岌岌可危。刘秀二十多岁的时候,王莽早已废黜刘婴当上新朝皇帝。刘姓王侯死的死贬的贬,在长安求学的刘秀也因学费不继回到白水乡舂陵村(今湖北省襄阳市所辖枣阳市吴店镇),很务实地淡化了汉景帝七世孙的皇室血统,做了个两腿黄泥的庄稼汉。

且说南阳城东街繁华地界,有个占地三十余亩大的宅院。宅院有着双檐歇山仪门,仪门门楣悬挂有王莽御笔亲赐"迈德蹈仁"金匾。越过高高的围墙,可见院内幢幢树冠,掩映着鳞次栉比的亭台楼阁。此宅院主人姓李名守,祖上三代经商,方积累出这一番富庶景象。到了李守这一代,偏喜爱天文历象经纬谶语,去长安投奔国师刘歆门下,研究星历谶记。不出三年,刘歆抬举相貌奇异的李守做了王莽的宗卿师。

朝里有人好做官,此话历代不假。李守的儿子李通很快也被征辟为五威将军从事,后出为郡丞。李通除了继承家学研究星历谶记外,儒家道家无一不涉,心里无端郁结一团匡扶天下的浩气。甄寻求福得祸诬为"罔上不道"大罪,牵连近百名朝臣人头落地,使李通一怒之下辞官回乡,在李府左近的肇庆货栈,增开一家肇庆粮号。日督货栈买卖,夜算钱财积累。恨不积财亿万,做个颠覆天下的第一英雄富豪。

秋高气爽,五谷登场,正是粮号入仓的大好时光。这天未时时分,尚有十几辆装载着粮食的牛车进了肇庆粮号的后院。因买卖双方都比较熟识,验货论价卸车论衡,一切进行得顺顺当当。然当肇庆粮号的二掌柜付给卖方粮款时,买卖双方发生了激烈争执。

双方争执的原因,是肇庆粮号这次付给卖方粮款时全部都是"大钱"和"小钱",没有和往常一样付给三成"五铢钱"。后世人不太清楚大钱、小钱和五铢钱的差别,其差别源于王莽多次改革货币。

王莽当政先是在原流通货币五铢钱的基础上,加铸"错刀"、"契刀"、"大钱"等钱币。此后不几年,王莽又废止错刀、契刀、五铢钱,另铸"小钱"与"大钱"并行流通。刚过一年,王莽又改铸金、银、龟、贝、钱、布六种钱币。但钱币不称"钱币"统称"宝物",五类宝物(钱、布因都是铜质合称一类)复杂至六种名号、二十八品。新朝货币复杂多变,致使流通大乱,官民苦不堪言。王莽不得已再废止金、银、龟、贝、布等"宝物",只以大钱、小钱流通。

百姓对王莽钱币朝令夕改毫无信任感,往往私下使用五铢钱。民间小额交易,以五铢钱为最信任钱币。故因肇庆粮号这次全部用大钱、小钱付给粮款发生争执后,卖粮方一个愣头青小子大声嚷道:"人无诚信,不如猪狗!你们肇庆粮号凭啥不以三成五铢钱付账?"

肇庆粮号二掌柜一反往常的彬彬有礼,也不客气地道:"我肇庆粮号只是说今天没有五铢钱付账,并未说明天也没有五铢钱付账。诸位过几天再来,敝号一定给大家多以五铢钱付账。"

愣头青小子叫刘猛,他哪信二掌柜的话,仍然大着嗓门说:"许的不如现的!钱到手,饭进口,二掌柜别以为乡下人好糊弄。你拿三成五铢钱来,我们买卖两清!"

二掌柜笑了一下问刘猛:"粮号开门,一视同仁。我们付足了粮款,如何不是买卖两清?"

刘猛的弟弟刘豹不耐烦插话道:"肇庆粮号不讲义气,这粟谷不卖了,不卖了!"

肇庆粮号一个店员也插话说:"买买买卖,有卖才有买。你们不卖,我们只好不买。"

二掌柜接着店员的话问刘猛道:"后生子,你说句不卖的话,我叫伙计们帮你们装车。"

刘猛被二掌柜的话噎个倒憋气,他红了葫芦脸瞪着核桃眼看了一会儿二掌柜和面有讥笑之色的店员们,狠狠跺了一脚骂道:"离开肇庆粮号这把夜壶,还能没地方尿尿啦?不卖了,不卖了,爷们将这粮食拉回家喂猪去!"

刘猛呼喊着要将已经卸下的粮袋装车,其他三十余个庄稼汉子却面有难色,都聚在一位英俊持重的青年后生跟前窃窃私语。这帮卖粮汉子都是蔡阳县白水乡以种地为生的农民,每年秋收之后在南阳附近各县贩卖一季粮食补贴日用。今天若得罪肇庆粮号,一时还难以找到更合适的老主顾。大家都觉进退两难骑虎难下之际，只见那位英俊持重的后生分开众人走了出来。但见他身长七尺以上，绛红哨头，赭色外衣，长眉短须，星眼高鼻，眉宇间闪现出深藏不露淡定自若的神气。他走近二掌柜，不卑不亢抱拳施了一礼道："请问，今天肇庆粮号李掌柜在府上否？"

二掌柜见今天引蛇出洞成功，便一扬眉毛道："李掌柜今日恰在府上，但他一般不轻易见客。"

那后生也扬了一下眉梢不卑不亢道："李掌柜一般不见客，我们一般不去烦扰。今天的买卖出现僵持，我就想得大掌柜允诺一句话。"

刘猛、刘豹立附和道："对！我们要见大掌柜给句明白话。"

二掌柜不理会众人，走近英俊后生带着挑战语气问："看来贵介是个领头的人物，你一个人敢去见大掌柜么？"

英俊后生微微笑着问道："李府不是虎穴龙潭，大掌柜也不是草莽大王，二掌柜说我敢去见他么？"

"高人一张口，便知有没有。请贵介报上籍贯姓名，鄙人立即为你引见大掌柜。"

"在下祖居蔡阳白水乡，姓刘名秀，表字文叔。"

二掌柜见英俊后生报出刘秀大名，仔细将刘秀端详一下颔首道："好一个阔额隆准的刘文叔，请！"

"文叔不能一人去李府，要去我们一起去！"

刘猛、刘豹等七八个伙伴拦住了刘秀的去路。

刘秀对刘猛他们说："刘猛刘豹，大掌柜是读过圣贤书的大掌柜。你们散开了去，都安心在这里等我。我不回来，谁也不许上门吵闹！二掌柜，您请。"

二掌柜对刘秀一躬身："文叔请！"

自古贫富两重天，富人多知道贫人的窘况，穷人却想象不出富人豪奢。尽管刘秀在长安游学时见过帝都的大世面，但随着二掌柜进了李府，才知道外面的高墙绿树掩映着惊人的富贵荣华。

进得李府仪门，迎面中轴线依次是巍峨壮观富丽堂皇的聚贤堂、高义堂、齐平阁。中轴两厢，各有亭台楼阁自成画栋别馆。府内直道曲径，均有奇石珍木琼花瑞草点缀两边。刘秀正不知往何处行进时，二掌柜在一处六角门处驻足轻轻一拍手，用玳瑁彩贝装饰的六角门内款款转出四位个高髻长裙的妙龄女子。二掌柜指着六角门的门额上三个篆体"谐声苑"对刘秀赔笑道："大掌柜的谐声苑鄙人轻易不能进去，请文叔随使女们去见大掌柜吧。"

没容刘秀答允，四个靓丽娴静的使女对刘秀深敛一礼说："文叔先生，请随我们来。"

刘秀回头，已经不见二掌柜的身影，只得跟着四个使女进了谐声苑。

四个使女一色轻盈逶迤的绛红长裙，一样窈窕婀娜的姣好身姿。越堂过户，裙裾飘然如举；绕亭穿廊，美人流眄回眸。刘秀诧异李府豪奢的同时，更诧异李府下人使女的非凡举止。走过几处游廊亭台，刘秀听到一阵哀怨乐声，和着浓浓的桂香传了过来。又穿过一处水亭，拐过两处假山，高高的齐平阁蓦然出现在眼前。刘秀不及细细端详齐平阁的壮观巍峨，就见八个一样绛红长裙的美貌使女一起出了齐平阁深深弯腰迎候。引路的四个使女和八个前迎的使女列成两排，齐齐整整敛衽低首。前排首位的长眉女子收敛着天成妩媚，轻轻道了声："请先生登上齐平阁，大掌柜在阁上专等。"

自己是庄稼汉的打扮，却被妩媚的女子称为"先生"，刘秀禁不住细看长眉女子一眼。仅仅只看了一眼，刘秀便暗扯一下衣襟，淡定了心绪。凭着对李通父子的粗浅了解，刘秀进李府心里也没丝毫怯意，只是暗暗猜测李通引诱自己过府的目的。待上到齐平阁楼上，但见四面阁窗紧闭，迎面一个凤凰来仪髹漆屏风，上有隶书《礼记·乐记》上的一段话："治世之音安以乐，其政和，乱世之音怨以怒，其政乖；亡国之音哀以思，其民困。声音之道，与政通矣。"屏风前的虎足凤鸟祥云髹漆几案上，一个犀牛望月铜香炉里尚有袅袅余香伴着一副古琴。刘秀见轻袍缓带的李通背身而立，正欲设词搭讪时，李通猛然转身拱手笑问："李次元见礼，来者可是汉景帝七世孙刘文叔？"

刘秀对李通一抱拳道："在下羞提先祖，大掌柜面前是地地道道的农夫刘秀。"

李通字次元，年约二十四五，白净面皮，五绺美须，目光深邃，语多玄机。他哈哈一阵大笑道："俗话云，嚼得菜根，百事可成。牵得牛绳，亦可扭转乾坤。文叔勤于稼穑，耕读立身；遗爱乡里，声名远播。来来来，文叔请坐，且容我弹奏一曲后促膝长谈。"

刘秀对李通叠掌致谢："谢大掌柜抬举，一介农夫刘文叔只知稼穑，不知琴音，亦不明白音乐之道如何能与政通？知音不得，大掌柜何必对牛弹琴呢？"

"哈哈哈！……"李通又是一阵大笑道："刘文叔上得阁来便把'治世之音安以乐'看进眼里，何以说不是知音？"

刘秀摇摇头道："谢大掌柜夸奖，您吩咐二掌柜，今天付给我等粮款给足三成五铢钱，就是体恤农人了。"

李通看着刘秀笑道："心怀庙堂，不言醋酱。不过，方才你离开肇庆粮号后，粮号已经给你的伙伴们付足五铢钱了。"

刘秀心下一动问："看来大掌柜今天引诱刘秀前来贵府,是蓄谋已久了？"

李通伸手推开一扇阁窗,用他金振玉音般的嗓音道："王莽无道,天下大乱。荆州绿林军已渗入南阳郡东南诸县,山东赤眉军也成燎原之势。近来家父得到两句谶语,其一,'新朝气数将尽,刘秀当为天子';其二,'刘氏当兴,李氏辅之'。不知文叔对此两句谶语感兴趣否？"

刘秀也推开一扇阁窗自言自语一般道："光脚的不怕穿鞋的,只可惜了满眼的楼台亭阁金碧辉煌,还有那丝竹悦耳红袖飘香啊。"

李通靠近刘秀,也似自言自语轻轻道："只要文叔立下匡扶汉室之志,你所看到的尽可输做军资。"

刘秀关紧阁窗,看着李通道："'新朝气数将尽,刘秀当为天子'此类人人都可编造的谎言,难道你也信？"

李通关紧自己打开的那扇阁窗,又验看了其他紧闭的阁窗后一指丝绒蒲团道："此地此时,尽可放心直抒襟怀。文叔请坐下,容我告知'新朝气数将尽,刘秀当为天子'这谶语的来历。"

刘秀至此方信李通的诚意,便去几边并膝坐下。李通随即也并膝坐在刘秀对面,隔着二尺宽的几案,由那句谶语的来历,说出借机由南阳起兵匡扶汉室的大业,只说得深藏不露淡定自若的刘秀擦拳磨掌,与之定下了举兵起事的谋略日期。

自封春陵侯刘买到刘秀这一代,汉景帝一脉繁衍在蔡阳县白水乡的子孙全都化官为民。全乡数百户皇族血脉中,掐尖儿人物要算土财主刘縯了。刘縯字伯升,是刘秀长兄。南顿令刘钦去世后,刘縯兄弟都回到了老家春陵。按照父亲遗嘱,尚未成年的刘秀过继给叔父刘良。刘縯凭着父亲留下的有限资财,购置了必要的田产支撑起刘钦的门户。十九年过去,刘縯房产连栋门客成众,在春陵村成了说一不二的领袖人物。王莽篡汉,戕害汉室宗族,刘縯常怀愤懑之心。他暗地疏散家财,结交远近豪杰,意欲在适当时机起兵参与匡扶汉室。当刘秀在密室细细禀告了南阳城李通愿意起兵助刘匡扶汉室时,刘縯连连叫了几个好,两人迅速谋划出白水乡举兵起事大致方略。兴奋之余,刘縯拧着浓眉问："以李通所说,现在京城内外流传起'新朝气数将尽,刘秀当为天子'的谶语,天下名叫刘秀者,岂不全都面临血顶之灾了？"

刘秀摇摇头道："兄长知不知道当代硕儒刘歆？"

"国师刘歆名满天下,谁人不晓？"

刘秀目光里露出憎恨道："莽贼一日不杀尽朝内汉室宗族,一日不得安寝。据李通说,前些年借甄寻亵渎黄皇室主的名誉,莽贼构狱杀害了刘歆爱子刘芬、刘泳,国师刘歆因此大病一场,遂更名'刘秀'。意图忘掉过去,在人世苟延残生。如今京城内外流传'新朝气数将尽,刘秀当为天子'的谶语,想必又是奸贼蓄意陷害,看来国师刘秀死期不远了。"

刘縯气愤地轻轻捶了一下桌子道:"莽贼暴虐,天下分崩。灾年连连,刀兵四起,此乃匡扶汉室、鼎定万世基业之机。贤弟速速再去南阳一趟,把你我今日拟定的起事方略告诉李通,显示你我匡扶汉室的实力和决心。"

刘秀道:"以愚弟拙见,不如待我舂陵子弟暗暗备齐兵器粮秣,训练成军,再去与李通联络为好。"

刘縯一想刘秀的话很有道理便道:"文叔所虑,高出为兄许多。今晚我们就在此处联络中户以上的宗亲,有钱出钱,无钱出力。踊跃参与匡扶汉室者,当引为中坚股肱。"

刘秀随即表示决心道:"小弟一切唯兄长马头是瞻,这就去通知中户以上的宗亲……"

大谋之道,周密为要。按照李通与刘秀议定的举兵起事谋略,刘秀回蔡阳发动六千舂陵兵,自己则和李通的族兄李轶联络南阳守军副将张韬,乘主将詹铖教场点兵之机,擒拿詹铖,树旗反莽。然后迎刘秀的舂陵兵入南阳城,以汉景帝七世孙号令天下,一举颠覆新朝,光复汉室。为坚定张韬参与举事,李通让李轶一次送给张韬黄金百斤。不料张韬中途变卦,将李通、李轶的密谋告诉主将詹铖。詹铖不敢怠慢,立即密奏王莽。王莽闻奏连夜下旨,朝中捕得宗卿师李守,南阳捕得李守一门老幼四十余口。王莽唯恐詹铖徇情,钦命哀章赶赴南阳城,将李守满门不分男女老幼,全部斩杀于李府齐平阁前。只杀得享有王莽御赐"迈德蹈仁"盛名的李府哭声震天,继而血流成河死尸如山。

那李通和李轶也是命不该绝,当数百官兵分别包围李府和肇庆粮号时,李通、李轶正要密约张韬见面。他们在街市远见官兵杀气腾腾来者不善,立即避入人群分散逃出城外。谋逆造反是灭九族大罪,李通借得一匹快马飞奔长安,意欲通知父亲李守离京避乱。不料刚近长安地界,得知父亲已经被王莽腰斩弃市,暴尸三日才被一位行善者用一领草席卷把卷把埋了。李通躲在客店偷偷大哭一场,意欲转去告知刘秀速速躲祸,待看见四处张挂了捉拿钦犯李通、李轶的图形,想必刘秀已经知晓凶信,可能早已躲避他乡。李通在他乡大山蛰伏期间默默祷告上天:千万千万,别让官军在李府发现蔡阳舂陵的字样和刘秀的名字啊。

第四章
刘秀携美逛村市　王凤恋财闹分金

蔡阳县白水乡春陵村,经过汉景帝遗脉五世经营,与非汉景帝遗脉村子截然不同。村子临白水河靠飞龙山,风水宝地,处处卧虎藏龙;春陵气象,幢幢树冠接云。村四周有一丈五尺高的垒墙,垒墙周长十里,村街三横一纵。除了春陵侯侯府的亭台楼阁,还有十几个大户的房宇增添了春陵村王侯气势。惜哉,以上王侯气势,是春陵侯刘买在世或去世不久的气象。如今的春陵村,除了规模不变,村里处处的境况都是今非昔比。不仅东西南北四个类似城门的村门荡然无存,就是刘买的侯府早也没了侯府的影子。在侯府原址上除去刘氏祠堂和刘缜的几栋飞檐高户还能让人仰目而视外,其他春陵村的农户也都是低矮参差的瓦舍、草庐了。

刘缜是春陵村首富,其庭院自然近邻刘氏祠堂。刘氏祠堂原是春陵侯演武厅,刘买的子孙们不能全身心演武了,才改作全村缅怀祭祀祖先的场所。因了演武厅的规制,刘氏祠堂外有一个能容纳两千余人演兵校场。演兵校场的南端有一个可以当作阅军台的土台,刘缜自称柱天都部后,便在土台上竖起一根三丈高的旗杆,高悬"匡扶汉室柱天都部"红色大纛。春陵村全村八百多户五千余口,大都是汉景帝正宗遗脉或旁系衍生遗脉。虽然村人大多数嬗变为土头土脑的庄稼汉,但大家都没淡忘自己的高贵血统的曾经的辉煌。"柱天都部"意即"擎天都督"之意,或谓天之将倾,一柱撑起。因那时还没出现"都督"的称谓,故而刘缜独创了"都部"的称号。有了"柱天都部"红色大纛的激励,有了柱天都部的将令,自红色大纛在演兵场竖起,一下在四乡聚起六千多春陵兵。当然,春陵兵不全是春陵人,更多是来自附近乡村的穷苦农民。当官家漠视草民在水深火热中煎熬,扯旗造反很有煽动力。

那一日,暮秋朝阳初升,校场战鼓震响。刘缜在激越鼓声中昂然登上阅军台。人要衣装,佛要金装。刘缜少壮年纪,原本龙形虎步,高大威武,隆准长面,鹰眼薄唇,好一副贵人异相。贵人异相戴着柱天都部大冠,披上闪闪发亮的金甲,就是托塔天王下凡,春陵侯刘发再世。全副披挂的刘缜器宇轩昂威风八面,按剑抬目往大校场一看,但见校场内稀稀拉拉只有六百余人。尤其让刘缜诧异

第四章 刘秀携美逛村市 王凤恋财闹分金

光火,六百余个稀稀拉拉舂陵兵的状态是:萎靡不振睡未醒,肩倚长矛无精神。

刘縯虽没扯旗造反的经历,但也知扯旗造反是你死我活的拼杀。故而起事之初,他便依孙吴兵法编练军队,申明奖惩章程和铁面无私的军规。前几日只要教场三个羊皮大战鼓震响,一千五百中军大营兵便迅速齐聚大教场,雷厉风行颇有气势。中军大营兵一律是刘姓子弟兵,往大了说就是皇帝的御林军。子弟兵们今天怎么了?刘縯不及多想,便命紧跟身旁的偏将军刘秀道:"请偏将军亲自擂鼓三通!"

一身戎装的刘秀大声应诺,去一个鼓手那里接过三尺鼓槌,立定脚跟,高举鼓槌,卜卜咚咚三阵猛敲。其他两个鼓手哪敢怠慢,都使出了吃奶的力气擂鼓。谁知三通鼓罢,不仅没军将聚集,还有几十个兵卒放下长矛意欲悄悄溜走。刘縯情急之下,唰地抽出三尺佩剑大喊道:"站住!教场如战场,临阵脱逃者立斩无赦!"

柱天都部"立斩无赦"的将令果然有效,几十个意欲溜走的兵卒拿起了长矛站回队伍中。正在这时,巡营监军刘稷带着兵士押着粮草记簿刘玄来到台前。刘稷前行几步拱手禀报:"启禀柱天都部,刘玄脱掉粮草记簿色服,意欲逃亡他乡,请柱天都部发落!"

刘玄字圣公,是刘縯的族兄,略识几个文字,上数三代都是种地过活的农民。到了刘玄这一代有了起色,被统管百家的里魁任命为"什户主"。什户主是十户之主,主要职责是防止其治下其他九户有不轨言行。刘玄八尺身材,大颧骨,高鼻梁,细眉小眼瘦脸长。唇上须少分八字,颔下毛稀色发黄。刘玄虽然号"圣公",但天生长相孱弱,生性懦弱,不喜赌斗,唯喜安静。里魁重用他为什户主,主要看重他是舂陵村首户刘縯的族兄,次要看重他懦弱胆小。凡是懦弱胆小者,一般安分守己,发现左右邻居不轨行为不敢瞒报漏报。

刘縯自称匡扶汉室柱天都部,第一道将令曰:"凡舂陵村刘姓宗族,年十六至五十岁的男丁,必须拿起刀枪匡扶汉室。有不遵将令者,籍没家产充做军资,夫妻双双沦为随军苦力。"刘玄四十六岁,贤妻苗氏三十六七,自己沦为随军苦力尚难接受,遑论让年轻贤妻沦为随军苦力?万般无奈之下,勉强接受中军大营粮草记簿一职。

刘玄不等刘縯发话,便扑通一下跪在他面前哀求道:"伯升弟,愚兄实在不愿参与造反,实在不敢因志短才疏坏伯升大事,您放过愚兄,另选贤才做粮草记簿吧。"

刘縯碍于刘玄的族兄身份,耐着性子好言道:"万事开头难,开弓没有回头箭,圣公想必知道这两句俗语吧?只要圣公兄回心转意,我可不追究你动摇军心的罪责。"

刘玄以额触地道:"圣公不求将来的荣华富贵,只求现在苟活人世。"

刘縯提高声调道:"同是汉景帝子孙,圣公因何这般没骨气?"

刘玄抬起头来,泪流满面道:"伯升弟,你鼓噪刘氏子孙扯旗造反,是驱刘氏子孙入虎口。汉景帝遗脉,从此不复安命也。"

"刘玄,你一再动摇军心,就不怕无情军法?"

刘玄涕泪齐下捶胸大哭道:"当朝宗卿师、南阳大户李守满门抄斩,亭台楼阁前尸骨如山,血流成河。我怕王莽的斧钺,甚于伯升的军法啊……"

"巡营监军刘稷听令,速将动摇军心、临阵脱逃的刘玄斩首示众!"

刘縯深邃鹰眼闪着绿光发出了杀人的军令。

刘稷应声"遵命",便扯出佩剑要斩刘玄。

"且慢!"刘縯身边的刘秀制止了刘稷,转身对刘縯道:"启奏柱天都部,我春陵兵尚未出师与莽贼交战,先斩军帅族兄,恐为不祥之兆。以愚弟之见,莫如暂寄人头于他项上,促其戴罪立功为好。"

刘縯视胞弟刘秀为心腹肱股,当下允了刘秀所请。一挥手让刘稷将刘玄带离阅军台。刘縯此时再看台下,十亭人倒有九亭人打起了精神。刘縯大声对他的大营兵道:"王莽无道,刘氏遭殃。莽贼拿刀枪杀人,我们以其人之道,拿起刀枪杀贼!也许,你们也知道了南阳大户李掌柜满门抄斩的事情了。李掌柜府上满门抄斩,就是一个血淋淋例子。刘氏子孙要想不被莽贼斩尽杀绝,我们就要练好手里的刀枪,去长安砍下莽贼的脑袋,匡扶汉室江山。现在,由偏将军指挥大家演练对阵搏杀!"

刘秀待刘縯说完,双手一挥令旗,台下六百余人立即分成六队,继而两队对战,刀枪并举练习厮杀。刘縯和刘秀等督练将军不用细看,就知道今日教场演兵,全没了往日龙腾虎跃的朝气。

刘玄畏缩怕死的举动犹如瘟疫蔓延,两天之内,就有两千多人放下刀枪躲避他乡。许多族人私下说:"南阳城李通谋反,满门抄斩。白水乡伯升树反旗,春陵刘氏全族都会死无葬身之地"。自古法不责众,刘縯也不敢抓回两千多逃兵军法从事。

杀两千逃兵难,杀鸡吓猴易。为了迅速制止春陵兵畏缩怕死的瘟疫蔓延,刘縯决定除了加强巡营兵将阻止逃兵外,立即将第一个畏缩怕死的刘玄斩首示众。刘秀去湖阳县城刺探军情回来,得知刘縯又要斩杀刘玄,当着几位将领,立下五天内劝说两千逃兵回营的军令状,以谏止刘縯兵马未动先开杀戒。刘縯虽然对

第四章　刘秀携美逛村市　王凤恋财闹分金

刘秀城府韬略了若指掌，但对他五天内劝说两千逃兵归队，心存一个很大疑虑。刘縯在聚将厅屏退众人对刘秀道："说实话，如果我是普通草民，我也做了逃兵。莽贼残暴嗜杀，不能全怪乡间草民惜命怕死。俗语说狗急跳墙，兔子急了咬人。人比狗和兔子到底多长个心眼儿，不逼到火上房的关口，谁也不会轻易舍下三间草屋一头牛。仅凭你去好言劝说，那些胆小鬼就能再次拿起刀枪？"

面对兄长的疑惑，刘秀轻轻一笑道："兄长且收好小弟的军令状，从现在起，你静等佳音，善待回营的舂陵子弟便了。"

刘秀说完对刘縯拱拱手，就离开了柱天都部的聚将厅。

南阳郡新野县与湖阳县、蔡阳县三县交界地带，有一个风景秀丽的村子叫阴家营子。舂陵村刘良的大闺女刘黄前些年嫁给了阴家营子的阴康为妻，使刘秀有了结识阴家营子绝美村姑阴丽华的机缘。这日，刘黄因族兄刘縯扯起匡扶汉室大旗，心下很是反对弟弟刘秀参与其中。因为父亲膝下无子，伯父刘钦才让刘秀过继到父亲膝下为子。造反是灭九族大罪，刘黄不希望本分的刘秀跟随刘縯造反，想说动丈夫一起回娘家劝说刘秀。刘黄正待去村街寻回阴康，就见院门一响，近邻的阴丽华走了进来。

阴丽华芳龄十八，生得光彩照人，绝色无比。天上仅有，人间难觅。若要描摹，须套借《阳春曲》，可得她姣容韵姿万一：面如满月天河洗，眉眼不画便俏丽。沉鱼落雁都不及，贤淑女，男儿梦里娶做妻。当年刘秀在长安游学，看见过督巡"三辅"执金吾出巡，煞是羡慕披甲执戈的军士前呼后拥的武官执金吾。及在姐姐家见过美女阴丽华，刘秀对姐姐悄悄发誓，当官当做执金吾，娶妻当娶阴丽华。刘黄知道弟弟的誓愿，心里早把阴丽华当成自己的弟媳。因刘秀还是个平民白身，一时还没向阴丽华透露心思。此时见阴丽华到家，不啻凤凰落到院里，金元宝掉到怀里。刘黄当下把寻阴康的事儿抛到脑后，说话的声调也像调和了浓浓的蜂蜜。

"是华妹子啊，我正想着华妹子，可可地华妹子就来家了。"

"姐姐可得闲暇，我绣了个汗帕，请姐姐指点指点。"

阴丽华七岁丧父，小弟阴炽尚未成人，故而到了婚嫁年纪没有轻易许人。不许人不等于心里没人。她见过刘秀几次，心里也就装着刘秀，有事儿无事儿爱到刘黄家走走。她说请刘黄指点绣花汗帕，就是一个很方便的借口。

刘黄二十七八年纪，柳眉杏眼，悬鼻圆脸，笑口一开，脸颊上一边显出一个甜甜圆圆的酒窝。她带笑伸手接过一尺见方细麻布汗帕，见汗帕绣着吉祥如意图

案,很是诧异问:"华妹子心下有人了,这汗帕子是给哪个有福气的准备的?"

阴丽华丰腴朗润的脸上掠过一片红晕,大大方方答:"华妹子心里是有个英武的男子,但不知英武的男子会不会看上华妹子……哎呀姐姐,我让你指点指点绣工,你咋问起这个来了?"

刘黄看着阴丽华笑道:"俗话说,家有黄金,隔壁有戥秤。你自己纸里包不住火,还怪我问到你心坎上了。你今天不给我说个姓甚名谁、家住何方,姐姐可就记恨你一辈子了。"

阴丽华忽闪几下长长的睫毛,冷不丁夺回汗帕子道:"姐姐不愿指点,我家去了。"

刘黄假装生气,一指开着的院门道:"华妹子好走,走了再也别进姐姐的家。"

阴丽华走了几步,一只脚门里一只脚门外回身笑对刘黄道:"姐姐从此不让华妹子上门,往后姐姐想华妹子了,就到我家去啊。"

刘黄快步上前,一把从院门处扯回阴丽华,还没容她说出什么,就听村街上一阵骚动,还听到孩童们的几声尖叫。

刘黄和阴丽华迅速对视一眼,便手牵手出了院门。刘黄的家地势稍高于村街,她们出门一眼看到村街的人都惊讶好奇地对一位骑着白马的英武将军指指点点。

单看那英武将军,银盔上一簇碗大红缨脑后飘闪,绛红战袍外罩闪亮软甲,其盔甲战袍,活脱脱是人们早已淡忘的汉将打扮。尤其让阴家营子村街引起轰动的是,英武将军的前面还坐着一个绝色红裙少女。王莽新朝天下,突然出现一个骑白马的英武汉将,再加此汉将与红裙美少女同乘白马招摇过市,怎不叫阴家营子和村街引起轰动?刘黄、阴丽华也惊诧万分看着英武汉将二人。看着看着,那汉将竟打马穿街向刘黄家走来。满村街的人先是主动避开一条通道恭迎,待英武汉将马过面前,又前呼后拥跟随后面窃窃私语。还是阴丽华那双明如秋水的大眼睛好使,她突然发现骑白马、携美女的英武汉将就是刘秀,当下惊叫一句:"姐姐,文叔怎会有这身装扮和作派?"

待刘黄也看出来者是刘秀和妹妹伯姬,却见阴丽华已经捂着脸进了自己的家门。刘黄知道华妹子误会了刘秀和妹妹伯姬的关系,可她此时顾不得和阴丽华解释,大叫着"文叔"、"伯姬"迎上前去。

刘秀不是和刘縯立下劝说两千逃兵归营么,如何着汉将装束,远行大几十里携美招摇过市?

第四章　刘秀携美逛村市　王凤恋财闹分金

前已述及,做过郡丞的李通在自家的齐平阁上初见刘秀有一番赞语,夸刘秀"勤于稼穑,耕读立身;遗爱乡里,声名远播"。此赞语虽是当面夸人,却非空穴来风的虚言谬语。

刘秀的"遗爱乡里、声名远播",盛于他从长安游学回乡以后。在春陵村刘氏族人眼里,远去京城游学过的刘秀就是进了皇家太学。即便不能在皇帝身边当太常博士,最不济也可去官衙当个郡丞、县丞。谁知刘秀一回乡里,便换上赭色短衣到田间劳作。在万般皆下品惟有读书高的时代,刘秀的举动让春陵村父老对他肃然起敬。刘秀从关中带回小麦良种,一顷地多打千余斤粮食。乡邻们眼羡他家麦种,纷纷上门索换。刘秀破了他人换良种十斤换一的规矩,一律实行斤斤兑换。遇到家境贫寒的农户,刘秀干脆无偿奉送。但真正让刘秀声名远播他乡的原因,是刘秀不期而遇、有心为之的一件小事儿。

就在刘秀因学费不继从长安辍学回乡的第二年暮秋,有一个游乡唱曲的伶人路过刘秀家的果园。过路伶人叫谭福,多年在湖阳、新野、棘阳一带游乡唱曲。因为他有一副好嗓子,弹得一手好琵琶,再加谭福生着一副上窄下宽的琵琶脸,人们干脆就喊他"谭琵琶"。谭琵琶路过刘秀家的果园时,因口馋果园又大又圆的橘子,他悄悄摘下两个尝鲜。谭琵琶自知窃人橘子为耻,发现有人临近立即隐身他处,慌乱中将自己的行囊遗留在果园边。来者刘秀其实已经发现伶人的藏身处,他不仅没有上前呵斥窃橘者,反而从橘树上摘下十几个橘子塞进谭琵琶的行囊。临去背对谭琵琶藏身处歌吟道:"园有鲜橘,后土所赐。客人口渴,食不为耻。"

谭琵琶行囊里有琵琶,故刘秀以歌吟告知。谭琵琶拿起行囊想透这一层,琵琶脸上挂满感激感慨的泪水,跪下对远去的刘秀磕了几个头。他暗地里打听到橘园的主人叫刘秀,又访得刘秀许多善事儿,编出《文叔有麦种》《伶人窃橘记》等曲词在蔡阳、湖阳、新野等县乡间演唱。谭琵琶虽然不识字,但编个曲词很在行。在《文叔有麦种》里谭琵琶这样唱道:

好种出好苗,好曲唱好人。
春陵刘文叔,贵为龙子孙。
他人有良种,十斤换一斤。
文叔有麦种,施恩众乡亲。
斤斤作兑换,怜贫多馈赠……

多亏谭琵琶这一演唱,刘秀遗爱乡里的事迹才传到李通等英雄豪杰的耳朵里。

刘秀精研《尚书》、涉猎六经,深知民心可用,故而敢和刘縯立下劝说两千逃兵回营的军令状。自立下军令状的第二天,便身着汉将装束,在白水乡四处走亲访友。一些不知道刘秀也参与造反的农民大为惊讶,他们看见刘秀穿街过市后相互传说道:"连文叔这样忠厚有德之人都参加造反,可见起兵反莽也是顺天道的义举。"那些暗中躲藏的逃兵们私下寻着刘秀,得到不予追究的保证,开始陆陆续续回到春陵大营。刘秀见自己着汉将装束招摇过市很是见效,便带着十五六岁的小妹伯姬和自己同乘白马,又去了新野大姐刘黄和二姐刘元家。五天过去,不仅两千逃兵回到大营,刘秀的大姐夫阴康、二姐夫邓晨也各自纠合三五十人参加了春陵兵。

春陵兵军威复壮,刘縯立即与新市兵和平林兵合兵一处进攻棘阳、湖阳、长聚、唐子乡等附近县镇。刘縯、刘秀起兵之时,荆州绿林军已分成两路大军。王常、成丹所带部众西入南郡号"下江兵"。王凤所带部众北入南阳号"新市兵"。举事首战,刘縯格外谨慎,故派都部长史李轶联络附近新市、平林两路起义军参战。李轶蛰伏在唐河县,春陵兵攻取湖阳城,李轶便赶来做了都部长史。自荆州绿林军、山东赤眉军起,王莽的新朝已经天下大乱。故刘縯树起匡扶汉室的大旗,虽有警报入京,王莽一时哪里顾得调集军队平叛。只是苦了那些麇集棘阳县、湖阳县、长聚、唐子乡等地官宦财主,一遭刘縯起义军进攻,霎时人财两空。大量金银珠宝堆积如山,让新市兵首领王凤睁着绿豆小眼彻夜难眠,他不等天亮,立即找平林兵首领张印商议与春陵兵平分财宝事宜。那张印也是眼浅心窄之徒,当下与王凤一拍即合。第二天早晨,王凤、张印率两路人马包围了堆积大量财宝的唐子乡。

率五百春陵兵守唐子乡的是刘秀部下千夫长刘猛,他一见新市兵、平林兵接近寨门,立即大喝一声:"站住,尔等进兵唐子乡,可有柱天都部的军令?"

王凤从部众行列里前行几步答:"柱天都部口谕,着我们新市兵、平林兵领取战利财物,你快快打开寨门!"

刘猛哪里轻信王凤的说词,唰地抽出佩剑大喊一声:"春陵兵箭上弦,刀出鞘,敢有再接近寨门一步者,立即格杀!"

王凤身边的张印冷笑一声朝身后一挥手,他身后部众都长箭搭弦,对准刘猛和守卫寨门几十个春陵兵。

第五章
国事家事演闹剧　公仇私仇累国师

南阳李通在自家齐平阁说动刘秀匡扶汉室,道出了京城长安流传"新朝气数将尽,刘秀当为天子"一句谶语。此谶语是真的,还是李通为了鼓动刘秀起兵恢复汉室所捏造？如果是真的,大儒刘歆为何还能安居国师高位？天下名"刘秀"者为何还能安然活在人世？

谶语之"谶",其意为"预言"或是"预兆"。凡能流行之谶语,都是别有用心之人暗地里捏造传播。李通有匡扶天下之心,才把此谶语暗地转述给刘秀。远在春陵村的刘秀知道此谶语,身居京城的王莽当然也知道这句谶语。原茂德侯、侍中、京兆大尹甄寻求福得祸,殃及国师刘歆无辜的儿子刘芬、刘泳。刘芬官任侍中、刘泳官任长水校尉,都是卿校级高官。就因为甄寻绝望之际的攀扯,刘歆的两个爱子一起死于非命。

和刘芬、刘泳一起冤死的还有骑司马丁隆,丁隆不是刘歆的儿子,但他是刘歆的得意门生。刘歆遭到这种巨大的打击还能活下去,皆因他还有儿子刘敬和女儿刘愔以及孙子辈让他日夜牵挂。刘愔现在虽然贵为王妃,但皇子皇孙都可一朝死于非命,附丽于皇子的王妃也难免旦夕祸福。为了使自己忘记不堪回首的伤痛,大儒刘歆才把自己改名"刘秀"。刘歆改名"刘秀"在那句谶语流行之前,可见这句谶语的捏造者是想借此谶语致国师刘秀于死地。若继续钻钻牛角尖,此谶语应该是精于此道的哀章所为。不管哀章是否捏造了那句谶语,后来的天下大事果然如谶语所言,哀章捏造此谶语,反倒成了"先觉先知"。王莽之所以无暇借此谶语立马将天下的刘秀们都斩尽杀绝,皆因他的国患家丑让他有些手忙脚乱。

地黄二年,除了荆州绿林军、山东赤眉两路大的农民起义军外,还有南郡宜城县的秦丰聚集万人树起反莽大旗。秦丰号称"楚黎王",迅速攻占宜城、中庐、邔县等地。至于其他揭竿反莽的"男盗"、"女匪",日日有警报入朝。王莽派出镇压的兵将,不是劳而无功,就是为新朝捐躯。好在王莽的新朝承继刘氏大汉朝,虽然千孔百疮,却也是百足之虫死而不僵。王莽靠着符命谶语当上新朝皇帝,也就时时在意上天垂象。地黄二年仲春,王莽将刘邦修建的未央殿改称"王路堂"。

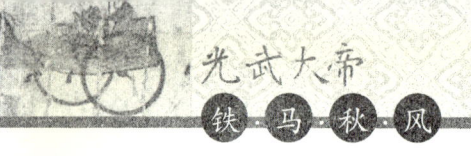

秋天,一场龙卷风不期而至,毁坏了王路堂的墙壁门窗。天象示警,王莽不从自己身上找原因,反认为皇太子王临属于立幼不立长,才导致上天震怒。王莽找到上天震怒的原因,立即改封王临为义阳王,撤销了王临的皇太子身份。太子被罢免,加重了太子生母王皇后的病情。已经失明的生母病重,王临当然入宫侍奉母疾。一次很人性很温情的孝道举动,放在至高无上的巍巍皇宫,却演绎出绝对不可记载于国史的桃色丑闻。

王皇后亲生的第一个皇子叫王博,不幸,第一个皇子第一个早夭。其后第二个皇子叫王宇,第三个儿子就是刚刚被废去太子尊号的王临。二皇子王宇阔额玉颜,是难得的皇室美男。奇就奇在王宇的柳叶长眉之间的一粒绿豆大小的美男痣,完美复制于王皇后柳叶细眉间的美女痣。王皇后因王宇眉间的美男痣格外疼爱王宇。

王莽绕过二皇子王宇立三皇子王临为太子后,王皇后心里存下恚怨,二皇子王宇暗地更是怨恨父皇。纸里包不住火,王宇因怨恨父皇觊觎皇位获罪被杀。第二个皇子第二个死去,王皇后哀恸过度导致两眼失明。两眼失明也没终止哀恸继续,皇家亲骨肉间的悲剧往往是悲惨连续剧。

王宇被赐死,王莽很体贴地抚慰失去爱子的王皇后,立即将二皇子王宇的儿子王宗封为功崇公。十三岁的功崇公粉妆玉琢,不啻观音菩萨莲座前手捧净瓶的金童。金童般的王宗很快淡化丧父之痛,沉湎穷奢极欲,进而无聊至极。他花天酒地走马斗鸡不够刺激,便私服龙袍,悄刻玉玺,在功崇公公府玩皇帝登基游戏。此事被王莽查实便大义灭皇孙,皇孙王宗被逼着喝下御赐毒酒身亡。王宇、王宗、王临虽然是王莽帝、王皇后共同的皇子皇孙,但本质上有着明显的区别。皇帝王莽有许多个皇子皇孙,贵为一国之母的王皇后有血缘的皇子皇孙很有限。皇孙王宗之死还没让王皇后的伤痛到此画句号,不久王宇的同胞阿姐、王宗的皇姑——王皇后的亲生宣城公主王妨,因其心情不好骂了姑子姐姐,进而怒杀婢女。王莽得知,不仅大义灭庶女,还恩赐王妨的丈夫王兴夫妻俩一起自杀。

王兴就是那个由小小城门令一步当上卫将军的幸运儿,幸运儿王兴的幸运有限,多年的荣华富贵到此戛然而止。王皇后遭受一长串的打击,当然奄奄一息卧床不起。亏得贴心侍女原碧忠心耿耿侍奉于病榻前后,才使得国母王皇后在人世间苟延喘息。

王莽当皇帝的第一得意处,当然是天子金口玉言为所欲为。能说话算话的人,都不限制自己干有意思有意趣的勾当。在日理万机之余,王莽没少来王皇后的病榻前嘘寒问暖。表面的嘘寒问暖之后,王莽等王皇后因感动皇恩昏昏入睡,立即和王皇后的贴身侍女原碧颠鸾倒凤云雨幽会。

这天王莽和原碧云雨幽会之后，兴犹未尽地拥着原碧耳畔细语：

"小狐仙，朕三宫六院早已临幸多遍，都不及你可人可心，难道小狐仙是赵飞燕转世……"

"既然皇帝的三宫六院拴不住皇上的心，皇上把小婢女比作赵飞燕，是不是有点不伦不类啊？"

原碧的贪得无厌让王莽产生不快，可又放不下原碧的俏丽憨态。想想自己年已六十有六，在色欲上的贪得无厌远过于怀中小狐仙。王莽以己心比她心，当下便生宽容之心。于是贴近原碧的香浓玉耳说："小狐仙别性急，等国母驾鹤西去，朕给你个惠德妃的名分。"

原碧立即娇滴滴在王莽耳边说："皇帝的话是金口玉言，臣妾谢主隆恩。"

王莽向王皇后的病榻那边看了一眼说："小狐仙沉住气，是你的终归是你的。别人抢不去……"

如果人世间有放诸四海而皆准的真理，"情人眼里出西施"就是首条。这条真理被古人和古人之前的古人们检验过，也要被后人和后人之后的后人们重复检验着。原碧跟随王皇后十余年，芳龄二十有五。黑眉大眼，挺鼻长脸。论相貌，原碧绝对算不上倾国倾城，论魅力，却让年望古稀的王莽晕心掉魂。男女之情很复杂，起因往往很原始。原碧见皇帝背着皇后对自己多次暗示，便羞羞涩涩扭扭捏捏哼哼唧唧地仰承了王莽急急切切的雨露天恩。王莽的初衷圣意只是怜香惜玉，给深居皇宫的渴女恩赐雨露——他喜欢看饥渴淑女们仰承天恩时的复杂神态。不想恩赐原碧一次雨露，原碧的羞涩扭捏叠加绵绵缠缠，倒把王莽自己弄成个饥渴老男。

王莽当皇帝前、当皇帝后，经历了记不清的花季少女，唯原碧是第一个勾魂索命的小狐狸。不，说小狐狸亵渎了原碧，她简直是天上仙女变成的小狐仙。只要把小狐仙抱在怀里，王莽就有了飘飘欲仙的感觉。什么欺君造反？什么江山社稷？什么皇家尊严？什么廉耻节义？什么人活一张脸？什么树活一张皮？与原碧颠鸾倒凤耳畔细语相比都是屁。原碧娇憨般笑着把颠鸾倒凤的行为比作"捣糨糊"，王莽听见如此贴切形象的比喻，竟然出自久居深宫的娇女儿之口，乐得哈哈大笑想想还笑。宁吃鲜桃一口，不吃烂杏一筐。王莽尽情品味享受着鲜桃的甜嫩，这一次偷情还在进行着，王莽就谋划期待着下次。离前一次隔了一天，王莽又有了和原碧"捣糨糊"的迫切焦渴。

俗话说一日不见如隔三秋，第一个说出这话的人肯定是情圣情痴。王莽心里存下一日不见如隔三秋的饥荒，觉得要为小狐仙打扮一下。人老不能返童，童心不可泯灭。王莽掐准时辰服下太医配制的大力元神丸，又让贴身太监将龙袍内衣洒满西域进贡的神奇销魂香。支开太监宫女，王莽对镜自看，觉得前突的罗汉肚和垂胸的花白须很是扎眼。罗汉肚一时无法变小，花白胡子可以有所作为。王莽顾及皇帝脸面皇家尊严，特地支开服侍的太监宫女，亲自打开一个玛瑙胭脂盒。胭脂盒里装的不是胭脂，而是让贴身太监李茂专门从皇宫尚衣局要来的皂色染料。身居九五尊位的王莽对着菱花古镜，用特制的小刷子，一刷一刷一绺一绺地将皂色染到白多黑少的胡须上。世上无难事，只怕细心人。大半个时辰过去，原本黑白间的胡子神奇般变得黑黝黝的。王莽欣赏着自己胸前黑黝黝的美髯，突然发现自己因为脸胖导致眼睛很小。特别拗心的是，一对小眼下左左右右垂着两个很大的眼袋，和没了眼睫毛的小眼睛形成忒拗心的别扭。王莽呆呆地坐在那里，脸上的神色很是沮丧。

贴身太监李茂进来看着皇上神色，和皇帝的目光仅仅对视一刹那，就揣摩到王莽内心。李茂拿出一个蓝田玉胭脂盒，胭脂盒里装的也不是胭脂，而是李茂特地配制的妙妙回春童颜膏。

"皇上日理万机，脸上的神色很是劳累，让奴才给皇上按摩一下吧？"

皇帝和贴身太监之间，往往心灵相通。王莽斜睨李茂手里的胭脂盒一眼问："盒子里的东西，是哪几样物品配制的？"

"回皇上话，这是奴才新配制的妙妙回春童颜膏。主料是蛤蜊油、珍珠粉、赤松脂、灵芝根，辅料有蜥蜴涎、鲤鱼鳔、泥鳅液、驴皮胶。奴才自己多次试过，开始时用了觉得脸上有些紧巴巴的，多用几次就习惯了。再说，需要时偶尔用一下，过后及时清洗掉，就像什么没用过一样。"

皇帝干什么事都瞒不过贴身太监，王莽很轻地点了一下头，李茂就很轻柔地沾着妙妙回春童颜膏开始在王莽的脸上按摩起来。在按摩眼睑时，李茂的手法格外轻柔。正如李茂所说，王莽觉得脸上有些紧巴巴的，两个眼袋好像被糊了一层糨糊。不过，王莽知道，李茂的童颜膏开始生效了。过去不到半个时辰，王莽再次对镜自看，虽然没有妙妙回春，但两个眼袋神奇地不那么显眼了。

太监忠君能干，皇帝返老还童。自步入皇后寝宫那一刻起，王莽行走中就开始意淫着原碧。小狐仙性情害羞，朕就让她在朦胧暧昧的宫灯灯光下赤条条一丝不挂。先撩拨起她的兴趣，再欲擒故纵地看她猴急猴急的娇模样。女人和女人比，只有细微差别。尤物和女人比，就是天壤之别。寻常女人只会传宗接代，绝色尤物却能愉悦身心。王莽甚至懊恼原碧在自己眼皮底下存在很多年，如何先前就视而不见呢？

自和原碧如胶似漆之后,过去恩爱皇后在他心里就成了厌物活尸。王莽走过王皇后的凤巢大暖阁,没用正眼往王皇后那里看一眼,他遥见两个小宫女站在那里打盹,便知道原碧脱身在左近小暖阁里等他。王莽步履逐渐放慢,心跳开始加快。就要见到一日三秋的小狐仙了,王莽在一颗怦怦躁动的望七老童心驱使下,放过正门不入,他要翻窗而进吓小狐仙一大跳。小狐仙惯会娇痴作态,被吓一大跳后肯定扑在自己怀里嘤嘤唧唧的假哭一番。王莽情思联翩,悄悄接近了小暖阁的雕花东窗时,耳朵里分明灌进几句男女苟且时的淫声浪语。王莽怀疑自己耳朵听错,靠窗凝神再听,原本毫无顾忌的淫声浪语让他听了个真真切切。

"义阳王好力气,原碧今天死了也值得。"

"小娇人别说死,你死了我也活不成。"

"义阳王万乘身躯,为一个没名分宫女死不值得。"

"我不死,也不会让你死。皇后仙升,我就让你做我的义阳王王妃。"

"义阳王能当皇上的家么?"

"你恋着那个厌物活尸?"

"他是金口玉言的皇上,不是厌物活尸。"

"明天我就一杯鸩酒敬给他,他就成了厌物死尸,你直接当皇后。"

"要给皇上尽孝就快点,皇上、皇后合葬一起,要省去不少土地国帑呢。"

"鸩毒我带来了,他再来和你捣糨糊,就哄着老厌物喝下去。"

"等咱俩捣毕糨糊,商量个万无一失的良策……"

天子一怒,血可漂杵。王莽听到此处,气得天旋地转头顶生烟。早已血脉喷张的王莽去至殿外执戟武士手里夺过一个大铁戟,快步赶到此时此刻应该是他和原碧捣糨糊的小暖阁。王莽破门而入,两个冤孽正赤条条偎在一起回味甜蜜。王莽气冲冲的脚步声使原碧警觉坐起,刚刚惊叫一声便当胸受了王莽一戟。

原碧胸口汩汩而出的鲜血让王临出奇镇静,他见身旁的原碧停止痉挛,又见小暖阁外有了李茂和武士们的身影,就挺起厚实的胸脯对王莽说:

"父皇下手吧,原碧的芳魂在殿外等着我。"

王莽用铁戟挑过王临的衣服道:"孽障,穿上衣服,寻出你准备的鸩毒,自己了断吧。"

王临怨毒地看着王莽说:"该了断的是你自己。你这个老孽障,就凭你杀了那么多嫡亲骨肉,你的下场,不比我和原碧好到哪儿去?哼,你让我自己了断,是怕看见自己儿子胸口流出的鲜血么?虎毒不食子,你个老孽障之毒甚于虎。老不死的老孽障,下手啊,你下手啊!"

儿子当面骂父亲是"老孽障",而且咬牙切齿一连骂了好几个。再慈祥的父亲,也不容忍既是夺色情敌又是夺命政敌的孽子。皇帝王莽对准原太子王临的心口,狠狠一戟刺了下去……

也不知王皇后死于王临之前,还是死于王临之后。史书虽未明载,大约相错也就两天左右。自二皇子王宇、皇孙王宗、公主王妨、驸马王兴殒命之后,接着又是三皇子王临、王皇后,一年内皇室接二连三举办丧事,也让受命于天的王莽觉得有些晦气。有晦气就得找地方出出晦气,王莽不用费神就想到改名为刘秀的国师。刘歆改名为"刘秀",还慎重其事上了一道奏章,他自己的理由很坦率,说是为了和犯上逆子刘芬、刘泳划清父子界线。王莽虽然照准刘歆所请,但从未把刘歆看成是刘秀。

王莽还是摄皇帝身份时,主动和大国师的刘歆联姻。于是,刘歆的幺女儿刘愔嫁给了第一个封王的二皇子王宇。摄皇帝和大国师成为儿女亲家,给自己后来正式登基助力不少。把王皇后、王临的丧事办完,王莽也觉得不该当胸刺死王皇后的爱子。有了后悔的意思,王莽眼前时常浮现义阳王王临孩童时的可爱。人死不能复生,王莽转移自己的思路,开始怨恨二皇子王宇的王妃刘愔。刘愔出自大儒门楣,如何徒有虚名?贤妻良母之贤在于相夫教子,她既没辅助王宇胸怀天下,也没有教导她的儿子王宗道德立身。丈夫王宇久有弑父之心,王子王宗早有谋逆之志,这与身为王妃的刘愔的失德密不可分。正如盗贼蜂起,仰观天象、调理阴阳的大国师有不可推脱罪责一样,二皇子王宇父子乖戾犯上,王妃当然也可算作罪魁祸首。王莽理顺了大国师和王妃刘愔的罪过,便想出个一箭双雕之计,特地给大国师刘歆下了一道密旨。

新朝地皇二年,刘歆虽然还身居国师、嘉新公高位,实际只能从事天文历算以及编撰《七略》的琐事。新朝皇帝王莽登基之初,时不时谦卑地垂询星象运行、国事方略。自爱子刘芬、刘泳死于甄寻捏造符命亵渎黄皇室主的荒唐大案,刘歆对王莽的所有希望破灭,王莽也在内心淡化了对大儒国师的尊敬。为了子孙的安危和自保,刘歆和太史令一起,假言天象现瑞,在天凤六年替王莽推算新朝出三万六千年的历纪。王莽得此可以自欺欺人的三万六千年历纪,立即昭布天下,警告那些已经造反和准备造反的人不要逆天而动。

刘歆年纪五十六七,凤目隆准,修眉长须;面色白皙,五官整齐;深藏不露之城府,缓带当风之飘逸。自天下大乱烽火四起,刘歆更加闭门深居。过些时日,便给王莽呈上自己《经学释疑》新稿,用以告诉皇上自己的心思所在。这一日,刘歆写完每天自定的三十根竹简,刚刚搁笔伸展一下胳膊,就见尚未出仕的小儿子刘敬捧着一卷蜡封的密旨。王莽久不给自己密旨了,他怎么记起给自己下密旨。因为没有外人在自己的大书房,刘歆省去三拜九叩虔诚,当着刘敬的面拆阅密旨。不看则已,一看刘歆脸上立时布满愤慨。

刘敬是刘歆唯一存世的儿子,其眉目身材,就像刘歆用一个"刘歆模具"复制而成。由于内涵上的差异,与刘歆比少了三分书卷气,多了五分英雄胆。刘敬二十四岁未出仕,表面是没有出仕时机,暗里远祸自保,做了刘歆的精神支撑。刘敬见父亲脸色有异,不等父亲明示,便去书案上拿过密旨,但见黄绢上是王莽的亲笔——

奉天承运皇帝诏曰:夫妇两仪,天地配序。阴阳失调,子孙夭殇。王妃刘愔,徒有大家闺秀虚名,相夫教子,失德失正。夫谋逆,妻有责;子谋逆,母有咎。朕因国事累身,故诏命国师刘秀,从沉湎于经学中抽身,召回王妃刘愔,代君问责,督其在娘家刘府,闭门思过。钦此!

刘敬看完王莽的密旨,当即愤然道:"老贼这是要对当朝刘氏赶尽杀绝,为当朝刘氏计,为天下苍生计,父亲也该从长议计。"

刘歆对刘敬的话似乎闻所未闻,半晌才说:"准备破车羸马,接你大姊回府。"

刘敬很是不解:"父亲,您……"

刘歆不容分说道:"接你大姊回府后,就安顿在柴房里。只要一日三餐不短于她,其他人不得接近她,也不准与她说话。"

刘敬:"父亲,皇上也只是要您代君问责,并没有将大姊打入冷宫啊?"

刘歆走至大窗前,看着窗外枝叶正茂的梧桐说:"遇到秋风霜冷,树干留不住离枝落叶。皇上对嫡亲子孙都毫不怜悯,我一个穷经皓首的儒者,怎能呵护嫁入皇家的骨肉。"

刘敬一听父亲的话头,就为大姊的性命担忧,近前扑通一下跪在刘歆身边哭着说:"他皇家骨肉相残,大姊何罪之有?孩儿求父亲给大姊以呵护,别让她雪上加霜了。"

刘歆转身看着刘敬缓缓道:"你我父子各有志向所好,你若沉湎于人之常情,怎能立身做人成就大器呢?"

刘敬从父亲话里听出玄机,说声"孩儿谨遵教诲",就地给父亲磕了一个头起身离开。

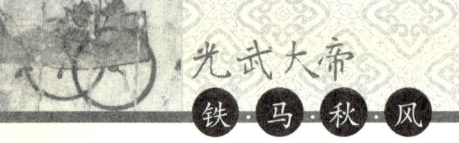

刘歆看着刘敬离去，目光里既有担忧也有希冀。

用日理万机形容王莽皇帝在地皇二年之秋的情形不够准确，用焦头烂额顾此失彼可以概括其万一。王莽忙完一系列皇家丧事，御案堆满中常侍哀章精心选呈的甲类奏章。面对如山的甲类奏章，王莽似乎还觉得无从下手御批。一旁等着皇帝御批的中常侍哀章，便拿过最上面一道奏章，在王莽面前摊开奏道："启奏皇上，荆州南郡宜城县地面盗贼秦丰，已攻占邓城、石城、宜城、邔县、夷陵、中庐等十二县，筑起高大犁丘城，自称楚犁王……"

王莽插话："犁丘城？楚犁王？"

哀章："回皇上，秦贼所筑城池之地名曰'犁丘'，又因宜城县地面上有楚国郢都故地，故而秦贼号称楚犁王，秦贼改'梨'为'犁'，妄称以铁犁犁平天下不平。"

王莽称帝之后，最恼恨他人称王、称帝，于是咬牙切齿道："秦贼妄自称王，在十恶不赦之列，爱卿以为谁可迅速剿灭秦贼？"

"臣以为大司马甄邯之子，征虏将军甄阜可率十万精锐，踏平秦贼犁丘城。"

王莽有些犹豫："十万精锐交给甄阜……"

哀章拿过另一份奏章："皇上，十万精锐迅速踏平犁丘城之后，以迅雷不及掩耳之势，回马剿灭在棘阳、湖阳等地聚众造反的刘縯、刘秀兄弟。"

王莽接过奏章，看着看着冷笑道："刘縯、刘秀都是一群土包子，小水沟之泥鳅，焉能翻出大浪？"

哀章："皇上不可大意，刘縯虽是无名之辈，他的兄弟刘秀，可是应了那句'新朝气数将尽，刘秀当为天子'的谶语。"

王莽的呼吸立时变粗，便咬着牙说："朕身边有个刘秀，草野间也有个刘秀。就以爱卿所奏，速速草拟圣旨，甄阜此次平叛，要以斩杀为主，凡刘姓子孙，勿论妇孺老幼，一律格杀殆尽。"

哀章称心得意眯着眼："臣遵旨。"

第 六 章
图南阳气势如虹　遇莽军流水落花

　　守卫唐子乡的愣头青刘猛自恃是柱天都部的亲信将领,再加唐子乡寨墙结实,面对王凤、张印的数百兵士,丝毫不显惧意。他见对方抽箭搭弦,一挥手命部下先敌出手,离寨墙过近几个新市兵中箭倒地。

　　王凤早料到唐子乡的财宝不可善取,故而也是有备抢宝。他见人多势众吓不住一千舂陵兵,喝命前队士兵以盾遮身,后面的弓箭手对着寨墙上一阵急射,掩护二十个大汉抬着一根圆木前去冲撞寨门。

　　区区五十个舂陵兵怎可抵挡见财眼红的新市兵和平林兵,只在眨眼工夫,唐子乡的寨门就要被撞破。就在紧要关头,骑着一匹大白马赶来的刘秀大喊着"住手住手！双方住手！"疾驰而来。

　　刘秀的大喊声生效,敌对双方停止搏击。

　　王凤希望刘秀劝说舂陵兵乖乖打开寨门,挥手部下给来者让开一条道。不待刘秀下马便说:"刘将军,寨内的人是你的部下。你们打开寨门万事好说,不然,里面的财宝就没你们舂陵兵的份了。"

　　刘秀下马后,细眯着凤目盯着王凤的一对小眼儿不慌不忙问:"王将军,唐子乡的财宝多还是南阳城的财宝多？"

　　王凤冷笑:"南阳城的财宝是金牛,唐子乡的财宝是铜鼠。"

　　刘秀对王凤拱拱手笑笑说:"王将军是绿林起义的倡导者之一,高瞻远瞩,能分清孰轻孰重。我们一起捉住南阳城的金牛,岂不强似争夺一只铜鼠？"

　　张印过来接话问:"听刘将军的口风,我们要夺南阳城了？"

　　刘秀送给张印一顶高帽子:"张将军神机妙算,咱们明天就向南阳城进发。城内只有詹铖、张韬的万余守军,我们尽起六万大军取南阳的财宝,不是探囊取物么？"

　　王凤心里还舍不下眼前的财物,疑惑着说:"南阳城遍地财宝,六万大军进城,临到我王凤面下能有几何？"

　　刘秀:"南阳开着肇庆粮号的李府,王将军可知晓？"

　　王凤:"南阳李府豪奢如长安皇宫,谁不知晓？"

　　刘秀:"末将在柱天都部那里讨得将令,南阳城攻破之日,就是您二位将军住

进南阳李府之时。"

张印一把抓住刘秀的手:"口说无凭,你我现在去找柱天都部讨得将令去。"

刘秀再盯住王凤的小眼睛说:"王将军,您先撤兵,我等一起去讨得柱天都部的将令可好?"

王凤眨巴几下小眼睛,对着部众挥手大喊:"自己人不打自己人,撤兵!"

春陵兵柱天都部刘𬘩和新市兵、平林兵的主将决定进攻南阳城。待拿下南阳城,稍稍休整便传檄天下,去长安城捣毁王莽的金銮殿。在春陵兵、新市兵、平林兵三个主将中,只有刘𬘩见过大世面。再加之刘𬘩读过孔孟,通晓兵书,夺南阳之战,王凤、张印等人自然是以柱天都部的号令为尊。汉室复兴在即,春陵村杀猪宰羊,大摆宴席。此时春陵兵已达二万余人。再加上跟随春陵兵进南阳城生活的男女老幼,从春陵村走出队伍达二万五千之众。开拔那天,刘𬘩一把火烧毁了自己的大宅院以及毗邻的瓦舍。柱天都部的壮举是一种决心,也是激励士气。

刘猛、刘豹也去点燃自己一排瓦舍,春陵乡的妇孺老幼看着熊熊火光,既有昂扬兴奋,也有忐忑不安。

偏将军刘秀带着三千人马为春陵兵殿后。按照军伍常识,殿后就是后卫。刘秀骑在大白马上,看看透迤十里跟在身后的春陵村妇孺老幼,那颗悬着的心一时揪得紧紧的。由于天下大乱,烽火四起,王莽顾不上危在旦夕的南阳城。据细作报告,南阳城守将詹铖、张韬向朝廷求救无望,已将大量财宝装车做好逃跑准备。在南阳之战的谋划中,刘秀建议春陵兵组成两千人的轻骑兵,一旦詹铖、张韬弃城逃跑,便于混乱之中截取詹铖、张韬的财宝。匡扶汉室,没有大量财物支撑,就像痴人说梦。为了确保胜算,刘𬘩已派数十人潜入城内做内应。参与谋划南阳之战的刘秀不担心拿不下南阳城,他是揪心拿下南阳城后,春陵兵的将官们在城里安下家眷一番享乐后,会不会滋生骄奢减退斗志。按照自己的意愿,是不让春陵村的父老随军进入南阳城的。但柱天都部说,只有让起事的春陵兵尝到甜头,才能激发他们匡扶汉室的斗志。刘秀很敬重哥哥,他没有反驳刘𬘩的决断。但内心深处有一个担忧,天有不测风云,人有旦夕祸福。他担心南阳之战万一出现败局,手无寸铁的妇孺老幼,大多数将死无葬身之地。碍于自己的担心说出来不吉利,也会影响柱天都部的情绪,刘秀把自己的担心深深埋在心底。

那天在唐子乡的情急之下,刘秀对王凤、张印说出南阳李府的财富之后,对李通的愧疚之心再也挥之不去。自李通家惨遭横祸,刘秀就一直打听李通的下

第六章　图南阳气势如虹　遇莽军流水落花

落,可是始终不得他的音讯。李通聚集之财富,足可供子孙尽情享乐。然因胸怀匡扶天下之志,家族家财一朝化为乌有。李通此恨不共戴天,李通此人不可多得。欲匡扶汉室,得此类奇人奇才襄助,方能大业可期。

秋气已尽,冬天不远。天色晦暗,雾气渐浓。刘秀再次把目光投向有些杂乱无章行进缓慢的队伍,队伍里一张破牛车上,粮草记簿刘玄就躺在上面的杂物中间昏昏欲睡。这个懦弱胆小的族兄,在临开拔之际,瘫软得骑不到马背上,刘秀无奈何才从杂物牛车上掀下几件物品,让他躺着离开舂陵村。按照柱天都部的将令,刘秀可以随时斩杀胆小怕事动摇军心的刘玄,可刘秀一直觉得刘玄有罪,但是罪不至死。随意杀戮没有死罪的人,与王莽老贼的残暴就如出一辙了。天色很见晦暗,雾霾越加浓郁,刘秀觉得身上心里都是湿漉漉的。

"哥哥等等我!"

一声娇美的呼叫,妹妹伯姬骑着一头大青驴赶了上来。

刘秀勒马路边,笑问伯姬:"小妹不在后面服侍父母,因何事前来?"

和声音一样娇美艳丽的伯姬嘟着小嘴:"哥哥,我不骑驴,我要和你同乘大白马"。

刘秀摇摇头笑着说:"小妹,我们去南阳城是打仗,不是去走亲戚。"

伯姬拍拍腰间悬挂的一把短剑说:"哥哥误会伯姬。小妹也是去南阳城打仗,不是去南阳城走亲戚啊?"

晦暗的天色和浓郁的雾霾,遮不住伯姬容光照人的玉色花颜。看着伯姬如春天灿烂桃花般的笑靥,刘秀心底的那份担忧弥漫全身。自从九岁那年过继给叔父刘良当儿子,自己真把叔父家当成自己的家。叔父的三个女儿,也看成自己的同胞姊妹。按照年龄,刘黄是大姐,刘元是二姐、伯姬是妹妹。在刘氏三姐妹中,最数伯姬生得娇媚可人,最得父亲疼爱,故而取名"伯姬",从名字上就把"父辈疼爱"放在两个姐姐之前。伯姬自懂事起,就黏糊在刘秀身边。要么一本正经地认字读书,要么不讲道理地对哥哥撒娇卖亲。没起兵匡扶汉室之前,刘秀想的是要通过勤奋耕耘,在伯姬出嫁时送给她一份丰厚嫁妆。待立志随哥哥刘縯起兵复汉,他要靠马上军功挣下侯爵富贵,特别地与伯姬分享。看着伯姬不知天高地厚的笑模样,刘秀又想到了李通。也许,全家遭受了血光之灾后心灵的伤痛,只有天天面对伯姬这般烂漫甜蜜的笑靥才能得到些许抚慰。

伯姬见刘秀不搭理她,又娇嗔说:"哥哥,这大青驴跑不快,我要和你同乘大白马。"

刘秀没搭理伯姬,却对和自己寸步不离的亲兵刘豹下令:"刘豹,速送刘伯姬

39

回到后营队中。不进南阳城,不得离开她一步。"

刘豹大声应命,过去扯过大青驴的缰绳,笑着对伯姬龇龇自己的大门牙,不容分说牵着大青驴就往后队走去。

刘秀不顾伯姬的尖叫抗议,打马向后卫的前队走去。他要见到千夫长刘猛,做一番防范交代。

征虏将军甄阜率十万天兵貔貅,旌旗猎猎,威威赫赫离了京城长安。将门出身的征虏将军甄阜,高鼻方脸,粗眉大眼,少壮年纪,彪悍身板。他身穿黑色披风,头戴黑缨兜鍪立在追锋车车轼前,将自己的征虏将军的威猛,毫无保留地展示给麾下将士。看着车前车后左左右右扈卫骑从,他感觉到一个带兵将军的荣耀和威武。眼前的一切,还让甄阜心生对黄泉之下的远房从弟甄寻的感激。当年甄寻身犯亵渎黄皇室主大罪,在天狱攀扯了那么多贵族豪门子弟,独独放过同族从弟甄阜。甄寻没有攀扯同族兄弟,皇上也没怀疑钦犯的同族兄弟。甄阜和父亲甄邯渡过那一劫,心里对皇上更加忠诚。此次受命赴南郡平叛,身为大司马的父亲再三嘱咐,孝当竭力,忠则尽命,只有斩下叛贼头颅,才算不辱君命。甄阜受父亲熏染,忠孝二字早在心里扎下深根。他要生擒叛贼秦丰,献俘于王路堂御阶前。

大军行进,通常每天以八十里计。为了不辱君命,甄阜命大军每天行进九十里。十五天之后,平叛大军进入南阳郡地面。为了先行剿灭业已称王的秦丰,甄阜大宽转经邓县从襄阳包围秦丰的犁丘城。进入邓县地面后,甄阜命前卫先锋梁邱赐查访到了两个熟悉犁丘城的乡民做向导。就像天随人愿,此时一连几天大雾,正好打秦丰一个措手不及。岂料那两个向导正好是邵县苏门山人,他们听说大军要去攻打犁丘城,害怕自己的家乡遭受官军的祸害,就把官军往相反的方向带领。两个向导看看离苏门山越来越远,乘着大雾逃跑,前去给楚犁王通风报信,以讨得更大的奖赏。

意欲前去剿灭秦丰的甄阜,被错带到南阳南边"小长安聚"一带。因大雾弥漫,甄阜觉得可能接近了秦丰的地界,便命副将晁豹亲自传令先锋官梁邱赐:"大雾天气,也是用兵良机。狭路相逢勇者胜,命所有骑兵一律重甲长枪。遭遇那些乌合之众无需列阵,放马冲击便可。"

先锋官梁邱赐正为向导逃跑气恼,得副将晁豹传达了主帅将令,便迅速传令下去:"前军三万人马,骑兵在前,步兵随后。若遇到敌军,鼓声不息,冲击不止。"就像天意安排,梁邱赐前军刚做好调整,前军探马就禀告前面发现大批贼兵。梁邱赐闻报,立即下令擂鼓。一霎时,大雾中鼓声如雷,人吼马嘶,不闻兵器撞击,只听惨叫连声。

遭到甄阜前军猝然冲击的是刘縯率领的攻打南阳城的义军主力,这支主力五万余人的确可称乌合之众。刘縯他们起事之初战马奇缺,除了少数骑驴、骑牛的千夫长,绝大多数都是徒步行进的步卒。面对突然攻击,身居中军行列的刘縯也命鼓手擂响战鼓进行反击。孰料大雾中不及列成队形,敌人的骑兵就似溃堤的洪水冲到眼前。此时没有两军对垒,只有兵败如山倒。刘縯的人马很快被甄阜的骑兵冲击得七零八落。晦气的将士们少数死于刀锋,多数丧命于马蹄之下。

后卫统领刘秀隐隐听到前军鼓噪呐喊,以为刘縯的主力大军在消灭遭遇的小股南阳官军。他下令后卫队伍停下,待大军消灭敌军,再继续前进。以刘秀的猜测,前军收拾小股南阳官军,最多也就半个时辰。有了个估计,刘秀勒马道边,只是和千夫长刘猛聊了几句进南阳城之后的注意事项。待刘秀听见人吼马嘶越来越近,感觉大事有所不妙时,什么都来不及了。梁邱赐的先锋骑兵超越了夺路逃跑的义军兵士,紧接着开始了更为惬意的杀戮。毫无防备的数千后卫军和众多手无寸铁的妇孺老幼,不是阴阳两隔,就是抱头鼠窜。得志的梁邱赐看出对手是一群不堪一击的乌合之众,喝命骑兵打马反复蹴踏。刘秀见抵抗反击无望,也只得勒马横向而逃。乱军中逃跑之间,刘秀看见大姊刘黄,伸手把她拉到马上。再逃不远,又见二姊刘元披头散发拄着一根棍子跌跌撞撞前面跑着。刘秀在刘元前面勒马停下大喊:"二姊快上马,快上马!"

刘元见刘黄已在刘秀的马上,心里犹豫掂掇片刻,用力朝马臀打了一棍:"文叔快跑,马跑不动了就把大姊放下!"

大白马屁股负疼不听刘秀呵斥,还是撒开蹄子夺路狂奔。刘秀回首去看刘元,朦胧雾中恰见刘元被官军的群马踏入蹄下。恶梦很快过去,刘秀感觉很久。他待官军骑兵追杀远离,放下大姊刘黄步行逃生,折马回去寻找小妹伯姬。原路只见死去妇孺老幼横尸遍野,多数人血肉模糊面目全非,哪里去寻伯姬的身影?刘秀忍泪细看,很快看到了粮草记簿刘玄乘坐的破牛车倾覆在地。牛车上早没了刘玄的身影,破车旁发现了大姐夫阴康的尸体和亲兵刘豹的尸体。刘豹身边有他的半截宝剑,想必伯姬不是死于马蹄之下,也会落入官军手中。

刘秀歇斯底里仰天大吼:"大姐夫!伯姬!——"

第七章
硕儒刘歆难弭横祸　人主王莽易得福星

　　国师刘歆的府邸韶乐苑,虽然难比皇宫巍峨,却也是非凡气象。但见韶乐苑内:亭台楼阁,曲径长廊;画栋雕梁,古色古香。

　　刘敬把大姊刘愔接回韶乐苑,遵父命把大姊安顿在适合仆人居住的后院小屋。刘愔没回娘家以前,刘秀已经命人隔开三间小屋,作为刘愔的起居处所。刘愔原来的侍女佣人没让进韶乐苑,而是由刘府安排两个老年仆人服侍刘愔。为了不让刘愔有丝毫养尊处优的可能,刘歆命两个仆人只准送饭时接近刘愔,其余时间把小院门一锁了事。

　　刘愔是刘歆的长女,十六岁嫁入安汉公公府,自汉平帝元始六年(6)起做了八年皇家王妃,两年的王妃。刘愔六岁时,开始和父亲一起夜观天象。不过,当时刘愔的兴趣不在斗转星移,而在于数星星。刘愔数星星和别的孩子不同,别的孩子数星星数过一次两次三次,而刘愔凡是在晴朗夜空,都要数星星。就因为刘愔这点特别,刘歆视刘愔为掌上明珠。较之几个儿子,格外高看几眼。在刘愔十岁后,刘歆开始和刘愔讲"天垂像,圣人则之"的精义。刘愔天资聪慧,很快明白了"天地设位,星辰之象备矣"的道理。王莽就是得知刘歆有个知天文的爱女,才主动为王宇求婚的。

　　刘愔自成为皇家贵媳,更加关注天象。就在王宇封王那年,刘愔在一个半阴半晴的夜空,观测到慧孛大角,大角以亡,有大星与小星斗于宫中。天象乱,地上亦大乱。刘愔丝毫不敢陶醉于王妃的尊贵,朝乾夕惕,苦劝王宇和王宗谦谦自爱,万万不可身居尊贵而为所欲为。

　　刘愔的悲剧在于她害怕什么就有什么,王宇和王宗一对宝贝父子,恰恰是身居尊贵,天天我行我素为所欲为。失去丈夫失去爱子,刘愔几乎没有生的勇气。可是膝下还有娇女娇儿,她没有死的道理。得知父亲要接自己回娘家长住,刘愔很兴奋了一阵子。但回到娘家如同被打入冷宫,父母亲不给安慰,疼爱自己的乳母不来看望。懂天文的刘愔不懂人间亲情,如何一夜间与她绝缘远离?刘愔思索了三十多个昼夜不得结果,她让送饭的两个老仆人传话父亲:"如果父母亲还不来看望不孝之女,她从此不再进食。"

第七章 硕儒刘歆难弭横祸 人主王莽易得福星

刘愔传话给父亲一天过去了,她的父母亲一天没来看望她。

刘愔传话给父亲两天过去了,她的父母亲两天没来看望她。

刘愔传话给父亲三天过去了,她的父母亲还是没来看望她。

刘愔传话给父亲第四天的黎明,她决定就在今天了断自己。三天没进食了,精神和生理的双重麻木,使她早已没了饥饿的感觉。来人世三十三年,从韶乐苑进皇宫,刘愔觉得自己享福享过了。命里不该有的有了,就得折折减寿。人之将死其心也善,刘愔不恨父母亲,也不恨父皇王莽。她想明白王莽的无情,是为了维护皇家尊严;父母亲的无情,是为了消弭横祸。父亲奉旨责问,接自己回到韶乐苑,如果自己在娘家继续绫罗绸缎山珍海味地享受人间富贵,韶乐苑很快不再姓刘。刘愔想明白这一点,心里很平静,呼吸很均匀。唯一的遗憾,她不能痛痛快快沐浴一下,干干净净地离开浑浊不堪的人世。男人三十一枝花,女人三十老人家,这话说民间日日劳作的女人贴切。刘愔先出身豪门,后生活在皇家。风雨不侵,呵护有度。三十三岁的年纪,恰如正午的牡丹。美丽女人的羸弱憔悴,就是那种博得男性怜悯病态美。刘愔对人世不留念,但珍爱自己的美丽。她最后一次传话给父亲,今天得给她送一面镜子,一套自己最喜欢的绛红色衣裙。

大约巳时三刻,小屋的门在不该开启的时刻打开了,当值老仆人老得像秋风中的枯草,她急急低声说了一句"皇上派人看您了,今天一定吃饭啊"就退出门外。

皇上派人看望了,刘愔心里泛起一丝惊喜。皇上顾念即将成为孤儿孤女的几个皇孙们,要降恩赐福于皇媳了么?

没容刘愔在心里继续设问,中常侍哀章屈尊进到刘愔的小屋,对昔日的王妃微微躬了一下身子:"微臣奉旨看望王妃,看王妃脸色清癯憔悴,难道在刘府娘家还能衣食不周么?"

往常和自己见面都是行臣子叩拜大礼的哀章傲慢作大,让刘愔胃里一阵痉挛,她忍住了呕吐说:"回中常侍大人话,刘愔患上厌食症,父亲延医多次,成效甚微。"

哀章回首对远远站在身后的刘歆道:"国师大人,王妃患上厌食症,速速启奏皇上,派御医拿脉问药。"

没等刘歆答话,刘愔接过哀章的话道:"谢中常侍大人怜悯,请转奏皇上,刘愔病入不治,不需太医拿脉了。"

哀章干笑一下:"王妃珍重,微臣这就启奏皇上,来日或许太医就来府上,王妃珍重,王妃珍重。"

哀章有些急不可待地退出小屋,刘愔彻底绝望。她见父亲毕恭毕敬跟在哀章身后离去,其脚步没有丝毫犹豫。刘歆不再痴想,将早已准备好的一根丝带搭

在粗糙的横梁上，蹬开了垫脚的杌子。

那天国师刘歆硬着心肠没进小屋和爱女刘愔说上一句话，之后又硬着心肠奉旨将自缢的刘愔交给太监与丈夫王宇合葬。和爱子刘芬、刘泳突遭横祸一样，刘歆心底又多了一道永不愈合的伤痕。女儿和女婿合葬皇家陵地，使刘歆得到一丝丝安慰。他凭着一丝丝安慰，给王莽上了一道谢恩表。诸事忙过，刘歆的心神就追随离开长安城半月之久的刘敬。刘敬是以去齐鲁游学的名义，不事声张地离开长安。最终同意刘敬转去南阳郡地面联络刘缜、刘秀，也是深思熟虑之后的艰难抉择。那天在自己大书房，刘歆关紧门窗后跪在地上说道："逆来顺受是死，拼死一搏也是死。儿子愿意悲壮一搏，不愿伸着头等老贼挥刀砍来。"

儿子的话让刘歆有了血脉喷张的感觉，他踌躇一下拉起儿子问："赤眉、绿林、南阳刘缜兄弟，谁可以引以为中坚？"

"乱世英雄，均可为我所用。孩儿乔装去南阳，联络三方渠帅。无论谁先攻进长安城，我刘氏父子都可做其内应。"

刘歆看着刘敬悲壮坚毅的面孔说："敬儿此去，福祸难测。你我父子一别，犹如阴阳两隔。若敬儿此时放弃履险之举，为父心里欣喜大于哀愁。"

刘敬呼出一口粗气："孔子曰，士不可以不弘毅，任重而道远。孩儿辞家不后顾，愿以我血报苍生。"

为不引人注意，刘敬装作郊游的举止离开长安城的。按照行程，现在应该到达南阳郡地界。不是被王莽逼得无路可走，刘歆也不会走出这步有可能灭三族的险棋。但是，若刘敬得不到赤眉、绿林、南阳刘缜兄弟信任，刘歆会走出更险一步——利用赚取王莽过府论道时机，买死士刺杀之。专诸之刺王僚，荆轲之刺秦王，彗星袭月，白虹贯日，都是以死酬天下的壮举。在刘歆内心深处，也有自己曾经助纣为虐得到现世报应的复杂心情。自己顾问王莽二十余年，莽贼无道，国师有责。唯做以我血报苍生之壮举，可为自己在天地间留下大丈夫凛然正气。

大文豪、大国师刘歆由天地间的凛然正气使自己心里稍稍得到释压，他不可能想到，天下无道，世事乖张。奸佞得志，志士遭殃。就在刘敬刚刚离开长安城，就被哀章布下的爪牙抓住，秘密关押在有司天狱。

王莽最终决定冒天下之大不韪，对大国师刘歆痛下杀手，得益于中常侍哀章的忠诚和机断。起初，王莽听了哀章奏报去刘歆府邸看到的情形，当即欣慰道："朕不便把刘愔打入冷宫，国师替朕把这个丧门星打入冷宫，甚慰朕心。丧门星刘愔在她娘家自尽,也撇清了我皇家干系。"

哀章微蹙了一下短眉道:"恕臣说话不恭,皇上圣谕里没说要刘歆将刘愔锁在柴房。刘歆这样做了,恰恰暴露了他的心虚,也暴露他在竭力掩盖的不臣之心。"

王莽很感兴趣道:"爱卿说下去。"

"按照人之常情,女儿遭到大不幸回到娘家,她应该得到安慰和疼爱。刘歆反常虐待刘愔和刘愔自尽,实际是做给皇上看的。他们给皇上想看的,掩盖了不想让皇上知道的。"

王莽直视哀章:"朕国事繁忙,不喜欢猜谜。"

哀章跪下叩首:"臣罪该万死,皇上恕罪。"

王莽:"爱卿还是平身说话。"

哀章起身奏道:"以臣大胆猜测,国师颠倒五经,毁灭师法,对皇上久有反心。此反心生于刘棻、刘泳因早年甄寻一案,被明正典刑。他让刘敬离开长安城游学齐鲁是假,去山东、荆州勾结反贼才是目的。"

王莽咬着牙道:"朕要证据。"

哀章:"刘敬先在有司监狱咬紧牙关不吐一字,后又咬掉自己的舌头,唯恐泄露不可告人之祸心,此乃他父子已经反叛皇上的证据。"

王莽颔首:"刘歆是学界领袖人物,朕不能不顾及国师地位和影响。"

哀章低声道:"皇上不用担心,臣子对皇上起了反心,天地间就没了他的容身之处。况且,他辜负皇上对他的器重,是逆天道的咎由自取。"

数天后,王莽得到哀章奏报:刘歆在他的大书房暴病而亡,刘敬在有司监狱病入膏肓,小命呜呼只在早晚之间了。

刘歆"暴病"而亡,使王莽心里一阵轻松。当皇帝的龙心大悦,很容易纳谏如流。哀章揣摩上意,进了一道《安天下躁动疏》:

《周礼》王者立后,三夫人,九嫔,二十七世妇,八十一女御,以备内廷制度。皇后正位,母仪天下,同体天王。今皇后虚位,不可仓促选立,只可择贤择机而为。方今乱象四起,亟待皇上因循旧制,充实后宫,以补正宫暂虚。非行有嫔妃环绕,动有环佩之响,不显皇家之尊贵气象,不安天下之躁动乱象。

王莽原本无心大事选美充实后宫，待咀嚼了哀章奏疏中"非皇家之尊贵气象，不安天下之躁动乱象"的语句，欣然钦命哀章和李茂营造后宫"行有嫔妃环绕，动有环佩之响"之气象。哀章、李茂都是王莽的宠臣能臣，在极短的时间内，为皇上遴选了三百嫩女娇娃。这些新鲜后宫佳丽，少数选自官宦人家，大多来自草野民间。王莽为了不辜负这些嫩女娇娃，王莽再次让李茂在自己的脸上使用妙妙童颜膏。使用童颜膏后王莽觉得脸上很是紧巴巴的，两个眼袋就像罩着一层泥壳。王莽对镜自看，童颜膏效果明显，特别是两个下垂的眼袋神奇地小了许多。美中不足，王莽心里有乐想笑，脸上的肌肉似铁板一块形不成笑纹。王莽寿望古稀，知道世间万事有利有弊。脸上笑不动弹，就在心里偷着乐。王莽从那些美人中百里挑一，挑出几个媚眼神情酷似原碧的娇娃轮番叨天恩。王莽则把自己对原碧一腔难以言状的生死爱恨，布恩到那几个媚眼神情酷似原碧的嫩女娇娃身上。

　　力气用时方恨小，岁数大了不饶人。王莽临幸嫔妃很有节制，不完全相信太医精心配制的大力元神丸。他除了在晚上沉湎宫闱，把白天时间都用在治国平叛。这天，王莽在王路堂后殿御览着荆州地面那些告急的奏报，王莽心里很是烦躁郁闷。此时，一旁侍奉的哀章善解上意，趋前躬身奏报："皇上，巨毋氏的猛兽军训成奇军，陛下想不想过去检阅一下？"

　　王莽一听巨毋氏的猛兽军训成，龙颜瞬间大悦："什么想不想，立即摆驾猛兽军军营。"

　　长安城外灞桥以南的黑魈店，驻扎着"奉天靖地猛兽军"。猛兽军的奉天将军巨毋氏，身高一丈余，腰围四尺多。方头不规整，黑脸赛铁锅。眼凶鼻孔大，人间活阎罗。此人生长于山东蓬莱海岛，人传其母被海岛林中铁臂老猿掳去三天，回家一年方生出巨毋氏。巨毋氏生下三天即会走路，半月便可在家门前的树林中攀援跳跃。七岁时长得比十岁孩童还粗夯，劈手撕裂猫狗鸡鸭便入口充饥。乡邻对其特异行状惊奇不已避之不及，人送绰号"巨无霸"。父母因巨无霸的来历羞于他继承祖姓，便也以"巨无霸"呼之。新朝地皇元年，巨无霸长到三十二岁壮年。每顿食米三升，其父不能养活，便驱他去海岛林中狩猎自谋生路。

　　巨无霸倒有三分机灵二分孝心，往往潜行于密林间，突然立于高处，效山中猛虎大吼一阵，不是惊得树上几只猿猴坠地被擒，便是吓昏一头麋鹿撞岩而亡，此举屡试不爽。巨无霸自己生吃不完，也送些回家孝敬年老父母。日久天长，眼看着附近十余个海岛鸟兽绝迹，巨无霸为肚肠所迫，回到家里继续"啃老"。父母已经穷得家徒四壁，巨无霸只啃了几天生葛根便离家出走，落脚于东莱凤夜人口

第七章　硕儒刘歆难弭横祸　人主王莽易得福星

稀少的山区,继续干在海岛山林干过的老勾当。一个丈二巨无霸出现,就使夙夜的人们惊奇。巨无霸入山大吼一声便降服狼虫虎豹、撕裂猛兽就饕餮果腹的生猛壮举,早被人们一传十十传百,传到东莱连帅韩博耳中。

西周时期,王畿千里之外十国为一连,"连"设"连帅"。东莱人好古,至王莽新朝时仍然称东莱太守为"连帅"。韩连帅当时正接到要各地向朝廷荐举奇人异术的圣旨,得巨无霸如获至宝。巨无霸无马可供骑乘,韩连帅用原木专门打制一辆四匹好马牵引的大车,让巨无霸端坐车中。一路张张扬扬浩浩荡荡送到长安城。王莽见到天神般的巨无霸,龙颜大悦龙心大乐,当即命巨无霸做自己的执戟卫士。天有不测风云,人遭突变祸福。满心以为因进献巨无霸能得到皇上赏赐的韩太守,很意外地被王莽下旨赐死。韩太守无意中犯下欺君之罪有两大类。其一,巨无霸年已三十二岁,为什么现在才想到敬献朝廷?韩博在东莱当太守已经五年,就是说他把巨无霸隐藏五年;隐藏不报就是欺君,敢欺君者就敢叛君。其二,我王莽皇帝表字"巨君",你韩博应该知道。既然知道,进京之前为什么不避讳给巨无霸另取他名?再者,巨无霸之"无霸"二字很刺心。勿霸勿霸,难道要我王莽从此不称霸不称帝么?王莽赐死韩博,立即将"巨无霸"改称"巨毋氏"。一次王莽带着巨毋氏驾临猛兽苑,发现连老虎黑熊这样猛兽全都对着巨毋氏匍匐哀鸣。细细询问巨毋氏经历,仿佛天降奇人做新朝的中流砥柱。王莽得此惊奇发现,立即钦命巨毋氏为奉天将军,专门训练一支"奉天靖地猛兽军"。

为了确保皇上安全,哀章提前已在猛兽军军营搭建一个高台。高台上伞罗张布,高台下刀枪明亮。将皇上恭迎至检阅高台,得皇上"开始检阅"的口谕,哀章让旗牌官以旗语指挥远处猛兽军进场演示。只听一阵战鼓响过,便闻巨毋氏吼声阵阵。猛兽军的旗门开处,一队有三十头身披铁甲、长牙套着长刀的大象并行而出。象队之后,是巨毋氏亲自监押着百余只老虎豹子井然跟进。王莽正惊奇众猛兽循规蹈矩之际,就听鼓声再次大噪,两百个牢狱中提来的死囚挥舞着刀枪冲击猛兽军。原本齐步并行的铁甲大象得巨毋氏口令,立即扬鼻怪叫着冲向舞刀弄枪的死囚们。还没容死囚们转身逃跑,大半已被大象用牙刀挑向空中,继而跌落尘埃被踏为肉泥。有侥幸没死的,也被象队后面的老虎豹子吓得瘫在地。老虎豹子咆哮着上前一阵张牙舞爪地撕扯,那些个死囚身上的好肉便进了虎豹的腹中。王莽亲见巨毋氏猛兽军的神勇生猛,兴奋得忘形大叫:"好,好,好,巨毋氏是我新朝福星神将。得此福星神将,何愁天下不宁。传旨,奉天将军巨毋氏,升为'奉天靖地大将军'!"

第八章
文叔巧言劝邓晨　次元献计说王常

刘縯进攻南阳途中大雾中遭遇王莽官军一阵横冲直撞，使舂陵兵、新市兵、平林兵的元气大伤。刘縯、王凤、张卬收拾残兵败将，退回棘阳固守自保。清点损失，兵马损失一半，辎重损失大半。从舂陵村出发的妇孺老幼，很多四散逃避他乡，一时无法准确计算死伤。

棘阳县是西汉时才设置的小县，县城依棘水而筑，城墙方圆不过十余里。刘縯、王凤的三万余残兵往城里城外一驻，很显城郭狭小。欲分兵据守湖阳，难免顾此失彼的尴尬。更让刘縯棘手的是，很多一霎时失去妻儿的舂陵兵将士都要求柱天都部兴兵去找甄阜、梁邱赐报仇。在一干吵嚷着报仇雪恨的将士中，尤以千夫长邓晨嚷得最凶。邓晨的妻子刘元、三个未成年的女儿均死于马蹄之下，声称若柱天都部不发兵去复仇，他要独自找甄阜拼命。自古法不制众，只要军中猛将邓晨能以大局为重恢复理智，其他将士也会平静下来。因邓晨是刘秀的姐夫，刘縯便让偏将军刘秀说服姐夫邓晨。

邓晨三十一二年纪，粗眉大眼，方头宽脸；声音洪亮，虬髯曲卷。虽出生官宦世家书香门第，却厌恶诗云子曰，唯喜习武谈兵。因不满王莽暴虐天下，加之爱妻刘元的鼓动，抛弃家业，也要效仿妻弟做个匡扶汉室的功臣。小长安骤遭遇甄阜的惨败，妻女在甄阜群马蹄下的惨死，悲愤得让他失去理智。故而，邓晨一到妻弟在唐子乡的住处，便冷着方脸大着嗓门说："文叔约我前来，该不是当柱天都部的说客吧？"

刘秀脸上带笑落座后说："二姐夫的火气不小啊。是又怎样？不是又怎样？"

邓晨冷笑："不是，咱俩还有话说。你今天是替柱天都部劝我冷静冷静，我立马走人。"

"我佩服二姐夫的先见之明，文叔正是奉了柱天都部将令，劝姐夫以匡扶汉室的大业为重……"

邓晨起身制止："文叔别费口舌，姐夫这就走。"

刘秀起身将已走出门外的邓晨强拉回屋，又神秘地关紧门窗，低声对邓晨说："姐夫误会内弟，文叔约姐夫前来其实有大事相商。"

刘秀的举止让邓晨一脸疑惑："文叔你这是……"

刘秀神色悲戚道："大姐、伯姬生死不明，大姐夫、二姐及三个外甥女死于非命，能咽下这口气的就不是大丈夫。二姐夫你也知道了，二姐为了不连累我文叔，狠狠打了大白马一棍，并嘱咐我在马跑不动时，就把大姐推下马去。大姐见二姐不愿上马，就一再要求下了马，才落了个生死不明。还有小妹伯姬，才刚刚十六岁啊，我咋给父母亲交代呢？我虽然没在柱天都部面前吵吵嚷嚷，想起他们我心里就像刀子在搅，也像被人拿着长矛在戳啊。"

邓晨见刘秀的悲戚不是装出来的，便真诚安慰："我们出师遭败，责任不在文叔。你二姐在天之灵，更不会怪文叔。"

刘秀揩去眼角的泪水道："二姐在天之灵不会怪我，我不能不给二姐他们报仇。我部下有三千人马，你部下一千人马，二姐夫再激将一下嫉恶如仇的刘稷。刘稷是个百夫长，手里也有百十个人……"

邓晨感到奇怪："文叔真的要兴兵复仇？"

"甄阜现在正围攻楚犁王的犁丘城，我们可以去抄甄阜的后路，即便杀不了甄阜，杀了梁邱赐也可解解恨。事不宜迟，如果二姐夫相信文叔，现在就去激将刘稷。"

邓晨见刘秀不是玩话，坐在那里想了一想道："不可不可，文叔是偏将军，也是柱天都部的左膀右臂，当以辅佐他匡扶汉室为重，绝不能效姐夫行事鲁莽。"

刘秀神色肃穆地起身给邓晨一揖到地："原来姐夫知道当以匡扶汉室为重，柱天都部不用担心了。"

"哈哈哈！……"

邓晨爆发出一阵声震屋栋的大笑。

刘秀脸上也挂了笑容道："二姐夫一笑，柱天都部就可宽心了吧？"

邓晨笑指刘秀道："二姐夫其实只服你文叔……"

邓晨一句话未了，刘猛风风火火闯进屋里说："启禀偏将军，柱天都部有令，命将军火速进棘阳城去见柱天都部！"

楚犁王秦丰因提前得到甄阜十万人马前来攻城的消息，立即引汉江水进护城河，犁丘城四周一天内变成汪洋一片。原来，秦丰的犁丘城依凭五十余亩大的高台地修筑，城墙墙基全是山石垒筑。秦丰利用四周低洼，改造成天然护城河。一遇敌人进攻，掘汉江水灌进护城河，犁丘城立马变成湖中城。甄阜十万人马围住湖中的犁丘城望城兴叹十余天，便得知石城、邓城、宜城等十二县的兵马要齐来勤王。甄阜见犁丘城难以攻下,决定先回马攻克刘縯占据的棘阳城。把原定剿灭秦丰后再收拾刘縯、刘秀的战略,改为剿灭了刘縯、刘秀,再慢慢收拾秦丰。新市兵王凤侦得此情报,便联络驻兵湖阳县的张卬准备弃城,要逃回云杜县老巢躲避。

在柱天都部的聚将厅,刘縯苦口婆心劝王凤、张卬道:"二位将军,古人云,三人同心,其利断金,这话正是说我舂陵兵、新市兵、平林兵眼下的状况的。只要我们同舟共济,和楚犁王取得联系,联手挫败甄阜对棘阳城的进攻,也是易如反掌。"

王凤冷笑:"前事不忘,后事之师。柱天都部在小长聚被甄阜的先锋官梁邱赐大败,那才叫易如反掌呢。"

张卬跟着王凤奚落刘縯:"柱天都部是当地人,我们是过路客人。柱天都部的小算盘,不就是让我们留下给您看家护院么?"

王凤、张卬的话让刘縯很是反感焦躁,也只能压住火气道:"刘縯别无所能,唯有匡扶天下之志不可轻改。甄阜现在被秦丰的勤王大军袭扰纠缠,欲进犯我棘阳城,最快也得一月之后。请二位将军暂且歇马棘阳城,到了不得不离开棘阳城的时候,我刘縯率领舂陵兵所部,做二位将军后卫殿军可好?"

王凤的小眼睛睁大许多:"柱天都部的意思,是让我们留下看看形势再决定去留?"

刘縯道:"王将军所言极是,到了不得不放弃棘阳城时,我保证新市兵、平林兵先行安全撤离。"

王凤得此保证,便问张卬:"柱天都部有此留客诚意,张将军意下如何?"

张卬和王凤交流了眼神便说:"柱天都部有此诚意,我们暂且留下给舂陵兵壮壮胆子吧。"

刘縯一听王凤、张卬的话头,又给二人说了许多匡扶汉室,共取天下的好处。他刚刚送走王凤、张卬,刘秀便到了柱天都部聚将厅。

一见刘秀奉命赶来,刘縯将他引至密室。听了刘秀禀报了说服邓晨的情况,刘縯颔首嘉许后说:"甄阜、梁邱赐即将大兵压境。若新市兵、平林兵弃城而去,我舂陵兵将陷入危机。对此局面,文叔可有缓解良策?"

刘秀一阵思索后道:"若新市兵、平林兵弃我而去,对匡扶汉室之大业正是釜底抽薪。然而,我们千方百计留住他们,也难保与甄阜、梁邱赐开打之后的胜算。我听说王常、成丹带领三万下江兵驻兵宜秋,若得此生力军与我们合兵一处,破甄阜十万骄兵,也只在举手之间。"

刘縯神色稍解道:"文叔所言,正合我意。自绿林军分裂,下江兵在王常率领下,所向披靡。绿林兵猛将马武也投奔王常麾下,正是如虎添翼。能与王常合兵一处,得猛将马武,不仅能留住王凤、张印,也为殄灭甄阜、夺取南阳,奠定下匡扶汉室的基业。此时此刻,可谓得王常扭转乾坤大业鼎定,不得王常危机四伏前景黯淡。"

刘秀频频颔首:"柱天都部所言极是。"

刘缜对刘秀的简约附和有些失望,便直言道:"力挽狂澜,砥柱中流,方显英雄本色,难道文叔不愿担当联络争取王常的重任?"

刘秀激动起身道:"禀柱天都部……"

刘缜起身将刘秀按坐到座位上道:"文叔,这里是密室,你我的关系是同胞兄弟,不要动辄称呼胞兄为柱天都部。"

刘秀还是起身说道:"小弟唯恐有负柱天都部重托,既然大哥信任,小弟自当寻找联络王常的门路。"

刘缜:"争取王常,至关重要。若寻得引见说合之人,为兄亲见王常、成丹。"

辞别柱天都部,刘秀快马回奔唐子乡。

胯下的大白马放开四蹄,跑得风驰电掣,刘秀的思绪一刻也没停歇。棘阳到宜秋,快马也得两天路程。再加之往返撮合禀报,难免费去许多时日。若是王常犹豫不决耽搁许久,即便最终答应与柱天都部合兵拒敌,也怕造成为时已晚的局面。在刘秀的内心深处,还有对王常、马武的英雄渴慕之情。在与王凤、张印等人的接触中,总觉他们时常首鼠两端,不是成就大事之人。自听说下江兵的王常、马武事略,刘秀早有结交愿望。但是,一路思索许久,刘秀还是想不出谁能做引见王常之人。回到唐子乡,刘秀开出几个结交广泛的心腹故旧的名单,让几个亲随火速请他们到唐子乡聚会。几个亲随士兵得令离去,刘秀有些坐卧不宁,他担心几个心腹故旧万一都推荐不出结交王常的人选,下一步又将如何迈出?刘秀饱读史书,深知匡扶汉室山高路远,柱天都部急需诸多谋士参赞,自己也需一个谋士高人依为股肱。

刘秀正在扼腕焦虑之际,亲随刘猛进来禀报,说有一个行迹怪异的奇人求见。

刘秀隐隐觉得此人正是自己期待的高人出现,兴奋地大声说:"传见传见!不,我亲自迎见!"

"草野之人,何劳将军屈尊。文叔别来无恙,次元见礼了。"

随着熟悉的寒暄声,一个须发散乱袍袖飘逸的老者进来对着刘秀深深一揖。

刘秀看着眼前身材挺拔行迹怪异的老者,疑惑着还礼道:"老神仙请上坐,听长者语气,似与文叔熟识?"

老者哈哈一笑，捋捋颔下乱须道："文叔真是贵人多忘事，难道在南阳李府齐平阁促膝密谋，撺掇文叔起兵匡扶汉室的李通也忘了么？"

印象很深的金声玉振般嗓音，特地点出了齐平阁上的密谋，让刘秀一下认出李通。他上前抱住李通仔细看了又看，激动地把他按坐在自己常坐的机子上连连道："次元久违，次元久违，想煞文叔，想煞文叔也。闻李府遭遇横祸，无一日不牵挂次元行止安危。我刘氏兄弟春陵村起兵之际，就盼与次元生死相托，共图匡扶汉室大业。可惜音信全无，只落得时时牵念。想次元贤弟正是青春壮年，面色白净，五绺美须，如何这般长发乱髯？难道贤弟要长隐终南，或者不食人间烟火，效神仙逍遥一生么？"

李通听刘秀一番急切话语，神色黯然语气唏嘘道："贤兄寒暄诘问，次元肺腑滚热。王莽残暴，家尊与无辜亲友四十二人，受我连累殁于血光之灾。我之所以能苟活人世，就是要为他们报仇雪恨，亲眼看见王莽身首异处，天下重享太平。"

刘秀声音涩涩地安慰李通道："恶梦过去，否极泰来。贤弟的心灵伤痛，文叔已备下一服疗医的"妙药"，只是兵荒马乱，我那含苞欲放的小妹伯姬也生死不明……"

李通眼里已经噙了感动的泪水，便制止刘秀说下去："愚弟命运多舛，岂敢存此非分妄想。王莽一日不死，愚弟一日不梳发、不理须、不积财、不娶妻。"

刘秀不解道："贤弟何故如此？"

李通："一为明志，二为隐蔽。"

刘秀缓颜道："好了好了，自今日始，你我二人自当生死与共，不弃不离，尽早让王莽和他新朝寿终正寝吧。"

李通轻轻摇摇头："你我生死与共可，不弃不离眼下不可。"

刘秀诧异："贤弟还要做逍遥神仙么？"

李通沉思片刻道："李府遭遇血光之灾，我怀疑因族兄李轶谋虑不周所致。现今李轶在柱天都部帐下为长史，我若此时投奔你刘氏兄弟，很难与他共事。何况我暂且身在局外，游走于各路英雄之间，审时度势，正是旁观者清的机巧。到了可以助你刘氏兄弟一臂之力时，我这不是不请自来么？"

刘秀听出李通话语中的玄机，两眼放光道："贤弟难道是为我春陵兵化解危机而来么？"

李通也两眼放光道："此时此刻，春陵兵得王常扭转乾坤大业鼎定，不得王常则危机四伏。"

刘秀起身对李通深深一揖："贤弟真是从天而降的神仙，你我现在快马去见

第八章　文叔巧言劝邓晨　次元献计说王常

柱天都部……"

王常字颜卿，中州颍川郡舞阳县人，壮年三十二三。个高背厚肩宽，额阔鼻高脸长，眉黑眼大须卷。混迹江湖十载，胸有丘壑非凡。王常原本寻常农夫，因家境宽裕略识文字。十年前胞弟与一大户子弟口角，被大户子弟当胸一脚毙命。王常去舞阳县衙告状，反被县令以无理取闹为由打了二十板子。腿上棍伤难愈，王常因痛生恨，一怒之下手刃了那个踢死胞弟的大户子弟。造下命案不想身首异处，只得远远躲避于荆州江夏一带。

王匡、王凤在云杜县一带绿林中起兵反莽，王常投身其中被命为偏将。在绿林兵三起三落的拼杀中，王常与成丹、张卬聚集万余人马占据蓝口自立门户，扯起下江兵的号旗。此后，下江兵在上塘大败荆州太守，军威大振。蓝口水浅不养蛟龙，下江兵便移军宜秋城，对天下四起的乱象暂作壁上观。也就是移军宜秋城之后，王常认识了云游天下的李通。二人初识便相见恨晚，谈起天下大事，更是投机投缘。王常意欲留李通做一参赞军师，怎奈李通以志在游历华夏山水，结识天下英雄为由辞谢。李通离去，使王常心里显得空落落的。每天不是操练军卒，就是纵马围猎。

日子正单调无趣之际，李通又秘密回到宜秋城，转告了棘阳城柱天都部刘縯、刘秀兄弟意欲和下江兵合兵一处，击败甄阜、梁邱赐。李通指出与刘氏兄弟合兵一处的最大好处是：击败甄阜后乘势攻取南阳城，树起汉军大旗号召天下，一举颠覆王莽新朝，成就匡扶汉室一番大业。王常和李通原本志向一致机缘相投，当即击掌叫好。对于下江兵中可能激烈反对的将领，李通也献计作出了周密应对。

刘縯、刘秀、刘稷等人如约进入宜秋城，王常在下江兵聚将厅会见刘縯、刘秀、刘稷兄弟三人。因王常此次和春陵兵柱天都部刘縯会见的目的是商议合兵，决定下江兵前程祸福，所以下江兵参与会见的还有成丹、韩琪、冯涛、申屠建、贺蟊等四五个将领。从人数上看，下江兵参与议决的人数多出春陵兵一倍。

相互介绍名姓，几句寒暄之后，刘縯开门见山向下江兵众将领道："王莽篡汉，天下大乱；英雄四起，新朝岌岌可危。此正是我春陵兵、新市兵、平林兵与下江兵合兵一处的天赐良机。在下刘縯、刘秀、刘稷拜见诸位下江兵将领，但见军营虎虎生气，诸位英气勃发，倘得日后生死与共，天下幸甚，我刘氏兄弟幸甚。"

下江兵虎牙将军韩琪，虽然貌不惊人，却言语犀利。他眯缝着两眼紧接刘縯的话问道："我下江兵和你等春陵兵合兵一处，不知师出何名？全军统帅又由何人担任？"

刘秀见韩琪问话直指要害,且刘縯不便回答,当即对韩琪等众抱拳致礼道:"在下刘秀不才,原回答韩将军所问。王莽窃国,倒行逆施;纲纪败坏,生民涂炭。我刘氏兄弟抛弃家业,匡扶汉室,立志拯救黎民百姓于水火。孔子曰,名不正则言不顺,言不顺则事不成。故而我等合兵一处之后,顺天命、应人心,当以'汉军'旗帜号召天下。现春陵兵、新市兵、平林兵尊我柱天都部为统帅,将来的汉军统帅,自然还尊柱天都部统领汉军为宜。"

王常亲见刘縯、刘秀兄弟器宇轩昂,谈吐不凡,心下大喜颔首道:"柱天都部和刘文叔不愧是高祖遗脉,气度脱俗,言语珠玑……"

韩琪唯恐王常一锤定音,便抢过话头道:"柱天都部和刘文叔果真若王将军所言,不愧是高祖遗脉,气度脱俗,言语珠玑。但王莽新朝如百足之虫,死而不僵。仅凭刘氏兄弟的气度口舌,焉能包打天下么?"

成丹不失时机插话道:"匡扶汉室,不是夸夸其谈地坐而论道,而是金戈铁马去冲锋陷阵的厮杀。我听说王莽有巨毋氏威震天下,不知柱天都部的春陵兵中,可有与王莽的巨毋氏比肩的英雄?"

刘秀眉毛一扬对成丹道:"成将军,在下闻古人曰,执德者昌,恃力者亡。我高祖手无缚鸡之力,项羽力能拔山。得天下者,非项羽而高祖。难道成将军还在意莽贼的巨毋氏么?"

满脸横肉的冯涛一手按剑,起身对刘秀不客气道:"刘文叔别仗着去长安游学喜欢引经据典,我冯涛最烦好汉提到当年的英雄。你们柱天都部麾下若有力能拔山的猛士,可否让我见识见识。他若胜得我手中铁剑,我冯涛今生为他牵马执鞭。"

刘縯对王常轻轻一笑道:"王将军,我刘氏兄弟中,虽未力能拔山的英雄,恰巧我这刘稷小弟有些蛮力。如将军应允,可让他展示一下自己的兵器。"

刘縯所请,也给王常探知春陵兵实力的机会,当下兴奋道:"这聚将厅宽大,给英雄以用武之地,赏我等大饱眼福,刘稷将军请了!"

刘縯此时暗暗佩服李通对合兵谈判进程的预测,当下便给刘稷使眼色道:"八弟,看你的了。"

铁塔一般粗壮的刘稷得刘縯暗示鼓励,用他洪钟一样响亮的嗓门对厅外叫道:"兵士们,上我的家什!"

随着一声应诺,两个春陵兵兵士抬进一把檀木柄大号铡刀,进到厅内,哐啷一声丢在地上转身离去。

第九章
蓝乡驿里刘秀纵火　棘阳城外甄阜丧身

　　下江兵几个参与会见刘氏兄弟的将领,都是舞刀弄枪的行家。他们看到地上比常用铡刀大了一倍的兵器,都估算出其重量在一百二十斤上下。众人正诧异刘稷能否舞动大铡刀之际,就见刘稷右脚上前勾起檀木柄双手握定,抬左脚一踢刀首,随着一声大吼,刘稷便舞着大铡刀上下翻飞左劈右砍。众人只觉得眼前烁烁闪电,耳边嗖嗖生风。众英雄齐声叫好之际,刘稷将大铡刀放回原处,说声"献丑了"便抱拳回到自己的座位。挑起事端的冯涛坐在那里倒吸冷气,不时偷眼看一下地上的大铡刀。

　　王常见此情形,击掌大声道:"好!好!非刘稷将军神力,怎可使用这等兵器?当今王莽残暴,人心思汉。天下有谶语传曰,新朝短命,刘氏当兴。今刘氏兄弟恰是高祖遗脉,人杰龙脉,就是真主。我下江兵与之合兵一处,就是靠山得水,左右逢源。英雄联手推翻王莽,共享万代太平。"

　　刘縯紧接王常的话道:"刘氏若重得天下,绝非刘氏独享。我刘伯升今日设誓于此,日后食言反悔,天地不容!"

　　韩琪此时陡然起身说:"颠翻暴秦的陈胜说过,帝王将相宁有种乎?下江兵能打天下,难道不能主天下么?我韩琪不愿仰人鼻息,告辞!"

　　紧挨韩琪坐着的偏将申屠建、贺蜚也起身说:"王将军,韩将军不愿仰人鼻息,我等也不愿受制于外人,告辞!"

　　王常对韩琪等人的行为报以不置可否的微笑,刘縯、刘秀也没显出惊诧神色。

　　只见韩琪等人刚走到聚将厅门口,飞熊将军马武挺着大铁戟堵住门口说:"韩将军,主将允许你离开议事大厅了么!"

　　马武初到下江兵中,一战大显神威。在与荆州郡的兵士恶战中,危急时刻单戟匹马冲入敌阵垓心,挺戟戳翻荆州太守的二马轺传,再挥戟砍倒敌军帅旗,为自己博得"飞熊将军"称号。韩琪、申屠建、贺蜚三人见马武挺戟堵门,知道是王常预先安排,只得乖乖坐回自己的位置。

　　王常待韩琪等人坐下,微微一笑说:"俗话说,强扭的瓜不甜。待王某把话说完,诸位再走不迟。方才韩将军说过,我下江兵能打天下,难道不能主天下么?

现在我问韩将军一句,假设下江兵现在得了天下,将军以何能治理天下?"

韩琪结舌道:"这个……我却不能?"

王常转脸再问申屠建、贺蜑:"韩将军自谦,你二位呢?"

申屠建、贺蜑连连摇手:"我们只知跟着王将军冲锋陷阵。"

王常接着笑问刘秀:"文叔,你在长安游学多年,能否给我等简言几句治国安邦的要诀。"

刘秀不卑不亢答:"现在谈论治国安邦为时尚早,既然王将军动问,文叔不答不恭。《尚书·尧典》已经论及,君子治国,无非光被四表,格于上下,正其纲纪,治其法度。民心安,天下安;君图强,国力强。"

王常叫了一个大好道:"文叔说得好!王莽无德无道,先使国基动摇。继而纲纪紊乱,法度不存。因天下大乱,我等才乘隙聚众起事,侥幸占据偏僻。但欲图天下,必须顺天道,应民心。若只知恃强称雄,虽能称雄一时,终究难逃项羽灭亡覆辙。今日一见刘氏兄弟,其胸中丘壑,已在言语谈吐之间晓示于人。非凡气度,非我等草莽英雄可比。若能与之合兵一处共取天下,必成不世大功。今日与之幸会,是上天赐予我等修成正果的机缘。我王颜卿不可错过,也希望诸位将军不可错过。"

李通预先讲给王常一番合兵共取天下的大道理,经王常现场发挥,先入了下江兵副帅成丹的心底,王常的话音一落,他便对王常道:"王将军一席话语,于我有拨云见月之功。恰如王将军所言,今日结识刘氏兄弟,是上天赐给我等修成正果的机缘。反莽大业功就事成,全在合兵一举。"

成丹话音刚落,韩琪便对刘縯、刘秀抱拳道:"下江兵主帅、副帅同意合兵,我韩琪再无异议。"

申屠建、贺蜑也赶紧表态:"我等再无二心,唯王将军、成将军马头是瞻。"

刘縯、刘秀说动下江兵前来棘阳合兵一处,新市兵王凤、平林兵张卬、朱鲔只得收起离心,继续效命刘縯麾下。经众将领在棘阳城议定,合兵后的汉军主帅仍然称柱天都部。刘縯为主帅,王凤、张卬、王常为副帅。此时的汉军共计六万余人,刘縯、王常所部四万多人守棘阳,王凤、张卬一万多人守湖阳。刘縯择吉日刚在棘阳城头竖起汉军大旗,甄阜、梁邱赐的九万大军便围了棘阳城。东、西、南三面看去,甄阜军大营井然有序,重重营门重重旌旗。刘縯和众将领再从城头掠阵一遍,便知甄阜来势汹汹的九万大军,在棘水一方给棘阳城的汉军虚留了一条"生路"。那条"生路"是诱饵,既引诱湖阳的王凤、张卬驰援棘阳,也引诱棘阳城

第九章 蓝乡驿里刘秀纵火 棘阳城外甄阜丧身

守军逃奔湖阳。即便两个陷阱都不存在,大军隆冬履冰突围,也是九死一生的冒险之举。甄阜重兵围棘阳而不睬湖阳,也是设给刘縯的口袋。自古兵家博弈,多在城池攻守之间,刘縯和汉军将领,都苦思着转守为攻的破敌谋略。

孙子兵法曰:"围城四面,虚一纵之"。新朝征虏将军甄阜正是依了孙子兵法,知己知彼作出的棘阳大战的部署。对棘阳城围而不打,为的是在山野消灭出城逃跑的汉军,或者在野外剿灭前来驰援的汉军。待汉军兵马损失过半,攻取棘阳、湖阳只在举手之间。梁邱赐见甄阜从瞭望台上下来久久无语,便近前禀道:"主帅,棘阳城所谓的汉军,还是那些聚众造反的贼军。末将以为,下江兵前几天与刘縯合兵一处,才是真正的乌合之众。在我十万大军面前,不过是砧板多了些鱼肉而已。剿灭他们的办法,还是按主帅的战法最妙,先引诱他们出城逃窜,后放马过去一阵蹴踏就可以了。"

甄阜摇摇头道:"在小长安聚与刘縯遭遇,恰逢一场大雾,骑兵放马蹴踏才大获全胜。前次进剿秦丰,兴师动众却劳而无功。此次剿灭刘縯、刘秀,梁将军必须谨慎小心为是。"

梁邱赐道:"主帅放心,没有大雾遮掩,利用夜幕也可大显我三万铁骑蹴踏威力。"

甄阜颔首赞道:"梁将军利用夜幕蹴踏贼军,倒是一条可行妙计。待我粮草全部转运至蓝乡驿,我们便可于明年上元之前的某天对棘阳城三面佯攻,逼汉军在夜间履冰逃命。梁将军尽可在棘水南岸的平野处,马踏汉军入泥。"

梁邱赐恭维甄阜道:"此次随征虏将军出征,是我梁邱赐的福气……"

王莽新朝地皇三年(22),官家民间还是使用"刘歆历",眼看就是旧岁将尽一元复始。新入伙的下江兵的将领对柱天都部一连好几天的盛情款待过意不去,纷纷要求四面出城打败甄阜,在棘阳城里过个踏踏实实的新年。刘縯劝过众将领少安毋躁之后,仍旧天天设宴款待下江兵千夫长以上头领。下江兵头领们肚里油水灌足,酒足饭饱之后,各自寻找对手扳手腕子消食。刘縯之前虽没多少征战经验,但是他一直精研着孙子兵法。《孙子·军争篇》曰:"无邀正正之旗,勿击堂堂之阵。"在小长安聚吃了甄阜一次大亏,使刘縯在甄阜兵临城下时慎之又慎。他虽然陪着下江兵的将领饮酒作乐,心里其实在焦急地等待着城外的"堂堂之阵"一霎时变成混乱之阵。

地皇三年腊月三十,正是四九天气。天公应时,这天傍晚北风旋转着雪花呜呜作响,人们吐口涶沫,落地便成了小石头随风滚去。晁豹身为副帅,却被王莽派到蓝乡驿来看守大军粮草。心里的不满和天气的严寒，使他的心情更加不好。自从梁邱赐在小长安聚胜了刘縯一仗，晁豹就觉得梁邱赐不把自己这个副帅放在眼里。恰在这时，甄阜以蓝乡驿是大军性命攸关所在为由，让自己和偏将马勇一起驻守蓝乡驿。蓝乡驿靠山面水，易守难攻。为了确保安全，甄阜分兵一万守卫转运粮草。晁豹初到蓝乡驿，待巡查了蓝乡驿紧要处的深沟高垒，越发觉得自己在大战前夕被派来守卫粮草等于被发配蓝乡驿。愁闷在心，佳酿解忧。在一间生着火炉的暖室里，晁豹摘去头盔退了裲裆，和马勇就着一张木几小酌。旺旺的火炉和关中特曲的醇厚，使晁豹和马勇的脸膛都显得红扑扑的。马勇不请自饮放下空酒杯道："副帅，不是末将扫兴。这里离棘阳城只有四十余里，我还是去营门巡查一遍吧。"

晁豹醉眼看了马勇一会儿道："数九寒天的，除夕岁尾，汉军正被当做饺子馅……严严实实围在棘阳、湖阳两城。你还去巡查，巡查个毬毛哇？"

马勇脸上赔了笑，道："不怕一万就怕万一，副帅你先喝着，我去让粮草记簿过来陪您喝酒。您坐着，末将这就去了。"

马勇有些踉跄着出去，晁豹嗤笑一声："不怕一万就怕万一？你马勇捧着卵子过河，小心过渡（度）。你不喝，老子接着喝。"

晁豹给自己满满斟了一盏，端起还未沾唇，就见马勇哭丧着脸又进到室内，他的身后跟着一干执刀挺枪汉军。没等晁豹醒悟过来，马勇对为首一个英俊汉将说："刘将军，他……他就是我们副帅晁豹将军。"

马勇的话让晁豹一下变得十分清醒，他伸手便扯出了自己佩剑。不过，没等到晁豹出手，英俊汉将身旁一个随从剑光一闪，晁豹的头颅便滚落一边。马勇乘混乱之际想逃，也被人一剑刺进肋间丧命。

最先一剑砍杀晁豹的是刘猛，跟着刺死马勇的是邓晨，为首的英俊汉将正是带着三千精锐偷袭蓝乡驿的刘秀。李通协助刘縯、刘秀说动王常合兵，应王常要求，暂时入幕王常帐下。李通虽不直接随从刘縯帐下，还是献计在除夕之夜偷袭蓝乡驿，火烧甄阜大军粮草，动摇甄阜的军心。刘縯十分赞同李通妙计，便将偷袭蓝乡驿的重任交给了刘秀。刘秀带五千人马在甄阜包围棘阳城之前已经远遁他处，目的就是设下破棘阳城之围的一支伏兵。刘秀接到夜袭蓝乡驿的军令，深知蓝乡驿一仗，关乎汉军生死存亡，便在五千人马中挑选了三千精锐骑兵。到了戌时，刘秀命三千精锐人衔枚，马裹蹄。直到接近蓝乡驿营门门口，前出三十余骑亮出甄阜大军的灯笼、旗号，以催要大营取暖薪炭为借口，骗开蓝乡驿营门。汉军控制了营门领值军司和六个兵士，刀剑逼着领值军司寻找到马勇和晁豹。

第九章　蓝乡驿里刘秀纵火　棘阳城外甄阜丧身

且说刘秀见杀了不肯投降的晁豹、马勇，从室内寻着一束引火之物做成火把去那火炉上点燃，然后对身边的随从说："速速制作火把去上风处，点燃草料、营帐，乘乱斩杀乱兵！"

刘秀身后的邓晨、刘猛等人，也效刘秀引燃火把跑了出去。一霎时，风雪夜中的蓝乡驿火光四起，喊声震天。睡梦中的蓝乡驿守兵有的睡梦中命丧火海，有的被堵在营帐一命呜呼，也有许多命大的衣甲不整地四散逃命。刘秀三千生力军都是带着深仇大恨的舂陵兵，得到报仇雪恨的机会，恨不一刀杀尽眼前王莽贼军。粮草之类，都是易燃之物。加之风助火势，整个蓝乡驿变成一片火海。骑在马上的舂陵兵借着火光，专往狼奔豕突的王莽军乱兵中放马过去。一阵马踏刀砍，没死在火海里的莽兵所剩无多。逃过马蹄刀锋的，不是躲身暗处便是逃之夭夭。刘秀见蓝乡驿火势越来越大，留下一千汉军等待天明后搬运王莽军窖藏的贵重军资，自己带领两千人马，点亮灯笼火把朝棘阳城狂奔。

除夕夜的甄阜，罢了丝竹宴乐。他对裹着风雪进了中军大帐的梁邱赐道："梁将军，今夜本帅罢了丝竹歌舞，也希望梁将军传令其他围城将士枕戈待旦，以防城内贼军突袭我军。"

梁邱赐以为甄阜有要事传见，当即松了一口气道："主帅军令，我立马传令下去。以末将愚见，主帅尽可轻轻松松度过除夕、上日。城内那起乌合之众死到临头，或许正享受临死前的花天酒地呢。"

甄阜脸上有了不满神色道："也许正是我们轻敌，才把大军粮草囤积处选到蓝乡驿。既然错于前，不可错于后。我意不能等待粮草全部聚齐，而是乘新春上日贼军不备之机，突然三面攻城，以取得事半功倍之效果。"

梁邱赐略作犹豫便道："将军决断，是攻取棘阳城的胜算。不过末将以为，莫如上日之夜待城内贼军放松戒备入睡，我们再攀上城墙偷袭。即便偷袭不成，亦可转为强攻。"

甄阜当即颔首同意梁邱赐的建议，送出梁邱赐以后，甄阜心情才稍稍放松。已经是除夕夜的"除夕"之际，甄阜命内帐亲兵在大床前的炭炉处支起小几，摆上驴肉、羊肉、鹿肉、狗肉等驱寒酒菜，一个人歪在床上自斟自饮。咀嚼几口驱寒肉食，饮下一盏御赐佳酿，甄阜心里突然又冒出对蓝乡驿的担忧。当初自己决定把蓝乡驿作为大军粮草集聚地，也是看中便于围攻棘阳城的九万大军就近补给。可蓝乡驿离棘阳城太近，四十余里的距离，骑兵不用一个时辰就到了。万一蓝乡驿遭到不测，十万大军将不战自乱。甄阜喝下一盏很有劲道的御赐关中特酿，感觉有些燥热,两眼曚曚眬眬,便靠在引枕上假寐。突然,帅部右长史蒋英冲进中军大帐,对蓦然惊醒的甄阜急急禀报:"启禀主帅,与蓝乡驿最近的幸卓将军报告,大军粮草囤积处火光冲天,可能遭到了贼军的偷袭。"

甄阜的酒意立即散去三分,大将风度失去七分,取出一支裹金令箭交给蒋英,有些结结巴巴地下令:"右长史拿上我的裹金令箭,速速……传令梁将军,从东门……西门各抽调一万骑兵,火速回援蓝乡驿,合围剿灭进犯蓝乡驿的贼军。"

蒋英应诺就要离去,甄阜喊住蒋英又交代道:"右长史转来!你要特地交待梁将军,半夜三更,调兵遣将时不要弄出太大动静。剿灭贼军之后,迅速赶回棘阳城外原地扎营。"

右长史蒋英应诺离去,甄阜才松了一口气。他估计偷袭蓝乡驿的敌人可能是湖阳城出来的王凤、张印的抢粮贼军,最多也就五六千人。有蓝乡驿一万守军抵挡,再加梁邱赐驰援的两万骑兵合围剿灭,很快可保蓝乡驿无恙。心里放松,睡意袭来,甄阜没喊随军歌伎侍寝,自己拉过鹅绒大被睡去。

新朝地皇四年新岁刚刚来临之际,刘縯站在棘阳城东门城楼,在风雪夜中瞪大眼睛盯着城外星星点点的营门号灯。小长安聚遭到甄阜大军重创,天幸与下江兵合兵成功。就要和甄阜十万大军决战棘阳城下,刘縯的内心担忧大于兴奋。棘阳城集聚着汉军四万多主力,能否以弱胜强打垮甄阜,成败在此一举。胜之则大业可兴,败之将一蹶不振。雪夜如漆,远处甄阜大营中号灯如鬼火时隐时现。刘縯等待得有些焦躁,裹了裹狐皮披风,来到城墙垛口延颈眺望。

刘稷跟出,轻声道:"柱天都部,现在伸手不见五指,远远近近除了鬼火似的号灯,什么都看不见。城墙上风跟刀子似的,大哥您还是回城楼吧。"

刘縯似未听见刘稷的话,在黑暗中睁大了眼睛。

刘稷有些不解,又提高声音说了一句:"大哥,回城楼吧。"

刘縯却一把拉住刘稷一只手,声音颤颤地说:"七弟快看,远处许多的号灯是不是在移动。"

刘稷顺着刘縯指的方向认真看了看道:"那一片、还有那一片的号灯是在移动。"

刘縯用力捏着刘稷的手兴奋道:"看来,甄阜蓝乡驿的粮草完蛋了。文叔火烧蓝乡驿成功,等于敲响甄阜的丧钟。我们的正面有甄阜的中军大帐,若杀了甄阜,我让你当虎威将军。"

刚刚有了偏将军身份的刘稷高兴地说:"柱天都部,您不封我虎威将军,我也要杀了甄阜。"

一阵急促的脚步声传来，刘𬙂、刘稷急忙回到城楼聚将厅。

急促脚步声正是王常从南门派来的从事中郎，那从事中郎一见刘𬙂便拱手禀告："启禀柱天都部，王将军火速禀告，南门外的甄阜大营，有了移动阵式的迹象，请柱天都部定夺。"

刘𬙂从紧抿的嘴呼出一口长气，大声对身旁的裨将说："擂响战鼓，打开东、南、西三面城门出击！"

棘阳城头突然鼓声大震，在夤夜寒风的助力下如滚雷行空。东门，杀出刘𬙂、刘稷的一万五千人马；南门，杀出王常、马武的一万人马；西门，杀出成丹、韩珙一万人马。城头燃起的熊熊大火，使漆黑夜色一霎时变得如同黎明时分。城内焦急等待出城厮杀的四万汉军受到鼓声激励，打开城门呐喊着杀出棘阳城。

东门外的甄阜被棘阳城头蓦然而起的鼓声和汉军的呐喊声惊醒，很快在城头火光映照下明白了战场态势。他先令帅部参军升起"征虏将军甄"号灯，再令帅部左长史督促鼓手擂响聚将大鼓，接着命拱卫中军大帐将军、骑司马，帅领部众隔着中军大帐前的拒马、鹿砦朝着向中军大帐冲来的汉兵乱箭齐发。中军大帐升起的号灯以及聚将鼓声，使甄阜的中军大帐四周聚拢了三万多将士。有了足够的将士拱卫中军大帐，甄阜命车骑将军、官骑将军各帅五千人，迂回左右两厢侧击进攻中军大帐的汉军。

甄阜升起"征虏将军甄"号灯，也给刘𬙂、刘稷提供了进攻的目标。但攻守双方一接战，便陷入了混乱胶着状态。刘𬙂没想到甄阜在仓促夜战中还能指挥若定，只得命部众列阵迎击两翼杀来的莽兵。乘乱取胜的初衷没有达到，两军接战杀了个旗鼓相当。鏖战中迎来了上日黎明，形势开始对刘𬙂越来越不利。当甄阜发现迎面的汉军只剩万余人时，带着两个参军登上了二马𬴊传阅阵督战。莽军将士在主帅督战的激励下，很快对刘𬙂、刘稷形成包围，任凭刘稷的大铡刀厉害，一时难以突破莽军的重围。

南门外紧挨棘阳城的莽军，大多被梁邱赐调去驰援蓝乡驿。那些留下的莽军没想到城内汉军此时杀出，惊醒后不及持械着甲列阵迎战，王常带领的汉军已经杀到跟前。少数自恃武艺高强的将士，挺着兵器招架几下为国捐躯；多数心眼灵活的将士或跨上战马，或撒开脚丫，能跑多快就跑多快。梁丘赐带着驰援蓝乡驿大军循序离开棘阳城不到二三里，便被如洪水溃堤般的逃兵冲乱了队形。梁邱赐是身经百战的猛将，他知道继续驰援蓝乡驿不再是十万火急，眼下只有脱离身后涌来的败兵，才能列成阵势乱中取胜。梁邱赐拿定主意，大喊一声"跟着我来"，挥鞭将胯下战马狠狠打了几下。

下江兵千夫长以上将领，得刘𬘭多日盛情款待，一要尽力展示下江兵的勇猛，二要打败甄阜十万大军获得资财奖赏。故而各自身先士卒，勇猛拼杀。王常率领部下越过溃逃的莽军，盯紧队形不乱的梁邱赐所部猛追。梁邱赐见脱身不得，只得命部下返身接战。急切之下，怎可列成"堂堂之阵"？混战到天色大明，梁邱赐发现自己的部众伤亡过半。恰在此时，挥舞着长戟的马武戳翻一名副将，盯着梁邱赐挺戟冲来。梁邱赐被马武的神勇吓破肝胆，勒转马头便落荒而逃。主将怯阵，千余骑马的将士也跟着梁邱赐的马后脱离厮杀。王常见梁邱赐等众逃远，便命马武竖起招降幡，竟然收降梁邱赐衣甲不整的乱兵万余。

在东门外和甄阜拼杀的刘𬘭却没王常那般顺当，战至天色大明，自己的部众越战越少，甄阜军却越战越多。刘𬘭此时顾不上沮丧气馁，拿出鱼死网破的悲壮，挥舞着长矛和莽军一个副将缠斗在一起。莽军副将使两口泼风长刀，磕削劈砍刀刀蛮力。刘𬘭用尽解数，也只战了个平手。附近莽军一个千夫长杀翻几名步战的汉军，催马前来帮着莽军副将战刘𬘭。邻近的刘稷眼看刘𬘭陷入危急便要前来营救。四五个莽军见了围住他缠斗，使刘稷无法脱身。正在危急关口，刘秀带着两千铁骑呐喊着从甄阜军的背后杀来。蹄声如雷，狂风平地陡起；刀光似电，人头凌空横飞。眨眼间，势头正旺的莽军兵败如山倒，四下逃窜。在督战的甄阜和百余个侍卫诧异不解之际，他们便被背后袭来的汉军紧紧包围。甄阜怪叫一声，从一个侍卫手中拿过长戟，催动辂传还想做困兽犹斗。刘稷近前举起大铡刀将甄阜辂传的左骖拦腰砍断，邓晨催马冲来，一矛便将被辂传倾覆在地的甄阜刺了个透心对穿。

第十章
淯水设坛圣公称帝　中宫正位巨君点兵

　　甄阜在棘阳城东门呜呼哀哉的前一时刻，从西门杀出的成丹、韩琠也将与之对阵的莽军打得四散奔逃。逃到潢水的梁邱赐等众，遇上了从湖阳赶来助战的王凤、张卬，梁邱赐逃跑时慌不择路溺毙于潢水。与主帅甄阜身首不全相比，先锋猛将梁邱赐很幸运地做了全尸水鬼。棘阳大战一举歼灭甄阜十万征讨大军，被征讨的汉军反倒通过招降和接受投附，变成兵强马壮十万大军。以春陵兵为主的柱天都部的部兵，亦达一万余，战马八千骑。军威大振，刘縯乘势调兵遣将掘壕扎营，把个南阳城围个水泄不透。南阳城现任守将岑彭、副将严说派出三拨求救信使，均被围城的汉军截获。

　　棘阳大战大胜，使刘縯、刘秀的威信如日行中天。原下江兵主将王常庆幸遇到真主，原新市兵主将王凤、原平林兵主将张卬心里却惴惴不安。特别是王凤、张卬，十分害怕刘縯日后就唐子乡闹分金、棘阳城闹分兵秋后算账，便找到与刘縯有隙的朱鲔、韩琠、冯涛等人，秘定了一个消弱排斥刘縯军中威信的连环妙计。

　　这天，刘縯在中军大帐聚会汉军偏将军以上将领，就围攻南阳城进行集思广益。以刘縯本意，此次聚会众将，主要目的是借围攻南阳城之机严明军纪，统一旗帜号令。他见诸将聚齐便道："诸位将军，我汉军攻取南阳，势在必得。然南阳非棘阳，不经几番血战，恐难逾越南阳城城墙。俗语曰，披坚执锐冲锋陷阵易，众志成城克敌制胜难。为达我众志成城克敌制胜之目的，还望诸位将军各抒己见。"

　　王常猜得刘縯本意便欣然道："治军过十万，号令出一人。立国须立主，贤者可为尊。我汉军原兵分四路，加之棘阳大战收降的降兵降将，成分复杂，号令不一。欲取南阳作匡扶汉室之基础，更需立先行立柱天都部为大汉王，借以收取人望，制定法度军纪，统一各部兵符号令。"

　　韩琠得知刘秀率兵攻取颍川、昆阳未回，便紧接着王常的话发难道："'立国须立主，贤者可为尊'，王将军所言极是。末将以为，此时若立汉景帝七世孙刘玄为帝，天下英雄必然望风皈依。如此，南阳指日可下，匡扶汉室三年可期。"

　　朱鲔待韩琠话音一落立即附和道："汉景帝七世孙刘玄，现任平林军更始将军。刘玄号'圣公'，此乃上天所赐汉家皇帝，舍之再无汉家皇帝。"

自棘阳大战结束,刘縯始知懦弱胆小的刘玄在小长安聚逃跑后被平林兵收留,新近才授予更始将军。其时他百思不得其解平林兵的用意,至此才知张卬、朱鲔等人早有不良居心,当下起身慨然道:"韩将军、朱将军议立汉裔刘氏为帝,情理亦通。但眼下天下纷乱,强敌四面,此时议立帝位,对匡扶汉室大业遗害不浅。"

长着晦色瘦脸、生性首鼠两端的朱鲔问:"柱天都部,您可以说说具体的遗害不浅么?"

刘縯恼火往常对自己很是谦卑的朱鲔参与发难,但还是耐心分析道:"天下大势,明如洞火。譬如占据青州、徐州之赤眉,拥兵三十万。我南阳立一刘姓汉帝,彼处闻知,必当也立一个刘姓汉帝。天无二日民无二主,岂不造成我南阳汉军和赤眉间的争斗火拼?何况现在王莽新朝死而不僵,天下未定,汉室遗脉自相火拼,岂不是两虎相斗鹬蚌相争,最后让王莽坐得渔翁之利?以我之见,莫若现在暂且议立汉王,待西破王莽,东收赤眉。大势初定,再从高祖后裔中推立皇帝不迟。"

偏将军刘稷立即响应刘縯道:"此时议立皇帝遗害无穷,我等自当议定柱天都部改称'大汉王'为是。"

刘縯话语一落,王常、刘猛、邓晨等人亦推举刘縯改号"大汉王"。

眼看意欲操纵傀儡皇帝的阴谋就要流产,张卬突然起身,拔剑掷立于地怒声道:"我等议立你春陵人刘玄为帝,是光明磊落的天下为公之举,亦是我新市兵、平林兵深思熟虑地定国上策,今日不容再有他议!"

王凤、冯涛、朱鲔等人也按剑起身道:"再有他议者,我等与之势不两立!"

王常唯恐汉兵因此分裂内讧,便目视刘縯道:"柱天都部,天下未定,皇帝只是个尊号而已。"

刘縯明白王常的言下之意,是劝他且把立刘玄为帝看做权益之计。刘秀、李通不在身边,自己不便据理力争,只得很无奈地屈从了王凤、张卬、朱鲔、冯涛等人。

新朝地皇四年(23)二月初一日,汉军在淯水(今河南省南阳境内白河)上沙南岸匆匆筑起一个高坛。高坛四周,遍插赤色旌旗。坛中又有祭坛、平台,台上设一铺设了黄色锦缎的"龙椅"。太阳初升,河岸聚齐万余汉军将士。王凤、张卬确定的吉时已到,告天祭地,鼓乐声细;英雄豪杰,叩首拜礼。长相猥琐的刘玄,在张卬、朱鲔的搀扶下,戴平天冠,着衮龙袍,浑浑噩噩战战兢兢坐在龙椅上接受群臣叩拜。自王凤、张卬、朱鲔、冯涛铁心拥戴自己做汉室皇帝,刘玄吃饭睡觉行走坐卧就有腾云驾雾的感觉。待到群臣山呼万岁朝贺礼毕,刘玄早在裤裆里尿

第十章　淯水设坛圣公称帝　中宫正位巨君点兵

了第一泡"天子尿"。好在刘玄防患于未然，提前在裆间塞了一条女用"骑马布"，再加之外面龙袍宽大及地，他失禁裤裆的第一泡天子尿并不被臣子们知晓。因刘玄此前为更始将军，登基后尊号"更始皇帝"。

更始皇帝登基，第一件事当然大封群臣。因更始皇帝是新市兵、平林兵首倡拥立，故而王凤等人大得拥立回报。依更始皇帝诏命，更始朝主要重臣是：王凤、张卬为左右丞相、爵位上公，朱鲔为大司马，刘縯为大司徒，冯涛为大司空，王常为廷尉、大将军，李轶为司隶校尉，李通为柱国将军，刘秀为太常偏将军，其余刘稷、刘猛、马武、韩琪等人，均有职授封号。依秦汉官爵，王凤、张卬位在朱鲔、刘縯、冯涛等三公之上。大司马、大司徒职守位同丞相，大司空掌管全国土木工程及天子祭祀。在棘阳大战中立下奇功的刘秀，只在偏将军前多了个"太常"的加号。太常的全称是"太常卿"，位次九卿之一。不过，在汉军未攻取南阳城、更始皇帝没有金銮殿之前，王凤、张卬、朱鲔、刘縯、王常等众臣的官爵封号都无实际意义。刘縯的官爵虽在王凤、张卬、朱鲔之后，但汉军的柱天都部还是刘縯。换个说法，因刘縯在棘阳大战显现了城府韬略，攻克南阳城的主帅，当下还是非刘縯莫属。

刘秀是在淯水设坛的前一天被召回参加刘玄登基大礼的。刘秀得知懦弱猥琐的刘玄被拥立为帝很郁闷，待更始皇帝封赏群臣后更郁闷。

被更始皇帝诏封为柱国将军的李通手下并无一兵一卒，仍旧在王常帐下做幕僚参赞。与刘秀同样郁闷着的李通决定辞爵隐去，临行之际肩着行囊悄悄约刘秀话别。

晨空昏暗，天光不现。寒风微微，淯水潺潺。

李通和刘秀在淯水岸边默默走了一段路，刘秀忍不住说道："次元弟当初抛弃万贯家产，后搭上三族性命，如何在我文叔急需帮助的时候，你要隐入民间作壁上观？"

李通默然许久道："文叔其实知道我隐去的原因，君子一诺，重如千钧。我答应过要为有患难之交的小后生谋个出身之处，也是为文叔推荐一个贴身亲随。"

刘秀拦住李通的去路道："次元喜欢的小后生我当然喜欢，可我现在不想让你走了。"

李通轻轻笑了一下道："我有去的时候，文叔可能也有去的时候。临行我送文叔八个字，韬光养晦，创业维艰。"

刘秀很赞同李通所说"韬光养晦，创业维艰"，见留不下李通，便很动情道："文叔谨记次元弟话语，望贤弟与人兑现了自己的诺言，及时出山襄助我刘氏兄弟。

晦暗的晨空似乎更加晦暗，河风冷如寒冬，竟有些刺骨的感觉。李通昏暗中与刘秀拱拱手，毅然不语别去。

　　刘秀一人在淯水岸边站立很久，咀嚼着李通留下的八字赠语，心里的郁闷更加沉重。小长安聚兵败，甄阜征讨大军进入南阳郡后，已经逃离棘阳县、湖阳县、长聚、唐子乡等地的新朝官吏、败将、富豪纠集了散兵游勇近万人，占据了湖阳、新野、长聚、唐子乡、舂陵乡等重镇要津。凡参与起兵匡扶汉室的将士亲属，纷纷避祸他乡。欲要寻找失散的伯姬、大姐，哪里抽得身去？匡扶汉室，任重道远；韬光养晦，创业维艰。刘秀所揪心者，无道乱世，伯姬、大姐去哪里寻个存身之所？待到汉室匡扶，天下太平，伯姬、大姐还能聚首人世么？李通认定自己可成匡扶汉室大业，自己也认定李通是个巨眼英豪，倘若将乱世中的伯姬的终身托付于他，也是英雄相惜的仁义之举。眼下伯姬生死不明，一片赤诚美意也无从说起。刘秀由伯姬的终身大事想到自己的终身大事，五年前自己在长安发下"做官当做执金吾，娶妻当娶阴丽华"的誓言，仅仅只是一个热血男儿大言壮语么……

　　在新朝地皇三年十月间，年已28岁的黄皇室主苇儿突然中邪得了花痴病。苇儿发病时有三个令人痛心疾首的症状：其一，黄皇室主荒唐地要贴身太监门闩整夜侍寝，门闩上到凤床必须赤条条一丝不挂；其二，门闩若躲避或拒绝与黄皇室主侍寝，黄皇室主自己就一丝不挂在承明宫跑来跑去；其三，苇儿进出承明宫时，都冲着殿前执钺武士挤眉弄眼，口里不住说着"我要睡铜钺小将军"之类的胡言乱语。王莽得知苇儿患上有损皇家声誉的怪病，立即撤去承明宫的站殿武士，钦命两个医术高超的太医住在承明宫给黄皇室主诊治。看看一个多月过去，苇儿的病不见好转反见加重。王莽心里觉得亏苇儿太多，便不断给两个太医施加压力。两个太医知道黄皇室主的起病原因，也知治疗花痴病的最佳疗法，必须直接抚慰患者的生理和心理。这天，哀章亲临承明宫，询问黄皇室主的病情。因害怕皇上某天龙颜大怒加罪于己，年老的桂太医撺掇年轻的吕太医吞吞吐吐委委婉婉给中常侍哀章说出一个治疗花痴病的秘方——密访一个茬子再生的太监进承明宫服侍黄皇室主。哀章一听吕太医的话便勃然大怒："混账东西，这种掉脑袋的疗法也敢往外讲啊！"

　　吕太医不过四十岁，他急得泪水直流，跪下给哀章以头碰地道："大人息怒，我们就是怕掉脑袋，才给您禀告此万不得已之疗法。黄皇室主的病若拖下去，她可能会活活掐死门公公，然后自己找根绳子自缢……"

　　哀章一听事态严重，思考片刻便颔首冷冷道："给黄皇室主疗病，是你们太医

第十章　淯水设坛圣公称帝　中宫正位巨君点兵

的事。凡有损皇家尊严之事，天知地知你们自己知，万万不可再被他人知。"

哀章说完转身离开了吕太医，吕太医没回过窍，还趴在地上磕头。桂太医过来拉起吕太医道："桂太医，中常侍大人已经同意我们的禀告了。"

吕太医懵懵懂懂道："中常侍大人没给明话啊？"

桂太医道："中常侍大人不是已经说了吗？凡有损皇家尊严之事，天知地知你知我知，万万不可再被他人知。"

吕太医还是没醒水问："桂太医，那我们……"

"问什么问，赶紧找内宫主管禀告，立即对所有太监仔细验茬子。"

哀章离开黄皇室主的承明宫，直接去王路堂陛见皇上。

王莽在王路堂偏殿看见哀章，不等他奏报便问："爱卿去过承明宫了么？黄皇室主凤体可见起色？"

哀章一路上借回禀黄皇室主的花痴病之机，决定开始蓄谋已久的固荣妙策。右扶风主簿史慎是自己的一个远亲，家有一个伶俐绝色的女儿，芳名史悦君。王皇后薨逝时，史悦君不满十四岁。现今史悦君虚岁十六，可推荐其入主中宫。于是回奏王莽道："回皇上，黄皇室主凤体已有起色，可喜可贺。微臣一路走来一路揣摩，承明宫过去也是汉宫嫔妃居处。汉帝无道，那些含冤屈死的嫔妃冤魂便在皇宫游荡。黄皇室主的凤体微恙，即是这类幽魂作祟。以微臣愚见，莫若请皇上速速正位中宫，天地配序，成化两仪。正气上升，浊气下沉，于皇上、于黄皇室主，都是百利而无一害的国朝盛事。"

王莽略作沉吟道："爱卿奏对不无道理，朕闻听民间已有冲喜之说。只是皇后贵为国尊，日后便要统领后宫，母仪天下，急切间哪里选得朕可心可意的皇后？"

哀章见时机已到，便慎重其事跪下奏道："自中宫虚位，微臣无一日不在替皇上物色可入主中宫的国母。恰近日访得右扶风主簿史慎，家有花季淑女曰史悦君。奇就奇在此史悦君年方十六，已经烂熟琴棋书画、口诵经书子集。臣唯恐耳听为虚，亲自登门便眼见为实。倘皇上属意此女，可否命史慎悄悄带史悦君入宫面君，皇上亲自眼见为实之后，再权衡钦定不迟？"

王莽眼看古稀，最听不得哪里有花季淑女的奏报。他见宠臣哀章如此慎重其事，便也慎重其事道："爱卿所奏事关国体，按照国朝礼制，爱卿速速安排去吧。"

王莽亲自眼见为实验证了哀章所说"烂熟琴棋书画、口诵经书子集"，再加宠臣哀章、能臣王邑、王寻辛劳操持，于地皇三年十一月朔日，举行了富丽堂皇的

67

中宫正位大典。举行大典之前,王莽少不得先亲自刷黑花白胡须,后让李茂在脸上涂抹妙妙回春童颜膏。大典一毕,王莽下诏封岳丈史慎为宁国公、宁始将军。亲自品味了史皇后的花颜体香,王莽龙心大喜激动无比,追加赏赐岳丈史慎黄金三万斤,外加车马奴婢、珍玩奇宝计不胜计。驾前红爷哀章加官"太保",仿古制给金印、紫绶。哀章待王莽和史皇后的蜜月一毕,才瞅准皇上心情特好的时候,把甄阜、梁邱赐兵败棘阳城奏达圣听。王莽不想被甄阜、梁邱赐的败绩坏了心情,很淡定地口谕王邑、王寻速速选将调兵,待春暖花开之时,再对刘缤的汉军大举进剿。

　　王莽在身心俱悦中陶醉到地皇四年二月中浣,刘玄在淯水称帝、刘缤围攻南阳城两件更加逆心的消息传到长安。是可忍,孰不可忍。王莽御览了岑彭的求救奏疏勃然大怒,诏命大司空王邑、大司寇王寻尽倾国朝精锐,动用奉天靖地大将军巨毋氏的猛兽军。连同各郡国调用的兵马,共计四十二万——对外号称百万,要一举铲除刘玄、刘缤等反叛丑类。到了王莽百万征剿大军出征之日,但见长安东南地面:刀枪剑戟,辉耀日月失色;旌旗辎重,连绵千里不绝。自春秋战国以降,就数新朝天兵气势摧枯拉朽要席卷一切。真好比:破巢群蚁蠢蠢动,溃堤浊浪层层叠。

第十一章
刘黄淮源遭羁绊　伯姬李庄认大爹

在南阳郡湖阳县以东百里地面，是南阳平原和桐柏山交错地界。紧靠淮河上游西岸，有个千余人口的淮源镇。淮源镇得淮河水运之利，是山区僻地的繁华之所。镇中上户人家，大多是经营皮货、木材，兼带造船航运，真个是三星高照四季来财。在淮源镇上户人家中，要数淮源乡啬夫魏察的宅院气派。

"啬夫"可类比后世的乡长，根基硬的上户能够"世袭"。魏察字观澜，年四十四五，长眉凤目，相貌不俗。行事稳健，举止有度。家藏五经，属意修身积福。魏家双重歇山的门楼门楣上，挂有淮源籍孝廉手书"道德源远"的匾额。魏宅虽然称不上亭台楼阁富丽堂皇，却也是深宅大院颇有气象。经常手不释卷的魏察不理家务不问俗事，可弟弟魏勘从大东乡一家"大户"买来一个可意少妇，意欲纳为正室，他就不能不问。弟媳姜氏一年前病逝，这个眉眼酷似原弟媳的可意少妇若能续弦于魏勘，倒也是一个天赐姻缘。无奈这可意少妇缄口寡言不说出自己来历，更不答应做魏勘正室。进入魏宅很久了，要么哭泣绝食，要么沉默不语，让魏勘天天看着墙上的吊肉流口水。魏察虽然和魏勘兄友弟恭，但一直不准魏勘由着性子胡来。

乡野中年情种魏勘字卜凡，年纪四十二三，宽额头，大脸盘；五官规整，好汉身板。身为淮源邮亭亭长，兼任淮源乡乡兵哨官。王莽失德，天下纷争，王命经常不出湖阳城。在山高皇帝远的淮源镇，魏勘实际是淮源乡地面的霸主。前妻病逝许久，她的音容笑貌却挥之不去，魏勘一腔痴情无从解脱。万般无奈，他委托熟识的土豪朋友，在躲兵乱的难民中去物色一个眉眼酷似前妻的少妇。

苍天不负有情人，金钱万能事竟成。魏勘用五两黄金，将可意少妇买回魏宅。好在魏勘略识文字，碍于魏家祖德礼仪，耐心等待她心甘情愿和自己做个白头夫妻。魏勘尊称可意少妇为"贵人"，精心把贵人安顿在后厢房里，派了两个婆子服侍饮食起居。精诚所至金石为开，可意少妇终于松口提出一个条件，若魏勘能打听到南阳城周围春陵兵和王莽军打仗的胜负消息，她便考虑做魏勘正室。"考虑"和"答应"不是一码事，但通过努力可以促使"考虑"变成"答应"。

魏勘满口应承出门打听春陵兵的打仗消息，临行前到后厢房和可意少妇辞别说:"现在兵荒马乱,湖阳城头几次旌旗变换。贵人安心在家等着我。我这一去,少则十天,多则半月。除了服侍你的孙婆、李婆,还特地请来一个女先陪贵人解闷。"

可意少妇一直不与魏勘迎面对视,更少和魏勘说话。听说特地请个女先来陪她,破天荒用目光忽闪了魏勘一眼。

魏勘不愧是须眉情种,可意少妇忽闪一下他的目光的内容被他全部读出。贵人不仅有怪他小题大做的意思,还不知道"女先"为何物?魏勘极力镇定情绪,细细委婉解释道:"先前服侍贵人的两个婆子笨嘴笨舌,服侍多有不周之处。卜凡知错就改,请名气很大的女先乔三金来陪你说话解闷。我们这里大户人家的内眷,都喜欢请会讲笑话的女先说话解闷。乔三金去过京城长安,进出过深宅大院。她言语上若有冲撞之处,贵人多多包涵。"

可意少妇蹙了一下好看的柳叶眉道:"我不是贵人,你也别再啰里啰嗦,早去早回吧。"

魏勘听得最后一句"早去早回吧",心花怒放长揖到地:"贵人开金口,凡夫听玉音。放心放心,卜凡这就出门。"

人生祸福难料,流落淮源镇的可意少妇正是刘秀的大姐刘黄。

那次刘秀着汉将装束带伯姬去了一趟阴家营子,原本反对文叔参与伯升造反的刘黄,听了文叔一番匡扶汉室的大道理,竟然鬼使神差地同意丈夫阴康带着三十几个年轻后生加入了伯升的舂陵兵。舂陵兵和新市兵、平林兵轻易攻取湖阳、棘阳、长聚、唐子乡等地,将士们分得了可观钱财,使舂陵兵和舂陵兵的亲属家眷错误地认为匡扶汉室是一件很容易的事。当大军进攻南阳城之际,许许多多舂陵兵的亲属家眷都要求随军进入南阳城享受荣华富贵。刘黄见二妹刘元、小妹伯姬也铁心要进南阳城,也决定紧跟阴康当个将军夫人。进攻南阳城的大军小长安聚一败涂地,使很多刘黄这样的亲属家眷遭到了灭顶之灾。当时刘黄被刘秀从大白马上放下,转去寻找小妹伯姬,不料从此与刘秀失散。

因惦记阴康生死,刘黄大着胆子转去在死人堆里巡看。看到许多熟悉的面孔血肉模糊尸身不全,刘黄恐惧过后没有恐惧,悲伤到极点麻木了悲伤,她只是急切地去翻看那些穿有甲衣的中年男尸。刘黄很爱阴康,她不是想看到阴康的尸体,而是要证明那些死去男人们中没有阴康。

天不佑善,刘黄看见了阴康仰面朝天死在一道土坎下。没容刘黄抚尸大哭,又一阵马蹄声和喊杀声临近。刘黄脱下一件外衣盖到阴康死不瞑目的脸上,在大雾中横向而逃。就像魔鬼附身一样,身后铺天盖地的马蹄声和喊杀声始终跟在刘黄的身后。刘黄跑得披头散发气喘吁吁,两眼一黑昏倒在小树林里。

事有凑巧,刘黄昏倒的小树林里,躲藏着和刘黄同样狼狈不堪的伯姬。伯姬看见大姐昏倒在地,上前摇着刘黄哭喊。刘黄醒来发现是伯姬在喊自己,姐妹俩哇的一声抱头大哭。

没容姐妹俩哭个酣畅淋漓,远远又传来马蹄声和喊杀声。刘黄实在跑不动了,便和伯姬一起躲入乱坟之间的蒿草中。暮色四布,刘黄和伯姬才跌跌撞撞摸到一个小村子,敲开一个庄户人家求宿。天亮之后,发现前村驻着莽军的人马。那户人家虽有善心,却无力帮助姐妹俩躲藏。刘黄用伯姬身上的衣裙,向庄户给伯姬换了一套庄户后生衣裳,嘱咐伯姬今后粗着嗓子学小后生行事说话,也别轻易说出自己的来历。伯姬经历了血腥死亡,早吓得魂不附体,当然听从大姐的安排。

姐妹俩根据乡人指路,乞讨着踏上回乡之路。刘黄一生走最远的路就是从春陵村到新野的阴家营子。每次回娘家,全由阴康牵着骡马服侍。再加上大雾之后一连几天还是阴霾不褪,刘黄和伯姬错了方向路头,越走离家乡越远。沮丧和饥饿,驱使刘黄打听到一个行善的大户,这个行善大户专门收留无家可归的难民。姐妹俩去到行善的大户人家,发现他家已经收留了十几个在小长安聚失散的春陵兵亲属家眷。不料这个行善大户有善名无善行,专门暗中贩卖中年以下难民到他乡为奴。伯姬在一天夜里被卖之后,刘黄也被强行蒙着两眼塞进一个牛车,辗转几天水路到了淮源镇。

在父亲刘良那里,刘黄听说了那句"宁做太平犬,不做乱世人"的俗语。真正做了"乱世佳人",才知道乱世中的佳人不如一条自由自在的家犬。为了留在阴家营子的一双儿女,刘黄用沉默和哭泣抗拒魏勘对自己的痴情,既不答应他,也不敢激怒他。在魏家生活一段时间,刘黄看出魏勘的兄长魏察是个乡贤,魏家也是有根基的望族,便等打听了文叔的确切消息后,再挑明自己的身份来历,求魏家兄弟送自己到文叔的军营中。就在魏勘走后当天,刘黄面对孙婆、李婆送来的几样精致饭食,也只是动了几下筷子。

这个贵人一发愁就不好好吃饭,孙婆、李婆为此白费过许多口舌。她俩相互看一眼会心退了出去,立马进来一个年龄相貌与刘黄有些相仿的女先乔三金。

乔三金脸略长,嘴唇显得稍薄。身穿绛红色撒花过膝绣襦,外罩青色缎面狐皮坎肩,腰系西域蛮带,虽没有肩披一袭猩红斗篷和琵琶在怀,也是活脱脱一个出塞昭君。她进得屋来,粉脸带笑看了一眼刘黄,敛衽施礼道:"贵人在上,女先乔三金给贵人见礼。"

刘黄见来者穿戴非凡口齿伶俐，唯恐自己被她说动心思，便冷淡她片刻说："礼已见过，女先可离去自便。"

乔三金丝毫不显尴尬嘻嘻一笑道："贵人就是高贵，不喜听吃开口饭的女先舌头磨牙。可我受了魏二爷拜托，就得逗贵人天天开口一笑，才不负魏二爷拜托。这样吧，我说我的，贵人您就见如未见充耳不闻。要不您左耳朵进，右耳朵出。等魏二爷回家来，贵人把我对贵人的殷勤给魏二爷实话实说，证明我天天带着话篓子面见贵人，让他如数给我赏钱，就是贵人济福给我这比黄连还苦的苦命人了……"

乔三金说到苦命人时，有些哽咽地说不下去。富有同情心的刘黄安慰乔三金道："女先切莫伤心，被你称作贵人的人才是苦命人。"

乔三金拦住刘黄的话头道："贵人别正话反说。女人女人，依靠男人。嫁汉嫁汉，穿衣吃饭。魏二爷在淮源镇跺跺脚，淮河水就起大浪花。一个少妇逃难遇到魏二爷这样的男人就是大贵人，是福气也是缘分。莫说魏二爷天天给贵人赔小心、抵小意，他就是霸王硬上弓，把生米煮成熟饭，也比给皇帝当正宫娘娘还有福气。贵人你看我一眼的意思我知道，我说话自然有我的道理。皇帝都是三宫六院七十二妃，外加昭仪、美人、答应成百上千。莫说一年半载临不到皇帝睡一回。就是临到睡一回也是蜻蜓点水，应个景意思意思。这些说辞，就证明贵人答应了魏二爷，确实比正宫娘娘有福气。谁像我十三岁嫁汉，十四岁守寡。这些年一直想找个男人当依靠，没男人敢要我这个克夫白虎星。为生活所迫，我十五岁时拜了个女先学着吃开口饭。如今吃喝穿戴不打饥荒，就是饥荒晚间没男人陪着自己上床。贵人别笑乔三金想法下贱，人世上原本男人离不开女人，女人离不开男人。若是有男人没女人，有女人没男人，现今人世上就没有人。所以，女人命苦，最苦是命中没有疼自己一辈子的男人。要说天下女人命苦，能有苦过没得过男人疼爱的乔三金么？"

刘黄内心已被乔三金一番长篇大论触动，便找话安慰她道："女先不是说过，你十三岁嫁过一个男人么？"

乔三金连连摇头道："不算不算，我那时年幼不省事，最怕天黑和丈夫上床。后来没男人了想男人，这十几年想啊想啊，想来想去越想越不明白。贵人也是过来人，说了也不怕碜牙不怕害臊，我硬记不得男人裆间那物件儿有没有骨头？你说有骨头吧，很多时候都软不邋遢的。可男人到床上坏起来以后，那物件儿又硬似铁棒一般，杵得人好疼……"

"哈哈哈……"

第十一章　刘黄淮源遭羁绊　伯姬李庄认大爹

刘黄没提防乔三金会说出如此下流如此有趣的话语，忍不住大笑起来。很久没有笑了，刘黄笑过之后，想想又是一阵大笑。

且说李通自洧水别了刘秀，直奔与淮源镇临近的石塘乡的老李庄而来。老李庄二十几户人家藏在临近淮河的大山皱褶里，俨然天成一个世外桃源。李通的太祖父离开老李庄到外地做官，族人还在老李庄聚居。齐平阁和刘秀密谋匡扶汉室事发，李通就大宽转到老李庄蛰伏数月。后来得知刘縯、刘秀起兵，他汲取以往血的教训，安居草野观察了一段时间。此后便掩藏了往日形状，结识南阳四周豪杰，以期出手相助刘氏兄弟。

一次在石塘乡乡街上，他见一个豆腐坊掌柜毒打那个逃跑两次的小后生，一时动了恻隐之心。经过和豆腐坊掌柜讨价还价，最后拿五千钱给小后生赎回自由身。离开老李庄之后，李通就把小后生托付给了可以信赖的族兄李栎照看。那小后生名叫四儿，听他说自己因父母双亡流落他乡。四儿生得眉清目秀，聪明伶俐。人前人后，惯会得李通、李栎欢心。李通在老李庄蛰伏待时，二人就在一个床上抵足而眠。四儿在生活起居中的那份细心殷情，也让李通心里时时滚热。在去联络下江兵之前，李通特地安排四儿做族内子弟伴读。既不使四儿寂寞无趣，也是让四儿粗识文字，以利日后谋生。

离开老李庄一个多月的时间里，李通心里时常惦念四儿。在经历家族突遭血光之灾的彻骨之疼后，李通第一次有了牵挂他人的幸福感觉。每次见到刘秀心里就生出一个念头，等时机成熟时送四儿给刘秀做个心腹亲随，给四儿讨个将相前程。

李通陆车水舟，日夜兼程赶回老李庄。走到老李庄村口，李通心里要见四儿的心情更加迫切，几乎是小跑着到了李栎宅院。叩门进得院内，长相忠厚的李栎迎李通到客间寒暄之后，嘿嘿怪笑着给李通上茶让座，接下去还是看着李通怪笑一番。

李通顾不得理会李栎的傻笑，迫不及待道："兄长，四儿呢，快快喊来让我看看他。"

李栎两眼怪怪地看着李通："次元要见四儿啊，嘿嘿嘿……"

李通被李栎笑得更加莫名其妙，便催促道："次元在外，日夜牵挂于他，兄长速速唤他过来一见。"

李栎收了怪笑，突然蹦出一句："四儿是个妖精，前些天一阵青烟化得无影无踪，这辈子你见不着他了。"

李通被李栎的话弄得很是诧异，大惊失色起身一把抓住李栎急迫问："四儿到底怎么了？我此次是专门为四儿回来，兄长莫不是在开次元的玩笑？"

　　李栎一脸正经不苟言笑："兄长没有开玩笑，你这辈子真的见不着四儿了。"

　　李通摇晃李栎几下，声音颤抖着道："兄长，四儿到底怎么了？你快说四儿去哪里了？"

　　李栎此时才缓颜笑道："次元切莫紧张，你见不着四儿，我让你见见下凡的小仙女。"

　　没容李通反应过来，李栎轻轻拍了拍巴掌对里屋大声喊："下凡的小仙女，还不出来见见二哥么？"

　　李栎话音刚落，从里屋走出一个袅袅婷婷娇娇娜娜的如花少女，对着李通深深拜了三拜道："请二哥原谅小妹伯姬往日不恭，再次谢过二哥救命之恩。"

　　李通突然明白，眼前的小仙女由往日的四儿变化而来，特别听说小仙女叫伯姬时，心里更是诧异不已。于是便感叹道："这真是乱世乾坤，无奇不有。你伯姬是小仙女，自然逢凶化吉遇难成祥，何须把一件小事常挂嘴边。"

　　伯姬眼里含了泪水说："不，小妹对二哥的恩德没齿难忘。二哥回家，小妹也有所求，请二哥歇息几天再说吧。"

　　李栎示意伯姬速速离去后，笑对缓缓坐下的李通道："四儿被族内几个顽童看破真身，被迫说出自己的坎坷来历。哈哈，聪明伶俐的四儿变成豆蔻少女，这件事妙不可言，真是天上人间第一件巧事、好事。次元速速束发修须，还你儒雅倜傥之本来面目。为兄替次元择个日子，与伯姬把喜事办了吧。"

　　李通苦笑一下道："谢谢兄长好意，次元命中多舛，岂能轻易得到从天上掉下的好事？不瞒兄长，次元今天见过伯姬，决定速速离开老李庄。我离开以后，伯姬再次拜托兄长照看。倘若次元遭到不测，就给她寻个好人家，以次元的亲妹妹之礼嫁出……"

　　李栎不解，拦过李通话头："次元，你为何……"

　　李通又抢过话头："兄长让次元把话说完。现今趁着次元无恙，请伯姬认我做'大爹'，也好为我父女俩一段奇遇做个交代。"

　　李栎哈哈大乐："荒唐，荒唐，伯姬怎可认你做大爹？"

　　不料伯姬从里屋出来道："大哥，我愿意认二哥为大爹。"

　　李栎不解问："伯姬说出理由来。"

　　伯姬娇羞可爱地指指李通道："二哥的满脸乱须若是白的，我还想认他为大爷呢。"

李通哈哈一笑道:"伯姬这话说得好。不过,伯姬先答应我一个条件,我才答应做你的大爷。"

伯姬噘嘴撒娇道:"不,二哥先答应我一个条件,我才喊你大爷。"

李通笑道:"你的条件,不过是让我带你早日离开老李庄。可我的条件恰恰是在天下大势未定之前,不准你离开老李庄。"

伯姬很是失望:"二哥,你知道我要你带我去哪里?"

李通不容置疑:"你现在喊我大爷,大爷就会告诉刘文叔现在的状况。"

伯姬一听李通说出"刘文叔"三字,激动地跪下叩了一下头哭泣着喊:"大爷、大爷,你是我救苦救难的亲大爷啊……"

第十二章
昆阳陷围上公怯敌　砥柱中流太常将兵

地皇四年四月中浣，王莽派出的四十二万王师天兵，漫山遍野行进在讨伐刘玄、刘縯、刘秀的途中。王师所过之处，百姓瞠目结舌，叛逆望风臣服。南阳城内被围困的岑彭、严说得此消息军心大振。南阳城外围困岑彭、严说的刘縯、王凤，得此消息紧张万分。

大军压境大敌当前，刘玄、王凤、朱鲔、张卬、王常等人，都把大司徒、柱天都部刘縯当了主心骨，齐聚南阳城外柱天都部的中军大帐。刘縯见众人都等待自己通报军情，便不卑不亢起身对更始皇帝君臣道："皇帝陛下，诸位上公、公卿，我更始立朝，莽贼前来讨伐，此乃意料之中。然其倾国而动，却出意料之外。现在的局势，莽贼大军四十二万，加上南阳城内岑彭和远途降服莽贼的人马，将近五十万人。而我汉军十余万人，其中用于围攻宛城八万余人，分守鄂县、定陵、昆阳者二万人。不攻克南阳我们眼下无立锥之地，若南阳攻而不克之际王莽大军蜂拥而来，我们将因腹背受敌倾覆于一旦。敌我优势劣势一目了然，如何调兵遣将？如何布阵迎敌？请皇帝陛下、诸位上公速速决断。"

刘縯说完，将目光在皇帝刘玄、上公王凤、张卬、大司马朱鲔、大司空冯涛、廷尉王常脸上扫视一遍。

刘玄自淯水登基近两个月，还是没找到至高无上君临天下的感觉，每天和自己的重臣见面，都被对方的英豪范儿压抑得直不起腰来。特别是与大司徒刘縯面对面时，他都紧盯着刘縯的右手，担心他一怒之下会拔剑砍掉自己脑袋。春陵村起事之初，柱天都部几次要借自己的头杀一儆百的印象太深刻了。看到刘縯鹰眼电光扫向自己，他求救般地对身边的王凤嗫嚅一句："上公您还是代朕决断吧。"

王凤和张卬两位上公每天一左一右具体辅佐更始皇帝，"代朕决断"已经习以为常。王凤紧接更始皇帝的圣谕道："更始登基，天命神授。篡贼王莽，死期不远。大司徒、柱天都部刘伯升，胸有韬略，胆识超群；运筹帷幄，指挥若定。过去不久的棘阳大战，甄阜十万大军，一朝覆灭便是例证。此次莽贼倾国出动，是其自取灭亡之道。所以，请汉军柱天都部秉尚方宝剑，总摄调兵遣将、布阵迎敌之职……"

第十二章　昆阳陷围上公怯敌　砥柱中流太常将兵

廷尉王常唯恐刘縯因心中芥蒂推辞王凤的推举，不等王凤话音落定便对更始皇帝奏道："启奏皇上，臣王常附议上公、左丞相的荐举。大军压境，多议误国，请皇上赐大司徒、柱天都部刘縯尚方宝剑。"

张卬很不满意被王常抢去风头，立即举起一把精致宝剑立起身道："自古王命如天，军令如山。皇上已经备下尚方宝剑在此，请大司马、柱天都部刘縯跪受尚方宝剑。"

刘縯起初很是诧异王凤、张卬的言语举动，但很快明白此时的尚方宝剑，正是自己破王莽五十万大军的必需。当即不容多想，上前从张卬手里接过尚方宝剑，对刘玄跪下说了一句"臣谢过皇上所赐尚方宝剑"，接着不卑不亢起身捧着剑说："刘縯临危受命，当肝脑涂地以报君恩。方才右丞相说了，自古王命如天，军令如山。诚望诸位公侯不避刀矢阵前立功，待大破莽军之后，我在南阳城内为诸位公侯执杯相庆。"

爵领三公、职掌大司马的朱鲔名列刘縯之前，他唯恐汉军覆灭南阳城外，自己的公侯富贵一朝化为泡影，当下性急催促刘縯道："大军压境，我等自然不避刀矢阵前立功，请柱天都部速速调兵遣将、布阵迎敌吧。"

刘縯对朱鲔笑了一下道："大司马所言极是。破南阳之后凭城拒敌，是此次南阳大战的关键。莽军远道而来，凭借人多势众之优势，必定寻求速胜。只要我们攻破南阳后据守数月，届时莽军便因国库空虚、粮草不继而撤军。到那时我乘胜追击，远途截击，必然让莽军有来无回。然而，莽军五倍于我，南阳之战必然是南阳血战。为防我汉军倾覆于南阳城下，在阳城关、昆阳阻截王莽大军，为汉军主力攻克南阳争取时间，成了南阳大战胜负之大关键。以极少将士守住昆阳，功比攻克南阳。不知哪位公侯、将军愿意守昆阳？"

刘縯话音一落，王凤慨然道："既然守住昆阳是汉军制胜关键，我王凤愿守昆阳！"

王常紧随王凤之后应声道："我王常亦愿守昆阳！"

刘縯经过短暂权衡，对王凤王常拱手道："有上公、廷尉前去守昆阳，昆阳可以无恙。为了确保昆阳无恙，立命正欲攻略颍川的偏将军刘秀移兵昆阳可否？"

刘縯掺沙子的用意很是明显，但王凤觉得大战前添兵昆阳，正是求之不得之举，所以他当即表态："将智勇双全的太常、偏将军刘秀移兵昆阳，足见柱天都部看重昆阳。"

刘縯因有王常、刘秀协王凤守昆阳，心里才稍稍踏实一些。昆阳无恙，接下来该谋划如何速速攻克南阳了。

郾县、定陵、昆阳等县,是汉军在棘阳大战之后乘胜夺取的几个县城。昆阳,春秋战国时属魏国城邑,秦国一统华夏,始设昆阳县。昆阳在南阳东北二百六十余里处,是王莽大军讨伐正在围攻南阳城的更始皇帝必经要冲。

原昆阳守将韩琪有兵士三千,王凤、王常、刘秀齐聚昆阳后,兵马才达一万二千人。为了迟滞一下敌军,为昆阳囤积更多粮草争取时间,王凤命韩琪带领三千人,前往阳城关虚张声势截击莽军。阳城关在昆阳西北方向,离昆阳也就百余里路程,韩琪领着三千部兵星夜赶去守关。待韩琪等众登上破败的阳城关关楼往西北方向一看,个个被吓得伸出舌头忘记缩回。

韩琪三千部兵全部登上关墙已是巳时,在明亮的阳光下看去,但见西北方向的平地高坡,黑黑压压疙疙瘩瘩看不见头尾分不出队形全是莽军步骑车仗。

此时关上汉军兵将,俱已灵魂出窍,成了呆头呆脑的看稀奇者。韩琪、千夫长、百夫长和普通士兵,一起瞪大眼睛、张开嘴巴看着王莽大军犹如黑云压关冉冉逼近。只见前驱队中,刀枪旌旗丛中一辆宽大兵车,车身两侧,插满黑色虎豹牙旗,车中高悬一个黑红镶边纯白衬底的大纛,大纛上写"奉天靖地大将军巨毋氏"。大纛下端坐一个狼犺巨人,巨人手执极大铜钺,酷似天庭中巨灵神的金身。巨大兵车和巨灵神越来越近,众兵将突然发现兵车两侧,跟随有披着铁甲的大象、张牙舞爪的虎豹。众兵将正懵懵懂懂不解莽军为何弄尊巨灵神塑像和一群大象虎豹时,但见那"巨灵神"立起丈二身躯,来了个狮子大开口,"嗷嗷"吼了一嗓子。巨灵神的吼声未落,兵车两侧的大象及虎豹一起大吼三声,恰似一阵平地滚雷满耳混响。此时阳城关上不知谁大喊一声"快逃命啊",三千军士霎时如梦初醒下关逃跑。

守关主将韩琪浑浑噩噩被兵士裹下关楼,待要随大流逃跑,两股颤颤上不得战马。亏得两个亲兵忠心耿耿,一边一个将韩琪扶上他的坐骑菊花青。韩琪上了菊花青清醒过来,认准昆阳方向狠狠打了菊花青臀部三鞭。

王凤、王常、李轶、刘秀在韩琪前往阳城关截击王莽大军之后,仔细将昆阳城巡查一遍。他们发现昆阳城虽然地处平野,但墙固壕宽,倒也是一个易守难攻之处。巡查完昆阳城城墙一周,王凤对李轶吩咐道:"立即晓谕全城百姓,速速前往他乡躲避兵火。为了有利守城,所有出城百姓,不得带走城内一粒粮食。"

刘秀深知粮食对于乱世百姓无异于身家性命,不等李轶应诺便劝止道:"启禀上公,末将以为,若要百姓出城时留下的粮食,军中须论价购买。"

王凤傲慢地眯着小眼睛道:"太常偏将军,你的职责是带着你的部兵把守城门,其他军务就不必操心了吧。"

王凤说完,便拂袖开始下城墙,王常也想附和刘秀的建议,就紧跟众人下了城墙。

刘秀对王凤的傲慢呵斥,也只能暗地报以苦笑。

暮色降临,城北滍川河变成一条模糊白带。雾霭低垂,使昆阳城内外笼罩着血战氛围。让韩琪欲在阳城关截击王莽大军只是虚晃一枪,昆阳城内外,才是刀光血影的战场。大敌当前,李通在淯水岸边"韬光养晦、坚韧待时"的嘱咐,恰似一服理疗心胸的妙药。刘秀缓释了心中的不快,也下了城墙,加快脚步追赶王凤一行。在一个巷口拐角,李通像从地下冒出一般拦住了刘秀道:"文叔别来无恙,次元见礼。"

刘秀欣喜万分,抓住李通双手道:"次元此时来到昆阳城,昆阳不啻增添万军。快说说,次元这次来自何方,心中有了破敌妙策么?"

李通牵着刘秀一只手边走边道:"有文叔在,何用次元破敌妙策。次元此来,既是在危急时刻和文叔生死与共,也是心里憋着大好消息,想让文叔早点知道。"

刘秀一听李通话头,便赔了小心道:"次元真是文叔的一颗福星,快说快说,文叔洗耳恭听。"

李通卖着关子道:"文叔想知道尊大姊和伯姬的消息么?"

刘秀愣了片刻拦住李通道:"大姊、伯姬现在哪里?"

李通继续卖关子看着刘秀笑道:"文叔且放宽心,尊大姊和伯姬安然无恙,日后自有相见之期……"

李通一句话未完,就见大街上纷纷攘攘一阵乱兵奔跑。刘秀不知城内发生何种变故造成如此纷攘,顾不得细问大姊和伯姬的详情,带着李通向王凤设在县衙的聚将厅跑去。

阳城关主将韩琪虽然最后逃离阳城关,但因他胯下菊花青堪称追风快马,他还是和百余骑从第一拨逃回昆阳城。韩琪等众进得昆阳城北门,直接去了王凤的聚将厅。王凤、王常、李轶等议事还未离去,他们看见韩琪等众在厅前狼狈不堪滚鞍下马,几个带兵将领跌跌撞撞进到聚将厅瘫软在地,个个心中十分惊讶。因韩琪是王常老下属,王常走近韩琪问道:"韩将军不是奉命前去阳城关么,如何这般狼狈不堪?"

韩琪脸色煞白声音颤抖着说:"了不得、了不得,王莽大军,遮天盖地,无边无际,真如天降神兵无人能敌……"

王常恼怒道:"韩将军,你知道弃关逃跑的下场么?"

韩琪的副将和几个千夫长、百夫长不等问话,一起进到聚将厅哗然一片:

"不能怪韩将军啊,前来征讨的王莽大军,成千累万不计其数,还有天兵天将下凡助阵……"

"我等亲眼所见,王莽大军中还有巨灵神下界,带着猛兽神兵……"

"天兵天将和猛兽神兵所到之处,摧枯拉朽,攻克小小的昆阳如捏死一只蚂蚁……"

王凤在一旁已经明白韩琪根本未与莽军接战便临阵而逃,加上其他人胡言乱语大长王莽大军的威风,便欲借他们的脑袋在昆阳大战之前杀一儆百,于是大喝一声:"来呀!将惧敌脱逃的韩琪等人拿下,明日去大校场枭首示众!"

聚将厅外武士听得王凤将令,一拥而进将韩琪和他的部下捆绑成一个个端午节的粽子。

韩琪和他的部下大叫着冤枉被推出聚将厅,王凤、王常、李轶、刘秀、李通的面色都很凝重。刘秀欲劝王凤明日留下韩琪等人性命合力守城,想到在城墙上王凤给自己的难堪,便紧闭着嘴巴思索着守城韬略。

王常则对王凤道:"左丞相,我们已派出多路探马,他们回来就会核实韩琪等人的胡言乱语。"

"王将军所言极是,我们从此都要衣不解带,与自己部众生死不离吧。"

王凤说完挥手让王常和众人离开聚将厅,他狠狠揪着自己的眉心,心里很是后悔不该自告奋勇来守昆阳。以自己的初衷,以为王莽的征讨大军的兵锋是直指围困南阳的刘玄和刘縯。天无二日、民无二主,刘玄称帝,才戳疼王莽的心窝子,尽起四十二万大军讨伐。八万对四十二万,铁定毫无胜算。和更始皇帝待在一起,就是和霉运死亡待在一起。自己来守昆阳,是深思熟虑进退自如之举。避开王莽的兵锋所指,能胜则打,不能胜则弃城而去保留万人实力。有此本钱,何愁不能东山再起。王常等人说韩琪等人是胡言乱语谎报敌情,王凤心里相信韩琪他们不是胡言乱语。自己没想到,王莽的征讨大军没有采取擒贼先擒王的战法,而是推着大碾子上路,走到哪里碾平哪里。至于巨灵神和猛兽神兵,王凤则推测是莽军前军主帅王寻的装神弄鬼吓人把戏。

王凤镇定了心绪,轻轻喊了一声"来呀"。

名为相府掾史、实为丞相心腹的丰宬走近王凤身边道:"丞相吩咐。"

王凤低声道:"速速备好快马车仗,所有金银细软今夜秘密装箱。对扈从兵士,每人赏赐千钱。

第十二章　昆阳陷围上公怯敌　砥柱中流太常将兵

丰成也低声应道："丞相放心，丰成明白。"

世间之大事件，总是此喜彼忧或者此忧彼喜。在昆阳城王凤因忧惧心绪不宁之际，王莽征讨大军前军主帅、大司徒王寻轻松地坐在安车里逍遥观景。王寻乘坐的安车，非公侯常乘的皂盖安车，而是王莽御赐青盖安车。车饰依鹿伏熊、九斿降龙等图案，伞罗黑幡，三马牵引。前后导引扈从的车驾、兵车，共计三十余乘。征讨大军经过汉军阳城关，得知汉军早吓得屁滚尿流弃关而去，安车内安坐的王寻脸上不显丝毫喜色。主簿施哲以为王寻行军途中小寐，没听清自己的禀报，便建议道："王师天威，不折一兵一卒，不费吹灰之力，下汉军雄关一座，得汉军遗弃旌旗、刀枪、衣甲无数。此次征讨首胜，可否将汉军旌旗刀枪衣甲送到京城给皇上报捷。"

王寻用不屑的目光看了施哲一眼道："告诉帅帐长史，大军自现在起马不停蹄，赶到昆阳城后，按东、南、北、西方位速速安营扎寨，没有我的令箭，擅自攻城者斩！"

施哲领会了前军主帅意图，应诺而去。

王寻是王莽的族弟，与生俱来带着英雄气。生得日角丰裕，方脸直鼻；粗眉圆眼，阔口虬须，八尺身材，壮如熊罴；盛年四十六七，世代将门子弟。皆因哀章一道金匮策书，原柱国大将军王寻在王莽登基时，被封为大司徒。大司徒与大将军爵位相当，但职掌显然不同。以王寻脾气所好，他喜欢统领万军征讨杀伐。恰巧天下纷乱，再给英雄用武之地。

此次率百万大军讨伐刘玄、刘縯，大司空王邑虽然是主帅，但王邑年逾五十，不喜在前面冲锋陷阵，便自选后军主帅，带着歌伎伶人一路欢愉。王寻和王邑是没出五服的堂兄弟，很轻易得到了征讨大军南进时的指挥全权。王寻想得全军指挥权不是要功劳独占，而是要给皇上显一显自己统军百万、指挥若定的非凡韬略。比如，他下令全军赶到昆阳城后，按东、北、南、西方位速速安营扎寨，就暗藏兵家玄机。阳城关汉兵弃关而逃，得防止昆阳城的王凤、王常、李轶、刘秀也弃城而逃。大军开拔之前，皇上亲自口谕，要生擒刘玄、刘縯、刘秀三人，献俘于京城。对于汉景帝遗脉刘縯、刘秀，皇上还给出十万户、万户的赏格。再容刘秀弃城而逃，生擒刘秀就会大费周折。在东、北方向先行安营扎寨，就是堵死昆阳城汉军的逃跑去路。西方是征讨大军的来路，汉军不敢选此方向逃跑，南边是昆水，不便汉军逃跑，等汉军想从南方逃跑时，征讨大军的铁桶，就牢牢围住昆阳城。除非你王凤、王常、李轶、刘秀插上翅膀飞天，就等着城破就擒吧。

81

顿顿行进的车轮让王寻有了倦意,他合上两眼便斜靠鹅绒引枕朦胧睡去。

王凤、王常到昆阳城后派出的三路探马陆续回城,他们的禀报和韩琪以及他的部众所说的敌情毫无二致。王凤、王常命人给韩琪松绑赔礼,请来与李轶、刘秀、李通一起在聚将厅紧急议事。其实,不用各路探马回城,后来逃回昆阳城的近千步卒,已经能证实韩琪将军的清白。最后一路探马回城已是酉时,满城都知道王莽几十万大军就要兵临昆阳城下。多亏各个城门是刘秀所部把守,才没出现汉兵溃逃出城的现象。得知主将们在聚将厅议事,没有当值的二十几个副将不请自到,聚集在聚将厅外等待消息。

王凤低垂着眼睑不看众人,开门见山道:"王莽大军汹涌而来,小小昆阳城难以抵挡。与其城破人亡,莫如立即撤兵昆阳,向围困南阳的柱天都部大军合兵一处。能取南阳则取南阳,不能取则暂避王莽大军兵锋,待王莽军日久退去,再攻取南阳作我更始朝基业。"

王凤话音一落,韩琪、李轶率先附和。

王凤扭头问身边的王常:"王将军,你的意下如何?"

王常叹气道:"凭我万余人马与王莽大军对垒,是螳臂挡车自取灭亡。弃城与柱天都部合兵不够妥当,却是我们唯一选择。"

王常说完,就连门外等着主将们决策的二十几个副将也齐声附和:"王将军说得对,请主帅速速决断!"

刘秀在李通目光直视下起身愤然道:"临危不惧,力挽狂澜,方是英雄本色。我等受君命守昆阳,是为我大军攻克南阳争取时日。若我们先行弃城逃跑,必然一败涂地祸及南阳攻城大军。南阳攻克不下败走,我们已得棘阳、郾县、定陵诸县,也将倏然失去。汉军落得无城可凭,难道能保全妻子财物么。众将军惧怕四十二万莽军,难道彼莽军能同时爬上我昆阳城头么?同仇敌忾必众志成城,难道我们没有挫败莽军的胜算么?"

韩琪捏捏还发酸发疼的胳臂对刘秀讥讽道:"你刘秀是不见棺材不落泪。王莽神兵压城,昆阳危在旦夕,就收起你的书生意气吧。"

王凤则对刘秀道:"你刘秀不走可以留下,愿意走的我们走。"

众将一听主帅发话,各自矜持起身理甲欲走。正在此时,一个探马快步跑进聚将厅禀报:"启禀主帅,莽军开始在昆阳城南门、东门安营扎寨。其后续大军亮着一眼望不到边的灯笼火把,如洪水一般涌向昆阳城四周!"

探马的禀报,让王凤、王常、李轶、韩琪等众大惊失色,刘秀、李通则抱臂微微冷笑。

　　棘阳大战之后，王凤他们看中昆阳城城墙坚固，都将随军的妻子暂住于此，多年积蓄财宝也存放于此。原想今夜携带妻子、财宝逃往他处，不料王寻驱几十万大军连夜围困昆阳。王凤至此完全明白，王莽前军主帅王寻此次征讨的战法不仅仅是推着大碾子上路，还一反常规用牛刀杀小鸡。既然逃路堵死，那就舍命一拼吧。可一万对四十万，是小儿对壮汉。王凤此时心里空空荡荡，手脚汗涔涔，便沮丧坐下对刘秀道："刘将军方才镇定自若慷慨陈词，可有具体应对良策？"

　　刘秀从容坐下道："我一个太常偏将军，纵有应对良策，也是人微言轻，书生意气而已。"

　　此时王常已得李通附耳提醒，便借机对王凤道："大敌当前，刘将军素有韬略，可否授其调兵遣将、杀伐决断之权？"

　　王凤不啻得一下凡救星，当即大声道："刘将军胸中韬略，在棘阳大战显现颇多。在此强敌压城的危急时刻，请刘将军行主帅职掌，尽可调兵遣将，杀伐决断。"

　　刘秀不卑不亢对王凤抱拳道："末将谢上公的信任！"

第十三章
劝援兵刘秀费周折　觅生路王凤暗献城

刘秀得昆阳城主将大权,立即请王凤、王常、李轶、李通、韩琪以及聚将厅外的二十几个待命副将登上南门掠阵。低沉的夜空下,昆阳城四周莽军灯笼火把无边无际,恰如天上繁星一起跌落于凡间。远处有十余间民宅被莽军点燃,又好像燃起冲天篝火,把四处莽军气势汹汹闹闹攘攘的情形展露大半。王凤、王常、韩琪以及众副将看了莽军阵势,一个个凉气从脚底升起,把"非死即降"四个字牢牢盘踞在心头。

刘秀深知众人内心,便用很轻松的语气说:"昆阳城外王寻的围城大军,在我眼中,只是万千行尸走肉。不过,把眼前的行尸走肉变成一具具伏地僵尸,还须我汉军以刀剑化之……"

王常很欣赏刘秀,但对刘秀怎样守住昆阳还是没底,于是截断他的话语催促道:"刘将军,速速说出固守方略以安军心吧。"

刘秀道:"谢王将军提醒。我昆阳城固守方略是,外借援兵直捣王邑、王寻的中军大帐,造成莽军群龙无首一片混乱。届时城里兵马冲出,里应外合破城外数十万莽军易如反掌。"

王凤问道:"南阳城外无兵可调,刘将军欲去何处调借援兵?"

刘秀道:"郾县、定陵两处,俱可招募数万兵马做我昆阳援军。眼下谁人守城,谁人突围调取援兵,诸位公侯、将军俱可自认自选。"

王凤唯恐刘秀请自己以上公、左丞相身份突围前去郾县、定陵等地调取援兵,便立即应声道:"我愿守城!"

王常、韩琪等众跟着附和:"我也愿守城!"

刘秀亦提高声音道:"既然诸公愿意守城,我刘文叔就突围调借援兵。今夜莽军初到昆阳城外,彼气势汹汹纷纷攘攘之情形,正是我昆阳勇士可乘之机。壮士手握三尺剑,匹马蹿营若等闲。生死与共,建功眼前,谁敢与我同往?"

刘秀话音刚落,一个声音应道:"壮士沥血三尺剑,随君蹿营军阵前,南阳李通愿往!"

又一个声音应道:"南阳李轶愿往!"

第十三章　劝援兵刘秀费周折　觅生路王凤暗献城

副将中宗佻也大声应道："副将宗佻愿往！"

"副将任光愿往！"

副将任光之后，许久再无应声。刘秀不无遗憾告辞王凤、王常等众，带着四个勇士一起，再去自己部兵中紧急招募死士，一番鼓吹再得邓晨、刘猛等九人共十三猛士。刘秀嘱咐众猛士速速携烈马长矛聚齐后，人马饱餐一顿。经过刘秀、李通、李轶、邓晨等人商议，把突围时间选在子时，十三人分成两拨，各自选择莽军帐篷稀少部做踹营方向。此时的李通、李轶历尽劫波，兄弟情深。二人执手约定，在冲出昆阳时要形影不离。猛士们诸事计划已毕，随后慢慢打开昆阳城南门，悄悄接近因连续行军和搭建帐篷疲劳至极的莽兵。但见十三猛士：齐发一声大吼，突起雷霆万钧。抛掷生死于度外，挥矛纵马狂奔。疲劳至极的值守莽军先是目瞪口呆惊慌失措，待惊醒过来成队阻拦时，刘秀等人已经踹过一营。因莽军初到，营帐之间的拒马、鹿砦、壕沟、栅栏不及具备，刘秀他们得此间隙，连踹莽军五重大营，搠翻数十莽兵，自己竟然毫发无损。

王寻天亮时得知昆阳城夜间冲出十余骑踹营伤了一些兵将时，丝毫不因汉兵踹营成功懊恼。不用深想，可知那些冒死而出的汉兵是去求取援兵。眼前汉兵唯一可以派出援兵的地方，是刘縯从围困南阳的军队中抽出数万兵马。就算刘縯此时放弃攻城，因顾虑城内的岑彭出城追击，一时半刻也不敢倾巢驰援昆阳。以王寻的本意，反而希望汉军倾巢来解昆阳之围。昆阳城内万余汉军是死了未埋的活尸，太不值得一打。有枣无枣都是一竿子，王寻希望一竿子在昆阳城内外打下很多枣。

自攻克郾县，汉将申屠建便带领五千部兵驻守郾县县城。申屠建是荆州南郡石城人，三代屠牛为业。生得方头大脸，膀乍腰圆；形似彪形大汉，心有峰回路转。王常在云杜县起兵，申屠建投其帐下效力。刘縯、刘秀赴宜秋说动王常合兵时，申屠建只是一名参将。因攻取郾县立下头功，王常向更始皇帝为其请得捕虏将军封号。申屠建成为有封号的带兵将军后，在郾县访得一个熟读兵书的老孝廉焦欷，入幕做自己的军师。焦欷年纪五十有一，瘦面长须，细手指掐算阴阳，薄嘴唇吐出珠玑。申屠建与焦欷几番切磋用兵韬略后，有了迫切以军功封侯的心思。每天不是亲自督练兵卒演阵格杀，便是与焦欷探讨孙子兵法。这天上午，申屠建带着焦欷在南门外大校场督练两千士卒列队格杀。两千士卒分成二十队，此队一色丈二长矛、彼队一律短刀盾牌。一通鼓声，一阵呐喊；长矛出手快如闪电，刀盾抗击遮天盖地。军司挥舞旌旗，格斗队列变换。战士气贯长虹，兵锋所向无敌。"

申屠建见将士们演完十个回合，正要为自己的士兵叫好，却被场边一个披重甲、执长矛武士抢先大声道："好！好！好！披坚执锐，所向无敌！扫荡丑类，舍此其谁？"

申屠建正诧异甲士一行的来历之际，焦欹近前指指众甲士对他道："申屠将军，这六七甲士突然出现，个个长矛烈马，恐怕是来者不善善者不来啊。"

申屠建仔细打量了叫好甲士，一眼认出他的身份，起身前迎并拱手道："原来是太常将军刘文叔歇马郾县，有失远迎啊。"

刘秀也前迎几步还礼道："申屠将军，真是强将手下无弱兵。刘文叔钦佩之至，见礼了。"

李通去了头盔近前介绍道："申屠将军，太常将军在昆阳陷围王莽数十万大军之际，临危受命为昆阳大战之主帅，申屠将军还是去聚将厅见礼吧。"

申屠建哈哈一笑道："难得主帅亲临郾县观兵，当然请主帅到聚将厅点评教诲，诸位将军，请了。"

焦欹过来给了申屠建一个暗示道："申屠将军，将军们去聚将厅，校场上的将士们是不是还留在原地……"

申屠建大声答道："焦师爷，将士们当然留在原地……继续演练！"

昨夜刘秀十三骑猛士于万军丛中突出重围，摆脱百余追兵，站在高地回望绵延昆阳城周遭十余里的莽军灯笼火把，个个庆幸万分。刘秀对众猛士勉励一番，便请李轶以司隶校尉身份带着任光等六个猛士，携王凤令箭前去定陵调取守定陵的贺蜚。郾县申屠建五千部兵堪称原下江兵的精锐，又是刘秀、李通认识的将领，所以他和李通来郾县调取申屠建。郾县南距昆阳一百八十余里，定陵县南距昆阳百余里。李轶须等郾县援兵到定陵会合后，再合兵南援昆阳。昆阳危在旦夕，郾县调兵成了当务之急。刘秀不敢怠慢，不停打马飞奔四个时辰。赶到郾县城外之际，恰巧看见申屠建兵士演练对阵格杀。不看则已，一看精神振奋忘记疲劳，心里喜欢上申屠建和他的兵士。到了申屠建的聚将厅，见面寒暄、验看令箭、兵符，申屠建爽快答应率兵驰援昆阳城，一切顺利得犹如水到渠成。刘秀见这边大局已定，便让李通带上两个随从，去定陵协助李轶调取援兵。

按照议定，申屠建自即日起，在郾县各乡紧急调取、招募三千乡兵守郾县。原五千汉兵待三千乡兵接守郾县，马上驰援昆阳。但四天过去，各乡总共只有二百多老弱病残乡兵到县集中。至此刘秀知道，郾县调兵远不像当初想的那么简单。又是一天过去，刘秀在驿馆急得寝食俱废。欲催促申屠建，申屠建却带着副

第十三章　劝援兵刘秀费周折　觅生路王凤暗献城

将陶嵩外出催调乡兵。邓晨见刘秀嘴上因上火生出水泡，便凑近小声说："文叔，我看申屠建是惧敌怕死。昆阳城危在旦夕，我们可以抗拒将令之罪拿下申屠建。"

刘秀瞪了邓晨一眼："拿下申屠建，姐夫能保证带走他的五千兵马么？"

宗佻壮似铁塔，粗脖子大嗓门插话："刘将军，我们干脆一不做二不休，把申屠建和他的两个副将、一个军师一起拿下，明天还不驰援昆阳，让我摘掉他们的脑袋！"

刘秀对宗佻做了个禁声手势说："打住。为了保住你我的脑袋，为了能借兵解昆阳城之围，今晚我们真诚宴请申屠建和他的一个军师、两个副将……"

昆阳城被围五天了，昆阳城里的王凤、王常、刘秀、韩琪等还未自缚出城投降，这让前军统帅王寻很生气、后军统帅王邑很惊诧。王邑是在大军围困昆阳城三天后，才到达昆阳城外的。休息一天之后，王邑在自己的中军大帐以全军主帅的身份过问征讨刘玄、刘縯的军机。王邑对王寻的"推着碾子上路、用牛刀杀小鸡"的战术很欣赏，听了王寻碾平昆阳、活捉刘秀，再从从容容与南阳城守兵里应外合擒拿刘玄、刘縯的谋划，也颔首予以赞同。王寻的主簿施哲是王邑推荐给王寻的，有了这个因由，施哲大胆进言道："小吏卑微，斗胆向大司空献策，与其几十万大军围困一个弹丸小城，莫若不分兵大部进击南阳城外的刘玄、刘縯？倘如此，届时南阳岑彭将军里应外合，刘玄、刘縯必横尸南阳城外。南阳大胜之日，便是昆阳投降之时。"

王邑相貌生得和善，脾气修炼得也和善，他轻轻一笑道："施主簿所虑极是，然我为虎牙将军时，统兵二万围攻翟义城。时过旬日未能生擒贼军渠帅，皇上便下旨诘责。今我统兵百万，遇一小城挡路不抬脚踢去，如何显示王师天威？倘明日城内王凤、王常、刘秀还不自缚出降，王师天兵便屠城昆阳，让我的将士们在汉军的血泊中淬淬兵器，再挥戈直取南阳。"

王寻以目光示意施哲退后低声对王邑道："屠灭昆阳方略既定，大司空尽可大帐歌舞娱神，野外田猎娱身。"

王邑轻轻颔首："有劳大司徒了……"

昆阳城被围第三天之后，奉天靖地大将军巨毋氏开始带着他的猛兽神军每天围着昆阳城张牙舞爪耀武扬威一次。巨毋氏和猛兽军的如雷咆哮，让围城的莽军长气提神，却让城内汉军肝胆俱裂。

昆阳城被围第六天，巨毋氏的猛兽神军停止向昆阳城内示威。原因是昆阳城四周各竖起一个十余丈高攻城楼车，楼车顶部方丈大小，四六二十四个士兵每日立于顶部用强弓硬弩朝城内射冷箭。不仅守城士兵不敢露头,便是小巷道居民汲水,也需顶着门板或者锅盖遮护。史载莽军"环绕昆阳城,约数十匝,列营数百,钲鼓声达数十里"。

王邑、王寻的本意很明显,他俩要以极悬殊的实力,不战而屈昆阳之兵。

那晚在郾县著名的青云楼,刘秀做东宴请申屠建、焦欻和两个副将,自己这边有邓晨、宗佻、刘猛作陪。酒过三巡,寒暄一毕,焦欻不紧不慢开口道:"以刘将军将令,申屠将军即将驰援昆阳城。焦某不才,曾对孙子兵法生吞活剥几篇。闻刘将军曾游学长安,博学强记,今日席前,能否允焦某请教刘将军几句?"

刘秀设宴之目的,便是要打消申屠建心里的重重顾虑,坚定其驰援昆阳决心,便笑对在幕后左右申屠建的焦欻道:"今晚设宴略表芹意,意在推心置腹。焦师爷请讲。"

焦欻道:"《孙子·形篇》曰,胜兵先胜而后求战,败兵先战而后求胜。闻听莽军四十二万大军围困小城昆阳十数匝,破昆阳如齑粉易如反掌。刘将军说加上他处可以搬取二万援军驰援昆阳,这就让焦某想不明白。二万援兵加上城内一万守兵是三万,略去巨毋氏神兽军不计,让莽军四十二万将士伸着脖子任我三万汉兵挥刀砍去,我汉兵一时能砍杀得尽否?兵势如此悬殊之昆阳之战,如何先得胜兵之胜算?"

刘秀颔首赞赏道:"焦师爷所虑,便是胜算之虑。孙子在《谋攻篇》中,有言简意赅四句话,可以回答先得胜兵之胜算。其一,上下同欲者,胜;其二,识众寡之用者,胜;其三,知可以战者与不可以战者,胜;其四,以虞待不虞者,胜。我汉兵据此四个胜算,可以攻无不克战无不胜。"

焦欻笑道:"刘将军,孙子在写《谋攻篇》之际,恐怕难以预料今日昆阳之战是毫无胜算之战啊。"

申屠建自己仰脖饮干一杯酒道:"刘将军和焦师爷'孙子曰'了一会儿,我觉得有些喝高了的感觉。借着几分酒胆我打个比方,现在四十二万莽军是个大碾盘,我汉军只是个小鸡蛋。刘将军可否以大白话说说,用小鸡蛋去砸大碾盘,是大碾盘破,还是小鸡蛋破?"

申屠建话音一落,两个副将也讪笑着道:"对对,我们也想知道,用小鸡蛋去砸大碾盘,是大碾盘破,还是小鸡蛋破?"

刘秀用目光制止已经怒形于色欲接话舌辩的邓晨、宗佻,轻轻笑了一声说:"申屠将军比喻得好。可是,若把四十二万莽军比做碾盘大的一块豆腐,再把我

第十三章 劝援兵刘秀费周折 觅生路王凤暗献城

三万汉兵变成煮熟了的小鸡蛋。用煮熟了的小鸡蛋去砸碾盘大的一块豆腐,申屠将军,焦师爷,你们说说,究竟是大豆腐破,还是小鸡蛋破?"

申屠建正张口结舌之际,焦师爷伸出细长手指捋捋长须笑问:"刘将军、邓将军、宗将军,你们有魔法把四十二万莽军变成四十二万块豆腐么?"

刘秀笑道:"不用魔法去变,四十二万莽军就是四十二万块豆腐。"

焦师爷话语不掩讥讽:"请刘将军赐教,何以见得四十二万莽军都是豆腐?"

刘秀给了邓晨二人一个眼色,邓晨、宗佻、刘猛突然起身,几下脱去裲裆袍衫。一起裸露出满是肌肉疙瘩的上身,脸上则挂着轻蔑和哂笑。

申屠建等人对邓晨他们的举动目瞪口呆,接着是莫名其妙,一时愣在那里有些不知所措。

刘秀又轻轻一笑说:"申屠将军,方才焦师爷所说,莽军四十二万大军围困小城昆阳十数匝,此言一点不假。为了出城搬取援军,我等十三骑猛士蹽破莽军十数匝大营,搠翻莽军无算,自己毫发无损,难道还不能证明四十二万莽军,就是四十二万大豆腐么?"

申屠建一阵哈哈大笑,掩饰了自己的尴尬道:"刘将军,请邓将军等人速速穿好衣甲。我等闲话佐酒,有冲撞之处多多包涵。明日辰时准时发兵,追随刘将军,去昆阳城外蹽破莽军所有大营!"

刘秀在郾县用尽浑身解数,终于促使申屠建和五千部兵驰援昆阳城。因担心昆阳城坚持不住,刘秀一直催促行军长史加快前进速度。走到定陵,恰与李轶、李通、贺蠡的四千援军会合一处。援军刚过定陵,申屠建和贺蠡得知总共只有九千援军、不是原先计划中的二万援军时,立即把队伍停下,要等待后续援军到齐才继续前进。刘秀急得如热锅上的蚂蚁,不得已假言南阳昨日已被我汉兵攻破,八万攻城大军正火速驰援昆阳。刘秀将此假消息晓知郾县主将申屠建、定陵主将贺蠡,再召集援军千夫长以上将领,挺身站到稍高处慷慨激昂道:"兵法云:胜兵如破堤洪水,一泄百里不可阻挡。民间俗语也云,一人拼命,十人难当;十人拼命,百人难当;万人拼命,横行天下无敌!今我前锋援军九千人,足可让王莽大军首尾不可兼顾。壮士上阵,视死如归。我刘文叔自带三千猛士先和莽军接战拼杀,尔等六千后队远远观战。我三千猛士在前取胜,尔等六千后队在后跟进厮杀;我三千猛士败绩,尔等六千后队后退避敌。猛士血染三尺剑,封侯军功死中求!愿做三千猛士,还是愿做六千后队,请诸位将士自选自择!"

刘秀话音一落,大多将领们因刘秀的慷慨激昂而热血沸腾,都拍着胸膛加入三千猛士之列……

与刘秀调取援兵的一波三折相比，王凤被困昆阳简直是度日如年。城外几十万大军如铁桶般围住城池，压抑得人不敢大声咳嗽。城头四周高大楼车射出的冷箭，让人像耗子一样只敢在夜间悄悄走出户外。援兵不至，存粮日少。昆阳战与降、何时降，话难出口，决心难下。以王常本意，要出城袭扰几次莽军，以宣示我守城决心。万一援兵不至被迫举城投降，也可抬高自己身价，方不致被王邑、王寻小觑。王常说得很有道理，王凤一时也难拿话驳回。

回到住处，王凤愁眉不解，饭食难咽，掾史丰戚过来问道："丞相这是怎么了？"

王凤道："眼看刘秀出城旬日过去，还不闻援军点滴消息。即便刘秀能去郾县、定陵调取万余援兵来解昆阳之围，也是以卵击石的痴人说梦。王寻大军对昆阳城围而不攻，是为了引来援军一起收拾。当断不断，反受其乱啊。"

丰戚从王凤最后一句话看破王凤内心，便大胆道："不是小吏多舌，与其城破玉石俱焚，莫若觅生路活万千军民。有此献城之举，丞相当不失出将入相之富贵。"

王凤盯住丰戚问道："你敢送信给敌军主帅王邑？"

干瘦的丰戚一挺超薄胸脯："丞相差遣，丰戚赴汤蹈火，在所不辞。"

此时夜色如墨，昆阳满城不见一丝灯光，不闻点滴声响，活脱脱一座死城。王凤去至一边拿出早已写好的降表，凑近丰戚低声嘱咐："掾史有此胆略，今生不缺富贵。立即带上我的亲笔降表，悄悄出城求见彼主帅王邑。记着，明日辰时三刻，我大开城门迎接王师。你务必在寅时回城，禀报王邑的允诺。"

丰戚接过降表揣入怀中："丞相放心，丰戚这就去了。"

第十四章
战昆阳英雄留名　取宛城俊杰建功

　　冷兵器时代的两军交战，是刀对刀、枪对枪、面对面、血对血的对阵搏杀。稍有闪失，自己的脑袋就会被敌方悬挂于马项下显示战功。王寻从一个豪族子弟到位居三公、统兵数十万的主帅，深知稍有不慎，将导致自己的英名毁于一旦，也会导致无数军士的脑袋被悬挂于汉军的马项下。城内冲出十余骑搬取援兵后，王寻只用三天时间，便在城西北的潍川河一线部署二十余万精锐，背水摆下"凹"形口袋阵。"凹"形口袋阵的妙诀在示形于敌一字短蛇阵，在与敌交战之初迅速变阵包围敌军。王寻自己安居"凹"之凹底，只等驰援昆阳的汉兵前来受死。

　　王寻在潍川河以北严阵以待驰援昆阳的汉兵，王邑在潍川河以南也没闲着，他命车骑将军严尤通过楼车加紧对城内攻击，迫使王凤再次向南阳城外的刘縯求救。只有在昆阳消灭更多的汉军，才能轻易遥解南阳之围，进而顺理成章擒拿刘玄、刘縯、刘秀。王邑的施压策略很快见到成效，严尤派一名参将送来王凤昨夜派出的求降信使。

　　王凤派出的求降信使就是丰宬。丰宬被带到王邑的中军大帐，见到在虎皮大椅端坐的王邑，立即趴下叩头道："王师天帅在上，小人丰宬受城内王凤上公之托，给天帅叩首问安。"

　　王邑接过参将呈递的王凤降书，眯着眼浏览一遍，当确信刘秀早已冲出昆阳城搬取援兵后，心里有些失落。大军开拔之际，中常侍哀章特地转达皇上口谕，此次征讨，最好能生擒刘玄、刘縯、刘秀。哀章转达完皇上口谕，还说出那句有关刘秀的谶语。哀章说出了那句"刘秀当为天子"的谶语，王邑才明白皇上为什么要哀章转达口谕。皇上自己不能说他最恨有可能称帝的人，可做臣子的得明白这一点。刘秀已经不在昆阳城，过早得到昆阳不如晚得昆阳。想到这里，王邑看了趴在地上的丰宬一眼。这个信使七尺身材，却很滑稽地长着一颗小小脑袋。小脑袋上八字眉毛蛤蟆眼儿，蒜头鼻子刀豆脸儿，唯有招风耳朵大，显出三分贵人范儿。

　　王邑心里赏玩着丰宬的别致长相，盯住他多肉的招风耳朵问道："信使你听说过耳大有福的话么？"

丰成见王邑问的不是话头，便叩头一下道："回天帅的话，小人听说过，但是从未相信过。"

王邑鼻子里哼了一声："嗯？"

丰成道："小人是父母所生，知道天高地厚。今日天帅赐福昆阳城内军民，小人便跟着有福了。"

王邑脸上笑了一下道："信使不愧是王凤的掾史，看在你很会说话的份上，我留下你的招风积福大耳朵。来呀，削了信使的蒜头鼻子装入信函，权作王师天兵的答复。"

丰成被王邑的话吓呆了，不是说两军交战不斩来使么？天帅怎会要削去我的蒜头鼻子？被吓得有些迟钝的丰成还没想好求饶的话语，便见一个武士近前剑光一闪，他的蒜头鼻子已经齐根飞去。削丰成鼻子的武士剑术之绝妙，犹如古时郢人运斤之神奇。

另一个当帮手的武士伸手抓住丰成飞在空中的蒜头鼻子，装入一个信函塞到了丰成手中。

丰成此时才一阵巨疼袭遍全身，一手捂住血流如注的鼻部，一手拿着带血的信函跑出了王邑的中军大帐。

丰成刚去，帅帐都尉送来一封汉军遗落的给城里的密信。王邑接过信函撕开一看，原来是刘秀写给城内王凤的几句话——

上公、王丞相钧鉴：郾县、定陵已得二万援兵，属下后天可带援兵至昆阳。今日南阳城已克，八万援军三日后抵达城下，请我昆阳城内军民勿惊勿躁。太常将军刘秀叩启

"哈哈哈……"王邑看完后笑道："该死的、该来的，都一起来了。"

都尉小声提醒道："大司空，倘若此信有诈……"

王邑看着都尉问道："即便此信有诈，他能诈出百万兵来？刘縯八万兵马围攻南阳，攻克后尚需二万守城。即便他八万兵来齐来解昆阳之围，正是我所期盼已久的事。都尉传令下去，我的中军大帐立即移至潢川河北岸，巨毋氏的神兽军放在我的大帐前面。我要亲眼看看神兽军的虎豹，生啖刘秀带来的逆天贼兵。"

好看热闹是人的本性，看很多老虎豹子撕扯很多活人的热闹，不是每个人都有这种眼福。

第十四章 战昆阳英雄留名 取宛城俊杰建功

地皇四年五月初二日,是昆阳城被围的第十三天。这天昆阳一带,天气晴好无雨。除了天边几处模模糊糊的堆积云,可算是阳光灿烂玉宇澄清。

刘秀带着九千援兵,来到离滍川河北岸莽军大营二里远的地方列队布阵。按照既定冲击敌阵的方略,刘秀带三千骑猛士在前,申屠建、陈涛带着六千步兵在后。根据探马探知,王邑的中军大帐和猛兽军也移至滍川河北岸。为了克服汉兵们对巨毋氏神兽军的恐惧,刘秀专门让李轶、李通、任光准备了四车柴草及其他易燃之物,还派了百余士兵携带了其他燃火之物。

刘秀一反自己往常儒将装束,美须杂乱,朱砂染面,赤裸上身穿着轻甲裲裆。手提一杆丈二铁戟,骑一匹红鬃栗色烈马,故意在士兵前面耀武扬威地走来走去。排在三千猛士最前面的,是随刘秀连踹莽军重重大营的十三猛士。今天李轶、李通、邓晨、刘猛、任光等十二死士,也效刘秀把自己打扮得很野蛮。生死存亡,在此一搏。在前队的五箭地之外,就是三万多严阵以待的莽军精锐,刘秀大声对三千猛士喊道:"猛士们!贪生怕死,必死无疑;舍命死战,死中求生。杀啊!"

十三死士狂呼着向莽军冲击,两千九百八十七名猛士一起呐喊着纵马紧跟,掀起了昆阳大战以来最惊心动魄的厮杀。

刘秀三千前队冲击的正面,恰恰是莽军前军主帅王寻亲自率领的三万五千精锐将士。本来,王寻应该安居中军大帐,等着奖赏有功将士和接受献俘。可是此前探马禀报,今天前来纳命的只有刘秀率领的九千汉兵。精心布置下了很大"凹"字形口袋阵,却只能装进九千汉兵,这让王寻很是失望。自己用牛刀杀鸡,也是希望杀一只会扑腾的雄鸡,而不是刚出壳的雏鸡。不过,王寻查实九千汉兵身后没有其他援兵时,起了杀人取乐的兴致。好多年没挥戈跃马了,乘着今天刘秀带着九千人前来送死,不能放过这次杀人取乐的机会。没有两军阵上厮杀过的人不知道,长矛杀人入肉时"扑哧"一下的声音其实很好听。王寻拿定主意,从自己帐下二十余万大军优中选优,选出二万五千精锐铁骑,一万骁勇善战的步卒,布下一个小小的"凹"字形口袋阵,正面围击刘秀的九千援军。为了确保其他人不能来与自己争功,王寻特地传令原来用于很大的"凹"形口袋阵的二十余万将士,只可袖手两旁远远观战,没有主帅将令,谁也不许擅自向汉兵进攻。

刘秀已经看出王寻的"凹"字形口袋阵的凹底,三千猛士组成楔形进攻队形,朝着有着密集队形的莽军猛冲猛杀。俗话说,会的怕楞的,楞的怕横的,横的怕不要命的。三千拼命汉兵如同三千只下山饿虎,不顾生死,不顾章法,一味地挥戈抡刀,只往人多的地方冲杀。王寻的精锐骑兵何曾遇到这般乱兵齐上、刀戈并举的恶杀。接战不足一刻,便乱了阵脚连连后退。后队的申屠建、贺蜡看见刘秀的三千猛士以少胜多已经得手,方信莽兵都是豆腐兵之说。他二人一对眼神,命鼓手擂响战鼓,效前队猛士一样,一路大吼着冲杀跟进。

王寻万不料自己的精锐如此不堪一击,心里一急,头上一热,脚磕胯下汗血马,手抡长柄镶铁刀,驱动自己三千帅部扈从迎击当面杀来的汉兵。

此时刘秀、邓晨、李通、李轶、刘猛、宗佻、任光,仍然跃马冲杀在最前面。两军鏖战中,刘秀的头盔被一个莽将的长矛打掉。一头散乱黑发随风飘飞,很酷的风采如下凡天神。浑身的血污汗渍且挥舞着带血铁戟,又显示他是个索命的判官。刘秀一路冲杀,一路嘶哑着嗓子不停大吼。紧邻他左右身后的邓晨暗暗惊讶自己小舅子,竟然是个遇小敌小勇、遇大敌大勇的莽汉子。

那王寻的三千帅部扈从,大多是帅帐长史、从事中郎、参军、司马、执戟武士等众,平时都是跟着主帅摆架子、显威风,都没想到过自己今天会和敌军面对面地拼杀。他们刚刚和刘秀他们接敌,前面便有几十个参军、司马被搠翻马下。后面的帅部扈从见势不妙,纷纷带转马头逃命。王寻心下更加不服,豁出去身先士卒。他喝命周围百十个贴身侍卫随已上前拼杀。千不该,万不该,王寻胯下的汗血宝马超前太快,恰遇刘秀血红着两眼迎面杀来。刘秀已看出骑着汗血宝马的王寻是个主将,便试着大吼一声:"贼帅王寻,快快下马受死!"

王寻没想到对面汉军中一个杀人悍将会喊出自己的名字,惊得身子一歪从高高的汗血宝马上重重跌落尘埃。邓晨、刘猛不失时机,纵马上前一人一矛,结果了莽军前军主帅的性命。跟在邓晨身后的任光跳下马去,挥剑砍下王寻的头颅,系在邓晨的马项下。

生得日角丰裕,方脸直鼻;八尺身材,壮如熊罴的四十万大军主帅之一王寻,竟然死得如此简单如此轻易。王寻一死,其他帅部扈从及一众莽兵犹如无头苍蝇乱跑乱窜,只苦了那些跟在骑兵后面的步卒,人腿快不过马腿,大多被自己的骑兵蹴踏的不死即伤。此时的八千八百多汉兵只要朝挤成疙瘩逃跑的莽兵下手,戳上一矛一个血洞,砍去十刀十个新鬼。

王邑知道王寻亲自带领三万五千精锐迎击刘秀的九千援兵,便很感兴趣地在自己中军大帐处搭了一处高台,带着自己几个亲近扈从登台掠阵。说掠阵太行伍太严肃,王邑实际上是看看王寻部众的杀人热闹。起初,王邑遥看王寻的精锐纷纷后退,以为是王寻在使用诱敌深入战术。后来见王寻的精锐四下逃窜,溘

第十四章　战昆阳青史留名　取宛城俊杰建功

川北岸有的大营起火燃烧，才不情愿地相信族弟王寻吃了大败仗。王邑迅速回到帅帐，显现了镇定自若的大将风度。他先是命帐下待命的两个骑司马速速传令滍川河南岸的车骑将军严尤，立即调动八万人马在南岸拦击汉兵。紧接着，王邑又抽出十支令箭，交给另外十个骑司马人手一支，命令各个大营将士倾力合围来犯汉兵。王邑临了还下了个特别将令，对所有汉兵全部斩杀，不准接受一个汉兵投降。王邑发号施令中，当然没忘记派骑司马前去命巨毋氏的神兽军出动。巨毋氏离自己很近，不看铁甲大象蹴踏汉兵、虎豹生啖汉兵，自己的一腔窝囊恨就无处发泄。

奉天靖地大将军巨毋氏坐在宽大兵车上，亲眼见王师天兵一败涂地，焦躁得不可遏制。他不顾王寻先前下达的不准出击的将令，没等王邑的骑司马拿来王邑的出兵令箭，仰天大吼一声，擅自催动神兽军迎击汉兵。

早已盯着巨毋氏神兽军的李轶、李通，立命专门对付神兽军的兵士引燃四辆柴草车迎战巨毋氏的神兽军。柴草车燃起熊熊大火，百余士兵去柴草车上引燃火箭，依秩射向咆哮前来的大象、猛兽。披了铁甲的大象被如雨飞来的火箭吓得掉头向后逃跑，惊动冲撞了随后的虎豹队。虎豹们被大象的蹴踏和飞来的火箭吓坏，也掉头向后惊吼冲撞。猛兽军的"反戈一击"，首先惊了牵拉宽大兵车的四匹良驹。四匹良驹为躲避大象、猛兽，斜拉着大兵车横向而逃。巨毋氏在车上被颠得站立不稳，还大声呵斥那些乱套的猛兽军。眼看猛兽军将被巨毋氏控制成队，天空中突响几声炸雷，霎时就落下瓢泼大雨。大象、猛兽、良驹受此惊吓，再次或左或右或前或后地乱跑乱窜，很快冲乱了王邑二十余万大军的队形。原本希望前面的神兽军大破汉兵的莽军将士，因大象、虎豹的四下乱窜而惊慌失措乱成一团。刘秀和他的九千汉兵捡此"大漏"，狠命追杀乱糟糟的莽兵。此时的数十万王莽大军状况是：猛兽把局搅，兵败如山倒。将士弃盔甲，战场比赛跑。任啥都不要，只要命一条。

刘秀的三千猛士的冲击速度几乎比王邑的思维还快，当王邑派出骑司马到了滍川河南岸传令严尤攻击汉军时，刘秀带着三千前队的千余人已经冲杀到昆阳城的北门外。刘秀和邓晨等人对着城上大喊："南阳已克，援兵已到，尔等城内守军速速出城杀敌！"

王邑削了丰成的蒜头鼻子不接受王凤投降，让王凤既丢面子又怒不可遏。人给逼到活不成、降不成、死不成的境地，也能迸发出力量和勇气。王凤以丰成私下出城送降书的罪名，一剑斩了自己的亲信，带着鱼死网破的无奈悲壮，等着出城和王邑拼命的时机。当他看见滍川河北岸出现骚动，便将大部守军集中北门附近。亲眼看到刘秀带人冲到城下，亲耳听到刘秀等人的喊叫，立即传令打开北门，和王常、韩琪等人提矛上马，带着八千余城内守军冲出昆阳城。严尤不及执行王邑的将令，便带领部兵仓促应战出城的汉兵。城内憋屈惊恐已久的汉兵得此一线生机，和莽军短兵相接便拿出拼命气势。王凤恼恨莽帅王邑不准投降之辱，一马当先借助长矛泄愤；王常钦佩刘秀等十三骑猛士所向披靡，精神抖擞力战数敌；韩琪有阳城关逃跑之羞，英勇奋战斩将夺旗。主将们不避刀矢跃马疆场，激励得其他将士都成了拼命三郎。出城汉兵人数上远逊莽军，但昂扬士气很快就占了沙场上风。严尤和部众抵挡一个时辰后，无望地汇入滍川河南岸的逃兵洪流。

突然而至的大雨大风，让王邑和混乱的莽军叫苦不迭。奉天靖地大将军巨毋氏呵斥不住狂奔的猛兽，也呵斥不住自己座驾的四匹良驹。只见大兵车颠颠簸簸歪歪斜斜顺着滍川河北岸奔跑，跑着跑着，四匹良驹跑下河岸，把个巨毋氏颠翻到河水里。此时河南岸的莽兵以为北岸安全，河北岸的莽兵以为南岸安全，两岸莽兵都跳到河里扑扑腾腾往对岸逃命。巨毋氏狼狈的巨大身材匍匐在河水里，在乱兵践踏中难以起身。他刚刚张嘴想大叫大吼，不料几匹战马从他身上蹴踏而过，浑浊的泥沙乘虚灌满他的大口粗喉。可怜、可叹、可惜、可喜，有可能力挽狂澜扭转败局的巨毋氏瞬间做了愤怒水鬼。王邑的帅帐长史、从事中郎、参军、司马、侍卫等众，亲眼目睹了巨毋氏和神兽军的覆灭过程。他们见有汉兵向中军大帐冲杀过来，唯恐自己也被主帅驱赶迎敌，不由分说将王邑扶上快马，裹挟着主帅夺路而逃。

大雨大风让王莽大军狼狈不堪一败涂地，却让刘秀、邓晨、李通、李轶、王凤、王常等一万八千多汉兵越战越勇所向披靡。滍川河两岸以及河水中，到处都是没头苍蝇般逃窜的莽兵。大雨使河水涨高溺毙更多莽兵，河水被死人、死马阻塞几乎不流。刘秀率兵在岸边杀戮莽兵杀得人困马乏心生怜悯，便传令下去，尽可在莽兵后面吼叫驱赶，促使其落荒逃窜即可。多亏刘秀的将令迅速传递下去，昆阳城四周剩余的十余万莽兵才没有后顾之忧地安全逃命。莽兵逃命远去，暮色开始降临。一万八千多汉兵忘记饥饿忘记疲劳忘记伤痛，高兴得不知所以。他们有的把刀枪、头盔抛向空中，有的相互抱着又哭又打，还有的干脆睡在泥地上学驴打滚。汉将汉兵狂欢一毕，开始往昆阳城内搬运莽兵留下的大量甲械辎重。因甲械辎重太多，城内储存不下，汉兵便将剩余的辎重堆积滍川河两岸集中焚烧。多处冲天烈焰经久不熄，为奇迹般的昆阳大捷宣示着骄傲和绚丽。

第十四章　战昆阳青史留名　取宛城俊杰建功

刘秀率领九千援兵到达昆阳城外之际,为鼓舞汉兵、恐吓莽兵,精心捏造了"南阳已克,汉军八万大军随后驰援昆阳"的假消息。这个假消息若折合成军队实力,百分之百"一句假话抵过十万兵"。不过,南阳之战的进程巧合了刘秀那句假话不是纯粹假话,而是真龙天子的金口玉言。就在刘秀大事散布他捏造假消息的同时,刘縯的围城大军真的不攻而克拿下南阳城。因为古代信息传递太慢,三日后攻克南阳的捷报才传到昆阳。

原来,自棘阳大战结束,南阳城便被刘縯八万汉兵围困,至王邑、王寻的大军围困汉兵昆阳城时,时间已达三月之久。城内的莽军主将岑彭字君然,南阳郡棘阳县人。生得相貌堂堂,举止端庄。胸有丘壑,行事有方。因失守棘阳,受到甄阜严责。甄阜兵败,王莽给原南阳守将詹铖、张韬派了呼援不力的罪名,就地削职下狱。诏命岑彭戴罪立功,与副将严说共同守南阳。正当南阳城内军民粮食断绝,汉兵扬言屠城一日三惊之际。王邑、王寻四十二万大军围困昆阳,给南阳城守军以极大振奋。以常识常理,四十二万大军围攻一个昆阳小城旦夕可下。克服昆阳后挥兵北指,南阳之围三日可解。即便一时不能克昆阳,也可分兵三十万来围剿城外刘縯的八万汉兵。不料十余天过去,岑彭盼王邑的王师天兵盼得眼珠子涨痛,心窝子冰冷。没有一粒粮食了,城内的军民早已开始吃马料,没有马料吃的咽猪食。人的自尊自重也被饥饿彻底打破,城内有人开始吃死人。

又一个太阳升起,岑彭和严说循例一起到城墙上巡视,饿得直不起腰来的将士们没了对主将的尊敬。不仅如此,岑彭还从将士们饥饿的目光里,读出了几分怨恨。回到聚将厅,岑彭勒了勒腰间蛮带,提气问严说道:"严将军,你看南阳还能守几天?"

严说肚子里除了孙子兵法,还有孔孟之道。他因饥饿而消瘦,平添了几分清癯的儒雅风度。严说见问,于是有气无力地咬文嚼字答:"古人曰,圣达节,次守节,下失节。"

岑彭从严说的回答中,知道严说已经看穿自己的内心纠结。因为说话会加剧饥饿,岑彭笑着看了严说片刻。他的目光传达的意思是:严将军,你是要"圣达节"?还是"次守节"?若给你"下失节",你要不要呢?

严说也笑着看了岑彭片刻,他的目光告诉岑彭:主将要"圣达节",末将便"圣达节";主将欲"下失节",末将也"下失节"。

岑彭瞑目不语,内心在做一个多天难以决断的决断。都说识时务者为俊杰,可事到临头,欲做识时务者的俊杰,也难轻易抉择。

一个长史进到聚将厅禀报:"启禀主将,城外敌帅刘縯,派人将老夫人送回

来了。"

岑彭闻听禀报,不相信一般慢慢睁开两眼,果然是母亲唐氏站在自己面前。

"君儿,为了一城百姓的生死存亡,你请刘缜将军进城吧。"

"母亲,您怎么会在刘缜那里……"

甄阜的征讨大军围攻棘阳城时,唯恐岑彭不积极为他筹集粮草,先行把岑母拘做人质带在军中。甄阜兵败,岑母便杳无音讯。当下岑彭悲喜交加,跪下抱着母亲双腿痛哭。

严说过来劝道:"岑将军切勿过分激动,此时迎接刘伯升进南阳城,亦不失做汉室的忠臣孝子。"

岑彭拭泪起身感激道:"谢严将军提醒,你我速速打开城门,迎接刘伯升进城。"

汉军棘阳大战之后,刘缜迅速围了南阳城。他试着攻了几次,都因城墙高大造成很大伤亡。强攻不行,便千方百计访得岑母下落,这才不战而克南阳。一代豪杰怎么也没想到,他精心谋划的不战而轻取南阳,带给他的却是乖戾横祸。

第十五章
刘文叔新婚燕尔　李次元信守誓言

　　古语云:"千军易得,一将难求"。若拿昆阳大战的进程和结局来验证这句话,得变化为"百万大军易得,两个蠢将难求"。依常规常理,以区区九千临时拼凑的杂牌援兵,主动与四十二万王师天兵对战拼杀,的确是螳臂当车飞蛾扑火,也可说是愚蠢地以卵击石。天有不测风云,地有反常事理。最终创造昆阳大捷这个战争奇迹的主帅刘秀,一年多前只是个读过几年经书子集的种田农民。指挥昆阳大战这年他二十八岁,当时未婚。

　　更始元年(23)五月,更始帝刘玄进入南阳城。有了从昆阳城绵绵运抵南阳的大量物资财富,刘玄得以很阔绰地封赏功臣、大宴群臣。王凤、刘縯、王常、朱鲔等都已位极人臣,眼下无官可加,都赐给可观财富和不等食邑。刘秀因昆阳首功,擢拔为破虏将军,李通复领柱国将军,其余有功将士,均得到不等的财物赏赐和官爵封赏。

　　明眼人不用费力都可以看出,不能自主且毫无驾驭群臣能力的更始皇帝,在封赏昆阳大战时,根本不可能做到论功行赏。大战之初随刘秀冲出昆阳城调取援兵的十三个猛士,无法从史书一一查出他们的姓名,也没有对他们具体的封赏记载。大战之后,刘秀奉更始皇帝诏令、刘縯的将令驻守昆阳,勒兵一万之多。自舂陵村随刘縯起兵,刘秀至此正式有了自己的队伍和城池。经过棘阳大战和昆阳大战,刘秀体会到士气对战争胜负的决定性作用,天天沉湎于教场练兵,训练汉兵狭路相逢勇者胜的勇气。李通从更始皇帝的封赏中看出了刘縯、刘秀眼前的危机,从南阳赶到昆阳城。

　　李通的到来,让刘秀分外高兴。在聚将厅里间密室,二人亲热寒暄一毕,李通问道:"淯水河边,愚弟关于'韬光养晦、坚韧待时'的嘱咐',文叔忘记否?"

　　刘秀领首道:"贤弟鞍马劳顿数百里,不仅仅是提醒这个吧?"

　　李通笑道:"如果我没记错,文叔早年在长安游学时说过,'当官当做执金吾,娶妻当娶阴丽华'。文叔今日之英名,过执金吾多矣。何不稍缓善甲训卒,速速在昆阳城与阴丽华喜结连理洞房花烛?"

　　昆阳大战之后,刘秀的确兴奋许久。虽然人前他能做到谦谦君子,从不与人主动提起昆阳大战。即便他人由衷夸赞自己在作战中的神勇,他都把功劳推及他人。但一人独处忆及大战中的艰难曲折和惊心动魄,想到区区几千汉兵竟然大败四十二万莽军,三分骄傲七分豪气还是难以克制。待到更始皇帝封赏群臣尘埃落定,刘秀已经看出兄长和自己的危机加剧。自古功高震主兔死狗烹,眼下不仅功高震主,还因功大遭权臣嫉妒。就因为刘秀看到了危机,无暇去寻找大姊和伯姬,更忽略了梦里佳人阴丽华。经李通此时提起,刘秀心里涌起一阵热浪道:"文叔此时和阴丽华洞房花烛,可算做'韬光养晦、坚韧待时'?"

李通道:"功盖天下的英雄豪杰,沉湎于燕尔新婚,满足于眼前富贵,难道不能让日日惴惴不安的权臣宵小们得一时之寝食俱安么?"

刘秀恍然大悟道:"次元一语,使文叔茅塞顿开。可眼下速速与阴丽华洞房花烛,还有三个不便。"

李通道:"往下讲啊。"

"其一,据次元所言,大姊和伯姬当无大碍。然一时不见其人,一时心下不安;其二,文叔虽早早属意阴丽华,但并未表明心曲,不知眼下是否适人?其三,唯大姊和阴丽华友善,不面见大姊,谁人撮合迎娶?有此三不便,眼下欲昆阳与之洞房花烛,也如异想天开。"

李通大笑道:"次元名'通',文叔请我,自然一通百通。"

刘秀诧异道:"你已经复领柱国将军,难道又要去职么?"

李通道:"次元此次虚领柱国将军,远离京畿不将兵,游离于王凤、王常、刘縯之间,正是我'韬光养晦、坚韧待时'之必需。"

刘秀想明白李通的所待之时,感动地说:"如此有劳次元,此时我想见到大姊和伯姬之迫切,胜过与阴丽华洞房花烛多矣。"

李通颔首:"次元就先去湖阳县一趟……"

淮源镇啬夫魏察从湖阳县城回到淮源镇,立即把魏勘喊到密室,神情严肃地问道:"兄弟,你给兄长一句实话,你到底非礼过那个妇人否?"

魏勘叹气道:"有祖上遗风和兄长严令,小弟我有贼心,一直没那个贼胆。自从汉兵取得昆阳大捷,更始皇帝进了南阳城,我只差把她当娘一样孝敬了。"

魏察松了一口气道:"你若真把她当娘一样孝敬,为兄心中感觉稍安。驻守湖阳县的邓晨将军命县令贴出露布,要各乡清查汉军滞留乡村间的亲属子女。一经发现,立即礼送至邓将军处。"

魏勘心里害了怕,迟疑道:"万一……那个妇人和柱天都部刘縯有干连,或者

第十五章 刘文叔新婚燕尔 李次元信守誓言

与名传天下的刘秀有关系,我们岂不……"

魏察嗔笑道:"时至今日,就看你我的造化了。你若真没为难那个妇人,继续把她当娘再孝敬几天。你觉着她不记恨你了,立即礼送她到邓将军处。"

魏勘此时心中如打翻五味瓶,半响才说:"全听兄长安排。"

与魏宅密室左近一处宽绰的厢房里,刘黄和乔三金在一起拉闲话。

魏勘外出半月才回,打听到汉军和莽军作战大胜。魏勘说仗打得很凶,只敢远远躲避。只打听到南阳城那边的主帅姓刘,昆阳城这边的主帅姓王。刘黄晓得魏勘没有把他知道的都告诉她,她也没逼他把话说完。魏勘出去打听消息时,自己给他说过"考虑做魏勘正室"的话,因为自己还在用"考虑"往后拖延,就不能怪魏勘对自己留一手。好在魏勘这次回来,对自己的殷情较之以前加倍。刘黄对此既感到不解,又感到好笑。刘黄已经和乔三金无话不谈,因而笑问她道:"魏二爷这人真是个怪人,我明明在敷衍他、拖延他,他还这样天天底小意、赔笑脸。都说女人三十豆腐渣,你说说,我也是一盘豆腐渣了,值得魏二爷这么么?"

乔三金扑哧一笑道:"贵人您真会正话反说。您的柳眉杏眼,悬鼻圆脸,加上一边一个甜甜圆圆的酒窝,皇帝见了就要休掉正宫娘娘,天天不上朝了。"

"皇帝休掉正宫娘娘,天天不上朝干什么?"

"天天不上朝,面对面地看你这张花开富贵的脸蛋蛋。"

刘黄被乔三金夸得晕头转向,心里一高兴便道:"三春妹子,你那张嘴夸谁,谁肚子饿了不吃饭就饱了,说一段笑话消消食儿吧。"

乔三金道:"贵人要听素的还是荤的?"

刘黄很喜欢听乔三金讲带点荤的笑话,便狡黠说道:"太素寡淡,太荤恶心,就来段不荤不素的。"

乔三金略一思忖,便不苟言笑缓缓说道:"就说一件亲耳听过,没亲眼见过的真事吧。有一对新婚夫妻回娘家,小丈夫牵驴,新媳妇骑驴。小丈夫在前牵着驴走到一个村口,看见一个无德汉子站在路边毫无遮拦地撒尿。他骂了那无德汉子一句粗话,回头去看自己的新媳妇,见新媳妇已经用手帕把脸捂住扭向一边。小丈夫怀疑自己的新媳妇已经看到那个无德汉子尿尿,但是心里又希望她没看清无德汉子手里扶着的那物件儿。为了验证新媳妇到底看没看清那物件儿,小丈夫便生了个计策自言自语说,真看不出来,刚才村口见那个尿尿的汉子还是个大户人家的。新媳妇问,你咋一眼就看出他是大户人家的。小丈夫说,我们小户人家的男人尿尿,都是用手扶着那东西尿,那个汉子是用一双象牙筷子夹着那东西尿的。新媳妇扑哧一笑说,你就会睁着眼睛说瞎话,我看得清清楚楚,他也是用两个指头夹着那东西尿的。"

一段并不十分好笑的笑话让刘黄嘿嘿大笑道："三春妹子,我觉着啊,天底下就数你睁着眼睛说瞎话呢。嘿嘿嘿……"

乔三金见刘黄很开心,便接下去说道："刚才说的是个尿不出三尺高的尿的小丈夫,如今再说两个英雄盖世的大丈夫。汉军柱天都部刘縯和他的兄弟刘秀,用四万多人在棘阳城外消灭了甄阜的十万大军。王莽一怒之下,派出了百万大军来剿灭刘縯、刘秀。王莽的大军走到昆阳城,就用百万大军包围了刘秀和他九千人……"

刘黄见乔三金说到这里停顿下来,焦急催促说："三春妹子是在编瞎话还是说真事儿,说呀说呀,你快往下说啊。"

乔三金心里一喜接着道："贵人别为刘秀的安危操心。那刘秀是谁呀,是汉景帝的七世孙啊。也有人说他就是真龙天子下凡,那本事超过了汉高祖,硬是用九千人马打败了王莽,还杀死了他的领兵元帅王寻。哎呀,人们都说刘秀年轻英俊,生得长眉美须,星眼高鼻,高挑的个头,胖瘦得体的身躯。我乔三金这辈子没别的念想,啥时候亲眼见见这个美男子、大英雄就心满意足了。"

刘黄这时因心情激动而泪水直流,嘴里喃喃念叨着："文叔、文叔,你真的是打天下的大英雄。"

乔三金做着很害怕的样子道："贵人,贵人,我说错什么了,您别哭啊您。"

刘黄摇摇头道："话说到这里我就不再瞒下去,刘秀是我的弟弟,我是他的大姊……"

此时在室外偷听的魏勘急步趋进跪在刘黄的当面道："大贵人在上,魏勘多多冒犯,请您高抬贵手。贵人不见小人怪,我是不知不为罪啊。"

乔三金在旁边也跪下道："贵人海量,乔三金多有不恭之处,也是不知不为罪呢。"

刘黄赶紧去拉乔三金道："魏二爷快快请起,三金妹子快请起。你们天天把我当成贵人供着,我感激你们还来不及呢。"

魏勘用很是复杂的目光看着刘黄道："大贵人,您真的不记恨魏勘么?"

刘黄很是急切道："你我有无缘分日后再说,现在就送我去见刘文叔吧。"

更始元年(23)六月二十六日是个好日子,李通带着刘黄、伯姬、阴丽华以及阴丽华的小弟阴䜣到了昆阳城。原来,李通带着伯姬到了邓晨那里,刚好魏察、魏勘送刘黄到了湖阳县县城。刘黄、伯姬姐妹一段时间生离死别音信全无,自然

第十五章　刘文叔新婚燕尔　李次元信守誓言

让姐妹二人先哭后笑，各自述说了自己的一段奇遇。邓晨以万钱作谢礼，魏察、魏勘两兄弟拒绝后便回淮源镇而去。此事了断，邓晨派数十兵士护送李通、刘黄姐妹去新野县正式给阴丽华家里送去聘礼。阴丽华父母正为女大不婚急得口腔上火牙龈肿涨，大英雄刘秀求婚，当然是喜从天降牙龈正常。考虑到兵荒马乱的岁月，阴母只让十四岁的儿子阴炽代表娘家送亲。骤然涌来的幸福，让沙场九死一生的刘秀高兴得喘不过气来。在李通、刘黄、伯姬的操办下，六月二十八日，刘秀和阴丽华两心相悦如愿以偿。英雄美人，燕尔新婚。虽不是大张旗鼓倾城庆贺，也是金樽美酒满座嘉宾。

红烛高高，帐幔低低。客人散去后，洞房密语时。刘秀再去灯下看阴丽华，娇容韵姿，俏丽无比。得此佳人相伴，失去金玉不惜。刘秀越看越觉得凤愿已酬，不虚此生，情不自禁吟诵着《诗经·小雅·隰桑》中的句子："心乎爱矣，遐不谓矣？中心藏之，何日忘之。"

阴丽华此时此刻真个是与刘秀两心相同，女儿多年倾慕男，一朝成为眼前人，她还觉着恍恍悠悠晕晕惚惚。丈夫吟诵的诗句，她听得虽不十分真切，但听清了"心乎爱矣"、"何日忘之"的意思，她掩饰了激动，故意娇嗔道："夫君这是何意，你我还未开始甜甜蜜蜜，你就要过日忘之？"

刘秀一愣，从阴丽华含情脉脉的目光得知，她是故意曲解自己的话语，便正襟危坐发誓般道："海枯石烂，吾心不变。晓知神仙，信誓旦旦！"

阴丽华扑哧一笑道："春晓一刻千金，再好听的话都是多余。文叔过来，快让我好好看看你。"

刘秀上前猛地把阴丽华拥在胸前，和她面对面眼对眼道："别动，我也要好好看看你。"

阴丽华伸出一双玉手在刘秀的脸颊颈间摩挲一会儿道："夫君快脱了衣衫，让我先仔细看看你的身子。"

刘秀嬉笑一声道："好性急的华妹子，我得先看看你的身子。"

阴丽华急得用头撞了刘秀胸前一下羞怯道："你在万军阵上出生入死，我在阴家营子揪心悬肝，看看夫君身上到底有没有伤疤，才能放下悬着的女儿心。"

刘秀闻听此言心里一股热流涌遍全身，他迫不及待就去解阴丽华的衣带开玩笑道："那咱俩一起脱个一丝不挂，各人想看啥就看啥。"

阴丽华噗地一下吹灭一盏红烛羞急道："使不得使不得，小心窗外听墙根儿……"

阴丽华一句话未了，窗外果然传来伯姬一串笑声和跑开的脚步声。紧接着是大男孩阴炽很关切的声音:"姐姐、姐姐,快把屋里的蜡烛都吹了。"

刘秀一乐道:"嘿呀,听墙根儿的不是外人,是伯姬和阴炽两个调皮鬼……"

刘秀新婚两天刚过,李通便要辞别去南阳。刘秀想到李通和伯姬的一段奇遇缘分,想到自己欲安慰李通失去亲人家财的伤痛的夙愿,便劝李通接着把他与伯姬的喜事也办了。李通经过一阵思索,最终以"王莽不死,不谈婚娶"的誓言拒绝了。

夏日热烈,草木葳蕤。昆阳城城北湻川河两岸,早已看不见不久前那场大战的痕迹。到了河边,李通正要上马过河,刘秀制止道:"次元且缓上马,此去南阳,一时难以相见。你不急着和伯姬完婚,那就留给她一句话吧。"

李通笑道:"伯姬张口闭口喊我大爹,大爹留给她一句话是,次元得知王莽死去之后,她愿意改口喊我二哥,就让她改口吧。"

刘秀看着李通一脸杂乱胡须和同样杂乱的长发笑道:"伯姬喊你大爹倒也对景,只是贤弟也得通变一下才好。"

李通道:"谋国是者,不言酱醋。文叔肩上任重道远,前路坎坷。谨记我'韬光养晦,创业维艰'八个字的嘱咐,强似提醒次元通变多矣。"

刘秀感动地上前牵住李通坐骑的嚼子道:"你我一样'任重道远,前路坎坷',请上马。"

李通忍住心里的热浪,上得马背对刘秀拱手道:"文叔为次元牵马一次,次元为文叔牵马一世。告辞。"

刘秀送别李通,回到住处正要和阴丽华亲热一番,不料大姊和伯姬正和阴丽华拉话。不等刘秀打招呼,伯姬过来质问般道:"哥哥,我大爹什么时候娶我呀。"

刘秀哭笑不得道:"改口,改口,从现在改口。你喊次元大爹,他能娶你么?"

伯姬笑道:"哥啊,我大爹说,王莽死了,他就束发修胡须。我说啊,我大爹啥时候束发修胡须,我啥时候改口喊他二哥。"

刘黄插话道:"次元啥都好,就是一根筋,扛着扁担就不知道换肩。"

伯姬把刘秀按坐到座位问:"哥哥你说呀,我大爹临走给我留下什么话没有?"

刘秀学了伯姬的说话语气道:"妹妹你听呀,你大爹说了,什么时候王莽死了,什么时候让她改口喊我二哥吧。"

伯姬生气道:"这句话不是人话,王莽活到一百岁,我不等成白发老闺女了?"

阴丽华过来开伯姬的玩笑道:"伯姬别怕,你哥哥属下有好几个年轻的副将,你明天就挑一个做咱的妹夫。"

伯姬心下一急,哇一声大哭起来:"那不行那不行,我大爹睡过我了,这辈子再也不嫁别人……"

刘秀闻言大惊失色,拉着刘黄到一边小声问:"大姊,李通不是伪君子,他能把伯姬咋了?"

刘黄扑哧一笑小声道:"我仔细问过伯姬,还是她女扮男装在老李庄避难的时候,天天和李通在一个床上通腿睡觉。我给伯姬说过那不算男女在一起睡觉,又没法给她说清夫妻间的事儿。"

刘秀听了也笑:"李通和伯姬,倒像是月下老人安排的一段奇异姻缘。俗语云,好姻缘棒打不散,他们会有洞房花烛那一天的。"

第十六章
取父城英主得冯异　设奸计宵小谋伯升

更始皇帝在南阳城有了金銮殿,加之昆阳大捷的声威传遍海内,更始朝的影响大振。许多拥兵自立的将军使用更始皇帝的年号,与更始朝遥相呼应。但那些遥相呼应的将军们只是一种表态,因相互居地分散遥远,与更始皇帝是远水不解近渴。当时更始朝的实际地盘只有宛县、舞阳、昆阳、湖阳、棘阳、定陵、新野、唐子等县。为了夺取颍川郡剩余诸县,刘缜命刘秀率领七千人马西取父城、颍阳、阳翟等地。刘秀安顿好阴丽华、刘黄、伯姬等人,立即率兵西征。

王莽的颍川太守得知汉兵前来略地,特派颇通兵书的掾史冯异督促父城、颍阳、颍阴、阳翟、襄城五县抵御汉兵。郡署掾史,其职掌不过是协助太守处理署衙琐事。按常例郡守之下是郡丞,郡丞属下掾史,少则三人,多则五人。强兵压境,颍川太守派小小掾史督兵五县,可见冯异能耐大过颍川郡郡丞。

冯异字公孙,颍川郡父城县人。自幼喜读书,好运筹。精《孙子兵法》,通《左氏春秋》。其年二十六七,细眼长眉,满额高鼻,白面圆颌,薄唇修须。行动现三分儒雅,说话藏七分玄机。领太守之命,冯异立即坐镇父母之邦父城,与县令苗萌首拒前来攻城的刘秀大军。因冯异一到父城,便打开兵器库,组织全城青壮年持械守城。加之父城城墙坚固,城上矢石如雨,刘秀攻打父城两天不下,便退兵三舍屯兵巾车乡。冯异久闻刘秀英名,昆阳大战以九千兵破王师四十二万,更让冯异对刘秀不敢小觑。他知道刘秀初次攻城只是试探,屯兵巾车乡是猛虎捕食前的潜伏,激烈的攻城即将开始。为保证父母之邦不被攻克,冯异只身一人微服前往颍川请求援兵。事有凑巧也有不凑巧,冯异在潜行颍川途中,被邓晨远途派出的探马拿住。邓晨审问冯异来历,冯异神态安详闭目不语。邓晨知其不是寻常人等,立即将其押解到刘秀的中军帐。

刘秀的主动撤兵父城,正是欲擒故纵的计谋。父城守将冯异、县令苗萌若请求援兵,不能拆东墙补西墙般从附近调取县兵。各县县兵有限,即便调取二三百人,也杯水车薪之举。若父城求援的援兵,必是颍川郡所派。刘秀屯兵巾车乡,就是准备在颍川援兵到达父城左近时,使用精锐骑兵将其消灭。此举可使父城城内军民信心受挫,逼其举城投降。邓晨送来一个出城求救的信使,刘秀当然亲

第十六章　取父城英主得冯异　设奸计宵小谋伯升

自审讯。

冯异被带至刘秀的中军帐，看了一眼爨足几案后坐姿挺拔面带微笑的青年将军，便知他是创造了昆阳大捷的刘秀，目光里投去一丝钦佩后，仍然做出神态安详闭目不语的姿态。

刘秀一见父城求救信使年龄相貌和神情姿态，便猜测他可能就是颍川太守器重的掾史冯异，于是有意讥讽道："足下力挽狂澜处惊不变的神态的确难得，不知足下得知自己马上就要人头落地，还能保持这副安详不语姿态么？"

冯异心下一惊，但很快镇静下来道："刘将军是那种滥杀无辜的将军么？"

刘秀笑道："我汉兵攻打父城两天，死伤数百人。足下来自父城城内，微服前往颍川求援，你冯异是无辜的人么？"

冯异一见自己的行藏被刘秀猜出，暗叹一口气道："人生艰难唯一死，惜不死在建功时。刘将军要杀便杀，何须戏弄讥讽？"

刘秀哈哈一笑道："古人曰，丈夫不言死，唯求死其所。古人赵壹《鲁生歌》歌中曰，'被褐怀金玉，兰蕙化为刍'。公孙先生不可惜怀中的《孙子兵法》《左氏春秋》，也该念及父母之邦的黎民百姓。即便不顾惜城内黎民百姓，也不该让城内高堂慈母白发人哭黑发人吧？"

冯异从刘秀一番话语中看出了刘秀虚怀若谷的胸襟，加之他委婉提及城内的慈母，劝他投降却不言"降"字。心下生出一阵感慨，便不卑不亢道："刘将军一番引经据典，使我冯公孙茅塞顿开。若刘将军允我去城内见我慈母一面，三日内父城、颍阳、颍阴、阳翟、襄城五县，必为刘将军所有。"

刘秀心里大喜，谦恭有加下位对冯异拱手施礼道："得公孙先生襄助大业，胜得五城多矣。愿先生速去城内安顿好高堂慈母，好让你我日后朝夕谈论《孙子兵法》《左氏春秋》。嗯，刘猛将军何在？"

已升为副将的刘猛进帐道："请主将吩咐。"

刘秀道："速给公孙先生备匹好马，礼送先生回父城。"

刘猛应诺便出帐备马。

冯异被刘秀谦恭得体的安排感动，含泪说声"告辞"便出了刘秀的中军帐。

一旁侍立的邓晨不解，问刘秀道："主帅断定冯异会举城投降么？"

刘秀低声带着神秘对邓晨道："二姐夫现在问我，我也不敢断定。三日后冯异迎接我们进父城之后，我就能给二姐夫断定了。"

邓晨把刘秀给自己的体己话想明白后，望着有些可爱的小舅子，咧开大嘴无声地笑了。

且说冯异回到父城之后,并没有立即去见母亲冯氏,而是将县令苗萌请到密室问道:"苗县令,我父城虽然易守难攻,然能与四十二万王师相比么?"

苗萌虽不是父城人,但是妻儿老小均在父城城内。以他的本意,早想大开城门迎接刘秀了。只因太守派冯异坐镇守城,才鼓足了精气神抵抗刘秀。他见冯异空手回城说出这般话语,就知冯异也有了投降刘秀之心。于是当即表态道:"冯掾史坐镇父城,我苗萌当然唯冯掾史马头是瞻。"

冯异道:"久闻刘秀大名,真如雷霆贯耳。一见文叔其面,我佩服得五体投地。路过其军营,但见旌旗整齐,将士肃穆。乱世豪杰四起,唯刘秀所部不掠不抢。王莽的四十二万王师在昆阳灰飞烟灭,新朝的气数就尽了。与其给昏君陪葬,不如改弦更张,跟着刘秀匡扶汉室,你我也算有了归所。"

苗萌领首道:"掾史既如此说,何不传檄颍阳、颍阴、阳翟、襄城一起在城头插上汉旗,送给刘将军一份大礼。"

冯异大喜道:"我公孙志同道合者,唯苗县令也……"

三日之后,父城大开城门迎接刘秀率领众将入城。

五日之后,颍阳、颍阴、阳翟、襄城先后在城头插上汉兵旌旗。

刘秀兵出颍川,很快轻取五城的捷报传到南阳城,让更始皇帝和他的几个驾前重臣内心起了复杂反应。刘玄进到南阳城后,找到了些许当皇帝的感觉,很快地陶醉在"奉天承运皇帝诏曰"的假象之中。刘秀在昆阳大捷之后再立大功,让刘玄面对刘氏兄弟时多了一分忐忑。刘氏兄弟棘阳大捷、昆阳大捷,然后是兵不血刃克服南阳。刘秀接着又是兵不血刃克服颍川郡五县。刘縯、刘秀的军功越大,刘玄越觉得自己称孤道寡显得滑稽可笑。王凤、朱鲔、张卬、李轶等人则因刘縯、刘秀的英名如日行中天,各自心中的妒火也无法自熄。刘秀地位远在他们几人之下,可以从长计议,但除掉刘縯已成他们不可拖延的当务之急。几经聚首谋划和更始皇帝首肯,他们制定了一个激水逼鱼跳的妙计。

刘縯的心腹猛将刘稷,作战勇猛脾气火爆。肚子里有了不满,立即直冲出口。刘玄渭水登基那天,刘稷就当众大怒道:"刘氏舂陵起兵,全是柱天都部和文叔树起大旗。刘玄乃一贪生怕死之徒,当初没砍他的脑袋已是他的万幸。今日登基妄称尊号,是在真豪杰头上拉尿呢。"当初刘稷说这话时,刘玄并未亲耳听到。李轶原是刘縯的部将,因新近和更始皇帝更加君臣一体,便把当初刘玄没听到的话,一字不漏奏达圣听。越是懦弱者,越是不喜别人揭他身上的癞疤,听司隶校尉李轶几句奏报,更始皇帝龙颜显现怒色问:"以爱卿之意,朕当如何处

第十六章　取父城英主得冯异　设奸计宵小谋伯升

置刘稷？"

李轶笑道："刘稷的大铡刀厉害，作战勇冠三军，棘阳大战立下大功。皇上可据此赐他一个将军封号。"

更始皇帝不解道："朕还赐他将军封号？"

李轶道："对，乘刘縯不在朝堂时，赐刘稷一个将军封号……"

王凤、朱鲔、张卬、李轶等人暗中算计刘縯之际，李通已经看出刘秀轻取五城，将加快那几个权臣排斥陷害刘縯的步伐。借刘縯会见王常的机会，李通寻机私下对刘縯道："柱天都部性情豪爽、忠直心肠，您不暗算他人，可是得时时提防他人暗算啊。"

刘縯笑问："柱国将军可明言，是哪些人要暗算伯升呢？"

李通对刘縯的问话有些哭笑不得，当下委婉劝道："那些人无论哪个和您单挑，都不值一提。可是那些人沆瀣一气，利用更始皇帝的君命，就能铤而走险，冒天下之大不韪暗下毒手……"

刘縯不容李通说完便道："次元喜作壁上观，才有此杞人之忧。皇上的懦弱生性，伯升最清楚不过。谢谢次元提醒，倘有闲暇，可为我更始朝攻取洛阳献策一二。"

李通见劝不醒刘縯，也只得给王常进言，让他时时暗中保护刘縯。

王凤、张卬、朱鲔、李轶等人瞅准刘縯不在朝堂之际，朝堂两厢设下亲信伏兵，撺掇刘玄宣刘稷进正阳殿听封。古代有率兵征伐之权的带兵的将军，才有可能得天子赐号。有了天子赐号，出行便可多一面表明身份荣耀的牙旗。刘稷虽然瞧不起刘玄，但是听说要给自己一个将军封号，当然欣然进殿。

刘玄见刘稷趋进跪在御座前，便示意一旁的太监尤莫宣读圣旨。

尤莫是前朝流落民间的一个老太监，虽然是重操旧业，还是很卖力地伸长筋多肉少的细脖子宣旨道："奉天承运皇帝诏曰，柱天都部麾下副将刘稷，勇冠三军，功在竹帛。特赐'抗威将军'之号，彰显其英武大节。钦此！"

按照规矩，老太监带有细长颤音的"钦此"之后，刘稷紧接着叩首山呼"臣刘稷谢主隆恩，吾皇万岁万岁万万岁"。不料刘稷第一次听到尤莫这种不男不女尖细嗓音很是反胃，继而听见给自己赐号是"抗威"二字，心里又生极大反感。他正在考虑要不要"谢主隆恩"时，一厢站立的朱鲔、李轶呵斥道："抗威将军，敢不叩谢天恩么！"

被刘稷视为首鼠两端的朱鲔、李轶的呵斥,不啻再给他当头一棒,当下火冒三丈起身亢声道:"皇帝赐号便赐号,如何以'抗威'二字侮辱。谁稀罕抗威将军谁谢恩,恕不奉诏!"

刘稷说完便欲出殿,刘玄在王凤等人的目光鼓励下,提气大喝一声:"刘稷抗旨,罪在不赦,速速推出殿外问斩!"

王凤等的就是刘玄这句诏令,不等刘玄诏令说完,便狠狠一挥手,两厢冲出七八个武士,从背后拿住刘稷,一阵绳捆索绑,一代猛将便成了动弹不得的阶下囚。

"刘玄、王凤、张印、朱鲔,你们杀了老子,自己的死期也不远了。王八蛋们死后小心着,老子在奈何桥那边专等,等着生啖尔肉……"

刘稷一路大骂着被推出正阳殿,出了正阳殿武士们并没有立即砍掉刘稷的脑袋,而是放任他继续破口大骂。

正阳殿内的君臣们听着殿外传来的大骂声,都相互看了一眼会心地笑了。刘稷的破口大骂,正是他们想要的结果。池塘里的水被激起浊浪,大鱼才能被呛昏。

柱天都部、大司徒刘縯,很快知道了刘稷被推出正阳殿即将斩首的消息。他闻讯大吃一惊,立即骑上快马飞驰正阳殿。到了大殿不及通禀奉诏,便快步趋入立刘玄面前质问道:"请问皇上,刘稷犯了何罪?"

在此次给刘縯下死套之前,刘玄在王凤等人唆使逼迫下,也曾效项羽给刘邦设鸿门宴。根据事先谋划,席间刘玄以借看刘縯腰间的佩剑为名,然后掷剑为号,伏兵齐出杀死刘縯。因为刘玄顾虑席间没有些许杀死刘縯的理由,刘玄当时将剑鉴赏一番,又还给了刘縯。事后经过王凤、张印等人埋怨威逼,刘玄才壮胆再起杀心。春陵村刘縯几次要杀自己的情景历历在目,也让刘玄在激愤中油然生出天子威严道:"刘稷方才抗命犯上,咆哮朝堂,朕不得不杀一儆百,端正朝纲!"

刘縯道:"庄子曰,'名者,实之宾也'。天子尊严,靠端正朝纲而立,岂能靠杀戮臣子而得?"

刘玄道:"柱天都部在春陵村起事之初,不是也要借朕的脑袋严肃军纪、树立柱天都部的威严么?"

刘縯见刘玄竟然要公报私仇,便不再和他理论,直接提出自己的要求道:"复兴汉室未半,不可自毁长城,请皇上立赦刘稷无罪!"

李轶唯恐刘玄又被刘縯镇住,当下激怒刘縯道:"柱天都部,莫非你也要抗命犯上?"

刘縯看到昔日在自己身边摇尾乞怜的李轶出言不逊,气得下意识将腰间宝剑抽出三寸,瞪着眼睛对李轶大声道:"我非抗命犯上,你要落井下石么?"

李轶身旁的朱鲔不失时机说道:"刘縯抽剑弑君,皇上还不下旨拿下?"

机不可失失不再来,站在刘玄身后的王凤、张卬一左一右暗地牵拉刘玄的龙袍,刘玄得两个重臣牵拉袍襟胆气上冲,当下一拍龙案道:"刘縯意欲弑君,立斩无赦!"

刘玄一个"斩"出口,两厢冲出十几个武士一拥上前,不用绳捆索绑,人多势众拧胳膊抓腿脚将刘縯迅速横着抬出正阳殿。

俗话说,明枪易躲暗箭难防。背后对刘縯射暗箭的箭手们没容刘縯大呼三声"伯升冤枉",迫不及待命刽子手挥刀砍下了刘縯的头颅。被当做诱饵的刘稷,也紧跟着刘縯人头落地。一代豪杰并一代猛将,在奸佞宵小面前,竟然显得如此不堪一击。身居高位手握重兵的刘縯死于非命,成了暗箭神手们下一个箭靶的刘秀,立刻陷入岌岌可危的境地。

第十七章
哭苍天君臣作态　舐金砖殿宇颓倾

　　地皇四年五月中旬(23)，王邑在帅部扈从护卫下，一路逃跑一路收集败兵。待回到京城长安，王邑将收集的五万余残兵驻扎在京郊，诚惶诚恐地叩阙缴旨。从昆阳到长安，王邑在路上费时十六天。说王邑费时十六天才逃回长安太刻薄，王邑路途十六天时间，主要用于等待收容散兵，次要时间用于集中帅部幕僚智慧，给自己昆阳兵败找出了非人力可以避免理由。

　　王莽自钦命王邑、王寻率百万大军征讨刘縯、刘秀，满以为王邑、王寻此去是坛子里捉鳖稳操胜券，不料想其结果是王寻战死沙场，王邑只带回五万残兵回到京城。待听完王邑奏报四十二万王师天兵，确确实实败给刘秀的一万多汉兵时，王莽虚汗如雨圣心惨然道："大司空啊，难道天不佑朕么？古往今来，可有此等荒唐的败绩么？"

　　王邑先前循常规是躬身奏报，见皇上圣心惨然语带悲音，便跪下叩首道："皇上忧戚，臣子五内俱焚。皇帝君权神授，岂有上天不佑皇上之理？皆因刘縯、刘秀为了扰乱天帝视听，昆阳大战之前特地请来了昆仑山的神仙，以他刘氏兄弟是汉室正统上达天帝圣听，得到了天帝一时垂怜。五月初二日未时，臣在昆阳城外滍川河即将擒住刘秀之际，突然天帝震怒，顷刻晴空霹雳。霎时昼如暗夜，骤起狂风暴雨。霹雳殛死所向无敌的巨毋氏，反令大象猛兽四下生啖王师将兵。暴雨洪水将我四十二万王师大部冲入滍川河，一眨眼尸骨无寻……"

　　王邑奏报到此处，联想到昆阳大战兵败如山倒、滍川河被自己的将士尸身阻塞的情景，加上自己真情愧疚和有意渲染，一时声泪俱下匍匐在王莽御座前嚎啕大哭。

　　王莽对王邑的嚎啕大哭生了疑虑，待王邑开始哽咽时问道："汉室倾颓，新朝代汉，天帝曾连年降下符命。朕得天帝垂爱，登基时已将朕心上告天帝圣聪。如何下界昆仑山神仙一面之词，能蛊惑天帝圣心呢？"

　　王邑以额触地三下从容奏道："皇帝圣心，明察秋毫。微臣系皇家嫡亲，皇帝驾前重臣，岂敢有丝毫欺君之心？大司徒王寻何时在滍川河北岸布下何阵？何日何时几刻几分？率领那些将领身先士卒，以二万五千精锐步骑与刘秀九千援

第十七章　哭苍天君臣作态　舔金砖殿宇颓倾

兵接战？他的主簿施哲都有《军阵日录》记载。至于王寻与刘秀交战时刻的天象，可以从颍川郡《天象旬录》查得。微臣若有半点欺君，皇上立斩微臣谢罪天下。"

王邑从容不迫的奏对，让王莽心中疑虑稍逝。他命王邑回家待旨，立即让太监传来太史令钟铂送来豫州颍川郡的《天象旬录》，他要圣躬亲临，查阅五月初二日豫州颍川郡昆阳县的天象。

《易经》曰："天垂象，圣人则之。庖牺氏之王天下，仰者观象于天，俯者观法于地。"庖牺氏是史前传说中的帝王，在考古学上属于新石器时代的初始阶段。包牺氏殁，神农继。神农帝之后，才是黄帝、炎帝的时代。"庖牺氏之王天下"虽有传说成分，但是上古时代，已有专门观察天象认识自然的官职。有据可查，西周观察天象认识自然的官署叫"钦天监"，秦汉之后，多以太史令兼管钦天监。王莽时代，朝纲紊乱，唯各州郡的官员忠于职守，每旬按时往京城钦天监呈送《天象旬录》一丝不苟。因了他们的终于职守，王莽在颍川郡近呈钦天监的《豫州颍川郡地皇四年五月上旬天象录》中看到如下记载：

初一，晴，无云，星宿正。
初二，昆阳，未时，会震雷大风，飞屋瓦，雨如注水……
初三，晴，少云，星宿正。

王莽再去看与昆阳邻近的定陵、舞阳等县的天象，那三日或是晴天到多云，或是多云到晴天。王邑此去南阳郡征讨刘縯、刘秀，足迹既没到南阳郡治，也没到颍川郡郡治颍川城。《豫州颍川郡地黄四年五月上旬天象录》的记载，可以铁证大司空王邑的奏报没有丝毫欺君之心。证实了大臣的忠心，王莽因天帝的天恩眷顾了刘秀，圣心委屈到极点。想到雍州的反贼崔怀义，新近强加给自己十余条罪名并传檄各郡国，王莽一时悲从中来，伏在御案上哽咽抽泣。

太史令钟铂年逾六十，第一次遇到皇帝悲戚得哽哽咽咽。六十多年的大米饭没有白吃，钟铂迅速想得"否极泰来"的说辞，意欲上前聊慰圣心略显忠诚。不料此时皇帝的伏案哽咽抽泣变成放声大哭，钟铂不知皇帝因何伤心到极点，吓得急忙逃开，请皇上的近臣哀章速来劝慰皇上。

皇帝圣泪不轻弹，只因未到委屈时。王莽伏案哭委屈，天大委屈有谁知？江山社稷，系于一身。每况愈下，伤神忧心。地皇四年（23）六月初，新朝皇帝王莽有哭的理由，也有哭的时机。就在王邑奏报昆阳败绩的前几天和当天，王莽收到并御览各州郡反叛奏疏如下：

其一，雍州反贼崔怀义，起兵响应更始伪帝，杀死雍州州牧；

其二，导江郡卒正公孙述，起兵成都，扬言推翻新朝；

其三，踵武侯刘望，起兵汝南，在豫州别立门户妄称汉帝；

其四，更始伪帝刘玄，派上公王凤攻略洛阳，降虏将军申屠建攻略武关。若武关有失，长安的门户将豁然洞开；

其五，赤眉先锋渠帅樊崇十数万赤眉大军一路抢掠，一路招兵买马觊觎长安……

哀章在竭力减轻皇帝案牍劳累的前提下，还推荐了其他十余处必须皇上亲自御览的奏疏。王莽恼恨这些奏疏的内容和措辞千篇一律，早没了耐心一一御览。公允地说，不是王莽不勤勉国事，而是巧妇难为无米之炊。那些州郡的州牧郡守，太平岁月作威作福。一遇治下刁民反叛，都是惊慌失措地要朝廷派兵镇压。天帝在昆阳外助刘秀将新朝精锐损失殆尽，王莽不仅无兵可派往各地征讨那些可恶可恨的反贼，也无劲旅用来抵御赤眉对京城长安的觊觎进攻。

哀章本来已随前将军王盛镇守大都洛阳，因哀章知道卖饼儿王盛的底细，便找了个"思君不已，寝食俱废"的理由回到王莽身边。王莽、哀章短暂一分一聚，君臣关系更加如胶似漆。哀章得太史令钟铂禀报，立即赶来劝慰圣心。多亏哀章一番慰劝，王莽拭泪提气，精神大振。立即让哀章传旨，召集在京大臣参加"御前朝议"，共商御敌平叛大计。

王莽登基之初，依照上天降下的金匮策书，诏拜了十一个辅佐重臣。十一辅佐重臣分三类：第一类，王舜、平晏、刘歆、哀章是天子驾前近臣；第二类，甄邯、王寻、王邑是手握大权的三公；第三类，是专职征讨的四大将军。第一类驾前重臣中，病逝的病逝，赐死的赐死，还剩哀章健在事君；第二类三公中，甄邯病死、王寻战死，剩个大司空王邑；第三类四将军中，也只剩立国将军孙建、前将军王盛驻节州郡。算来算去，能参加御前朝议的只有哀章和王邑了。不得已，王莽诏命王邑为大司马，哀章加大司徒、崔发为大司空、苗䜣为国师。凑齐四大重臣，王莽在王路堂偏殿召开九卿以上大臣参加的御前朝议。当皇上说出昆阳大战王师惨败原委和天下纷攘大势，新任四大臣竟然面面相觑，久久不发一言。

第一次参加御前朝议的钟铂很不满意四大臣的怂样，挺了挺前倾的瘦胸脯，老态龙钟的形象立马改观。他接着下沉丹田，上提中气奏道："臣披阅三坟五典八索九丘，得知《周礼》、《春秋左传》，皆论及国遇大灾大劫，君臣大哭以厌灾星

第十七章　哭苍天君臣作态　舔金砖殿宇颓倾

退避。亦可借哀恸感天地驱鬼神，故而《周易》也有'号咷达天'之谓。方今天帝误怜刘汉损我将士，兵燹将及京都，正宜君臣号咷告天，佑我新朝否极泰来国光异彩。"

王莽听了钟铂一番奏禀，期期艾艾疑疑惑惑问哀章道："哀……爱卿，太史令……所奏，前世可有灵……验事体？"

哀章虽然奸诈，也不全信钟铂的'号咷达天'之说，但国运糟糕若此，皇帝六神无主急需一根救命主心骨，于是慎重奏道："回皇上话，论及前世的灵验事体，微臣倒记起周敬王十四年，吴国大将伍子胥率兵为父兄报仇，攻破楚国郢都。楚昭王君臣避难随国。楚国大夫申包胥想起楚昭王的母亲是秦哀公的女儿，便到秦国请秦哀公看在外孙子有难，借兵给楚昭王赶走伍子胥。秦哀公不愿和吴国结怨，就不想借兵给楚昭王。申包胥万般无奈忠君至诚，就抱着秦哀公朝堂上一根水桶粗的庭柱哀哀泣哭。第一天，秦国的君臣嘲笑申包胥的哭泣，第二天，秦国君臣不理睬申包胥的哭泣。申包胥不因秦国君臣无动于衷停止哭泣。他哭得声情并茂嗓音嘶哑眼泪带血，一连哭了七天七夜，终于感动秦哀公派兵赶走了伍子胥的大军，将楚昭王迎回郢都……"

王莽听哀章说出申包胥哭秦庭的典故，龙心大悦道："爱卿奏对，甚慰朕心。摆驾摆驾，朕立即和众爱卿去至南郊'号咷达天'去也。"

长安南郊，原本筑有祭天坛。王莽君臣驾临祭天坛，当然有一番应时应景地雅乐细细，青烟袅袅。仪程肃肃，旗幡飘飘。太常卿有关祭天告神开场白一毕，王莽在文武百官注目下，正冠弹尘，展臂平伸，龙行虎步趋至高坛。先两膝跪地，后双手并掌前举，接着三拜九叩，直起上半身仰面朗声祷天曰："昊天不孝男莽，仰承天父眷爱，连年赐下君权符命、金匮策书。不孝男得以顺天应命，承继大统。十数年来，不孝男莽朝乾夕惕，居危思安。废寝忘食，日理万机。呕心沥血，劳于蒸民。报上天垂怜，布下泽皇恩。观新朝气象，如朝日东升。惜宵小不绝，俱饱暖思淫。恨刘汉余孽，扰盛世太平。更有借昆仑上仙传言，混淆天父视听。不孝男莽叩请天父，责罚不孝男莽之过，佑新朝蒸民万福。殄刘汉余孽一时，延新朝气数万年。赤诚达天，惶恐不言。哀哀告天，天父垂怜……"

王莽不及诉尽心曲，心似泡醋，泪如水注，号咷得恶人从善鹰不抓兔。皇上如此虔诚号咷，自王邑、哀章、崔发、苗䜣四大臣以下文武百官，一起放声号咷起来。若细辩哭声，似乎崔发、苗䜣二大臣很像无泪干嚎。不过，些许不虔诚，被众多很虔诚所淹没。学富五车的文臣抑扬顿挫，号咷中颂一篇虔诚告天词；胸有韬略的武将捶胸跌足，号咷中恨不疆场捐躯时。

第二日，因国事牵累，王莽及文武百官没有效申包胥连哭七天七夜。经哀章建言，皇帝钦命太常卿告示黎民百姓，踊跃参与南郊"号咷达天"。凡能自朝至晚坚持在祭天坛"号咷达天"者，朝廷一律提供一日三餐。为了吸引读过诗书者参与其中，王莽还专门将两个出众的布衣"号咷"者树为样板，钦命二人荣任礼部朝仪郎。此举一出，每天前往南郊祭天坛"号咷达天"者少则数千人，多则近万。其时刘縯还没被王凤、张卬等人害死，王莽还传令各州郡，绘制刘玄、刘縯、刘秀三人画像，令军士每天以箭射之。此诏令下达不久，南阳传来刘縯被刘玄斩首的消息，王莽为此大宴群臣庆贺"巫蛊"刘縯成功。

面对叛军进犯长安日益紧迫的局面，王莽听从新任大司马王邑的奏请，从王邑昔日帅部长史、司马、郎中等扈从中百里挑一优中选优，挑选出了九个带兵将军。王莽、王邑都对神兽军中的猛虎绾系情结，将此九人称为"九虎"。为防后人遗忘此九虎，据史书将其姓名虎号罗列如下：

天虎将军史熊；地虎将军江马；
云虎将军王睦；雷虎将军郭钦；
龙虎将军陈翚；飞虎将军成重；
山虎将军平贵；川虎将军甘阆；
路虎将军乔端。

王莽御览了王邑与哀章拟定的九虎名号，龙心大悦，即刻下诏照准。照准之后，王莽便想到新朝的江山社稷生死存亡，全凭此九虎最后一搏。于是，王莽圣意已决，要在九虎出征之前，用重金赏赐九虎。重赏之前，王莽摆驾国朝帑库察看库金，以决定对九虎的赏赐多寡。接近帑库密库之前，王莽屏退哀章、李茂以下侍从。从腰间解下三把金钥匙，打开三挂大铜锁，只身进入里库，亲自点视国朝存余金柜。一番点视，计有大金柜八十尊，每柜黄金十六万两，总计一千二百八十万两。折合十六两制市斤，得一百一十一万六千二百五十斤。金柜内的每块黄金重十斤，王莽双手捧起一块沉甸甸黄灿灿的大金砖，贴紧双唇专注专情地连吻了十大块。王莽欲罢手不吻，沉甸甸黄灿灿的大金砖突然变成了小狐仙原碧和新皇后史悦君的桃腮樱唇，情不自禁又拿起一块块大金砖亲吻起来。王莽费力费时许久，才亲吻了一柜，已觉有些两唇麻木精力不济。王莽苦笑一下，机敏地变深情亲吻为快速地直白舔舐。为加快速度，王莽对每个金块只舔舐一下。他一气简捷舔舐两柜金砖，觉得舌头发麻发胀。舌头越来越发麻发胀，导致舐金

第十七章 哭苍天君臣作态 舔金砖殿宇颓倾

砖的无趣无味。实在舔不下去了，王莽才恋恋不舍从一排排金柜上收回目光，接着慢慢退出金库，取出三把金钥匙，锁好三挂大铜锁。

王莽久留秘密金库一个半时辰，没有传出一点点响动，让王邑、哀章等臣子们等得既焦急又疑惑，待看见皇上神色怪异、两唇间外露着有些肿胀的金黄舌头出来，心里都有些明白皇上在秘密金库干了什么。太史令钟铂猜测到皇上在金库密室的圣意圣躬，很想问问皇上此举要不要记录于国史。看看皇上一脸倦色和不便圣谕的外露龙舌，很知趣咽回了自己的问话。

第二天，王莽的龙舌稍稍恢复，便给哀章下了一道圣谕："立即赐九虎将军每人五千钱（约折合黄金二十五两），各个虎将军出征前，要将自己的妻子儿女送入皇宫，以保九虎将军全身心上阵杀贼。"

王莽的圣谕一下，九虎将军虽有怨言，也只得遵旨将妻子儿女交给皇上代为照管，带着区区五千钱各帅八千人马出京城四面迎敌。九虎将军临危受命，加之妻子儿女被留作人质，个个都能身先士卒报效皇上。无奈新朝大势已去，不到一月九虎战死二虎，逃逸四虎。在金殿遭到皇上痛斥后羞愧自戕二虎，只剩云虎将军王睦带着数百残兵败回京城。

新朝地皇四年十月初一日，王莽皇宫四周的情形就好像俗语所说：鼓破乱人捶，墙倒众汉推。攻入京城的乱兵有更始皇帝的五万汉兵，还有京畿八县阵前倒戈的伪汉兵三万人。除此之外，还有皇城地面数千地痞二混纠结成队，四处趁火打劫。凡是自己无力打开的官宦大门和皇宫朱门，他们主动引领大队汉兵破门抢劫。抢劫财宝不能如意者，往往一把大火焚烧泄愤。王莽爱女黄皇室主所居承明宫因此一霎时变成一片火海，门闩见逃命无路，抱起指着大火嘿嘿傻笑的黄皇室主，双双跃入大火，一对非凤非凰青年男女立时涅槃为袅袅青烟。

王莽皇帝多日无暇招幸后妃，和王邑、哀章、崔发、苗䜣一起舍命固守皇宫。无奈兵到用处方恨少，情急之下命宁国公、宁始将军史谌仗节前去各个监狱释放牢囚，当场许以高官厚禄，散发兵器旌旗，立时得生力军五千余人。史谌让兵士们饱餐一顿，率领囚犯们打开驻春宫两扇宫门出宫杀敌。叵耐五千牢囚恶心难改，刚出宫门便一哄而散跑了个干净利落，只剩宁始将军史谌单枪匹马站在大街上。

史谌好一阵无奈无聊无所事事，只得悻悻勒马退回内宫。

板荡识忠臣，烈火验真金。大司马王邑面临危难大节不屈，把乱兵攻打皇宫的惨象，归咎于自己在小小昆阳城外断送四十万王师。他率领可以率领的御林军，隔着皇宫高墙，和攻打皇宫的汉兵做困兽犹斗。云虎将军王睦带着数百残兵从宣平城门退入皇宫，找到王邑哭拜于地道："父亲，新朝气数已尽，神仙难以挽回,急流勇退,方为明智抉择啊。"

王睦本来官任侍中,王邑在挑选九虎将军时,出于尽忠皇上的考量,临时将儿子王睦加塞儿为云虎将军。此时的王邑衣甲不整,须发杂乱,手挂一杆大刀,颇有老当益壮的英雄气概。他听了王睦一番话语,气得面皮发紫喝道:"孽子,你我父子世代蒙受皇恩,新朝气数已尽,汝还想惜命贪生么?"

王睦叩头再曰:"父亲明鉴,皇后正位礼毕,皇上追加赏赐国丈史谌黄金三万斤。九虎率兵出征,每位将军得皇上劳军赏赐不及二十五两黄金。翌日汉兵攻破皇宫,皇上秘藏的千万两黄金,还能继续秘藏否?"

王睦这话,就把九虎很快烟消云散归咎于皇上的吝啬赏赐,也有怼怨皇上之心。此时皇上和崔发、苗䜣存身的渐台那边传来纷攘的人声和兵器撞击声。王邑痛心疾首片刻,上前狠踢王睦一脚骂道:"畜生不得多言。皇上那边势危,救驾要紧。汝跟在为父身后,等着替汝父收尸便了。"王邑说完,挺举着大刀对一干扈从兵士大喝一声"随我来",十分英勇转身往渐台冲去。王睦的孝心大于忠心,挥袖揩去委屈的泪水,也呼喝自己的残兵前往渐台救驾。

皇宫渐台,原是王路堂左近一处御用消暑纳凉之所,三面环水,围绕几峰假山伴水轩。最高最大一处假山上,有万岁春秋亭。亭上有纯银匾额,上有真金小篆"渐台"二字。揣摩"渐台"二字,大约是"渐入仙台"之义。

自从皇宫被围,王莽撤除渐台通往王路堂的叠桥,带着哀章、崔发、苗䜣以下未能躲避他处的文武官员,日夜拒守于此。当数百汉兵攻入渐台,隔水朝假山水轩射箭的危急时刻,王邑父子率兵赶到,一阵激烈厮杀,杀退了数百汉兵。没容王邑隔水叩拜王莽,更多汉兵汹涌而进。

原来,退去的汉兵发现王莽就在这里,立即召来大批汉兵。进来的千余汉兵中的步卒张弓一阵箭雨,身先士卒的王邑、王睦最先中箭,眨眼之间父子二人变成"刺猬"为国捐躯。汉兵中的骑兵则在步卒的射箭掩护下,涉水冲向水轩假山。此时的哀章、李茂换掉朝服意欲逃逸,被愤怒的崔发、苗䜣一人一剑,结果了他二人性命。崔发、苗䜣泄了举国公愤,当着王莽的面一起横剑抹了脖子。四大臣一死,其余的文臣武将,跳水的跳水,上吊的上吊。晚去万岁春秋亭者,已经找不着地儿挂上吊绳。不跳水、不上吊者,则目光呆滞地看着汉兵的骑兵们舍马登上渐台。

此时的王莽,眼无视汉兵迫近,耳不闻臣子们哭声。兀自从容不迫神色不变,沉着且淡定地选择了一块空地盘腿打坐。只见他怀抱传国玉玺,口中念念有词。内心希冀自己虔诚的祷告,能感动天父让天子旱地拔葱直飞天宫。天子的天真终究没感动天父。以马为舟的汉兵上了渐台,看见皇帝装束的王莽一拥而上,抢

第十七章 哭苍天君臣作态 舔金砖殿宇颓倾

夺传国玉玺和蟒袍皇冠。一个至高无上冠冕堂皇的皇帝，刹那间变成一个半裸的肥胖老汉。一个名叫杜吴的商民混杂汉兵中，想起自己因违规使用五铢钱被入狱三年，乘乱一剑刺入王莽多毛的当胸。另一个机灵的汉兵为得军功，很劲儿一刀枭了王莽的头颅。据史书记载，王莽死后暴尸街头很久，被甄寻大不敬一案冤死的刘芬、刘泳、丁隆、王奇等三十余人的亲属，争着去王莽的胖大肥厚的肚皮上插捻点天灯。史书还记述有人割去王莽的舌头刮金，刮金不得者便将其愤而食之。不过，此类有关原始泄愤的虐尸记载，还是视做地藏文献永不翻阅为好。

王莽以外戚身份机巧钻营，三十八岁任大司马，随即恣肆专权。五十一岁做居摄皇帝，五十四岁转正皇帝，六十八岁成断头皇帝。一十八年的皇帝梦，连带儿孙恶梦不断血迹不干，导致江山社稷纷攘难安。若说雁过留声人过留名，王莽除了留下一十八年的乖戾残暴，还被后世人树为伪君子的典范。唐代大诗人白居易七律《放言五首之三》诗曰：

　　赠君一法决狐疑，不用钻龟与祝蓍。
　　试玉要烧三日满，辨才须待七年期。
　　周公恐惧流言日，王莽谦恭未篡时。
　　向使当年身便死，一生真伪有谁知？

王莽壮年没死，老年暴死。生死两讫，真伪分明。昔日秦失其鹿，天下共逐之。王莽得鹿又失鹿，群雄逐鹿正当时。可惜可叹，最该参与逐鹿的大英雄刘秀，在王莽暴死前的几月里，正被人处心积虑排除到逐鹿赛场之外。

第十八章
刘秀赋闲赴淮源　李通托词拒伯姬

刘縯、刘稷在正阳殿外死于非命之后,王凤、张卬、朱鲔、李轶推测,取得父城等五县,刘秀麾下兵马可达到万余人。拥兵在外的刘秀要么树旗反叛,要么率军远遁他乡自立门户。无论刘秀怎样选择,都是王凤、张卬他们所希望的选择。只要刘秀有所举动,借更始皇帝之口下诏重金悬赏,取刘秀的性命,也只在早晚之间。王凤等人运筹谋划停当,自然一身轻松地设宴庆贺几番。

李通愧疚自己没能避免刘縯被害,在刘縯被害当天,给刘秀写去一封密信,请王常暗中派出一个心腹,星夜交给了刘秀。刘秀取得父城、颍阳、颍阴、阳翟、襄城,命人在城头更换上汉朝旗帜后,好言勉励原县令继续勤政厥职劬劳于民。五县庶务一毕,刘秀驻节父城,与冯异谈论《孙子兵法》《左氏春秋》终日不倦。及论及天下大势,冯异的真知灼见,深得刘秀赞赏。冯异庆幸遇到雄才大略之英主,刘秀窃喜得到怀金揣玉之俊才。李通的密信送到时,刘秀正与冯异在父城城楼上高谈阔论指点天下。扯开密信一看,刘秀如受五雷轰顶天旋地转,心内一阵狂涛巨澜却咬牙忍泪不言。冯异猜出信中的大蹊跷问:"刘将军,朝中出大事了?"

碍于不远处几个执戈兵士,刘秀轻轻点点头后心里依然是翻江倒海。李通在密信中嘱咐:得之兄殁将哀痛深埋心底,见信后立即抛开万余部卒,只身回朝谢罪并主动去号破虏将军。此后若无其事居家赋闲,日日咀嚼淯水岸边的八字赠言。事发突然,须臾撒手一万精锐回朝待罪,且自去"破虏将军"封号,刘秀一时难以作出决断。

冯异屏退几个执戈兵士对刘秀道:"刘将军若信得过末将请直言,有用着公孙之处,公孙愿为将军肝脑涂地。"

刘秀听着冯异滚烫的话语,感动地含泪道:"木秀于林,风必摧之。家兄柱天都部因功劳齐天,突遭朝中宵小陷害死于非命,真不知该如何应对眼前的卑鄙和险恶。"

冯异思忖片刻道:"俗语云,留得青山在,不怕没柴烧。古人云,柔能制刚,弱能胜强。欲越脚下大沟坎,须后退一步方过。以公孙愚见,将军莫若效刺猬蜷缩避敌,让欲加害将军的群犬无处下口。越过大坎,便是一往无前之坦途。"

第十八章　刘秀赋闲赴淮源　李通托词拒伯姬

刘秀将冯异话语和李通的密信一番揣摩，二人都是殊途同归的韬光养晦之计。他苦笑一下摘去红缨头盔去了铠甲，拱手对冯异道："公孙一言，使我茅塞顿开。文叔就此别过，你我当是后会有期。"

冯异见刘秀毅然步下城楼而去，让冯异身心冰凉，他扑通跪下哭喊一声："刘将军好走，你我后会有期，将军珍重珍重……"

刘秀脱离部卒很快只身回朝谢罪，让更始皇帝和王凤等人猝不及防。刘玄在正阳殿面对收敛着悲戚诚惶诚恐叩首谢罪的刘秀，心里如打翻五味瓶不是滋味儿。被迫蓄意杀害刘縯之后，刘玄觉得自己被王凤、张卬挟制得更紧了。此后刘玄才觉得，刘縯实际是自己可以依靠的一棵大树。那棵大树去了，剩下这棵大树只要不记恨，自己绝不会主动加害于他。舂陵村起兵之初，刘秀两次从刘縯的刀口下搭救自己，这个天大人情不报，别说当更始皇帝，就是当个原来舂陵村的什户主，也不配披张人皮。刘玄心下揣摸一定，便好言对刘秀道："破虏将军不必因伯升之事诚惶诚恐，连连沙场厮杀，想必疲惫已极。天气逐渐炎热，将军在家将息一段时间也好。"

刘秀叩首道："圣上念及微臣沙场厮杀疲惫已极，臣感激涕零。臣既有太常卿职分，请皇上照准臣去破虏将军之号。"

眼下第一步褫夺刘秀的带兵职权，是王凤、张卬等人的进谏。刘玄先觉为难，见刘秀主动提出，便颔首道："太常卿既有此意，朕只好成人之美。"

刘秀再次叩首："叩谢皇上，吾皇万岁万万岁。"

正如冯异所说，刘秀只身回朝谢罪且去号破虏将军，群奸意欲加害一时无处下口。王凤看准昆阳大战之后，王莽新朝即将寿终正寝，他主动请命带领八万大军进攻洛阳。王凤率兵离开南阳，前将军申屠建也请命率领五万人马攻略武关。申屠建原是王常属下，廷尉王常当然力促更始皇帝下诏加号申屠建"降虏将军"并择日出兵。申屠建驻兵郾县县城时，得老孝廉焦欣入幕军师，以军功封侯的夙愿至此实现。申屠建出兵之日，更始皇帝封其阳新侯，所帅五万汉兵，就包括刘秀的所部兵万人。

上公王凤攻取洛阳，朱鲔、李轶当然同往。上公重臣们暂时离开南阳，刘秀面临的压力略觉减小。夜晚熄灯将寝，刘秀定要堂间独坐半个时辰。黑暗中，刘秀绵绵追思与兄长童年往事，默默泪奠兄长的含冤英魂。男儿有泪不敢弹，最悲忍泪吞声时。兄长遇害太突然，突然得没有任何防备。兄长去了，留下了刘章、刘兴两个侄子。若对那些奸佞形怒于色，或者手刃首恶者替兄报仇，快则快矣，岂不祸及两个侄子祸及自身？刘秀此时心中所痛，便是不敢怒不敢言，亦不敢酣畅淋漓地去兄长的坟上大哭一场。为实现匡扶汉室的夙愿，为了顾及从春陵村走出的所有刘氏宗亲日后的命运安危，刘秀人前装作若无其事，在无灯的暗夜里，也强迫自己咽下酸楚的泪水。复兴汉室，十年不晚。从长远计谋，他也完全接受了李通、冯异"韬光养晦"之计。没有军机运筹，没有职掌压身，刘秀正好赋闲闭门重温诗书。有那别有用心的访客登门，刘秀丝毫不提及兄长刘縯，更不提及昆阳大战和收服父城五县。

刘秀人前显示出猥琐怯弱，招致以往部属和刘氏宗亲的暗地訾骂。刘秀知道了部属和刘氏宗亲的訾骂，心里为自己韬光养晦初步成功稍觉宽慰。十余日过去，刘秀在晚间熄灯之后，仍然在堂间独坐半个时辰。在默默缓释苦痛的过程中，刘秀也在反刍劫难，积蓄实现兄长遗志的力量。回南阳谢罪乃至闭门待罪，出于韬光养晦之需要，李通暗地为刘秀接来了阴丽华和刘黄、伯姬。每当丈夫在堂间的黑暗中流泪时，阴丽华也在里间默默等待。待刘秀进入里间准备就寝，阴丽华默默上前帮助他脱去衣衫，吻干丈夫眼角溢出的泪水，用女性的似水温柔，绵绵缠缠将刘秀带入可以忘忧的梦乡。

这晚熄灯将寝之前，刘秀照例在堂间独坐，阴丽华破例来到刘秀身旁静立。刘秀知道阴丽华有话要说，便把她揽在胸前道："华妹子，有你在，文叔每天苦中有甜，别是一种绵长的甘怡滋味。"

"夫妻同命，甘苦与共。夫心中甘怡，妻心中自然甘怡。"

"今天晚上我就结束寝前独坐，有话说啊。"

"姐姐和伯姬想请你去淮源镇看看那个魏勘，还说要把会说笑话的乔三金接来给你解闷。"

刘秀暗中笑了一下道："我俩成饱汉子忘记饿汉子饥了，是该再有个大姐夫了。不过，这是大姊的意思，还是李通背后的点子？"

"姐姐先没有这个意思，经李通大哥一撮合，姐姐就有这个意思。"

刘秀想明白李通这个一石三鸟之计，心里很是感激李通暗地的处心积虑，也对自己淮源镇之行有了乐观预期。

魏勘在湖阳城拒绝了邓晨将军的重金酬谢回到淮源镇后，决定彻底忘掉刘黄。为了彻底忘掉刘黄，魏勘请乔三金速速给自己寻找续弦对象。乔三金由父母给自己取名"三金"颖悟，就把说唱、善谐、作伐依为三种谋生手段。魏二爷有请，乔三金当然殷情上心。一个多月内冲着事事如意的吉利，连续给魏勘推介了

第十八章 刘秀赋闲赴淮源 李通托词拒伯姬

四个黄花闺女,四个年轻寡妇。魏勘根据乔三金口述的相貌性格,否定了四个续弦对象,暗中目测四个续弦对象。经过几句言语接触,魏勘接着连连否定四个目测续弦对象。一番忙活,乔三金没少得佣金,可魏勘四四不如意仍然一无所得。

乔三金知道魏勘心里还是装着刘黄,可刘黄真是个大贵人,绝不是一个乡间土豪主可以痴想成真的。出于收了魏勘的佣金没给魏勘作伐成功的愧疚,乔三金没少劝慰魏二爷往开处想,时常上门讲几个笑话,替他解闷散心。这天乔三金经孙婆、李婆引见,在魏宅的后花园见到了有些病恹恹的魏二爷。几番搭讪问安,魏勘说话竟然有些恍恍惚惚的牛头不对马嘴。乔三金悄问孙婆原委,孙婆说魏二爷夜间睡不着,不喊他吃饭也记不得吃饭。乔三金惊奇大男人也会出现疑似相思病废寝忘食的症状,便嘱咐孙婆李婆回避退后。她随手摘了一朵指甲花在手里把玩,对头上缠着丝巾的魏勘道:"魏二爷近来废寝忘食,怕是肚里积下太多的山珍海味,我免费给二爷讲段笑话听听可好。"

乔三金的到来,让魏勘精神有所振奋。他眼睛盯着乔三金手里的指甲花道:"三金讲得我笑,我赏你,讲得寡然无趣,我罚你给我染染指甲。"

乔三金听了魏勘有些好笑的言语,明知故问指指魏勘头上的丝巾道:"二爷近来因何头缠丝巾?"

魏勘假言道:"昨天出门心不在焉,回身关门时夹着了额头。"

乔三金颔首笑道:"二爷想抿嘴一笑还是哈哈大笑?"

魏勘道:"当然想哈哈一笑,把肚里胀气笑掉。"

乔三金道:"若要哈哈一笑,二爷今天不可责罚三金出言无状。"

魏勘道:"只要药到病除,何妨将牛黄狗宝羊下水一起入药。"

乔三金道:"如此二爷请听了。说的是,前村一个盛年四十的光棍汉。这个光棍汉身强力壮,因为家徒四壁,一直娶不上女人。光棍汉寂寞单调,就养了一只毛色纯白的小母狗。这只小母狗长成白母狗,除了不会赔光棍汉上床睡觉,简直成了光棍汉善解人意的狗妻。白母狗体态匀长,毛色柔亮。在光棍汉眼里,简直就是有情有义的贤妻娇娘。白母狗见光棍汉饭食缺少荤腥,隔三差五总要逮只野兔或是山鸡给光棍汉解馋。光棍汉感爱白母狗,很想给白母狗做一回狗丈夫。因顾虑人畜语言不通,怕白母狗不领情回头咬他一口,这个痴想才一直没能实现。俗话有贼心不死的说法,经过半年的妙想巧思,光棍汉终于想到了万无一失的好主意。这天,光棍汉乘着白母狗出门之际突然用两扇门卡住了它。白母狗好像知道光棍汉要干什么,被两扇门卡住也不挣扎。光棍汉情急火燎般跪下掏出那物件儿就去爱白母狗,可惜他刚刚爱入白母狗时,白母狗嫌疼大叫着挣扎跑掉,生生把光棍汉裆间硬挺挺的物件儿夹在门缝里……"

乔三金到此戛然打住,魏勘失口一阵哈哈大笑。不远处悄悄偷听乔三金讲笑话的孙婆、李婆也忍笑"嗤嗤"出了眼泪。

魏勘笑够了,正要夸谢乔三金几句,突然发现乔三金用恐惧不安欲哭无泪的神色看着他,便很诧异问:"三金这是怎么了?"

乔三金煽了自己几巴掌,哭腔哭调道:"三金该打该打,光想着让二爷哈哈大笑,就忘记二爷也是被门夹伤了额头。"

魏勘省过神又是一阵哈哈大笑,接着一把扯去头上丝巾笑道:"古人说千金难买一笑,今天冷不丁你让我两次大笑。真是笑到病除,浑身通泰舒服。即便你有意冒犯,我该赏你二百钱才是公道正理……"

刘秀从一丛窝竹后闪身拍着手叫好道:"好好好,魏家二兄这就是大丈夫胸襟,佩服佩服。"

魏勘对后花园突然冒出一个英气勃勃的青年男子诧异万分,正不知所措之际,魏察、刘黄也闪了出来。魏察见魏勘盯住刘黄后便目不转睛,便走近魏勘低声道:"大用不得失礼,与你说话者,就是名震天下的刘文叔将军。"

魏勘一听刘秀字号,立即从刘黄微笑的脸上收回目光,再看看玉柱般直立眼前的刘秀,突然明白今天是福从天降,急忙来了个五体投地的大礼:"魏大用拜见刘将军!"

几天前经过一番仔细谋划,刘秀和刘黄带着几个仆人,微服前往两百里外的淮源镇。自换乘帆船顺流淮河直下淮源,一路多是青山相对,偶尔岸阔天明。再加船娘容色俏丽,歌喉清亮,不断地俚语小调,使刘秀一路几乎达到忘忧境界。自从闲居读书以来,自己在城西僻地的不大居所,天天都是车马冷落。按照李通的策划,此次送亲淮源镇,先不让任何外人知晓。等刘秀去后,李通再有意把消息告诉李轶。只要让他们起疑,打探到刘秀去淮源镇的所为,就可进一步消解对刘秀赋闲后的不放心。刘秀到了淮源镇魏宅,特地先去拜见魏家大哥魏察。拜见魏察的目的,也是要亲自听其言观其行之后有所拜托。在魏察的花厅屏风看到魏察以小篆书写"澄水源者流清,混其本者末浑"的哲语,联想到淮源镇街舍俨然,民有礼仪,已知淮源魏家根基深厚,魏察绝非只是个乡官啬夫之才。

见过魏察,再与魏勘一番交谈,刘秀很是满意大姊落难中巧遇的这段奇缘。刘黄原本对魏勘存有感激之情,得知文叔陷身危难,急需下嫁大姊以助危机化解,当然欢喜再嫁对己浓浓痴情的魏勘。刘秀尽完刘黄娘家送亲者的礼仪,竟然喜欢上淮源镇的靠山临水的清新风光。从魏察口中得知镇上到了一帮陌生的

第十八章　刘秀赋闲赴淮源　李通托词拒伯姬

"皮货商"后,刘秀索性一日山中射猎,一日临水垂钓。把一个将军赋闲的日子,过得有声有色有滋有味且逍遥自在。

更始元年(23)六月,王凤攻下洛阳。刘秀在淮源镇得知此消息,预测王莽死期不远。于是他立即回到南阳,将长兄遗留下的二子刘章、刘兴密送到淮源镇,交大姊精心抚养,请魏勘刻意庇护。至此,大姐再婚、晦隐僻乡赋闲、安顿二侄儿一石三鸟目的均已达到。此后不久,果然传来王莽在长安死于乱军之手的消息。

刘秀不在南阳之际,都留伯姬在南阳陪伴嫂子阴丽华。依李通往日放言,王莽掉脑袋之日,是李通和伯姬新婚燕尔之时。身为嫂子的阴丽华当然记得李通的话茬,不等丈夫吩咐,便热心张罗起来。伯姬自从知道李通是紧随哥哥冲出昆阳城的十三勇士之一,把个"大爹"当成大英雄在心里供着爱着。嫂子一提起她和李通的婚事,嘴上说着不急不急,心里巴不得今天就成李通妻。

刘秀奉旨去洛阳修葺宫室毕,将更始皇帝迎进洛阳宫后再次赋闲,当然有时间和阴丽华一起张罗伯姬的婚事。诸事备齐,刘秀约李通到居所商议婚期。李通自得王莽死讯,真的略略修须束发,着了华服纶巾,独自醉饮一日不醒。躲在屏风后偷听哥哥与大爹商议婚期的伯姬,第一次看到大爹的风度翩翩,心里那份甜蜜,都含在嘴里挂在脸上。和伯姬一起偷窥李通的阴丽华在伯姬耳边悄悄道:"好妹妹说说,次元和你哥哥,谁是宋玉,谁是登徒子?"

伯姬不掩喜色悄悄与嫂子耳语道:"我哥哥是宋玉刘,次元是一宋玉李。"

阴丽华又耳语取笑伯姬道:"等会儿我和次元说说,今晚你就随宋玉李去吧。"

伯姬则轻轻揪了阴丽华胳臂一下道:"嫂子别说话,他们就要说正题了。"

刘秀与李通聊了几句群雄逐鹿,尚不知鹿死谁家的天下大势,果然把话题轻松一转道:"复兴汉室,任重道远。次元成家,迫在眼前。我看后天既是个好日子,就把与伯姬的喜事办了吧。"

李通苦笑着抓耳挠腮一会儿道:"伯姬和我也算天赐一段姻缘,若能天天面对伯姬烂漫甜蜜的笑靥,我心灵深处的伤痛就可不治而愈。但是,眼下是你文叔不允我沉醉于温柔之乡啊?"

刘秀很是诧异道:"次元何出此言?"

李通放低声音道:"文叔数月韬光养晦,那些权奸才试探着让你去洛阳修葺宫室。可是你倒好,给点颜色你开染坊,见点太阳就万丈光芒。因为你太有能耐才招致嫉贤妒能,此时你我若成为连襟,不是有意提醒他们箭靶在此么?"

刘秀经李通提醒,也觉此时与李通结成连襟有所不妥。但因为自己身陷险境，就无限期地拖延李通和伯姬的婚事，心下觉着更是不妥，于是就婉言劝道："以小人之心度君子之腹可笑，以君子之心度小人之腹，倒也不必因噎废食。何况你嫂子和伯姬将婚事筹备妥当，她俩岂能善罢甘休？"

李通不知阴丽华和伯姬在屏风后偷听他们说话，便说了句俏皮话："嫂子贤惠温柔，贤兄对付；伯姬刁蛮可爱，愚弟自己对付……"

李通一句话未了，伯姬便走出屏风，粉脸爆红鼻息有声挺立李通面前道："大爹，把你刚才说的话再说一遍。"

刘秀赶紧替李通解围道："伯姬，因何还不改口叫二哥。"

伯姬道："哥哥别打岔，让大爹把自己说的话再说一遍。"

李通未提防伯姬在屏风后偷听，装出茫然的样子问刘秀："兄长，次元……刚才……刚才说伯姬什么了？"

刘秀也做戏般拍拍脑门道："我想起来了，次元方才是说到伯姬。你说伯姬绝世可爱，要让她跟着你享福一世。"

李通紧接着表白一句："对对，刚才我还庄重发誓，李次元今生非刘伯姬不娶。"

伯姬此时委屈的珠泪滚滚般哭诉道："假话假话，伪君子说的话都是哄人的假话。大爹现在是柱国将军，我哥是再次赋闲。嫌我刁蛮是假，怕我哥连累大爹官运前程是真。大爹稀罕高官厚禄，我伯姬不稀罕。把随口吐痰说成庄重誓言的人，我伯姬同样不稀罕！"

伯姬说完转身进了里屋，李通正要追入里屋劝慰她，阴丽华挺身堵住了他的去路："次元，乱世活人，有今日没来日的。听嫂子一句，赶紧把喜事办了。"

李通一见温柔贤惠的阴丽华脸上也是一副凛然神色，便求救般对刘秀道："兄长兄长，您给嫂子回话。我这就去掉华服纶巾，恢复我往日面目……"

第十九章
孤身履险刘秀仗节　慧眼度势邓禹出山

李通责怪刘秀被派去修葺洛阳宫太卖力，缘于更始皇帝君臣对刘秀的再次试探。

正如刘秀在初得王莽暴毙渐台的消息时预测的那样，新朝的迅速土崩瓦解，就像一辆急行的辎传被突然倾覆，纷攘的天下也被突然倾覆。乱世英雄起四方，胆大都把皇帝当。一霎时华夏域内，不知冒出了多少个皇帝。势力小的，偏居一隅称孤道寡。势力大的，磨刀霍霍兼并弱小。淯水称帝的更始皇帝虽然乘虚夺得京城长安、大都洛阳。但在赤眉四十余万大军进逼下，长安危在旦夕。凉州、荆州、益州、雍州等地新冒出的皇帝们因距离很远一时构不成威胁，但从山东西来的赤眉大军和冀州的众皇帝，可以一朝吞并更始汉家拥有的南阳、洛阳等十余座城池。面对眼下的危机，更始皇帝和他的上公重臣们应对谋略是：其一，尽早从南阳迁都洛阳；其二，王凤、张卬率兵驰援长安，防止长安被赤眉夺去；其三，王常、朱鲔、李轶率部驻守新野、邓县、镇平，以防赤眉攻略长安时觊觎南阳。王凤、张卬、朱鲔、李轶在谋划天下的同时，也没忘记谋划他们不可能遗忘的刘秀。

刘縯死后，更始皇帝刘玄的族兄刘赐递补为大司马。上公重臣们此时热衷于攻城略地获取军功、积累财富，刘赐得以和皇帝做主那些上公重臣们不屑过问的琐事。大司马官比太尉，常以皇亲国戚居此高位。刘赐年四十七八，面相骨骼虽类似刘玄的大颧骨、高鼻梁，但因面部肌肉丰满，目光柔和，给人一种忠厚善良之相。刘縯、刘秀没起兵之前，刘赐只是个能认数百字的小财主。自从代替刘縯成了大司马，报恩刘秀的心思就扎了根。王凤攻取洛阳，能值钱的和能带走的都被王凤和他的心腹将领瓜分，更始皇帝要迁都洛阳，满城连一间不透风不漏雨的完整殿宇都没有。情急之下，经刘赐举荐、更始皇帝征得上公们允许，更始元年（23）七月初，更始皇帝诏命刘秀以破房将军行司隶校尉事，率领一千二百部兵，先去洛阳修葺宫室，限期三月完工。

司隶校尉的职掌是纠察百官，让临时代理纠察百官的司隶校尉去干泥瓦匠的活儿，还要限期完成浩大工程，就是一次暗含蹊跷的重用。

刘秀毕竟是刘秀，三个月过去，他按期完成对洛阳宫室的修葺。在确定的更始朝君臣入城式那天，刘秀率领自己的一千二百"基建兵"，列队迎接更始皇帝君臣进入都城洛阳。当更始皇帝率领文武百官进入洛阳时,十分滑稽的场面出现了。原来,刘秀的一千二百部兵汉家旌旗猎猎,汉家军威肃穆。再看刘玄杂乱无章的文武百官行进队伍,既无统一汉官朝服,也无金瓜斧钺之仪仗。更有甚者,有些官吏怕风,还用女人的巾帻裹住头脸。看热闹的洛阳市民大失所望之余,对皇帝和文武百官指指点点,嬉笑声毫无顾忌地传到更始皇帝君臣耳朵里。

更始皇帝在刘秀修葺一新的南宫乐成殿住下第一件烦心的事,就是如何对刘秀的封赏。说封赏太拗心,应该说如何处置让人喜不得、恨不得、杀不得、用不得的同姓、同乡、同道、同志不能同立屋檐下的刘文叔。大司马刘赐将一千二百临时拼凑起来的兵士交给刘秀时,心里很担心刘秀有辱君命,会给他人造成落井下石之机。孰料刘秀短时间不仅完成了洛阳宫的修葺,还把几乎是老弱病残的兵士变成赳赳虎贲。刘赐见识了刘秀的非凡干才和能量,报恩刘秀的心思开始动摇。当王凤留在洛阳的心腹提出派刘秀仗节河北,宣慰州郡时,刘赐亲自拟诏,更始帝刘玄立即画押诏准。

与豫州相邻之河北冀州,人口稠密,城郭相连,自古不绝燕赵慷慨之士。刘秀即将仗节宣慰的河北地面的割据诸侯有十余个,这些诸侯起兵时,都打着响应更始皇帝复兴汉室的旗号造反王莽皇帝。王莽皇帝死前,他们没接收过更始皇帝的任何诏令;王莽皇帝死后,他们还打不打刘汉的旗号,还有诸多疑问。除此之外,山东赤眉一部已经盘踞盟津上游黄河以东地界。山东铜马军也开始染指河北,这些都是刘秀北行的死敌。按更始皇帝的诏令,刘秀此去河北,是以破虏将军、武信侯,假大司马事,持节宣慰河北。即便"假大司马事"又是一次临时代理,但以重臣身份持皇帝旌节巡视宣慰,也是难得的荣耀和机遇。不过,更始皇帝在诏令中特别关照一句:"为防止河北群雄对大司马带领兵马产生疑虑,只许带十数仆从前往,旧属将领一律不得随行。"更始皇帝和朝中暗箭神手们冠冕堂皇之理由是"防止河北群雄对大司马带领兵马产生疑虑",其真正用心是让刘秀变成离山猛虎、失水蛟龙,借河北群雄之手置他于死地。

更始元年(23)十一月望日,刘秀早早启程,带着李通帮忙招募的十五个骑从,出洛阳城夏门,快马到了古渡盟津。上苍为了让刘秀宣慰河北的险境更像险境,刘秀一行到达盟津时下起了大雪。天地迷茫,风卷雪花飞扬。黄河浊浪,行色平添悲壮。两艘渡船靠岸,人、马分别登船。刘秀挺立船头,遥望黄河北岸,远近茫茫一片。颍川郡郡丞冯异辞官不做,昨天才以白身应募做刘秀的主簿。他靠近刘秀说道:"当年周武王在此会盟伐纣,也许也是这种天气吧。"

刘秀不无担心道:"当年周武王与诸侯盟誓,绝非刘文叔今天寥寥十数骑,落落船两只啊。"

冯异故作诧异道:"不对呀,这盟津古渡明明有万千精兵随行,大司马如何说只有寥寥十数骑?"

刘秀看着冯异道:"主簿可将万千精兵指与我看。"

冯异拍拍自己的胸脯道:"昨日大司马一见属下便兴奋异常夸道:'得冯公孙随行河北,不啻平添精兵万千'。属下一直不离大司马左右,如何没有万千精兵随行?"

刘秀听冯异说完颔首哑然一笑,便把目光回望随从们帮船家把战马往船上费力牵拉。刘秀把牵挂的目光回望远处,在传说是武王会盟台的高坡上,分明看见李通、阴丽华、伯姬的身影。昨天已经说好,李通今日送阴丽华和伯姬回到新野阴家营子居住,他们却在身后暗暗跟随了一百多里默默送行。此时此景此心此情,蓦然让叱咤风云出入万军若等闲的刘秀心潮澎湃热泪欲滴。

李通本来坚决要随行河北,自己也需要他随行河北运筹帷幄,然考虑到河北宣慰前景莫测,万一闪失了李通,也等于闪失了小妹伯姬。为了伯姬,为了让李通能照应爱妻阴丽华,刘秀坚决让李通继续留在更始皇帝身边周旋。

刘秀把目光固定在阴丽华的身影上,阴丽华那万千牵挂凝聚于泪眸若在和自己对视。美女之美,往往美在俏丽外貌。阴丽华之美,美在俏丽外貌加贤良心窍。明知丈夫此去任重道远山高水长,她却只叮嘱时令变化衣食住行,浓情若淡避而不问祸福归期。

冯异也发现了会盟台处的几个身影和刘秀牵挂不舍的目光,看见人马登船已毕,便近前朗声告禀:"启禀大司马,所有人、马全部上船。"

刘秀毅然转身道:"立即开船!"

此时的风雪更紧,两艘渡船在船工的整齐有力的黄河号子中起航。船到中流,风大浪急,渡船几次险些倾覆。刘秀和他的随从一起帮忙船家摇橹扳舵,齐声大喊着"嗨呦嗨呦",呼应着船工们的黄河号子。风雪中的渡船颠颠簸簸,顽强地向北岸靠近。

俗话有"天道酬勤"之说,世有无数"天道酬勤"之例。其实,天道酬勤,天道也酬善。天道酬善之例,亦不少于"天道酬勤"之例。当年刘秀因学费不继回到舂陵村下地务农,那次见过路伶人谭琵琶口馋,偷摘自家橘园几个橘子尝鲜解渴。刘秀当时不仅没责怪谭琵琶,反而摘下几个装进谭琵琶的行囊,并歌吟告诉躲在一边的谭琵琶不必因此羞愧。刘秀作此小善,过后早忘得一干二净,倒是让谭琵琶铭记一生。得知刘秀仅带十余骑深入河北险境,便先于刘秀过黄河,去至城镇要津,新编《刘文叔昆阳大战》、《刘文叔德信收五城》,连同早年编下的《文叔有麦种》、《伶人窃橘记》,轮换在闹市弹唱。刘秀的英名早已传遍海内,再加伶人谭琵琶有意渲染,河北魏城、邺城大镇要津,都知道刘秀奉更始皇帝君命要来宣慰河北。谭琵琶这样热心暗地一掺和,倒让刘秀过了黄河之后一路顺风顺水。刘秀听任冯异过河后的建言,置办了车辆旗幡仪仗,招募侍卫数百人。再加醒目的"钦天大司马宣慰使刘"的大纛,立马使刘秀的宣慰河北显得整整肃肃威威赫赫。

刘秀一行显汉官威仪,行代天之举。每到一地,宣慰嘉勉守土官吏,不私纳官吏一文。察清官吏优劣,当众公允升迁。再加无日无夜辩冤狱,赦囚徒,革除王莽苛政,恢复汉室官谓。一时间吏民欢愉,争相称颂刘秀声誉德政。就连许多啸聚山莽的盗贼,也成百成千归附到"钦天大司马宣慰使刘"的大纛之下。刘秀因此收聚兵将五千余人,交给先期潜行河北的二姐夫邓晨屯驻魏城。刘秀顺风顺水走到邺城,也对自己开手大顺有所不解。当他就此向一个邺城小吏询问原委时,才想起当年自己橘园摘橘送给过路伶人的那一幕。刘秀命人私下寻访谭琵琶不得,心里好一阵唏嘘嗟叹。令刘秀没想到的是,此时有好生之德的上天还在眷顾于他,一颗旷世难寻的将星,正在冉冉靠近邺城。

南阳郡新野县有个名字怪怪的歪锅子乡,歪锅子乡有个名字怪怪的龟鲨村,龟鲨村也有个名字怪怪的人叫俎鼎。更始元年三月,刘玄在淯水河畔称帝的消息传到龟鲨村,能通读几篇《郑风》、《小雅》的俎鼎动了攀附他人建功立业的心思。俎鼎字勋臣,年纪三十挂零,猴眉鹰眼兔唇、马脸驴鼻牛耳,相貌古怪磕碜。他私下掂掂自己的斤两,知道自己的腹藏和尊容不会被更始皇帝乃至他的重臣接纳,便鼓动去长安游过学的邓禹,出山襄助更始皇帝复兴汉室。

邓禹字仲华,青春二十一二。总角后与成人谈论《诗经》往往语出惊人。其身高七尺五寸,星眼剑眉、白面红唇。风雅偶傥,行端表正,再现千年前楚国宋玉真身。在僻地龟鲨村,能与发音失正的俎鼎偶尔切磋交谈,也是一件打发寂寞的乐事。加之俎鼎常常自嘲自己是宋玉同时的登徒子的后世真身,二人一俊一丑竟成厚交。他听了俎鼎的鼓动,放下手中《孙子》道:"勋臣之勋,先建勋,后称臣。仲华在长安游学时与柱天都部刘縯的胞弟刘秀亲密交厚,我立刻写下荐书,你拿着去见他,日后少不了大夫之富贵荣耀。"

俎鼎的鹰眼射出惊诧目光,因兔唇口齿发音不准道:"鸡眼仲发与牛又交媾,你奴何不期见他?"

邓禹听俎鼎发音失正得太离谱,张口把"既然"说成"鸡眼"、"刘秀"说成"牛

第十九章　孤身履险刘秀仗节　慧眼度势邓禹出山

又"、"交厚"说成"交媾"。便指着他鼻孔很大的"驴鼻"道："勋臣怎地说话？你自己鸡眼，你自己与牛又交媾。"

俎鼎说话曾得邓禹指点，只要放慢语速，咬准字根，也能准确地表达自己的话语。于是他龇龇黑牙齿，不对称的黑脸上给邓禹赔了赧然的笑，便开始咬牙切齿般缓慢道："咱这歪锅子乡龟鲨村，我叫俎鼎，你叫炖鱼，亲亲（听听），这都是厨房内的家什，辛劳些人们的口中之物。不走出歪锅子乡龟鲨村，咱肚子里白装些诗云子曰了。"

邓禹笑道："勋臣错矣，在下姓邓名禹。有人解之为姓邓的宋玉，也有人解之为姓邓的大禹。任你俎鼎狼犺，也休想炖我之姓邓的大禹。"

俎鼎争辩道："仲发（华）错矣，大禹之'禹'，据古书解释就是'虿虫'，咱这地界叫'知声虫'，也叫'地蛹'。你邓禹不离开龟鲨村乘乱世建功立业，一辈子只能潜入黄土做地蛹。"

邓禹对俎鼎一番有根有据之说，也可生发措辞舌辩，但他此时正精研《孙子·谋攻》篇，便面带微笑拿书看了起来。

俎鼎见邓禹做出逐客姿态，也只得悻悻离去。

时隔八个月，当邓禹得知刘秀孤身奉旨宣慰河北，立即去至俎鼎家兴奋道："勋臣兄，刘秀仗节宣慰河北，是猛虎归山，蛟龙入海。你我此时追随刘秀，可谓审时度势，择机而动也。"

俎鼎此时正迷上《周易》，便摇头道："牛缜被害，牛秀失单才猛虎归山。仲发说他是蛟龙入海，正应《易经》所说'潜龙勿用'。 仲发与他交媾你去，勋臣还得在龟鲨村审细过细（审时度势），借机而动也。"

俎鼎对形势的错判退缩，丝毫不动摇邓禹信心。约上俎鼎，原本是聊解路途孤寂。俎鼎不去，邓禹也乐得日后少个累赘羁绊。得到刘秀宣慰河北的消息的第二日黎明，邓禹便给父母留下一信，乘快马，起五更；经洛阳，渡盟津，七日之后便夜宿魏城。可惜就在夜宿魏城前一天，蟊贼偷去邓禹代步马匹和大部盘缠。好在随身的盘缠不至成为道边饿殍，邓禹又是三天长途跋涉，直走得鞋破腿瘸拄杖蹒跚，终于在邺城追上刘秀。

刘秀在邺城官署得知新野邓禹在官署外求见时，高兴得大叫一声，双手推开阅看的书卷，拉起冯异的手兴奋道："天降斯人于邺城也，主簿快快与我迎接邓仲华去……"

第二十章
刘林失意问卜　王朗得志称孤

　　人生欢愉事，他乡遇故知。刘秀急缺人才时，邓禹杖策北渡，不啻于汉高祖得张良、陈平。洗尘欢宴已毕，二人兴犹未尽，围炉叙旧说今。此时的刘秀哪里还记得自己的大司马身份，也斜着醉眼，语含讥讽笑道："仲华机警年少，审时度势。知道文叔现在握有任用官吏职权。你不早不晚追到邺城来，是不是想要个太守当当啊？"

　　洗尘欢宴和刘秀的亲热举止，使邓禹早已复萌和刘秀游学长安时的故态，他醉眼矇眬目光迷离道："文叔错矣，仲华此来，不是想得一官半职。"

　　"呵呵，仲华不是为了一官半职，你这一路追得鞋破腿瘸的，何苦来哉？"

　　"学长认定邓仲华此来冲着一官半职，明日小弟便可转去洛阳找刘玄讨要便了。"

　　刘秀慌忙摇晃着双手道："非也非也，适才与尔戏语，学长愿闻贤弟初衷。"

　　邓禹做了个深呼吸道："愚弟此来，但愿文叔威加四海，名传九州。仲华得以追随学长，立下尺寸功劳，附丽文叔垂名竹帛，便可成就我快意此生了。"

　　刘秀鼓掌哈哈大笑道："仲华此话不虚，得真言胜得黄金。话到此处，贤弟何妨吹糠见米，说说天下大势清醒你我耳目。"

　　邓禹颔首，稍稍平静了心绪缓缓道："《管子·内业》篇曰，'君子使物，不为物使'。方今九州纷攘，海内不安，唯山东赤眉大军的轻举妄动，可左右颠覆关内、燕赵、中原。定都洛阳之更始皇帝，诸事不能自断。王凤、张印、朱鲔、李轶之辈，目光短浅，志在官爵钱财。还有各州各郡之称王者称将者，均无德能保境安民。尔曹恃强凌弱快哉一时，终究难免分崩离析身败名裂。学长乃汉景帝后裔，起事于乡野田亩之间。深知复兴汉室，必须天时地利人心相辅相成。学长眼下虽得大司马宣慰河北之名，终究难免受制于庸才。依小弟愚见，学长无须俯首对庸人称臣，也无须受制于持节宣慰。当务之急是凭燕赵之地，建功布德，延揽英雄。十数年间复兴汉室囊括天下，易在翻掌之间。"

　　刘秀听邓禹一番高论，心中大悦，自此引邓禹为第一心腹，同宿同食，事必相商。叮嘱冯异等众，以"杖策将军"呼邓禹。于是刘秀与邓禹、冯异等众由邺城至

第二十章 刘林失意问卜 王朗得志称孤

邯郸。邯郸郡骑都尉耿纯心思向汉,率部兵出城迎接刘秀。刘秀使耿纯驻守邯郸,自己率众继续宣慰北行。

燕赵大都邯郸,战国时期是七雄之一赵国的都城。邯郸城兴于殷商后期,繁荣成名于战国和秦汉时期。特殊的地理位置,把中原农业文化与草原游牧文化融汇结合,造就了燕赵大地的豪放粗犷,世世代代出现众多慷慨悲歌的大英雄。秦代陈胜在田间说过那句"帝王将相宁有种乎"的话,在邯郸再次被印证是句至理名言。邯郸城内一个下九流的小人物,极短时间兴风作浪称孤道寡起来,成为了刘秀宣慰河北的第一个索命煞星。

原来,邯郸城内燕国寿陵少年学过步的学步街闹市处,有个年约四十的卜人悬幡设案卜卦。此卜人姓王名郎字越卿,四十三四年纪,马脸黄白,五绺长须;眉眼奇异,道骨仙肌。王朗化《周易》于腹中,知世间百事万物祸福吉凶,可全知全能地对芸芸众生指示果因。久而久之,邯郸城官吏富豪,问卜必问王朗,不惜多出卜金。王朗得意之余,在卜案后悬挂一锦缎旗幡,上书"通天王朗"四字,昭示他莫测神机。

这天,一位锦衣貂裘的富翁走近了王朗。王朗抬头一看,立即起身让座,把个问卜者让坐在案首,自己躬身一侧询问其卜卦因由。

此卜卦者何人?竟然得"通天王朗"如此恭敬逢迎?

汉景帝七世孙赵缪王刘元封地邯郸,刘元故去,王位由长子刘宪继承。刘宪未及生子故去,按例该胞弟刘林承继王位。事有不巧,正遇王莽消削刘姓王侯。赵缪王刘元的次子刘林命薄,只落个平民白身做了个邯郸富翁。刘秀宣慰河北,复活了刘林的王侯情结。他宴请了邯郸民间高人,就天下大势进行了分析,得到一个可以去大司马驾前献计入幕大司马左右的妙策。刘林这条妙策,是建言刘秀决黄河大堤,水淹盘踞河东郡数县的十万赤眉军。刘秀以其计殃及黎民百姓不予采纳,致使刘林郁郁寡欢,便向"通天王朗"倒出了满腹的愤懑委屈。

刘林也是四十一二的年纪,身材单薄,面貌清癯,眉目英俊,富有心机。以其本意,只是向王神仙宣泄之后,问卜自己今生还有无王爷机缘。谁知王朗一听刘林诉说,便眉飞色舞拱手对刘林道:"恭喜刘爷,贺喜刘爷。"

刘林一听王神仙话头,便起身还座道:"王神仙归位,请王神仙归位。"

王朗不客气地坐下敛目摇首道:"《易经》否极泰来之谓,可谓咀嚼不尽之味。以刘爷遭本家大司马刘秀冷遇,可谓否极。可从泰卦系辞看,'泰,小往大来,亨,吉。'把刘秀拒谏之小辱放过不计,大的瑞泰随之跟来。刘爷,您就等王府重光,积福万代吧。"

刘林不信王朗的众可通用之词，便追根问底道："刘某愚钝，王神仙可往细了说。"

王朗道："此泰卦之卦象为'地天泰'，从表面看，坤在上，乾在下，有些不合情理。但易经之精髓，就在时时变易，处处变易。由地致天，是一步登天。天下地上，是天之好生之德将大地万物视若掌上明珠，大地万物不需忙忙碌碌便可安享吉富。"

刘林对王朗一番解释仍然云天雾地，便拿出一个玉如意放在卦案道："王神仙这一说，倒有些瑞泰跟来的意思。请抛开卦象、系辞，直白告诉我何年何月才能王府重光，积福万代？"

王朗把玉如意还给刘林道："如果刘爷愿意，今年下月就可王府重光，积福万代。"

"神仙莫出虚言，此话怎讲？"

"刘爷是汉景帝八世孙，何必仰仗他刘秀重光王府？王莽篡位之初，有妄人冒充过汉成帝之子刘子舆，曾经纷攘一时。后世人尽知，汉成帝血脉刘子舆尚在人世。刘爷本是汉室，可以假以刘子舆真身，号召天下以自立，强似积福万代、王府重光。"

刘林虽然有点儿简单无知，紧要处倒也明白是非，他哂笑一声不屑道："刘子舆是刘子舆，我刘林就是刘林，怎可混为一谈？再个说，我若能轻易冒充刘子舆，你王朗也可冒充刘子舆矣。"

王朗听得刘林最后一句话，腾然立起道："刘爷若能人前证明我是刘子舆，我就冒充刘子舆。刘爷不就是想让王府重光么，事成之后，我封你个十万户食邑的钜鹿王何如？"

紧要处倒也明白是非的刘林，紧要处也能显出简单无知。他见能预知福祸吉凶的王朗敢于冒充刘子舆，当场以食邑达十万余户的钜鹿王承诺，便也深信不疑一口应承道："你我一言为定，若有反悔和二心，不是死于锋刃之下，便是乱箭穿心而亡！"

一次平常不过的街头问卜，一次可以算着笑语的牛皮大话，竟然风风火火地弄假成真。王朗、刘林随后紧锣密鼓串联蛊惑故赵国富豪李育、张参等人，约定起兵日期。古往今来，巨豪大吏笃信方士卜人的妄言，胜过普通百姓多矣。李育、张参都是故赵国首富，平时找王朗卜卦，有几次被他言中祸福，所以深信王朗是刘子舆的真身无疑。做富甲一方的土豪，当然不如做朝廷公侯阔气。一本万

第二十章　刘林失意问卜　王朗得志称孤

利大买卖,千金散去还复来。刘林、李育、张参等土豪豪气万丈,争相把自己财帛搬到人前,为流落邯郸的"刘子舆"张榜招募汉军将士。王朗、刘林等人拟号"成舆皇帝"晓谕天下,对先应募者给予高官厚禄,应募者当然踊跃不绝,首日便聚得数千人马。王朗也知兵贵神速,立即占领邯郸郡署衙,羁绊署衙官吏充作自己朝臣。王朗南面称孤告天一毕,立即传檄远近各州郡。其快速杜撰的檄文大意曰:

成帝遗子子舆,隐匿待时邯郸。南阳刘玄不知汉室近脉尚在,故在淯水误僭更始帝号。今成舆皇帝,居尊邯郸行宫。降误僭帝号为更始郡王,汉室复兴,兴自邯郸起兵,人心思汉,汉帝成舆独尊。诏令天下,晓谕海内。星辰拱日,河海晏清。臣表君诏,布告朝野云云……

王朗等人草成的荒诞不经漏洞百出的檄文发出,却得各地州郡望风响应。至此邯郸以北,辽河以西,大多数州郡向"成舆皇帝"上表称臣。王朗半月内拥兵数万,被封为钜鹿王的刘林已经忘记刘子舆是卜人王朗摇身一变而来。对王朗言必启奏皇上,礼必匍匐叩拜。一班人的装腔作势,加之各地称臣表章雪片飞来。原郡守以下官吏,都甘心对十日前的街头卜人俯首称臣。只有骑都尉耿纯一眼看穿王朗的把戏,无奈势单力薄难于抗衡,只好带领百余部兵乘夜遁出邯郸城。刘林派兵追赶不及,只好任他远遁。

幽州上谷太守耿况字侠游,汉武帝时,其先祖以钜鹿郡二千石徙任上谷太守。耿况以明经出仕为黄门郎,后被王莽诏拜上谷太守。王朗在邯郸冒名刘子舆称帝之际,更始皇帝刘玄在朝臣的参赞下已迁都长安。在天下纷攘变幻莫测中,耿况认驾坐长安的更始皇帝为正统。于是,派儿子耿弇奔赴长安纳贡,以表臣子心迹,略尽臣子之道。耿弇是上谷郡骑都尉,领了父命,带着上谷署衙小吏孙仓、卫包,取道钜鹿郡宋子县奔往长安。

邯郸郡骑都尉耿纯字伯山,恰是钜鹿郡宋子县人。二十二三年纪,胸有城府,精悍老成。出得邯郸城,嫌自己部兵太少,便想去至家乡募兵往投刘秀。一行人走到宋子县微子渡口,正与下船西行的耿弇三人相遇。

耿弇字伯昭,年少二十一岁,经史子集已入胸襟。加之身材挺拔,英姿勃发,耿纯和他对视须臾,便生爱慕结交之心,当下在马上对耿弇颔首送去一个微笑。耿弇似乎也知对方日后和自己同是光武中兴二十八功臣,早已偷眼观察了少年将军耿纯。他见耿纯向自己微笑示好,便在马上抱拳施礼道:"微子渡口遇将军,登生爱慕敬仰。不知将军等众,来自何处,去至何方。若能透露一二,可否为你我日后留下再会机缘?"

耿纯也抱拳还礼道:"贤弟动问,当然据实相告。在下耿纯,字伯山。因邯郸

卜人王朗，冒名刘子舆僭号成舆皇帝。伯山不愿俯首奸佞，将去中山国奴卢县往奔更始皇帝河北宣慰使大司马刘秀也。"

耿弇一听对方叫耿纯，也忙报出自己的姓名字号道："小弟耿弇，表字恰叫伯昭。巧遇同家兄长就是缘分。请问兄长，河北宣慰使大司马刘秀，莫不是以九千人大败莽军四十二万的刘文叔？"

耿纯道："正是正是。"

耿弇想到父亲对自己到达长安的时间限定有期限，便不敢耽搁下去，他对耿纯道："兄长任重道远，你我同属汉室，后会有期，就此别过。"

耿纯还礼后，带着属下打马离去。

耿弇目送耿纯离去，正要招呼孙仓、卫包上路。却见孙仓勒马不前迟疑道："禀小将军，既然成帝之子刘子舆在邯郸登基，我们为何放过眼前的正统，长途跋涉去朝拜起兵乡间的更始皇帝？"

耿弇闻言，按剑瞠目怒曰："汝等小吏怎能如此目光短浅？王朗假冒成舆皇帝，不过是小丑跳梁而已。我今去至长安奏禀更始皇帝，请得君命，发上谷兵马，扫除邯郸王朗如同扫除烟尘。汝二人计议投靠王朗，难道不怕翌日灭族之灾么？"

卫包嘿嘿一笑道："无知小儿，不知正统汉家所在，还能大话吓人么。将军不下马，我们各自奔前程吧。"

孙仓也道声"得罪了"，和卫包各自打马一鞭，顺着耿纯来路，带着耿弇进贡给更始皇帝的珠宝绝尘而去。把个血气方刚的少年英雄耿弇，气得差点没掉下马去。

第二十一章
曲阳道宣慰使食麦粥　信都城任太守聚县兵

刘秀带着邓禹、冯异等百余随从,在中山国奴卢县稍事休息。正要前往常山郡宣慰,耿纯带着二百余部兵赶到奴卢。刘秀不想已经宣慰后邯郸凭空冒出一个王朗作乱且声势猖獗,只好暂且坐下认真商讨对策。当时河北地面,有幽州、蓟州、钜鹿、邯郸、常山等州郡封国。人口稠密,土地富庶,各地均有故汉室王侯及刘姓列侯子孙富豪一方。他们随时随地都可效邯郸王朗、刘林,假言正统称帝作乱。为了不使幽州、蓟州一带受王朗、刘林欺诈,刘秀听从邓禹、冯异、耿纯建言,决定北去幽州、蓟州、安平国。待宣慰安定北地,引北地兵南回邯郸讨平王朗、刘林。大计已定,刘秀还觉缺乏一个熟悉幽州、蓟州、安平三地郡国官吏的先遣使节。众人正为此苦寻不得时,幽州上谷郡骑都尉耿弇报名求见。

耿弇在宋子县微子渡口孤身一人踌躇许久,自思两手空空如也回到上谷,必得严厉的父亲一通訾骂后削职逐出署衙。耿弇少有大志,怎可就此成为碌碌无为的居家子弟。他想起耿纯所说刘秀还在中山国奴卢县,便勒马转向奴卢疾行,给刘秀解了燃眉之急。刘秀一听上谷骑都尉耿弇求见,快步迎出。一番试探问答,心中一阵窃喜,当即命为长史侍从左右。

有熟悉北地的耿弇先遣联络,刘秀等众顺利进入蓟州城。蓟州刺史葛亮老谋深算,工于骑墙待变。他此前已得邯郸成舆皇帝檄文,现又接纳更始皇帝宣慰使,当然对刘秀虚与应付,不肯传檄各郡县聚齐讨伐邯郸王朗。刘秀无奈,只得命功曹令史王霸打着宣慰使旗号募兵闹市。

王霸字元伯,颍川郡颍阳县人。年少立志于跃马疆场建功立业。其人黑眉圆眼,脸阔口方;骨骼粗大,体魄强壮。早为颍阳县狱卒,慕刘秀英名,投奔马前以供驱使。王霸领命,随即在冀州闹市竖起"更始皇帝宣慰使大司马刘秀"的大纛,募兵牌上写明先行应募者的募金和职掌。王霸和十余个跟随则着汉将汉兵衣甲,威威风风整整齐齐站在大纛下做个楷模。看见街市上的市民被吸引到大纛下,王霸扯起喉咙大声道:"大汉高祖皇帝的《鸿鹄歌》曰,鸿鹄高飞,一举千里。羽翼已就,横绝四海!自古幽、蓟多豪杰。真男儿当跃马疆场,斩将封侯,光宗耀祖。来呀,来呀,第一个应募者,给个百夫长当,还有一千钱的赏金。"

王霸和随从一番吆喝,四周远远看热闹的多,拢身接话问讯者没有。王霸正焦躁之际,五个闲汉近前似乎有应募之意。王霸明知此等闲汉不是舞刀弄枪的材料,为了吸引壮士应募,王霸迎前笑语道:"你等五位好汉若应募,第一名是百夫长,其余都是十夫长,赏钱人人一千钱,快快报名啊!"

为首的闲汉冲着王霸笑笑说:"王将军,咱们比试比试能耐,将军若能赢我蓟州城五虎,我们当然应募。"

王霸大喜,一口应承道:"好啊好啊,比什么快快说出。"

为首的闲汉伸手对他的同伴弹了响指,一起宽衣解带往外掏自己的胯下之物。王霸很是诧异道:"光天化日之下,你等意欲何为?"

为首闲汉道:"我们一起比尿尿,只要将军尿得比我们高,我们这辈子鞍前马后跟定王将军了。"

为首闲汉话语说完,其他四个闲汉就嗤嗤笑着说:"王将军,往外掏家伙啊?"

王霸气得恨不挥剑砍下五个闲汉的脑袋,可他咬疼嘴唇狠命弹剑回鞘仰天大呼一声:"撤了!"

蓟州城闹市募兵不得一兵一卒,出乎刘秀等人预料。蓟州刺史葛亮不肯招集郡县兵马,自行募兵此路不通,身边仅仅三百余人,万一葛亮亲附王朗,岂不顷刻变成他人俎上鱼肉?刘秀与众幕僚议定要速速离开蓟州城,但是离开蓟州城向何处存身发生争议。

邓禹道:"主公河北宣慰的君命已经完成,眼下当务之急离开蓟州城南去邺城、魏郡,以邓晨将军麾下数千兵马,延揽河北豪杰,扫平邯郸王朗、河东赤眉、流窜河北的山东铜马军等势力,在河北鼎定汉室基业。"

冯异附和邓禹的建言道:"《荀子·议兵》曰,兵要在乎善附民而已。蓟州闹市募兵不得一人,可见官府作梗,此地民心未附。南去其利,大于北去之弊多矣。"

王霸、铫期等亲信也附和赞同南向,独独新入伙的少年长史耿弇力排众议道:"主公南来幽、蓟,历尽艰辛大势未定,如何南向折回?现今渔阳太守彭宠,亦是主公同乡南阳郡蔡阳县人。耿弇家父乃上谷太守。若主公北向征发此两郡兵马,立可控弦万骑,何愁不能回马直捣邯郸城,擒拿假子舆枭首示众呢?"

刘秀见众人面有不屑之色,便紧接耿弇的话语道:"闹市募兵不得,得我北行向导耿伯昭足矣。"

恰在此时,主簿冯异用重金在蓟州署衙买下的一个眼线送来一封密信。邯郸成舆皇帝"传诏"各州郡捉拿更始郡王的叛臣刘秀,杀毙封赏五万户,生擒封赏

第二十一章　曲阳道宣慰使食麦粥　信都城任太守聚县兵

十万户。自古帝王赏封功臣食邑，通常亲王、郡公五千户。郡公以下，一等侯爵食邑一千六百户，地方七十里；末等亭侯食邑才三百户。王朗的十万户擒拿刘秀的赏格，几乎是二十个一等公侯的食邑。蓟州刺史葛亮得到成舆皇帝"传诏"，很聪明地把捉拿刘秀的赏格透露给故广阳王之子刘接。刘接一看捉拿刘秀的赏格比父辈郡王食邑还多，立即纠集家丁闲汉，满城散布邯郸兵要进入蓟州捉拿刘秀。意欲制造全城大乱，然后乘乱捉住刘秀。刘秀得此密信，当即带领二百余随从，迅速打马出城。

众人行至蓟州城南门，城门令已下令关闭城门。铫期、王霸、邓禹、冯异、耿弇、耿纯不及得刘秀将令，齐发一声大吼，一拥而上格杀城门令和守门军士。铫期、王霸挺着丈二长矛盘马城门处，恰似一左一右守护城门的怒目金刚。远处也有几十个闻声赶来支援兵士，但都被铫期如雷吼声吓得手软臂麻举不得刀枪。铫期、王霸见刘秀等众跑出了三箭之地，才出了南门打马飞奔。十里路下来，刘秀身边只有百余个骑马的随从跟跑左右。

刘秀等众逃出蓟州地面，进入安平国。

安平国有信都、饶阳、南宫、安平等十三座城邑。因打探到王朗的赏格也传到安平国。刘秀等众不敢进入城邑，昼夜不停南归魏郡。安平国离魏郡一千余里，刘秀等众恨不一天赶回魏郡城。叵耐时令正值更始二年早春，一路披星戴月身寒肚饥，众人直把一生没吃过的苦都咀嚼好几遍。行至饶阳县无蒌亭地界，众人连豆粥都不得半饱。刘秀见众人实在无力前行，便心生一计，命冯异、耿弇假言是来自邯郸的使者，去至无蒌亭驿站要求提供饮食。冯异、耿弇俱是善言干才，一番大言忽悠，驿丞赵弦当然迅速备齐百余人的饮食。偏偏刘秀的随从一路饿得肚皮贴脊梁，蓦然见到热饭荤菜，不啻监牢中逃出一干饿鬼，顷刻间风卷残云将所有供食吃了罄尽。

赵弦年约五十以上，黝黑脸，眯缝眼，身任驿丞二十余年，南来北往的客人见过万千。他心疑这起人来路尴尬，去至无蒌亭中的聚将鼓前很劲擂鼓一通。大声招呼他的驿卒，速速迎接邯郸将军。刘秀的随从闻言，立即劝刘秀上马速速离开无蒌亭。刘秀正欲认镫上马，因担心如此匆忙离去，赵弦会去饶阳城举告，便忽生一计若无其事地坐回先前的座位道："老驿丞，过来过来。"

赵弦恭敬过来敛首道："请上使吩咐。"

"尔说邯郸将军到了，速速请来相见，见礼后我还得上路。"

赵弦不料刘秀是个邯郸派来的真使者，便有些口吃道："邯郸……将军可能就到，上使您……等等可好？"

刘秀很是惋惜地叹口气才从容起身道:"君命在身,谁耐烦久等?既然邯郸将军未到,我得急着赶路呢。"

赵弦验证了刘秀一行真是奉君命出行,立即讨好道:"上使不能久等,我给上使备些上好馅饼途中垫腹可好?"

刘秀给冯异丢个眼色,鼻子里哼了一声上马一鞭而去,冯异、耿弇随赵弦取得上好馅饼若干才离开无蒌亭驿站。

安平国二月毫无春意,倒春寒天气霜雪交加,刘秀一行起早睡晚冒着雨锥风刀南行,个个都是面色青紫肌肤皲裂。酷寒和疾病,使刘秀的随从锐减至数十人。多亏离开无蒌亭临行之际,驿丞赵弦赠送的几十个上好馅饼的支撑,刘秀等众才不至于饿得奄奄一息。所谓的上好馅饼,不过是寻常面饼中夹了些许酸盐菜。饥饿中的刘秀享受着上好馅饼,不止一次告诉冯异、邓禹,将来一定得好好回报赵弦。刚行至下曲阳,得知一支邯郸派出的三千人的追兵,被一个叫王超的将军带着紧紧跟在后面。追兵的迫近,又给南行的苦辛添加了恐慌。看看前面是滔滔的滹沱河横路,探路的军士回报岸边杳无帆影。刘秀心内焦躁,厉声命邓禹、冯异、王霸再去滹沱河打探。以刘秀派邓禹等能吏前去再探之初衷,有责怪先前的探路军士找船不力之意。

邓禹、冯异、王霸三人不敢怠慢,打马朝滹沱河跑去。到了滹沱河岸边,但见寒云低低,激流滚滚。雀鸟飞绝,人踪罕见,上下十几里哪有只船片帆?

三人聚拢商讨回报刘秀的措词言语,时常运筹帷幄思绪敏捷的邓禹、冯异面面相觑,一时不知如何措词,也想不出被河阻路摆脱后面追兵的良策。倒是模样性格都很粗犷的王霸言语干脆道:"滹沱河流得急,邯郸兵追得急,有船得过河,无船也得过。不如把主公等人诳至河边,逼急了可冒死泅渡。"

邓禹、冯异一想除此别无良策,只得一起假言哄骗刘秀:"滹沱河此时封冻,正可速速过河。"

刘秀等众闻言大喜,当即上马疾驰河边。令邓禹、冯异、王霸三人惊讶嗟叹的是,方才寒流滚滚的滹沱河竟然真的全河封冻。当下山穷水尽的大司马刘秀一行,马不停蹄迅速过了滹沱河。邓禹、冯异、王霸三人过河后不住地交流庆幸的眼神,待勒马回首去看冰封的滹沱河,却见冰面四下开裂,须臾间碎冰散去再现滚滚寒流。他三人至此才知刘秀若真龙天子得上天眷顾,忠诚刘秀之心较前再铁了三分。

刘秀一行过了滹沱河,行不几天便是南宫县地面。因担心被身后的王超追及,他们仍然避开城邑,起早睡晚只是奔南疾行。一进南宫地面,突遇迎头大风

第二十一章　曲阳道宣慰使食麦粥　信都城任太守聚县兵

急雨,人马皆淋个透湿。大雨过后,小雨淅沥不绝。身寒肚饥,牙颤腿软,犹如陷入绝境。行进到甄子乡村野,前面探路的冯异发现道旁一处不见主人的独立民舍。民舍前几株楸树、黄槐,正好可以拴马。邓禹、冯异内外查看一番,将刘秀迎入屋内,堂间升起火堆。请刘秀等人脱下袍衫烘烤。冯异、邓禹、耿弇几人,寻出房主所有存麦倾入厨里两口锅中,兑足了清水。冯异心细,又寻出盐巴放入锅中。三人灶上灶下忙忙活活,煮了两大锅麦粥。麦粥未好,满屋都浓郁着麦粥的清香。

刘秀先得一大碗麦粥,狼吞虎咽几口之后,便细细咀嚼着饱满滑腻的麦粒。咀嚼几口之后感慨地对众人道:"吾乡亦种小麦,吾亦精于稼穑,孰料今日才知,麦粥之香,非馒头之香、肉饼之香可比也。"

冯异接话道:"主公说得极是。俗话说情人眼里出西施,我等今日乃饥汉嘴里品美餐。得主公一番夸奖,我冯异日后就做主公的火头军便了。"

刘秀吃完一大碗麦粥,肚里刚觉半饱,欲伸碗让耿弇再添,看见还有未吃到麦粥的随从都眼巴巴地看着锅里,只得将碗扣起,接着冯异的话颔首道:"然也然也。日后倘得闲暇,尔三人须如法执爨,聚齐今日同行者饕餮一餐足矣。"

两锅麦粥,不一时便锅底如洗。此时风住雨停,正待稍事休息,不料殿后的王霸急报王超和追兵离此只有半日路程。冯异闻言冲到庭院解缰牵马,耿弇跑至鞍前俯身做个上马石,邓禹不容分说便将刘秀推上马背就走。众人急惶间不及寻访主人姓名,也不及留下钱帛以示酬谢,一起催马急走。急行两个时辰,到了荒野一个十字路口,不知哪一条路可去魏郡。众人问讯无人,猜测难定之际,一个白发白须白鞋白衣的老者拄杖而来。刘秀见状亲自上前问讯道:"老神仙留步,敢问那条可去魏郡?"

白衣老者把刘秀相了一相道:"魏郡离此尚远,从此路可去离此八十里的信都。信都太守任光,城头插着长安更始皇帝的汉军旗号。明公若要投靠,可速奔信都城去也。"

刘秀正要称谢,那白衣老人转入路边树林,倏尔不见。众人心下暗暗称异之时,刘秀下令改道信都城。

信都太守任光字伯卿,南阳郡宛县人,年少时乡间便遗有爱名。初为啬夫,后擢县吏、郡掾,昆阳大战之前官拜副将。昆阳大战之际,是随刘秀冲出昆阳城搬取援兵的十三猛士之一。刘玄迁都洛阳之后,命任光为信都太守。王朗在邯郸伪立,也曾传檄信都。其他临近郡县称臣于王朗,独独任光不予理睬。王朗不死心,钦命一个廷掾到信都城劝降,任光又将前来劝降的廷掾斩首。与王朗决绝之后,任光率兵四千,准备死守信都城。得知刘秀要入信都城,任光喜出望外,率领署僚出城十里迎接。

刘秀见了任光,喜悦之情溢于言表。在十里长亭稍事休息,任光服侍刘秀更换鲜亮袍服,竖起更始皇帝的节杖,乘坐城内带来二马轺传,自信都城北门入城。信都城黎民百姓久闻刘秀德名,各自拥上街头,齐呼大司马宣慰使千岁千千岁。任光的出格热情和黎民百姓的出格拥戴,让刘秀和他的随从都觉得回到了温暖的家。

进了信都城的第二天,刘秀一大早与邓晨、冯异商议当日会见任光事宜。王霸、铫期、耿纯、耿弇不请便进到刘秀居处,一起要求刘秀今日向任太守借兵三千,他们要沿着仓皇来路,回击邯郸追兵。四人之中,尤以铫期嗓门最大,大有刘秀若不应允便废此朝食的坚决。

铫期字次况,豫州颍川郡郏县人。年纪二十六七,身高八尺二寸。容貌奇而不丑,矜持不怒自威。邓禹杖策北行,铫期也随后去职颍川郡贼曹掾,单骑千里追随刘秀。面对一干亲信随从,刘秀单单笑问铫期:"此地不是蓟州城南门处,你铫期如何又成了怒目金刚?"

铫期愤愤道:"自下曲阳开始,一路都被王超的三千贼兵追赶。因顾忌主公安危,我等不得已仓皇一路。现在主公进得信都城,铫期愿杀尽那起追兵替主公泄口恶气。"

刘秀道:"倘若任太守不借兵于我,尔当如何?"

铫期亢声道:"属下当效王霸闹市募兵杀贼!"

刘秀领首对王霸、铫期、耿纯、耿弇笑道:"尔等少安毋躁,今日得会任太守,当首请三千精兵成全尔四人鸿鹄之志。"

王霸、铫期、耿纯、耿弇都不是纯粹的赳赳武夫,他们听出刘秀的话外之音,只好惭愧而退。

待刘秀在信都郡署衙见过任光,得知信都城只有郡兵四千,凭此四千人马,别说平定邯郸。倘若王朗此时派兵攻打信都城,此次北行宣慰又将陷入危如累卵的境地。信都郡隶属安平国,虚领阜城、南宫、下博、武邑、观津、堂阳等八县。任光一心要留刘秀依凭信都城殄灭王朗,言称即日移文八县,可聚精兵六千。刘秀闻言,当然照准任光所请,回到驿馆,静待八县的兵马齐聚信都城。

刘秀等人苦苦等了好几天,各县才向信都城聚齐四千人。新聚四千,加上原有四千,尚不够一万。刘秀虽嫌兵少,在邓禹、冯异谋划下,刘秀还是指挥众人亮

第二十一章　曲阳道宣慰使食麦粥　信都城任太守聚县兵

出长安宣慰使大司马刘秀的旗号，连连收服奴卢、堂阳、下曲阳等县。再次回宋子县募兵的耿纯不仅募兵两千，临行开拔之际，很多族人都焚烧宅院，带着棺材随军以示跟定刘秀的忠心。正当刘秀声威复振之际，传来了故真定刘扬和王朗要联合进攻信都城的消息。刘扬拥兵十余万，加上王朗十余万，刘秀一霎时又陷入北行以来最大危机。

第二十二章
谋王朗策反真定　娶郭女厚爱新人

街头闹市算卦者王朗一朝伪称"成舆皇帝",前赵缪王二王子刘林因是始作俑者"深信不疑",如何拥有十余万重兵的前真定王刘扬也深信不疑？

春秋时期(前770),居住在河北道的姬姓白狄人以真定为中心,建立了鲜虞国。周敬王三十一年(前489)鲜虞国被晋侯灭国,鲜虞人又于战国初期(前475)在真定一带立恒山国。赵惠文王三年(前296),恒山国被赵国所灭。恒山国演变为恒山郡后,赵惠文王在恒山郡北部置真定国,辖真定、藁城、肥垒、绵曼四县。汉文帝前元元年(前179)避帝刘恒讳,始改恒山郡为常山郡。刘扬的父亲真定恭王刘普乃汉景帝七世孙,其封地包括真定国所属诸县。

刘扬四十五岁年纪,高挑身材,皮肤白皙。白皙的颈间,有巴掌大一块酷似蝌蚪文的红色瘿痕。身为汉室正宗遗脉,其头形、额头、脸庞、五官至少八处可以看出是汉高祖的玄玄孙。刘玄在淯水称帝,天下即将分崩离析。刘扬凭着父王留下的巨大财富,通过各地招募和"大压小",很快在真定、藁城、肥垒、绵曼四县掌控十余万大军。刘扬天资聪慧神机妙算在于,他的十余万大军只是为了保境安民,而不是为了自称皇帝去东讨西杀。不称号皇帝还有一个很实在的好处,其他皇帝不仅不来征讨,还会封官许愿许以财帛拉拢你。刘扬的审时度势随机应变,也不是寻常人等可比。当王莽开始打压和褫夺刘姓王的王位时,刘扬主动给王莽上表放弃真定恭王王位,被王莽诏封为很实惠的真定侯。

王朗称帝之日,便开始拉拢刘扬。刘扬起初很看不起算卦出身的王朗,后来见众多诸侯、郡守向其称臣,才同意承认邯郸的"成舆皇帝"为皇帝。刘扬这一晚到的表态,却让驻兵奴卢县的刘秀紧张起来。主簿冯异进言道:"刘扬与主公同出汉景帝一脉,何不遣使说服他归降主公？"

冯异一语,提醒了刘秀,刘秀便命人传来了昌城人刘植。

刘植字千山,王莽时爵领昌城侯。天下乱象迭起,他在昌城也曾聚兵二万。刘秀兵临城下之际,经冯异说服归顺刘秀,被封为骁骑将军。待刘植见礼已毕刘秀问道:"骁骑将军与真定刘扬可有交情？"

刘植道:"回主公,末将与他仅有薄面之交。"

第二十二章　谋王朗策反真定　娶郭女厚爱新人

刘秀试探道："将军能否去真定会会刘扬呢？"

刘植明白刘秀的意思，便笑指一旁的冯异道："若得主簿随行，愿借他三寸灵巧之舌，同劝刘扬归降。"

刘秀大喜道："主簿就扮做骁骑将军的幕僚，去真定建此大功吧。"

刘扬终于尊王朗为帝，王朗当即诏封刘扬为常山王。食邑为九万七千二百五十户——此乃原常山郡十余县的总户数。乱世封王封侯，往往都是一种许愿和希望。刘扬得成舆皇帝诏书，不是前往常山郡巡视自己的封地，而是在真定城四周加固城墙深挖城壕。刘扬在拥戴王朗时留了一手，他对成舆皇帝听封不听诏。除非出于自愿，刘扬的军队不替皇上攻城略地。刘植、冯异轻装便服，很容易就在真定王府见到了刘扬。

刘扬在王府并非王爷穿着，但见他：头戴银鼠暖帽，身穿紫貂锦袍。腰间系玉带银饰，足上云靴金描。刘植在真定王府逍遥殿一见刘扬，前行几步跪下行礼道："故人刘植叩见王爷，王爷千岁千岁千千岁。"

刘扬笑问："千山平身。尔不在刘秀处安心做骁骑将军，来我真定何干？"

刘植毕恭毕敬道："千山往日得王爷呵护，今日特来送王爷富贵尊荣。"

刘扬爽声大笑道："本常山王食邑十万，可谓富贵尊荣已极，何须尔特特地送来富贵尊荣？"

刘植假装语塞，支吾着看了身后侍立的冯异一眼道："这个么，或许公孙先生能与王爷切磋切磋毁誉荣辱。"

刘扬此时看了不卑不亢的冯异一眼道："这位公孙先生外表气度不凡，内里或许蕴藏有真知灼见多多吧？"

冯异故意拿大只给刘扬拱拱手道："谢王爷动问，公孙不答不恭。古人云，毁誉依已败，尊荣依已成。邯郸卜人王朗，假言为成帝之子舆，违天伪号，其必将毁誉毁身于不齿。若被其蒙蔽一时不知改弦更张，便是'毁誉依已败'的不智。与王爷同脉于汉景帝之长安宣慰使大司马刘文叔，起兵于舂陵，成名于昆阳。宣慰于河北，布恩于八方。燕赵豪杰，望风偃伏。南阳高士，杖策千里追随。钜鹿俊杰，焚宅抬棺归依。北行之初，寥寥随从十数，宣慰数月，州郡歌吟德声。汉之大儒王充曰，'两刃相割，利钝乃知。二论相订，是非乃见。'公孙不才，献'尊荣依已成'刍荛之论。王朗、刘秀。孰利孰钝？王爷略略揣摩，心下便豁然朗明。"

刘扬听冯异一番口若悬河的"二论相订"，心下大异问刘植道："千山直言，公孙先生可是尔麾下幕僚？"

刘植道:"实不相瞒,公孙先生乃刘文叔的主簿冯异是也。"

刘扬大喜道:"听公孙先生一番毁誉荣辱之论,本王心下已知利钝所在。尔二人前来真定说服本王归依刘文叔,本王可以应允。不过,本王有一小小附加条件,不知公孙先生可否代替刘文叔当场应允?"

冯异一听刘扬应允归依刘秀,兴奋道:"王爷背向,天下震动,在下求之不得,岂有不允之理?"

刘扬见冯异不住颔首赞赏,反倒有些难以启齿般说道:"此事说小,小如芥末。此事说大,也关乎两姓荣辱。本王大姊刘氏,姐丈乃一方富豪姓郭名昌。大姊刘氏膝下只有一女,名曰'圣通'。圣通大龄二十,常言非大英雄不嫁。刘文叔乃有儒雅之风的美须公,在昆阳大战中超凡神勇,可谓当世第一大英雄。倘若刘文叔能娶容貌端庄的郭圣通为正妻,真定十万大军可作为圣通的嫁妆陪送刘文叔。"

冯异一听如此附加条件,不及多想便一口应允道:"王爷以外甥女求嫁,当然是天作之合,请王爷定下娶亲日期便了。"

刘扬大喜道:"事不宜迟,自今日起,十日后刘文叔亲到真定城完婚……"

自刘植、冯异去真定说服刘扬弃暗投明,刘秀期盼他二人回来真有度日如年般的焦急。到了约定的归期,刘秀便到执事堂专等。刚等不一会儿,亲兵禀报刘植、冯异请见。刘秀做了个深呼吸,刚欲出门迎接,便见刘植、冯异风尘仆仆一脸喜色走进执事堂。刘秀伸手制止欲整衣拜礼的二人道:"刘将军和主簿不必行礼,一旁坐下简言禀告结果即可。"

刘植坐下拱手道:"恭喜主公贺喜主公,我等此去真定见了刘扬,表达了主公的意愿,他便一口应承脱离王朗,将十万兵马听命于主公。不仅如此,那刘扬因对主公的十分爱慕,还有天大一件好事奉送主公。"

刘秀听得刘扬已经归顺且十万兵马听命于己,便喜形于色道:"刘将军此行真乃劳苦功高,快说说另一件大好事啊。"

刘植有意卖个小关子,便指着冯异道:"这件大好事归功于主簿,还是公孙先生自己禀告吧。"

冯异见刘秀已期待自己的禀报便眉眼带笑道:"古语云,马逢伯乐而嘶,人遇贤才欲攀。主公英名,传遍海内。刘扬觉得借兵十万不足显其诚心,意欲通过与主公联姻之举,把十万兵马当作陪嫁送与主公。属下想此事乃天作之美的大便宜事,当即满口替主公应承下来……"

刘秀心中诧异,不待冯异说完便斥责道:"主簿一向思虑周全,行事谨慎。彼

第二十二章　谋王朗策反真定　娶郭女厚爱新人

与我意欲联姻乃事关全局之大体,尔怎可武断自专?"

冯异见刘秀脸色大变,不敢马虎,择言辩道:"主公息怒。真定侯刘扬有投靠王朗的不智在先,才有通过联姻铁定股肱于后。职下因事关十万兵马归属,故而才不假思索替主公满口应承。"

刘秀摇摇头脸色稍缓道:"非是我责怪主簿在外自专,实是我新婚不及一年无儿无女,只有小妹未婚,但已许婚李通。尔应承与刘扬联姻,我是欲联姻而无联姻之姻亲也。"

刘植闻言笑道:"主公,您此时真乃丈二灯台灯下黑也。真定侯刘扬有一待字闺中的外甥女,年方二十,名曰郭圣通。真定侯欲联姻,是让主公喊他一声'舅舅',当他的外甥女婿呢。"

刘秀一听联姻原委,心里也觉得是个大便宜,不假思索便问:"刘扬意欲给郭女讨个什么名分?"

冯异道:"刘扬已经挑明,郭圣通出生豪门,容貌端庄,主公须娶做正妻。"

刘秀此时心情复杂难以抉择,便对冯异发泄道:"此事还是主簿荒唐,荒唐!我已娶阴丽华为正妻,如何再娶郭圣通为正妻?不娶郭女为正妻,则事关十万兵马得失;若娶郭女为正妻,岂不负心先有之正妻?此事乃主簿应承下来,还是主簿想出一个既能保证得十万兵马,又不让我失信于恩爱之发妻的妙策来。"

冯异已窥测到刘秀的复杂内心,便诚惶诚恐地思索一会儿小声对刘秀道:"主公所难,乃鱼和熊掌不可兼得之难。若囿于先娶为正妻之常理,则无再娶之正妻之动议,也无事关成败之十万兵马的得失。若因势通变,给后娶者以正妻之名,给先娶者以正妻之实。名之何名?实之何实?主公因人而宜,因时而宜。尧帝考察舜帝治国才能,许以娥皇女英察之。老子曰,治大国若烹小鲜。主公面临"正妻"之难,其实就是"烹小鲜"时小心翼翼掌握火候而已。如此,眼前主公鱼和熊掌兼得。日后主公所得,并非眼前出生王室的郭女和区区十万兵马也。"

刘秀听了冯异一番"鱼和熊掌可以兼得"之论,叹了一口长气缓缓道:"事已至此,我欲囿于常理,坐失十万兵马亦是胶柱鼓瑟了。"

刘扬用外甥女和刘秀联姻的真实用意,正如冯异所说,因为投靠王朗的"不智"在先,所以用联姻铁定和刘秀的关系。刘扬把自己的意思和外甥女郭圣通一说,已是麦黄秧老时节的剩女郭圣通当然满心欢喜。

郭圣通,青春妙龄,端淑秀丽。二十未嫁,芳心有寄。其家族乃真定国藁城县望族,父郭昌,广有贤名。祖父殁,父郭昌自主以田宅财产数百万分与异母兄弟。真定国四县，街巷传颂郭昌义举。郭昌任常山郡功曹时，娶真定恭王刘普之女为妻，世称郭主。郭昌壮年早卒，遗女郭圣通、子郭况。郭主生帝王之家，秉母仪之德，行恭肃之教。夫不在，家事悉由弟弟刘扬操劳。刘扬说圣通不嫁平民庸夫，郭主亦同意圣通不嫁平民庸夫。刘扬说已与圣通定下在真定恭王府结亲的日期，郭主便命人将圣通送至真定恭王府。郭圣通与母亲住进王府，那份喜悦那份期待，心里憋住三分，脸上露出七分。郭主分享着女儿家的喜悦，一再叮嘱郭圣通道："刘秀千好万好，也有一般不好。听说他先娶一个恩恩爱爱的发妻，你与洞房花烛之夜，便要他把你正妻的名分发个毒誓，以免日后反悔把你抛在脑后。"

郭圣通掩了娇羞埋怨道："母亲真健忘，这话您已经说过五遍了呢。"

刘秀带着五百斤黄金和刘植、冯异一起，晓行夜宿催马加鞭，只用三天时间便到真定恭王府。刘秀是汉景帝七世孙，刘扬是汉景帝八世孙。他亲眼看见叔伯辈的外甥女婿刘秀的儒雅风采，心里那份喜悦满意没有半点遮挡。一番寒暄一番阔论之后，刘扬把刘秀恭送至真定城驿馆，以便第二日在驿馆和郭圣通洞房花烛。到了正日佳期，驿馆内外花团锦簇。城头街市通衢，满城争看富贵张扬。但见，迎亲队伍，旌旗金甲鼓乐；燕乐亲朋，佳肴海味山珍。曲尽人散，花烛洞房。天地玄黄，宇宙洪荒，第一等好事便是花好月圆鸳鸯成双。

刘秀在晚宴上没有开怀畅饮，进洞房之后，他的心绪不时回到自己过黄河北行的前夜和阴丽华的泪别情景。自己在朝中的窘况和北行的危机，心窍玲珑的阴丽华一一悉知，但是从没有流露出她的担心。刘秀知道任何言语都是多余，他只是紧紧把妻子揽在怀里，不住地亲吻她。阴丽华没有叮嘱没有哭泣，也只是轻轻咬住刘秀肩上一块肉，不时加重一下咬合力，以控制自己的泪水不去濡湿丈夫的肩膀。鸡已经叫了三遍，不说点什么再想说就没机会了。刘秀便伏在阴丽华耳边道："华妹子，你说几句话啊。"

阴丽华亲吻几下刘秀的胸脯心口道："我说了那么多，你就没听到心里一句啊。"

刘秀把妻子的手按在自己的胸前道："华妹子不说，我文叔要说。此去河北山高水长归期难定，但是我把爱华妹子的心留给你了。日后刘文叔若有辜负发妻华妹子处，上天有眼……"

阴丽华一把捂住刘秀的嘴巴道："上天有眼，保佑你平平安安。除此以外，我华妹子别的什么都不要……"

就坐华灯红烛下的新娘轻轻清了一下嗓子，刘秀蓦然绾住自己脱缰的思绪。去灯下看那雍容华丽的郭圣通，其容貌虽不似阴丽华可人可心可意可情，却也是

第二十二章 谋王朗策反真定 娶郭女厚爱新人

正午的牡丹月下的金桂。自更始元年十一月至今,刘秀一连数月未亲近过女人。陡然身历豪华奢靡的婚礼,洞房面对新婚娇娘,刘秀便主动上前拥抱亲吻郭圣通。郭圣通既不拒绝也不迎合,只是低着头抿嘴而笑。刘秀是健壮性渴的过来人,当然主动把手伸向新娘的胸前。可就在郭圣通不甚丰满的乳峰间,刘秀的大手触到一件硬邦邦的小物件。他心下诧异着拿出一看,小物件儿的外面还包着红色的锦缎。此时他见郭圣通的脉脉目光是鼓励他打开,便快速打开锦缎,原来是真定恭王的兵符。同一时间同一地点,刘秀拥有了江山美人。鱼和熊掌同时兼得,江山美人同时在怀。刘秀把兵符塞进枕下,激动地将郭圣通横抱于宝帐牙床上俯身问:"贤妻,你要什么快说话啊。"

郭圣通眼睛近对着刘秀的眼睛道:"我什么都不要,只要一个正妻的名分,外加你永不休妻的誓言。"

此时的刘秀不假思索便道:"给你给你,郭圣通就是刘秀的正妻。"

郭圣通的玉指点着刘秀的鼻子娇嗔道:"新郎官敢发誓么?"

刘秀道:"大丈夫一言,驷马难追。刘文叔今生永不休妻,若有食言,天地不容……"

誓言不可轻出,轻出者必受所累。刘秀对郭圣通的誓言是否过于轻率呢?此问暂时无答。

第二十三章
平邯郸遥领封号　遭危机决计自立

　　刘秀在真定国得刘扬十万兵马，加之原有兵马共计十五万，远近豪杰，多又望风归附刘秀。刘秀轻取元氏、子房、高城等县，再遣任光、邓禹、耿纯、刘植以及新附猛将寇恂、吴汉、景丹、傅俊等，各自帅兵掠地攻城。真是：军威大振何所似？旌旗长戈遮碧空。一往无前摧城郭，所向披靡唱大风。一月之内，刘秀军连克钜鹿、常山、中山所辖二十二县，遂集中八万兵马围了王朗的重镇钜鹿城。

　　唐、虞、夏、商，钜鹿已有其名其地。秦始皇统一天下分设郡县，钜鹿郡属其一。至汉，辖任县、下曲阳、南和、广平等十五县。因其被王朗依为北拱"帝都"邯郸的重镇，特命自己族兄王饶驻守。安居钜鹿王府，穿戴蟒袍王冠的刘林，闻听自己的食邑重镇被刘秀率重兵围困，立即神色惊慌到王朗的温明宫探听虚实。

　　尊居温明宫的王朗，头戴嵌金镶玉平天冠，身穿张牙舞爪衮龙袍，最喜欢端居御座绷着颜面儿，对着众臣摆出君临天下的皇帝范儿。王朗见刘林奏禀时脸上有惊慌神色，便以极轻松的语调赐刘林平身，然后好言道："钜鹿王少安毋躁，尽可安居王府高枕无忧。以朕看来，刘秀倾其兵马围困钜鹿势在必得，其实是他猖獗一时之后的死期到了。"

　　刘林神色稍缓问："皇上圣聪圣虑，请细说原委以开微臣愚钝。"

　　王朗道："刘秀围攻钜鹿城的右帅任光是信都太守，只需朕在信都城略施小计，管保叫他刘秀军心动摇，不战自溃。"

　　刘林道："恕臣冒昧，皇上对信都城略施小计尚需时日，倘若刘秀加紧攻城，岂不是远水难救近火？"

　　王朗黄白的马脸上笑出一抹淡红来道："钜鹿王所虑极是。但钜鹿城城墙坚固，有王饶将军帅五万守军守城，足让刘秀望城兴叹损兵折将。待其锐气受挫之际，朕择机派大将王超自邯郸突出奇兵，与城内的王饶将军内外夹击，将疲敝的刘秀八万大军消灭在钜鹿城下，易于刘秀在昆阳大败王莽的四十二万大军。"

　　刘林击节叫好道："妙哉妙哉，有皇上的雄才大略，微臣的确可以高枕无忧矣。"

　　信都城大姓豪富马宠，在任光斩杀王朗劝降使之前，已经暗中投靠王朗，被

第二十三章　平邯郸遥领封号　遭危机决计自立

许以高官厚禄,潜做王朗在信都一个内应。马宠在豪宅内接到成舆皇帝的密诏和五百斤黄金,立即在夜间率领百余个家丁砍杀城门军士,接应王朗派来的偏将军赵浩和他的五千人马。赵浩进了信都城,收拾了毫无防备的信都郡丞和两千兵士,马宠便成了王朗诏命的信都太守。新太守传令赵浩,将原太守任光及其在信都城的部将亲属,一起关进大牢。王朗得知信都城得手,诏命无敌大将军王超率领五万兵马自邯郸城出发,前往钜鹿城外擒拿刘秀。

刘秀在钜鹿城攻城屡屡失利之际,传来信都城落入王朗之手的坏消息。得知任光等人的亲属被马宠拘在大牢,感觉此事非同寻常。刘秀转来慰劝任光道:"钜鹿城不可一日而下,你速速带领六千人马回信都城解救亲属去吧。"

任光拧着眉毛道:"谢主公惦记。不过,方才我亲手砍杀了马宠的弟弟马能。"

刘秀大惊道:"任太守的家人尚在马宠手上,如何轻易杀死其弟?"

任光慨然道:"为国忘家,以绝马宠动摇我军心的痴想。"

正在此时,冯异禀报,王朗派出无敌大将军王超率五万兵马驰援钜鹿城。刘秀一听此消息,笑问冯异道:"此时我当何为?"

冯异道:"主公可留下信都太守、上谷太守等三万兵马继续佯攻钜鹿城,我大部精锐乘虚攻打邯郸城。"

刘秀转问任光道:"任太守,主簿所说,你意下如何?"

任光道:"主公放心前往邯郸擒拿王朗,邯郸已下,钜鹿城将不攻自破。"

刘秀颔首对冯异道:"主簿传令下去,任光即时起为征北大将军,都督攻打钜鹿城……"

无敌大将军王超原是邯郸城东的大屠户,年纪四十四五,头大脖粗,眉浓眼鼓;鼻头血红,满脸骚胡。因精于白刀子进红刀子出的营生,积下三辈四代花不完的财富。王朗在邯郸称帝之前,王超因时常卜卦已和王朗认为本家。王朗称帝当日,王超便捐献一千斤黄金,被封为前将军。

前将军王超第一个军功是率领三千兵马追赶得刘秀狼狈逃窜,俘获几个掉队的随从。王超因是王朗本家且有军功,又被王朗加封为无敌大将军。邯郸离钜鹿足有八百里路程,王超唯恐去晚了刘秀再次逃脱,率领大军朝钜鹿城疾驰。大军出发第四天行进到平乡大蛇坡一带,因平乡离钜鹿尚远,王超既没放出探马,也没让先锋官先行十里。正当大军沿滏阳河西岸一字长蛇行进时,旁邻滏阳河西岸的十里大蛇坡突然响起震耳欲聋的鼓声,紧接着河北宣慰使大纛以及各色将军旗号出现、一阵阵箭雨飞来、无数挥舞刀枪的刘秀军将士冲出。王超大军在此猝不及防的突袭下,长蛇蛇身被斩断为无数节。右边是波涛汹涌的滏阳河,左边是凶神恶煞般刘秀军将士。相比身首异处的难堪死相,绝大多数邯郸将士选择跳入滏阳河。

王超身为大将军,麾下自然有数百贴身扈从。他一看自己五万大军一霎时将不见兵,兵不成列,便想带领扈从突围逃走。铫期、王霸、邓禹、耿纯等将军从旗号上认出无敌将军王超所在,立即带着众多兵将把王超数百人围得如铁桶一般。王超见突围无望便大吼一声,挥舞着长柄大板刀,独自纵马冲向敌人最多地方拼命。任王超和他的十余个亲信侍卫做困兽犹斗,一阵叮叮当当兵器相加,很快只剩王超一人困在垓心勒着马缰原地兜圈子。无敌将军王超不愧是见多血腥的汉子,他右手举刀,左手指着铫期、王霸等将军喊道:"打群架的不算好汉,有狠气我们一对一单打独斗!"

铫期制止欲上前的王霸、耿纯,纵马几步道:"着啊,铫某先陪你无敌大将军过几招。"

王超见铫期出马应战,便纵马挥刀砍向铫期。

铫期谅一个屠子也就直来直去那几下招数,每每两马相交只是轻轻磕开王超的长柄大板刀,并不对王超下杀手。

王超看出铫期是在玩他,分外的恼怒使他方额头也变得血红。他憋口气一声长吼,挥刀对着铫期乱刀切菜般一阵猛砍。铫期只是左遮右挡,仍旧不对王超出杀手。就在两马再次错镫之际,铫期扭身很扎了王超的马臀一矛。王超的坐骑负疼跌倒,将王超颠翻尘埃。铫期回马横矛抖缰,纵马径直朝仰面朝天跌得半死的王超蹂踏而过。一旁观战的王霸、耿纯等人看出铫期的意思,纷纷拍马朝王超蹂踏过去。几十匹战马跟着一阵蹂踏,刚刚很生猛的无敌大将军王超,变成尘埃中一具稀烂如泥的尸首。

刘秀设伏轻易收拾了王超,麾兵五万火速围住了邯郸城。

诏命王超率五万大军去钜鹿城外里应外合消灭刘秀之后,王朗和刘林身心都很放松。他俩时而聚在一起商讨征伐盘踞长安的刘玄大计,时而各自分散开来享受佳酿美女。闻听刘秀率五万大军前来包围邯郸城,初听黄门郎的奏报,王朗根本不信。待登上邯郸北城门看见北来的刘秀大军正迂回包抄邯郸城时,穷途末路善于机变的王朗立即做出圣断,派和刘秀见过面的谏议大夫杜威带上亲笔降书,到城外刘秀大营乞降。

杜威四十挂零,相貌端正本分。他原是邯郸郡掾史,王朗称帝拘留原邯郸署

第二十三章　平邯郸遥领封号　遭危机决计自立

衙郡丞、掾史、功曹类的官吏充着朝臣，杜威便一步登天成为谏议大夫。刘秀在军帐一见杜威做出冠冕堂皇的谏议大夫的派头，接过降书略略看过便斥责道："尔原是汉家官吏，如何甘心附依欺世盗名的王朗。"

杜威争辩道："明公错责下官，王朗系汉成帝子刘子舆真身，非是假代伪称。"

刘秀嗤之以鼻道："即便汉成帝复生，天下亦不属于他的天下，何况一个街头卜卦的王朗假冒刘子舆，如何不是欺世盗名？"

杜威有些理屈，便直奔主题道："明公向以宽仁著名天下，邯郸主举城投降，止息干戈，惠及烝民，请明公确保其不失万户侯之封。"

刘秀瞠目道："无知伪使，是在为王朗讨封么？王朗假冒子舆，伪立祸害天下。投降之后，留其性命即是宽仁，怎可妄想万户侯之封？"

杜威一听刘秀不留半点余地，便悻悻而退回报王朗。王朗一听杜威转述刘秀的言语，破口大骂刘秀心地歹毒不知容人。王朗效泼妇骂街发泄一气，稍顷"下诏"文臣武将，一律执戈上城墙固守，等待钜鹿、中山勤王兵到，殄灭刘秀于邯郸城下。

刘秀拒绝王朗投降之后，分析了邯郸城的形势和念及城内百姓，命邓禹、王霸、铫期、耿纯等将领，在东、西、北三面虚张声势佯攻邯郸，虚留南门一条生路。刘秀几天的佯攻，已经使王朗、刘林心惊胆颤。王超带走五万大军之后，邯郸城不足两万兵马。因为确系假冒子舆伪立，王朗深知刘秀势大，日夜悬心有人暗开城门迎接刘秀入城。到了邯郸城被围的第六天夜间，王朗听从刘林献计，在四周城墙上虚立千百草人，带领一万多残兵，开南门往临漳方向逃窜。

令王朗没想到的是，他原指望护驾的一万多兵马，出了邯郸城便四下散去，只剩数百御林军将士继续护驾。王朗的出逃，正如刘秀所虑，当即命王霸、耿纯黉夜追赶。天色大亮，王朗发现身边没了钜鹿王刘林，护驾的御林军也只剩十数人。恰在此时，王霸、耿纯带兵追及，王朗慌忙丢弃嵌金镶玉平天冠，脱掉张牙舞爪衮龙袍，一身轻装打马落荒而逃。王霸哪容王朗逃走，磕马追上王朗，从背后认准王朗的后脑勺，一刀将其劈下坐骑。王朗自冒名伪立到后脑勺被王霸劈裂，前后不满三月。原本尽倾资财替王朗招兵买马的富豪李育、张参等人，不仅血本亏尽，身家性命也抛洒在乱军阵中。

王朗毙命，刘秀率众清查邯郸温明宫，得一精美玉匣。打开玉匣一看，都是河北各地臣服"成舆皇帝"的信函。那些信函，也包括后来归顺刘秀的刘植、景丹等将领的。刘秀为消除刘植、景丹等人心病，当即命人殿内生火，将信函一一投入火炉焚之。刘植、景丹等人嘴上不言，各自心里好一阵滚热。王朗灭，邯郸平，刘秀随即报捷长安城。更始皇帝闻报，记起刘秀一系列无人可比的功劳，诏封刘秀为萧王，遣使邯郸宣布封萧王的圣旨。

更始二年二月，刘秀一行南行道中被王超追得不胜其苦之时，刘玄因上公重臣们的进谏迁都长安。迁都毕，大封功臣为王。除了先封六个刘姓王在前当个幌子以外，其他封王的上公大臣们的王号如下：

  上公王凤宜城王
  上公张卬淮阳王
  左大司马朱鲔胶东王
  大将军王常邓王
  柱国大将军李通西平王
  司隶校尉李轶舞阴王
  伏莽将军申屠建平氏王
  威武将军宗佻颍阴王……

六个刘姓王和十四个异姓王诏封已毕，并无人提及数月前被派往河北宣慰的刘秀。此时的刘玄才有点功成名就的感觉，接纳了左大司马赵萌进献的爱女为贵妃。赵女为刘玄第一个宠爱的俏丽佳人，爱屋及乌乃人之常情，刘玄很快将朝政委于赵萌。新国丈赵萌和刘玄天生翁婿相，一朝得志便权倾朝纲。王凤、张卬、朱鲔、李轶、李通等上公重臣，各自拥重兵出镇一方，赵萌得以我行我素任意代君封赏。赵萌爱食羊杂碎，一些豪门的门子、大厨若在进献给赵萌美味的同时，再进献给赵萌黄金百两，便可着紫衣排班朝堂。官家如形，民心似镜，长安城很快有歌谣传诵：

  灶下养，中郎将；烂羊胃，骑都尉；烂羊头，关内侯。

民谣大多在民间传唱，很难传入皇宫。更始皇帝出身民间，即便知道也会嗤之以鼻。刘玄接到刘秀平定邯郸的捷报，问计于刘赐、赵萌。刘赐略思忖便道："刘秀功大无比，可封他萧王抚慰其心。"

赵萌见刘玄颔首同意刘秀封王，便突得灵感献计道："刘秀拥有广大燕赵之地，岂是食邑等同县侯的萧王可以抚慰其心的。以臣之愚见，封刘秀为萧王后，

第二十三章　平邯郸遥领封号　遭危机决计自立

旋即给他来个釜底抽薪,诏命其回朝为谏议大夫。"

刘玄已视赵萌为股肱,当然再次虚怀纳谏。

刘秀平定邯郸报捷长安,欣然接受萧王的封号,其目的是告诉刘玄,我刘秀身在千里之外,仍然对更始皇帝俯首称臣。送走朝廷使者的第三天,京城长安派出的第二个使者又进了邯郸城。第二个使者名叫赵享,官爵为潼关侯、太常卿。赵享是赵萌的族弟,属于新发迹的显贵。刘秀弄清赵享的背景,按丞相驾临邯郸的标准接待赵享。送给赵享足够多的珍宝后,还安排四个美女到驿馆服侍长安特使。赵享原是赵萌的管家,何曾经历过这份尊崇高贵?一天下来,迅速陶醉在邯郸驿馆,有点飘飘忽忽乐不思长安的惬意安适。

刘秀煞费苦心让赵享在驿馆惬意安适,自己却陷入惶恐不安之中,躲到昔日王朗的寝宫温明宫,苦思破解眼前危机的妙策。赵享带来刘玄的圣旨,要刘秀立即奉诏回京城长安任谏议大夫;朝廷另派苗曾为幽州牧、韦顺为上谷太守,向充为信都太守。

古人曰,"飞鸟尽,良弓藏;狡兔死,走狗烹"。如今飞鸟未死遍地狡兔,刘玄和他的朝臣们便处心积虑开始"烹走狗"。如今和当初北行时的危机不同,北行之际,不允自己率领军队和故旧,是欲借王朗辈之手要自己的命。邯郸平定,钜鹿城守将王饶闻讯便举城投降。至此,自己手中掌握二十万兵马,不用半年,便可彻底平定河北。然而,眼看大功告成之际,又被宵小们来个彻底地釜底抽薪。不仅如此,还将连带上谷太守耿况、信都太守任光二人被罢职太守。由耿况想到其子耿弇,再想到冯异、邓禹、铫期、王霸、傅俊千里追随自己,眨眼间他们的追随都成眼前泡影。尤其耿纯,二次回家招募,整个家族临行之际,焚烧宅院,带着棺材投奔自己。奉诏回朝,自己步入穷途末路不说,与一同南北征战历尽千辛万苦的亲信部将,也一起步入穷途末路。若不奉诏,便是抗旨,其后果比奉诏回朝更可怕。

刘秀独自一人在温明宫偏殿苦思度过眼前危机的妙策,长史耿弇悄然进来进言道:"平定信都、钜鹿、邯郸,吏民死伤很多。请主公允我回到上谷,募集兵马以防不测。"

刘秀故意道:"王朗已死,河北大致平定,何须添招兵马?"

"河北大致平定,天下难以平定。刘玄无能,权臣当道。朝廷腐败,灭亡不远。有足够兵马在,可力挽狂澜成华夏主。"

刘秀从象牙榻上惊起斥责道:"长史以此狂言谏吾,吾不得不斩长史!"

耿弇面无惧色道:"主公待我父子如股肱,耿弇才无所畏惧肝胆相照。主公欲以大义斩了耿弇,耿弇亦不怨恨主公。"

刘秀缓颜抚慰道:"吾试试长史胆量而已,你且畅所欲言吧。"

耿弇摸到刘秀脉搏,便放开道:"王莽篡汉,纲纪混乱,官吏心惧,黎民涂炭。天下患苦已久,思刘汉如久旱思云霓。百姓闻听刘氏匡扶汉室,如游子复归慈母怀抱。今懦弱刘玄忝为天子,上公王凤等权臣专横州郡。朝廷贵戚,恣意都内。如今长安政治腐败,甚于王莽时期,如此的更始皇帝,如何不是更迭皇帝。主公此时,英名传遍天下,仁义播洒四海。此时若不决计自立,恐怕天下就改作他姓了。"

刘秀听了耿弇的肺腑之言,尚在心里转圜,冯异进来道:"当断不断反受其乱,请主公速速派邓禹、王霸、铫期带领五万人马和邓晨将军同守魏郡。彼洛阳安,我魏郡安。魏郡安,河北大安。"

刘秀听了冯异进言不置可否道:"门外还有何人?"

冯异道:"邓禹、铫期、王霸、耿纯。"

刘秀略作思虑下了决心道:"主簿速速草拟上疏,就说河北地面并未彻底平定,暂时不宜罢兵回朝。"

刘秀决计自立之时,除长安更始皇帝外,梁王刘永称帝睢阳;公孙述称帝巴蜀;李宪称王于淮南;此外,距长安的偏远州郡拥兵割据者数不胜数。

令刘秀和耿弇、冯异、邓禹等足智多谋者没想到的是,不等刘秀的上疏送达长安,幽州牧苗曾已经奉旨到了邯郸城,敦促刘秀启程回朝。

第二十四章
巡营帐铜马臣服　战顺水英主身危

　　刘玄淯水称帝不久,其妻苗氏自然为正宫娘娘。由一个乡间民妇一步登天成正宫娘娘,苗氏倒也知足安分年余。一年之后,学会颐指气使。一年半之后,有了百事挑剔的脾气。赵萌女被刘玄专宠,赵萌将诸多门人厨子充列朝廷,苗氏愤而不平,逼刘玄将自己的弟弟苗曾出为幽州牧。幽州辖有广阳郡、代郡、涿郡、上谷郡、渔阳郡等十二郡(国),但绝大部分郡(国)拥兵自立,只有代郡、涿郡、上谷郡三郡听命于长安。以苗曾的神机巧算,待刘秀回朝之后,便可借冀州邯郸、常山、钜鹿等地兵马,平定敢于抗命的广阳郡、代郡、右北平、辽东、辽西诸郡。有此神机巧算在胸,苗曾临行之际,讨得皇姐夫刘玄的口谕,假道邯郸,以钦差身份敦促刘秀起身回朝。

　　苗曾年约三十五六,七尺个头,眉清目秀,一身女人似的细皮嫩肉。因不满意自己长相媚柔,自领幽州牧那天起,他看人目光仰视,行动脚步横出,极力摆出幽州牧的官谱。当他在驿馆得冯异、邓禹、王霸、吴汉等人禀告,知刘秀因身体欠安不能驿馆觐见钦差时,便虎着美男玉面腾然立起当众发着道:"岂有此理!刘秀即便有病,也该坐抬床前来驿馆拜听皇上口谕,难道他要抗旨不遵么?"

　　冯异刚刚拱手说了一句"钦差大人息怒",吴汉右手藏剑背后,左手一把拉开冯异对苗曾道:"钦差苗大人,皇上到底给你有何口谕,何妨对我等说说。"

　　苗曾蓦然粉颈粗红大声斥责道:"呔!尔是何人,焉敢妄听皇上口谕?"

　　吴汉嘿嘿冷笑一声,突然挥剑直劈苗曾颜面。可惜苗曾的眉清目秀细皮嫩肉,瞬间变成人面桃花血染就,金身倒地痉挛几下一命休。

　　吴汉字子颜,南阳郡宛县人氏。家贫好学,得以为亭长。王莽末年,因惧坐宾客命案逃亡渔阳郡。先贩马,后得拜安乐县令。王朗伪立邯郸,吴汉劝渔阳郡太守彭宠依附刘秀。彭宠因顾忌此举受大多数署僚反对,一时难以决断。刘秀成为真定王刘扬的外甥女婿后,吴汉终于促成彭宠率兵参与攻打钜鹿城。刘秀与吴汉见面后略略交谈,便知吴汉是不可多得之能吏猛将,拜以偏将军。吴汉归依刘秀如鱼得水,杀伐决断敢作敢为,故而快刀切菜替刘秀除去苗曾。

　　刘秀得知苗曾死于吴汉剑下,水到渠成彻底与刘玄决绝。当下命吴汉持从苗曾身上夺得幽州兵符,去幽燕地征调一万突骑。吴汉贩马时往返幽州、冀州,熟人熟路,从幽州、渔阳征调齐一万突骑南返青阳县与刘秀相遇。恰在此时,耿弇也率上谷郡新征一万突骑到了青阳,刘秀拜猛将吴汉、能将耿弇为大将军,一同征讨铜马军。

来自山东的十余万铜马军,盘踞郯城、馆陶一带年余。得知刘秀率八万汉兵自青阳县来犯,渠帅卢全凭借势众先发制人,令前将军何元、中将军李欣、左将军施乾、右将军张博,各自率领二万二千人马,轮番向汉军挑战。刘秀见铜马军来势汹汹,严令吴汉、耿弇不得出营和铜马军交战。何元、李欣、施乾、张博多次求战不得,攻击汉军大营不动,便四处掳掠粮食财物。因时至暮秋季节,铜马军掳掠所获颇多。前将军何元运气最好,他打探到青阳县一处汉军粮草囤积处突袭得手,获得粮食八十万斤,外加财物无算。

刘秀见铜马军已被所掠财物所累,立命邓禹、耿纯在那要路设伏,再命吴汉、耿弇率军攻击四处掳掠的铜马军。铜马军何元、李欣、施乾、张博因不舍到手财物,一遇攻击便连连败退。待退至馆陶西地一字岭,被邓禹、耿纯率领二万伏兵拦腰杀出。铜马军冒死抵挡伏兵之际,吴汉、耿弇四万追兵赶上,两面夹击之下,铜马军战死或逃逸二万余人,其余六万多人弃械投降。先前四处掳掠之财物、粮食,又被汉军全数夺回。渠帅卢全见大势已去,率数千率部扈从远遁他乡投奔赤眉去了。

刘秀骤然得六万余生力军,立即封何元、李欣、施乾、张博四人为列侯。秦代商鞅变法,设军功为二十等。起步一等为公士,二等为上造,依秩第十九等为关内侯,第二十等为彻侯。汉袭秦制,汉武帝时为避讳,改彻侯为列侯。列侯又称通侯,意即功通王室,为二十等爵最高爵位。在封爵宴会上,刘秀见何元、李欣、施乾、张博谨慎饮酒,食仅半饱,便知封其最高侯爵也难以收服铜马军将士的军心。宴席已散,刘秀命他四人各自归营。

何元等人离去,吴汉愤愤不平进谏:"主公,此四人身受列侯封爵,仍然各自心怀鬼胎,何不席间斩之了断?"

刘秀道:"得天下易,得匹夫、匹妇之心难。大将军临阵勇不可挡,敢随我收服铜马军之人心么?"

吴汉一挺胸脯道:"愿随主公赴汤蹈火!"

刘秀笑道:"你吴子颜之勇,只可用于疆场。收服铜马军之人心,有主簿一人足矣。"

铜马军初降,因怀有疑心,不肯分散接受改编。何元、李欣、施乾、张博各自一万多部众,还是集中抱团安营扎寨。是夜,刘秀真个力排众议,和主簿冯异便

第二十四章　巡营帐铜马臣服　战顺水英主身危

装轻骑，出入铜马军各个营帐抚慰将士。何元、李欣、施乾、张博等人见到刘秀只带主簿轻入自己的大军营帐，都被感动得涕泪齐下倒身跪拜。刘秀巡行半夜方离开铜马军大营，各将士莫不心悦诚服相互传语："萧王推心置腹抚慰我等，行动言语如慈父爱子，敢不替萧王牵马坠镫沙场效死么？"

刘秀收服铜马军军心，被铜马军将士齐呼为"铜马帝"。陡然增添十万兵马，刘秀立即挥兵进击青犊、上江、大彤等地十余万赤眉军。有吴汉、耿弇等猛将精兵，一月内连下赤眉数十营垒。时机成熟，刘秀先拜邓禹为前将军，分拨精兵二万西进，即牵扯他路赤眉大军进攻长安，又准备乘隙夺取河东郡二十余县。经邓禹临行建言，刘秀再命偏将军寇恂为河内太守，效萧何经营关中，屯垦储粮，输送大军粮草。其时，刘秀的死对头朱鲔、李轶拥兵二十多万驻守洛阳，随时可以渡河北侵。因此，刘秀再命冯异为孟津将军，与驻守魏郡的邓晨一道，于黄河北岸，构筑营垒，以防朱鲔、李轶攻略河北。诸事部署一毕，刘秀亲率十余万大军进击燕赵一带的敌对州郡。

冯异初次将兵一万多人，恨不一朝凭此建立不世大功。他在孟津北岸构筑营垒一毕，见黄河南岸的李轶暂无北略迹象，便生出劝降李轶，好让自己腾出手收服天井、上党一带。主意拿定，便给未曾谋面的李轶送去一封劝降信。其信曰——

　　舞阴王殿下：明镜所以照形，往事所以知今。昔微子去殷而入周；项伯叛楚而归汉；周勃迎代王而黜少帝；霍光尊孝宣而废昌邑，彼皆畏天知命。睹存亡之符，见废兴之事，故能成功于一时，垂业于万世也！苟令长安尚可辅佐，延期岁月，亦恐疏不同亲，远不逾近，公岂能安居一隅哉？今长安坏乱，赤眉临郊。王侯构难，大臣乖戾，纲纪已绝，四方分崩，异姓并起，是故萧王跋涉霜雪，经营河北。方今英雄云集，百姓风靡，虽邠岐慕周，不足以喻。公诚能觉悟成败，亟定大计。论功古人，转祸为福，在此时矣！若待猛将长驱，严兵围城，虽有悔恨，亦无及已。

是时洛阳云集大司马朱鲔、舞阴王李轶各部共计二十万——号称三十万众。依刘玄诏令，只待粮草齐备，便要北略河北魏郡、邺城、邯郸等地。其时，大司马朱鲔率十万大军驻守洛阳城以外，与河北耿弇隔着黄河对峙的是李轶五万兵马。李轶得冯异信函，仔细阅读三遍。天下大事，李轶本已看出经络走势。经冯异分析指要，更是一目了然无需怀疑。李轶所后悔者，自己本和刘秀首于起事舂陵，情同兄弟,皆因受了朱鲔、王凤、张卬等人蛊惑,参与陷害刘縯,才与刘秀构成嫌隙。若以耿弇所述轻易归顺刘秀,日后触动参与谋兄嫌隙,恐难避免杀身之祸。李轶为此心内七上八下的掂掇一天一夜,便做了一个试探性的回书交给冯异的信使。其回书内容如下:

  吾本与萧王首谋复兴汉室,结下生死之约,继而起事与舂陵。今轶屏洛阳北隅,将军镇盟津,俱据机轴,千载一会,思成断金,唯其转达萧王,愿进愚策,以佐国安人。

  冯异得书一看,便知李轶暗许归降萧王之劝,当下大喜。再给李轶回书结下安守疆界以观局势的密约,留下四千人据守营垒,自带精锐万余,开始了他跃马疆场直接为刘秀攻城略地的南征北战。

  刘秀亲率十余万大军进击燕赵一带的敌对州郡,很快克服二十余县,麾下云集十五万大军。主簿冯异擢任孟津将军,耿纯便长随刘秀左右参赞谋划。此时刘猛千辛万苦寻觅而来,做了刘秀的执戟郎中。其时帐前骁勇大将,还有王霸、铫期、吴汉、傅俊、刘植、景丹、王丰、何元、李欣、施乾、张博等十余人。刘秀从长远计,分兵十万交给王霸、铫期驻兵常山郡元氏县缮甲训卒,自己率领五万精锐追击从燕赵之地逃出的败兵。大军出发前夕,刘秀在元氏县城头阅看前汉舆图。中军将军耿纯近前谏道:"萧王殿下,以末将愚见,殿下最好还是驻马元氏缮甲训卒。追击穷寇钟显、刘林,交给吴汉、刘植、景丹即可。"

  刘秀知道耿纯的用心,是在劝自己不必亲冒矢石冲锋陷阵,便指着舆图道:"高祖得天下,此舆图向后人诏示着大汉疆界版图。现今河北已得城池土地,不及高祖天下百一。大树将军说说,我可以从此懈怠安居王宫么?"

  耿纯分辩道:"王者王天下,追击穷寇乃将军分内。若殿下不放心吴汉、刘植、景丹、王丰,我耿纯可随其一起出征。"

  刘秀笑道:"主簿冯异做孟津将军去了,耿将军不甘心做一参赞幕僚吧。"

  耿纯唯唯而退道:"萧王如此说话,末将收回谏言就是。"

  王莽做了断头皇帝,原新朝幽州刺史钟显自号奉天大将军,聚兵五万余割据右北平、渔阳一带。刘秀率兵北略之前,王朗邯郸城破之际的漏网之鱼刘林,已投靠亲家钟显麾下做了前将军。刘林做了幽州军的前将军,献计突然攻克渔阳

第二十四章　巡营帐铜马臣服　战顺水英主身危

城,赶跑了听命于刘秀的渔阳太守彭宠。钟显和刘林在渔阳城大摆庆功宴之际,刘秀的十万大军也突然包围了渔阳。钟显五十挂零,很有自知之明。惧于刘秀英名,乘夜带领五万人马弃城回逃幽州城。刘秀似乎早已料到钟显会弃城而逃,亲自带领六万人马追了上来。

刘林对恶梦般紧随自己的刘秀有三恨,一恨献计水淹赤眉军的妙计不从;二恨攻破邯郸粉碎自己的钜鹿王的美梦;三恨追到幽州来赶尽杀绝。有此三恨在心,刘林一边逃跑一边谋划还刘秀以颜色。当他发现右北平顺水河一带沟壑丛林甚多,便和钟显并马献计道:"主公,这一带地形复杂,我们何不设下伏兵,打刘秀一个措手不及?"

钟显看看顺水河两岸的地形,心里还有所顾忌道:"五万人马对打六万人马的冷锤,我担心还是没有胜算。"

刘林道:"主公所虑极是。两军交战,胜在兵士骁勇、阵势不乱。若我们有意弱于刘秀,刘秀必轻兵冒进。届时我们一侧伏兵突然侧击,便是乱刀斩长蛇,任他刘秀昆阳城能以少胜多大败王莽四十万大军,也难逃兵败顺水河的命运。"

钟显一想幽州城、右北平已是自己最后两座城池,便同意在顺水河伏击打败刘秀。于是,便和刘林一起把伏击刘秀之战,谋划得滴水不漏天衣无缝。

刘秀率兵追击钟显、刘林夜宿顺水河一带之际,前将军邓禹送来紧急信函。邓禹以为,赤眉大军已经云集长安四周,很可能出现刘玄弃长安逃跑的局面。邓禹希望刘秀此时停止北进,先经营河北南部以防不测。刘秀很是同意邓禹信中的建言,但是不愿放弃眼看到手的右北平和幽州城。恰在此时,被追击的幽州兵开始丢弃辎重,不断有数十、成百的钟显的兵士倒戈投降。刘秀判断钟显、刘林已成强弩之末之势,便决定待平定幽州,再回兵邯郸、常山、魏郡。

第二天,刘秀下令骑兵脱离步卒,快速追杀幽州兵。刘秀此令一下,二万余骑兵便打马飞奔。就在远离步卒几十里路程之际,顺水河一侧丛林高地上突然杀出数万伏兵。正如刘林预测的那样,幽州兵伏兵侧出冲杀,正像乱刀斩长蛇。刘秀的二万骑兵一霎时被冲击得七零八落。雪上加霜,刘秀的胯下白龙马受到突然惊吓,脱离队伍便往顺水河一侧跑去。执刀掠阵的刘林看见刘秀匹马落单跑向顺水河,便指挥百余亲兵扈从一起追杀刘秀。此时刘猛发现刘秀的险境,大吼一声挥矛阻挡刘林等众。刘林和钟显的亲兵扈从得此建功立业机会,个个跃马争先。俗话说只手难敌双拳,刘猛很快受伤落马。刘林顾不得落马的刘猛,指挥亲兵扈从三面围紧了伏鞍而逃的刘秀。刘秀在白龙马受惊时失落了长矛,此时也只能打马快逃。看看前面河水阻路,刘秀不得已带转马头跑向一个入河宽渠。刘秀正待跃马一过,刘林一个亲兵追上举刀砍来,刀尖伤及刘秀左脚,砍入马的左腹。白龙马负疼,扑通一声跌进宽渠。刘秀不愧是出入万军阵的英雄豪杰,只见他急中生智借势一跃,忍疼离马跳到宽渠的渠岸。

　　刘秀离马跳到宽渠对过的渠岸,暂时躲开刀锋并未脱离绝境。刘林的亲兵扈从个个骑着高头大马,不用加鞭,人人纵马轻松追越过宽渠。追在前面的几个亲兵,很快对徒步而逃的刘秀举起了大刀长矛。急得刘林隔着宽渠大声呼喊:"我要活口,给我留下活口!"

第二十五章
凭民心坚壁清野　报兄仇借刀杀人

　　吴汉、刘植、景丹等将初遭钟显的伏兵冲击，被兵败如山倒的散兵裹挟得难以施展身手。好在吴汉等人都是经过战阵的猛将，突围以后便聚在一起相互询问刘秀下落。一个千夫长流泪说，他远远看见萧王被贼将一刀砍落于沟渠之中。傅俊、刘植、景丹、王丰听得此言，俱情绪低落长吁短叹。吴汉见状大声道："天下没有常胜将军，众将士只可抖擞精神重整旗鼓，不可就此萎靡不振。"
　　偏将军傅俊担心道："倘萧王真遭不测，何人可以代替萧王号召天下？"
　　吴汉道："萧王兄刘伯升有刘章、刘兴二子，现寄养南阳民间。万一萧王不测，何患没有人主号召天下么。"
　　众将领一听，方颔首缓颜相约，分散开去收集部从寻找刘秀。
　　且说刘秀被十余骑追杀豪无半点惧意，他弃甲轻装，仅持佩剑护身。刘秀利用渠岸边一片不大的刺槐树林，时而绕着碗口粗的树干躲避刀锋，时而乘隙疾跑。然而槐树林的槐树越见稀少，追兵越来越多。一个满面虬髯千夫长被刘秀躲避得火起，不顾刘林只要活口的将令，搭箭弯弓觑着刘秀的后心便要放箭。带着数十骑寻找刘秀的耿弇此时斜刺里赶来，抢在虬髯敌将前抢先出手，一箭正中虬髯敌将的太阳穴处。耿纯、王丰、刘植等众也同时搭箭射翻十数贼兵，方解除刘秀命悬一线的危机。王丰原是上谷太守耿况麾下的偏将，年约三十六七，虎头熊腰猿臂。胯下追风烈马，手持丈二铁戟。他勒马在刘秀跟前跳下坐骑，将丈二铁戟插入土中绾住马缰，便要展臂抱扶气喘吁吁的刘秀上马。刘秀此时觉得左脚伤口疼痛难忍，嘴里吸着冷气对王丰摇摇手，右手扶着铁戟，左肘搭在王丰的肩膀喘息片刻讪笑说："好险，好险。大江大河风里浪里都过来了，今日若在此渠沟里翻了船，岂不为本家刘林哂笑也。"
　　王丰没有刘秀那般轻松，他不及和刘秀搭话，发猛力乘势将刘秀抱坐于马背。正在此时，刘林带着数百人鼓噪着杀了过来，使人主刘秀再次陷入危急。千钧一发刻不容缓，吴汉、景丹带着收集得来的数百部众恰好寻着刘秀。两军相遇都为刘秀的生死而来，自然有一番呐喊恶斗。能将耿纯、王丰置丁丁当当的兵器搏击声不顾，悄然护着刘秀离开险境。耿弇、吴汉、刘植、景丹瞥见刘秀离开三箭之地,便且战且退护着刘秀向范阳城疾奔。

范阳城时为涿郡治所,刘秀带着数千残兵进入范阳,钟显、刘林随后带着他的五万胜利之师围了城池。范阳城由渔阳太守彭宠带领五千人马临时驻守,加上刘秀带来数千残兵不及一万。好在范阳城城墙坚固,刘秀立即传令驻兵常山郡元氏县的王霸、铫期,尽起十万大军,准备里应外合把钟显、刘林歼灭在范阳城外。

钟显、刘林在顺水河大败刘秀且将刘秀困在范阳城,钟显感觉奉天大将军不足显示自己的丰功伟绩,便改号奉天燕王,拜刘林为龙虎大将军。接着传檄附近州郡驰援攻克范阳城。刘林建言在檄文里提出一个口号,叫做"杀尽北略汉兵,还我燕赵乐土"。多亏刘林这一建言,流窜代郡的天威大将军赵庆、盘踞上谷郡乾县、济县的天猛大将军赵铧各带一万骑兵参与围攻范阳城。奉天燕王在范阳城城外燕王宝帐宴请赵庆、赵铧,密定了和汉兵缠斗谋略,确定赶走汉兵后地盘划分。谋略一定,刘林履职龙虎大将军,指挥七万兵马轮番围攻范阳城。刚刚围攻两日,钟显闻报刘秀的猛将王霸、铫期十万大军驰援范阳城。钟显、刘林、赵庆、赵铧七万人马立即作鸟兽散,分散逃往幽州、代郡、上谷等地。

贼军退去,刘秀知幽州城、右北平一时不可轻取。天下局势,将随着长安更始皇帝的命运变化而变化。若不未雨绸缪经营邯郸、魏城、钜鹿、邺城一线,已得河北大部,也将一朝失去。刘秀得耿纯、吴汉参赞,便命王霸、铫期率大军先行南进常山、邯郸。自己在范阳城治疗脚伤旬日,随即率领先后会聚于范阳的四万余将士南进。刘秀率军刚刚离开范阳城两天,便被钟显、刘林、赵庆、赵铧的六万人马追来,在鹿林谷地渐成包抄合围之势。刘秀面对来势汹汹的追兵冷笑一声道:"遗憾未曾歼灭之穷寇,不料自送上门。今日谁肯为我擒拿钟显、刘林?"

刘秀语音未落,吴汉朗声应道:"主公放心,且看末将以本部兵马,献俘钟显、刘林于主公马前。"

刘秀道:"吴大将军不可轻敌,除本部将士外,尔再率刘植、景丹所部截击贼寇。擒贼擒王,须认准钟显旗号,得手后即刻回师南进。"

吴汉应诺,便带着刘植、景丹、傅俊等部三万余众回马截击钟显、刘林去了。

刘秀勒马立在高坎,看着吴汉大军离去,不无忧虑地对耿纯道:"伯山,吴汉此去,果能速胜贼寇么?"

"吴汉、傅俊、刘植、景丹都憋着顺水河遭袭的恶气,非钟显、刘林之辈可以匹敌。"

"伯山如此一说,我倒有些放心不下了。"

第二十五章　凭民心坚壁清野　报兄仇借刀杀人

刘秀说完便开始勒紧衣甲，然后向一个扈从要过长矛对耿纯道："耿将军吩咐长史传令下去，立即回马迎击幽州兵。"

耿纯见状堵在刘秀马前谏道："萧王已是万乘金躯，不可轻易操戈接敌。"

刘秀嗔笑道："刘林顺水河伤吾左足，此仇不报，君子不如，遑论长安给的空头王号？耿将军速速传令下去吧。"

耿纯还想劝谏刘秀不可履险，看看刘秀不容置疑的神色，只得回身命长史传令回击幽州兵。

钟显、刘林再次联络赵庆、赵铧追击刘秀的四万余人马，主要目的还是想打刘秀一个措手不及。顺水河一战埋伏偷袭得手，使钟显、刘林觉得自己是可与刘秀匹敌的英雄。他们分析刘秀南进心切，绝无在鹿林谷地恋战的心情。不恋战，必求速胜，此正是幽州兵的可乘之机。即便不能一举消灭刘秀的四万人马，乘胜夺取其财物，占领范阳以南二十余县地盘，也是上上大吉。当闻报吴汉率三万余人回马拦击，钟显命赵庆所部万余骑兵与吴汉的前锋略略交战，便佯装败逃。吴汉哪容赵庆再次逃脱，命全军紧紧追赶。略追了十余里路程，一阵战鼓骤响，钟显、赵铧五万余众四面合围上来。吴汉、刘植、景丹三万余众并不惊慌，各自分兵接战。此时的十里鹿林谷地，旌旗乱舞，兵器铿锵。人喊马嘶，剑影刀光。幽州兵赵铧所部大部分来自彪悍的突厥人，个个骁勇善战。任吴汉、傅俊、刘植、景丹身先士卒舍命冲杀，无奈幽州兵越战越多，自己一方渐成下风，军阵不断有汉军兵士中枪中刀的惨叫声。

吴汉心里焦躁，几下扯去上身铠甲，赤裸着上身催马杀向钟显帅旗所在的一处高台地。只见吴汉连声大吼，狂舞着长矛咔咔嚓嚓杀开一条血路，直至高台地不断挥舞着令旗的赵铧马旁。吴汉愤怒一矛搠去，却被赵铧旗杆隔开。回马再刺，再被赵铧磕开。吴汉愤怒至极，索性丢了长矛，腾身跃到赵铧的马背，把他从马上拖摔到在地上。吴汉骑在赵铧的身上双拳迎面一阵痛击，被跌得七荤八素的赵铧早鼻骨塌陷呜呼哀哉。吴汉的拼命生猛，激励着他麾下的偏将、千夫长、百夫长们一阵舍命格斗，方吓得钟显、刘林等人率先退却。恰在此时，刘秀一万多生力军赶来增援，幽州兵四下一阵锣响。数万幽州兵四面八方分头夺路而逃，蓦然让刘秀、吴汉无法确定大军追击方向。稍稍迟疑掂掇，数万幽州兵便远遁而去。

刘秀看看天色已晚，便命择地扎营，待天明后挥师南进。谁知第二天开拔南进之际，钟显、刘林又率数万人马前来挑战。吴汉率部刚刚接战，幽州兵又一触即逃。至此，刘秀终于明白，钟显和刘林欲激怒自己不顾一切轻敌冒进，以寻得可趁之机。

明白了钟显的险恶用心容易，急切间消灭钟显很不容易。若跟在幽州兵身后向北追击至幽州城，岂不是与南进大计背道而驰？刘秀踌躇不定，方欲传耿纯进帐商议，偏将军景丹匆匆入内献计道：

"以末将愚见，钟显之幽州兵，实为幽州贼兵。其大军出征，并不多带粮草。军中粮草匮乏，全靠就近抢掠。主公仁厚德重，我汉兵秋毫无犯，恰与幽州兵形成反差。主公若命能将潜入幽州兵必经过之地，预先劝民坚壁清野。主公在鹿林谷地以北据营坚守，不出半月，幽州兵必将粮草罄尽。待其掳掠不得，欲北逃之际，遣猛将率万余轻骑追杀之，可得事半功倍之效。"

刘秀闻言大喜道："景将军此计甚妙，我意景将军建此功劳可好？"

景丹朗声道："主公差遣，末将当效犬马之劳。"

刘秀见景丹欣然领命而去，心里方为钟显、刘林时聚时逃的缠斗一阵放松。不用深想，心里便定下届时追杀钟显、刘林的几员猛将。

景丹字孙卿，冯翊郡栎阳县人。年约四十二三，眉黑眼大脸宽；赳赳武夫身板，谦谦君子风范。王莽时，举经史子集四科入仕固德侯相，后为上谷郡长史。上谷太守耿况归顺刘秀，景丹得以效命刘秀，以能名被拜为偏将军。领命之后，景丹在自己部兵中挑选数十个熟悉北地的将士，一律乔装成贩马、贩牛的商贩。预先在幽州兵必到之处，暗地传檄长安刘汉萧王口谕曰：为防粮食财物被幽州兵抢掠，都要闻讯进行坚壁清野。凡粮食不被幽州兵抢去者，萧王日后另加赏赐。

北地州县高门富户，深受钟显、刘林之类的王侯、将军勒索褫夺之苦。得景丹等人暗中传给的檄文，莫不欣然听命。景丹安插在各个要津的探马，预先告示各县大户幽州兵行动去向。各高门大户闻讯，要么凭堡垒据守，要么深埋粮食潜藏他乡。钟显的幽州兵在此处抢掠不果，继而转向他处抢掠。孰料他处城镇亦是饿犬流浪，鸡豕炊烟鲜见。即便偶有偏僻集镇尚未躲避，纵能抢掠得些许粮草，于数万大军也是杯水车薪。

想那数万人马，怎可一日无粮？钟显知自己被刘秀利用民心所趁，急忙惶惶退兵北归。数万饥兵北归途中，照样遇到饿犬流浪、鸡豕炊烟鲜见的境况。来自上谷郡的天猛大将军赵铧已经战死，来自代郡的天威大将军赵庆因饥饿带领自己不足一万的骑兵不辞而别，钟显、刘林只能率领三万余众幽州兵边抢掠便北逃。

是日，饥饿的幽州兵正分散于范阳地界抢掠，吴汉、耿纯各带五千余轻骑赶上旋风般四处追杀。钟显、刘林措手不及惊惶无措，各自只带随身扈从落荒而逃。吴汉早盯着钟显行踪，一阵拍马急追，从背后一矛刺钟显于马下。耿纯连杀两员幽州

第二十五章　凭民心坚壁清野　报兄仇借刀杀人

大将,生俘数千幽州兵。此战萧王的汉兵大获全胜,只是又让刘林成了漏网之鱼。

刘秀费时费力灭了钟显,欣然率军南进。大军行进至范阳城,得孟津将军冯异送来捷报和一封密函。原来,冯异得李轶回书,放心率万余精锐之师,先北克天井关,再拔上党郡长子、屯留两城。接着回师河南郡(地在洛阳南),席卷成皋一带甘城、蒯乡、原武、阳武等十三县。别号"大树将军"的冯异于成皋县土乡亭,在万军阵中横刀枭飞河南郡太守武博四棱方正的大脑袋。冯异为人谦谦有礼,素与诸将迎面相遇,常先引缰避道礼让。每次大战之后小憩,任凭诸将并坐论功记簿,唯冯异独坐一旁树下置身度外。军中敬冯异厚德风范,故送其"大树将军"别号。刘秀阅过捷报,按下心中喜悦,急急拆看密函。密函中便是李轶复冯异那封回书。

刘秀将李轶给冯异的回书连看两遍,心下暗定一个妙计。他对身旁的耿纯、景丹等将扬扬手中的捷报、密函大声赞道:"大树将军"冯异守孟津,却攻城略地大有建树。不仅如此,他还和黄河南岸的舞阴王李轶达成默契。将来夺取洛阳,我可不战南渡黄河也。"

景丹诧异刘秀信口说出冯异密函中的机密事,刘秀却将密函塞到自己手中。景丹方阅看密函,便听刘秀对耿纯道:"耿将军速速替我回书大树将军,李轶素来狡诈多变,只可与之逶迤周旋,不可深信其暗中结盟。"

耿纯因未看李轶的回书,一时不便劝谏。此时景丹看完李轶回书,感觉李轶回书倒有几分可信,便进言道:"主公,末将以为李轶现在是穷途末路,若允其归降,对主公是百利而无一害。"

刘秀脸上出现不屑神色,不容置疑对景丹道:"景将军速将李轶给孟津将军的回书晓示黄河北岸守将,只可加强戒备,不可轻信舞阴王李轶归降。"

景丹见此事没有回旋余地,只得满心疑惑遵命而行。至于冯异,更是疑惑刘秀为何急切把李轶的回书张扬出去。

更始皇帝迁都长安封八个异姓王之后,左大司马朱鲔并未接受胶东王的封号。不接受封号的主要原因是,此前他反对异姓封王。次要原因是朱鲔不在乎傀儡皇帝的封号,真正原因是朱鲔为此卜过一卦,卜人说自己命中不当称王。

朱鲔字元渊,南郡石城丰乐乡人。七尺身材,面色黄白。眉短眼小,矮鼻略歪。因家贫无业游手好闲,参与一次打家劫舍而亡命江夏间。王凤起兵,便结伙响应。多年的沙场厮杀,得以拥兵二十万,安居洛阳宫,朱鲔踌躇满志的感觉好于做胶东王。和李轶一样,朱鲔也看出天下大势,必是更始皇帝和萧王刘秀争夺天下。八个异姓王出守方镇,朱鲔便打下鹬蚌相争渔翁得利的主意。有此主意在心,朱鲔除了在洛阳宫安享美苑、美食、美人、美夜之外,便是积蓄实力韬光养晦,力争做那个最后的渔翁。黄河北岸传来李轶和孟津将军冯异暗地结盟、待时归顺刘秀的消息,这让朱鲔对日日享乐的四大美事有所懈怠。

更始三年五月十三日,是舞阴王李轶寿诞。黄河南岸的孟津城舞阴王"王府"鼓乐悠扬,寿宴飘香。李轶年届而立,正值少壮王爷风流。刘秀拒绝了李轶归顺之心,让李轶心里很不受用。借寿诞之喜庆,正可驱逐郁闷。只见他王冠切云,蟒袍委地,雍容骄矜地接受将佐署僚敬奉寿酒。对偏将军以上者,李轶也频频举杯回敬。

李勃是李轶族弟,亦是王府长史。他见舞阴王酒色上脸,便起身阻拦道:"诸位将军、同僚,舞阴王已经过量,请各自随意吧。"

王爷寿星李轶制止道:"且慢。既来之,则乐之,两厢歌舞上来。"

李勃得王爷口谕,对两厢待命的乐队、歌伎一挥手,优雅丝竹悦耳,婉转歌喉绕梁:

> 终南聊比寿,亦让彭祖羞。
> 嘉宴列蟠桃,仙翁展风流。
> 山珍无遗漏,海味聚而周。
> 众口颂一语,寿星千千秋……

传膳官传上一盘李轶最喜欢吃的人乳鸽蛋糕,他边欣赏美女歌喉,边用金舀勺舀起人乳鸽蛋糕享用。刚刚享用品尝两勺,李轶突然觉得腹如刀搅心如火烧。只听"丁当"一声金舀勺落地,李轶手揪胸口,口吐黑血。拥兵五万的舞阴王留给他的族弟李勃最后一句话是:"人乳鸽蛋糕……有毒……"

李勃见王兄已经倒地毙命,怒不可遏扯剑直奔王府后厨。待他飞奔后厨寻找到主厨时,主厨的胸口已经插着一把匕首。从匕首几乎没入胸口看,凶手志在让主厨人死口灭。

李轶的死讯传到刘秀那里,刘秀借故和冯异、耿纯、景丹、傅俊等众设宴畅饮。席间刘秀醉了,冯异、耿纯、景丹等人心里也就彻底明白了。冯异等人明白刘秀借刀杀人成功,一时不知是谁替主公除去李轶。不仅冯异不知,李轶的族弟李勃也是浑然不知。

人有不知,天知地知。《后汉书》确切记载:鸩杀李轶者,乃坐镇洛阳的左司马朱鲔也。

第二十六章
李次元历阳娶妻　刘文叔鄗城登基

阴丽华回娘家阴家营子一年多了，几乎日日在担心、思念的双重煎熬中度过。丈夫很长时间不写一封平安家书，阴丽华便知道丈夫在那人生地不熟的河北诸事不顺。根据刘秀临行之前嘱咐，战乱年月，要她带着伯姬和阴炽蛰伏在阴家营子，逢年过节也不准张扬，不准和淮源镇的大姊走动。无论发生何种变故，更不准远行河北见面。如果刘秀临行没有那么多不准，阴丽华可能就因伯姬、阴炽的鼓动，已经去河北寻找被封为萧王的丈夫了。阴丽华想见丈夫心情的迫切，不在于丈夫是不是萧王，她是要验证丈夫是不是还健康地活着。只有远隔千里、万里的恩爱夫妻，才知道相思的滋味，比黄连之苦还苦三分。

近来，一向对母亲毕恭毕敬的乡官和什户多次上门刁难，催要往年课税。他们反常举止，使阴丽华对刘秀担心、思念加重十分。大伯哥早早被害，丈夫又被排挤出朝廷。乡官和什户的前恭后倨，说明已被封为萧王的丈夫又遇到了危机。这晚，伯姬和阴炽在院子里数星星，阴丽华在灯下替伯姬绣制嫁衣——伯姬并非等着嫁衣，而是打发无聊的时光。突然，阴丽华听到外面传来伯姬的一声惊叫，她连忙放下衣裳出外查看。刚刚开门，便被两个黑衣蒙面人一左一右挟制起来。其中一人不等阴丽华惊叫出声，便往她嘴里塞进一团软布，接着被装入一个大布袋，一下被人扛起就走。

阴丽华从惊厥中清醒过来，她已经被人放入一辆安车中。口中的软布刚刚被人扯去，便听一个熟悉的声音靠近车厢说道："嫂嫂恕罪，为了嫂子和嫂子留在阴家营子亲属的安危，次元不得不如此。"

阴丽华一听是李通在暗中"捣鬼"，悬着的心落下一半问道："次元要带嫂子去哪里？伯姬呢，我小弟阴炽呢？"

李通道："次元当然带嫂子、伯姬、阴炽去一个安全之所，因路途很远，次元须带人一路暗中前后护送，寻机再和嫂子细说详情吧。"

李通说完便一挥手，驭手便牵马前行，阴丽华欲要细问，车厢内一个妇人低声道："贵人请坐好，下人马嫂一路服侍贵人。"

阴丽华一看李通有此精细安排，方安下心来和马嫂小声拉起话来。

李通带阴丽华等人要去的目的地,是右荆州刺史部治所历阳城。

荆州,是《尚书》所记禹分九州之一。禹分九州,是将天下大而化之后的地域称谓。汉武帝元封五年(前106),第一次将华夏地域分为十三个州刺史部,从此荆州成为辖域广大的行政区划名称。更始皇帝刘玄自洛阳迁都长安,九江郡太守邹鹏便上表称臣。邹鹏年逾七十,紧随称臣表章又上疏致仕,请求朝廷新派一位能服众的太守坐镇右荆州刺史部。邓王王常得此机会,举荐西平王李通出镇右荆州刺史部。

此时的右荆州刺史部区域内,公开称帝的有刘宪、刘充,没有公开称帝而有称帝野心的刘姓诸侯大有人在。此时出镇右荆州,无疑如履薄冰。他人不屑与争此偏僻州郡,职为柱国大将军、平西王的李通得便成一方诸侯。不过,李通未及和邹鹏见面,九江城已被刘宪派兵挤占。李通无奈,只好临时选定历阳城做右荆州刺史部治所。

历阳城是前汉历阳侯范增的国邑,故又称亚父城。历阳城地处江淮水陆要冲,凭此也可成就一方霸业。李通有昆阳大战中十三猛士英名,又有亚父范增的儒雅风范,很快在历阳、当涂、全椒、阜陵、下蔡等十一县掌控五万兵马。刘秀在河北的所作所为,李通派出探马打听得一清二楚。值邓禹率兵控扼长安东线,铫期、王霸十万大军开始北进至常山、邺城一带,冯异横扫上党、河南,李通便知刘秀称帝时机已经成熟。朱鲔二十万大军守洛阳,韩琪三万人马守南阳。一旦刘秀公开称帝,此二人都可能下手将阴丽华拘为人质。为解除刘秀称帝的后顾之忧,李通才秘密将阴丽华、伯姬、阴炽接到历阳城保护起来。

自离开新野,一路上都是晓宿夜行,直到在江夏乘船进入长江,昼夜航行五天之后,方到达历阳城。听了李通一番良苦用心,阴丽华才真诚感激李通周到安排。一旦安顿下来,阴丽华便提出李通速速和伯姬在历阳城完婚。刘秀已是拥兵二十余万的萧王,自己也是率兵五万的平西王,李通对阴丽华的提议欣然从命。岂料阴丽华和伯姬商议婚期时,伯姬断然拒绝和李通的婚事。

阴丽华知道伯姬的小脾气上来不容易说服,便把这个难解的疙瘩交给李通。李通诧异伯姬的坚决拒婚,得阴丽华暗示,寻机进到伯姬的寝处。伯姬一见李通进屋,便扭开身子冷冰冰来了一句:"民女刘伯姬,参见西平王爷。"

李通哈哈一笑道:"小妹不是喜欢叫我大爹么,还是叫大爹显得亲热。"

伯姬立马玉颜带笑问道:"敢问李通王爷,你先前是一头乱发,满脸乱须啊。你现在威震右荆州十一县,是为哪个美人王妃,剪裁得如此英姿勃发、威风凛凛啊?"

第二十六章　李次元历阳娶妻　刘文叔鄗城登基

李通一直韬光养晦不揽兵权不争权势，才取得王凤、张韬、朱鲔等人信赖。受封西平王后，李通略略束发修须，着西平王冠服叩谢君恩。他一听伯姬的话头，便知道伯姬心里的症结所在，故小心赔了笑道："伯姬这话问得好，大爹三日后再回答你。"

李通说完毅然转身离开出了伯姬的住所，倒是伯姬觉得意犹未尽，十分遗憾李通的匆匆离开。自淮源石塘乡奇遇李通被救，伯姬早把倾心保护哥哥的李通装在心里。为了哥哥安危，李通几次往后拖延着婚期。待此次看到李通束发修须，展现出二十七岁英俊王爷的儒雅风姿，心里无端生出一点嫉妒、怀疑——李通为什么不等自己亲自为他束发修须？他究竟为谁提前束发修须？三天后李通会拿何种言语回答自己？

三天的时间很短，伯姬性急且好奇的等待觉得很漫长。到了第三天，伯姬避开嫂嫂和阴炽，早早待到自己的住所。等不一会，便听李通敲门道："伯姬，大爹来也。"

伯姬故意磨蹭一会儿方慢慢开门，眼前出现的李通一如早先的乱发乱须，再加一身皱巴巴的布袍衫还原了往日的"大爹"。伯姬再没想到身为王爷的李通把自己弄得如此邋邋遢遢，心里早开始五内翻滚。

李通庄重道："好伯姬，为大爹束发修须吧。"

伯姬的两泓秋水碧波荡漾："西平王爷，您怎么又弄成这副模样……"

李通讪笑一下道："不瞒小妹，只要三天不梳发、不修须、不洗脸，就还原我李次元的本来外貌。"

伯姬的两泓秋水溃堤泛滥，上前抱住李通哭着说："大爹，我们今天就结婚……"

舞阴王李轶死于三十岁寿诞之日，右大司马朱鲔心里觉着还不解恨。于是，命部将苏茂为左先锋、贾强为右先锋率三万人马进攻刘秀的河内郡的温邑。朱鲔进攻温邑只是个幌子，待河内太守寇恂兵马离开河内城去救温邑，自己再亲率五万大军乘虚占领河内城。

河内城南距洛阳仅一百二十里，太守寇恂闻讯苏茂、贾强攻略温邑，一边飞报孟津将军冯异，一边率领二万余部众与苏茂、贾强会战于温邑城外。寇恂经营河内年余，兵强马壮，俱能以一当十。加之寇恂挥舞大刀一马当先杀入敌阵，河内军将士们奋不顾身紧随太守舍命厮杀。苏茂被寇恂的将士们凶神恶煞般厮杀吓破苦胆，率先往后逃跑。苏茂一退，贾强随后也引兵后退。寇恂麾兵追击至黄河，苏茂腿快先逃回黄河南岸，贾强腿慢不及上船，便被河内兵围在黄河北岸。

贾强刚想逞强和寇恂做一番决斗，几个回合下来，便被寇恂狠命一刀从右颈到左肋齐齐砍下。主将已死，余众全部弃械投降寇恂。

孟津将军冯异早盯着朱鲔的举动，得知他派兵北侵，便引五万兵马先行渡过黄河，迎击欲北渡黄河进攻河内的朱鲔于途中。苏茂、贾强败得太早，汉将冯异来得太快。朱鲔的征讨大军的殿后将士还没离开洛阳城，急切之际怎能列阵搏杀。好在前锋大军离开洛阳不远，朱鲔立命大军且战且退。

寇恂得知冯异已过黄河，便也率二万精锐与冯异会师于洛阳城外。朱鲔大军退回洛阳便紧闭城门，命登城将士鼓噪河北汉兵快点攻城。冯异、寇恂并马巡城一周，料知城坚敌众难以攻克，仅仅环城佯攻一夜，便引军渡河北还。

寇恂、冯异南渡黄河勒兵洛阳城下，使远在常山郡的耿纯、耿弇、吴汉、王霸、铫期、傅俊等将闻讯很是兴奋。众人一商议，便联名上书刘秀称帝即位。刘秀在聚将厅阅过众人联名上疏，仅仅摇摇头便放过一边。众将见刘秀默然不允，心里都觉惋惜不平。王朗覆灭前夕，更始皇帝才想起派降虏将军马武率兵八千征讨。马武得此便利，一到河北地面便投靠魏郡的邓晨。刘秀南进常山，马武终于率众效力刘秀帐下。他见众将缄口不语，仗着自己资历较深，故走出班列亢声道："当断不断，反受其乱。主公犹豫谦退，难道不顺应军心，不顾宗庙社稷么？方今宜称号尊位，后遣军征讨四方。有道是名不正则言不顺，言不顺则师无名。不然，大家都可骂对方是贼军，谁认可我们是汉室正宗呢？"

刘秀觉得马武一番话很是逆耳，便叱咤道："马武住口！"

马武脖子一梗道："末将的忠言，主公得三思呢。"

刘秀大怒道："马武大胆胡言，莫不掂掇我杀人的钢刀不快么？"

马武见刘秀震怒，方低头默然后退。

见马武劝刘秀称帝被斥，众人暂且收敛劝刘秀称帝之心。其后盘踞幽州北地的尤来率军南犯，吴汉、马武、耿弇等三万将士领命迎击。不出一月，追尤来二万残兵于幽州、辽东歼灭罄尽。河北汉军再次大捷，耿纯、耿弇、吴汉、王霸、铫期、傅俊又躁动了劝进之心。汲取首次劝进教训，众将在南平郡棘城趁着刘秀高兴，推举和刘秀有父子之情的耿弇呈送劝进表章。果然，刘秀碍于大将军耿弇的面子，仔细阅了众将的劝进表章对着众将缓颜道："现在于我为敌者，已经不在少数。如此急于称号，岂不是再给我增加更多的敌对者么？"

耿纯在顺水河有救驾之功，加之众将事前怂恿便大胆进言道："主公之言不无道理，但众将劝进也在情理之中。主公仗节宣威河北，初过黄河，仅孟津将军冯异相随。此后邓晨、铫期、王霸等将望风归附，信都太守任光为了主公，陷妻子

第二十六章　李次元历阳娶妻　刘文叔鄗城登基

于血光之灾。还有众多的将士别亲戚、弃乡土归附主公所为者何,无非借主公成就帝业,攀龙附凤博取功名。今天主公再违众将美意,不肯称号正位。众将绝望之时必生去心。末将担心众将离散难以再聚,主公何苦冷落众人热切劝进之心呢?"

刘秀对耿纯一番话语入耳入心,但考虑到称帝的时机和理由,便颔首对众将说道:"伯山一番言语入情入理,容我三思而后行。"

耿弇、耿纯、吴汉、傅俊等众见刘秀语气松动,也不便劝进太急。南进大军行至常山郡鄗城县途中,刘秀接到军报:在成都拥兵十万的公孙述,近来在成都公开称蜀王。刘姓人轻率称王称帝已是不知死活,卒正出身的公孙述称王更是大逆不道。刘秀暗恨公孙述之余,也有被人占先之憾。进了鄗城,刘秀召冯异赴鄗城密询此时称号可否。冯异在密室见到刘秀,宠辱不惊从容不迫道:"古人云,国将亡,本必先颠,而后枝叶从之。更始懦弱受制奸佞权臣,早已是尸位素餐。现今长安朝纲,败坏于权臣赵萌。奸佞居尊,贤士草野,此即本必先颠之兆。更始朝土崩瓦解为期不远,欲保宗庙不毁于异姓,唯仗主公厚德英名。此时称号,正是顺天应命水到渠成。"

刘秀一笑诘问道:"公孙初到鄗城,便道出这一番有根有据言语,莫非你也早有劝进之心?"

冯异笑道:"臣早有劝进之心,莫非主公早无称号之意么?"

刘秀被冯异大胆问及要害之处,扯去面具直言道:"日有所思夜有所梦,昨夜梦见我乘着一条赤龙上天,醒后心跳不止,我担心帝位不是容易坐稳呢。"

冯异当即离席下拜道:"可喜可贺,此乃天命所归之吉兆。主公醒后心跳不止,皆因主公素来小心谨慎所致,不可因此犹豫不决。"

刘秀正要对冯异说出内心另一块心病,长史进到密室禀报道:"有一儒生自称强华,求见主公。"

刘秀一听长史说出"强华"二字,忙不迭道:"长安故人到了,快快有请。"

冯异一听主公故人来会,忙告辞回避。冯异刚去,长史便将强华带进密室。

强华字君实,颍川郡翟县人。二十六七年纪,身高七尺有余。儒生打扮,贤士脾气。眉清目秀,玉面少须。早年入长安游学,和刘秀结伴一室住居。二人关系亲密,强华求见刘秀,当然上宾礼遇。

刘秀急步起身迎强华于门口,二人欢言寒暄再三。刘秀方请强华入座道:"故人数载音讯全无,今日蓦然相会于鄗城,莫非君实贤弟有要事相告?"

强华哈哈一笑道:"古人曰,士别三日当刮目相看,何况文叔在做翻天覆地的大事业?君实不远千里而来,专为从此抛开你我同学之义,此后奉君臣之礼。君

实望主公允之,方好告之来意。"

刘秀一笑道:"同窗故旧之请,文叔权且应允。"

强华得刘秀应允,当下离座正冠理衣,挥袖舞蹈,匍匐叩拜道:"儒生强华叩拜皇上,吾皇万岁万万岁。"

刘秀大惊,差点跌坐地上道:"君实莫出戏语,奈何王法无情!"

强华起身轻松一笑道:"文叔莫谓君实戏语,今日有'赤伏符'进呈。"

强华说完,慎重其事从袍袖中取出一件精致密函,封面上金粉篆书"赤伏符"三字。刘秀拆阅隶书内文,见开篇三语曰,"刘秀发兵捕不道,四夷云集龙斗野,四七之际火为主。"刘秀阅过赤伏符,已知大意和强华来意,但佯作不解道:"不仅赤伏符费解,开首三句也觉不通,君实可为详解。"

强华道:"大汉尚赤,赤为火色;伏有藏意,久藏必出,故符命名曰'赤伏符'。开首三句,符命精华集聚于末句。四七之际,谓四七二十八。暗喻汉高祖斩蛇起义至今二百八十载。四七之际火为主,云大汉火德复兴寄托萧王称号,大王不可疑虑自误。"

刘秀看着强华两眼道:"强华这赤伏符来自何处,我能深信不疑么?"

强华脸上诡秘一笑道:"符命谶语,往往市井间口口相传。若追根穷源,大王可求得当年'王莽当灭,刘氏当立'的谶语之源头么?"

刘秀至此开颜一笑道:"君实既来之,则安之。赤伏符所言,当为期不远矣。"

是夜,刘秀在床上辗转至夤夜仍毫无睡意。鄗城称号,可谓万事俱备,可在刘秀内心深处,却牵挂远在新野的阴丽华和刘伯姬。君子争天下,不祸及妻孥。然古往今来,君子实为罕见。高祖与项羽相比,世人往往讥高祖卑微,称颂项羽为盖世英雄。然而,楚汉相争之际,项羽扣住吕后、刘太公。正是这个力能拔山的大英雄,要在两军阵前生生烹煮刘太公。白天未及对耿纯说出的另一块心病,就是担心阴丽华姑嫂被洛阳的朱鲔或者南阳的韩琪扣为人质。真定国娶郭圣通,已经有愧于结发爱妻。若因贸然称帝遗祸阴丽华姑嫂,将会遗恨终身愧疚来世。前些时欲要刘猛回新野暗接阴丽华姑嫂来河北,因刘猛伤势未愈腿脚不便未成行。再加路途曲折,担心途中安全而作罢。长夜难眠,刘秀寄希望于李通能切实保护阴丽华姑嫂的安危。次元、次元,数千里之外,你会想到这一层么……

刘秀念叨着李通朦胧入睡,醒来不觉已是晨时。点卯之际,众将再进呈劝进表文。刘秀刚刚阅完表文,长史又呈进一件密函。刘秀看出是李通的亲笔,镇定一下心绪,方拆开阅看,得阴丽华姑嫂无恙消息心内一阵狂喜。目光触及方才众将劝进表文,忙敛色矜持地对聚将厅众将道:"符命示祥瑞,众将屡劝进。海内淆乱,汉室当兴。君子虑动,顺天应命。命有司鄗城南郊择日、择地设坛,方可祭祀天地,敬奉皇天大命。"

冯异、耿弇、耿纯、吴汉、王霸、马武等将闻言,俱相互击掌大笑联袂而出。

强华待众将出去,自内转出道:"恭喜皇上。贺喜皇上。"

刘秀道:"君实速做告天文一篇可好。"

强华后退几步一揖到地:"微臣遵命!"

第二十七章
取洛阳定都洛阳　得长安逃出长安

　　经有司占卜择下吉日，选定城南千秋亭附近五成陌间筑下祭天坛。其规制为圆坛三陛，每陛八阶，逐层有重坛，通高一丈，周长二十八丈。外坛为青、赤、黄、白、黑五帝神位，分居甲寅、丙巳、丁未、庚申、壬亥方位。因事起仓促，五帝神影，日月星辰、风伯雨神、雷公电母、四海四渎之神，均以旗帜书写神号，取意简而不缺。坛外不远处，堆积有"井"字形柴山。

　　更始三年六月己未日（公元25年6月22日）巳时四刻二十八分，看晴空万里，正日悬东天。吉时已到，太常卿、孟津将军冯异登坛一挥令旗，"井"字形柴山一团火起，须臾便烈焰冲天，《奉天》鼓乐歌起：

　　　　奉天承运，上帝吾皇。嘉乐殷荐，赤伏景祥。大汉火德，威赫万邦。
　　　　四海辅之，福祉无疆。

　　祀天礼乐声中，耿弇、耿纯、吴汉、王霸、铫期、傅俊、刘植、景丹六十名将领，均乘轺车、追锋车，簇拥刘秀御车坛前下车。但见刘秀戴冕旒皇冠，着明黄龙袍，龙体挺拔，步履稳健，在《青阳》鼓乐声中，缓缓登至坛顶。而后冯异响亮的赞礼声起，祭祀水、火、雷、风、山、泽六宗及诸神。接着，祝官、长史强华诵读祭天文曰——

　　　　皇天上帝，后土神祇，眷顾降命，属秀黎元，为人父母，秀不敢当。群下百辟，不谋同辞，咸曰：王莽篡位，秀发愤兴兵，破王寻王邑于昆阳，诛王朗、铜马于河北，平定天下，海内蒙恩，上当天地之心，下为元元所归。谶记曰：刘秀发兵捕不道，卯金修德为天子。秀犹固辞，至于再，至于三，群下佥曰，皇天大命，不可稽留。秀敢不应承？钦若皇天，祗承大命。

　　诵读祭天文礼毕，冯异朗声道："大汉皇帝南面就坐，群臣朝贺！"
　　刘秀去至明黄锦缎铺就的龙椅端坐，群臣诸将山呼"吾皇万岁万岁万万岁"。四周观礼的数万军民紧接群臣之后，也一起跪地齐呼"吾皇万岁万万岁"。声播

第二十七章　取洛阳定都洛阳　得长安逃出长安

四野,直上天穹。

刘秀鄗城登基,年号"建武"。史家以此抛弃更始朝纪年,使用光武帝年号记史。又因刘秀庙号"光武",本书自此循例以"光武帝"代称刘秀名姓。

光武帝大封群臣、颁诏大赦天下一毕,钦命大将军、大司马吴汉,率岑彭、傅俊、朱祐、贾复、坚谭等十一将军南攻洛阳。洛阳守将朱鲔自知城破必定身亡,故而拼死抵抗。吴汉麾兵围攻两月不下,部众伤亡甚多。光武帝自鄗城南征至河内郡河阳县,收降更始皇帝诏封的廪田王田立及所部三万余众。得知洛阳久攻不克,乃遣使将招抚朱鲔的敕书附与岑彭,命其入洛阳城收降朱鲔。岑彭受命,费一番周折入洛阳城求见朱鲔道:"岑彭为右大司马属下校尉时,得将军信任呵护。今日持光武帝敕书招抚将军,亦是报恩于将军也。"

朱鲔接过岑彭呈过的光武帝敕书,神色黯淡略略看过几眼道:"更始帝无能,长安旦夕不保,此乃明眼人尽知之事。然光武帝皇兄刘縯在南阳被害,鲔参与谋划。及至光武帝轻易收降颍川五县声望日隆之际,又参与排挤光武帝单骑招抚河北。鲔如此罪孽深重,敢望帝恩降临么?"

岑彭道:"光武帝厚德仁爱,虚怀若谷,方有今复兴汉室大业日行中天之景象。将军若归附,可保终身富贵。"

朱鲔道:"岑将军君子一诺,能代替光武帝一诺否?"

岑彭笑道:"光武帝似乎料到将军有此问话,遣使末将特地转达口谕曰,天下为公,岂顾小怨。朱鲔若果然归降,官爵保全如初,断不至日后排斥陷害。洛阳邙山倾、洛水干,朕亦不食言。皇上能说与人听之口谕,敕书中必有详细。将军因心有芥蒂,莫非不及细阅帝书也。"

朱鲔听岑彭这番言语,方认真将光武帝敕书细阅一遍,果然有那几句"邙山倾、洛水干,朕亦不食言"的话。得光武帝誓言,朱鲔高兴道:"朱鲔情愿献城归降,请岑将军回见光武帝代为说辞。"

岑彭得朱鲔允诺,又要他立写献城降书。朱鲔因孤城陷围,前景暗淡,也是诚心献城归顺。当即写下献城降书,交与岑彭带走。

光武帝得朱鲔献城降书,率耿弇、耿纯、王霸、铫期、马武等十万精锐之师幸临洛阳。鄗城南距洛阳一百八十余里,不及两天,光武帝御驾到洛阳北郊长亭,朱鲔自缚跪在当路匍匐在地。光武帝车驾近前驻马,光武帝下御车问朱鲔道:"右大司马何必如此?"

朱鲔方跪直了身子答道:"罪臣被王师围困,不敢弃城而逃,亦不敢自裁,今日单求皇上降罪发落。"

光武帝俯身拉起朱鲔，边替他解索边好言抚慰道："此一时彼一时,将军审时度势,弃暗投明,使古都洛阳及黎民百姓免遭兵燹战火,朕亦平添十数万兵马,朕欣慰还来不及,怎可降罪于有功之臣？"

朱鲔闻言,后退两步再次匍匐于地叩首道："求皇上降罪罪臣,使臣良心得安,不使余生惶恐惭愧。"

光武帝双手搀扶起朱鲔道："奖功罚罪,天经地义。元渊的右大司马职不变,朕加封你为扶沟侯。为显朕之诚意,扶沟侯爵,允尔子孙世袭。"

朱鲔出身卑微,请人为自己取字"元渊"后几乎没人叫过。闻听光武帝不计前嫌加封扶沟侯且让子孙世袭,朱鲔感动得涕泪齐下伏地叩拜："罪臣谢主隆恩,吾皇万岁万岁万万岁！"

进入洛阳宫由朱鲔前导,光武帝君臣十数人一起察看了洛阳故宫。那朱鲔也算有心人,自看出天下大势,便搬出南宫却非殿、嘉德殿。一年多前,刘秀以司隶校尉率部兵两千,亲自修葺了洛阳宫主要殿宇。此地此景此情,让光武帝生一番大感慨。朱鲔守洛阳又对宫殿进行一番修葺,基本重现东周大都气象。光武帝将长安、洛阳在内心做一番较衡,决计定都洛阳,当下命右大司马朱鲔、长史强华主持洛阳宫后宫的再次修葺。因洛阳在长安以东,故史家称光武中兴为东汉,亦称后汉。

光武帝鄗城登基且定都洛阳,对摇摇欲坠的长安更始朝廷不啻一记窝心重拳。更始皇帝刘玄称帝三年,形同木偶虚设。迁都长安却又重用赵萌,致使朝纲不存。能将重臣多拥兵在外,庸将佞臣也各存离心。恰在此时,宜城王王凤、畏威侯张卬在河东郡连连败绩,丢失安邑、平阳、大阳、汾阴、永安、襄陵等二十余县和十余万人马。王凤、张卬带着六千人马逃回长安,密谋在赤眉攻克长安之前先行抢掠,然后裹挟刘玄东归南阳苟延残喘。王凤、张卬的密谋,无疑又让更始朝雪上加霜。

更始三年元月,前将军邓禹奉萧王刘秀之命,率精兵二万攻略河东郡。王凤、张卬、杨宝共计十余万军,轮番对邓禹区区二万兵马进行迎击。初战数月,邓禹军负多胜少,损失兵马五千余人。六月,王凤、张卬不知邓禹有意示弱,驱使八万余大军麇集于解县南乡,准备给邓禹最后一击。孰料邓禹乘王凤、张卬部署未定之时,邓禹力排众议,身先士卒率一万五千兵马对尚未成列的敌军展开攻击。此战胜负逆转,更始军兵败如山倒,前敌将军张宝战死,王凤、张卬落荒而逃。

张卬与王凤回到长安再次密议,张卬一人入宫见刘玄奏道："启奏皇上,萧王僭号洛阳,其势日行中天。现在河东已失,赤眉迫近,不若迁都南阳,以图东山再起。"

刘玄深怨王凤、张卬丢失长安重要门户河东郡,因素日惧怕张卬,只好微闭

第二十七章　取洛阳定都洛阳　得长安逃出长安

双目不做应声。

张卬以为皇上耳背,提高声调耐着性子把话又说一遍。

刘玄也算历练过来的皇上,也只虚睁龙目看了张卬一眼,很淡定地继续微闭双目不做应声。

张卬见刘玄老鳖咬人死不开口,心里恨恨而退。张卬退出并没善罢甘休,而是去找王凤和伏莽将军、平氏王申屠建商议,着手裹挟刘玄东逃南阳的准备。申屠建实现将军梦不久,他的师爷焦欲生病辞世。加之封王后有些飘飘欲仙,未加考虑便参与王凤、张卬的阴谋。刘玄有左丞相赵萌、右丞相刘赐参赞,当晚诱传申屠建进宫,于宫门内将其乱刀砍死,随即出动三千御林军抓捕王凤、张卬。王凤、张卬对此早有应变准备,率领五千部兵激战三千御林军。眼看御林军就要败退内宫,正可乘势劫走刘玄之际,刘玄亲自督五千生力军过来增援。王凤、张卬见大势已去,各自带着几个亲兵窜出长安。不等刘玄缓过劲儿庆贺一下皇宫大捷,数十万赤眉军已经迫近长安城郊。

自迁都长安,刘玄夜间做恶梦,都是梦见赤眉军进入长安。刘玄受皇宫大捷的激励,钦命柱国大将军李松率兵出城拒敌,自己与赵萌关闭长安城固守。

赤眉军主帅樊崇聚兵三十万于华阴县欲进兵长安前夕,更始皇帝的黄门郎方阳潜行华阴县向樊崇献计道:"更始皇帝朝纲混乱,君命不行,将军才率众自山东齐聚华阴。现今赤眉军尚无正统名号,反被更始朝指为盗贼。莫若立即求立刘姓宗室,名正言顺,代天讨伐无道刘玄,方可得四海响应。"

樊崇一听方阳之语,心下略作权衡道:"有道理有道理,欲成大事,是得树个大旗。此事非同寻常,且容从长计议。"

原来,樊崇、徐宣、逢安、谢禄、杨音等人穷困已极起兵造反,因樊崇作战最是勇猛,便推举他为渠帅。又因参与造反多是大字不识的农民,军中无文书、旌旗、号令、部曲。最尊者号"三老",其次号"从事",又次号"卒史"。樊崇平时约束将士之语为:"杀人者偿命,伤人者偿创。"凡攻城略地之前,都重复"前进者赏,惧战者杀"的誓言。早先王莽曾派遣平均公廉丹,讨伐山东作乱的樊崇。樊崇在与廉丹大战之前担心混战中敌我不分,灵机一动吩咐全军将士均用朱砂染红眉毛以示相区别,从此号曰赤眉军。

樊崇听从方阳建议后,命人在军中探访得刘盆子、刘茂同族兄弟是汉景王刘章后裔。其中刘盆子十五六岁,神色呆板,披发垢面。眼小眉短,唇厚脸宽,恰似一个拾垃圾的流浪少年。刘盆子未从军前,以替他人牧牛糊口。被裹挟从军后,仍然为樊崇的右校刘侠卿牧牛。樊崇见刘盆子行迹相貌太卑微,不足树为赤眉军的形象君主。便下令扩大普查范围，再得刘姓后裔七十余人。

经细查血统，以刘盆子、刘茂、刘孝三人与汉景王最近。樊崇觉得此三人均不适合做君主，但进攻长安不可延后，不得已设坛请神，命其三人当众抓阄，恰恰刘盆子抓得"皇帝上将军"名号。于是，樊崇、刘右侠一左一右将刘盆子按坐南面预设的龙椅上，接受群臣三叩九拜。群臣一边叩首一边山呼万岁，刘盆子被吓得尿湿裤裆挣扎着要下龙椅，怎奈樊崇、刘右侠力大，才勉强把登基礼仪进行到底。

樊崇立刘盆子为君之后，觉得自己应该做丞相。私下权衡再三，因自己大字识得十几个，不能制诰宣旨，便指派能识文断句的徐宣为丞相、谢禄为大司马，逄安为大将军。原校尉都称列侯、将军，自己选了个御史大夫官职，在实际仍然统管一切。诸事俱备，便直取长安，兵行至高陵。王凤、张卬从潜藏地现身，投降樊崇做了赤眉军进攻长安的向导。

更始皇帝闻讯赤眉军来攻，立命柱国大将军李松出战。李松临危受命，倒也率领十万余御林军身先士卒迎战赤眉军。两军接战不及三天，一万御林军战死，三万御林军逃跑，六万御林军被俘，被俘者包括柱国大将军李松本人。刘玄闻知城外却敌的李松被擒，下令紧闭所有城门。命黄门郎请丞相赵萌前来商议御敌良策，黄门郎奏报丞相不在皇宫，寻觅许久不知踪影。刘玄再去问赵爱妃其父去向，赵爱妃的藏春宫却杳无人影。刘玄一天内成为真正的孤家寡人，站在未央殿捶胸顿足呼喊"还我江山"。此时一个小黄门近前奏报："皇上还不快走，赤眉军已经攻入长安城了。"

刘玄眼疾手快抓住小黄门怒道："何人大胆，敢放赤眉军进城？"

小黄门被刘玄的龙颜大怒吓得结结巴巴道："禀……皇上，是……柱国大将军李松之兄、城……城门令李泛所为。"

刘玄正待让小黄门传旨御林军前来护驾，小黄门极力挣脱后快步逃开。刘玄看看四周空无一臣，便也明智地快步跑向御马圈。御马圈恰剩一匹御马，刘玄便解缰上马，狠打马臀几鞭，半个时辰便出了长安厨城门。刘玄刚刚出城，便被一群妃子、宫女围住，要求皇上带领他们随行。刘玄觉得自身难保，羞愧地以袍袖遮面，狠心打马一鞭，慌不择路往前疾奔。身后的长安城越来越远，马前的逃难人越来越多。

京师骑都尉严本发现了逃难人流中的皇上，接着发现皇上身边没有一个御林军。严本略略思忖，当即指挥手下百余部从充做御林军，一路保护刘玄到了右冯翊的高陵县城。严本的兄长是高陵令，兄弟二人一合计，便以保护皇上身家性命为由，把刘玄拘禁在后衙密室。

赤眉军自兴兵以来和其他流寇一样，所有军需给养，全靠褫夺抢掠。樊崇率

第二十七章　取洛阳定都洛阳　得长安逃出长安

部轻易攻下长安,除了大肆搜寻金银财宝布匹粮食之外,就是俘虏更始皇帝刘玄。樊崇得知刘玄逃出长安,命人四处张贴露布,限期刘玄回长安城交出传国玉玺,不失郡王之封。严本得此消息,便"护送刘玄"回到长安,得樊崇赏钱三万。樊崇给了赏钱并不急着接收刘玄,让其寄居更始朝右侍郎刘恭府邸,自己与丞相徐宣择日筹办收降仪式。

刘玄被俘第三日,在还冒着袅袅余烟的未央殿,赤眉军傀儡皇帝刘盆子被刘右侠按坐在原属于刘玄的御座上。御座两厢,分列着樊崇、徐宣、谢禄、刘恭、王凤、张卬等文武百官。丞相徐宣见受降时辰已到,得樊崇应允后朗声道:"吉时已到,故更始皇帝刘玄进殿啦!"

殿外刘玄听得站殿武士传出殿内的呼喝,前后颠倒戴着平天皇冠,双手捧着装有传国玉玺的锦盒,步履趔趄神色沮丧走进未央殿。

此时徐宣再喝一声:"故更始皇帝刘玄,呈上传国玉玺!"

刘玄颤着嗓音应声"罪臣遵命",在众文武大臣目光直视下,战战兢兢将传国玉玺交给徐宣。徐宣将传国玉玺双手放在刘盆子的御座上,暗示刘盆子根据事前教会的几句话宣旨。

十五岁的牧牛小儿习惯了无拘无束的野外牧牛,想一朝变成傀儡皇帝上将军也难。只见刘盆子面红耳赤汗如雨下,急得吭吭哧哧好一会儿,憋屈难受得便要哭泣出声。多亏樊崇及时救场,挺身立于刘盆子前面大声道:"皇上传旨,故更始皇帝刘玄献传国玉玺有功,封刘玄为畏威侯,钦此!"

刘玄闻封,便匍匐在地叩谢道:"臣刘玄谢主隆恩,吾皇万岁万岁万万岁!"

此时刘玄的原上公张卬抽出佩剑走近刘玄呵斥:"呔!无耻刘玄,此时此地交出传国玉玺,你还有面目苟活人世么?"

刘玄嗫嗫嚅嚅道:"上公……你……"

张卬:"我恨你不听忠言,羞于同立未央殿,还不离开此地么?"

刘玄一见张卬手持宝剑目露凶光,王凤等人也以手按剑怒目而视,便求救般向刘盆子、樊崇看去几眼。哪知刘盆子敛目看地,樊崇抬眼观天,其他文武大臣均幸灾乐祸般看着自己。刘玄料知今日难逃一死,便弹袖正冠,躬着身子抬着头颅,有些气昂昂般向殿外走去。恶煞神张卬则仗着明晃晃的宝剑,紧跟在刘玄身后出了未央殿。

走在前面的刘玄此时显得很是淡定,觉得以畏威侯的名分死去,也算不虚今生。他不无遗憾看看未央殿的雕梁画栋,心下默默计算着:自迁都长安到今日交出传国玉玺后无奈赴死,两年时间还差一百一十一天。

第二十八章
后宫安顿二贵妃　禁城借重一将军

民间俗语云："皇帝也有三门草鞋亲"。懦弱昏庸的刘玄在众叛亲离之际,也遇个铁骨铮铮的救命忠臣。救刘玄一命者谁？乃原更始朝右侍郎刘恭也。

事太凑巧,更始朝的右侍郎刘恭,是赤眉军假立君主刘盆子的长兄。长兄刘恭的长相大异于刘盆子,身材魁梧,五官整肃。刘玄湎水称帝亟待用人之际,刘恭闻讯便投奔刘玄被封为右侍郎。天无二日民无二主,赤眉军立刘盆子为君的消息传到长安,刘恭主动带个木枷进到狱中待罪。长安城破,刘恭得知刘玄逃出京城,因惦记皇上安危便又取下木枷追寻刘玄。刘玄被严本送回长安,刘恭亦随行长安亦步亦趋紧跟刘玄。当刘玄被张卬用剑驱出未央殿,他随后挺身朝堂以剑架在自己颈间大声道："尔赤眉军如此言而无信,我刘恭不能救畏威侯一死,只好死在畏威侯之前了！"

樊崇见刘恭要当殿自杀,急近身大喊："刘侍郎不可鲁莽自刎！"

刘恭见是赤眉军主帅樊崇制止自己,暗将剑刃加力道："御史大夫欲让刘恭不死,请代皇上下令赦畏威侯不死。"

樊崇见刘恭颈间已经流血,深为刘恭的大义凛然折服。加之刘恭若死于朝堂,会吓得其弟刘盆子更加胆小。于是,樊崇好言劝刘恭道："右侍郎若放下手中剑,我立即阻止张卬行凶。"

因刘恭忠心赤胆,樊崇当天阻止了张卬杀害刘玄。时隔半月——仅仅隔了半月,王凤、张卬终于说动樊崇杀掉百无一利的刘玄。因刘玄正"寓寄"大司马谢禄府上,樊崇便命谢禄除掉刘玄。谢禄和刘玄无冤无仇,心里不想亲手杀他。樊崇一再催逼,谢禄才命手下用麻绳勒死刘玄,给了他一个多活十五天的完好全尸。

光武帝在洛阳闻刘玄死讯,命人寻得刘玄三子刘求、刘歆、刘鲤,均给侯爵之封。又因赤眉军给刘玄的"畏威侯"有讥讽之意,在刘玄未被勒死之前,在洛阳改封刘玄为淮阳王。《尚书·蔡仲之命》曰："皇天无亲,惟德是辅。民心无常,惟惠之怀。"光武帝不经意间对刘玄的以德报怨,大收天下"惟德是辅"之利,先后有右荆州、长沙、丹阳、豫章、颍川、陈留等十数郡(国)上表依附,三十余郡(国)贡献

第二十八章　后宫安顿二贵妃　禁城借重一将军

宝物金银助修洛阳宫。待洛阳宫后宫粗具规模，光武帝便欲迎接阴贵人丽华、湖阳公主刘黄、宁平公主刘伯姬入都。但是在确定郭圣通、阴丽华二贵人何人入住何殿时，光武帝掂掇许久还拿不定主意。

光武帝定都洛阳之后，便诏封郭圣通、阴丽华为贵人。自《周礼》完备通行，王者立皇后，封三夫人、九嫔、二十七世妇，八十一女御成为定制。及周室东迁，礼序凋缺。战国以降，礼崩乐坏。风宪逾薄，任情私欲者不可胜记。论及前汉宫闱，有过之而无不及。自武帝、元帝始，后宫淫费日增，乃至掖庭三千，嫔妃宫人增级十四。得皇帝宠幸之嫔妃，其月费累千累万。

光武帝虽汉景帝后裔，然起自田垄之间。熟知稼穑之艰辛，治国之艰难。入都洛阳，乃汲取汉武帝、汉元帝之教训。雕奢为简，返璞归真。诏令六宫称号，唯皇后、贵人。贵人虽佩金印紫绶，月俸仅仅数十斛粟而已。贵人之外，又置美人、宫人、采女三等。美人、宫人、采女均有职分无爵秩，只在年末给予一定赏赐。光武帝虽与宗正卿傅俊、掖庭丞粗定后宫制度。但天下未定，百废待兴，并未急于依制遴选美人、宫人、采女充实后宫。入都洛阳之后，光武帝便亲自于真定国迎接郭贵人暂居乐成殿。及后宫坤安殿、坤宁殿、坤仪殿、坤良殿建成，郭贵人当入住何殿？阴贵人该入住何殿？光武帝心里一直犯难。

洛阳宫新修葺的后宫内，坤安殿、坤宁殿都各自成体系，亦可各自称为坤安宫、坤宁宫。坤安宫在后宫东北位置，坤宁宫在后宫西北位置。以光武帝初衷，二宫一样的规制两处宫殿。但二宫建成，无论从名称上和方位上，坤安宫则明显优于坤宁宫。令叱咤风云左右乾坤的光武帝苦恼的是，他不能明确指派郭圣通住坤宁宫，而让阴丽华去住坤安宫。他不想在她二人未见面时，就给她们种下不和睦的种子。

宫禁之夜，宁静温馨。风动残叶，月移竹影。乐成殿寝宫之内，帐幔低垂，灯火式微。龙凤不眠，各启心扉。郭圣通心满意足于光武帝一番耕云播雨，紧拥着光武帝缠绵道："皇上说坤安宫、坤宁宫一样的规制，皇上就指一处给我住就是了。"

光武帝心下也喜欢郭圣通，缘于她的嫁妆是真定国的十万兵马，也缘于她是个善解风情的贵人。在艰难困苦时期，她给予他所急需的兵马和温情。所以，他不能食言，也不能亏待她，于是他斟词酌句道："郭贵人已经看过两处宫殿，你自选一处就是。"

郭圣通道："若皇上真心要臣妾选，臣妾就选坤宁宫。"

光武帝心下一喜道："坤宁宫地处八卦之'巽'位，'巽'为风，是后宫第一风水处。"

郭圣通玲珑心窍，略施小计便猜得光武帝心中所向，故而玉手轻轻抚摸着光武帝胳膊，面颊磨蹭着光武帝胸脯娇声道："既然坤宁宫是后宫第一风水处，就把坤宁宫给阴贵人留着，臣妾住坤安宫得了。"

光武帝心下叫苦，嘴里却说："郭贵人何必谦让于阴贵人？"

郭圣通道："爱屋及乌，我虽然没见过阴贵人，但是我喜欢皇上喜欢的人。等阴贵人来了，皇上要多陪陪她，你们一年多的千里苦相思，不是三天两夜就能勾销得了的。"

光武帝从郭圣通言不由衷的表白中看出蹊跷，便以手摸着郭圣通的小腹道："天道酬勤，天道也酬善，郭贵人怀上龙种了吧？"

郭圣通一把捏住光武帝的手道："皇上已有金口玉言在先，我和阴贵人谁先生下小皇子，谁就是大汉皇后。臣妾惟愿皇上刚才的话也是金口玉言。臣妾倒不是很在意大汉皇后，为皇上生出小皇子，才显得臣妾对皇上的忠心呢。"

光武帝年逾三十还没有龙子龙女，一听郭圣通真的怀上龙种，心里一阵欣喜地亲吻着郭圣通道："朕治理国家，靠的是持衡中庸。对待后宫，当然也是持衡中庸。往后郭贵人善待自己，就是善待腹中的小皇子。时辰不早，该入眠了。"

郭贵人听到自己想听到的金口玉言，不觉朦朦胧胧有了睡意。

光武帝装做有了睡意，心下已经作出决断。他喜欢郭圣通，但是更喜爱阴丽华。喜欢和喜爱不一样，喜欢是喜在心里和脸上，喜爱是爱在心里和骨子里。事不宜迟，明天就派侍中傅俊去右荆州刺史部接阴贵人入宫。

光武帝打了个哈欠，入睡前心下不经意间诅咒一句："若上天有知，就让郭贵人为朕怀上小公主吧……"

李通为了让阴丽华、伯姬、阴炽在历阳城生活得无忧无虑，颇费了许多心思。因他三人生长于民间，李通便聘请了一个年近六旬的硕儒孟谷给他们讲授《诗》、《书》、《礼》三经。应阴丽华要尽早历练阴炽的要求，李通将十六岁的阴炽补了个署衙执戟武士。这样，他三人每天上午在王府明经堂听孟谷讲授经典一个半时辰，下午阴炽、伯姬一起练习走马射箭。阴丽华或是观看阴炽、伯姬一起舞刀弄枪，或是在庭院侍弄花草、做些女红。闲适的日子，稍稍冲淡了阴丽华对丈夫的思念担忧。待光武帝登基消息传来，李通便要孟谷的授课以《礼记》为主。至于宫廷礼仪，李通便亲自讲解示范，以防阴丽华奉诏入宫后，在礼仪上输于被皇上明确为"正妻"的郭圣通。

自光武帝入都洛阳又过去数月，被阴丽华和李通说服要做到"知书识礼"的

第二十八章　后宫安顿二贵妃　禁城借重一将军

刘伯姬终于忍耐不住，气冲冲到了阴丽华的兰室，双手掐腰对阴丽华道："嫂子嫂子，我自己不做温文尔雅宁平公主。你呀，也别做养尊处优四平八稳的阴贵人。我要去洛阳见背信弃义的刘秀，你去不去？你不去，我就一个人去了。"

阴丽华心里其实比伯姬还急，但是她知道刘秀现在是君临天下的皇上。他不遣使接自己入都，要么洛阳的宫殿还在修葺，要么百废待兴，一时无暇顾及自己。于是她对伯姬戏言道："既然你哥已经背信弃义，我去见他何益。好妹妹，看在咱姑嫂患难相共的情分上，你就先去劝劝你的皇帝哥哥吧。"

伯姬虽已结婚，但十八岁花季年龄和天使般清纯性格，使她还没觉得自己是西平王李通的王妃，更没养成宁平公主的优越和高贵。听了阴丽华的戏言，她却认了真道："嫂子放心，我不信刘文叔一当皇帝就六亲不认，若是劝不醒他，我就不是刘伯姬。"

伯姬说完，便转身对等在室外的阴䜣道："䜣弟，你姐说让先我去洛阳见你的皇帝姐夫，你敢不敢和我同去。"

阴䜣虽然做了李通执戟武士，还是对伯姬言听计从，当下拍拍腰间的佩剑道："伯姬姐姐说哪里话，少了我阴䜣仗剑护送，你能到平安到京城洛阳么？"

伯姬高兴地拍拍阴䜣的肩膀道："䜣弟够意思，备马备马，明早上路。"

阴䜣大声应道："诺——！"

阴丽华急忙出来制止道："嗨、嗨！给你俩棒槌都当真了？"

伯姬绷着脸对阴丽华道："贵人说出的话就是懿旨，你想说话不算话也晚了。执戟武士，我们走！"

一身荆州刺史装扮的李通过来对伯姬道："夫人慢来，容我先给贵人奏禀过要事，你们再走不迟。"

阴丽华大惊道："次元，你不能让伯姬由着性子乱来啊。"

李通则给了阴丽华一个神秘眼神，接着慎重其事正冠弹尘，行了一个跪拜大礼奏道："启禀阴贵人，右荆州刺史李通恭喜阴贵人，贺喜阴贵人。"

阴丽华满脸疑惑道："次元这是怎么了？快起来说话，快起来说话。"

李通更加一本正经，一字一顿道："下官提醒阴贵人，按照宫里礼仪，贵人得说'李通平身'。"

阴丽华领会到李通的用意，便也端着架势粗着嗓音道："李通平身，起来说话。"

李通说声"谢贵人"，便起身奏报："启禀阴贵人，侍中傅俊大人奉旨前来历阳城接贵人进宫，已在驿馆住下，请阴贵人随下官前去接旨。"

从天而降的喜讯，让阴丽华一阵眩晕："前去……接旨……"

伯姬惊叫一声上前抱住阴丽华,很劲儿掐她的人中喊:"嫂子嫂子……"

阴炽近前见阴丽华已睁开眼睛,便嬉笑着埋怨道:"姐姐,姐姐,你应该咧开嘴乐乐呵呵,咋眼睛一闭就晃晃悠悠。"

阴丽华见众人都十分关切自己,便开玩笑自嘲说:"姐姐这不是晃晃悠悠,是想腾云驾雾去洛阳见你皇姐夫。"

伯姬跟着来了一句:"都怪我都怪我,我要不喊回嫂子,嫂子这会儿就见着我哥了。"

李通对伯姬跺了一脚道:"夫人打住,请阴贵人赶紧去驿馆接旨啊。"

因圣旨里有"即日启程赴京"之语,是夜李通、阴丽华、伯姬、阴炽几乎都是彻夜不眠。根据傅俊另外转达的皇上口谕,特地点明要伯姬、阴炽一起进京。两年多的牵念和担忧的结局是,大家都以皇亲的身份去京城相聚,内心虽是一样的万分感慨,细较起来也有很大不同。李通首倡鼓动刘秀复兴汉室,当刘秀变成光武帝,自己也成了皇帝的皇妹婿。功成身荣之时,他想的是李府四十余口亲人的冤魂。也想到自古伴君如伴虎,往后皇上还能不能肝胆相照患难与共?

阴丽华性格贤淑心地善良,理解光武帝孤身宣慰河北,娶郭圣通为正妻得十万兵马的苦衷。但是,在内心深处还是对光武帝将后娶的郭贵人称为"正妻"存有芥蒂。阴丽华内心深处的芥蒂在于情感的计较,而不是计较名分和地位。

至于伯姬、阴炽也是为阴丽华被冷落许久耿耿于怀。伯姬想的是进京后如何为皇嫂打抱不平,阴炽想的是如何讨得皇姐夫的喜欢,过几年讨个能带兵打仗的将军当当。

子丑寅卯,天色大早。刚到辰时,侍中傅俊便催促阴贵人一行启程。傅俊字子卫,颍川郡襄城县人。年纪三十二三,玉面修髯俊男。初以亭长身份投靠光武帝,得拜校尉。昆阳大战是三千死士之一,以军功得擢拔偏将军。光武帝宣慰河北之后,傅俊与十余个忠诚宾客抛弃家业,渡河北追光武帝征战河北。

光武帝即位,傅俊封昆阳侯、宗正卿,后加官侍中。皇上微时那句"当官当做执金吾,娶妻当娶阴丽华"的名句,傅俊当然知晓,受命迎接阴贵人入宫,是宗正卿的职分,也是皇上对自己的器重。故而,傅俊见了阴丽华、伯姬,都毕恭毕敬行了个叩拜大礼,弄得阴丽华、伯姬都差点跪地还礼。阴贵人和宁平公主的淑女容颜谦和举止,感动得傅俊更加殷勤小心。他在历阳城北门外匆匆和李通别过,便请阴贵人、宁平公主车辇前行,自己在阴贵人的车辇旁跟行百步,才上了自己轺传。

第二十八章　后宫安顿二贵妃　禁城借重一将军

送走阴丽华一行,李通心里并不轻松。他思忖再三,决定上疏光武帝,让伯姬在京城多逗留一段时日,以便和湖阳公主畅叙姐妹之情。李通的上疏不及送出,京城宣旨太监和车骑将军景丹又到历阳城宣旨:"奉天承运皇帝诏曰,荆州刺史李通回京就职卫尉,车骑将军景丹接任荆州刺史。钦此!"

卫尉一职,掌管皇宫宫禁,辖统羽林南军,非勋臣重臣不拜卫尉。李通接旨,立即将右荆州刺史部的军政民事向景丹做一番交割。回到府上,李通心潮起伏,撕碎先前的上疏,提笔一呵而成《让卫尉疏》曰:

　　臣李通叩拜陛下:伏闻恩诏,授臣卫尉重位,先感激涕零,后五内不安。老子曰,知足不辱,知止不殆。臣与皇上微时,已成知己。不嫌卑微,以宁平公主许之。今皇上复兴汉室,声望中天。臣得皇上眷顾,宠荣已极。

　　臣又闻《尚书》云,建官唯贤,位事唯能。侍中傅俊,起于小吏,追随陛下,出生入死,忠心不改。昔迎陛下攻略颍川,被襄城县令屠其亲属十数。陛下宣慰河北,又北渡紧追。再如卫将军耿纯,举起家族追随陛下,临行之际,焚其家宅,买棺随身,以示坚贞。此二人才能均过微臣,伏望陛下任选其授卫尉。

　　方今天下初定,偏僻州郡尚有敌对。臣可率军攻城略地,亦可于朝中忝居国史、著作其职。拳拳之心,尽在字行,伏望陛下照准。

李通将《让卫尉疏》审阅定稿,便请宣旨太监回京呈送光武帝。宣旨太监离开历阳城,李通正欲带领侍从游山玩水过一段闲适日子。不料一天刚过,光武帝给李通的圣旨又到了历阳城。光武帝新的圣旨很简单:

　　奉天承运皇帝诏曰:朕料李通素有谦退之心,亦有辞让之举。卫尉一职,不以爱卿辞让为可让。故接旨后即刻启程赴京,钦此!

李通得奉天承运皇帝诏曰数语,知光武帝一如既往肝胆相照患难与共。他对着圣旨行三叩九拜大礼,挥泪简从赴京。

第二十九章
淮源镇魏卜凡辞公主　延嘉殿光武帝宴皇亲

　　光武帝定都洛阳后，追封刘缤为齐武王、追封二姊刘元为新野公主，诏封大姊刘黄为湖阳公主，齐武王长子刘章为太原王、次子刘兴为鲁王。因刘章、刘兴尚属少年暂不就国，光武帝敕湖阳公主代为抚养。光武帝在诏封大姊刘黄之际，没忘回报淮源镇魏家兄弟。钦命魏察为武阳县令，魏勘为颍阳县丞。魏察给光武帝上了一道谢恩表，便启程赴任去了。魏察临行之际，以汉隶手书"知足不辱，知止不殆"八个字，叮嘱魏勘遇事细细参悟此八字之深意。魏勘本来也要去颍阳县赴任，刘黄嫌魏勘的县丞太小，与驸马身份不匹配，嘱其在家等皇上新的诏令。

　　如同刘伯姬在历阳城的焦急等待一样，光武帝定都洛阳数月过去还没新的诏令，刘黄便有些沉不住气了。文叔孤身宣慰河北不出两年，便打下半壁江山成为皇帝，这使刘黄对文叔佩服得五体投地，自豪得飘飘欲仙。然而，文叔千好万好，有一样不好，还没当上皇帝，就另娶郭圣通为正妻。文叔变成光武帝只封魏勘当了小小的颍阳县丞，刘黄颖悟光武帝实际是不接受魏勘做姐夫。

　　刘黄悟出这一层，心里很难过，但是她还在期盼。她希望光武帝不像自己想的那样，而是看在魏家兄弟善待刘章、刘兴以及自己的大姊的份上，很快诏封魏勘为带兵的将军。

　　这一天没有任何预兆。刘黄的眼皮没有跳，庭院大槐树上的喜鹊也没叫，就见洛阳宫里来了一个宣旨太监、一个黄门郎。宣旨太监宣旨湖阳公主带着刘章、刘兴即日启程赴京，黄门郎则负责保护刘黄、刘章、刘兴平安入京。光武帝没有擢拔魏勘为带兵将军，但是赐给魏勘黄金一百斤、绢二百匹。刘黄彻底明白，光武帝感谢魏勘，但是不擢拔他为带兵的将军。换一种直接说法，光武帝已经明确表示，不接受魏勘当大姐夫。

　　明天就要离开魏家了，刘黄在外间默默独坐，不愿进入内室和魏勘摊牌。说摊牌太别扭、太残酷，应该说不忍离别已经琴瑟和谐的夫君。

　　魏勘来到刘黄的身后，轻轻在她两肩按摩几下道："公主，时辰不早，您安寝吧。"

　　刘黄忍着泪水道："你先睡吧，我还想坐一会儿。"

　　魏勘深叹一口气，方慢慢道："魏勘今夜另宿他处，湖阳公主还是早点就寝，

第二十九章　淮源镇魏卜凡辞公主　延嘉殿光武帝宴皇亲

明日一早要启程赴京呢。"

刘黄一听魏勘今晚要另宿他处，便知魏勘已经先于自己作出决断。她转身抱住魏勘哭道："夫君，这是你我今生最后一夜，不要另宿他处，我要好好陪你一夜。"

魏勘也紧紧抱着刘黄，但是他只是紧紧地抱着，许久什么都没说，别的举动也没做。

刘黄的泪水得到了宣泄，便催促魏勘道："既然你不想说就别说了，今夜我们还是夫妻，我们就好好做一夜夫妻去吧。"

魏勘慢慢放开刘黄道："能和公主有一段夫妻缘分，我已经知足了。但是，我们已经不是夫妻了。"

刘黄诧异道："谁说我们不是夫妻了？谁敢说我们不是夫妻了？"

魏勘道："公主进到里屋就知道了。"

刘黄一听魏勘如此说，便放开魏勘到里屋一看，梳妆台上放着一封休书。刘黄近年督促刘章、刘兴读书，自己有心地耳濡目染，也认识了千余字。她拿起休书一看，原来是魏勘替刘黄写下的湖阳公主休夫一书。刘黄此时明白，善解人意的魏勘，又替自己解决一道难题。没有这封休书，自己无论如何是迈不出魏宅的门槛的。若要自己写这封休书，自己无论如何写不出"休夫"二字的。刘黄一霎时泪如泉涌转身来到外间，外间哪有魏勘的身影？

乔三金不失时机进来道："湖阳公主保重凤体，魏爷嘱我过来看看公主，看能不能帮你做点什么？"

刘黄已视乔三金为"闺友"，当然欢迎她此时前来说几句宽心的话。于是，她拭去泪水道："三金来得正是时候，我去了之后，你要及时为二爷撮合下半辈子的婚姻，多到二爷跟前讲些笑话给他解解闷。"

乔三金急忙跪下行了个大礼道："启禀公主，二爷今天已经将三金雇为府上佣人，嘱咐三金今晚服侍公主安寝，明日随公主进京，再服侍公主几年呢。"

刘黄心里又一阵滚热，急忙拉起乔三金道："三金妹子请起，你我已经情同姐妹。二爷如此细心安排，我是求之不得。往后你我免去跪拜大礼，私下就姐妹相称吧。"

乔三金当下也不客气，拉着刘黄的手坐下道："公主姐姐如此看得起乔三金，我就恭敬不如从命。就要离开淮源镇了，我讲个与魏二爷同名同姓的笑话可好？"

刘黄此时对乔三金讲与魏勘相关的笑话很感兴趣，便暗地转换自己的心绪道："我不信三金妹子的巧嘴，此时能让我破颜一笑。"

乔三金微笑道："公主姐姐相信不相信在您，您用心听着就行。说的是——

外乡一个魏二爷，早几年得皇封为无为县二老爷，又得皇恩赐给万贯家财。他中年丧妻三载后，放出话要给自己娶一房如意夫人。经过众多媒人拉纤，共有九个年轻寡妇和九个黄花闺女供魏二爷挑选。魏二爷这下成了瓜园里选瓜，选得眼花。他选了七七四十九天，还是七上八下没个准定。媒婆给他出个主意，要他将十八个挑选对象的姓名写成十八个纸团儿，凭天意抓阄。二爷觉得媒婆的主意好，独自一人在家里给月下老人设个神位，摆上瓜果供品，虔诚祷告一会儿，去那纸团儿中挑来挑去，最后捏出一个纸团儿，打开一看，是个叫'石玉'的黄花闺女。

石玉闺女刚刚十六七岁，眉眼像画笔画就的，身材像可着美人胚子长成的。先前二爷就看中了石玉，因顾虑石玉年纪太小，不想和她老少配。抓阄偏偏抓着石玉，二爷就满心喜欢上天的安排。谁知石玉不愿嫁到魏府，二爷只好上足彩礼硬把石玉娶到府上。新婚那天，魏二爷巴不得太阳骨碌一下掉到西山去，好与美娇娘去床上颠鸾倒凤。天下没不散的宴席，却有天随人愿心想事成。魏二爷苦熬三年，终于等到和新娘子洞房花烛同床共枕的时刻。谁知啊？美娇娘上床后磨磨蹭蹭不脱衣裳，更不让二爷上身。二爷是如狼如虎的壮年，心急火燎般对美娇娘威胁道，你再羞羞答答不让我上身，我可就霸王硬上弓了。那石玉急得哭着说，魏二爷，你这次是仗势强娶怨不得我，只要您的霸王弓能射穿石头，那就射一箭试试。"

乔三金说到这里突然打住，闭着嘴像没事人一般两眼看着房梁。

急得想听下文的刘黄问道："快往下说，那魏二爷到底霸王硬上弓没有啊？"

乔三金则对刘黄埋怨道："我说公主姐姐到现在为啥还不笑，你听了半天硬是没听明白——石玉说她是个石女，二爷往哪儿试他的霸王弓啊？"

刘黄想明白那魏二爷强娶个石女便捧腹大笑，笑过想了一想道："三金妹子这一逗，我的心里是好过一些。可是，天底下到底有没有长得像天仙一样的石女啊？"

乔三金道："这好办，请能工巧匠用石头比着美人胚子雕一个不就得了。"

刘黄愣了一会儿，眼里湿湿地自语道："要雕，我请石匠给他雕个玉石的……"

光武帝自鄗城登基、洛阳定都以来，以日理万机不足概括其忙。前汉江山版图，复兴不及五之一。外患此起彼伏，内乱苗头四起。距洛阳较远的州郡，封赏稍有不合私意，他便树旗反叛。好在大司徒邓禹、大司马吴汉、大将军耿弇、卫尉李通、光禄勋邓晨等一干能臣猛将忠心耿耿，朝政国事都能顺风顺水马到成功。使光武帝稍有闲暇逐步将皇亲聚齐京城。这其中第一快慰事，唯在洛阳宫与坤宁殿与阴丽华久别胜新婚的重逢。

自更始元年寒冬在黄河盟津渡口与阴丽华遥别，整整两年过去。俗话说小别胜新婚，何况两年的长别。为了营造温馨，光武帝特地选在华灯初上时候摆驾坤宁宫。虽然白天已经在后宫御花园和阴丽华见过面，但白天见面是和妹夫李通、大姊刘黄、小妹伯姬以及侄儿刘章、刘兴的集体见面，和阴丽华连一句体己话都没说上。到了坤宁宫阴贵人的寝宫，光武帝屏退当值宫女和太监范忠，放下珍珠玛瑙门帘，关上紫檀雕花内门，回身去看朦胧宫灯下的阴贵人，其美若——月照红荷、雪映腊梅、露滴桃杏、雨润梨蕊。其仪态风韵，足摄人魂魄。光武帝正要激情上前拥抱，阴丽华此时款款起身后退两步，跪下行了个大礼道："臣妾叩见皇上，吾皇万岁万岁万万岁。"

光武帝急忙搀起阴丽华道："贵人请起、请起。往后你我单独相处，还是一如民间夫妻，切莫以皇宫礼数，扫了朕的兴致。"

阴丽华起身唯唯诺诺敛首道："是……是，臣妾遵旨。"

光武帝张开双臂，兴致盎然道："来，让朕好好抱抱阴贵人。"

阴丽华再退后一步埋怨道："皇上，你说在坤宁宫，我俩一如民间夫妻，眼前哪有阴贵人啊。"

光武帝一愣，叫了一声"华妹子"，猛地上前紧紧抱住阴丽华好一阵亲吻。

一阵激情亲吻之后，光武帝对着阴丽华的耳朵挑逗说："华妹子，现在你最想干什么？"

阴丽华在光武帝耳边道："我想听听夫君吟诗。"

光武帝放开阴丽华埋怨道："嗨，男人最怕闪劲儿，此时此刻，我最不想干的就是文绉绉地吟诗。"

阴丽华淡淡一笑，轻声吟诵着《诗经·小雅·隰桑》中的句子："心乎爱矣，遐不谓矣？中心藏之，何日忘之。"

光武帝猛想起阴丽华吟诵的诗句，正是自己昆阳城的新婚之夜吟诵的诗句，便正襟危坐重复自己在新婚之夜的誓言道："海枯石烂，吾心不变。晓知神仙，信誓旦旦！"

阴丽华扑哧一笑，眼里有了泪花道："皇上猜猜，华妹子现在最想干什么？"

光武帝想了一想道："华妹子也是能豆鬼灵精，文叔猜不着。"

阴丽华抿嘴笑说："夫君是饱汉子不知饿汉子饥，两年的千里相思的滋味太不好受了，华妹子现在最想到床上去。"

光武帝兴奋来了一句"来了"，便把阴丽华抱到凤床。自己背身三下五除二脱去自己龙袍麂靴,待转身去看阴丽华,阴丽华那双平静如水的眸子却静静看着自己宽衣解带,于是诧异道:"华妹子,我这里心急如火火烧眉毛了,你怎么还平静如水局外人一般啊?"

阴丽华神秘笑笑道:"皇上再猜猜,接下来华妹子想干什么?"

光武帝斜躺到床上色迷迷地狡黠道:"我现在想干什么,你就应该干什么。"

阴丽华上前抱住光武帝那只受伤的左脚,急切退去他的绒袜,双手轻轻摩挲着那道棱起的伤疤。

坤宁宫的冬夜分外宁静,大方砖下的地炕使坤宁宫的寝宫暖如初夏。光武帝尊重阴丽华的感情,享受着阴丽华的默默抚摸。未几,阴丽华一串热泪滴滴答答掉在光武帝的左脚上。

光武帝因真定迎娶郭圣通,今夜准备了许多话语准备安抚阴丽华,却不料阴丽华心下惦记的是自己受伤的左脚。此情此景,真叫做历尽劫波温情在,相拥一哭说从头。光武帝拉过阴丽华的双手,把她拥在自己的胸前道:"华妹子切莫伤心,你我七百多天的千里苦相思,会换来一辈子的恩爱相守。我记得两年前离别时我说过,此去河北山高水长归期难定,但是我把爱华妹子的心留给你了。日后刘文叔若有辜负发妻华妹子处,上天有眼……"

阴丽华俯身在光武帝的肩头轻轻咬了一下道:"这时候了,谁有心听甜言蜜语啊……"

光武帝和阴贵人坤宁宫重逢的第二天,光武帝在延嘉殿举行在京的皇亲嘉宴。

为了这次在京皇亲嘉宴,光武帝颇费了一番心思。其一,此次聚会皇亲,主要是光武帝的平辈近亲;其二,以女性皇亲为主,只有郭贵人小弟郭况、阴贵人小弟阴炽以及刘章、刘兴未成年少年例外;其三,顾及郭贵人的"正妻"脸面,在嘉宴前一天,诏封郭况为黄门侍郎;其四,顾忌到伯姬的率真天性,特地让太监逐一转达谕旨:皇亲嘉宴只叙亲情,不谈朝政。

延嘉殿如期聚齐在京的皇亲,其情浓浓,其乐融融。光武帝、阴贵人、刘黄、伯姬、阴炽、刘章、刘兴都是经历多次生离死别,身处富丽堂皇之嘉宴,心里都有一番大感慨。光武帝细看阴贵人、刘黄、伯姬的眼里,都有悲喜交集的泪花闪烁,便哈哈一笑道:"皇亲嘉宴,樽俎列珍。笑语喧哗,方见亲情。莫若郭贵人、阴贵人、湖阳公主、宁平公主四人,一人讲一段笑话佐酒。讲的笑话不好者,罚一大盏。"

光武帝话音一落,伯姬故意抢夺郭贵人的风头大声道:"皇帝万岁,天子圣明。哥哥,既然是家宴,哥哥就放下皇帝的威严,你自己先讲一个笑话,不然小妹

第二十九章　淮源镇魏卜凡辞公主　延嘉殿光武帝宴皇亲

第一个抗旨。"

阴炽的食儿紧挨伯姬,早忘了阴丽华要他人前慎言的叮嘱,便响应伯姬道:"伯姬姐姐说得好,皇姐夫,您就先讲一个笑话吧。"

刘黄明白伯姬的意思,也接话道:"皇帝也是皇弟,文叔弟不先讲一个笑话,大姐今天第二个抗旨。"

光武帝见刘黄、伯姬抱成团,也不好驳她俩的面子,便想了一想道:"听说古时候,有个贪心的赵六无意中捡到一个聚宝盆。这个聚宝盆的好处是,放进聚宝盆的东西,永远用不完。比如你往聚宝盆里放一个大元宝,你拿出一个,聚宝盆马上又出现一个。赵六家里只有几文碎银钱,没有大元宝。于是,他把聚宝盆在堂屋里放好,找邻居借了一个大元宝准备往聚宝盆里放。谁知他转回家时,发现他爹跌坐在聚宝盆里。他一边埋怨他爹不长眼睛,一边把爹往起拉。谁知刚拉起一个爹,聚宝盆里又有个爹喊他拉。赵六无奈,只得又去往起拉爹。赵六看看聚宝盆外已经俩爹了,才想起把大元宝往聚宝盆里放。赵六想,再也不从聚宝盆往外拉爹,光往外拿大元宝吧。谁知聚宝盆只认第一个放进去的东西,赵六把大元宝拿起后,聚宝盆里再也不出现大元宝。跟在赵六身后的邻居一把夺回自己的大元宝,就把聚宝盆的赵大爹往起拉。赵六拦了几次没拦住,他的邻居一共给他拉起八个爹。加上赵六自己拉起的两个,一个赵大爹变成十个赵大爹,你们说好笑不好笑。"

光武帝说完,众皇亲没有爆发哈哈大笑。只有阴丽华看着光武帝的窘样对他讪笑一下。阴炽为讨好光武帝,一个人干笑好几声。

伯姬对光武帝说道:"哥,你这个笑话一点也不好笑,也没道理。他邻居给他拉十个赵大爹干什么用啊?"

光武帝诡秘地对伯姬笑笑大声道:"宁平公主还不知道啊?那十个赵大爹的用处可大啦。其中一个大爹活到现在,先当了更始皇帝的舞阴王,后当了朕的卫尉呢。"

刘黄、阴丽华、阴炽、刘章、刘兴悟出光武帝是在取笑伯姬时不时称李通为"大爹",一起哈哈大笑起来。

伯姬自己也跟着笑了几声,端起一大盏酒离席敬光武帝道:"哥哥,你绕弯取笑小妹,罚你一大盏。"

光武帝笑着接过酒一饮而尽,兴致很好地对身边郭圣通道:"我的笑话讲完了,该郭贵人讲了。"

郭圣通对光武帝与阴丽华、刘黄、刘伯姬、阴炽等人那种亲昵关系十分嫉妒,更不满意刘黄、刘伯姬不把自己放在眼里。尤其可气,席间刘章、刘兴、阴炽都能无拘无束嬉笑自若,唯弟弟郭况如一尊木偶坐在那里,也不见刘黄姊妹上前搭讪问好。她见光武帝要自己讲笑话,便冷着脸道:"回禀皇上,臣妾的母亲生长在土侯之家,自幼对臣妾家教森严。要求女儿坐不露足,行不露膝。笑不露齿,衣不露皮。故而,臣妾不会讲笑话。"

光武帝知道郭圣通对刘黄姐妹之间的无拘无束不舒服,便笑言劝道:"郭贵人不讲笑话也可,就讲几句民间俚语应应景吧。"

郭圣通皱皱眉,对光武帝暗指一下腹部道:"臣妾身子不适,请皇上允臣妾回宫休息。"

光武帝无奈,便对郭圣通摆摆手道:"郭贵人既然身子不适,就请自便吧。"

郭贵人这里刚刚起身离去,刘黄也起身道:"别人是金枝玉叶,我也不是残花败柳。姐姐身子也有不适,我也去了。"

伯姬趁着郭圣通还没走开,大声劝刘黄道:"姐姐不准走,我明明看见你身子好好的,没理由学别人撒谎啊。"

郭圣通内心很不愿参加这个皇亲宴,见伯姬明显把矛头指向自己,鼻子里很响"哼"一声快步离去。

光武帝见伯姬看着自己抿嘴笑着,脸上也应酬般挂着笑,心里却暗暗道:大姐、伯姬若不学学宫中礼仪改改脾气,朕的后宫怕难以清静了……

第三十章
群雄明结同盟　宗亲暗起反心

　　皇亲宴之后，光武帝召见侍中、宗正卿傅俊、太常卿强华，嘱其在博士祭酒官署左近的明经堂，让诸博士立即对皇室子弟掌教诗书礼仪。并着手编写国朝礼仪及后宫礼仪，分送皇亲阅读以规范皇亲言行举止。以光武帝本意，自己每月初一、十五日将拨冗摆驾明经堂亲自讲经。然而，没容光武帝亲临一次明经堂，一连串的警报传入洛阳宫。

　　自樊崇所带赤眉军攻占长安，于河东郡勒兵八万的前将军邓禹被光武帝加封为大司徒，并诏令他迅速进军关中，相机扫平长安的赤眉军。邓禹其时正扎营栒邑城，据城募兵储粮，仅派遣部将进攻长安外围诸县。不久邓禹移帅部于大阳，命部将冯愔、宗歆留守栒邑。

　　文武全才的邓禹至此犯了一个大错，因冯愔、宗歆都是偏将军，资历相同，权力相等。一个槽头拴两匹犟驴子，必然争食踢咬。冯愔心狠手辣，公开格毙宗歆。邓禹遣吏切责冯愔，冯愔竟然率兵攻打邓禹。不得已，邓禹派长史辛权将冯愔叛乱的奏疏送达洛阳宫。

　　光武帝登基之后，自负圣聪英明，智力精力过人，御前既没设丞相，也未固定御前谋臣。朝中文武双全的邓禹、耿纯、耿弇、冯异等人俱在各地征战，故而收到邓禹的奏疏后，在御座前直接询问长史辛权道："信使可知，冯愔素来亲信何人？"

　　长史辛权唯唯答："回奏皇上，冯愔素来亲信护军黄防。"

　　光武帝闻报，略略沉吟便对辛权道："尔速速回报大司徒，让其暂放宽心，朕已有缚住叛将冯愔的妙策。"

　　辛权离京复命邓禹，光武帝便遣光禄勋邓晨持节宣谕邓禹，让其私下暗示黄防戴罪立功。黄防虽被冯愔视为亲信，但也是识时务之俊杰。天平一边是大司徒和皇帝使节，天平另一边是无法无天的主将。黄防略作权衡，设宴灌醉冯愔，将其打入槛车交给邓晨带回京城。黄防有此功劳，立即被钦命为偏将军。

　　然而，冯愔刚刚入住诏狱，又有烽火警报接踵而至。

　　原梁王刘永在睢阳僭号后，唯恐因势单而覆灭，遣使结交各存反心之州郡豪强。先后与西防渠帅佼强、东海渠帅董宪、琅琊渠帅张步结成同盟。扶风人窦融,先皈依刘玄,授官都尉。更始朝灭,得众豪杰推举,自号河西大将军,据有张掖、武威、酒泉、敦煌、金城五郡。窦融远结羌人,近交豪杰,意欲开疆拓土。安定人卢芳,诈称汉武帝曾孙刘文伯,自称上将军西平王。卢芳与匈奴缔结和亲,匈奴王迎接其出塞,立为汉帝。并给胡骑二万回归安定,声势空前浩大。此时邓禹、吴汉、王霸、马武各自与赤眉、五校等敌军缠斗不胜,光武帝竟一时无力对以上敌对群雄进行讨伐。

光武帝因国事压身,略少亲近郭圣通,意欲近日幸坤安宫以示隆恩。恰在此时,有真定警报密送御案,报真定王刘扬暗中远交刘永,近与绵蔓山寇联络,欲寻机谋反。得此警报,光武帝不觉大吃一惊。若把刘永、佼强、董宪等枭雄比作外忧,真定王刘扬谋反则是心腹之患。郭贵人刚刚生下了小皇子刘疆,若此时贸然调兵遣将讨伐刘扬,必定兴师动众,导致真定王刘扬灭族、郭贵人被废。其负面影响必定是人心流失,给暗中蠢蠢欲动者以扰乱天下之借口。光武帝独居一夜辗转反侧,第二天一大早,便命太监范忠密召卫尉李通到却非殿见驾。

李通闻诏,立即随范忠来到南宫却非殿,经范忠指引进到偏殿密间。光武帝不等李通叩拜,立即赐座,随即递过真定警报道:"卫尉阅过之后再说话。"

李通阅过真定警报,心下十分惊骇。因不知光武帝心思,便试探般推脱道:"皇上密召臣晓知此类谋反大逆,臣诚惶诚恐感激涕零。然以微臣忝位卫尉,似乎不当深涉其中。"

光武帝睨了李通一眼道:"朕依次元之忠贞,托付洛阳宫之安危。以私论之,次元又是朕的妹夫。此处乃偏殿密间,次元还不能与朕推心置腹么?"

李通闻言五内滚热道:"皇上倚重微臣,敢不肝脑涂地。真定王谋反,必遭天谴。因皇上宣慰河北的艰难之际,刘扬许郭贵人并十万兵马。若兴师动众征讨,因事牵郭贵人,也有投鼠忌器之虑。以臣愚见,莫若派一能臣效皇上当年宣慰河北,以科考官声民意为名,暗中查实刘扬谋反证据。以非常之手段,诱杀主谋刘扬及主要帮凶。对其大多追随者,轻责宽处,以示皇恩浩荡。"

光武帝频频颔首道:"次元所虑,与朕略同。冯异、耿纯,谁可担此重任?"

李通不加思索道:"高阳侯、车骑将军耿纯可当此任。"

光武帝再颔首笑道:"次元举荐,你我君臣竟然英雄所见略同也。"

光武帝登基,第一个特进真定王刘扬为奉朝请,加封其食邑达万户。特进奉朝请,这封号搁在别人身上很荣耀,搁在刘扬身上很憋屈。

"奉朝请"多为外戚每年进京参加两次朝会的荣耀封号,春季朝会叫"奉请",

秋季朝会叫"朝请"。在光武帝宣慰河北艰难之际,刘扬把十万兵马当作外甥女的嫁妆陪嫁给当时的刘秀,是预测到刘秀日后会成为汉室皇帝。刘扬心底预期刘秀登基后,自己当不上并肩王,也应该是太傅、大司寇、大司空之类的上公重臣。当初坚持要刘秀给外甥女正妻身份,就是提前明确郭圣通的皇后身份。现在外甥女虽然没明确为皇后,但也是后宫排位第一的郭贵人。而特进奉朝请,等于限制自己一年只能在春秋两季参加朝会。朝会时,若光武帝不特地走到自己面前,连和皇帝说上一句话的机会都没有。十万兵马和一个独生外甥女,最终只换来一个空有其名的奉朝请,是赔尽血本的不划算。

真定王刘扬心内的不平,很容易被其胞弟刘让看出。临沂侯刘让是拥兵过万的将军,私下在真定王府千秋阁劝刘扬道:"王兄不可因赏不及功而郁闷,同是汉景帝子孙,何必久久俯首称臣?"

刘扬因千秋阁内再无他人,便直言对刘让道:"刘秀应赤伏符登基,也算顺天应命。你我虽是汉景帝子孙,怎可妄起异心?"

刘让三十六七年纪,和刘扬一样身材高挑,皮肤白皙。白皙的颈间,没有其兄那块酷似蝌蚪文的红色瘿痕。同为汉景帝遗脉,其头形、额头、脸庞、五官至少六处可以看出是汉高祖的玄玄孙。面对兄长的疑问,刘让哂笑一声道:"赤伏符的把戏,和王莽篡汉所依凭的上天符命一样荒唐滑稽。若世间真有赤伏符,王兄颈间那片巴掌大一块酷似蝌蚪文的红色瘿痕,才是真正的赤伏符。"

刘扬听了刘让这一说,用手去颈间抚摸酷似蝌蚪文的红色瘿痕好一会道:"我时常对镜看着颈间的蝌蚪文的红色瘿痕迷惑不解,我同胞兄弟六七个,因何独独为兄颈间有此奇怪红色瘿痕?经小弟这一说,我倒有些颖悟。与生俱来的上天符命,强似刘秀凭空捏造的赤伏符万倍。"

刘让见刘扬欣赏自己对其颈间红色瘿痕的夸比,又思索一会儿道:"兄长的蝌蚪文的红色瘿痕,可用来暗中流行一句谶语,'赤九之后,瘿扬为主'。"

刘扬将"赤九之后,瘿扬为主"默默念叨几遍,便煞有介事问道:"小弟这句谶语,莫非是听自街市巷间的么?"

刘让得此暗示兴奋道:"正是正是,赤九之后,说的是刘秀当灭;瘿扬为主,正是说颈间有蝌蚪文红色瘿痕的刘扬为天下之主。"

刘扬、刘让自导自演了一次符命谶语的诞生,二人越说越兴奋,立即找来同样拥兵过万的从兄刘绀。一个篱笆三个桩,兄长称帝贤弟帮。贤兄贤弟一番周密谋划,决定利用光武帝幸临鄗城千秋亭祭天坛,循例会见王侯、外戚之机,拘押并废除光武帝,立刘扬为中原汉帝。

当睢阳、西防、东海、琅琊、河西、安定等地竖起皇帝、大将军等旗号,刘扬等人认为时机来临,立即加紧联络绵蔓山寇贺虎。许贺虎以大将军前程,资助其暗中招兵买马,备作起事援手。刘扬因颈间的红瘿变成上天符命谶语而异常兴奋,日以继夜将反叛计划斟酌完善。在如何处置将要沦为阶下囚的光武帝的问题上,刘扬也未雨绸缪,给他想好一个寡恩侯的封号,再给他盖一间无门无窗且不透风不透气的小石屋送终。

光武帝建武二年孟春,燕赵大地正是日暖回春,千里被绿,长风舒波,麦秀莺飞。高阳侯、车骑将军行大司徒事耿纯,持节巡行幽州、冀州。所到之处,代天行赦令并慰劳王侯。

少壮皇使耿纯,英气勃发,身姿挺拔;戴高山冠,配尚方剑;着赤色新朝服,乘驷马大使车。大使车前的重导车为:贼曹车二、斧钺车二、督导车二、功曹车二。大使车后的随行车辆扈从为:大车及大车执戟武士十二人,伍伯跸驾十二人,辟车四人,从车四乘。整个皇使车驾十六乘,披甲扈从百余骑。穿镇过村,随行鼓乐奏《宣辅政》《顺天道》,耿纯则精神抖擞扶轼挺身,任凭军民人等观瞻皇使威仪。

为避免刘扬对耿纯持节巡行燕赵产生疑虑,耿纯先顺道巡行冀州数郡。所到郡县,代君会见嘉勉王侯、理察大案、积案,免罪减罪,皇使威名日渐远扬。当然,耿纯代君巡行幽州、冀州行赦令只是幌子,他的真实目的是借机掌握刘扬谋反的铁证,不动刀兵除去反王刘扬。

耿纯兴师动众煞有介事巡行燕赵行赦令,照样引起了刘扬的警觉。他与刘让、刘绀商讨的结果,必须立即通知绵蔓山寇贺虎,暂缓招兵买马,以免引起皇使的怀疑。

刘扬的小心谨慎,正如耿纯的预料。就在大张旗鼓的巡行之前,耿纯便派出数名机警探马盯紧了真定王府。当刘扬派出的密使进入绵蔓境内,立即秘密拿获刘扬的密使和密函。历代皇帝对就国藩王都有不得结交将军、扩充家兵的严规,违者罪同谋逆。耿纯手握刘扬谋反铁证,南折常山真定。皇使车驾在真定城外驿馆驻马,耿纯便传令真定王刘扬到驿馆谒见持节皇使。

刘扬做贼心虚,托病不见耿纯。刘扬惧罪不见皇使,也在耿纯预料之中。常山郡内,还有三个刘姓王侯。耿纯在驿馆大摆宴席,劳慰应邀而至的皇室宗亲。席间代君向刘姓王侯再三致意,赏赐不等黄金玉器。各谒见皇使的刘姓王侯,无不折服于皇使的风度威仪。

第三十章　群雄明结同盟　宗亲暗起反心

刘扬闻知耿纯所为，心下对自己托病拒见皇使有所犹豫，恰在此时，耿纯遣博望侯、皇使副使刘猛送来一函曰：

真定王殿下：伯山奉使巡行真定，本应先过真定王府拜谒殿下，躬身问真定王金安。奈何国家制度，大于亲戚情分，故而伯山不敢越轨。明日伯山将赴范阳，亦不敢过府辞别殿下。日后若皇上因伯山真定之行没能拜谒殿下见责，请殿下代为剖白，以释君疑。

刘扬阅过耿纯的信函，心中的疑虑去掉三分。耿纯的母亲乃常山刘氏，与刘扬是没出五服的宗亲，故而耿纯信函中有"奈何国家制度，大于亲戚情分"之语。耿纯不忘亲戚情分，让刘扬心中感到一丝暖意。耿纯信末那句"以释君疑"，也是在提醒自己不要因此让皇上对自己产生疑虑。看见皇使副使刘猛微瘸的左腿，刘扬决定冒险去驿馆谒见耿纯。礼送皇使副使刘猛离开真定王府后，刘扬立即招来刘让、刘绀，令其明日多带副将扈从，一同去驿馆谒见皇使。

第二日朝日初升，一面持节皇使大纛在真定驿馆飘摇。真定王刘扬动用全部卤簿鼓吹，张张扬扬带着数百将弁扈从到了真定城外的驿馆。持节皇使耿纯当然携副使刘猛以下数十人恭迎在驿馆大门之外。

刘扬驿馆门前下辇，刘让、刘绀下马。刘扬携刘让、刘绀与耿纯见礼毕，喝命随行将弁扈从在驿馆外止步，然后在耿纯、刘猛的恭迎声中镇定自若步入真定驿馆。

真定王的全部卤簿鼓吹和数百将弁扈从，执戈带刀如临大敌到达驿馆，一下使迎来送往的真定驿馆变成危机四伏之地。

刘扬、刘让、刘绀自恃人多势众，昂然进入驿馆客间突然发现，客间只设了一个主位，并无刘氏三兄弟的席位。刘扬正诧异间，却见驿馆的执戟武士关了内外的门户。

刘让按剑怒问："皇使因何关闭门户？"

耿纯不理睬刘让的诘问，从身后几案上捧过圣旨大声道："圣旨下，真定王刘扬接旨！"

刘扬、刘让、刘绀一愣，不得已同时跪地。

刘扬叩拜于地响亮道："臣刘扬接旨。"

耿纯几乎是一字一顿咬着牙大声宣旨——

奉天承运皇帝诏曰:《大戴礼记·盛德》云,刑罚之源,生于嗜欲好恶不节。真定王刘扬,位极特进奉朝请,食邑万户。汉室初兴,百废待举。身为汉室藩王,理应拱卫汉室,厚德载物,协理一方。不料刘扬、刘让、刘绀,反其道而行之。共同策划谋逆,交接绵蔓山寇贺虎。许以高官厚禄,资助其暗中招兵买马。生欲无度,好恶不节。此罪可恕,孰罪不可恕?着皇使耿纯,察得刘扬、刘让、刘绀谋逆实据,就地明正典刑。钦此!

刘扬、刘让、刘绀俯首听旨之后,三人颈间都被人交叉着两把钢刀。本该是刘扬山呼"吾皇万岁万万岁"的环节,刘让却梗着脖子大声嚷道:"欲加之罪何患无辞,皇使可有我等谋逆的证据。"

耿纯拿出在绵蔓县境截获的刘扬写给山寇贺虎的信函,在刘扬眼前展示一下问:"反王刘扬,该认识自己的笔迹吧?"

刘扬此时才觉大事不好,当下服软求耿纯道:"伯山贤弟身为皇使,请押罪臣进京,我与皇上还有剖白心迹处。"

耿纯冷笑道:"既有今日何必当初,白练染皂,岂能洗清?"

刘扬笑脸道:"贤弟提到当初,我正是要与皇上剖白当初。"

耿纯别过脸说声"不必",给了副使刘猛一个行刑手势。

刘猛得行刑暗示手起刀落,刘扬的脑袋和他的有着红瘿的颈脖断离滚落于地。于此同时,刘让、刘绀的脑袋也落地搬家。

驿馆门外的数百将士正等得不耐烦之际,驿馆的大门、内门先后开启,三个大食盘分别盛着刘扬、刘让、刘绀还未瞑目的头颅出现在真定王府的军兵面前。耿纯没容数百军兵反应过来,一手握尚方宝剑,一手举着圣旨大声喊道:"本皇使奉旨对反王刘扬等人明正典刑,其余王府军兵一律不问。为显皇恩浩荡,皇上已有口谕,念及刘扬有功于汉室复兴,再立刘扬子刘德继真定王位。尔等放下刀枪随本皇使进真定城,吾当代君安抚新封真定王刘德也。"

众王府军兵闻听王爷谋逆与自己前程饭碗无碍,齐刷刷弃了刀枪山呼:"吾皇万岁万岁万万岁!"

第三十一章
阴贵人谦让后位　光武帝亲征内黄

耿纯不辱君命，干净利落替光武帝摆平反王刘扬，光武帝龙心大悦，加封耿纯食邑一千户。至于绵蔓山寇贺虎，业已诏令常山郡太守程丰限期荡平。

凭空冒出来的刘扬谋逆大案，无意间帮了光武帝一个大忙。自鄗城登基梦寐以求当皇后的郭圣通，可以凭此让她美梦醒来是黄昏。以仁厚公允治理后宫的光武帝，命随耿纯进京的郭主，给女儿郭贵人通报舅舅刘扬的谋逆案。

月儿弯弯照九州，有人欢喜有人愁。最先为真定王刘扬三兄弟死于非命悲痛欲绝的，便是生于斯、长于斯、哭于斯的郭主。夫君早死，郭主其实无主，唯刘扬三兄弟是她的靠山。女儿郭圣通贵为皇帝正妻，儿子郭况年少显贵，都得益于刘扬兄弟的势力。郭主不仅痛心于胞弟刘扬、刘让、从弟刘绀身首异处，更痛心刘扬明正典刑后女儿郭圣通、儿子郭况的富贵前程。她在真定城亲眼看到侄子刘德奉祀真定王，真定国内人心稳定，才自我淡化了内心深处对皇女婿光武帝的恚怨

郭圣通愁闷寂寞半月之久，不见光武帝幸临坤安宫看望小皇子刘疆。因自己对小皇子刘疆连心扯肝，也不想让中宫太监费任找范忠打听原因。很容易当皇帝的战乱年代，缺粮草缺金钱，也缺有调教的真太监。所以，光武帝的贴身太监范忠和中宫太监费任都是来自真定王府。灾荒之年，范忠的父母为了使一家子活下去，让小儿子范忠净身进了真定王府。范忠人如其名，人生得忠厚，血液里沉淀着父辈的忠厚。换个委婉说法，范忠有什么机密，一般不会瞒着以真定王做靠山的郭贵人。郭圣通在百无聊赖之际，范忠带着母亲出现在坤安宫，这太让郭圣通喜出望外。

郭主少年丧父、中年丧夫、老年丧弟，虽是坎坷的命运，却有超然的心态、优裕的生活，使年逾五十的郭主至少比实际年龄年轻一至二岁。郭圣通把母亲迎进驻芳春暖阁，便打发范忠回光武帝那里。白白胖胖的范忠，略略犹豫了一下，便和郭主、郭贵人告辞而去。

范忠离去，郭圣通便亲热地喊了一声"母亲"，想拉郭主坐下拉话，郭主却逐一欣赏着暖阁内宝橱中的四尊青铜鼎。尔后，又去看一对百鸟朝凤青铜镂花熏炉。

郭圣通有些不解道："女儿寂寞深宫，见了母亲好想大哭一场，谁知母亲只和这些冷冰冰的铜摆设亲热。"

郭主眼睛不离"铜摆设"道："摆设摆设，不看可不就成摆设了。"

郭圣通道："母亲出生于王府、生长于王府，难道这些铜摆设和真定王府有什么不同么？"

郭主深深呼出一口长气道："母亲今天来，就是想告诉你这些铜摆设的不同之处。"

郭圣通仔细看看那些铜摆设道："女儿觉得这些铜摆设，和真定王府的没什么不同。"

郭主带着苦笑道："你现在的身份是郭贵人，难道不知道这些铜摆设是摆在皇宫吗？"

郭圣通带着情绪道："母亲今天来京城，好像专为教导女儿来的吧？"

郭主去至锦凳坐下，眼里有了闪闪泪花。她强忍着泪花，低声对郭圣通道："请贵人屏退宫女。"

郭圣通心下诧异，对两个贴身宫女颐指一下，两个贴身宫女敛首退出暖阁。

郭主见两个宫女退出，滚热的泪水哗然而下。

郭圣通大惊失色道："母亲，你这是怎么了……"

须臾，郭主揩去泪水，平静一下道："孩子，还记得母亲给你说过'前面的路是黑的'这句话吗？"

郭圣通略作回忆道："我记得后面母亲还说过，把脚步走正了，啥时候都不会摔跤。"

郭主略略颔首道："母亲所说'前面路是黑的'这句话，是你父亲在世说的话，他的意思是说，人都不能预料前面有什么祸福在等着自己。所以，后面那句'把脚步走正了，啥时候都不会摔跤'很重要。"

郭圣通心下大异，催促郭主道："母亲，母女之间无话不谈，您有话直说了吧。"

郭主道："好吧，母亲今日奉旨见贵人，贵人跪下吧。"

郭圣通一听母亲是奉旨而来，便疑惑着跪下，两眼直直地盯着母亲。

郭主也看定爱女缓缓道："横祸无门，唯人自招。你的三个舅舅因犯谋逆大罪，都在真定城外的驿馆身首异处了。"

郭圣通认定母亲不是玩笑话，立即起身哭着道："母亲，皇上就为这不来坤安宫啊。他敢一次杀我三个舅舅，为什么不敢亲自给我报丧……母亲，我要去见过河拆桥卸磨杀驴的皇上。问问他今天的江山社稷来自何处，没有真定王刘扬以

第三十一章　阴贵人谦让后位　光武帝亲征内黄

十万兵马相送，他能打下一片江山么？"

郭主平静道："贵人见了皇上还想给他说什么？"

郭圣通咬着牙道："我还要他杀了我和小皇子刘彊。"

郭主又平静道："皇上杀了贵人和小皇子刘彊以后，母亲和你弟弟郭况呢，也不该苟活于人世了吧？"

"母亲——"

郭圣通尖叫一声，扑进郭主怀里嚎啕大哭起来。

鬓间几乎全是白发的郭主没有陪着女儿流泪，她出奇的平静等郭圣通哭够了，十分诧异做母亲的为何不说话时，她才缓缓说道："灾祸不可测，人心可测。真定王刘扬早年拥有十数万兵马，不知振臂一呼复兴汉室，只会用来看家护院。当今皇上顺天应命定都洛阳，他却要不自量力谋逆造反。啥叫自作孽？你三个舅舅就叫自作孽。啥叫活过月？你三个舅舅就叫活过月。以母亲看，你三个舅舅死得好，他们若谋逆得逞，当今皇上必死无疑。据王府管家供述，他们在真定王府的柴房附近，已经给皇上准备了一间密不透风的小石屋。女儿你冷静想一想，若皇上一死，你成了未亡人，那三个舅舅还能给你寻下个可与当今皇上比肩的女婿么？"

郭圣通听得母亲一席话，心中怨恨释去大半。一想到即将到手的皇后因此失去，再想到皇后的桂冠要戴到阴贵人的头上，还是情绪激动道："眼看皇上今年要册封皇后，女儿若失去后位，就不想在洛阳宫多待一天。"

郭主笑了一下轻轻抚摸着郭圣通的脸颊道："女儿再大，在母亲面前还是个孩子。你万一当不上皇后，过些年当个皇太后不是更实惠么？"

郭圣通不解道："女儿当不上皇后，何来当皇太后一说。"

郭主伸手去，握着郭圣通的一只手，抚摸着道："上天有眼，你已经为皇上生下个白净可爱的小皇子刘彊，阴贵人和皇上结婚两年多了还没见动静。你只要好好抚养小皇子，五岁后就请个大儒教导他。自古太子立长不立幼，即便阴贵人日后也能生出个小皇子，也不能夺了太子生母的皇太后身份去。"

郭圣通听母亲这一说，方才破涕而笑道："但愿，母亲您也是金口玉言吧……"

光武帝得范忠奏禀坤安宫郭主不辱君命，郭贵人坦然接受了三个舅舅明正典刑的变故后，专门幸临坤安宫数夜。亲近了小皇子刘彊，又给了郭圣通诸多浩荡皇恩，安抚得郭圣通心平气和。自此，光武帝决定立即册封阴丽华为皇后。在没与大臣通气之前，他要把天大喜事先告诉阴贵人。

皇帝也是人，喜欢真感情。真情何所似？两人一颗心。光武帝在日理万机中，一想到阴贵人就有了亲近她的迫切，多想一会儿阴贵人便人生得意踌躇满志。因为天下的男人千千万，只有朕一人能够贪看阴贵人的花容月貌，只有朕一人可以亲昵阴贵人的如花笑靥。当官当做执金吾，娶妻当娶阴丽华。官大莫过于皇帝，妻荣莫过于皇后。早年梦想的有了，没想到的也有了。当皇帝不容易，当了皇帝得一个心贴心的情人般皇后更不容易。

这日皇宫暮鼓刚起，范忠便在却非殿后殿服侍光武帝摆驾坤宁宫。因为有和阴贵人一如民间夫妻的约定和默契，光武帝戴玄色凉冠，着蝉羽缯衣，系西域蛮带，蹬麻布便靴。易装毕，光武帝伸手拿过宝盒，习惯去拿鹿茸灵芝人参丸准备服用，谁知范忠没有按例预先放入一粒鹿茸灵芝人参丸。光武帝责备的目光刚看向范忠，范忠脸上很是暧昧地笑了一笑。

皇帝和贴身太监朝夕相处，基本可以做到心有灵犀心领神会。光武帝一下明白了范忠脸上的笑，自己也掩饰般讪笑道："范忠因何笑朕。"

范忠连忙躬身答："回皇上，奴才今天只是自作聪明揣摩皇上，不敢笑皇上。"

光武帝明白范忠的自作聪明，其实是知道自己去坤宁宫，根本不需要鹿茸灵芝人参丸的激励。光武帝明白这一点，突然恶作剧般道："以你范忠看，你喜欢郭贵人还是阴贵人？"

范忠白胖细腻的脸上红了一下，急忙躬身道："禀皇上，奴才不敢，也没往那地儿想？"

光武帝坏笑一下道："人的大脑里想什么神仙也不知晓，你怎么能洗清自己没往那地儿想？往常没往那地儿想，朕今天要你往那地儿想。朕这会儿想知道，以你这种两不搭界的人评判一下郭贵人、阴贵人，她俩谁更有女人味？"

范忠见光武帝兴致特好，便嘻嘻陪笑道："皇上脚上的麻布便靴合脚与否，只有皇上自己知道。奴才是个废人，不知女人味为何味，请皇上饶过奴才吧。"

"蠢才，时辰不早，摆驾坤宁宫。"

光武帝笑骂一句，自己先迈步走了出去。

阴丽华为打发后宫寂寞和粗通五经，她白天多是请来硕儒孟谷给她和两个贴身宫女讲授《诗》、《书》、《礼》三经。相貌清癯不苟言笑的孟谷自随阴贵人进京，更像孔圣人的得意的门生。进得坤宁宫，敛首而目不斜视，晃脑而抑扬顿挫。孟谷因了循规蹈矩不逾步，讲经时虚于句解阐述，只求照本经典灌输。

坤宁宫的初夏之夜，凉爽而静谧。月色氤氲了白玉兰芳味如水浸润，使得坤

第三十一章　阴贵人谦让后位　光武帝亲征内黄

宁宫之夜弥漫着祥和温馨。阴丽华和贴身宫女春桃、秋桂一起,在寝宫外间的灯下温习白天孟谷讲授的子曰诗云。因春桃一听诗云子曰就头疼,她时常分心东张西望。光武帝悄无声息地进到寝宫,吓得春桃一声惊叫,急忙拉秋桂一起跪迎光武帝。

阴丽华看见光武帝一身别致装束,立即给春桃、秋桂一个眼色,她俩便敛首退出。

宫女一去,阴丽华拿过《尚书》道:"皇上来得正好,华妹子正对《尚书·太甲中》这句'欲败度,纵败礼'不甚了了……"

光武帝拿过《尚书》弃在几案上,一下将阴丽华拥在怀里,眯缝两眼笑眯眯地盯着阴丽华惊喜羞涩的眸子看。

阴丽华被光武帝盯得不好意思,把脸颊贴紧光武帝的胸前道:"皇上因何这样看人。"

光武帝道:"贪看了阴贵人花容月貌,可得一日神清气爽。亲昵过阴贵人如花笑靥,可得半月寝食甘甜。"

阴丽华把头轻轻撞了光武帝一下道:"皇帝说话是金口玉言,不可把虚情假意甜言蜜语挂在嘴边。"

光武帝双臂用了力道:"告诉我,华妹子最想要什么?"

阴丽华道:"坤宁宫应有尽有,华妹子什么都不想要。"

光武帝捧着阴丽华的丰腴白嫩的脸颊,再盯着阴丽华的眸子道:"朕意已决,你做朕的皇后。"

阴丽华突然明白光武帝一见她就眯缝两眼笑眯眯的意思,挣开光武帝的拥抱,后退几步跪下道:"臣妾叩谢皇上。但是,臣妾不愿意越过郭贵人当皇后。"

光武帝对阴丽华的谦让并不感到意外,俯身拉起阴丽华同坐于一侧的胡床道:"阴贵人给朕详细说说理由。"

阴丽华思索片刻道:"臣妾以为自己不可逾越郭贵人做皇后的理由有四个。第一,皇上当初在真定允诺郭贵人为正妻。皇上立后,当立有正妻名分的郭贵人;第二,真定王谋逆已经伏法,若此时皇上立后绕过郭贵人,将给天下人议论皇上失信的口实;反之,皇上按例立郭贵人为皇后,可使皇上的仁德传遍四海;第三,若臣妾立为皇后,臣妾父母兄弟,必然得封高位。若臣妾爱弟阴炽者,其至今于朝廷寸功未立,怎可居立朝堂?臣妾值此突然明白,《尚书·太甲中》那句'欲败度',其实就是告诫人,满招损,谦受益。凭空降下的大富大贵,其实就是大满。与其"满招损"在后,莫若"谦受益"在前;臣妾不愿当皇后的第四个理由事关皇

上,臣妾还是不说为好。"

光武帝感动道:"阴贵人把想说的说出来,朕就给你一个决断。"

阴丽华道:"我知道皇上心里时刻装着臣妾,臣妾心里也时刻装着皇上。臣妾以为这是臣妾与皇上二人之间的私情,不与朝廷国事干连。皇后之尊位,与皇帝天地配序母仪天下。以母仪天下论之,郭贵人已给皇上生下聪明伶俐的小皇子。而臣妾与皇上婚配两年尚未生育,不能生育,怎可尽母仪之道?于皇帝论,皇后的中宫国母之位乃公器宝位,若私情奉送,其实就是《尚书·太甲中》那句'纵败礼'。皇上精于五经,臣妾班门弄斧触及皇上尊严,意在表明臣妾的诚心,望皇上体察臣妾的心曲苦衷。"

光武帝被阴丽华一番道理说得五内滚热热血沸腾,他料到阴丽华会以自己的谦和本性辞让皇后,没料到她还有一大套的说辞表明自己的真诚。她说出国母之位乃公器宝位,若私情奉送是'纵败礼',表面有损自己尊严,但更让自己对她刮目相看。光武帝觉得再说什么都是多余,突然饿虎扑食般把阴丽华按在胡床上,把颜面抵住她丰满的双乳急促地揉搓着。

阴丽华大惊道:"皇上,皇上……"

光武帝边扯去阴丽华的衣衫边道:"你拂了朕的美意,朕让你一夜不得睡觉……"

光武帝建武二年(26)九月上浣,经太常博士择日择时,光武帝在却非殿册封郭圣通为皇后、小皇子刘彊为太子。册封大礼一毕,诏封皇后之母郭主为元氏县君,皇后胞弟郭况为绵蛮侯。诸件大事一毕,光武帝觉得再也不亏欠皇后郭圣通,全身心去喜爱可心可意一日不可忘的可人阴丽华。

阴贵人逊让后位,拒封其弟阴识为侯,光武帝内心对她更加怜爱。阴丽华久婚不孕,主要原因是长期的牵念担心导致经血失调。光武帝不仅钦命太医用心调理阴丽华血脉,而且频频幸临坤宁宫,竭力愉悦阴丽华身心,使其早日怀上龙种。可惜,上天不遂皇帝愿,建武二年繁纷国事,搅得光武帝难以专心去坤宁宫的化雨春风。

就在筹划封后大典之际,贤能太守寇恂在调任颍川郡之初,与执金吾贾复率部过境颍川郡时发生矛盾。起因是贾复军时有扰民之举,寇恂一怒之下,斩杀了贾复一个抢夺民财的偏将。贾复觉得寇恂打狗欺主,要提旅找寇恂火拼。贾复过境颍川郡是前去攻打郾城,两个爱卿发生龃龉,光武帝不得不分别招进京城费力撮合。

大司马吴汉率兵攻略南阳一带陷入胶着，又接魏郡太守任光报警，檀香贼、五校贼、铜马军残部合军十万，号称檀五铜神兵。檀五铜神兵推刘林为无敌大将军，卢仝、绛仲为副帅寇略内黄、清河。其中军大营，驻扎在内黄二帝陵。魏郡得邓晨早年几年经营，当年为光武帝北伐南进频频不断输送军资。死对头刘林一朝得志，便首选抢掠富庶的魏郡。魏郡在洛阳东北七百里处，刘林抢掠魏郡，等于在光武帝家后院撒野。

光武帝一怒之下，决定御驾亲征内黄，遭到以李通、傅俊、强华、耿纯为首大臣激烈反对。李通等大臣觉得，刘林、卢仝乃乌合之众，不值得皇帝御驾亲征。

历史上的明君，都用御前朝议来调和皇帝和大臣们的分歧。当君臣分歧不能调和时，其规律是胳膊扭不过大腿，臣子拧不过皇帝。光武帝驳回李通、傅俊等大臣的谏止宏论，钦定李通暂行大司徒事留守京师，自己亲帅耿纯、王霸、马武、铫期等将讨伐刘林。

昆阳大战之后，光武帝就没痛痛快快地去两军阵中厮杀一回。死对头到"后院"撒野，不亲手刺刘林于马下，当了皇帝也觉得是个大遗憾。就在大军即将离开京城之际，光武帝突然宣布，要带着阴贵人一同出征。

耿纯、王霸、马武、铫期四人，转而反对光武帝带着爱妃出征。反对的理由是担心阴贵人和皇上的安危，不便说出的理由是女人随军不吉利。但想到先前的"臣子拧不过皇帝"。众将一致求助于李通，希望李通通过皇后，能谏止光武帝的出格之举。

第三十二章
二帝陵刘林重演故伎　清水河贵妃歌舞荡舟

　　暂行大司徒事、卫尉李通已经揣知光武帝带着阴丽华御驾亲征的圣意,并没就此烦扰皇后郭圣通。他对耿纯、王霸、马武、铫期等人略略应付一下,倒是用心对光武帝亲征内黄做了一系列的准备。

　　因光武帝御驾亲征之前,诏令天子卤簿从简。故而大军前导为武刚车,武刚车后为虎贲中郎将、羽林中郎将、射声校尉、奉车都尉等所乘轻车三十辆;轻车之后,为先锋耿纯、王霸等数百骑从。数百骑从之后,乃光武帝驷马天子戎车,其制其饰如乘舆、金根车,蕃以矛麾金鼓、棨戟斧钺;天子戎车之后,是阴贵人所乘三马牵引油画辂车。油画辂车乃贵妃、公主出行专用车辇,车外帐幔流苏,车内典雅舒服。油画辂车其后,有御医、御厨等车驾一应俱全。

　　建武二年九月下浣,光武帝帅八万王师出洛阳夏门亲征内黄。耿纯、王霸、马武、铫期、刘植、王丰、何元、李欣、施乾、张博等十员大将随君出征。京畿军民人等,首次大饱天子御驾亲征之眼福。

　　战国赵魏时期,称黄河以北为内,黄河以南为外,故有内黄、外黄之称。汉高祖九年(前198)开始置内黄县,开始置县不是始建城。据传于今上溯4500年左右,五帝中颛顼、帝喾二帝均活动在内黄一带,大行后亦修陵龙眠于此。《尚书》《史记》明载,颛顼是黄帝的孙子,帝喾是黄帝的重孙,颛顼、帝喾二帝建都内黄亳城。有据可证,殷商王朝中的太戊、河亶甲、祖乙三王,也先后于内黄亳城建都百余年。其时间早于安阳殷墟,故而称"相土"或故殷城。

　　光武帝得强华进献赤伏符登基,此后基本顺风顺水人心悦服,便将赤伏符藏做秘本,遇事多从中寻找圣断依据。爱妃阴丽华久婚不孕,光武帝因焦急去赤伏符查找,得一句模棱两可的谶语:"魏郡内黄亳城真龙地",可巧不久传来刘林寇略魏郡内黄、清河的警报。光武帝以此相信,若带着阴丽华去至内黄亳城、二帝陵祭祀一番,必定怀上"真龙"。

　　征讨刘林的王师大军过了黄河,光武帝便命去掉天子卤簿中武刚车、轻车、戎车上的矛麾金鼓、斧钺金瓜之类皇家行头。去掉行头,为的是变天子卤簿车驾为作战利器。比如轻车,即古代轻便灵巧的战车。内黄、清河数百里的大平原

第三十二章　二帝陵刘林重演故伎　清水河贵妃歌舞荡舟

上，有此三十两轻车横冲直撞，可以让刘林、卢全、绛仲等流寇尝尝车战的厉害。

檀五铜神兵的无敌大将军刘林的中军大营，果然驻扎在内黄县清水河西岸的二帝陵。檀乡兵、五校兵、铜马军谈起光武帝都成惊弓之鸟。相比之下，在邯郸城外逃过血光之灾的刘林却有在顺水河伏击中砍伤光武帝左脚的荣耀。当檀乡兵、五校兵、铜马军到了山穷水尽必须纠合一起时，众人一致首推依附檀乡兵当军师的刘林做了檀五铜神兵的无敌大将军。待探马报告光武帝带着八万王师亲征内黄时，绛仲以下将领纷纷要求及早撤回太行山。

刘林端坐中军大营宝帐，静听众将的意见后缓缓道："刘秀离此，尚有五天路程，五天中，各位将军用四天时间继续筹措粮食。到了第五天，我们仍然采取四面远遁的办法，将八百万石粮食留给刘秀暂时保管。"

副帅绛仲反对道："大将军恕末将直言，我等辛辛苦苦从清河、内黄、繁阳筹集起来的八百万石粮食，如何留下便宜刘秀？"

刘林道："绛仲将军少安毋躁，我们此次出太行山，不攻城掠地，唯筹措粮秣。两军交战之际，八百万石粮秣就是个大包袱。把大包袱让刘秀暂时保管几天，不是拿八百万石粮秣便宜刘秀。"

绛仲仍然满脸疑惑道："把大包袱交给刘秀以后怎么办？请大将军说出您的神机妙算，以解末将心中疑惑。"

刘林轻轻一笑，特地提高声音道："我们缺粮食，他刘秀也缺粮食。他来征讨，我让他不知神兵遁往何方何地。他若追我，我让他懵懵懂懂望尘莫及。待其劳师无功，带着八百万石粮食班师回洛阳时，我们出奇兵斩长蛇于途中，其战利品绝不仅仅是八百万石粮食。"

绛仲等将听刘林一番解释，个个恍然大悟击掌叫好。从心底佩服无敌大将军的神机妙算。

光武帝率军自浚县南入内黄，得探马报知刘林的八万主力还在内黄境内。先诏命魏郡太守任光率领本郡二万兵马围住清河县城的一万多贼兵，待王师荡平内黄境内的刘林、绛仲后，再分兵收拾占据清河县城的卢全。接着命左右先锋铫期、王霸各帅一万兵马，迂回到内黄西北、东北方向，堵住刘林大军逃往太行山老巢的去路。铫期、王霸领命而去，自己亲率耿纯、马武、刘植、王丰、何元、李欣、施乾、张博直捣刘林设在二帝陵的中军大营。

刘林在二帝陵一带有八万乌合之众，光武帝有六万精锐王师。六万王师打败八万乌合之众有把握，但要一举歼灭八万乌合之众没有把握。对此，光武帝先以密诏召进攻南阳陷入胶着的吴汉撤围驰援内黄,后又在刘林营垒内部设下一支内应伏兵。此次亲征内黄,定要生擒死对头刘林。然当光武帝率众进到二帝陵所在的三杨庄一带,发现许多檀五铜神兵虚设的空营和遗弃大量粮秣。光武帝料想刘林可能再次逃掉,命耿纯、马武帅三十辆轻车和二万骑兵火速攻击刘林的中军大营。结果正如光武帝所担心那样,飘扬着檀五铜无敌大将军大纛的二帝陵也是虚设的空营。尤其令光武帝愤怒不已的是,二帝陵寝殿中的二帝神像前,跪着一个绳捆索绑的木偶"光武帝"。

很快,铫期、王霸派快马禀报,他们只遭遇俘获少数檀五铜军的散兵游勇,未见其主力逃遁方向。奉诏围困清河县城的任光也派人奏禀,城内的卢全据城坚守。数次出城袭扰,魏郡已损失三千人马。有了任光的奏禀,光武帝才知兴师动众亲征内黄,又被刘林故伎重演耍了一把。旧仇未报,又添新恨,光武帝急召耿纯、马武到御帐征询对策。

马武说话素来直肠子不拐弯,语气中带了怨气率先奏道:"皇上执意御驾亲征,早把刘林吓得尿裤子跑人。以末将看,我们也不算劳而无功,八万王师一举夺回刘林抢掠的八百万石粮秣,也可让太史令载入国史去。"

耿纯见马武言语出格,唯恐光武帝龙颜大怒降罪与他,急忙接话奏道:"以末将看,皇上亲征内黄,大战的序幕刚刚拉开。刘林此次寇略内黄、清河等地,目的是抢夺粮食财物。刘林有时间运走抢夺的粮食而不运走,就显出刘林遗弃八百万石粮食是一个阴谋。以末将愚见,莫如将计就计,我们现在放过逃跑的贼军于不顾,稍作休整后大军齐攻清河县,再带着八百万石粮食班师回朝。待刘林回窜挑战王师,可采取四面埋伏之计擒住刘林。"

耿纯的一番奏对暗合光武帝心曲,心中也形成一串连环妙计,于是颔首道:"耿将军所言,颇合朕心。不过,八百万石粮食是刘林从内黄、清河一带抢掠而得,自古民以食为天,还是还粮于民为好。"

耿纯道:"若就地还粮于民,岂不让刘林失算,我们失去擒拿刘林的时机?"

光武帝略沉吟一下道:"魏郡及其属县有功于复兴汉室,朕就地还粮的圣意不变。至于促成擒拿刘林的时机?马将军,你还可以直言不讳给朕出出主意?"

马武摸摸自己的脖子笑道:"皇上刚才没因末将口无遮拦龙颜大怒,末将还是留着脑袋戴罪立功吧。"

光武帝本来想责罚一下马武出言不逊,见其还有点自知之明,便笑道:"马将军若真想戴罪立功,今晚替朕草拟一篇《祭二帝文》吧。"

马武一下跪地叩首道:"天子圣明,马武乃地地道道一介武夫,皇上还是换一种责罚吧……"

一方水土养一方人，一方黎民敬一方神。光武帝命太常卿强华请来内黄县的耆老名儒，备齐三牲祭品，并草拟一篇《祭二帝文》。是日，旗幡肃穆，鼓乐庄重，光武帝率校尉以上随驾文臣武将及内黄县县令姜颜、内黄县耆老名儒，拜谒二帝陵冢。三拜九叩毕，强华奉旨颂《祭二帝文》曰：

> 逢黄道吉日，祭先祖高贤。追功勋以怀远，束心香成祭文——
> 玄帝颛顼，功与天齐；承前启后，罄竹不纪。
> 观天测地，协调风雨；首创历法，节令有据。
> 民尚愚昧，典章继立；开疆拓土，陆海已极。
> 动静之物，川泽之神；日月照处，莫不称臣。
> 青帝帝喾，生而神灵；普施利物，不私己身。
> 聪以度远，明以辨微；赞天化地，急民所需。
> 取地之材，节而用之；教民利海，民富其时。
> 礼敬鬼神，尊卑有序；执中海内，德远偏僻。
> 二帝德厚，光表万世；佑我汉邦，子孙相继。
> 樽俎琼浆，盘匜异香；礼诚歆焉，伏惟尚飨。

祭文颂毕，焚告于天。第二日，光武帝与阴丽华同坐一辇，又去二帝、三王建都地亳城遗址凭吊。凭吊一毕，光武帝让太监范忠去亳城民间购买很多红枣、花生。是夜，光武帝歇驾清水河孟子古渡。夜深人静，光武帝拥着心爱的阴贵人，一起品尝着内黄红枣和花生。

阴丽华来自民间，知道红枣花生的吉利象征。津津有味用过一些道："这明明买自亳城的花生、红枣，皇上为什么不准说是亳城红枣花生，要说成内黄的红枣花生呢？"

光武帝笑道："红枣、花生当然寓意早点生，花着生皇子皇女。亳城、亳城，口齿重都说成'不成'，内黄、内黄，是寓意阴贵人腹内已经有了皇子也。"

阴丽华心内感动道："皇上对臣妾皇恩浩荡，若臣妾有负圣恩依然不孕，当是无地自容了。"

光武帝急捂阴丽华的嘴道："华妹子言重，生儿育女需要身心愉悦顺其自然。过几日是华妹子的生日，朕已传旨下去，要迅速征集上好民船百艘，朕要在清水河好好给你荡舟庆寿,以弥补往年朕对华妹子生日的怠慢之处。"

阴丽华放开光武帝正色道:"皇上不可这般张扬铺张。臣妾此次随驾出征已经破例,若再兴师动众为我清水河荡舟庆寿,劳民伤财百害而无一利,请皇上收回成命。"

光武帝笑问:"朕若一意孤行呢?"

阴丽华也笑道:"皇上若硬要臣妾陪君清水河荡舟,臣妾不敢抗君命。但是王师征战,臣妾荡舟。军卒劳碌,百姓积怨,臣妾实在难以身心愉悦顺其自然。"

光武帝怪异神秘地看着阴丽华道:"阴贵人附耳上来,朕有妙计让你身心愉悦顺其自然。"

阴丽华见光武帝不是玩笑,便亲昵上前和皇上做了一对交颈鸳鸯。经过光武帝在她耳畔一番汨汨细语,阴丽华既有兴奋异常又有疑惑不安。

清水河后世统称卫河,其水脉源自陕西太行山麓,是著名海河水系的重要支流。西南从今二安乡入内黄,经豆公、楚旺东南方向出内黄县境。古时清水河自进入内黄境内,便在大平原上如游龙蜿蜒。夹河两岸,黄槐葳蕤葱郁,垂柳摇曳多姿。当空鸟瞰,河水清澈见底,船帆往来穿梭。真个是:浓荫处人口稠密,春秋季风光旖旎。

阴丽华诞辰日之前,光武帝口谕内黄县令姜颜去民间寻找八个与阴贵人同庚的黄花少女,再征集八个与阴贵人同庚且儿女双全的美貌丽妇,以便届时与阴贵人在清水河荡舟同乐。姜颜年五十六七,五官规整,挺拔身躯。忠于其职,颇有政绩。因光武帝驾临内黄,以为是飞黄腾达的时机。得光武帝口谕,姜颜错会皇上是在借阴贵人生日之机选美充实后宫。于是,将衙役、县兵倾巢出动,三天内连哄带吓寻得十六个黄花少女,十六个儿女双全的丽妇美娘。一时间内黄县军民人等,均为光武帝大肆征集少女丽妇怨声载道。尤其那些丽妇美娘之家,担心丽妇美娘不能全身归家,家家都对光武帝垂青于儿女双全的美娘怨声载道。

阴丽华诞辰日那天,恰是秋空艳阳。自清水河孟子渡上下十里,河里船帆相继,舟中鼓乐声细。伞罗下,如花红颜成阵,旌旗中,耀眼斧钺齐天。

居前,是光武帝携阴贵人的宽大龙船,前有纤夫,后有扈从。透过蝉羽薄纱,朦胧可见光武帝和爱妃阴丽华拥身并坐,食案前陈列有红枣花生珍果佳酿,两厢玉立着黄花少女丽妇美娘。

居中,有天子卤簿随行,金瓜斧钺,左纛棨戟,红袖长舞,歌喉婉转,几句清晰如话的"龙游何蜿蜒,凤翔何翙翙。昔现唐虞时,今在吉祥日"的曲词反复歌吟,如浩荡皇恩播撒在清水河两岸。

第三十二章　二帝陵刘林重演故伎　清水河贵妃歌舞荡舟

居后,是随驾的文臣武将的坐船,船上虽没黄花少女丽妇美娘,却也是金樽佳酿瓜果飘香。加之四面八方看热闹的男女老幼,此一日清水河的热闹真可谓:繁花似锦开大地,人声如潮动长空。

且说蛰伏清河县丘陵地带的刘林,一直密切地盯着光武帝在内黄县的举动。得知光武帝要祭奠二帝陵、携爱妃清水河荡舟,觉得自己生擒光武帝的时机到了。此时的檀五铜无敌大将军刘林,远非给伪帝王朗做钜鹿王时的刘林。经过坎坷磨难和胜败历练,运筹帷幄时表面平淡心有波澜。此次遇光武帝御驾亲征没有选择回避远离,而是选择和刘秀在内黄决战,正是基于这种老到和历练。在闻知光武帝御驾亲征内黄的消息时,刘林略略用点心机,便暗中为光武帝布下另一个看不见的陷阱。这个陷阱,便是让副帅卢仝率一万八千人马固守清河县城当诱饵。清河县城临河修筑,引清河水为濠,是典型的易守难攻之城。固守清河城,正是和光武帝决战的关键。只要光武帝攻城,檀五铜八万主力大军将在光武帝精疲力竭时将其包围在清河城下。紧接着顺理成章里应外合,生擒光武帝就如囊中取物。

光武帝初到内黄,仅仅诏命魏郡太守任光去攻打清河城,很让刘林失望。待光武帝得到八百万石粮食,并无征集车辆运回洛阳的迹象,又让刘林多了一分焦急。给他设下的两个陷阱,怎么就轻轻绕过了呢?就在刘林满心懊恼之际,探马又禀报刘秀已加派马武带领三万人马和任光合兵攻打清河城,刘秀自己则下诏让内黄县令民间选美,还要带着爱妃清水河庆生荡舟,刘林便兴奋地与副帅绛仲密议:乘刘秀兴师动众携爱妃清水河荡舟庆生之日,一举生擒刘秀更当轻而易举。机不可失,失不再来。天与不取,不傻即呆。

刘林、绛仲二人密议一定,从麇集蛰伏清河丘陵地带的八万将士中,选出三万五千精锐铁骑昼伏夜行,向二百里外内黄清水河孟子渡一带疾进。三万五千精锐铁骑迅不可挡,一定要在光武帝携爱妃清水河荡舟之日打他个措手不及。

第三十三章
清河城贼酋就擒　坤安宫光武堵心

光武帝携阴丽华在清水河孟子渡一带荡舟庆生,至午时达到高潮。在宗正卿傅俊、太常卿强华及一干太常博士操持指挥下,随行两千石、比两千石的文臣武将依秩给阴贵人献礼献颂。为了方便文臣武将的礼献,光武帝在卫公渡左近的无畏亭外预设了纱帐红毯,携阴贵人端坐无畏亭中,接受文臣武将献礼献颂。征战在外,文臣武将献给阴贵人的寿礼大多是一份礼单,献颂多是"松柏同俦,南山之寿"的吉语。每一个臣子礼献毕,无畏亭两厢的黄花少女丽妇美娘和献礼者一起礼拜山呼:贵人娘娘千岁,吾皇万岁万岁万万岁。

光武帝、阴贵人在接受文臣武将礼献时,卤簿鼓乐交替演奏尧帝作《咸池》、舜帝作《大韶》。无畏亭四周早成人山人海,孟子渡、卫公渡远近的黎民百姓远远地目睹了皇家热闹气象,幸运地大饱了眼福耳福。

且说刘林率领着三万五千精锐,行进到清河县与内黄县界处的歇马营得探马禀告,光武帝将于明日在孟子渡和卫公渡之间的河段为贵妃荡舟庆生。刘林没有轻信一波探马的禀告,亲自听取了第二波探马的相同禀告。于是,他给各个带兵将军下令,立即就地草草扎营,明日寅时人马饱餐一顿,卯初大军向内黄县孟子渡、卫公渡之间的清水河段冲击。从歇马营到孟子渡和卫公渡之间的河段,也就一百余里路程,中午时分可打垮为刘秀的荡舟庆生忙忙碌碌的三万兵马。为了确保胜算,刘林命绛仲率两万五千大军和刘秀御林军搏杀,自己随后率领一万兵马在确定刘秀和他的贵妃所在河段位置时,采取饿虎掏心之策,一鼓生擒刘秀。

当太阳高悬明净秋空,刘林大军疾行到离孟子渡三十里的老鹳坡。老鹳坡一带有个很大的黄槐林,林间杂以桑、榆,时而葱郁时而稀疏,绵延十里远近。前行的副帅绛仲在距黄槐林一里之地传令大军停下,命先锋张熙派出尖兵前去黄槐林查看有无刘秀的伏兵。张熙得令,立即派一个百夫长带着三十个士兵向黄槐林跑去。刚刚进入黄槐林,那百夫长和三十个士兵便勒转马头回跑——黄槐林果然有伏兵。

光武帝兴师动众为阴丽华荡舟其实是个幌子,引诱刘林前来送死才是真正

第三十三章　清河城贼首就擒　坤安宫光武堵心

目的。也就在得知刘林夜宿歇马营之际,光武帝命马武率一万五千人马埋伏在刘林必经的老鹳坡。马武见打埋伏不成,立命行军长史擂鼓出击。随着隆隆战鼓,黄槐林中首先飞驰出三十辆轻车。每辆轻车由两匹披铁甲马牵引,车上一名驭手,四名执戟军士。很多年不见的战车出现,立即使得檀五铜前军军士惊慌失措四处逃窜。不一时损失二三千人。战车作战天生一弊,一次冲杀过后再次冲杀,需大宽转调回方向。趁此时机,绛仲喝命后队的辎重车辆不顾一切拦阻敌军三十辆轻车,自己身先士卒纵马迎战黄槐林冲出的敌军。

绛仲,冀州涿郡人,年纪四十挂零。生得——黑眉粗横,大眼如铃,面皮紫红,口方鼻挺。戴一顶红铜盔,披一身锁子甲。使一根大铁戟,骑一匹青骢马。他认准马武的大将号旗,纵马直取马武。

马武也看准了对方的旗门下英武将军绛仲,见其挺戟杀来,大声叫一声"来得好",挺矛纵马迎击。两将相遇,生死取决本领高低。二人心里相互欣赏,双手各自使狠。绛仲回马一戟要断马武咽喉,马武错马出矛欲透绛仲心窝。二马盘旋,猛将厮杀尘土起。兵器相磕,生死存亡在须臾。

俗话说兵猛猛一个,将猛猛一窝。两军将帅生猛搏杀,激励得双方将士热血洒地,杀声入云。开战时阵线清楚,混战中敌我难分。人少好吃馍,人多好干活。绛仲的将士凭着人多势众,逐渐占据战场上风。

与前军保持着五里远近的刘林,很快清楚了前军军情。他见前军逐渐占了上风,便欲传令准备用于饿虎掏心的一万精锐上前打个顺风拳。历经战阵小心谨慎的刘林下令前回头一望,突然发现身后远远地尘头大起,其势头如大江巨澜滚滚而来,非三万大军不起那般接天尘埃。至此,刘林彻底明白他被刘秀在内黄县一系列假象迷惑,上了刘秀诱敌深入的当。刘林看见后路被堵,来不及给前军通报新的敌情,立即下令后军横向而逃。不是刘林不顾绛仲死活,留绛仲在此地迎战刘秀的主力大军,也是丢车保帅必选妙策。

前军绛仲的两万五千人全部加入两军阵厮杀,马武兵少力单,很快显出颓势。马武久战绛仲不胜,瞥见自己军士不断倒地身亡,心里一急怒吼一声,仿效吴汉赤手跃马拳毙赵铧,趁绛仲挺戟刺向自己胸口之际先弃了长矛,闪身抓住绛仲的铁戟戟杆。马武在坠落马下的同时,把绛仲也拖拽下马。二人虽然同时坠马,但马武是有心主动坠地,绛仲是惊慌被动坠马。绛仲不及清醒过来,颜面上早挨了马武三四拳。

马武因揪心自己将士已处劣势,绰过绛仲的大铁戟,顾不得对绛仲补上一戟便跃上自己的战马,冲向最为嚣张的敌军丛中。

昏厥在地的绛仲清醒过来,抹了一把颜面的血污。随手拽过马武遗下的长矛,爬上还未远离的大青骢马,寻着马武的身影,怒骂着杀向仇敌。

恰在此时,吴汉带着三万驰援大军从后面兜围上来。一霎时战场形势逆转,绛仲的两万余部便显出乌合之众的本色,少数兵士紧跟先锋张熙撒丫子跑掉,大部就地弃械投降。绛仲还未从战场形势逆转的惊愕中回归正常,马武平端着绛仲的大铁戟喝道:"绛仲下马受缚,我马武饶你不死!"

绛仲看着马武便嘿嘿一笑道:"棋下高手,拳打胜家。马武将军,还敢一对一较量么?"

马武晃晃手中的铁戟笑道:"自家的兵器不属于自家,绛仲将军还大言一对一较量,这不是自欺欺人胡扯蛋么?"

绛仲见马武身旁聚拢十几个将佐,暗地长出一气说声:"马将军仔细,我绛仲归还你的长矛",口里说着,将马武的长矛用力掷向马武的心口。乘着马武用大铁戟拨开长矛时,拔出佩剑就去颈间狠劲儿一横。

马武见绛仲倒栽马下,对身边一员偏将交代一句"给我厚殓绛仲将军",带领部将前去会见大将军吴汉去了。

在老鹳坡横向逃跑的刘林,很快和横向拦阻的铫期、王霸二万生力军相遇。刘林一见铫期、王霸的旗号,不敢列阵交战,率兵朝着清河城方向逃窜。铫期一挥令旗,两万兵马追着刘林的一万兵马展开了赛跑。让刘林奇怪的是,后面的追兵紧追慢追,一直和自己保持两里远的距离。金乌西坠,暮色渐浓,刘林丝毫不放慢逃跑速度。好在刘林已经熟悉去清河城的路程,半夜时分终于带着紧紧跟随的八千骑兵到了清河城外。

刘林在黑暗处看见城楼高悬着卢仝的号灯,与几个副将、帅部长史、骑司马略一合计,便擂鼓向北门围城的汉军营帐发起攻击。睡梦中的汉军毫无抵抗能力,闻声逃命远避,刘林等众一鼓便杀到北门护城河边。刘林身边几个骑司马大喊大叫:"檀五铜无敌大将军已到,快快放下吊桥!"没容骑司马们多喊,城上便将吊桥放下,刘林带领几个副将、众多长史、骑司马打马而入。

进得清河县城,便见眼前街道亮如白昼,副帅卢仝带着十几个偏将、扈从前迎上来施礼道:"不知主帅星夜到达清河城,末将有失迎迓,请大将军到聚将厅小憩,容末将奏报清河城内外军情。"

此时的刘林又累又饿,顾不得礼节一挥手道:"卢将军不必禀报军情,速速弄来酒菜充饥。"

第三十三章　清河城贼酋就擒　坤安宫光武堵心

卢仝闻言，低声吩咐两个随从，带着刘林身后长史、司马离去，自己和五六个偏将簇拥着刘林到了附近的聚将厅。

刘林进到聚将厅，抢先几步瘫坐到卢仝常坐的交椅，既不考虑身后的八千兵马是否进城，也不考虑倘若八千兵马进城后的安置，只是一迭声催促道："速速弄来酒菜，累杀我也，饿杀我也。"

卢仝近前笑着道："大将军路途想是鞍马劳顿，加之又累又饿，精神才如此疲惫不堪。倘若此时大将军见上一个非常之人，大将军肯定精神为之一振。"

刘林连连摇手道："不见不见，我等着吃饭。"

此时光武帝从里间走出接话道："朕等大将军多时，何妨先见面后吃饭？"

刘林一见光武帝突然出现在不该他出现的地方，脑袋一时转不过弯来，指着光武帝质问卢仝："卢将军，你让人装扮刘秀是何用意？"

"大将军息怒，末将不敢让人装扮皇上。此皇上乃汉室真龙天子，大将军不可疑其不真。"

卢仝对刘林唯唯说完几句貌似关切的话，和自己的几个偏将退后一边。车骑将军耿纯带着一干带刀侍卫和执戟武士从里间出现在聚将厅，卢仝等人则迅速退出门外。

刘林从卢仝等众速速离去，终于明白光武帝利用卢仝原部将何元、李欣等人收降了卢仝。他不及恼恨卢仝的背叛，立即起身欲随卢仝等人逃出厅去，只见伍伯长阴炽横剑拦住去路喝道："贼首刘林，见了汉家皇帝如何不跪？"

刘林见一个小小年少伍伯长拦阻自己，脸上被羞成猪肝色道："嘟！小小伍伯长焉敢拦阻无敌大将军？"

阴炽将剑去刘林胸口比划一下道："杀鸡焉用牛刀？倘若再有不轨之举，我立时让尔凉风透心。"

刘林不得已转身，见光武帝已器宇轩昂端坐自己方才腾出的交椅，方信眼前的光武帝，确实是定都洛阳的光武帝。肯定了这一点，刘林面朝光武帝嘿嘿冷笑道："成者王侯败者贼，要杀要剐悉听尊便。同是汉景帝龙脉，要我屈膝一跪万万不能！"

光武帝冷笑一声啐道："呸，你这汉室宗亲的败类，与朕奢谈什么成者王侯？古人云，天下兴亡，德立暴颓。古语又云，恃德者昌，恃力者亡。似尔刘林，先是**力助卜人王朗伪立扰乱天下**，后又纠集贼寇啸聚一方。无治国安民之法度，亦无**忧国忧民之厚德**。钱财夺于高门大户，粮食掠自普通百姓之口。尔等十万贼寇大肆抢掠一次，数万黎民百姓都陷入家破人亡，陷入衣不遮体、食不果腹的境地。

今日杀汝,恐污我宝刀。我会为尔修筑一斗室。专等三九严寒冻饿你半月,让你尝尝衣不遮体、食不果腹的滋味再死。"

刘林也冷笑一声啐道:"你这所谓大汉皇帝也是大言不惭,我与你刘文叔相比,不过是大巫见小巫。我是恃武力明抢硬夺,你是下诏让文臣武将去夺。你以御驾亲征内黄为虚,行抢夺民女充实后宫为实。假为爱妃荡舟庆生为名,真敛聚财宝为要。以此看王者、贼寇,不过名号不一的殊途同归而已。"

刘林的嚣张诡辩,早让耿纯按耐不住奏道:"臣请皇上恩准,容臣手刃此贼。"

光武帝略略思忖道:"朕要带这本家回京城,封他为'退思侯'。还要让他好好活着,看看王者和贼寇究竟有何不同。"

光武帝的话让耿纯大惑不解,也让刘林本人大惑不解。

郭圣通成为皇后,坤安宫变为皇后中宫。按照国家制度,皇后即国母,统领、管理后宫。为皇后服务驱使的最大官吏叫大长秋,官秩二千石。大长秋以下,有中宫仆、中宫谒者令、中宫尚书令、中宫私府令、中宫永巷令、中宫黄门冗从仆射、中宫药长等有官爵的众多中宫属官。各中宫属官职责明确,属官底下又有属官。比如中宫黄门冗从仆射,官秩六百石,属下有众多的中黄门冗从。中黄门冗从的官号中的"冗从"二字,也能体现中黄门的众多和职责的冗杂。再比如中宫署令官秩六百石,下属有女骑六人(相当于后世女保镖骑警)、中宫署丞一人、中宫复道丞一人;中宫私府令官秩六百石,署下有中宫私府丞一人。中宫私府丞之下,尚有财帛库吏、尚衣吏、浣洗吏等小吏。

官官有职井井有条的后宫,其实是个极其复杂的皇家大后院。用日理万机来形容郭圣通管理皇家后院有点夸张,用日理千机来形容又嫌不足。郭皇后每天上午的时间,几乎都是接见排着队禀报中宫庶务的中宫属官们。中宫尚书职数五人,职责是起草皇后懿旨及其他中宫文书。每个中宫尚书底下又有若干小吏。若以五五二十五计算,假设每天披阅二十五篇中宫文书就很费精神。

郭皇后下午的时间,理应去后花园散心休闲,可很多时间得接见王公侯爵文武大臣的诰命夫人、千金小姐。当了皇后,想不受礼都不行,全都一律照收也不行。除此之外,皇后之下不多的贵人、美人、宫人、采女的管理,也让郭圣通烦心劳神。捧谁、踩谁?处罚谁、赏赐谁,都不能随心所欲为所欲为。就拿赏赐一事,前天赏赐哪个美人何宝何物?今天该赏这个采女何宝何物?都得有章可循大致公平。倘若出现明显不公平,那些贵人、美人、宫人、采女去皇帝耳朵边吹吹枕边风,很于国母声誉有碍。

第三十三章　清河城贼酋就擒　坤安宫光武堵心

郭圣通少年丧父,其姥爷刘普家虽是真定王府,自己的出身充其量是个富家闺秀。因了光武帝千金一诺当上皇后,入主中宫等于当上皇家后院的大管家,其尊荣远远大于庶务的劳累。不过,与白天的日理千机相反,皇后觉得很多个中宫夜晚都是无聊的夜晚。尤其光武帝御驾亲征内黄带着阴贵人和她的弟弟阴炽一起出征,这让郭圣通心里结下一个不易解开的纥繨。光武帝班师回朝的当天,郭圣通就知道了光武帝在内黄清水河和阴贵人荡舟庆生的各个细节。虽然后来在卫公渡河段荡舟、收受寿礼都是光武帝安排的一对假替身,但郭圣通还是想不通,在你死我活的征战中,皇上如何想到要和阴贵人劳民伤财地浪漫荡舟?

按照礼制,每月上浣、中浣、下浣的第一天,都是光武帝法定临幸中宫的时间。光武帝班师回朝的第二天恰恰是中浣的第一天,这天夜晚,光武帝如期临幸中宫。

按照中宫例规,皇帝歇驾坤安宫,各当日当值中宫属官、太监、宫女,叩迎皇上之后,便可远离皇帝、皇后。没有传唤,一般不能聆听皇帝和皇后见面以后说些什么,也不能近距离观看皇帝和皇后干些什么。

光武帝御驾亲征内黄大获全胜,生擒贼酋刘林,王师损伤微乎其微,反倒平添八万兵马。尤其让光武帝龙心大悦惬意自得,此次御驾亲征,和心爱的阴贵人夜夜相守两月之久。与后宫礼制皇帝每月可临幸阴贵人两次比,连续相亲相爱两个月,幸福到天堂了。因了与心爱的阴贵人相守两月之喜悦,光武帝特地要对郭圣通曲尽丈夫之道,让其分享自己诸多的赏心乐事。临摆驾中宫之前,光武帝有心选了一粒个头大的鹿茸灵芝人参丸。

进入帏帐间的天下第一夫妻,和天下绝大多数的夫妻一样,其程序大致无二。公众场合衣冠楚楚是道德礼仪之必须,夫妻床帏之间袒胸露腹乃男欢女爱之正道。郭圣通边抚摸光脊梁的光武帝,边在枕上述说自己对皇帝御驾亲征的担心和思念。光武帝一只手在郭圣通身上游移着,也简洁述说了内黄清水河荡舟庆生诱敌深入,清河县收降卢仝计擒刘林的经过。

光武帝感觉那粒个头大的鹿茸灵芝人参丸开始奏效,便想去掉郭圣通的贴身小衣。岂料郭圣通扭捏一下道:"皇上的日子才真正叫天天过年,夜夜新婚。夜长着呐,臣妾不急,皇上再没猴急的道理。我听说皇上御驾亲征大获全胜,心里好不为皇上高兴。臣妾虽贵为皇后,可骨子里还是个妇道人家。臣妾想不明白的是,皇上当年在昆阳大战中,仅凭九千援军,一举消灭击溃王莽四十二万大军。此次跟着皇上御驾亲征的王师,前后也有十余万人。跟着皇上御驾亲征的十余万人如何不奋勇杀敌,还逼得皇上绞尽脑汁,想出一个携阴贵人去清水河荡舟庆生的主意。倘若皇上此次御驾亲征没有带着阴贵人,那个伤过皇上脚背的刘林,岂不是又要逃掉么?"

光武帝情知郭圣通对自己御驾亲征带着阴贵人要吃醋,但没想到该她赤裸裸的时候不赤裸裸,反而赤裸裸地搬出个醋坛子。郭圣通问的问题光武帝没法正面回答,只好含含糊糊道:"朕御驾亲征内黄,就是想亲手抓住仇家刘林。携阴贵人荡舟庆生,为的是将逃得不知去向的刘林引诱到内黄。此举擒住刘林,亦是全军将士之功。"

郭圣通见光武帝避开她的实质问题,只得开门见山道:"臣妾贵为国母,没理由和皇上心里的阴贵人过不去。不过,臣妾刚才也说过。我虽然贵为国母,骨子里还是个妇道人家。人争两边脸,树争一张皮。臣妾只是提醒皇上,人来坤安宫,心别留到坤宁宫。若臣妾没有冤枉皇上,皇上此时挨着臣妾的贱躯,心里还恋着阴贵人的风体吧?"

光武帝堵心郭圣通没来由的醋劲儿,绷紧的绳子无意间散了劲儿。他怕自己今晚慢待皇后,便想暗暗自哄自努力一下。岂料郭圣通把光武帝的手拿过按在自己胸前道:"皇上正是如狼如虎的少壮年纪,不该自个悄悄地捧泥鳅。莫非臣妾歪打正着,一番胡言乱语说到皇上的心坎里。以妇人之心度皇上之腹,怕是皇上习惯了阴贵人胸前两只大白兔,今晚才厌恶一对茶壶盖吧?"

郭圣通关键时刻几句戏语如同几碗醋水,彻底熄灭了光武帝为郭皇后努力燃起的那团火苗。

第三十四章
邓禹贪功全军覆没　冯异设谋大获全胜

　　光武帝选择却非殿作为陛见文武百官场所，用意是很明显的。作为一代负有中兴大志的皇帝，光武帝也时时告诫自己厚德却非。第二天朝会日，光武帝已经淡化了郭圣通昨夜使自己心口气堵，也不甚在意在与皇后床帏间很失面子的一次性无能。内黄、清河之战大胜，计擒贼酋刘林，光武帝及时论功行赏——耿纯、王霸、马武、铫期、吴汉、刘植、王丰等将从征有功，各赐黄金三二百两不等，唯何元、李欣、施乾、张博说降卢全大功，各恩加食邑二百户。卢全得光武帝劝降书，果敢弃暗投明，诏封寿光侯。阴贵人爱弟阴䜣以小小伍伯长随驾从征，其间小试牛刀，已显非凡将才，得封南军执戟郎中。

　　行赏已毕，光武帝命吴汉率领五万大军，再次南取南阳郡。吴汉大军所至，连下涅阳、新野诸县，攻克南阳城，也只在早晚之间。南阳新野，乃阴贵人的故里，光武帝意欲以克服新野之由，好好与阴贵人在一起小酌庆贺一番。岂料与吴汉报捷的同日，大司马邓禹在关中连连失利，已得长安再入赤眉军樊崇之手。常胜将军邓禹兵败高陵，三万多残军兵士饥困，几成强弩之末。关中警报之忧，远远大于吴汉南阳初战捷报之喜。事关全局，光武帝不得不全身心与李通、耿纯等大臣商议，寻找破解关中危机之策。

　　早在更始三年元月，当时的前将军邓禹奉当时的萧王刘秀之命，率精兵二万攻取河东郡。此后数月，邓禹以少胜多大败更始朝上公王凤、张卬十余万军，占据河东郡，近迫长安、关中。

　　刘玄被俘身死，樊崇率赤眉三十万大军占据长安、关中大部，不知约法三章治理长安、关中，只是一味地花天酒地巧取豪夺。不上两年，把个京都长安和富庶的关中弄得十室九空。樊崇大军无法生存，只好裹挟着傀儡皇帝刘盆子西行陇右抢掠。

　　占据陇右的隗嚣，早年被王莽的国师刘歆引以为士，刘歆被王莽逼死，隗嚣回归天水成纪，后被其兄隗崔、杨广推举为上将军起兵应汉。隗嚣聚三十一将军，勒兵二十万。光武帝鄗城登基，诏命邓禹大司马，代君招抚隗嚣为西州大将军。隗嚣闻知樊崇犯境，立遣白虎将军隗崔、右将军杨广率八万精锐之师设伏中途，一战消灭樊崇八万余人。

樊崇西掠陇右之际,邓禹乘虚占据长安。得知樊崇被隗嚣打败回窜,大肆发掘关中汉朝陵寝以攫取墓藏,邓禹遣将往击樊崇,不料被樊崇打败。邓禹亲自督兵出云阳,却被樊崇乘虚夺去长安。邓禹又羞又恼,率兵欲夺长安。不料邓禹刚刚麾兵长安城下,与赤眉大司马谢禄入城大军相遇,一场鏖战,邓禹大败而亏,不得已退走高陵,向光武帝求救援兵。

光武帝经过与李通、耿纯、耿弇、强华计议,决定派偏将军冯异驰援大司徒邓禹。

光武帝河北宣慰之初,冯异第一个抛弃家产前程追随其后。当王朗派兵追杀刘秀于邯郸、曲阳途中,冯异与邓禹一左一右效犬马之劳。后来冯异以孟津将军据守河北与李轶对峙,冯异说动李轶产生归顺之心。冯异腾出手来变守为攻,仅率万余驻守河防之师,先北克天井关,再拔上党郡长子、屯留两城,接着回师河南郡,席卷成皋一带甘城、蒯乡、原武、阳武等十三县。其后驻守洛阳的朱鲔北渡黄河兵犯河内郡,冯异与河内太守寇恂联手将拥有十余万大军的朱鲔打回洛阳城。二人帅兵马巡睃洛阳城一周,宣示了萧王刘秀的军威。然而,劳苦功高的孟津将军冯异,在光武帝登基后封赏功臣中,孟津将军仅仅变成了偏将军。

光武帝自得邓禹,大事多借重于他,建武元年秋七月遣使河东诏封大司马之高位,并制策褒奖曰:"制诏前将军禹,深执忠孝,与朕谋谟帷幄,决胜千里。孔子曰,'自吾有回,门人日亲。'斩将破军,平定山西,功效尤著。百姓不亲,五品不训,汝做司徒,敬敷五教,五教在宽,今遣奉车都尉印绶,封为酂侯,食邑万户。敬之哉。"

光武帝在诏封邓禹为大司徒的制策中,给予邓禹极高的荣耀和评价。制策末"敬之哉"三字,更是传达了光武帝对邓禹的喜爱和钦佩。大司徒位比丞相,故光武帝制策中有"百姓不亲,五品不训,汝做司徒,敬敷五教,五教在宽"之语,邓禹得此殊荣时,其年二十四岁。

然邓禹在攻取长安、平定关中过程中,很让光武帝失望。

冯异受命西征,光武帝亲自送冯异出洛阳百里,赠冯异车马宝剑。皇帝送重臣出征,一般不出京城郊外。光武帝或许意识到对冯异的亏欠,送行途中语重心长对冯异道:"长安城和关中之黎庶,受王莽、赤眉之害最剧。朕内心筹划再三,命卿讨伐赤眉,并非要卿一意攻城杀戮,而是期望卿击贼安民,还三辅黎庶的安宁。朕观吴汉、马武、铫期、王霸诸猛将,以攻城略地为长,独卿平素能驭士安抚,且有大树将军美名。朕委卿重任,盼卿此去不负朕望。"

冯异出洛阳城,数次跪请光武帝车驾还宫,都被光武帝拒绝了。听了皇上一番推心置腹的当面圣谕,感动得涕泪齐下道:"臣遭遇皇上,便托身皇上。君委重

第三十四章　邓禹贪功全军覆没　冯异设谋大获全胜

命,臣子岂敢稍有懈怠。叩请皇上放宽圣心,速速车驾还宫,使臣五内得安。"

光武帝似乎得冯异几番剖白忠心才放心与冯异道别,立身扶轼目送,直到冯异身影去远才车驾还宫。

长安、关中、弘农一带,并非只有赤眉渠帅樊崇率领的三十万大军,各郡县大姓豪族,也各自拥兵成千累万筑堡自守。冯异率五万兵马西行,逢州过县好语安抚,加之光武帝所赠车马宝剑之威仪,冯异声名大震。弘农郡自称将军者十余人,各自率众归顺冯将军。自此,冯异麾下汇集八万大军。

樊崇闻冯异西来,命谢禄率十万兵马迎击。冯异和谢禄在华阴县相遇,各自扎下大营,两军交战六十天,冯异略占上风,收降谢禄部将刘始、王宣以下兵将五千余人。建武三年(27)的春天来临,光武帝才派遣使臣,诏封冯异为征西大将军,取代邓禹节制西路兵马。

冯异奉君命节制西路兵马,邓禹只得遵旨和车骑将军邓弘等将率兵回京。在华阴汉军大营和征西大将军冯异见面后,邓禹因受君重任而功勋不遂,想借眼前一战挽回面子,便对冯异道:"征西大将军受君命征讨赤眉,本大司徒亦受君命讨平赤眉。昔日你我联袂侍奉皇上,今日何不联手一举荡平樊崇、谢禄?"

经过与赤眉两月之久的交战,冯异知道赤眉军力强悍非一日可轻举而平,故而答道:"末将与谢禄大军交战两月,虽然俘获赤眉军数将千兵。以末将愚见,赤眉缺乏粮饷。莫若与之长期相持,积小胜为大胜,方能最终荡平樊崇、谢禄。"

邓禹太想与冯异合力报谢禄的一箭之仇,咽下一口不快之气又道:"孙子曰,兵贵神速。眼下长安、关中大饥,四处饿殍冻尸。冯将军道赤眉缺乏粮饷,难道不知我之麾下全是食不果腹的饥兵么?"

冯异坚持道:"末将得知皇上已调遣大将军耿弇屯兵渑池,使末将在西夹击。东西两面奋力夹击,方能一举聚歼数十万赤眉。邓公若不愿遵旨还京,可据左近扎营,静候聚歼赤眉时机便了。"

邓禹见冯异不肯与己合力消灭谢禄,以为冯异不肯分功于己,当下拂袖出了冯异的中军大帐。

随邓禹奉旨还京的还有车骑将军邓弘、左将军向皋、军师韩歆等将。邓禹回到自己的大营,把冯异拒绝合力与谢禄作战的话语一复述,几个亲信将领骂骂咧咧炸了锅。

军师韩歆骂道:"冯异那小子即便当上征西大将军,也越不过大司徒去。难怪皇上一直对他心存疑虑,果然是只小丘之狐。"

左将军向皋道:"这只小狐狸不出洞,老子们拿棍子捅他出洞。"

邓禹受亲信将领言语启发,激将道:"拿棍子去捅冯异倒也不必,尔等谁敢拿棍子给谢禄狠狠一击,让冯异感受一次避敌不战之羞。"

车骑将军邓弘当即摩拳擦掌道:"大司徒放心,末将愿为先锋,与谢禄决一死战。"

邓禹当即同意邓弘请战,将三万残兵的大部,交给邓弘做最后一搏。

谢禄字寿长,徐州东武阳人。身长六尺,沉着干练。遇事不慌,精于筹算。因谢禄略识文字,赤眉假刘盆子为帝时,樊崇推他为大司马。自闻知邓禹与冯异合兵一处,便对汉军的大举进攻做了一系列未雨绸缪的筹划。所以,当邓弘率二万多人前来挑战时,谢禄也派大将武臣率三万兵马迎战。邓弘和武臣两军相遇,如仇人狭路相逢,擂鼓驱兵全力接战。

邓弘部下多是冬衣单薄、食不饱腹的哀兵,都指望眼前一战之后能吃顿饱饭。闻听战鼓催战,个个踊跃向前。在势不可挡的汉军第一波冲击下,武臣死伤数百,立即返身退军。邓弘得胜,当然麾兵追击。武臣军慌不择路,分别向孟塬、畏峪方向逃窜,途中遗下大量车仗辎重。邓弘唯恐武臣有诈,喝令将士不得停下收拾赤眉遗下的车仗辎重。当邓弘的将士发现车仗辎重多是可以充饥的粮食时,立即停止追击脚步,相互争夺起粮食来。一些饥肠辘辘的兵士,干脆弃了兵器,拥着粮车大嚼起来。

赤眉主将谢禄等的就是这个混乱局面,立即击鼓驱动大军合围邓弘的乱兵。战鼓骤起,震耳杀声来四野;刀枪并舞,惨叫不绝泣鬼神。没死于赤眉军刀枪之下的汉兵,立即四下抱头逃窜。在后督战的汉军先锋邓弘,返身做了逃跑的前驱。

邓弘率兵出击赤眉,邓禹有心邀冯异随后登高观战,遥见二万多邓弘兵被追杀得七零八落。冯异不及多想,立即和邓禹指挥大营前军截击谢禄追兵。

孟塬、畏峪本属丘陵山区,两地之间的五里平川,正好做了两军厮杀战场。冯异和部将都是身先士卒奋不顾身的猛将,邓禹更是想一战雪耻的主帅。二将帅并力齐心,很快杀得赤眉大军连连后退。谢禄见势不妙,先行率领扈从逃去。主帅一逃,将士四溃,被赤眉大军夺回的车仗辎重,再次落到汉军手中。

看到谢禄溃逃,邓禹勒马与冯异并辔道:"冯大将军,谢禄遁往畏峪山谷,你我可紧追其后歼灭之。"

冯异虽然已取代邓禹节制西路兵马,但邓禹还是大司徒身份,故而冯异斟酌词句进谏道:"大司徒明鉴,末将以为谢禄小败即溃,我们当见好就收。任其今日有诈,也难以得逞。"

第三十四章　邓禹贪功全军覆没　冯异设谋大获全胜

邓禹鼻子里哼了一声道:"冯大将军不愿合力追击,请在此袖手旁观吧。"

邓禹说完,立命骑司马挥旗驱动麾下万余兵马追击谢禄而去。冯异虽然怀疑谢禄的溃败有诈,因担心邓禹孤军冒进,只得挥兵紧随其后追杀赤眉。邓禹、冯异刚刚追到畏峪山地,四下骤然响起战鼓和呐喊声——谢禄果然在畏峪埋伏下数万重兵。邓禹、冯异不及退兵,被谢禄亲率两万铁骑旋风般杀来,把邓禹、冯异两路兵马截成数段。邓禹的汉军此时又累又饿,见赤眉大军来势汹汹四下合围,阵势大乱的汉兵毫无斗志八方溃散。一霎时邓禹身边只剩二十四骑,拼死冲出重围后,慌急之际顾不得冯异军的死活,径向东面的宜阳县奔去。

兵法云:"两军战,气勇则胜,气衰则败"。邓禹麾下将士八方溃败,致使冯异麾下汉兵也跟着四下逃窜。冯异挥矛厉声喝止,也只约束住身边的百余个副将、骑司马、千夫长。此时恰遇敌将武臣率众呐喊着杀来,冯异大吼一声,挺矛跃马直取武臣。

武臣以为自己兵多势众一阵鼓噪呐喊,百余汉兵或是引颈受戮,或是打马而逃。见冯异挺矛跃马单挑自己,慌忙举刀迎战。一个是绝处求生拼死一搏,一个是意欲群殴被迫厮杀。长矛出手快如闪电,大刀遮挡章法渐乱。冯异不敢和武臣纠缠下去,乘着和武臣二马相交之机,冒险照着武臣当胸很劲儿刺出一矛。

按照常规常理,冯异很劲儿刺出的一矛,若被武臣闪身躲过,冯异将被武臣回马一刀砍中后颈或后背。大刀长矛对战,长矛灵活见长,大刀蛮狠占强。武臣见冯异一矛当面刺来,便欲横刀磕过。不料冯异很劲儿一矛速度超快,大刀不及磕着长矛,长矛已经透过铁甲入胸。

二马头尾刚刚错过,武臣已跌落尘埃。

武臣战死,赤眉将士稍退便又鼓噪合围前来。冯异见身边只剩数十骑扈从,嘬哨一声,斜刺杀开一条血路纵马飞奔。冯异和数十骑奔不一刻,一条名为回溪的临崖小溪挡住去路。前有陡峭峻坂山崖,后有强敌追杀,冯异及扈从们纵马跳到回溪间,立即舍马攀岩。好在回溪岸边峻坂岩石间的葛藤崖树可以援手蹬脚,冯异及扈从们得以脱身回到大营。

孟塬、畏峪一战,汉兵死伤五千,被击溃者不计其数。冯异和数十个副将、长史、骑司马黉夜逃归大营,使守营的二万多将士重新有了主心骨。冯异不顾劳累,命留守大营的左将军刘植高高升起"征西大将军冯"的号灯。大营夜升主帅号灯,旨在招集回逃的溃兵速速归营。到第二天午时,已有二万多溃散的将士陆续回到大营。仅仅休整一天,冯异便给谢禄下去战书,约定三天之后再去孟塬、畏峪之间的川地决一死战。

谢禄阅过冯异的战书心中大喜,冯异新受命节制西路军马,眼前一场大败仗,邓禹兵溃二十四骑逃走,冯异自己也险遭生擒。其麾下顶多还有五万可作战的将士,其不顾死活主动决一死战,无异于主动送死。武臣虽然战死,谢禄麾下尚有大将八员,兵马九万余。为了确保胜算,谢禄又给主帅樊崇写去一函,请华阴城的樊崇派兵前来孟塬、畏峪参与聚歼冯异的汉军。自己麾下九万余将士,经过一番调兵遣将,便给冯异的五万汉兵设下个极大坟场。

三天时间眨眼就到,冯异率领一万五千兵马如期在孟塬、畏峪之间的川地和谢禄列阵见面。

赤眉军虽然伪立刘盆子为汉帝,也设置了署曹官爵,其原有三老管从事,从事管卒史的统管习惯未作丝毫改变。将无统一旗号,兵无统一装束。法无成文律条,令无留存文书。两军交战之际,全军将士无论尊卑,唯红巾裹头朱砂染眉以区分敌我。谢禄是位比三公的大司马,除了红巾裹头朱砂染眉外,身后当然有一面表明身份的虎牙大旗。身左身右,也有大批扈从簇拥。谢禄见冯异只带着万余将士前来决一死战,便心生怜悯与冯异阵前搭话道:"冯大将军,既然约定决一死战,如何只有区区万人前来送死?"

冯异大声答道:"大司马拥兵十万,也不可小觑敌手。我汉兵虽是一万,但均可以一当十。你我势均力敌,如何便说我区区万人前来送死?"

谢禄哈哈大笑一阵道:"妙妙妙,冯大将军的大话才叫大话。不过,大话不是实话。你我交战两个月余,没有友情也有交情。我赤眉主帅,私下很欣赏冯大将军。你若知趣投降,我保你不失上将军之封。"

冯异也大笑道:"大司马够交情,你若下马投降,我的大将军便让与你了。"

谢禄见冯异不为自己好心劝降所动,对身旁的捕虏将军赵宗一挥手。赵宗举起令旗,合围汉兵的大鼓鼛时响如滚雷,五六万赤眉大军呐喊着从三面合围一万多汉兵。

冯异也挥旗令自己一万多汉兵变成盘龙阵,阵中射出箭雨迎击三面杀来的赤眉军。赤眉军虽然有很多士卒中箭,但凭着人多势众,很快和汉兵短兵相接。

打过群架的人都知道,势均力敌打群架的结局大多是两败俱伤。若是以众对寡的群架,一拥而上不如轮番而上。谢禄、赵宗合围冯异,正是使用轮番而上的战法。前军厮杀一阵,后军接着和汉兵厮杀。不怕你冯异厉害,轮番厮杀,不杀死你也累死你。

冯异万余汉兵身陷赤眉军重围,在主帅身先士卒不避锋矢的激励下,人人要雪前几天溃败之耻,个个越战越勇。前队一人倒下,后队二人前补。混战中虽不能以一当十,也能以死相拼。然而,白刀子进红刀子出的冷兵器厮杀,以死相拼

第三十四章　邓禹贪功全军覆没　冯异设谋大获全胜

能硬撑一时，寡不敌众终不能硬撑一日。两军厮杀不及一个时辰，冯异的一万多汉兵已经显出颓势，盘龙阵也被冲击成几节断蛇阵。主帅冯异和他的扈从军士们，更是被赤眉军重重围在垓心。

立在高处勒马观战的谢禄，很是惬意地欣赏着汉兵阵中不时传来的惨叫声。他想起三天前给主帅樊崇的那封请求派兵会战的信函，有点后悔自己是小题大做的多余。他无意间朝华阴方向看去，只见两万多红巾裹头的赤眉军的援军卷尘而来。谢禄见主帅如期派兵参与聚歼汉军，命一骑司马迎着生力军而来的方向晃动着自己虎牙大旗，以向援兵晓示自己的位置所在。

从华阴方向赶来的生力军，遥见谢禄的虎牙大旗所在处，似乎加快了冲击速度。拱卫谢禄中军帅旗的赤眉军见状，主动为新来的赤眉军让开了宽大通道。中军骑司马对华阴赶来的赤眉军摇晃出一阵询问的旗语，见对方掌旗的骑司马不理自己旗语询问，中军骑司马便对谢禄说出这彪来势汹汹赤眉军的疑点。谢禄看见对方不顾一切冲撞而来，忙下令拱卫中军帅旗的将军鏖兵抵挡。那拱卫中军帅旗的将军刚刚给自己部兵下达截击来军的命令，便见新来赤眉军如杀红眼的魔头，朝同样是红巾裹头朱砂染眉的赤眉军砍瓜切菜般杀起自己人来。

战争的常态都是敌我分明刀枪并举的搏杀，谢禄的赤眉军被新来的赤眉军一阵砍杀，还没明白自己人为何杀起自己人，成百上千都成了糊涂鬼。谢禄见自己的扈从也开始成为一个个糊涂鬼，慌忙带着几个近身的扈从打马便逃。

汉军左将军刘植按冯异妙策，带着两万多假赤眉军杀入谢禄军阵后四下开花，一霎时如乌龙搅尾，将谢禄的阵势搅了个七零八落。先前被困在垓心的冯异万余将士得此良机，齐发一声大喊，追赶着仓皇逃窜的赤眉军。

谢禄带着扈从逃到安全地带如梦初醒，终于知道冯异利用自己的骄兵情绪，让汉兵的主力化装成赤眉军，打了自己一个冷不防。

第三十五章
光武帝威仪降敌　牧牛儿本色善终

　　冯异与谢禄孟塬、崤峪大战,歼灭谢禄麾下赤眉军一万余人,收降五万,逃走三万余。光武帝得冯异报捷奏疏,龙颜大悦,圣躬亲笔给冯异也下了一道褒奖策书曰:"欣闻征西大将军异于华阴孟塬、崤峪大破赤眉谢禄部,朕心大悦。前虽受累折翅回溪,终能绝地奋翼振飞。可谓失之东隅,收之桑榆。班师之日,方论功赏,以答大勋。"

　　冯异得光武帝褒奖策书,遍示诸将,依旧厉兵秣马,严密监视麇集华阴以西赤眉军主力的动向。

　　且说樊崇得谢禄请求派兵聚歼冯异的信函,心里很是责怪谢禄小题大做多此一举。数天前,曾经逞强河东郡、长安一带的邓禹全军覆没,仅带二十四骑落荒而逃。和邓禹联袂作战的西征大将军冯异,狼狈得弃马攀崖藏身山林。仅仅隔了四天,冯异怎可能带领残兵败将和我赤眉决战?樊崇把谢禄的信函细看一遍,便认定冯异是大言欺诈,目的是稳住谢禄不进攻他的大营,为他冯异在大营喘息争取时间。

　　西略陇西不成,关中大饥无地就粮,发掘汉陵虽攫取不少金银,但再多金银不可缓解大军饥馁。樊崇对参与聚歼冯异不感兴趣还有一个根本原因,他正与丞相徐宣、太常卿刘恭、虎牙将军逢安、傀儡皇帝刘盆子商议大军还归山东的大事。谢禄被冯异打败,带着二万残兵归来,正好坚定了樊崇东归的信心。

　　建武三年(27)闰正月,光武帝在洛阳得知赤眉大军决定东归,亲率六师再次御驾亲征拦击。闰月庚寅日,王师西出京城广阳门,随驾出征的有吴汉、耿纯、马武、王霸、王丰、傅俊、何元、李欣、施乾等十员大将。其王师阵容卤簿仪仗,远大于光武帝亲征内黄。大军沿洛水西岸逶迤而行,逢村过寨,鼓乐齐奏,千百黎庶焚香叩拜;弓背霞明,剑光映日,十万天兵先声夺人。

　　樊崇率十三万赤眉大军离开华阴时,得知光武帝亲率十万天兵要在途中拦击,心中叫苦不迭。为了稳住军心,樊崇以慰劳探马的名义,赐酒食毒毙探马,严密封锁了光武帝亲率王师拦击的消息。十三万大军中,后队一万余人均是校尉

第三十五章　光武帝威仪降敌　牧牛儿本色善终

以上将佐的妻子儿女。为了保护这些妇幼，分去二万兵马，樊崇能用于和光武帝拼死一搏的，也只有十万人。前有王师拦截，后有耿弇、冯异大军相迫，樊崇觉得自己就像一支射出去的箭，要么有去无回，要么一往无前。

赤眉大军进入弘农郡宜阳地面，樊崇预计将在宜阳和光武帝的兵马做拼死一搏，便将丞相徐宣、大司马谢禄、虎牙大将军逢安、太常卿刘恭、光禄勋杨音等人以及随驾校尉招集到傀儡皇帝刘盆子面前。为了营造悲壮气势，樊崇特地去了重甲，只穿裲裆，手持一柄长刀，勒马立在一处稍高地面大声道："我赤眉自起事以来，曾经拥兵百万，横行宇内所向披靡。自占据长安后，我君臣不善理国，不知经营，致使陷入今日之窘地。兵法云：'置之死地而后生。'我现在可以告诉大家，我们即将面临的强敌是刘秀和他的十万大军。突破刘秀的截击，我们可以去洛阳歇马，补充军粮回到老家。反之，我们跟在后面一万余口的妻儿和我们一样，都将死无葬身之地。大敌当前，请我们的皇帝上将军面谕诏命。"

刘盆子得樊崇事先交代，扶了扶歪歪斜斜平天冠，扯了扯皱皱巴巴衮龙袍，手持一根长矛收肛提气道："大敌当前，前进者生，后退者死，唯君臣一体，将士同命，方可前往洛阳歇马。"

刘盆子头上冒汗说完几句诏命，樊崇几个亲信将校便振臂高喊："前进者生，后退者死，打垮刘秀，去洛阳歇马！"

一番君臣一体，将士同命的宣誓，赤眉上下精神振奋。樊崇提缰磕马，率领十万大军昂扬前行。大军行进到宜阳章坞地面，但见此地南依熊耳山，北临洛水河。林木稀少，地势开阔，正是大军交战的天然之所。樊崇隐隐感觉，刘秀可能会选择章坞和自己一决雌雄。于是吩咐长史传令下去，全军一律刀出鞘，箭上弦，做好与强敌厮杀的准备。樊崇刚发出将令，转过一处小丘，蓦然看见两箭地之外，长戈如林，旌旗遮天，漫山遍野都是严阵以待的汉军。但见：黄屋大纛居中，旗幡伞罗左右。大纛伞罗之间，刀楯戟戟金瓜斧钺整齐排列。皇家天威仪仗两厢肃立，将军虎牙号旗迎风招展。号旗下，有十个金盔金甲的勒马执戈天神般的将军。金盔金甲的将军之前，一字排开几十架车弩，五尺长的箭镞在箭槽外闪着寒光。车弩近处，是举着令旗，着银盔银甲骑白马的射声校尉。

樊崇出身于草野，横行于天下，虽然能挟天子令诸侯。因其所挟天子实为牧牛小儿，待见到真天子，不及近瞻刘秀的汉帝威仪，也不及细看汉军军威，早已吓得肝胆俱裂灵魂出窍。这个曾经杀人如麻的赤眉军主帅，一时六神无主，竟然想带头跪下山呼"吾皇万岁万万岁"。

难怪赤眉主帅樊崇吓破苦胆，光武帝根据探马禀报，仔细计算了樊崇大军的行程，特地选了宜阳以西的章坞做拦截赤眉大军的战场。为了给疲惫而来的赤眉军狠狠一击，促使其迅速弃械投降，光武帝将猛将吴汉、马武所部用作前军。尽武库所有带上的四十架弩车，也威赫赫摆在前列。此类弩车威力强大，能在二百步之外一箭洞穿三人。但因其过于庞大，使用场地受限，此类弩车沙场很是鲜见。正因为沙场鲜见，四十架弩车集中前列，才能给敌人以威慑震撼。端坐黄屋伞罗中的光武帝看见赤眉大军稍稍后退止步不前，知其已被自己的皇帝威仪所震慑，立命射声校尉在阵前缓缓升起一面"招降"的大纛。

赤眉大军中的主帅樊崇、丞相徐宣、大司马谢禄、虎牙大将军逄安、太常卿刘恭、光禄勋杨音以及傀儡皇帝刘盆子看见对面军阵中升起一面"招降"的大纛，相互交流一下意思相同的眼神儿，立即下马匍匐在地，表示了归降的意思。

是夜，赤眉军的中军大帐聚齐文臣武将，身经百战杀人如麻的樊崇竟然毫无主见。面对众口一词投降光武帝，心下虽有与光武帝讨价还价的心思，一时也想不出服众的说辞。连刘盆子在内的君臣们唏嘘感叹到子夜，一致推举太常卿刘恭前往光武帝的大营呈递乞降书。

翌日，刘恭孤身前往光武帝御帐见到光武帝，不卑不亢递上乞降书。光武帝御览乞降书之后道："此乞降书可是卿的手笔？"

刘恭敛首答："降臣才疏学浅，有污圣目。"

光武帝颔首赞许道："乞降书中自谓'倒行逆施，播乱域内。恶贯满盈，天怒人怨'句，倒显出几分乞降诚意，故朕准尔投降。卿即刻归营，令伪天子率文臣武将速速归降，赤眉军所有刀枪甲盾、车仗辎重、盗抢财物，一律堆放我营门之前。朕保证十余万赤眉军老老小小的衣食安危，各个降将朕亦会妥善安置。"

刘恭本该就光武帝的圣谕，跪下叩首谢恩。但刘恭却微微颔首后道："皇帝圣谕，降臣不敢有所懈怠。降臣不恭叩问皇上，似刘盆子率十三万众投降皇上，皇上可给他如何待遇？"

光武帝微笑道："牧牛小儿系被迫称帝，朕待他不死便罢。"

刘恭对光武帝的回答有些失望，归营也只好如实禀报樊崇。

樊崇等众对光武帝的允诺虽然很是失落，因军中粮草极度匮乏，想要拼死一搏也提不起那股勇气。万般无奈，樊崇叩请刘盆子前行，自己和徐宣、谢禄以下文臣武将三十余人紧随其后。为求光武帝皇恩浩荡，樊崇等人在料峭寒风下一律肉袒自缚。在光武帝御林军的执戟武士留给的通道里，排成三行走进光武帝御帐，齐齐地匍匐跪下。三叩九拜之后，刘盆子畏畏缩缩战战兢兢，双手献上由刘玄缴贡得到的传国玉玺。太监范忠捧过传国玉玺，转呈光武帝御案上。

第三十五章　光武帝威仪降敌　牧牛儿本色善终

　　传国玉玺的前身是和氏璧，和氏璧产自荆山深处，其地离光武帝故里舂陵乡并不遥远。若以楚厉王时和氏璧以传奇式方式降临人世算起，至建武(27)三年，便有八百多年的历史。秦始皇统一六国，诏令丞相李斯将其制成皇帝玉玺，上刻"受命于天，既寿永昌"八字。秦灭汉兴，汉高祖率兵进入咸阳。从秦亡国之君子婴手里得到"皇帝玉玺"。从此传国玉玺成为皇权象征。新朝始建国元年(9)，王莽逼其姑母太皇太后王政君交出玉玺，太皇太后一番怒骂之后，掷传国玉玺于地，玉玺被摔破一角，王莽以金补之。

　　光武帝略略扫视一眼传国玉玺上"受命于天，既寿永昌"八字，目光在玉玺被摔破一角稍稍停留，转眼再去看地上瑟瑟匍匐在地三十余个绳捆索绑的光脊梁汉子，心里升起一阵大感慨，言语里多了几分温和道："尔乞降书中自谓'恶贯满盈，天怒人怨'若是真语，此时此刻尔等当有一番感悟。自古江山社稷，取决于民心所向，岂在一块传国玉玺得失，更不在恃强凌弱。尔等平身，速速穿好衣服，朕先赐尔等及十三万众一日三饱，其他再从长计议区处。"

　　刘盆子、樊崇等人听得光武帝金口玉音，俱以额触地山呼谢恩。

　　熊耳山是今河南省西部主要山脉之一，地处长江流域和黄河流域之间，西起卢氏县，向东北绵延至伊川县折而向东，南接伏牛山系。在宜阳县境内的主峰花果山海拔1831.8米，史书记载："赤眉军在宜阳城外缴付堆积的车仗甲盾等物，高与熊耳山齐。"

　　在樊崇、徐宣、谢禄等文臣武将心目中，皇帝上将军刘盆子只是一个傀儡木偶。但受命于天唯我独尊的光武帝，处处给足刘盆子的原皇帝上将军的面子。为了使刘盆子、樊崇以下赤眉的文臣武将心服口服，光武帝在赤眉军归降的第二天，沿洛水陈兵列阵，带着刘盆子等众观兵。但见：洛水滔滔，旌旗飘飘。春日高照，戈光闪耀。六万大军森严，犹如天兵下凡。其动可气吞万里，其定若巍然泰山。

　　光武帝见刘盆子看得如痴傻相类，便正色问道："盆子一番观看一番比较，此皇帝、彼皇帝，谁是真皇帝？"

　　刘盆子答："不用比较，牧牛儿早已原形毕现了。"

　　光武帝再问道："诚如尔言，汝自知有死罪否？"

　　刘盆子赶紧给光武帝跪下，陪了个憨厚的笑道："回皇上话，听说君子不与小人较真儿。盆子有罪原当一死，此时但求皇上恩赦呢。"

　　光武帝哑然失笑道："好一个但求皇上恩赦，盆子不痴，汉室宗亲中原无愚人也。"

　　樊崇、徐宣等人见刘盆子跪下，也都再次匍匐于地。

光武帝见状便走近樊崇等众道:"樊将军素以作战勇猛著称天下,尔等现在若有悔降之意,朕愿遣放尔等回营,然后击鼓相攻,以决雌雄可好么?"

樊崇面对光武帝问话不知如何回答是好,只是以头触地,表示心服口服。

腹中有几滴墨水的徐宣叩首道:"臣等行军华阴途中,困于大军衣食无着,君臣计议,心下属意归命圣德。今日蒙圣恩准降,犹如脱离虎口,偎依慈母,诚喜诚欢,何由再生悔心呢?"

光武帝闻言颔首对着诸将道:"汝等赤眉大逆不道,所过城乡,一概成墟。更可恶者,残暴若屠老幼、溺社稷、污井灶,其暴行罄竹难书,罪当骈诛。但朕念尔等攻城略地几遍天下,妻妇未尝弃易,这是一善;立君能用刘氏宗亲,且筛选正宗,这是二善;他贼乘乱立君,待到危机降临,往往弑君枭首,用做乞降时邀功。独卿等尚知大义,推主率众来降。有此三善,朕便对尔等网开三面,法外行仁,尔等此后当洗心革面,共享天下太平。"

刘盆子、樊崇以下降将,待光武帝圣谕一完,齐齐地叩首三下道:"吾皇万岁万岁万万岁!"

光武帝班师还都,令赤眉诸将分居洛阳,每人赐宅第一处,田二顷,余众给资遣返乡里。樊崇、逢安二人居洛阳数月,很是厌倦过富家翁日子,二人密谋再次谋反,事泄一同被斩。对于降帝刘盆子,光武帝并未假捏一个名号封侯囚禁,而是以宗亲名分赏赐他府邸仆人,钱二十万,成为"太上皇"刘良的郎中。

更始皇帝刘玄和刘良同为舂陵村乡民时,二人颇为投缘。更始皇帝都长安,刘良很幸运地顶了个宗正卿的名号。更始皇帝成了赤眉军的俘虏,刘良也成为赤眉军的俘虏之一。赤眉军宗正卿杨音恰与刘良相识,因其庇佑得以不死。刘良得光武帝封为赵王,其淳朴之性不改。刘盆子归到刘良属下,待其犹如养子。也许刘盆子命贱,消受不起浩荡皇恩,不久得个神医无法医治的眼疾双目失明。光武帝在其瞽目后免官给地,故而刘盆子得以衣食不愁食税终身。

第三十六章
郭圣通谴贬大布袋　阴丽华养胎小阳庄

　　自昆阳大战以来,御驾亲征宜阳县不战而降赤眉十三万大军,是光武帝第一得意事。但是,还没容光武帝放松身心,幽州牧朱崮求救急疏到了御案,告急渔阳太守彭宠、涿郡太守张丰反叛,联兵攻打幽州城。幽州城城孤粮少,危在旦夕,求朝廷火速遣将调兵解救。

　　光武帝登基以仁德治天下,幽州因何激起郡守联袂反叛?

　　彭宠和上谷太守耿况,在光武帝宣慰河北时都立下了雪中送炭的功劳。渔阳、上谷多次派出铁骑随光武帝转战河北。如吴汉、王丰等将都是彭宠派出的渔阳骑都尉。然而,光武帝登基后封赏功臣,吴汉受封大司马、王丰得封车骑将军。上谷太守耿况虽然也未得到擢拔,其子耿弇却诏拜建威大将军。而彭宠和其子彭午既没得到擢拔,也未得财帛奖赏,彭宠因此心里憋着一股不平气。幽州牧朱崮惯会大肆挥霍,一再向渔阳郡、涿郡勒索供物。彭宠拒绝给朱崮提供财物,朱崮便向光武帝诬告彭宠犯上不轨。彭宠得知光武帝听信了朱崮谗言,便说动对朱崮同样积怨在心的涿郡太守张丰竖起反旗。

　　光武帝得朱崮求救,立命驻防代郡的游击将军邓隆帅二万兵马驰援幽州城。一个多月过去,光武帝再得朱崮求救急疏,言邓隆将军的二万援兵,还未接近幽州城,已被彭宠、张丰联手歼灭,游击将军邓隆战死。光武帝得此警报心里叫苦不迭,因为幽州与洛阳相距遥远,朝中已经无大将可派。只是回诏让朱崮誓死据城固守,别无良策立解幽州之围。

　　原来,盘踞长安、关中的赤眉军大军覆灭,各地豪强称号大将军乘虚据地称霸。冯异与赤眉军交战之际,扶风人张邯乘机占据长安,与号称关中王的延岑联手共攻冯异。关中鏖战正酣,光武帝的破虏将军邓奉,因不满吴汉的军兵在南征中纵兵祸害故乡新野县,一怒之下竖旗反叛,与堵乡豪杰董欣纠集二万余人占领了南阳。邓奉乃光武帝二姐夫邓晨的侄子,在随驾征战中立下不世大功。邓奉盛怒之下不知面君揭露吴汉属下的暴行,却愚蠢地与董欣纠集一起造反。邓奉、董欣合兵后不足三万,竟与征南大将军岑彭的四万人战了个旗鼓相当。

　　二姐夫的侄子竖旗造反且来势汹汹,光武帝一怒之下,第三次御驾亲征。被

233

更始皇帝封为邓王的王常于去年肉袒归附光武帝，光武帝不忘下江兵与春陵兵合兵的旧情，诏封王常为汉忠将军。御驾亲征之时，特地带上王常伴驾。光武帝见岑彭不胜邓奉，诏命王常取代岑彭率领诸将征讨，几经交锋方才大败邓奉。邓奉走投无路，不得已投降光武帝。

依光武帝本意，看在邓奉是邓晨亲侄和有功汉室的面上，留邓奉一条小命。谁知吃过邓奉大亏的岑彭、耿弇等人极力谏杀邓奉，光武帝才下旨将其枭首示众。

时令到了建武三年的夏天，光武帝终于能安居洛阳宫施恩于久违了的后妃们。连续半年多的战事缠身且连续三次御驾亲征，早已打乱了后宫制度，在非休沐日的时间里，光武帝摆驾首幸坤安宫。

皇帝连连征战在外久没临幸坤安宫，郭皇后也没半点愠怨在心。跪迎皇帝之后，郭皇后心情很好地命宫女给光武帝端来瓜果点心。皇帝临幸后宫，一般不吃后妃们备下的食物。为了给郭皇后面子，光武帝从几案上食盘里拿起一块精致焦黄的酥饼吃了一小口。不吃不打紧，吃了还想吃。于是，光武帝便津津有味吃着酥饼问："皇后好口福，此饼可有雅称？"

郭皇后见光武帝喜欢吃桃酥饼，便灵机一动给桃酥饼胡诌了个有趣的名称道："回皇上，此饼叫作'木槌大乳酥脆香饼'。"

光武帝十分好奇道："为何叫木槌大乳酥脆香饼？"

郭皇后道："此饼有别于皇帝的御膳房做的酥饼之处，在于酥脆香爽恰到好处。此饼用料有精面、芝麻、核桃、蜂蜜、瓜籽仁、桂花粉。其制作方法更是奇特，先将揉好的面团放入石臼，需制饼厨师亲自抡圆大木槌，将面团狠狠捶上半个时辰。故而叫'木槌大乳酥脆香饼'。"

光武帝笑道："皇后如何单单漏说大乳？"

郭皇后也笑道："臣妾知道皇上喜欢阴贵人一对大乳，我怕皇上知道我坤安宫的大乳娘有一对天下第一大乳，有碍皇上喜欢阴贵人的大乳。"

光武帝见郭皇后牵扯到阴贵人，话语中且对阴贵人有所不恭，便转移话题道："天下之大，无奇不有。朕偏不信，坤安宫的大乳娘之大乳敢称天下第一大乳。"

郭皇后道："皇上明天若早来坤安宫，臣妾可让皇上见识一下天下第一大乳。若见识了天下第一大乳，臣妾还要讨赏呢。"

光武帝心下对郭皇后所说天下第一大乳感兴趣，便笑着应允道："若果如郭皇后所言，朕当然有赏。"

第二天戌时刚到，光武帝便命范忠摆驾坤安宫。光武帝非好色之徒，醉翁之意不在想看看郭皇后所说的天下第一大乳，而在于想知道郭皇后究竟把一个什

第三十六章 郭圣通谑贬大布袋 阴丽华养胎小阳庄

么样粗使妇人和阴贵人拉在一起类比？对于郭皇后和阴贵人，光武帝在精神上感情上生理上更喜欢阴贵人。但郭皇后贵为国母，且是太子生母。光武帝努力做到不厌恶郭皇后，也极力做到二人之间的一碗水端平。尧帝欲选舜帝继承地位之前，先嫁以爱女娥皇、女英试探其治家的能力。若连两个女人都驾驭平衡不了，何谈驾驭文武百官万里江山？

郭皇后对光武帝再次早早驾临坤安宫，高兴得不知所以。她请光武帝再次品尝了木槌大乳酥脆香饼，待光武帝再次对饼赞不绝口时，郭皇后屏退了近身宫女，盯着光武帝笑眯眯问："启禀皇上，'木槌大乳酥脆香饼'之称谓，暗含了雅俗共赏。不知皇上今日看天下第一大乳，是雅看还是俗看？"

此时的皇帝皇后，极像一对彼此脱光衣服的夫妻，既没有羞耻也没有顾忌。当下光武帝也觑着郭皇后嬉笑问："皇后明说，何为雅看？何为俗看？"

郭皇后扯扯自己缯衣大袖，露出自己半截玉臂笑道："雅看，是由臣妾带着皇上去至点心小厨之外躲在一边偷窥；俗看，是请皇上躲于此屏风之后，臣妾让大乳娘在此敞开衣衫让皇上尽情一观，如果还想……"

光武帝不等郭皇后说完便道："皇后打住，朕要雅看。"

坤安宫的点心小厨，离郭皇后的寝处不算太远，浓荫丛中三五间曲尺形房舍和户外一个小亭，也构成了一个颇为清幽之所。光武帝跟着郭皇后来至点心小厨附近，便听厨屋内传出一阵木槌锤击面团的"嘭嘭"声。光武帝顺着郭皇后的指点，悄悄隔着纱窗，朦胧看见一个中年厨娘轮着大木槌锤击面团。光武帝细眼看去，那厨娘中等浑圆身材，胸前不见大乳，倒见其如鼓大腹快与胸齐。于是疑惑小声问郭皇后道："难道皇后有意欺君，挥舞木槌的胖厨娘哪里见其大乳？"

郭皇后诡秘一笑："皇帝别急，随臣妾躲于小亭不远处，等会儿自然能证明臣妾不敢欺君。"

此时小厨内的大槌锤击面团的"嘭嘭"声止，光武帝被郭皇后牵着手急促躲入小亭不远处的几株桂花树下。

此时夏日余晖将尽，一阵清风徐来，吹尽小院舍夏日余热。大乳娘不知树丛中有人窥视，来至小亭立定，掀起已被汗透的宽大纱衫，露出其搁在鼓出的腹部上一对罕见布袋大乳。光武帝正诧异厨娘原来鼓腹力挺着大乳时，只见胖大乳娘伸出双手，去至腹下用力一个托举，将一对布袋大乳分别置于左右两肩。接着她两手叉着肥腰，十分惬意地让清凉晚风吹去自己胸腹间的涔涔汗水。

光武帝出自乡间，对乡村妇女毫无顾忌坐在村头、门口，露着大乳奶孩子的情景记忆如昨。然面对厨娘平时放置于鼓腹，燥热时肩扛布袋大乳散热凉快的情景还是觉着诧异新奇,于是情不自禁对郭皇后小声道:"皇后不欺君,胖厨娘大乳可称之天下第一大乳。"

郭皇后见光武帝并不反感自己安排其雅看大乳,便对光武帝附耳道:"自古君无戏言,臣妾替大乳娘叩谢皇上诏封其'天下第一大乳'。"

光武帝担心惊动了小亭中扛着大乳纳凉的大乳娘,拉着郭皇后的玉手回到了郭皇后的寝宫……

那天激情过后的光武帝对郭皇后的行为思索后突然明白,郭皇后凭借坤安宫胖厨娘一对布袋大乳,意在谑贬阴贵人的一对魅力无限的丰乳。光武帝虽未专一研究女人,但知道绝大多数的女人都有嫉妒之心。女人之间的嫉妒小动作,简直是防不胜防。光武帝哑然一笑,宽容了郭皇后的小动作。若往后郭皇后只在心里酸溜溜地嫉妒阴贵人,光武帝决定都一笑了之忽略不计。

早春二月之际,久婚不孕的阴贵人怀孕了。

光武帝得知此天大喜讯疑其不真,亲自看着太医令把脉,方才相信阴贵人怀孕是千真万确。从此,光武帝几乎每夜临幸坤宁宫。阴贵人一日三餐之饮食,光武帝大多拨冗过问。不料天恩额外眷顾,阴贵人却开始萎靡厌食,身子日渐消瘦。原本光彩照人的阴贵人,变成一个黄皮寡瘦的有病孕妇。光武帝钦命两个医术高超太医诊脉用药,旬日治疗下来,其症状越发严重。光武帝心里一急,便要将两个太医下狱。年近六旬的太医令褚莘匍匐在地叩首道:"皇上息怒,阴贵人凤体当无大恙,若能寻觅一处山明水丽之所静养,也许阴贵人萎靡厌食的症状会自行消失。"

另一个中年药丞也叩首道:"微臣知道南出龙门十余里,有祥河入洛,溯祥河十多里,有个百余户人家的小阳庄。现在已是夏季,该庄景色旖旎,民风古朴醇厚。祥河之水暗喻祥和,也许适宜阴贵人涵养胎气。"

光武帝听得两个太医都有让阴贵人出宫涵养胎气之意,且中年药丞一番话,暗合自己笃信符命神祇的心曲。第二日便带着李通、傅俊、太监范忠、中年太医以及一干扈从,微服前往小阳庄查勘。不看不知道,看了太奇妙。

光武帝一行乘舟自洛水顺风鼓帆拐入祥河,便如打开一幅绝美山水长卷。祥河河面宽十余丈许,一带绿水逶迤,两岸青岭对立。林木葱郁,山绿水碧。白鹭绕帆,锦鳞露脊。渔歌俚曲,相和成趣。溯河十里之后,渐觉天高山底。夹河两岸,房舍依势栉比。再行三二里,天地豁然大启。但见:柳暗花明,夏季犹如春季。绿隐亭台,疑是仙家福地。

第三十六章　郭圣通谮贬大布袋　阴丽华养胎小阳庄

小阳庄乡啬夫遥见几艘帆船鼓风而来，早已在小码头迎接贵客。光武帝从啬夫口中知道，这小阳庄专为前朝洛阳城的达官贵人兴建了许多乡间别墅。王莽篡权，纲纪败坏；富贵荣华，朝不保夕，由洛阳来小阳庄避暑的达官贵人才逐年稀少。光武帝和李通、傅俊选看了一处颇有乡野情调的别墅庭院，付给啬夫一万钱定金，又命李通留下再作一番精细安排，方与傅俊等众启程回京。

阴贵人虽然为自己萎靡厌食感到着急，但一听光武帝亲自送她去小阳庄涵养胎气，便对光武帝进谏道："皇上此举，意在呵护臣妾与臣妾腹中的皇子。郭皇后孕育太子时，并未得此隆恩。若臣妾兴师动众出宫涵养胎气，既耗费国帑，又违反后宫例规，请皇上恕臣妾不能从命。"

光武帝笑道："朕早料到阴贵人顾虑后宫成规，古人有不墨守成规之说，朕有不墨守成规之行。朕意已决，三日后便送阴贵人前去小阳庄。"

阴丽华急得掉下泪来道："皇上曾多次口许臣妾有规劝皇上之责，难道皇上强命臣妾出宫，能达到臣妾心旷神怡涵养胎气之目的么？"

光武帝又笑道："阴贵人顾虑耗费国帑，此去小阳庄一切俭奢由阴贵人做主。若阴贵人觉得不喜欢小阳庄，亦可自主回宫。至于郭皇后那里，朕自有说辞，阴贵人不必以此为念。"

阴贵人闻听光武帝如此说，心下很是感激道："皇上用心如此精细，臣妾只得去小阳庄看看再说吧。"

光武帝特别选定的别墅庭院叫"四季槐花"，"四季槐花"是一种美好期冀，暗喻四季槐花飘香。庭院中一株历经五百年风霜的古槐，硕大树冠几乎遮盖四季槐花的十余间正屋和厢房。之所以看中四季槐花，还因为此庭院既有乡野别墅之清幽，又有农家庭院之敞亮。在槐荫不及的正面庭院外，有几道竹篱和草坪。竹篱中有菜畦瓜果，草坪上有黄狗白鸽。稍远，可与当地村民鸡犬之声相闻，方便礼尚往来。

阴贵人和光武帝一行，均是微服以富家豪主的身份到了小阳庄。阴贵人自脚踏小阳庄的土地，便被小阳庄旖旎风光和宜人宜居的环境所吸引。待置身四季槐花，心头便生出一番激动对光武帝道："官家，这地方华妹子梦里见过一次呢？"

光武帝为省去诸多不便，嘱咐随行人等均以"黄家老屋"代称京城皇宫，自己也隐去皇帝身份笑道："华妹子先别中院去，猜猜官家为你在此涵养胎气准备了什么？"

阴贵人认真想了一想道："官家知道华妹子不会琴棋书画，无非是缯衣美食而已。"

光武帝一脸诡秘笑着道:"如此,请华妹子前面先行。"

阴贵人见说,便疑惑好奇地进到中院,正为五人不能合围的树干惊奇之际,树干后分别转出了湖阳公主刘黄、宁平公主伯姬。她二人脸上忍着笑,一起敛衽施礼:"见过'黄家老屋'的贵人。"

阴贵人喜出望外,立即上前拉着刘黄、伯姬的手道:"有姐姐妹妹在此相伴,我可是平地成仙了呢……"

第三十七章
庞太守北地翻大浪　楚犁王南郡却王师

且说幽州城被彭宠、张丰围困日久，幽州牧朱崮得光武帝让其"固守"的诏命，只得咬着牙固守待援。谁知数月过去，城中粮尽，欲要弃城突围，也不知突往何方，才能避免不做彭宠的刀下饿鬼。昔日惯会花天酒地挥金如土的少壮州牧朱崮，因营养不良显得面黄肌瘦，一双好看的凤眼也成了眼袋重叠的三角眼。这天，朱崮斜坐西门城楼掠阵，忽见围城的彭宠军的营寨不战自乱。朱崮强睁三角眼一看，从旗号上看出是上谷太守发来三千余骑援兵。朱崮得此良机，立命西门左近的七千兵马开门出击。一番里应外合的搏杀，朱崮方藉此机会逃离幽州城。

幽州牧朱崮成功弃城而去，上谷太守耿况派来的三千铁骑也随之退兵。幽州城不及逃走的数千余饿兵及百姓群龙无首，只得投降了彭宠。彭宠不战而得幽州城，乘势攻取右北平，再克上谷郡数县，以报耿况不肯与之共同起兵和接应朱崮逃走之仇。接着，彭宠自称燕王，涿郡太守张丰为无上大将军。封赏已毕，彭宠派人外联匈奴，内结群雄，正式萌生了至高无上的皇帝梦。

光武帝闻听幽州失守、右北平等地也落入彭宠縠中，不禁龙颜大怒。加之彭宠内外勾结，有称帝妄想，光武帝动了御驾亲征的圣念。不料在征询新任大司农李通的意见时，遭到李通的激烈反对。李通唯恐当面直谏触怒君颜达不到谏君目的，回到府邸，经深思熟虑后，给光武帝上了一道《谏止御驾北征疏》，其疏曰：

皇上起兵舂陵，身经百战，所向无敌。鄗城受命，仍统兵征伐，出入战阵四年，灭檀乡、败五校、降铜马、擒刘林、破赤眉，王师所到，丑类歼灭。

今大业中道，百废待兴。刘永、秦丰等寇割据于西、南，彭宠、张丰等寇据地于北地。兖、豫、青等地，亦有诸多盗贼未及皈化。今京师空匮，资用不足，不宜先服边外而不顾中内。若王师远涉二千余里，不仅人疲马困，粮草转运亦倍觉艰辛。

彼幽州、渔阳之地，距京师遥远。其地为边塞之备，贡税微薄不计，饥馑年岁，尚需朝廷输粮。以臣愚见，皇上不宜舍近务远，弃易就难。古人云："但得大将制胜，无须天子陷阵"，歼灭彭、张，遣一上将可也。

光武帝欲远征幽州，原本顾虑刘永、秦丰乘机坐大西、南。御览了李通的《谏止御驾北征疏》，只得暂时打消北征念头，诏命建威大将军耿弇率众北征幽州。

耿弇年二十一岁时审时度势，在中山国奴卢县以上谷骑都尉投奔光武帝，此后追随光武帝南征北战，屡屡立下奇功。历经阵战不下百次，未尝损兵折将有辱君命。此次受命帅建义大将军朱祐、征虏将军祭遵征讨彭宠、张丰，耿弇也才二十六岁少壮年纪。

朱祐字仲先，南阳宛人。少孤，后养于外祖父复阳刘氏，常与春陵刘氏往来，光武帝、刘伯升均与之亲善无间。刘伯升拜大司马，以朱祐为护军。光武帝巡行河北，亦追随从征，不避刀矢屡建大功。光武帝即位，拜为建义大将军。

祭遵是颍川郡颍阳县人，生性嫉恶如仇，沙场骁勇。跟随光武帝南征北战，屡立大功，建武二年封为征虏将军。平定弘农之战中，口中弩箭，洞穿血流。军士怯退，祭遵厉声喝止，随即不裹伤创而奋力厮杀，此战转败为胜。

耿弇、朱祐、祭遵，俱是光武中兴云台二十八功臣中人。此次受君命北征幽州，怎不齐心协力再立功勋？大军行进到幽州涿郡地面，耿弇命祭遵率部进攻涿郡城，先剪去彭宠的羽翼。祭遵领命后详勘了涿郡城外地势，一夜间在其薄弱部搭起四部登城楼车，天色未及大亮，祭遵麾下将士一鼓登上涿郡城。汉军登城，城内乱如蜂巢。无上大将军张丰仓促间易装欲逃，被在府邸当值的功曹孟玄率众捆了个结结实实，簇拥着献到祭遵面前。

就着涿郡府衙大堂，祭遵据案诘问张丰道："汉室复兴，日行中天。尔身为一方郡守，何以逆天而动，自寻灭亡之道？"

张丰五官紧凑，两颊少肉，干瘦的脸上皱起一丝冷笑道："神州域内，非一人之天下。本无上大将军已得上天神授玉玺，若祭将军顺天命饶我不死，我做皇帝，无上大将军就归你了。"

祭遵见张丰言语蹊跷便问："尔得上天神授玉玺何在，可否拿出一观？"

张丰为求活命，当下急切道："请将军松绑，当然可尽情一观。"

祭遵见说，挥手命长史给张丰松绑。

张丰待身上的绳索解开，稍稍活动一下酸麻的双臂，掀起袍袖，去胳臂肘处取下一个五彩锦囊，双手捧着呈给祭遵。

祭遵疑惑着打开五彩锦囊，取出一比鹅蛋略大的半圆半方的黄色卵石。

张丰见祭遵看着黄色卵石一脸哂笑，忙上前解释道："渔阳太守彭宠约我反

第三十七章 庞太守北地翻大浪 楚犁王南郡却王师

叛,我就此问卜于涿郡李老道,彼赠我此吉祥宝物。李老道去峨眉山修道十年,能预知后五百年朝代更替。他赠此上天神授皇帝玉玺石,叮嘱参与彭宠起事之后须朝夕不离,待我鸿运当头登基之日,此玉玺石自行壳破玺现。"

祭遵听罢,扑哧笑了一声,接着伸手拿过一武士手中的铁锥,置黄色卵石于砖地,举铁锥狠命一下,黄色卵石破成几瓣。祭遵拿过几瓣卵石掷到张丰脚下道:"无知蠢货,仔细看看你的天子玉玺吧。"

张丰拿过黄色卵石的碎块细看,哪里有皇帝玉玺的影子?于是,张丰茫然片刻,干巴的瘦脸上三分愤慨七分沮丧道:"李老道误我,今日死无所恨也。"

嫉恶如仇的祭遵对张丰的愚昧轻信生出一丝丝儿怜悯,对两旁的执刀武士挥了一下手道:"拉出郡衙门外缢毙之,饶他个全尸,吊于大树示众!"

涿郡已克,耿弇当然报捷洛阳。

光武帝御驾亲征平定南阳郡邓奉叛乱之后,再命征南大将军岑彭、骁骑将军刘宏等三万余人南击楚犁王秦丰。当声势浩大的绿林军、赤眉军、铜马军、邯郸兵等诸多乱世英雄先后烟消云散之际,地处荆州要冲的秦丰,何以历经王莽皇帝、更始皇帝、光武帝三朝数次征讨,还能安然稳坐犁丘城?

早在王莽天凤四年(17),山东琅琊郡海曲县县令冤杀了一个县衙吕姓小吏。吕姓小吏虽然不是一方富豪,却也是家道殷实的小康之家。吕母虽然已是五十余岁的妇人,因儿子冤死愤而疏散家财,纠集百余人冲进海曲县衙,杀死县令祭奠冤魂,打开县牢放出囚犯。在吕母放出的囚犯中,就包括荆州南郡宜城人秦丰。

王莽在居摄、天凤年间,推行反复无常的货币改制,造成"农商失业,食货俱废,民人相泣于市道……自卿大夫至于庶民,获罪者不可胜数"。秦丰将荆州药材运到海曲贩卖,因在买卖中触犯王莽的"钱币法"而坐进海曲县大牢。被吕母放出的囚犯大多都加入她的造反队伍,秦丰自然也在其中。吕母一不做二不休,自称'救世神母',聚集一万余人占据数个海岛公开扯旗造反。

一个五十余岁的老妇人敢于称号造反,让正值少壮年纪的秦丰获益匪浅。在救世神母的队伍开往海岛建立独立王国时,秦丰悄悄回到了故乡。经过与好友赵京、张扬、蔡宏一番商议,喊出"铁犁犁尽天下不平"的口号,举起楚犁王大旗号召荆襄。其时王莽倒行逆施,已经使新朝的天下变成了千百堆干柴。一个毫无名气的商人点燃身边一堆干柴,数年聚兵五万,攻占四周十二县。秦丰因有经商的底子,知道经营天下。在所辖的十二县中建立法律秩序发展农商,吸引四周流民归附"犁丘国"。经过七年的经营,秦丰不仅拥兵十余万,地盘也扩到十四县之多。得知光武帝派岑彭率三万余人征讨犁丘城，秦丰亲帅从夷陵、夷道、石城、宜城等地聚集四万余兵马，迅速做好了迎击岑彭的准备。

建武二年，光武帝派岑彭南征秦丰，大军刚接近南阳郡地面，邓奉反叛占据南阳城，秦丰很快和邓奉结成同盟，征讨秦丰的君命迅速变为平定邓奉叛乱。邓奉的拼死抵抗，使光武帝先后加派朱祐、耿弇、傅俊等参与围攻，结果数月不能攻克南阳城。最后光武帝御驾亲征，邓奉才无奈投降。岑彭再次受命征讨秦丰，心里恨不能一朝踏平犁丘城，将秦丰献俘于洛阳宫。自光武帝登基，岑彭就没有像吴汉、冯异、耿纯、耿弇他们一样攻无不胜战无不克，所以，岑彭太想借此次独立率兵征讨秦丰的机会，证明自己征南大将军的封号是当之无愧的封号。

大军接近邓县地面，岑彭便派副帅刘宏率八千部兵，作为大军先锋先行五十里。刘宏四十二三年纪，跟随岑彭南征北战积下军功得封骁骑将军。以自己多年的经验，临战之际，方鼓舞士气。邓县是南阳郡地面，刘宏计划在出了邓县接近秦丰地界时，再吩咐兵士刀出鞘、箭上弦，随时准备和秦丰的贼军厮杀。有了这个谋划，刘宏在渡过淯河时忽略了兵家大忌，在北距淯河仅仅五里的桑普扎营夜宿。

秦丰近年已和光武帝派出的吴汉、耿纯等人交过手，积累下破击"官军"的经验。探知岑彭的八千先锋军要越过淯河夜宿时，秦丰派大将张扬、蔡宏率领一万骑兵奔袭一百五十里，在拂晓前赶到桑普。一阵催命战鼓骤响，毫无防备的刘宏大营一片混乱。当刘宏从睡梦中惊醒，只有认镫上马逃命为上。好在不久天色大亮，还有一小半将士泅水渡过淯河北。留在淯河南岸的将士，不是身首异处，便是做了张扬、蔡宏的俘虏。

岑彭得知刘宏在淯河南岸遇敌夜袭，立即催动大军接应刘宏。当他的大军正要南渡淯河收拾张扬、蔡宏的万余骑兵时，发现淯河南岸严阵以待着四万兵马。尤其可气，对岸楚犁王秦丰的伞罗旗幡丛中，缓缓升起一面"招降王莽旧将岑彭"的大纛。秦丰这一招很绝，"招降王莽旧将岑彭"八个字，狠狠揭了岑彭叛君的老底儿。

岑彭看清楚对岸大纛上的八个字，果然气得须发直立血脉喷张，隔着二十余丈宽的淯河大声叫骂："秦丰贼首，有种你过河来决一死战！"

秦丰虽是商人出身，却也先天带着些许"两耳垂肩、双臂过膝"的帝王相。五七年时间养成的楚犁王的尊贵，使他不屑与一个赳赳武夫对骂，便命身旁一个大嗓门的骑司马回答岑彭道："奉楚犁王君命晓知彭将军，眼前的淯河，便是我犁丘国与洛阳刘汉的国界。你我安守疆界便罢，倘若轻举妄动，此淯河便是尔数万将

第三十七章　庞太守北地翻大浪　楚犁王南郡却王师

士的葬身之所！"

岑彭闻听对岸回答，虽然气得上气不接下气，也不敢贸然下令击鼓渡河。是夜，岑彭因气愤难以入眠，便要亲自带领万余铁骑过河偷袭秦丰大营。经刘宏一番苦劝，岑彭才同意由刘宏率兵过河去将功补过。

湍河是一条勉强可以行船的小河，骑马涉渡，可须臾而过。暗夜五更，刘宏带着一万骑兵悄悄衔枚渡河。当他的前队刚要接近南岸时，南岸突然火把齐明，一阵箭雨袭来，接近南岸和将要接近南岸的兵马全部死于水中。手握鼓槌正准备擂鼓激励将士的岑彭见势不妙，只好鸣金收兵。

有着商人无利不图精明的秦丰，在与岑彭隔着湍河相持的数月里，更换了邓县湍河以南的官吏，另设"犁丘国"邓县县衙。将夷陵、夷道、石城、宜城、中卢等县的物产，在邓县开市交易，做出了长期以湍河为"楚河汉界"的架势。岑彭、刘宏数次渡河偷袭，都做成了偷鸡不成蚀把米的买卖。万般无奈，岑彭只好上疏请求朝廷增派援兵。

岑彭的求援邓县的上疏到光武帝御案的时间，恰在耿弇报捷攻克涿郡城、传张丰首级到京城的三天之后。光武帝闻知岑彭南征不利，诏命建义大将军朱祐从幽州赶到南郡接替岑彭征讨秦丰。征南大将军岑彭，派往淮地参与征讨伪帝刘永。诸件大事一毕，光武帝的身心又飞往小阳庄阴贵人那里。天下伪帝、盗贼不可一时剿尽，阴贵人和未出世小皇子不可日久不亲近。国事的繁重，后宫的繁杂，都使光武帝想去风光旖旎牵肠挂肚的小阳庄放松一下身心。此次再去小阳庄看望阴贵人，光武帝想多住一段时日。为了不使郭皇后心中的积怨过多伤身，光武帝决意微服去小阳庄之前，连续两晚歇驾中宫。

在和光武帝一次难得的琴瑟和谐之后，郭皇后和光武帝在枕畔汩汩细语。光武帝乘此机会，说出了阴贵人到小阳庄涵养胎气的消息。作为中宫之主，郭皇后有权掌控每个贵妃、美人、宫人、采女的行踪。当得知阴贵人已经微服前往小阳庄旬日，碍于还未退去的浓情蜜意大度道："阴贵人婚后多年才孕，凤体不适，当然应该涵养胎气。皇上国事如麻日理万机，如此细心降恩于后宫嫔妃，臣妾亦有分享雨露之喜悦呢。"

光武帝听得郭皇后几句悦耳入心的话语，感动得掏出心里的话道："朕的确是国事如麻日理万机，没顾上与皇后商量。若实话实说，朕也顾虑皇后对她涵养胎气看不惯。听得皇后方才言语，倒是朕低看了皇后的心地。"

郭皇后有些发嗲地轻轻掐了光武帝胸脯一下道："皇上偶尔低看臣妾的心地，臣妾怎敢在意。只求皇上别常常低看臣妾心地儿，就是臣妾的福分了。"

光武帝含糊不清应了郭皇后一句,亲吻过郭皇后粉嫩的下颌,又摩挲几下郭皇后胸前的茶壶盖儿,便响起微鼾香甜睡去。

　　郭皇后轻易哄睡了光武帝,自己却再也毫无睡意。先前久违的琴瑟和谐般的激情大大打了折扣,郭皇后心里的甜蜜没了,立即填满闷气。郭皇后生闷气不是为了光武帝的"先斩后奏",而在于光武帝对阴贵人那种体贴入微和别出心裁。如果郭皇后也享受着光武帝的体贴入微和别出心裁,郭皇后可以不计较阴贵人出宫涵养胎气,硌心的是,贵为皇后的她越来越觉得光武帝临幸坤安宫是例行公事。郭皇后虽算善茬子,却也不是大白痴。她想到父亲在世常说一句话:"三十年前子看父,三十年后父看子"。把这话稍稍变一变,可以说成"三十年前子看母,三十年后母看子"。郭皇后预计不用等到三十年,太子就会变成皇上,而皇后也会变成皇太后……

　　郭皇后没有顺着自己的思路想下去,因为她也有了朦胧睡意。

第三十八章
乔三金入厨下逗乐　光武帝携孕妇远征

阴贵人在小阳庄涵养胎气，不知不觉间一个多月过去了。有了小阳庄好山好水的滋润，有了湖阳公主刘黄、宁平公主伯姬的陪伴，来时黄皮寡瘦的阴贵人，恢复了往日光彩照人的容颜。若不往腹部细看，根本看不出阴贵人是怀孕三月之久的孕妇。若细较功劳，当属湖阳公主和乔三金为第一。

刘黄真正认识乔三金的价值不是在淮源镇，而是进入洛阳贵为湖阳公主之后。

也许是觉着贵为湖阳公主的刘黄永远高不敢攀，魏勘当上颍阳县丞不及半年，便娶了一个三十岁未嫁人的老姑娘为妻。魏勘终于续上妻室，刘黄才觉得自己成了新寡妇。在最初的一个月里，任凭乔三金用尽解数，也不能逗得湖阳公主一笑。好在光武帝在小皇妹伯姬的提醒下，开始为湖阳公主物色"驸马"。

长安名士宋泓，身长八尺余，五官忒整齐。言行无瑕疵，凛然有正气。哀帝、平帝时官任侍中，王莽新朝改任共工。赤眉军攻破长安，遣使强迫他到朝中任伪职。车行渭水之滨，宋泓乘使者不注意跳进渭水自杀。被家人救起佯装溺毙，才得以免死，回归故里。光武帝闻知宋泓节义，初征为大中大夫，后擢大司空。宋泓感恩光武帝，好屡屡直谏光武帝过失。

圣人有定论：君子好色。圣人所说的君子，泛指不属于下九流的男人。属于下九流的男人，也许不配入君子之列。君子好色虽然是男人本色，但男人好色有雅俗之分。升华于审美层面叫"雅好"，这种"雅好"有一种心向往之身不能至的君子境界。停留在色相私欲叫"俗好"，"俗好"没有境界只有意欲占有的粗俗。光武帝贵为人主，当然是审美层面的"雅好"。他不仅在其寝殿张挂仕女图，其庄重的却非殿御座两厢，都摆有出自高手绘制仕女屏风。每遇到大臣的奏报过于冗长，光武帝的目光都屡屡投向那些蜂腰削肩的窈窕淑女。一次，宋泓在奏本之前对光武帝道："微臣请陛下先行撤去两厢的仕女屏风，微臣才好奏本皇上。"

光武帝诧异道："这仕女屏风摆放已久，如何要朕撤去？"

宋泓以直直的目光看定光武帝道："孔子云，应好德如好色，吾未见好德如好色者也。千年前的孔子未见，微臣今日亦不见也。"

光武帝嗔笑道:"朕的后宫冷清,爱卿视而不见当有所闻,如何在意画在屏风上的仕女?"

宋泓目光仍然盯着光武帝的眼睛道:"微臣盼君防微杜渐,陛下以为臣错,请陛下降罪微臣。"

光武帝见宋泓浑身透出了凛然正气,做出义正词严绝不退让的架势,便挥手让一旁侍立的范忠撤去仕女屏风道:"宋司空现在看到了什么?"

宋泓铁板一块的脸上有了松动答道:"微臣看到了闻过即改,陛下鼎业日新,天下不绝喜庆哩。"

建武三年,宋泓年方四十有七,威容德器无人可比。光武帝将宋泓的故事说与湖阳公主听,湖阳公主暗中观察了宋泓的威容德器,很喜欢宋泓做自己的"驸马郎君"。

光武帝的睿智无处不在,一日在却非殿偏殿召见宋泓,特地让湖阳公主悄坐在不是仕女图的屏风后现场观摩。

宋泓奉诏进见,光武帝赐座后道:"朕闻俗语有云,贵易交,富易妻。此俗语虽不合圣贤之道,却也是人之常情,宋司空听说过这句话否?"

宋泓立即离座挺直身子不卑不亢答:"陛下所说的俗语微臣没听说过,微臣知道的俗语是,贫贱交,不可忘;糟糠妻,不下堂。微臣以为这几句俗语颇合圣贤之道,不知陛下听说过这句话否?"

光武帝一见和宋泓话不投机,便示意宋泓退去后,扭头对湖阳公主歉意道:"湖阳公主都听见了,他是擀面杖吹火,一窍不通。这事是豆腐渣贴门神,一点也不沾板呢。"

湖阳公主万不料皇帝亲自提亲也会掉桶底儿,当下心情复杂道:"宋泓不是一窍不通的擀面杖,阿姐却是女过三十豆腐渣……"

光武帝向宋泓提亲不成,使湖阳公主身心受到重创。乔三金和湖阳公主也算患难之交,用尽浑身解数,也难博她开心一笑。湖阳公主不仅不笑,吃饭越来越没胃口,原本丰腴且有好看酒窝的双颊,凹陷成一副难看的瓦刀脸。

乔三金和湖阳公主已经情同姐妹,便绞尽脑汁下厨为湖阳公主做了一碗开胃汤,用托盘端给湖阳公主。因乔三金故意换上了厨娘宽大粗布衣裳,一头乱发再加额头几处锅烟子,大大颠覆了乔三金往日"王昭君"形象,引得湖阳公主哈哈大笑道:"三金妹子,你咋成了灶王奶奶了?"

乔三金扑闪几下眼睛,声音涩涩道:"公主您可大声笑了。三金自小胃口不好,往常琢磨出了这道宽开饱好汤,请公主尝尝。"

第三十八章　乔三金入厨下逗乐　光武帝携孕妇远征

湖阳公主大惑不解问:"如何叫做'宽开饱好汤'?"

乔三金道:"看在三金忠心耿耿烟熏火燎一场,公主先用了这碗汤,三金才会给公主禀告因何叫宽开饱好汤。"

湖阳公主因大笑驱散了心头积郁,加之因乔三金的殷勤感动,便端起碗喝了两口汤。两口汤下肚,竟然胃口大开,片刻之间,一碗宽开饱好汤便被湖阳公主用完。于是追问道:"我刘黄白活三十多岁,竟然没吃过宽开饱好汤的美味。美味,美味,神奇的美味。三金妹子,该说说这汤哪几样食材配成,因何要叫宽开饱好汤呢?"

乔三金正色道:"回禀公主,此汤用料有——山楂、酸菜;瘦肉、泡芥;胡椒、青茄;腌笋、鸭舌。至于因何叫宽开饱好汤,原因更简单。无论达官贵人普通百姓,宽心才能开胃,开胃才能吃饱,吃饱身体才好,所以三金取了个实实在在的名字叫'宽开饱好汤'。"

湖阳公主自吃了乔三金的宽开饱好汤,明白了她的苦心,从此不仅从郁闷中解脱出来,三天两头少不了一道宽开饱好汤。待诏命湖阳公主陪阴贵人到小阳庄涵养胎气,善于开心逗乐的乔三金当然派上了用场。

光武帝再次微服进幸小阳庄,在古槐下猛见依旧光彩照人的阴贵人大吃一惊。他不顾湖阳公主、宁平公主在场,近前拉着阴贵人的手捏了捏,又伸手摩挲一下阴贵人的脸颊,扭头笑问宁平公主道:"黄家小妹,此人是你嫂子么?"

宁平公主笑道:"黄家大哥说是就是,说不是就不是。"

光武帝又问湖阳公主:"黄家大姊,此人是你的弟媳么?"

湖阳公主亦笑道:"黄家贤弟说不是就不是,说是就是。"

阴贵人被光武帝的举动臊得粉脸飞红道:"黄家老屋家规森严,知书达礼行不逾矩。你们兄妹姐弟今日合伙取笑的外姓人,可见往日情分都是虚情假意了呢。"

阴贵人生性循规蹈矩不苟言笑,说出这几句颇有机趣的话语,让光武帝感到惊奇和喜悦,便坐于上首石凳端了个皇帝架势道:"赏功罚罪,治国理家之道。大姊刘黄、小妹伯姬陪伴阿嫂涵养胎气有功,各赏黄金百两,蜀绢百匹。"

湖阳公主敛手谢道:"谢皇家兄长赏赐。"

宁平公主敛手笑道:"皇家兄长赏赐不公,请准予小妹分自己的一半赏赐给第一功臣乔三金。"

光武帝道:"是那个会讲笑话的乔三金么?"

阴贵人靠近光武帝坐下道:"大姊家的三金姐姐不仅会讲笑话,还会做'宽开饱好汤',华妹子现在天天不离一道'宽开饱好汤'呢。"

光武帝高兴道："'宽开饱好汤'？好新鲜的名字，速速告诉乔三金，今日午膳，让她给朕做一道'宽开饱好汤'。"

湖阳公主兴奋应道："阿姊领命。"

四季槐花主院间壁，有一处碧野轩。碧野轩两边的墙壁上，挂有闲云野鹤之类画图。听涛轩前，紧挨几道竹篱和草坪。栅栏可敞开，栏外的竹篱内，瓜果繁多伸手可及。草坪上的黄狗白鸽，召之即来挥之即去。

光武帝钦定的午膳，就摆在碧野轩。

经湖阳公主有心安排，光武帝和阴贵人共一个食几，宁平公主姐妹共一个食几。食几上都是宫中不常见的农家菜蔬和刚摘下的瓜果，荤菜不过是熏肉、腊肠、白鱼、乳鸽。两旁的侍女得湖阳公主眼神，开了前轩栅栏，放进一只黄狗数只白鸽轩内穿梭。

久违的农家意趣，可口的家常菜肴，让光武帝龙颜大悦兴奋异常道："尔等赞不绝口的'宽开饱好汤'，怎的不见端出？"

湖阳公主见问，便遵命对近旁一个侍女道："传宽开饱好汤。"

近旁的侍女轻启樱桃小口，款扭粉颈传话下去："传宽开饱好汤。"

不一时，乔三金托盘齐胸，迈着铁杵杵地的脚步，端着宽开饱好汤进了碧野轩。但见此时的乔三金：额头上几绺黑发飘散，鼻翼处一道明显锅烟；两鬓间青丝如水浸汗，身上是宽大厨娘衣衫。

光武帝一见乔三金的纯粹的乡下厨娘的行动举止，感觉十分亲切有趣，他伸手制止专门布菜的侍女道："让厨娘自己上汤。"

乔三金闻言，把食案交给专职布菜的侍女，小心翼翼将四碗汤分别放在光武帝、阴贵人等四人的食几上。奉汤已毕，便敛手垂目退至一旁。

光武帝认真品尝了几调羹宽开饱好汤，低声问阴贵人道："阴贵人，你真的喜欢这道汤么？"

阴贵人悄声俏皮反问道："怎么，难道皇上不喜欢这道汤么？"

光武帝频频颔首对乔三金道："适才众口夸你劳苦功高，待我品尝了这道宽开饱好汤，始信她们并非谬夸。可是，此汤虽好，却是还差一味佐料呢？"

乔三金垂手道："黄家主人赐教。"

光武帝道："久闻乔三金有好口才，你得即席讲段笑话让我黄家主人大乐的笑话。我的条件是，这段笑话必须她们平常没听过的新鲜笑话。"

乔三金做出惶恐状跪下道："回黄家主人话，乔三金的笑话都是不上台面的粗俗村语。况且时常人前卖弄,腹中的笑话早空空如也了。"

光武帝道:"既然你知道称我为黄家主人,必定知道黄家主人惯会奖功罚罪。乔三金速速平身,我可等着洗耳恭听呢。"

湖阳公主原意便是让乔三金今日好好展示一下,就一旁鼓励道:"三金妹子一旁坐下大胆讲来,黄家主人的奖赏归你,黄家主人降罪,则有大姊给你兜着。"

宁平公主也道:"三金大姐,若皇家主人降罪,我也会替你兜着。"

乔三金得到湖阳公主、宁平公主暗示鼓励,便将额头乱发掠到耳际,去至一旁石鼓上坐下,扯扯宽大衣襟,抿抿鬓发徐徐道:"有贵人姊妹给我撑着,三金就放肆讲来。俗话说,笑一笑,人年少。愁一愁,白上头。俗话还说,无酒不成宴席,无荤不凑乐趣。无云不成阴雨,无缘不成夫妻。这几句两不搭界的话头,道出一段前朝一位带兵的孟将军的故事。这位孟将军惯会使丈八长矛,是个常胜将军。每次敌国犯境,都是他带兵出征。一生中在外征战居多,在家陪伴妻子很少。孟将军百战百胜,临老被皇上封为无敌大将军在家享福。孟将军的妻子年轻时美貌无比,先后给孟老将军生下八个儿子。孟老将军感激妻子辛辛苦苦把八个儿子拉扯成人,在家养老五年,处处对老妻体贴入微百依百顺,常常让他的老妻感动得热泪盈眶。

一日,孟老将军的老妻病入膏肓,弥留之际泪流满面,几次欲说又止。孟老将军拉着老妻的手道:"你我恩爱一世,心里不藏着掖着,才见得你我一辈子的恩爱不假。"孟老将军的老妻呼出长长一口气道:"我是深有体会,一辈子恩爱夫妻,心里藏着事儿,就如同心里塞进一块大石头。我是黄泉路上的人了,说了我愧疚一辈子,不说你糊涂一辈子。我一生最对不起夫君的事,就是让夫君已经断子绝孙了。"孟老将军诧异道:"贤妻何出此言,咱们夫妻不是有八个儿子十六个孙子么?孟老将军的老妻咬咬牙道,夫君知道真情后心里想解恨,就拿你的丈八长矛捅死我吧。"孟老将军道:"你我恩爱一辈子,怎会拿丈八长矛捅死你?告诉我,究竟有啥事还瞒着我?"孟老将军的老妻抽抽泣泣哽哽咽咽道:"对……对不起,很是对不起,真的对不起,你的八个儿子,没有一个是夫君的亲生子。儿子不是亲生子,可不就齐刷刷地绝了孙子。"岂料孟老将军一听,就是一阵声震屋瓦的开心大笑。他老妻在枕上连连摇头道:"太不近情理了,哪个男人知道儿子都不是自己的还开心大笑?"孟老将军对他老妻附耳道:"谢谢你今天也帮我去掉一块心病。我告诉你啊,说出来我得意一辈子,不说出来你糊涂一辈子。我早知道八个儿子都不是亲生子,就让你的八个儿媳给我补生了十六个儿子。夫妻之间扯平了,你可以安心上路了。"不料孟老将军的老妻听完一头坐起道:"不死了,我不死了。老东西,老鬼东西,老不要脸的,看我不喊来我那八个儿子,今天从根儿上骗了你!"

湖阳公主、宁平公主是有意凑趣,乔三金的话音一落便哈哈大笑,光武帝因囿于身份,稍晚才扭头捂着嘴闷笑。

阴贵人向来不善大笑,她抿嘴笑过后认真道:"三金妹子这个笑话没道理,那个老妻失德在先,怎可吃醋要骗孟老将军?"

阴贵人对瞎编的笑话追根究底般认真,使光武帝等众爆出一阵开心大笑。

湖阳公主貌似与阴贵人附耳,却很大声音说:"华妹子心地儿纯正不吃醋,可心底不正的女人天天都吃醋。天底下吃醋的女人不分地位尊卑,没准儿早上挣开眼睛,都可能遇上一个醋精呢。"

湖阳公主的话有明显的指向性,但光武帝装作没听见,心下酝酿着离开小阳庄之后,该怎样找个和阴贵人形影不离的理由。

自光武帝将建义大将军朱祐调往荆州征讨秦丰,征讨幽州的四万王师便由建威大将军耿弇独自统领。涿郡太守张丰覆灭后,征虏将军祭遵率兵一万屯驻良乡,耿弇亲帅三万大军准备进击渔阳。正在此时,主簿私下提醒耿弇道:"将军家尊为上谷太守,与原渔阳太守彭宠一样有功未见皇上封赏。彭宠起事之初,原已遣使联络家尊叛君。家尊虽将彭宠遣使斩首明志,然不可尽消他人疑虑。今将军独自统领四万大军征讨渔阳,倘若将军兵临渔阳城久攻不下,恐难免攻城不力的嫌疑呢。"

耿弇得主簿提醒,猛想起父子共计统兵六万,然自己并无兄弟留侍京师。放过功高震主不提,也难洗清对君存有二心嫌疑。耿弇大礼谢过主簿提醒,便勒兵涿郡,给光武帝上疏曰:

　　征虏将军祭遵,嫉恶如仇,沙场骁勇。在攻克涿郡城之战中,谋划周密,一鼓而克,进而生俘叛臣张丰。

　　《尚书·武成》曰:"建官惟贤,位事惟能"。微臣自追随皇上,屡受大命。然长期征战在外,思君之心剧增,为两得其便,特推荐祭遵替代微臣征讨叛臣彭宠,容微臣回到京城侍奉驾前,检讨往日得失。

　　微臣之心,日月可鉴,伏望照准。

第三十八章　乔三金入厨下逗乐　光武帝携孕妇远征

耿弇上疏光武帝之后，又给父亲去了一封密函。耿况明白耿弇之意，立即上疏光武帝，请求将耿弇的二弟耿国入侍京城。光武帝先后接到耿弇、耿况的上疏，同意耿国入侍京城，并下诏晋封耿况为隃糜侯。对于耿弇的上疏，光武帝回诏不许回京，命其暂且勒兵涿郡按兵不动，等待新的诏命。

耿弇是光武帝最为信任的将领之一，因何给了他一个措辞含糊的诏命？

就在耿弇上疏请求回京效命的第二天，在睢阳称帝的刘永的首级被送到京城。刘永睢阳称帝后，唯恐因势单而覆灭，先后与西防渠帅佼强、东海渠帅董宪、琅琊渠帅张步结成同盟。聚兵十五万，占据睢阳、虞城、薛城、沛城、谯城、湖陵、广乐等二十余城，气焰十分嚣张。光武帝先后派吴汉、马武、王霸等猛将连续征剿，佼强、董宪、张步先后覆灭。刘永众叛亲离仓皇逃跑途中，被身边护驾将军背后一刀砍下头颅。光武帝欲平幽州，因刘永东面猖獗而无法北顾。当东地平定，光武帝又动了御驾亲征幽州的心思。

建武三年初秋某日，光武帝招集大司农李通、侍中傅俊、右将军邓禹，征西大将军冯异商议军机。说商议军机是个托辞，因为光武帝待众大臣聚齐，只是宣布一个令众臣惊愕的圣谕："朕起家燕赵，视幽州、冀州为后宅。今北地未靖，朕在洛阳无一日安眠。故而朕决定亲征叛臣彭宠，依亲征内黄故例，阴贵人随行伴驾。"

皇帝轻易御驾亲征，而且还不顾路途遥远途中颠簸带着有孕在身的阴贵人一同远征，李通、傅俊、邓禹、冯异想要进谏，一时找不到合适的措辞。

光武帝乘众大臣惊愕无语之际，再启金口道："朕离京期间，大司农李通行大司马事主理朝政，右将军邓禹、大将军冯异各带一万五千兵马随朕出征。"

光武帝的语气更加不容置喙，李通等众只有唯唯遵旨。

阴贵人经过数月涵养胎气，早已变得精神焕发光彩照人。既没理由长住小阳庄，也没理由拒绝伴驾远征。许多大臣最后都理解了光武帝一心要御驾远征北地的心曲，只有郭皇后实在想不通，光武帝远征二千里，带着个肚子越来越大的阴贵人，究竟能得何种情趣？

第三十九章
王师行缓玄机暗伏　彭宠疑惧驱鬼禳灾

　　西汉、东汉时期,幽州辖涿郡、广阳、代郡、上谷、渔阳、右北平、辽西、辽东、玄菟、乐浪等十余郡(国)。涿郡距洛阳一千八百里,渔阳距洛阳二千里,右北平郡离洛阳二千三百里,最远的乐浪郡距洛阳五千里。汉武帝时期,在朝鲜半岛北部和中部设立的乐浪、玄菟、真番、临屯四郡,史称"汉四郡"。汉昭帝始元五年(前82),临屯、真番二郡并入乐浪、玄菟二郡。辽阔的地域,复杂的方镇,使光武帝时时牵挂幽州的人心向背。王师从洛阳出发之际,光武帝遣使传檄幽州广阳、代郡、渔阳、右北平、辽西、辽东等郡县曰:"自建武三年秋对伪燕王彭宠反戈一击的郡守,爵封列侯,食邑四县。生俘彭宠或献彭宠贼首者,赏赐类同。"

　　不战而屈叛臣之兵,是光武帝此次御驾亲征北地的目的之一。

　　自听说光武帝亲征幽州并传檄各地,彭宠唯恐光武帝驾临北地之后,已经归附自己的郡县藉此反戈一击,便采取先发制人的策略,分三路大军迎击汉军。第一路,燕王彭宠自领五万大军围困涿郡城的耿弇,吸引光武帝往救;第二路,龙虎大将军、燕王二弟彭纯率三万兵马进击驻兵良乡的祭遵;第三路,云虎大将军、燕王的三弟彭勇率从匈奴借来的二万铁骑,前往涿郡以南地界以逸待劳,沿途伏击光武帝北援耿弇的三万兵马。

　　依彭宠的用兵韬略,以上三路大军的用兵之妙在于:龙虎大将军彭纯攻克良乡城后,再合兵围困涿郡城。而后,云虎大将军彭勇的匈奴骑兵击溃光武帝三万大军后,再网开一面放其残部进入涿郡城。只要光武帝被困涿郡城,燕王彭宠便传檄那些惯于骑墙观望的右北平、辽西、辽东等郡县,合力攻打涿郡城。果如所愿,彭宠将在城破之后,逼光武帝禅让自己做兴汉皇帝。

　　燕王彭宠调兵遣将一毕,留大弟彭蒙留守幽州城。幽州城到涿郡城,也就二百多里。洛阳距涿郡城,足一千八百里之多,光武帝的汉军最快也得一个月达涿郡城。有此一个月的时间,可以在涿郡城外加筑深沟高垒,以逸待劳光武帝的疲敝之师。天时、地利、人和占全,彭宠觉得将光武帝困在涿郡城便有了九分九的把握。

　　彭宠虽然只是个北地燕王,因威震幽州辽阔地域上众多豪杰之需要,自己给

第三十九章　王师行缓玄机暗伏　彭宠疑惧驱鬼禳灾

自己置办了九锡。九锡就是九种至高无上的礼器。即帝王御用之车马、服饰、乐器、朱户、纳陛、虎贲、弓矢、斧钺、秬鬯。九锡一般只有皇帝才配享用，但能与皇帝平起平坐的重臣，也能得皇帝赏赐九锡的殊荣。彭宠置办九锡不是为了摆设，而是为了向幽州的辽阔地域显示自己的王权。在五万大军离开幽州城之际，除了"朱户"、"纳陛"不能随身携带外，九锡中的七锡，都威武显赫地呈现在北地燕王的卤簿中。

当彭宠的五万大军行进至涿郡逎县境内时，和龙虎大将军彭纯带着的三千余残兵败将遭遇了。原本人高马大器宇轩昂的彭纯，少盔缺甲显得很狼狈。因没了头盔的保护，他的右耳已经齐根失去。为了了解详情和与彭纯商议军机，彭宠命大军暂时在逎县扎营驻下。

原来，彭纯带着三万大军刚刚围住良乡城，不料上谷太守耿况派出次子耿舒带着助守良乡城的五千人马从背后袭来。猝不及防的彭纯正仓促抵抗之际，良乡城内的祭遵见机倾城杀出。霎时良乡城外杀声动地鼓声震响，眼前都是血影刀光，耳边一片兵器丁当。尤其上谷来的兵马最是骁勇，为首的是青年骁将耿舒。但见骁将耿舒：骑一匹菊花马，舞一杆大铁戟。戟光闪闪似飘雪，人头滚滚如落珠。两军阵中勇者笑，奈何桥上新鬼哭。更加上城中冲出的祭遵犹如出笼猛虎，带领着汉兵呐喊着拼命厮杀。三万幽州兵原本要包围良乡城，兵力刚刚分散四门且立足未稳，怎经得起城内外夹击一番恶战？跑得快的捡条命，脚下慢的命归阴。身为龙虎大将军的彭纯，不甘心死于小小的良乡城外，带着扈从拼死才杀出一条血路逃生。

听了彭纯的述说，穿着九锡之一衮冕丽服的彭宠心下凉冰冰道："我三路大军，尚未与光武帝照面，便轻易损失一路。二弟说说，我们下一步该怎么办？"

彭纯道："明困涿郡，暗保渔阳。"

彭宠道："何为暗保渔阳？"

彭纯道："渔阳城经长兄倾心经营，仍成我起事根基。自即日起，王兄可率兵二万回到渔阳城，进一步加固城池以防不测。至于涿郡城和良乡城，可征发代郡、右北平、辽西、辽东四郡兵马，与我三万余幽州兵合力围困涿郡、良乡。待光武帝入瓮涿郡城，才可尽倾渔阳城兵马，前来涿郡重兵困死光武帝。"

彭宠听了彭纯献策，很是欣赏暗保渔阳城的韬略。于是，立即传檄代郡、右北平、辽西、辽东四郡，每郡派出五千兵马开赴涿郡城外参与围城。自己率领二万精锐回到渔阳城，开始加固城池，以防战事不利幽州时，做最后的固守。光武帝远离洛阳二千余里，粮草接济不便，依凭坚固的渔阳城和他耗上一二年，可以把肥马耗成瘦马，瘦马耗成死马。

光武帝亲率三万王师出夏门，渡盟津。一路上天子卤簿威风八面，王师貔貅豪气干云。沿途军民人等，因此再见汉家皇帝威仪。但见，伞罗蔽日，鼓乐盈空。斧钺闪耀，旌旗卷风。途经村镇，黎庶自发焚香跪拜。穿过县城，万人争睹，里巷一空。此一番亲征幽州，其声威浩大，绝非往年亲征内黄可比。

单说天子玉路，嵌金镶玉，九仞曳地；文虎伏轼，龙首衔轭；羽饰华盖，鸾雀立衡；建十二彩旒，画日月升龙。御驾白色六骏，鬃尾朱砂染红。其余左纛翟尾，樊缨赤罽等华饰不可尽述。

光武帝的天子玉路、天子戎车之后，紧跟着阴贵人所乘三马牵引典雅舒适的油画辎车。因有阴贵人随驾从征，光武帝时而和阴贵人同乘天子玉路，时而独乘天子戎车。每过大的城镇，光武帝还驻驾探身向设案焚香的父老拱手致礼，引得黎民百姓山呼万岁万万岁。如此一路走来，半月后方驻跸魏郡城。魏郡太守任光是光武帝宠信臣子之一，当然请光武帝歇驾三天，接见慰勉魏郡王室宗亲。

魏郡城距洛阳仅七百余里，光武帝和三万王师如何费时半月？自古用兵，讲究兵贵神速，皇帝因何日均行军不足六十里？这让熟知光武帝的随驾大臣们也私下犯起嘀咕。

此次随驾的文臣武将，首位是右将军邓禹。建武三年春，邓禹在华阴和赤眉军谢禄交战惨败，回到京城便上表缴还大司徒、梁侯印绶。光武帝览表后同意邓禹去大司徒，留其梁侯爵位。数月之后，起拜邓禹为右将军。以邓禹右将军职位，越不过冯异大将军去。然大将军冯异、光禄勋邓晨、骁骑将军王霸、骠骑大将军杜茂深知邓禹在光武帝心中的分量，便以光武帝登基后封侯的位次，仍然给邓禹以大司马的尊敬。邓禹一人拗不过众人，有时也只好听之任之。所以，当冯异、邓晨、王霸、杜茂等人私下向其询问皇上因何"兵不神速"时，邓禹便认真给众人分析道："皇帝此次亲征北地，卤簿仪仗超过以往。尤其令人不解，还带着有孕在身的阴贵人随驾。以末将猜测，皇帝此次御驾亲征的玄机，就在于兵不神速。兵贵神速，可比做快刀斩乱麻。兵不神速，可比做钝刀子杀人。快刀斩乱麻痛快淋漓，钝刀子杀人，被杀者难受之极。若被杀的是一只鸡，吓傻就是一群猴。"

冯异临时奉诏从关中回洛阳随驾北征，当下也分析道："右将军所言极是，皇上熟知兵法，并不死用兵法。幽州地域辽阔，方圆不下五千里之大。皇上此次御驾亲征，圣意并非只是剿灭彭宠。也许，皇帝想的是不战而屈北地之兵，彻底鼎定幽、冀二州。"

第三十九章　王师行缓玄机暗伏　彭宠疑惧驱鬼禳灾

听邓禹、冯异一番分析,邓晨、王霸、杜茂虽没完全明白"兵不神速"之玄妙,但对光武帝的圣聪、圣虑却坚信不移。光武帝没有大臣置喙北征途中的兵不神速,进入邯郸地界,不仅歇驾慰勉宗亲、功臣,还勘察官吏优劣,当面予以褒奖升迁。偶有闲暇,也带着阴贵人就近看看风景名胜。把个御驾亲征,越发弄得闲散悠哉。

根据燕王彭宠的破敌妙策,云虎大将军彭勇率从匈奴借来二万铁骑,前往涿郡以南地界以逸待劳,沿途伏击袭扰光武帝率领的三万兵马。最先领略光武帝"兵不神速"之玄妙者,便是云虎大将军彭勇。

按照正常行军速度,最迟重阳之前光武帝的兵马便到达涿郡地界。进入秋八月,彭勇和匈奴代登将军,帅二万骑兵前往涿郡以南地界等着伏击袭扰光武帝的大军,从八月初等到九月底,探马报告光武帝的兵马还在常山国盘桓。无论何种漫长等待,都会带给人焦虑不安。代登的二万铁骑发泄焦虑的途径便是抢劫民财,彭勇怕匈奴兵去后自己担骂名,便委婉劝代登将军道:"贵军客地作战,还求将军约束将士,以免有损贵国声誉。"

代登浓眉虬髯,一瞪铜铃大眼直言道:"秋气已尽,冬季将到。将军不给客人置办冬衣,我的将士就地自行筹措,有损的是贵国的声誉呢。"

彭勇被代登噎个倒憋气,只得好言抚慰代登,说要立即上疏燕王,立即为客军置办冬衣。其实,没等彭勇上疏燕王,匈奴的乌珠单于鉴于借期已到,诏命代登率军回国。彭勇好言劝代登延长一月,代登哂笑几声,立即带着二万骑兵回匈奴去了。匈奴骑兵已去,彭勇只得带着数十扈从,回渔阳城向燕王缴命去了。

光武帝似乎就等着匈奴骑兵离去,三万大军立即兵贵神速起来。十月中旬抵达涿郡城外。因彭宠迎击光武帝的三路大军不复存在,包围涿郡城数万杂牌幽州兵与三万王师刚一接触,便大败溃散。涿郡城的幽州兵溃败,包围良乡城兵马也闻讯退兵。光武帝、耿弇、祭遵三军会师涿郡城,无暇设宴庆贺,迅速北上渔阳城。半月之后,光武帝、耿弇、祭遵合兵后的七万大军,便将渔阳城围了个水泄不通。

《诗经·小雅·常梨》诗句曰:"妻子和好,如鼓琴瑟。"此诗句比拟夫妻之间情投意合家庭和谐,的确十分贴切。燕王彭宠很幸运,燕王和燕王妃之间,不仅"妻子和好,如鼓琴瑟",还能"上下和睦,夫唱妇随"。尤其难能可贵,在"夫为妻纲"的时代,彭宠还可以做到"上下和睦,妇唱夫随。"当初彭宠因功大不赏郁闷之际,得夫人一番鼓励,才竖起反旗北地称王。待渔阳城被光武帝大军围困,彭宠心下既害怕又后悔,于是在燕王府密间对燕王妃道:"光武帝是来者不善,善者不来啊。兵法云:'夫战,勇气也。一鼓作气,再而衰,三而竭……'"

彭杨氏夫贵妻荣变成燕王妃后,脾气日益"膨"了起来,当下把柳叶眉拧成个疙瘩眉怒道:"和老娘咬文嚼字谈论兵法,你没被城外的光武帝吓掉魂吧?"

彭宠已经习惯妇唱夫随,便耐心解释道:"王妃息怒,我的意思是说,我们上了光武帝此次兵不神速的当。现在对阵两军的情形是,彼盈我竭,士气低落,我忧心的是,一旦城破,你我将皈依何处?"

燕王妃不耐烦道:"直说吧,你想干什么?"

彭宠一副欲哭无泪的表情道:"原以为我三路大军迎击光武帝,可将其困在涿郡城,然后和他耗上三月半载一鼓而擒之。谁知造化弄人,现在是我被围困在渔阳城。"

燕王妃比彭宠年轻十几岁,因养尊处优,三十二三年纪,不用涂脂抹粉,鹅蛋形脸庞上真实呈现着几分淑女风韵。燕王妃听了燕王心曲便哂笑一声道:"看见你夹起尾巴,就知道你拉稀了。是不是后悔反叛,想束手投降光武帝了吧?"

彭宠强作硬汉道:"不是束手投降,是想和他据城议和。"

燕王妃道:"目前光武帝明显占着上风,岂能与你议和?"

彭宠感激燕王妃的体贴入微,便敞开心扉道:"王妃所虑即是,王侯投降,不失富贵之封。凡事预则立,不预者废。大兵压境,早降光武帝,比晚降光武帝为好……"

燕王妃不等彭宠把早降光武帝的好处说完,鹅蛋形脸庞上的淑女风韵倏尔不见,近距离照彭宠脸上啐了一口骂道:"呸!我说你自光武帝围城之后,整个人也像你裆间打霜的秋茄子。该你日狼日虎的时节,你软不拉叽只退不进,原来你早被光武帝吓破耗子胆。一样八尺高站着尿尿的汉子,凭啥刚被光武帝围城就束手投降。你不是弟兄五六个,兵马十余万么?论幽州的眼下地界,也弱不到天边去。当年光武帝被四十万王莽大军围困,还能冲出城去搬取救兵。区区远道而来的七万汉兵,比王莽的大军差远了去。你可以披挂上马出城和光武帝决一死战,也可以传令你城外的兄弟带着州郡的兵马前来勤王。我不信一样爹娘养出的血肉之躯,光武帝的刀子能杀你,你的刀子只能杀鸡?还有,光武帝带着个有身孕阴贵人伴驾远征,可见阴贵人的姿色举世无双一点不假。你往常不是垂涎阴贵人的姿色举世无双么?只要你能把阴贵人抢进渔阳城,我就成全你英雄美人痴想成真。"

第三十九章 王师行缓玄机暗伏 彭宠疑惧驱鬼禳灾

燕王彭宠遭到燕王妃一阵奚落、讽刺、激励,心里既存有难堪又迸发一股豪气。第二天,曙光初照渔阳城头,彭宠在前敌将军子后兰卿、主簿史忠、长史宗成等亲信陪同下,登上渔阳城城墙再次掠阵。待巡看渔阳城东、西、南、北的汉军大营,彭宠觉得北门是"三实一虚"之处。于是对前敌将军子后兰卿道:"光武帝在北门虚留生路,是诱使我们向幽州城突围么?"

子后兰卿躬身道:"末将以为,自古兵不厌诈,虚留的生路,可能正是死路。或许我们固守渔阳城,等待各郡勤王兵马驰援,才是破解光武帝围困我们唯一生路。"

彭宠见子后兰卿的话不甚投机,便对史忠道:"在主簿看来,我们与光武帝一番刀枪并举,孰胜熟败?"

史忠略沉吟一下道:"以卑职心下所愿,当然我胜敌败。"

彭宠头戴燕王金盔,身披银狐大氅。他按剑从城头远远望去,看到了光武帝的座座大营壁垒森严,却没听到亲信随从的豪言壮语,也就没了继续在城头掠阵的兴趣。

退敌无良策,内助有贤妻。在燕王妃的督促下,彭宠传檄代郡、右北平、辽西、辽东、乐浪、玄菟等郡,命各发一万兵马勤王,里应外合打败光武帝。檄文发出一月,并无一兵一卒驰援渔阳城。勤王援兵不至,渔阳城军民的士气历经"一鼓作气,再而衰,三而竭"的过程。彭宠此时不敢打开城门和光武帝决战,不是怕打不赢光武帝,而是怕他的将士届时一起投降光武帝。

彭宠在日益焦灼忧虑状态中挨到建武三年(27)年底,彭宠白日食欲不振,夜间恶梦不断。梦中有时提枪上马后发现自己没了头颅,有时梦到自己被麾下将士绳捆索绑成为光武帝的阶下囚。燕王夫妻二人心心相应,彭宠夜间做恶梦的时候,燕王妃也梦见自己被燕王的将士剥得一丝不挂,然后被髡去一头黑发,又被两腿叉开倒吊渔阳城南门垛口处,未几拴她脚脖子的绳子被人一刀断开,燕王妃照直从城头坠下……燕王妃惊得一声惨叫,将与她拥身同卧的彭宠也惊出三阵冷汗。彭宠听了燕王妃哭诉的梦境,心下越发惶惑不安。白日去执事堂处理军机,突然听到堂前火炉下面传来一阵蛤蟆叫。彭宠以为自己出现幻听。刚刚凝神再听,火炉底下分明又是一阵蛤蟆叫声。彭宠急命主簿史忠、长史宗成合力搬开火炉。彭宠俯身细看,火炉下面地砖完好无缝,哪里有蛤蟆的影子?

彭宠疑惧无奈,请道人进入燕王府望气驱邪。道人持桃木剑驱鬼望气后对彭宠道:"大兵压城,谨防身边。府上邪气,可斋戒禳灾。"

彭宠得道士点拨,想到前军将军子后兰卿原在光武帝身边留做人质。彭宠起兵自立后,子后兰卿奉光武帝诏命回渔阳劝彭宠不要逆天而动。彭宠不听光武帝的规劝,便留子后兰卿任前军将军。也许打开城门与光武帝交战之日,第一个投降的便是子后兰卿。想到这一层,彭宠便派子后兰卿前往幽州城催促幽州援兵,将其驱离渔阳城。接着,彭宠按照道士指点,在府中设一静室,开始斋戒祀神禳灾。为显对神祇的虔诚,彭宠吩咐主簿史忠传令下去,在他入静室斋戒期间,任何人不得入内惊扰。

  也许是燕王府邪气太重,彭宠入静室斋戒三日之后的子夜,突然梦见自己被麾下扈从们捆了个手脚不得动弹。彭宠梦中大叫惊醒,谁知恶梦成真,他连人带床被捆了个人床一体,四肢丝毫动弹不得……

第四十章
驻跸元氏拗心阴贵人　重食麦粥巧遇谭琵琶

彭宠所请为燕王府望气驱邪的道士，其道行非寻常道士可比。他叮嘱彭宠"大兵压城，谨防身边"更是仙家谶语。可惜彭宠的慧根太浅，将身边"谨防"之人，错疑到忠心耿耿的子后兰卿身上。把他结结实实困在床上的人，是他最信任的三个心腹：主簿史忠、长史宗成、管家子密。三个心腹之人摇身一变，一起变成心腹之患。首倡者是长史宗成，决策者是主簿史忠，力行者是管家子密。三人从密谋到实施的过程极简单，彭宠自渔阳城被围后六神无主，事事听命于燕王妃决断。宗成断定彭宠难以久长，主簿史忠、管家子密知道彭宠私库中至少三万两黄金的不义之财，史忠痛恨燕王妃平时吝啬虐下。于是三人一拍即合，先联手擒拿叛臣彭宠，后平分彭宠的三万不义之财。

三人计谋方定，恰遇彭宠独处静室斋戒之良机。于是，主簿史忠设计将燕王府男仆、女仆分别禁锢他处，轻易缚住燕王夫妇。子密对平时颐指气使的燕王妃左右面颊各批几个"五指饼"，燕王妃便乖巧交出私库几道铁锁的钥匙。

诸事搞定，只欠脱身。拿到燕王私库钥匙后，史忠为彭宠解开一只手，逼他写下出城的手令。当下由年届不惑外表孱弱的子密亲自动手，先一刀砍下彭宠的脑袋，再一刀砍下燕王妃的脑袋。主簿史忠、长史宗成携带分得的珍宝隐居他乡，管家子密藏好自己应得的财宝，将彭宠夫妻的脑袋进献给光武帝，被光武帝封为不义侯。

彭宠夫妻在渔阳城燕王府死于非命，彭蒙、彭纯、彭勇竟然被其部下如法炮制，都在其毫无防备之时装进囚车献给光武帝。北征幽州几乎兵不血刃取得完胜，这让光武帝龙心大悦好几天。重赏耿弇、祭遵以及随驾大臣之际，命光禄卿邓晨持节迎接上谷太守耿况到渔阳城面君。光武帝面见年逾五旬一身凛然正气的耿况，再次龙心大悦，面赐耿况洛阳甲第、特进奉朝请；诏封其二子耿舒为牟平侯偏将军。史书载，建武十二年，耿况年老疾病缠身，光武帝数次幸临耿府俯身问疾。其时耿弇、耿舒、耿国等兄弟六人皆身有侯爵，奉旨侍奉耿况病榻前。耿况辞世，谥烈侯，其少子耿霸袭爵。耿况、彭宠人生仕途相类荣辱大异，异在欲望正邪一念之间也。

光武大帝
铁·马·秋·风

建武三年冬十月，王师北行至常山郡元氏县，光武帝将阴贵人秘密安顿下来等待生产。幽州平定，光武帝命骠骑大将军杜茂为幽州牧。杜茂奉光武帝诏命，一到幽州，专事屯垦筑城，使迫近幽州欲趁乱打劫的匈奴闻风远遁。待其他新命州牧郡守奉诏赴任，时间已是建武四年（28）春二月。诸事已毕，光武帝欣然班师南行，半月后便驻跸元氏县城。俗话说一日不见如隔三秋，与阴贵人三月多的分别，使光武帝感觉如同半世之久。尤其阴贵人在元氏县城生下第二个皇子，让光武帝在渔阳城外大营中兴奋得三夜睡不着觉。

此次让有身孕阴贵人冒着北地严寒千里车马劳顿，他人粗看不近情理，在光武帝内心有三点圣虑：其一，明知郭皇后对阴贵人心存嫉妒，让其伴驾远征，可避免郭皇后故意找碴给阴贵人小鞋穿；其二，与其让阴贵人在洛阳宫对自己远征幽州牵肠挂肚，不如和她朝夕相处。阴贵人每天都是好心情，有利于腹中的小皇子发育生长；其三，长子刘彊已经是太子身份，光武帝希望阴贵人生下的小皇子先做开疆拓土的将军，后作协理皇帝的治世能臣。因了第三个圣虑，光武帝觉得让未出生的小皇子出生在远征途中，也是胎教、早教之必需。

元氏之地，春秋时属鲜虞国，后属晋国。战国时期初归中山国，终归赵国之后，便为赵公子元之封邑，因名元氏邑。西汉初年，以元氏邑置元氏县。境内山川秀丽，名山众多，尤其蟠龙湖水域辽阔，实为北地州郡罕见。元氏县城引蟠龙湖水入城壕，靠山望湖，是第一风水俱佳处。选元氏县作为小皇子降生地，还因元氏境内有飞龙山享誉北国。春陵故里有龙飞白水的佳话，此地又有青山腾龙的传说。龙脉相近的腾龙之地得龙子，是光武帝远征幽州第一爽心乐事。

在光禄勋邓晨、宗正卿傅俊的精心安排下，光武帝在清静幽雅的深宅后院和阴贵人重逢。光武帝确信近臣、太监、宫女、侍卫都已回避三丈之外，站在客间便对内轻轻击掌一下，仪态万方安闲清丽的阴丽华带着些许羞涩款款掀帘走出。

光武帝笑眯眯道："阴贵人原地转上一圈，让朕好好看看你。"

阴贵人左右扭了一下腰肢笑眯眯道："皇上是得好好看看，臣妾的变化可大呐。"

光武帝摇摇头自言自语般道："没变化，一点都没变化。其风韵仪态，还是露滴桃杏、雨润梨花。"

阴贵人慢慢靠近光武帝道："皇上净来虚的，臣妾是说，皇儿出世，我的大肚子没了呢。"

光武帝一把揽住阴贵人的腰间道："没了大肚子，显出大奶子。来呀，让朕好好抱抱阴贵人的杨柳细腰。"

阴贵人将双臂搭在光武帝颈间道："皇上位尊九五，行动都得摆谱。皇上先

第四十章 驻跸元氏拗心阴贵人 重食麦粥巧遇谭琵琶

猜猜,臣妾此时此刻最想干什么?"

光武帝平定幽州之时,刚刚三十五岁,当下坏笑道:"两个旷男怨女又饥又渴,你想干什么,朕也想干什么。"

阴贵人把光武帝按坐于椅道:"皇上圣心牵挂小皇子,先看看小皇子啊?"

光武帝兴奋道:"对极了,快将小皇子抱来一观。"

阴丽华对内轻轻击掌两下,贴身侍女春桃便将小锦被裹着小皇子抱出,光武帝抢在阴贵人之前接过小皇子,掀开遮盖的轻纱,看着白白嫩嫩胖胖嘟嘟的小皇子便傻呵呵笑着。

阴贵人对春桃、秋桂丢个眼色,待春桃、秋桂退去,笑问道:"皇上,小皇子可爱么?"

光武帝亲吻后看着小皇子高兴道:"这小子,天庭饱满,地角浑圆。目若星闪,唇似涂丹。朕含嘴里怕化了,捧手里怕飞了……"

一句话未了,光武帝对着小皇子又是一阵猛亲。小皇子被光武帝的美须给扎疼了,便哇哇哭了起来。阴贵人连忙上前抱过小皇子,坐在光武帝身边,解开绣襦,掀起内衣,将乳头塞进小皇子的嘴里,小皇子立即香甜地吸吮起来。

看着小皇子香甜地吸吮着奶水,再看看阴贵人脸上隐隐泛着幸福的红晕,光武帝心底有了要去阴贵人另一只乳头吸吮的欲望。

阴贵人此时含情脉脉地剜了光武帝一眼,俯首亲吻了一下小皇子道:"皇上,该赐名小皇子了吧。"

光武帝被眼前幸福情形陶醉着,略略思索一下道:"阴贵人和小皇子自去小阳庄居住,便母子安康,朕意赐名'刘阳'可否?"

阴贵人颔首道:"臣妾替阳阳谢过皇上赐名。"

光武帝由小刘阳可爱的小模样联想到太子刘彊襁褓时候的小模样,由眼前可心可意的阴贵人想到远在坤安宫的郭皇后。再由阴贵人胸前的丰乳想到坤安宫厨娘那对布袋大乳,心里不禁咯噔陡起一丝凉意。阴贵人亲自哺育小皇子,搁在民间是天经地义。然在难免勾心斗角的后宫,会带来长久的风风雨雨。想到此,光武帝起身来回踱了几步道:"阴贵人,别怪朕不近情理,按皇家规矩,小皇子一律由乳母哺育。从明日起,阴贵人不要亲自哺育阳儿了。"

阴贵人满心以为光武帝会赞许自己以母乳哺育阳儿,孰料从明日起便不能以母乳养育爱子。善解人意的皇上,怎会有此不近情理的圣谕?虽然心有大委屈,阴贵人还是心平气和道:"皇上出生官家,生长民间。知道在春陵村和阴家营子之类的乡下,哪个慈母不以母乳哺育儿女。我记得皇上接臣妾刚进皇宫之际说过,'往后你我单独相处,还是一如民间夫妻'。臣妾虽蒙皇上接进皇宫,内里还是一个乡间民妇。俗话说'母子天性',臣妾不求自身富贵,也不求家族荣华,只求皇上恩准臣妾以天性母乳哺育阳儿。"

阴贵人虽然竭力控制自己的情绪,说到最后也难免声音哽咽,泪水盈眶。为掩饰自己的泪水,阴贵人借亲吻刘阳之机,去婴儿锦被上偷拭泪水。光武帝在阴贵人身上心细如毫,怎会看不出阴贵人心内的委屈与痛苦。但是,出于对阴贵人身体的爱护,担心她若接二连三哺育儿女,好看的丰乳也可能变成扛在肩上纳凉的布袋大乳。此外,郭皇后没有以母乳哺育刘疆,阴贵人以母乳哺育刘阳,无疑又是招致郭皇后嫉妒的因由。现今阴贵人一对魅力无限的丰乳,在郭皇后眼里,其实已经被贬看成布袋大乳。若真成为布袋大乳,届时更会被郭皇后作为耻笑对象?令光武帝为难的是,目前阴贵人并不知道郭皇后已开始嫉妒她,光武帝也不想让阴贵人早早知道郭皇后嫉妒她的一系列原因。于是内心踌躇一会儿劝慰阴贵人道:"朕没忘一如民间夫妻这句话,今后也不会忘这句话。从朕在小阳庄的所作所为,你应该知道,朕不让你亲自哺育皇儿,其实是为你好。不但皇宫里如此,就是王公大臣高门富户都是如此。"

阴贵人眼里湿湿声音涩涩道:"皇上的好臣妾都知道,臣妾坚持亲自哺育皇儿也是为皇上好。"

光武帝知道阴贵人的善良天性所致,不会一时屈从自己,便也不好让她过于伤心。于是近前抚摸着阴贵人的肩膀安慰道:"朕收回先前的那句话,贵人先母乳阳儿一段时间再说吧。"

阴贵人不失时机抱着刘阳跪下道:"臣妾替阳儿谢谢皇上……"

北地平定之后,唯荆州南郡楚犁王秦丰、齐地贼首张步、西蜀伪帝公孙述、淮南王李宪甚嚣尘上,光武帝下诏耿弇、祭遵、马武、吴汉、耿纯等将,分别征讨张步、李宪等贼首。耿弇、祭遵等将率兵先行南征,冯异仍然以征西大将军镇守关中。光武帝只留邓禹、邓晨、傅俊及万余御林军护驾南归。此次北征彭宠几乎兵不血刃,使光武帝南归有了故地重游的闲情雅致。再加之和阴贵人第一次因哺育阳儿产生一点别扭,光武帝班师南归,天天让阴贵人和自己同乘天子玉路。

时令虽是早春二月,但北国之春非江南之春,虽有阳光普照,大地还未草长莺飞。北风透过厚衣,还能让人感觉到丝丝凉意。光武帝在顿顿行进的天子玉路温暖的车厢里,两臂揽着阴贵人,在她耳边汨汨细语,讲述着自己当年持节宣慰河北的一路惊险。

第四十章 驻跸元氏拗心阴贵人 重食麦粥巧遇谭琵琶

阴贵人自跟随光武帝两次御驾亲征,耳闻目睹光武帝运筹帷幄决胜千里,光武帝在她心目不仅仅是至高无上的皇帝,也是仰不可及的天神。光武帝一路把天恩化作浓情蜜意降于己身,也使阴贵人渐渐化解因不能亲自哺育刘阳的疙瘩。当年在阴家营子对光武帝一路的牵肠挂肚的情形,感觉如同昨日。她双手紧紧握着光武帝一只手,静静地听着光武帝的述说。心内的激动和感慨,都通过一双无以伦比的玉手传达给了光武帝。

班师大军行进至安平国地界,光武帝问阴贵人道:"一路上车马劳顿,贵人想不想看看滹沱河两岸的风光?"

阴贵人早被光武帝一行的精彩、惊险故事所陶醉,于是往光武帝怀里靠了靠道:"如果可行,我想看看无蒌亭驿站的无蒌亭。"

"因何想看看无蒌亭?"

"皇上讲过,无蒌亭驿站驿丞虽然怀疑你等的身份,但是在皇上一行慌忙离开驿站时,还为皇上一行备下上好馅饼。饥时一口,胜似饱时一斗,臣妾想当面对那个叫赵弦的老驿丞道一声感谢。"

"朕河北宣慰历经坎坷,得众人相助多矣,何以只想见见老驿丞?"

"臣妾还想在皇上食麦粥的地方,品尝一下皇上当年食过的麦粥,见见那户人家的主人。据皇上说,当时因追兵迫近,皇上的臣子并未给那户人家留下钱帛。我想在食过麦粥之后,替皇上补上当年那点遗憾。"

阴贵人的话让光武帝一阵大激动,抱住阴贵人便是一阵狂吻。

阴贵人对光武帝的举动有所不解道:"天上挂着明晃晃的太阳呢,皇上这是怎么了?"

光武帝贴着阴贵人的脸颊道:"阴贵人的话,都暖在朕心窝里。无蒌亭已经走过百余里,但阴贵人还有缘见见赵弦。那顿麦粥的美味太深刻了,等去故地食过麦粥,朕还会去南宫县给阴贵人一个惊喜……"

邓禹因光武帝要在甄子乡村野那户人家重食麦粥,便想起光武帝当年要他俩"如法执爨"那句话,早早留心那户单独的民舍。为不惊吓着户主,光武帝一行三十余人于是乔装"旧地重游"。除了阴贵人乘坐的三马牵引油画辎车显示出尊贵富足外,光武帝、邓禹以及贴身护卫,均是看不出本来面目的富豪和富豪的随从打扮。

前导的冯异认准民舍前几株可以拴马的楸树、黄槐,便独自上前仔细观察一番。除了单独民舍更显破旧,一切并无太大改变。民舍前的场院中,一个面色黧黑已显驼背的老者带着孙子孙女玩耍，一个中年妇人屋里屋外忙活家务。冯异对老者施礼道："问询老丈贵姓，您可是这家的户主？"

老丈连忙还礼道："乡人贱姓陶，那妇人是我的小女。敢问客官……"

冯异拿出一个足有两斤的金锭递到陶老丈手里道："我家员外吃腻了山珍海味，现在想用你家的存麦、锅灶，自己做一顿麦饭粥换换口。请老丈让女儿带着两个孩童暂时回避他处，这是员外给您赏金。"

陶老丈如同丢弃滚烫的火炭般将金锭还给冯异道："客官们若赏赐，给二十个钱够了，乡人万万不敢得份外之财。"

冯异蓦然沉了脸，将金锭塞进陶老丈怀里道："陶老丈，我家员外赏赐就是份内之财，拒绝赏赐就是驳了员外的面子。听人劝，吃饱饭，快让那妇人带着孩童离开方为上策。"

那中年妇人已经明白大致原委，对他爹说了一句"爹照顾好客官"，拉扯着两个孩子离去了。

待中年妇人和孩童们离去，冯异又好言对陶老丈道："陶老丈，请您也到屋后回避一时，我不唤您，切莫出来坏了我家员外的兴致。"

陶老丈对冯异和不远处的一行人有了神秘的感觉，只好唯唯诺诺惶恐不安地到屋后回避去了。

一切安排妥当，冯异对光武帝挥挥手，便将场院中的农具家什挪开，尽量恢复六年前的原样。

光武帝与已下车步行的阴贵人兴致勃勃走进场院，看着护卫们将马在楸树上拴好，携阴贵人进入堂间坐下，饶有兴趣地看着邓禹和冯异亲自"如法执爨"。只见他俩寻出主人家里半袋小麦，特地用清水淘洗干净后倾入锅中，兑足了清水，放了盐巴，二人灶上灶下一阵殷勤忙活，开始煮麦粥。

麦粥尚未煮好，光武帝携阴贵人凑前去嗅寻记忆中麦粥的清香。光武帝贴近锅盖嗅寻一会儿，哪里还有扑鼻的麦粥清香，于是低声问阴贵人道："莫非朕的鼻子不灵了？阴贵人嗅到麦粥的清香否？"

阴贵人也近前嗅寻一会儿笑道："官家没嗅到，我可是觉得清香扑鼻呢。"

正在这时，灶下烧火的邓禹凑近道："禀官家，麦粥可以食用了。"

光武帝道："速速盛上几碗，我们一起享用久违的美味吧。"

邓禹闻言，将反复清洗过的碗筷连盆搬来，先给光武帝、阴贵人各奉一碗。后又给自己和冯异及几个贴身护卫各盛一碗，一起凑趣食用起来。

光武帝追忆着当年食用麦粥的情景，有些迫不及待端碗猛吃几口。不料狠

第四十章 驻跸元氏拗心阴贵人 重食麦粥巧遇谭琵琶

劲咽下三口,寡淡无味却略带涩味的麦粒再也咽不下肚去。于是光武帝怀疑地问邓禹道:"你二人是按照当年的做法炊熟的么?"

邓禹道:"官家明鉴,除了缺少一个搜集柴火的耿弇,一切都是如法炮制,不敢稍有差池。"

光武帝扭头看见阴贵人还在那里津津有味地吃麦粥,便劝阻道:"贵人放了碗罢。朕明白了,时光不能倒流,没有饥肠辘辘,难寻当年麦粥的美味矣。"

阴贵人却感慨道:"当年没陪官家食麦粥,时常引以为遗憾。今日食之,其意味远过于麦粥的滋味。"

阴贵人继续津津有味食用麦粥,冯异、邓禹等人也只得陪着食用着难以下咽的麦粥。光武帝苦笑一下放了碗筷,在堂间、里屋仔细打量起来。里间破旧柜橱上一个古旧琵琶引起他好奇,拿起一看,琵琶底部背后有一个阴刻的"谭"字。光武帝从一个刻有"谭"字的琵琶,自然联想到早年苦苦寻找过的"谭琵琶",立即对冯异道:"速速唤那老丈过来问话。"

冯异哪敢怠慢,立即唤来回避在屋后的陶老丈。

光武帝一见陶老丈便直言问道:"老丈,这个琵琶可是一个人称'谭琵琶'者所用?"

陶老丈脸上的皱纹都诧异成弯弯的问号道:"此琵琶正是小婿谭福所用,员外……如何得知?"

光武帝又道:"谭福可是南阳郡人,当下四十四五年纪?"

陶老丈更诧异道:"员外是贵人,怎地知道小婿根底?"

光武帝急问:"谭琵琶现在何处?"

陶老丈脸上的诧异变成悲切,眼里掉下一串浊泪道:"家道不幸,小婿已入狱两年了……"

"一个乡村卖艺者,因何触犯王法?"

"事关当今皇上,不敢说,不敢说啊……"

陶老丈哽咽着说不下去,蹲在地上哭了起来。

第四十一章
阴贵人片语救赵弦　光武帝劳军征秦丰

经过陶老丈一番哭诉,众人大致知道了事情的原委。

当年陶老丈一家远远看见光武帝一行三十余骑带刀执械,朝自家匆匆行来。一家子以为是败退的乱兵,吓得匆匆逃避。待等到"乱兵"走后回家一看,家里的粮食被吃了个干干净净。锅碗瓢盆散乱一地,满院都是臭烘烘的马粪人尿。当时谭琵琶才入赘陶家为婿,大骂一阵败兵游勇之后,拿出积蓄购买一些活命粮。因为谭琵琶在南宫、下博一带的城乡小有名气,陶老丈的日子很快有了小康气象。

三年之后的某天,南宫县新任赵县令带着随从突然光顾甑子乡陶家,拿起谭福的琵琶看了一看,当下赏赐谭琵琶五百钱,要谭琵琶编一个《南宫好麦粥》的曲词在安平国各县演唱。依赵县令的意思,曲词的内容是当今皇上当年被王朗追击路过南宫县人饥马乏时,得甑子乡一百姓倾家供食麦粥后,当今皇上一行精神抖擞,打败追兵转危为安。

谭琵琶后来隐隐听得人说大前年把自己家抢掠糟蹋的一行人是当今皇上刘秀时,心里很是不信。当赵县令说出要他编唱《南宫好麦粥》的要求,便将五百钱还给赵县令道:"小民仅仅认得谭福二字,不会编写曲词。"

南宫县新任县令就是赵弦,建武二年,皇帝诏令还是无蒌亭驿丞的赵弦赴南宫县任县令。从安平国国相口中得知,皇上念起赵弦当年临行之际赠送几十个上好馅饼,故而有此一步登天的鸿运。赵弦到了南宫县很是勤政,在数次下乡亲民时,知道了光武帝在南宫县甑子乡食麦粥的传闻。赵弦也是在乡民的庭院中,聆听过几次谭福的演唱。以赵县令的初衷,《南宫好麦粥》既是颂扬皇上未称帝时已经深得人心,也有为南宫县讨好的意思。他见谭琵琶一口拒绝,忍下心中的恼怒道:"你谭琵琶不会写好办,过天我让人给你送曲词。"

刚过两天,赵县令果然派桂县丞亲自送来《南宫好麦粥》曲词,并要求谭琵琶当面记住当面演唱。《南宫好麦粥》曲词记述的与谭琵琶家的遭遇有天壤之别,谭琵琶当然不愿从命。因为桂县丞一再逼迫,谭琵琶激愤说道:"我只知皇上一行当年把那家人祸害得家徒四壁,屋里屋外糟蹋得臭气冲天,哪里有百姓倾家供食麦粥。官家想讨好皇上可另请高明,我谭福不会做黑白颠倒的逢迎吹捧!"

第四十一章　阴贵人片语救赵弦　光武帝劳军征秦丰

由于陶家是独立民居，谭家也没将乱兵糟害自家的事情到处张扬，赵县令和桂县丞都不知道光武帝是在陶家食用麦粥。那桂县丞对谭琵琶不识抬举很是生气，加之谭琵琶公然诋毁皇上声名，当即命跟随的两个衙役将他带回县衙。

赵弦闻报谭琵琶污蔑皇上当年在南宫县祸害百姓，当然头顶冒火，堂前稍稍审讯，见谭琵琶果然胆大包天诋毁皇上，便以"大不敬"的罪名把谭琵琶关进大牢。以赵弦的本意，是想逼谭琵琶就范。谁知谭琵琶其貌不扬，倒生出一身硬骨头，扬言见了当今皇上，他也敢据实禀告。赵弦得光武帝恩赐南宫县县令，当然忠于厥职勤恳王命，把个南宫县治理得几乎夜不闭户路不拾遗。赵弦废寝忘食般勤恳两年下来，倒把事关皇上的大不敬罪犯忘在了脑后。

光武帝得知谭琵琶入狱的前因后果心里一阵轻松，他对一旁泪水不干的陶老丈道："老丈且放宽心，我等正要去南宫县公干。待我见了赵弦，命他亲自送贵婿回家。"

陶老丈半信半疑道："员外的话赵县令能听么？"

不善人前插话的阴贵人红着眼圈插话道："老丈尽管放心，我家员外的话，安平国国相和赵县令句句都听。"

陶老丈扑通跪在地上叩首道："贵人、贵人，你们都是贵人啊，我替小婿给贵人们磕头了……"

光武帝一行进了南宫县县城，径直闯进县衙大堂。冯异、邓禹等一干护卫不客气驱走当值衙役，分别请光武帝、阴贵人堂上就坐。还没派人传唤赵弦，赵弦便疾步赶来。和光武帝一照面，赵弦稍稍愣了一下，便匍匐堂前以额触地道："赵弦不知皇上驾到，有失远迎，皇上恕罪、恕罪。"

光武帝微笑道："朕进到南宫县境，耳闻百业兴旺，眼见黎庶安居，可见赵县令勤政爱民，没有辜负朕的重托。"

赵弦又在地上叩头几下道："赵弦虽能做到殚精竭虑，但因才能局限，恐多有负圣恩处，请皇上耳提面命予以惩戒。"

光武帝颔首道："赵县令不愧是驿丞出身，几句奏对颇显周全得体。朕今日微服造访南宫县，意在告诉尔知道，朕当年在甑子乡食麦粥，就是在陶老丈家。朕还要告诉尔，陶老丈的赘婿谭福，是朕的故人，朕在巡行河北之初，得到过谭福的暗中相助。朕当年苦苦寻他不得，没想到他竟然落户南宫县，做了陶老丈的赘婿。"

皇上一席不动声色的语音，让赵弦听着字字都是惊雷。他醒过神后，把头在地砖上碰得嘭嘭有声道："皇上恕罪，皇上稍等，赵弦这就请谭福去。"

光武帝仍然不动声色道："赵县令带路，朕亲自去监狱见谭福。"

赵县令哭丧着脸谏阻道:"监狱那龌龊之地,实在不是皇上可去地方,恳求皇上稍等片刻,微臣立即请谭福来此觐见陛下。"

阴贵人见赵弦额头青紫见血,悄悄牵拉光武帝一下。

光武帝看见阴贵人两泓秋水已经晶莹闪亮,便缓和口气道:"赵县令切莫惊慌,朕让冯爱卿随你速速请来谭福。"

"微臣遵旨!"

冯异朗声应诺,拉起赵弦便出了县衙。

阴贵人待冯异随赵弦离去,小声与光武帝道:"皇上说过,食过麦粥后到南宫县给臣妾一个惊喜,原来是赵弦已被皇上封为南宫县县令。真是天道酬善,丝毫不爽。臣妾为赵县令感到欣慰,也为谭福苦尽甘来而感慨、高兴。"

光武帝道:"古人云,得道多助,失道寡助。朕自匡扶汉室初定基业以来,时常挂念朕艰难岁月暗中施以援手之人。可惜朕忙于南征北战和国事,未能逐一对他们略略回报。此次南宫县巧遇谭琵琶,了却朕内心未能封赏谭福的遗憾。"

阴贵人道:"皇上有此圣念,臣妾为谭福感到欣慰。"

光武帝颔首道:"楚王身边有优人,汉武帝有东方朔,朕也想让谭福进宫。不过,朕不是要谭福给朕唱曲解闷,朕要他按自己的意愿,时常唱唱朕食麦粥时,仓皇之际带给他家的糟害。"

阴贵人看着光武帝媚笑一下道:"皇上存此圣念,臣妾为天下人感到欣慰……"

阴贵人话音未落,赵弦脸色煞白去了头上进贤冠,疾行几步匍匐在地。他那有些弱不胜衣的身子,一直微微颤抖着。

冯异面色沉重近前奏道:"启奏皇上,微臣与赵县令去至县牢见到病体沉重奄奄一息的谭福,谭福一听皇上驾临南宫县召见他,激动地无声干笑几声,把头一歪便瞑目而逝了。"

光武帝不相信自己的耳朵道:"谭福年届壮年,怎会因病突然瞑目而逝了……"

赵弦在地上跪直身子哭着道:"赵弦罪该万死,求皇上立斩罪臣祭奠谭福。"

谭福之死,光武帝心里如同被人塞进一块冰坨子,他身心一阵颤抖之后,蓦然上前狠踢了赵弦一脚怒道:"朕赐你万死不解心头之恨,亦难消弭朕与阴贵人心头大憾。朕要你披麻戴孝厚葬谭福,谭福丧事一毕,你囚禁谭福那间牢房,就是你余生住所。"

赵弦连连叩头道:"赵弦叩谢皇上不斩之恩。"

光武帝扭头不看赵弦,低声对冯异道:"冯爱卿,你留下督赵弦收殓安葬谭福事宜。"

第四十一章 阴贵人片语救赵弦 光武帝劳军征秦丰

冯异说声"微臣遵旨",立即拉起赵弦出了大堂。

阴贵人见冯异和赵弦离去,悄声对光武帝道:"请皇上暂留南宫县一天,让臣妾了却两件心愿。"

光武帝道:"哪两件心愿?"

阴贵人道:"臣妾已经对皇上说过,饥时一口,胜似饱时一斗,虽然赵县令因维护皇上尊严沦为罪臣,臣妾还想要对赵弦当面道一声感谢。此外,谭福触犯皇上尊严事出有因,赵县令将其下狱也是事出有因。此次在他家食过麦粥后,因急着要救他出狱,臣妾忘了给他家留下钱帛,替皇上补上当年那份遗憾。此两件心愿原已得到皇上恩准,求皇上再次恩准。"

光武帝从阴贵人眼里隐隐闪烁的泪花中,已经知道她在委婉地替赵弦求情的同时,也是请求厚赐谭福的一家,便缓颜道:"朕明白贵人的意思,待赵弦在关押谭福的牢房思过半年,朕便下诏让他官复原职。至于贵人另一个心愿,朕会让谭福一家世代衣食不愁。"

"皇上……"

阴贵人轻唤一声,激动地泪水顺颊而下。

且说建武四年冬,建义大将军朱祐和征南大将军岑彭经过数月征战,终于越过邓县的湍河,将秦丰逐出邓县县境。但在邓县与襄阳县交界地,隔着一条没有名气的小镜河,又与秦丰的犁丘军陷入胶着。岑彭原该奉诏前往西蜀参与征讨公孙述,以战事需要为由,仍然留在邓县协助朱祐征讨秦丰。朱祐、岑彭在小镜河一带发动几次大的征讨,虽多次小胜秦丰,但未进入犁丘国境内一步。

光武帝回到洛阳,安顿下阴贵人母子,略去郭皇后坤安宫应付一下,便带着邓禹、傅俊到了朱祐大营。光武帝见了朱祐、岑彭及其麾下将领,多是嘉勉慰劳之语。岑彭得光武帝圣谕稍作停顿便跪下奏道:"末将违命没去西蜀,是想亲手缚住贼首秦丰以报皇命。谁想与之征战日久,仍然让其坐大荆襄。末将劳师无功且又犯下违命大罪,求皇上从严惩处。"

光武帝搀扶起岑彭道:"水无常形,将无常胜。秦贼略知治国安邦,且善于笼络民心,非王朗、刘林、彭宠之辈可比。朕亲临荆襄南郡,非是替代尔等御驾亲征,而是慰劳与秦贼苦苦征战的将士,尔且平身站下,朕自有区处。"

岑彭叩首数下,含泪站立一旁。

光武帝以柔和目光巡视中军大帐十多个很显疲惫的将领片刻,慢启金口道:"建义大将军、征南大将军奉命南征秦贼,虽未毕其功于一役,然全军将士忠于王命,不避刀矢小胜秦贼之功历历在目。古人曰,小功不赏则大功不立,小怨不赦则大怨必生。故而,朕赏朱、岑二将军金甲一副、御酒三瓶;赏主簿、偏将军以下绢十匹、御酒一瓶;赏长史以下、千夫长以上绢五匹、御酒一瓶。"

众将领待光武帝玉音一落,齐齐匍匐在地山呼"吾皇万岁万岁万万岁"。

史书明载,光武帝此次劳军赏赐将士达一百余人。

秦丰探听到光武帝亲临朱祐军营,连夜退兵固守犁丘城。朱祐、岑彭及其麾下将士得光武帝劳军赏赐的激励,半月内连下宜城、中庐、夷陵等地,将秦丰牢牢围困在犁丘城。光武帝见秦丰大势已去,便命岑彭与新命积弩将军傅俊前往蜀地征讨田戎,又命人给秦丰送去一封劝降书。诸事安顿一毕,光武帝留朱祐招抚秦丰,招抚不成则强力攻取。看看又是秋季,光武帝命人前往洛阳接取阴贵人前来襄阳。襄阳、蔡阳仅隔二百余里,襄阳苏岭山苍翠山色、汉江水如蓝波光,又勾起光武帝对故乡狮子山滚水河的浓浓乡情,他要带着阴贵人和刘阳,再回梦魂牵萦的春陵村。

第四十二章
省故里阴贵人吞泪　幸中宫郭皇后撒泼

　　光武帝出生于济阳,童年时期主要生活在汝南郡南顿县县城。济阳、南顿是其父刘钦宦游之所,南阳郡蔡阳县春陵村才是光武帝祖祖辈辈居住的故乡。刘钦过早辞世,九岁的刘秀回到春陵村,遵父命过继给叔父刘良为子。春陵是一方山明水秀阡陌纵横的福地。秀山丽水淳朴民风,无不陶冶着天性仁厚的少年刘秀。刘秀生性勤于稼穑,十一岁时,便主动牵着家里的两头牛到滚河边放牧。春陵村一带除了少数类似狮子山的山丘,大多以平地为主。滚水河清澈见底,缓慢地流过春陵。滚河紧靠春陵村的一边,是宽约数丈的沙滩;沙滩外延三五丈,是绿草如茵草地。上下几十里,自然天成放牧佳地。童年的刘秀和小伙伴们到滚河边把牛往草滩上一放,可以尽情去河中玩耍嬉戏。河水中玩累、玩腻了,便躺在干净松软的沙滩上,与小伙伴一起指点蓝天上变幻不定的苍狗白云……

　　芸芸众生具有的绵绵乡情,其实是对逝去的岁月的一种有形追忆。血缘亲情,金色童年,只有附丽故乡的山山水水,才能够触景生情,稍稍慰藉时光不可倒流的遗憾。建武二年(26)十月,光武帝自起兵后第一次回到春陵村。光武帝回乡,非西楚霸王项羽的衣锦还乡。项羽还乡追求的是衣锦不夜行之荣耀。光武帝还乡,是追寻逝去的岁月,重温久违乡土亲情。史书记载:"冬十月,幸春陵,祠宗庙,因置酒旧宅,大会故人父老"。光武帝自登基以后,颁发了许多有关国计民生和孤独鳏寡的诏书,其根源不可排除乡土情结的催生。

　　建武五年(29)初夏,光武帝携阴贵人及二皇子刘阳回到春陵村。与建武二年首次回乡所不同的是,这次回乡多了心爱的二皇子。"宗室聚餐在一堂,山珍海味敬尊长。白米黄粟新麦粥,红烧清炖满屋香。迅归故室入座席,其乐融融心欢畅。摘帽宽衣抛一旁,揎袖击掌笑语扬。"此一段诗句是笔者意译楚国著名诗人宋玉叙事诗《招魂》中的句子,极像是对光武帝回乡和父老乡情欢聚一堂的情景描摹。

　　回到春陵村的第三天,光武帝便送阴贵人母子回到阴家营子娘家。细心地光武帝为了让阴贵人专心致志和亲朋欢聚十天,叮嘱同是新野人的右将军邓禹负责阴贵人安危扈从后,便起驾回到春陵村,继续自己"摘帽宽衣抛一旁,揎袖击

掌笑语扬"的无限欢愉。

据《元和姓纂》的记载,阴姓是周文王的第三子管叔鲜的后代。一代名相管仲是管叔鲜的血脉。管仲第七代孙管修,在楚国当了阴大夫的属官,因此,管修的后代便以官为姓而姓阴。阴贵人的父亲阴陆,母亲邓氏。阴陆在汉平帝时为颍川郡郡丞,自王莽自封居摄皇帝便失势回乡,阴贵人七岁时阴陆病故。阴贵人贤淑端庄宽容平和的性格,自然和她家道中落和母亲邓氏的教育不可分割。

右将军邓禹的故乡在新野县歪锅子乡龟鲨村,龟鲨村离阴家营子不足百里。阴贵人知道邓禹自跟随光武帝打天下,还没回过故里。待光武帝离开阴家营子,阴贵人坚持要邓禹暂且回龟鲨村六天。邓禹难却阴贵人好意,暗中布置好对阴贵人的扈卫,便回歪锅子乡去了。

阴母邓氏年四十八岁,因心态纯平,家道坎坷并未在她丰腴的颜面留下太多沧桑痕迹。对于皇女婿和女儿省亲带来的荣耀,也严严实实深藏在心里。倒是美若仙童的皇外孙刘阳,让邓氏乐不可支爱不释手。自个在阴贵人床边打个便铺陪睡,每夜睡到梦里笑醒好几次。

阴贵人的性格脾气和母亲如出一辙,三天宴请亲朋之后,便不再走出阴家大院一步,天天和母亲邓氏、弟弟阴䜣叽叽咕咕说不完别后相思。阴䜣二十五六岁,壮士身材,美男相貌,也想跟着皇姐夫讨平天下。因为母亲要他照看田地房产,才没离开了新野县一步。

亲情如蜜的三天又过去了,阴贵人明显感觉到母亲心里淤积着一团浓浓的阴云。阴贵人已经猜到母亲心里伤疤已经被母女情欢愉触动了,但是她不敢贸然去抚慰母亲的伤痛。天下事有可为,也有诸多不可为。抚慰母亲心里的伤痛,就属于阴贵人不可为的范畴。

邓氏心里的伤疼,缘于建武三年光武帝御驾亲征伐反叛的破虏将军邓奉。邓奉是光武帝姐夫邓晨的侄儿,也是邓氏的侄儿。若把关系再捋顺一下,邓奉管邓晨叫叔父,管邓氏叫姑母,邓晨、邓氏是一个爷的堂兄妹。光武帝被排挤做宣慰河北之初,为了躲避地方官吏乘机迫害,阴丽华一家曾到邓奉家寄居半年之久。因了这层关系,邓氏早把邓奉视为亲侄儿。

这晚,邓氏待襁褓中的刘阳熟睡,盼咐阴贵人贴身侍女春桃、秋桂小心看护,把阴贵人喊到间壁房间里。阴贵人感觉母亲要对自己倾诉她心里的伤痛,可母亲坐下后又默默地坐着一言不发。

阴贵人紧紧靠着母亲坐下,小声道:"再过两天,女儿又得去洛阳了。母亲想女儿了,让你皇女婿接你和弟弟去京城住上几个月可好?"

第四十二章　省故里阴贵人吞泪　幸中宫郭皇后撒泼

邓氏似未听见阴贵人的话，又沉默一会儿才自言自语般道："说他无情无义，却对你如胶如漆。说他仁厚英明，有时也是非不分。奉皇命征讨四方的王师，当是纪律严明秋毫无犯，可那个吴汉却纵兵抢掠百姓。吴汉是皇上的重臣爱将啊，应该知道我们新野邓家、阴家是皇上的至亲，他的将士咋就敢连同朝为官的邓将军的家族也抢掠了呢？我们邓家只知道躲王莽、躲强盗，不知道躲皇上的汉军。有钱人家的钱财都被抢劫一空，有点姿色的女人都糟蹋了。想不通啊，邓奉冲冠一怒为百姓，结果皇上不惩罚糟害百姓的吴汉，倒把已经投降朝廷的邓奉给明正典刑了……"

阴贵人解释道："母亲，皇上起初是要对表弟法外施恩，那几个和表弟打了一年仗的将军们一再坚持，表弟才被……"

邓氏似乎没听见阴贵人的解释，还是以自言自语般道："奇怪啊，皇上明明知道邓奉是他姐夫的侄儿、又和他心爱的女人是至亲，咋就不听听自家人的意见呢？别人不为邓奉说话犹可，可他家有恩于我家，怎么没见谁在皇上面前说说邓奉的好话呢？"

母亲心中的疑问，亦是阴贵人心中的疑问。当年邓奉在南阳郡投降后被明正典刑之前，自己根本不在皇上身边。可听母亲的话语，似乎是在说自己忘恩负义，没有劝皇上赦免邓奉死罪。阴贵人本来不善言辩，面对母亲的误解竟一时想不出为自己辩解的话语。

阴贵人的沉默，被邓氏看成是女儿的理屈，自言自语变成唏嘘哽咽道："不是母亲想让你为邓家争点什么，是母亲无颜再回邓家去了。你表嫂问我，邓奉随驾东讨西杀，效忠皇帝立下大功才封为破虏将军。皇上那个河北的本家刘林，派兵追得皇上走投无路，还拿刀砍伤皇上的脚背。有功的杀了，作恶的带回京城供起来了。你总记得表嫂英英吧，她管娘也叫娘，对人说话脸上总带笑。可自从做了邓奉的未亡人，就再也没见过她笑了。我不敢回娘家，就是怕英英问我皇上为啥不留邓奉一条命？为什么……你是皇上的贵人，教教娘该怎样回答你表嫂吧……"

母亲提到邓奉被杀，刘林被带回京城"供着"的问题，阴贵人确实没想过。母亲提出来了，阴贵人也觉得皇上的做法有些悖理。可皇上为了匡扶汉室出生入死南征北战，为了天下苍生呕心沥血，怎可能苛求皇上事事公平人人满意？

邓氏的哽咽变成了哭泣，阴贵人也只能陪着母亲哭泣着。

间壁的刘阳似乎在梦中哭叫了一声，邓氏止了哭道："娘不是糊涂人，皇上是天下人的皇上，也不是哪一家的皇上。娘把心里的憋屈给女儿倒一倒，指望每顿多吃半碗饭。我看看阳儿去，娘说的话别往心里搁啊。"

邓氏说完就看刘阳去了，表嫂英英向母亲哭诉追问的情景，阴贵人再也从脑海挥之不去，此后几乎彻夜不眠。人睡不着觉的时候，总会想很多平日无暇想及的问题。阴贵人那夜想得最多的是在邓奉家避难半年，表嫂英英没有半点怨言。不仅和自己一样喊母亲为"娘"，人前人后把个"华妹子"也喊得如调和了蜂蜜。英英只比自己大三岁，也是个乡间不多见的美人胎子。一副好看的颜容，长脸白嫩细腻，很讨男人们喜欢女人们嫉妒。英英特和自己合得来，二人夜里睡觉枕在一个枕头上，说些女人家的体己话。英英说的话自己说不出口，可自己喜欢听英英说那些自己说不出口的话。英英说，男人和女人，是彼此的父母。那时的阴丽华暗中打了英英一下，表示反对英英的说法。英英轻轻还了阴丽华一下接着说，你看啊，天下的男人都是女人生的，女人是男人的母亲。可离开了男人，女人自己生不出女人，所以，男人是女人的父亲。看看天底下吧，做了夫妻的一对男女，有时要好，有时争吵。要好的时候是小儿女态，争吵的时候，就是都想当爹当娘去教训对方。英英瞌睡来了不说话了，自己回想着她说的话，黑暗中咬着被角偷偷地笑。

翌日半晌之际，阴贵人和母亲正与乳娘、春桃、秋桂一起在中院逗刘阳玩儿，耳边隐隐传来一阵闹嚷声。正疑间，阴䜣进来悄悄和邓氏耳语一句，邓氏脸色一变。低声嘱咐阴贵人把门关紧了，别过问外面的鸡鸣狗叫。邓氏说完，便和阴䜣急急走了出去。母亲和弟弟的神色让阴贵人心下起疑，便留心外面的闹嚷声，隐隐觉得外面的闹嚷声中夹杂着表嫂英英的声音。阴贵人给乳娘、春桃、秋桂吩咐一声，便也来到大门处，果然是英英和几个护卫吵闹。

英英已不是阴贵人记忆中的英英，只见她脸色蜡黄，披头散发，挥舞两臂，跺脚挣扎着对几个护卫及母亲弟弟大呼小叫道："苍天有眼啊，人心有秤啊！文叔打天下，我们邓家是功臣啊。杀邓奉是杀我儿子的爹，也是杀我的爹啊。杀父之仇，不共戴天哩！皇帝也有草鞋亲哩，华妹子回娘家就不去表嫂家串门哩！华妹子，你饱汉子不知饿汉子饥哩，替我给皇上求求情，把我爹邓奉放了哩……"

一个护卫见英英说出的话越来越出格，便上前用右手去捂英英的嘴巴。英英趁势咬住他的手，护卫负疼不过，便出左手在英英肋间点了一下，英英便瘫软在地。阴贵人惊叫一声"表嫂"，便要将英英往里院抱，邓氏忙近前制止道："贵人，使不得。她疯得不轻，别惊吓着小皇子。"

正在这时，邓禹带着一干随从走来，惊诧喝问那个手指被咬的护卫道："尔等失职，如何容疯女人上门吵闹？"

阴贵人半扶着英英道："邓将军来得正好，快将我表嫂扶到我的辎车上去，我

第四十二章　省故里阴贵人吞泪　幸中宫郭皇后撒泼

要带她去洛阳治病。"

邓氏不等邓禹表态忙拦住道："邓将军，这个疯女人不能去洛阳，请你派军士送回她家吧。"

邓禹很快明白眼前的疯女人就是邓奉的遗孀，便恭敬地对邓氏道："老夫人放心，末将亲自送她平安到回家。"

阴贵人祈求邓氏道："母亲，表嫂她有病，我要带她去京城。"

邓氏断然回绝道："京城能是疯女人去的地方么？"

阴丽华回阴家营子阴家大院的第十一天，光武帝如约前来携阴贵人回宫。为节约国帑，光武帝自襄阳还乡春陵，乘坐寻常天子戎车，也没带仪仗卤簿。自春陵还京，还是邓禹等三五百羽林护卫轻车简从。春陵北距洛阳千余里，依往例，途中光武帝往往与阴贵人同乘，一路或指点途中景致，或给阴贵人述说沿途风土人情和历史典故。阴贵人通常斜靠光武帝胸前，享受着浓情天恩。于那特别激动处，生性矜持感情内敛的阴贵人，也会突然给光武帝一个激吻。

出新野县境行了两天，看看前面就是小长安聚。起兵之初，春陵兵以及春陵村父老在小长安聚死伤无算，光武帝心下不愿触景生悲，也为寻找话题，便与阴贵人商议道："白河水路至南阳城，俱可乘舟北上，朕觉得贵人一路行来寡然无趣，朕意改走水路，领略领略白河风光可好？"

若有所思的阴贵人一惊道："皇上说好，臣妾从命。"

光武帝对阴贵人在回京路上情绪淡淡心事重重的样子很是不满，便有些发作般道："朕与贵人商议，何曾要贵人从命？"

阴贵人见光武帝有责怪之意，便惴惴不安道："臣妾言语冒犯，请皇上责罚臣妾。"

光武帝心里堵了一会儿道："贵人心里憋着的委屈，莫不与朕有关。"

阴贵人心里一急，眼里有了晶莹泪水道："臣妾蒙皇上极度宠爱，只有感激哪有恚怨？"

光武帝呼出一口粗气道："孰料阴贵人也以假面对朕，如此看来，朕真乃孤家寡人也。"

阴贵人自看见表嫂英英那般疯模样，内心愧疚自责得不知所以。性情善良者心中的愧疚自责，在不能给对方以慰藉帮助时，往往会加重心里的自责。这种一时无法排遣的心境，需要很长的时间才能淡化消弭。阴贵人不想把这种无法弥补的"自责"传染给光武帝，只能把这种愧疚自责和泪吞回肚里，于是斟词酌句道："臣妾在回京途中精神不振，实是惦记后面的阳儿所致，请皇上恕罪。"

光武帝见阴贵人还以假话敷衍自己，当下走出后厢跌了一下脚道："停下停下，范忠送阴贵人看看二皇子去。"

光武帝入都洛阳后，虽有皇后、贵人、美人、宫人、采女五六人，但在光武帝心里占有一席位置仅仅只有郭皇后、阴贵人、许美人而已。

自荆州南阳郡回到洛阳宫的当晚，光武帝径直歇驾坤安宫。

坤安宫一如往日静谧温馨。户外高大浓郁的金楠、秋桐、香樟，营造了夏夜凉爽。花圃水亭间的茉莉、玫瑰、荷花，暗布着淡雅芳香。在寝宫内柔和的宫灯下，郭皇后看着贴身宫女分别往几个精美瓷瓶里插着茉莉、玫瑰、荷花。

自进入夏季以后，坤安宫就不再用香炉在寝宫内熏香了。郭皇后并没奢望光武帝每晚幸临坤安宫，但今晚灯花报喜，户外传来当值宫女"皇上驾到"的传禀声。

郭皇后对于突然驾临坤安宫的光武帝喜不自胜，待宫女退去后，便拿出浑身解数和光武帝缠绵一番。光武帝因心情不爽，也只略略向郭皇后说了此次南郡、春陵之行的大概，匆匆和郭皇后重复一遍例行公事，便呼呼睡去。大约子夜时分，光武帝朦胧中见范忠张皇失措向自己奏禀，说阴贵人一时想不开，已在坤宁宫自缢身亡。光武帝闻报肝胆俱裂，连连大呼："摆驾坤宁宫，摆驾坤宁宫！华妹子，华妹子——"

郭皇后被光武帝的大叫惊醒，便推推武帝道："皇上，皇上做恶梦了，快醒醒啊。"

光武帝醒后犹在梦境一般怔怔问道："华妹子，朕的华妹子呢……"

郭皇后心里也是一怔，少顷便伏枕嘤嘤哭泣。

光武帝从郭皇后的哭声中，终于明白自己做了一个恶梦，并且梦中多次呼喊"华妹子"。对于郭皇后的嘤嘤哭泣，光武帝带着歉意劝道："朕因车马劳顿而做了个有关阴贵人恶梦，皇后不可认真，还是继续安寝为好。"

郭皇后没理会光武帝，还是继续哭泣。

知心莫过夫妻，敏感也莫过夫妻，光武帝从郭皇后嘤嘤哭泣中知道，郭皇后先前的哭泣是委屈，后来的哭泣是抗议。因光武帝此次还京路途被阴贵人的抑郁情绪弄得心情不畅，便无心择言道："朕在坤宁宫，也在梦中叫过'郭皇后'，但阴贵人从不计较。现在正是子夜时分，皇后也撂开睡觉吧。"

郭皇后呼地一下坐起大声道："撂不开，撂不开！我凭什么要撂开？我凭什么能和阴贵人比啊？阴贵人和皇上是从小好上的，梦里还哥哥妹妹肉麻呢。去

第四十二章　省故里阴贵人吞泪　幸中宫郭皇后撒泼

年阴贵人肚子里血团团还没长成形状呢，便张张扬扬到京城外小阳庄保胎养胎。皇上御驾亲征往返几千里，还要带着大肚子一路随行。皇上至高无上君临天下，尽可我行我素，根本犯不着不着兴师动众劳民伤财的找个借口讨好阴贵人。皇上此次明里是去荆州南郡劳军，实则是陪阴贵人回娘家。天恩浩荡，调蜜浓情。古往今来，唯此一人。凭什么，凭什么啊，就凭阴贵人胸前那对大布袋啊？许美人、戚美人胸前的布袋和阴贵人比，也小不到哪里去，咋没见皇上日里梦里惦记别个呢……"

郭皇后越说越离谱，而且一再把阴贵人魅力无限的丰乳，比作毫无美感的大布袋，这让光武帝也猛地坐起大声道："皇后住口吧，同是尊贵身份的女人，因何一再辱骂阴贵人？皇后扪心自问，阴贵人能否背地辱骂皇后？"

郭皇后道："阴贵人是谁呀？她是天上下凡仙女哩，下凡的仙女怎会背地辱骂别人呢？人家天生脸盘好，眉眼好，条子好，皮色好。该大的地方大，该小的地方小。胸前一对布袋大乳，普天下难寻难找。脱去她的衣衫看看，浑身溜光水滑没有一点疤痕瑕疵，走路脚趾丫里出汗，都带着比兰花、桂花、茉莉花还香的香气。只可惜俗话说到家了，好花不常开，好景不长在。再过七八年，皇上也得在坤宁宫给阴贵人盖个凉亭，天热之际，好让皇上的阴贵人扛着一对大布袋敞胸凉快呢。"

光武帝压抑着小声道："皇后放尊贵些，女人扒光别个女人，蒙羞的不止一个女人。"

郭皇后冷笑道："我尊贵了，别人不尊贵。若是大家都尊贵了，后宫也就平安无事了。"

光武帝怒不可遏捶床喝道："皇后真是不可理喻，你给朕滚出去！"

郭皇后扭过身子冷笑道："皇上也是人，是人都得讲理。这里是坤安宫，不是坤宁宫。斑鸠嫌树斑鸠起，再没有斑鸠嫌树要树起的道理。"

光武帝和郭皇后自结婚以来，撕破脸皮唇枪舌剑吵架斗气这是第一次。已经习惯至高无上说一不二的光武帝气得浑身颤抖，朦胧的灯光下胡乱穿了衣裳，不及穿鞋便下床便走了出去。没等他离开郭皇后的寝宫内门，便听身后几声瓷器落地粉碎的声音。

光武帝痛心疾首在心里诅咒着郭皇后："泼妇、泼妇，不可理喻的泼妇，朕明天就废了你个泼妇……"

第四十三章
反躬自省厚赐郭况　处心积虑恩结隗嚣

　　和郭皇后撕破脸吵架斗气的第二天,光武帝早把要废郭皇后的气话丢在脑后。第二天、第三天的夜晚,光武帝破天荒地在嘉德殿后殿独寝。独寝两夜之后的两夜,光武帝分别幸临了许美人和戚美人。白日国事繁纷,夜间美人相伴,还是让光武帝觉得若有所失,一天到晚心里都是空落落的。当洛阳宫暮鼓准时响起,光武帝不由自主吩咐范忠摆驾坤宁宫。

　　坤宁宫的殿宇规制、户外树木花草以及水亭假山,都和坤安宫相同无二。但光武帝一步入坤宁宫,便觉得坤宁宫的夏夜分外凉爽,坤宁宫空气格外芳香。将进坤宁宫内宫,光武帝让范忠示意当值宫女退后噤声,自己悄悄接近阴贵人内宫寝处,便听到里间传来阵阵嬉笑声。光武帝掀开垂幔一看,原来是阴贵人怀抱刘阳,正用乳头逗着刘阳玩儿呢。宫灯柔媚,映照得阴贵人真如郭皇后所说的下凡仙女。其境其景其情其心真乃其乐融融,阴贵人怀里的刘阳也活脱脱一个天赐仙童。

　　阴贵人未料到光武帝会驾临坤宁宫,半裸着酥胸丰乳,毫无顾忌用地乳头去触及刘阳的下巴、脸蛋、口唇,撩逗刘阳连连"嘎嘎"大笑。光武帝看着阴贵人母子,早把一系列不快忘得一干二净。心里一激动,不声不响突然出现在阴贵人等人面前。

　　阴贵人和乳母、春桃、秋桂等人蓦然见到光武帝驾临,惊得立即跪下道:"叩见皇上。"

　　光武帝口里说着"平身、平身",便去阴贵人怀里要过小皇子。在要过小皇子之际,光武帝的手趁机去阴贵人丰乳上捋了一把。光武帝的小动作虽然躲过众人的目光,阴贵人脸色还是红了片刻。到底是恩爱夫妻,阴贵人心里存有的一点芥蒂立时烟消云散。

　　光武帝抱着小刘阳坐在锦凳上亲热,没亲到两下,小刘阳又被光武帝的龙须扎得啼哭起来。阴贵人抿着嘴笑着要过小皇子递给春桃,春桃和乳母、秋桂立即退了出去。

　　光武帝见"闲人"都已回避,压住要亲吻阴贵人的冲动道:"朕在三更半夜被

第四十三章　反躬自省厚赐郭况　处心积虑恩结隗嚣

郭皇后逐出坤安宫的事,贵人是否知道?"

阴贵人脸上微露一丝幸灾乐祸的笑道:"好事不出门,坏事传千里。皇上不说,臣妾知道了不敢相信。皇上自己说出来,臣妾还是不敢相信。"

光武帝讪笑道:"贵人想不想知道,朕因何被皇后逐出坤安宫?"

阴贵人笑道:"皇上想让臣妾知道的,臣妾不想知道。"

光武帝道:"岂有此理,你不知道原因,怎可从中劝劝架呢?"

阴贵人道:"皇上至高无上君临天下,无论文武百官后宫嫔妃,谁敢无故触怒君颜?欲要他人帮皇上说话,莫若皇上反躬自省,皇后何以斗胆触怒皇上呢?"

光武帝连连摇头道:"怪哉怪哉,阴贵人竟然成皇后同党了。"

阴贵人道:"臣妾是皇后同党,更是皇上同党。以臣妾愚见,以和睦后宫计,莫若降恩于皇后胞弟郭况。"

光武帝道:"因何要朕降恩于郭况?"

阴贵人道:"爱屋及乌,给皇上、皇后都搭个下楼的梯子。"

光武帝微笑道:"为感谢你搭梯子,朕还得告诉你郭皇后因何逐朕出坤安宫。"

阴贵人出人意料两手捂耳娇嗔道:"不听不听,皇帝、皇后俩人床帏之间的事儿,臣妾真的不想听哩。"

光武帝被阴贵人稀有的娇嗔撩动心旌,一把揽过阴贵人在怀道:"你一再违拗朕心,朕就来硬的了……"

绵蛮侯郭况,小郭皇后七岁。因是郭皇后唯一的亲弟弟,年十六拜为黄门侍郎,年十七封侯。至建武五年,二十岁的郭况在洛阳宫左近建了一片很大的宅第把母亲接来一起居住。光武帝顾念郭皇后至亲甚少,故而频频降恩于郭况。黄门侍郎的职责是侍从皇帝,传达诏命,在宫门以内行走。郭况少年显贵,是俊美的翩翩郎君,又是皇恩格外眷顾的国舅,朝野欲与结交者趋之若鹜。郭况在郭主的循循善诱下,早已显出少年老成谦恭下士的风范。

人食五谷杂粮,难免头疼脑热。郭况因偶感风热,告假在府第静养。所谓静养,不过是喝过解表发汗的药剂后或躺或坐,看看侍女们们喂喂鹦鹉,欣赏一会儿花瓶里新插的花卉。郭况刚觉有些寡趣之际,府上老管家跌跌撞撞跑进来禀道:"侯爷,侯爷,皇上……皇上……"

郭况还没从老管家的语无伦次中省悟,光武帝带着范忠进来道:"爱卿微恙在身,朕来看看。"

若依民间习俗,郭况的小舅子身份是姐夫身份的光武帝讨好的对象。至亲不过姑舅，在民间家宴上，舅舅往往被安排在首席。但在天子神授的皇帝面前，郭况哪敢有半点倨傲，忙不迭光脚靸鞋下了胡床跪在地上叩首道："皇帝驾到，微臣有失远迎，恕罪恕罪。"

光武帝坐到胡床上拍拍床沿亲切道："平身平身，见过国礼，咱们就讲家礼。况弟身有微恙，快来姐夫身边坐下。"

郭况诚惶诚恐叩头一下起身道："国礼为大，微臣不敢与皇帝同坐。"

光武帝笑道："况弟谨慎有加，朕也不勉强。前几天朕被你阿姐夜里赶出坤安宫，想必况弟已经知道。经姐夫反躬自省，都是朕对你姐弟呵护不周所致。往后闲暇，多接阿姐与刘彊回来，与阿母一起共享天伦之乐。"

阿姐夜间把皇帝赶出坤安宫的事，郭况知道后当然责怪皇后阿姐任性。听得皇帝没有一丝怪罪，郭况感动得得涕泪齐下又跪下叩首道："皇上高天厚恩，微臣铭记在心，今生没齿不忘，一直感恩来生。"

光武帝道："况弟说到高天厚恩，朕也不能空背虚名。范忠，传朕旨意，绵蛮侯、黄门侍郎郭况勤于王事，积劳成疾，特赏赐黄金三百两，蜀绢五百匹。"

范忠近前奉旨道："微臣遵旨！"

光武帝经过反躬自省刚刚厚赏郭况，荆州南郡传来捷报，楚犂王秦丰众叛亲离，犂丘城攻破只在早晚之际。暑气退尽，秋色渐浓，盘踞犂丘城十余年的秦丰在城破前夕，终于出城投降建义大将军朱祐。再过十余日，秦丰被押解到京。光武帝恼恨秦丰在穷途末日才弃城投降，拿吃饱了便讥讽朝政的刘林，给秦丰的黄泉路上做了个伴侣，同时推出午门枭首示众。

自建武元年（25）以来，四处兵革不息，天下灾荒不断。建武二年，关中大饥，黎庶易子而食。建武四年（28），京畿一带因旱大饥，黎庶十之三四逃荒别郡。江淮河汉的汛期，几乎每年都有决堤的惨剧发生。以光武帝本意，平定南郡之后，暂缓征讨僭号称帝的公孙述，给天下黎庶休养生息的机会。然而不等光武帝作出罢战两年的决心，西蜀伪帝公孙述在蜀中蠢蠢欲动，欲趁秦丰覆灭之机，觊觎南郡的夷陵、州陵、荆门。树欲静而风不止，光武帝几乎废寝忘食，开始谋划彻底平定西蜀伪帝公孙述。

王莽地皇四年（23）六月，导江郡卒正公孙述，起兵成都。八年过去，公孙述据地数千里，拥兵数十万。蜀地沃野千里，土壤膏腴，山林果实所生，可使西蜀无谷而饱。再加之蜀道险峻，公孙述成了光武帝的头号劲敌。

公孙述字子阳，扶风茂陵人氏。汉哀帝元始元年，其父亲公孙仁为河南郡都尉，公孙述得补为清水县令。公孙仁担心公孙述年少不能胜任，特派自己的掾史

第四十三章　反躬自省厚赐郭况　处心积虑恩结隗嚣

同去清水辅佐公孙述。公孙述到任将及一月，便斥退父亲派来的掾史，很快将清水治理得夜不闭户路不拾遗。河南太守以其超凡能耐，让公孙述兼摄元武、广武、阳武等五县庶务。公孙述奉命巡视五县，五县均政通人和，盗贼绝迹。郡中人言，公孙述兼摄五县，似有鬼神相助。乱世豪杰起四方，有胆竖旗称帝王。更始二年秋，公孙述自称蜀王；建武元年四月，公孙述自立天子，号成家皇帝，建元龙兴。刻制天下州郡印章，大有神州尽握手中的恢弘气势。

光武帝欲平公孙述，必先争取在陇右拥兵十五万之众的隗嚣。建武二年，隗嚣虽接受光武帝"西州大将军"封号，然其一直在光武帝和公孙述之间脚踏两只船。建武三年，光武帝得知太中大夫来歙与隗嚣是故交，立命来歙持书往见隗嚣。光武帝为感化隗嚣，待隗嚣以国与国之间的特殊礼仪，书函中言必以隗嚣字"季孟"相称，随书馈赠甚厚。隗嚣很快对光武帝投之以桃报之以李，在征西大将军冯异与陈仓人吕鲔交战之际施以援手，击败了意欲染指关中的吕鲔。

吕鲔兵败，带领万余残兵投公孙述做靠山。光武帝很高兴隗嚣派兵助冯异击败吕鲔，再命来歙持亲笔书函给隗嚣，其书曰：

　　囊日慕季孟德义，思相接纳已久。身虽未至，心仪往之。今大将军提旅陇右，秉持正义，南拒公孙之兵，北御羌胡之侵。是以朕征西大将军冯异，得在关中三辅驻足。若非大将军力助，则咸阳已为他人囊中之物也。现今关东贼寇嚣张，致使无暇观兵成都，与公孙述角力以分高下。若公孙述寇略汉中、三辅，期大将军提旅相助冯异。倘肯如约，蒙天之福，岂有不计功割地之报也。管仲曰："生我者父母，成我者鲍子。"自今以后，手书相达，勿用旁人解构之言也。

按隗嚣接受光武帝"西州大将军"封号而论，二人之间应是君臣关系。然光武帝自降尊位，要与隗嚣建立管鲍之交。不仅如此，在天下平定之日，还要与隗嚣计功割地以回报。隗嚣得光武帝推心置腹情真意切之书信，当然回书信誓旦旦表白一番。光武帝大喜，再亲笔手书，命隗嚣与关中冯异、耿弇、吴汉、马武等将讨伐公孙述。到动真格的关口，隗嚣便让长史代笔回书光武帝，以种种理由按兵不动。光武帝看清隗嚣首鼠两端的本性，稍减与隗嚣的"管鲍之交"礼遇。

秋尽冬来，眼看又是一年过去，光武帝力排众臣先行讨伐隗嚣的众议，钦定来歙再携亲笔玺书与重礼往见隗嚣，以期与之合力讨伐公孙述。来歙此行带给

隗嚣的礼品共有:黄金一千斤,西域汗血宝马二匹,金甲金盔以及丝绸宝玩二十余箱。

太中大夫来歙字君叔,年四十四五,身材魁梧,相貌整肃。行不逾矩,举止有度。其父来仲汉哀帝时为谏议大夫,娶光武帝祖姑后生来歙。光武帝在长安游学时,甚是亲敬来歙。待刘氏起兵反莽,王莽以来歙系刘氏外戚派兵抓捕,来歙经众宾客力救得以走脱。刘玄淯水登基,来歙归依更始,因数次建言不被刘玄所用,称病离开刘玄。来歙的妹妹为汉中王刘嘉发妻,更始皇帝被赤眉军俘获,来歙因说刘嘉俱到洛阳谒见光武帝。光武帝初见来歙大喜过望,见其衣着稍单,脱下身上缯衣披之。待二人议及陇右、西蜀,君臣一拍即合。

受光武帝钦命,来歙再次持节往见故人隗嚣,让来歙有一种"受命将旗鼓,为君做干城"的慷慨悲壮。来歙初见光武帝,正是光武帝忧虑陇右、西蜀终将沉瀣一气的时候。故而光武帝当初单独召见来歙征询道:"今西州隗嚣未肯坦诚亲附,公孙述又急于称王称帝。因朕与诸将专务关东诸寇,一时无力远征蜀道。欲引陇右归附,君叔有何谋略告朕?"

来歙在洛阳宫复见汉官制度汉家威仪,早已血脉喷张跃跃欲试,当下自告奋勇道:"臣曩时与隗嚣相识于长安,言语投机来往交厚。其人起事之初,扯起过应汉的大旗。今皇上圣德日远,汉室重兴。臣愿得奉君命,交通丹青玺书,隗嚣必欣然来归。陇右入皇上彀下,则公孙述苟延不久也。"

就是因来歙当初的自告奋勇胸有成竹,光武帝才放下尊位与隗嚣欲结管鲍之交,其初衷是感化隗嚣与朝廷同德同心。隗嚣的首鼠两端的本性,让来歙始料未及,也让他感到很难堪。为了不负君命,为了天下苍生共享太平,此次来歙私下抱着不成功便成仁的悲壮,踏上西去陇右的征程。

隗嚣占据的陇右地区,大略包括安定、陇西、武都、金城、武威、张掖、敦煌、酒泉八郡中二十个县城。陇右最远的县城西距洛阳五千余里,最近的也西距洛阳两千里以外。来歙带着三百余护卫人马和十余随行车辆,西出洛阳,经河东郡进入陕州,到达关中后沿渭河西行千里,过文远关进入凉州天水地域。十月初冬自洛阳出发,进入凉州境内已是隆冬天气。来歙和随从们冒着风霜严寒,几乎每天都是在"鸡声茅店月,人迹板桥霜"的寒冷诗意中开始一天的行程。

隗嚣出于陇右的军事防御之需要,有意损坏了与陕州、益州之间的桥梁,原本坎坷的道路,因为多年失修,根本不能通行车辆。因受道路所迫和安全起见,行到陕州、陇右交界处的吴砦,来歙吩咐将车辆寄存在客栈,车载的箱笼全部改成马负驼架。自吴砦再行三天,到了大镇五龙。再坚持五天,便可走完西秦岭北

第四十三章　反躬自省厚赐郭况　处心积虑恩结隗嚣

麓十分坎坷的山路。到了五龙镇天色已晚，来歙特选了一家门面气派"小天水客栈"住下。想到一路的艰辛困苦，来歙经不住客栈掌柜热情推荐，晚餐时和长史陶遣以及部从喝了少许麦积山枸杞酒。

有健身御寒功效的麦积山枸杞酒果然名不虚传，那一夜来歙和他的部从们直睡到日上三竿才醒。长史陶遣先于来歙醒来，阒无人声的"小天水客栈"让他觉得大事不好，急忙去客栈后院查看驼架，突然发现值夜的七八个军士全部变成冻尸。陶遣大惊失色，疾呼还未从梦中醒来百夫长、什夫长。等来歙知道一千斤黄金、金盔金甲以及贵重宝玩全部被歹人劫去、"小天水客栈"掌柜伙计不知行踪，先是目瞪口呆面皮紫红，接着气得面皮铁青拔剑便要自刎。慌得陶遣一把抱住来歙哭道："太中大夫一死，一切烦恼可烟消云散。但大夫奉君命重托西行，随您一路备尝苦寒艰辛的三百军士的身家性命，不是能轻易抛洒得了的。"

慷慨悲壮之人，都是有担当之士。陶遣提到三百随行军士的身家性命，让来歙失去自刎的勇气，他泪流满面。掷剑于地唏嘘道："长史所言极是，快快打造一辆槛车，载我回转洛阳面君，我会承担全部罪责的。"

长史拾起宝剑，替来歙插回剑鞘道："大夫此言差矣，黄金宝物被盗去，但两匹血汗宝马及十余驮丝绸还在，皇上给隗大将军的玺书还在，给隗大将军的押了玉玺的礼单也在。凭此礼单，可让隗大将军派官吏追回皇上赠予的宝物，也可把皇上的隆恩先行知晓对方。所失宝物，还可请皇上照单弥补。有此曲折坎坷，正是大夫劝谏隗大将军归顺汉室的说辞。"

响鼓不用重锤，来歙听从陶遣劝慰，立即抖数精神，再整队伍上路西行。离开洛阳第二十五天之后，来歙终于在天水城再次见到故人隗嚣。俗话说一日不见如隔三秋，来歙时隔两年再次身临隗嚣的行辕，便有身临皇帝行宫的感觉。为了不辱使命，来歙毕恭毕敬与隗嚣见礼并呈上光武帝亲笔玺书和礼单，细述吴砦被盗以及日后补齐宝物的打算。

来歙受命西来天水以及被吴砦江湖巨盗劫去黄金宝物的状况，隗嚣都晓知得一清二楚。大将王元历来反对隗嚣投靠光武帝，经王元事先进谏，隗嚣便虚与来歙应付道："故人、上使一路颠沛坎坷，先去驿馆住下，歇息三天后，季孟过驿馆拜访君叔可好？"

来歙料想隗嚣还会六心不定，期望他看了光武帝的亲笔玺书后，给予一个比较满意的交底。于是好言道："皇帝的亲笔玺书，有殷殷之心诚诚之意通晓大将军。我一路虽饱尝艰辛，还是等季孟看过皇帝亲笔玺书，才能安心驿馆歇息。"

隗嚣把还未启封的玺书拿在手里把玩道："君叔还是少年性情，军国大事，事关千秋大计,怎是一朝一夕促成之事？光武帝顾念陇右,也非自今日始有。君叔先在天水城游玩十天半月,季孟自然以心曲诚告故友。"

来歙素来性情刚直急躁,他见隗嚣不仅轻慢光武帝亲笔玺书和礼单,言语间带有嘲弄讥讽,当下起座怒责隗嚣道:"皇帝以大将军知天下臧否,晓朝代废兴。故屡屡亲笔玺书,致达圣心。先降尊结以管鲍之交,后赠予重礼以显君臣之谊。惜将军心纳佞人谗言,犹豫不决,首鼠两端,实是欲为自己选择背主灭族之计。古人云,时止则止,时行则行,动静不失其时,决计不失其利。天下大势,明若洞火。抑或助主讨逆,抑或叛主附逆,上有天日昭昭,下有人心期望,今日此时,大将军必表白于天地神祇！"

隗嚣哂笑一声道:"君叔天真,郡国大事,岂能效赌徒逼债耶？"

来歙一见隗嚣仍然敷衍塞责,当下怒发冲冠热血冲顶,拔剑便要上前击打隗嚣。隗嚣迅疾退入里间,他身后的一个武士上前格掉来歙手中剑,其余武士一拥而上,将来歙打倒在地,随后捆了结结实实。以王元为首武将,一致要求隗嚣下令,把来歙大卸八块以泄愤。

第四十四章
隗嚣审时遣子阙下　马援欣然屯垦上林

早在建武四年(28)，公孙述称帝之后，隗嚣为了摸摸公孙述的虚实，派绥德将军马援前往西蜀谒见公孙述。

马援字文渊，三辅右扶风茂陵人，年四十挂零。其人生得阔额隆准，剑眉细眼，高鼻长面，方口美髯，腹藏经典多卷，行动高士风范。其先祖为赵国名将赵奢。赵奢是个文武全才，勇猛过人贤德超群。赵惠文王三十年(前270)，先前官任督田尉的赵奢临危受命，率军在秦、赵"阏与之战"中大败强敌秦军，被封为"马服君"。"马服"是赵国国都邯郸西北的一片土地，赵奢受封"马服君"，其名望地位和赵国重臣廉颇、蔺相如就平起平坐了。其后，赵奢的子孙以"马服"为姓，再其后，马援的先祖改单姓"马"，汉武帝时期从河北马服迁徙到右扶风茂陵。因为先祖赵奢的超优基因隔着时空完美遗传，马援的西蜀之行，正式登上东汉的历史舞台。之所以慎重其事大篇幅介绍马援，因为马援功盖光武中兴二十八功臣却名列二十八功臣之外，也因为马援的家教门风，深刻融入了东汉王室的后妃子孙的血脉之中。

马援和公孙述是同乡且关系友善，到了成都城下，马援自信地对长史道："子阳虽称帝，谅他念及同里旧情，不会对我摆出皇帝派头的。"

长史唯唯道："使君所言，情理之中也。"

马援太自信，皇帝水太深。待马援到了公孙述的天成殿，递进隗嚣亲笔书函很久，公孙述才让黄门郎宣旨请入马援一行进殿面君。马援对高高在上的公孙述刚刚行过使者拜见皇帝的礼节，公孙述便让马援去城外驿馆休息。

马援万不料公孙述会当众简慢自己，当着副使、长史的面，只得压抑着声音遵旨谢恩，带着随从悻悻到驿馆住下。直到第三天，公孙述才让黄门侍郎送来专门为马援定制的都布单衣、交让冠。黄门侍郎督促马援穿衣戴冠后，便请马援随车到宗庙祭堂见驾。

马援到公孙述的宗庙大殿不见公孙述，但见文武百官齐聚，冠带朝服整齐。经黄门侍郎安排，马援到标明"故交"的位置站定。焦急等待半个时辰，方闻得宗庙外钟磬齐鸣雅乐阵阵，宗庙内帷幕低垂异香悠悠。马援闻声向宗庙外一看，只见公孙述的天子玉辂，在金瓜斧钺旌旗牦尾簇拥下，巍然显赫而来。下了天子玉辂,公孙述龙行虎步登上御座。赞礼官朗声奏禀道:"启奏皇帝,文武百官聚齐,陇右大将军使者马援将军正式陛见皇帝陛下。"

身材魁伟其貌猥琐的公孙述,在皇帝的冕旒龙袍的映衬下,远非身着布衣、头戴交让冠的马援可比。只见公孙述头上的十二冕旒略略晃动,不是丹凤眼的龙目微微打量一下在"故交"位置上躬身站立的马援,然后慢启金口道:"故人文渊,不远千里谒见寡人。朕因国事所累,近日有所简慢。上使千里而来,难免鞍马劳顿,不知驿馆饮食是否香甜?"

在庄重神圣冠冕堂皇的宗庙祭堂召来文武百官,又端着皇帝架子和自己闲叙,马援才明白了公孙述慢待自己的良苦用心,他略略沉吟答道:"皇帝念旧,不啻千古一君,足慰文渊平生。我受命拜见,岂敢遑论三餐海味山珍?"

公孙述哈哈一笑道:"文渊还是旧日脾气,一番咬文嚼字地奏对,竟然和朕的问话珠联璧合。"

马援大感慨道:"今非昔比,陛下非往日之陛下,西蜀非往日之西蜀。文渊今日见成家皇帝威仪,知皇恩普照华夏之日不远。"

公孙述矜持道:"过奖过奖,借文渊吉言,由西蜀成家一统华夏,当是为期不远也。"

马援见公孙述毫不自谦,夸下一统华夏海口,一时竟然无话可说。再加上在文武百官众目睽睽之下,也无话再说,便应酬一句:"皇帝日理万机,文渊似乎不便耽搁太久。"

公孙述颔首道:"既来之,则安之。礼飨官,奏乐开宴,我与故人一醉方休。"

随着礼飨官一声令下,雅乐再起,大殿偏殿白色帷幕大开,马援才明白先前异香悠悠,原来来自白色帷幕内的海味山珍。公孙述近前拉着马援入坐首席,其他文武百官依秩就坐。至此马援恍然大悟,今日宗庙陛见,目的是为他举办一场有文武百官作陪的盛大欢迎宴席。

国宴酒过三巡,几杯佳酿下肚,公孙述口若悬河道:"朕与文渊同里,相互知根知底。你文渊少年丧父,依兄生存,敬兄嫂如父母。尔尊兄曾多次对朕说过,文渊满腹经纶,孝悌至诚。今虽屈居乡里,来日必将大器晚成。依朕看来,文渊做隗嚣的绥德将军并非晚成的大器,莫若做朕的绵阳侯、威武大将军,才算不负尊兄所期,青史可以留名呢。"

马援虽也应酬了好几杯,但神色清醒道:"皇帝虽然超拔器重,文渊却不敢尸位素餐也。"

公孙述乜斜着醉眼看着马援道:"自古君无戏言。来呀,奉上绵阳侯、威武大

第四十四章　隗嚣审时遣子阙下　马援欣然屯垦上林

将军的冠服。"

马援万不料公孙述还为自己备下大将军冠服，陡饮一杯借着酒色盖脸道："新朝、更始相继颠覆，天下群雄逐鹿，鹿死谁手还无定论，皇帝能否若周公吐哺待天下贤士还未看出。文渊今日所见，张扬铺排，华丽豪奢。这般华而不实的做派，岂能让真贤士望风归附与图成败？文渊叩谢皇帝盛宴款待，就此告辞。"

马援说完便拱手而去，公孙述对百官笑指离去的马援道："此子不胜酒力，醒酒后悔之晚矣。"

马援匆匆回到陇右天水城，向隗嚣回报成都之行道："公孙述挖空心思装腔作势，在末将面前摆尽皇帝架子，其实是一只不知天高地厚的井底之蛙。欲与之共谋天下，无疑是与虎谋皮。"

隗嚣不动声色道："将军去回都是行色匆匆，何以见得公孙述只是井底之蛙？"

马援道："为区分汉室尚赤，公孙述称号后曰'成家尚白'。古来孝服为白，公孙述称号之初，便为自己定下丧期，此其一也。自古君王称号便是立国，然公孙述称帝号'成家'。其必定是国将不国，家将不家，此其二也。欲成帝业，需胸若丘壑纳天下贤士，卧薪尝胆，励精图治。然公孙述只图八面威风，漠视八方贤士。只知剑阁险峻，不知天下辽阔，此其三也。有此三点，足证公孙述是只井底之蛙。"

隗嚣频频颔首道："诚若文渊所言，能否为我奉书通达光武帝？"

马援欣然起身，朗声应诺："末将不才，原作大将军的洛阳信使。"

藏好隗嚣写给光武帝的亲笔书函，马援带不多几个随从，只拣那便捷路途，只管早起晚宿含辛茹苦，二十余天便到了洛阳宫外。行到宫门阙下，循例递函通禀，不一时便来一中黄门将马援带到嘉德殿偏殿见驾。进到偏殿，待中黄门上前奏过"西州上将军信使马援见驾"，御座后的光武帝急从案牍中起身前迎。

马援到洛阳，时令正是深秋。光武帝身着宽大褒衣，头上寻常束发帻巾。光武帝毫不理会头上帻巾已经松散，对马援一见如故道："久闻右扶风茂陵文渊大名，朕有失迎迓，请坐请坐。"

马援因光武帝的散淡随和而肃然起敬，俯身行君臣大礼叩首道："不才马援，久闻皇帝英名，焉敢越礼驾前就座。"

光武帝道："朕因案牍已久，正盼与尔一席话，胜读十年书也。"

马援见光武帝平近可亲，便局促就座锦凳。刚刚就座，边听光武帝笑语道："文渊受命二帝之间暗察虚实，卿先见过公孙皇帝之后，才来洛阳见朕。朕仔细想想，倒生出愧为公孙述后之心也。"

马援急忙离座叩首谢罪道:"陛下怪罪的是,当今风云际会英雄四起,有圣君择贤臣,亦有贤臣择圣君。若不先去谒见公孙皇帝,怎知他装腔作势摆出全部皇帝行头会见故人。今马援远道而来,陛下竟然与马援一见如故。陛下因何不担心来者是刺客,何以如此简易毫无防范?"

光武帝对马援摆摆手笑道:"文渊还是坐下说话,你不是一个刺客,却是隗嚣派来的说客。"

马援遵命再坐,感慨万千道:"王莽之后天下纷争,称王称帝者不可胜数。然鱼龙混杂欺天欺己,朝立夕败者,快如过眼云烟。今见陛下山川在怀,恢宏大度,举止间追比高祖。面睹天颜,耳闻圣语,方知帝王真假,不是假借皇冠龙袍可以展现者也。"

光武帝听马援一番话语,报以一阵开怀大笑。

此后光武帝款留马援在洛阳盘桓,多次携其郊游,与之谈古说今终日不倦。数月之后,才派使节护送马援回归陇右。

隗嚣见马援不辱君命归来,高兴得与之同起卧,详细询问马援与光武帝会晤细节。马援见隗嚣对光武帝十分感兴趣,便趁机进言道:"不怕不识货,就怕货比货。末将到洛阳情形,与到成都截然不同。光武帝虽日理万机亲临案牍,但末将在洛阳被他召见十余次。接谈之际,毫无约束,自朝至暮,欣然不倦,彼的确是一个与众不同的真主子。且举止言谈,坦诚见底,毫无虚伪藏掖,其胸怀胆识,可与汉高祖比同。"

隗嚣兴犹未尽追问道:"若以全面比较,汉高祖与光武帝,孰高孰低?"

马援故意沉吟一会儿道:"若全面较比,光武帝似乎不及汉高祖豁达豪放。臣闻听光武帝后宫寥寥,不喜歌舞,不善饮酒,遇大宴群臣,亦不见开怀畅饮一醉方休。"

隗嚣听到此处,拍了一下几案叫道:"文渊错也!诚若方才言语,光武帝胜汉高祖多矣,怎地反说不及也?"

马援急起身道:"幸甚至哉!大将军既然知光武帝胜汉高祖多矣,末将请大将军立即将长子入侍光武帝。若此,西州幸甚,天下幸甚。"

隗嚣已脱口赞誉光武帝,只好口允马援所请,答应遣长子入侍光武帝。但直到刘永、彭宠覆灭消息传到陇右,隗嚣才命马援及长史詹欣携带家口送长子隗恂入侍光武帝。光武帝大喜过望,当即封隗恂为镌羌侯、胡骑校尉。

隗嚣长子隗恂入侍光武帝,说白了就是作为人质留在京城。隗嚣如果违约不合作或者叛君,等于把自己的儿子置于死地。隗嚣让马援也携家带口陪隗恂到洛阳当人质,是基于光武帝看重马援,加大长子隗恂的安全系数。汉代校尉略

第四十四章　隗嚚审时遣子阙下　马援欣然屯垦上林

次于将军,是中垒、屯骑、步兵、越骑、长水、胡骑、射声、虎贲八校尉之一。隗恂字伯春,年二十三四。身材挺拔,精通韬略,若没有做人质之背景,也是个少年封侯率兵征讨的未来将军。

马援到了洛阳数月,虽也与光武帝说古论今数次,然仅仅得了个朝仪郎的名分,并未实授职分。不仅李通、强华等人对此不解,马援自己更是不解。古人今人,心里有委屈都睡不着觉。马援思来想去,想了许多个不眠之夜,终于想明白,原来光武帝太把自己当个真人物。初次见面,光武帝说出那句"卿先见过公孙皇帝之后,才来洛阳见朕。朕仔细想想,倒生出愧为公孙述后之心也"的言语,其实内心深处是责怪马援拜谒光武帝太迟。想明白这一点,倒让马援振奋起来:你看我是俊杰人物,逆境中逆流而上,才是俊杰人物所为。

"三辅"之谓,源自汉景帝二年(前155),把内史的职权,分解为左内史、右内史、主爵都尉,三者同治长安城及相连京畿之地,故合称"三辅"。汉武帝太初元年(前104),改左内史为京兆尹、右内史为左冯翊、主爵都尉为右扶风,其辖区相当于陕西中部地区。历经西汉衰败和王莽篡汉引发战乱,人口稠密生活富庶的三辅地区变得地广人稀。马援是右扶风茂陵人,自然想到去三辅地区屯垦必然事半功倍,于是给光武帝上了一道《请屯垦三辅上林积储疏》。其疏略曰:

> 《邓析子·转辞篇》云,"不因,在早图;不穷,在早稼"。《管子·牧民》曰,"不务天时则财不生,不务地利则仓廪不盈。"历经王莽、更始、群雄争霸,三辅兵燹连连。广袤原野,榛莽丛生。膏腴土地,嘉禾不存。前汉上林苑,方三百四十里。其中大部已成林莽,狐兔獾獾,逐年繁生。臣祖籍右扶风茂陵,略知三辅时令耕作。请赐千余老弱兵士于臣,即日赴上林苑僻地,屯垦积储。届时朝廷用兵垄、蜀,以其地利,可助杯水车薪之力也。

光武帝阅过马援《请屯垦三辅积储疏》,龙心大悦,御笔润朱,在《请屯垦三辅积储疏》龙飞凤舞写下一个大大的"可"字。

马援得光武帝御笔照准,立即举家和千余老弱兵卒前往上林苑而去。

第四十五章
冯异释疑携眷属　隗嚣塞道阻汉军

　　隗嚣起兵之初，为号召天下笼络人心，在天水城东郊立汉室宗庙，祭祀汉高祖、汉文帝、汉景帝、汉武帝。起事之日，在汉室宗庙里歃血盟誓，兴辅刘宗。并传檄各州郡，申明自己"遵高祖之旧制，继孝文之遗德"。隗嚣有此声张且能礼贤下士，其麾下聚集了马援、班彪、郑兴、杜林等胸有城府博学多闻之士。因班彪、郑兴等人苦谏，来歙虽因一时激愤要杀隗嚣身陷囹圄，一时也无性命之忧。

　　班彪字叔皮，扶风安陵人。年少二十开外，外秉子都之貌，内藏相如之才。祖父班况，汉成帝时为越骑校尉；父亲班稚，汉哀帝时为广平太守。更始朝颓倾于长安，班彪避难于隗嚣麾下。隗嚣虽然将长子入侍光武帝，还是没有铁心从命光武帝。一日稍闲，召从事班彪近前问道："历史兴衰，循环往复。周室衰败，战国纷争，历五百世然后天下定。六国灭，秦国兴，有定数乎？国运迭兴，在于一人顺天应命乎？请叔皮试论之。"

　　班彪见问，从容答道："周之迭兴，与汉大异。昔周室爵分五等，诸侯裂土为国。本根屡弱，枝叶强盛，周室王命不出都城，故而天下纷争历五百世。此乃周室之弊病，非迭兴之定数也。汉承秦中央集权，主有集权之威，臣无百年之柄。至于汉成帝，权移外戚。哀帝、平帝短祚，国祠三绝，王莽才得乘隙篡逆，僭号称帝。此迭兴，危自上起，伤不及下。十余年间，中外纷扰，群雄蠢蠢欲动，大多假借汉室之名。方今割据州郡者，皆无七国世业承袭，天下百姓之心，俱思慕汉德。国运迭兴，是否在于一人，有此可以明知也。"

　　隗嚣对班彪一番答对，心里很不以为然。班彪感慨隗嚣执迷不悟，又忧虑世事混沌，援笔写下数千言《王命论》，反复阐明汉德承尧，王者兴祚，兴于天时地利人心向背，非一人一时诈力而能。班彪将《王命论》呈进，隗嚣阅后不以为然。班彪见隗嚣仍执迷不悟，便潜身投奔河西大将军窦融麾下。窦融亦辟班彪为从事，待以师友之道。窦融与隗嚣结有盟约，得班彪暗中筹划辅佐汉室，始与隗嚣虚与应酬。班彪离隗嚣去，郑兴、杜林亦先后离隗嚣而去。

　　麾下一半文人谋士先后离去，隗嚣颇觉耳根清静许多。因终未决定听命于公孙述，加之长子隗恂在洛阳宫作人质，隗嚣派主簿周游赍表叩阙，向光武帝佯

第四十五章　冯异释疑携眷属　隗嚣塞道阻汉军

表忠诚。

"主簿"一职为行政或军事主官的主要署僚，掌管典文，参与机要，是个官不大权大的要职。周游正值少壮，长相非汉非夷，表面谦恭有礼，暗中豪夺巧取。长史、掾史以下，多被其勒索财宝，甚而被他染指发妻。

周游奉命东行，带领数名随从借道关中。不料在经过征西大将军冯异的营区时，夜里突然被仇人割去非汉非夷的头颅。战乱时代，人命案不足为奇，奇就奇在周游恰恰死在汉军军营。

隗嚣闻周游死讯大发雷霆之怒，命人从囹圄中牵出来歙要活祭主簿周游。治书申屠刚挺身谏止道："杀来歙头颅易，保主公声誉难。主簿此行奉主公钧命，与光武帝交通示好。民间布衣尚能一诺千金，主公岂可出尔反尔？今主簿殒命，凶手未获，怎可疑是汉军所为？不是汉军所为，焉能杀汉使以泄愤？以属下愚见，莫若立放来歙回洛阳，修好汉室。若此，主公长子在彼无恙，我陇右不至于立即交恶洛阳。孰轻孰重，孰利孰弊，主公权衡之。"

申屠刚一席谏言，让隗嚣沉吟良久，也许他觉得此时和光武帝公开决裂还不是时机，便挥手让人把来歙从断魂桩上解下。

来歙在鬼门关上捡得性命，并不向隗嚣叩头谢恩，反而大骂隗嚣是反复无常的无耻小人。来歙可着嗓子骂着并不回顾，在刀戈丛中昂然随着押解的兵士离去。

隗嚣主簿周游奉命去洛阳途中暴死，在天水城暂时撂过一边，倒是在远离天水城的关中和洛阳掀起一场轩然大波。

建武二年（26），冯异奉命以西征大将军，取代原大司徒邓禹攻略长安、关中。关中平定之后，奉诏一直镇守关中。冯异在关中除暴安良，正义伸张，发展庠校、扶持农桑。几年下来，关中户口大增。百姓称颂为"冯使君"。自古风大撼树，名高伤人。隗嚣的派赴洛阳的信使死于冯异营区内，立即召来众多流言蜚语。关中有人说：冯异功高自傲，心下反对朝廷竭力与隗嚣修好，借杀死隗嚣派出的信使以泄愤；还有人说，冯异得关中百姓颂扬忘乎所以，要挟光武帝封他咸阳王。冯异有大树将军美誉，平时礼贤下士谦和待人。闻得诸多流言蜚语，虽问心无愧，也颇生惶恐不安之意。恰在此时，闻得已有人上疏光武帝，弹劾冯异严律斩杀长安令是借"除暴"为己邀名，擅杀周游是暴露他不臣之心。冯异得知自己被弹劾的消息，惶恐不安变成寝食难安，立即给光武帝上疏道：

> 征南大将军岑彭，文韬武略具备，攻城略地见功。自奉君命驻防关右，治军严谨，安民有方，想必早闻达于朝廷。

《尚书·武成》曰:"建官唯贤,位事唯能"。微臣倾追随皇上,屡受大命。然经营关中已久,思君之心日益俱增。为求臣心安然,寝食香甜,兹推荐岑彭将军替代微臣镇守关中,容微臣回到朝廷侍奉驾前,检讨往日得失。

微臣之心,日月可鉴,伏望陛下恩准。

光武帝御览冯异上疏后,不禁哑然失笑。冯异的上疏,几乎是两年前耿弇在涿郡上疏的翻版。臣子对流言蜚语有畏惧之心,是人之常情情理之中事。为安抚冯异,光武帝特派光禄勋强华前往冯异军中。光禄勋是九卿之一,强华是光武帝的心腹谋臣,让强华前去安抚冯异,本身就是对冯异的抬举和看重。

冯异的中军行辕设在咸阳城,宾主相见,自然有一番寒暄。寒暄过后,强华身立南面,庄重捧递给冯异一个用了皇帝玉玺的封函。冯异接过一看上有皇帝玉玺,立即跪下对着皇封密函叩首:"吾皇万岁万万岁。"

强华见冯异行过君臣大礼,小心翼翼打开密函,已开始浏览函中密件,便对冯异拱手告辞道:"大将军收讫皇封密函,留待日后细细阅看,君实当回朝复命去也。"

冯异将函中密件迅速装回木函封讫,双手奉给强华道:"光禄勋皇命在身,末将不敢强留。请光禄勋将皇封密函带回缴命。末将随后上疏恳求皇上,允末将回京侍奉驾前,请光禄勋代为美言。"

强华诧异道:"隗嚣主簿意外在大将军营区死于非命,虽有流言蜚语,但皇上对大将军深信不疑。难道君实奉诏赍来密函,还不能让大将军宽怀么?"

冯异道:"非是末将杞人忧天,皇帝的密函中,是几道他人弹劾末将的奏疏。"

强华一听哈哈大笑道:"皇上把他人弹劾你的奏疏给你看,正是君臣坦诚无间之殊恩,大将军因何惴惴不安呢?"

冯异苦笑道:"皇上亦可通过此举显示殊恩,亦可通过此举警示臣子。"

强华又大笑道:"我君实所虑,实不及将军也。"

强华回到京城,果然向光武帝谏言,请允冯异面君剖白自己。

冯异在强华离去后,立即上疏光武帝,再次请求回朝侍奉驾前。

光武帝得冯异二次上疏,准予回京述职。

建武六年(30)秋,冯异奉命西征后第一次回到京城洛阳。在却非殿偏殿,冯异向光武帝行君臣大礼匍匐在地。

光武帝趋前拉起冯异赐座后,指着冯异对侍奉左右的郭况、隗恂等近臣介绍道:"此征西大将军是朕起兵时的主簿,过黄河、平邯郸、定关中,功劳大到天上去了呢。"

冯异听得光武帝赞语,五内不安便要再次下拜,光武帝制止道:"爱卿不必多

第四十五章 冯异释疑携眷属 隗嚣塞道阻汉军

礼。当年王朗追击你我君臣南行道中,芜蒌亭豆粥,滹沱乡麦饭,今世难以忘怀,常恨无以报卿。欣闻爱卿镇守关中,除暴安良,正义伸张,发展庠校、扶持农桑。民有称颂,官有奏章。朕赐爱卿金甲骏马、良弓宝剑,以彰显尔丰功之百一。"

冯异急忙再拜叩首谢恩道:"微臣叩谢皇帝赏赐,但忝居关中已久……"

光武帝打断冯异的话语道:"废话打住,来,尔随朕内室密间叙话。"

冯异起身稍稍迟缓,光武帝近前拉住他一只手,同转偏殿内室密间。待冯异进到密间局促就座锦凳,光武帝道:"朕同意爱卿回京,并非同意爱卿去职关中。天下纷争久久不宁,朕念及将士们南征北战疲劳已极,黎庶久违太平,亦期盼战火平息。然隗嚣、公孙述拥兵陇右、西蜀。隗嚣首鼠两端不臣之心已久,公孙述坐大称帝且又觊觎荆州南郡,此二子已成大患,爱卿可有应对谋略?"

冯异因光武帝今日屡屡显示殊恩,心里那点惶恐早已冰释干净,见光武帝问到陇右、西蜀大计,便立即奏道:"臣得皇上依为股肱,敢不肝脑涂地以报万一。《荀子·正论》曰,征暴诛悍,治之盛也。隗嚣、公孙述狼子野心昭然若揭,非武力征讨不可根除此两大祸患。若公孙述者,据有剑阁蜀道之天险,目下聚兵二十余万。但以臣看来,诸多新麇集其麾下的豪杰枭雄,各有异心。只要我兵锋迫近成都,公孙述必将众叛亲离,成家皇帝梦随之灰飞烟灭。"

光武帝道:"爱卿所言极是,然蜀道、剑阁之天险,也非轻易搬去的绊脚石也。"

冯异道:"陇右群山叠嶂,蜀道、剑阁峻险,都不利大军列阵攻战。非精锐轻骑出其不意攻其无备,难以稳操胜算。彼陇右、西蜀相较,陇右稍弱。攻取陇右,则西蜀齿寒。届时进军西蜀同时,将其麾下豪杰枭雄予以分化瓦解之日,便是公孙述灭亡之时。"

光武帝十分赞许冯异应对隗嚣、公孙述的谋略,与之促膝密谈竟日。冯异启程回关中之际,光武帝特命其携带妻儿老小同赴关中。古来大将镇守一方,妻儿老小须留住都中若留做人质。光武帝命冯异携带妻儿老小同到镇所,既是臣子的殊恩殊荣,也显示君臣之间的坦诚无猜。

公孙述龙兴7年(30),楚犁王秦丰覆灭于南郡之后,让公孙述捡了两个"大漏"。先是自关中辗转败退南阳、南郡的延岑,带领数十骑投奔西蜀。延岑原在关中蓝田县自称武安王,分置附近各郡牧守,海内传遍延岑大名。延岑降蜀不久,秦丰的女婿、扫地大将军田戎,也在夷陵城破之际,翻山越岭历尽艰辛到达成都叩拜公孙述阙下。此前田戎率数万部众,出夷陵和光武帝的征南大将军岑彭在南郡宜城县一带激战数月,胜多败少。退保夷陵城后,因部将暗开城门迎接汉军，田戎才败退西蜀。公孙述得延岑、田戎二人，不在用其兵将而在用其声望。故而很快封延岑为大司马、汝宁王，封田戎为平南大将军、翼江王。封赏一毕，公孙述命部将任满，与田戎同至夷陵左近，招抚田戎故旧将士，窥视夷陵、荆门。公孙述封赏延岑、田戎已毕，没忘拉拢隗嚣，遣使携带大司空、扶安王印绶授予隗嚣。隗嚣为麻痹光武帝，特将公孙述的使者斩首。

隗嚣做戏般斩杀公孙述的使者，激怒了他的心腹大将王元。

王元年届四十，身材魁伟，豹眼刀眉，粗胳膊粗腿，使八十斤铁杆画戟，两军阵前所向无敌。凭着一身蛮力，从来不把中原汉军放在眼里。他听说公孙述的使者已被斩首，便直逼隗嚣跟前嚷道："主公忒健忘也！当初主公以辅佐刘汉名号起兵，可笑更始皇帝转眼崩坏，连带主公几无立身之地。幸公孙皇帝应命西蜀，与我陇右正可遥相呼应。现今我陇右富庶，兵强马壮，何以交远绝近，拒绝公孙皇帝好意敕封？主公所虑光武帝对陇右用兵，末将看那中原汉军，如同乌合之众。请主公赐一小泥丸，末将为主公东封函谷关，主公尽可随心所欲称王称帝。若主公意不在称王称帝，亦可在陇右快意称霸一方，何必攀附南阳郡一田间布衣呢？"

王元的一番言语多有冒犯之处，但毫无定见的隗嚣却听得频频颔首。待王元话音一落，便好言对王元道："王将军责怪得是，容我再做考虑，自有将军用武之处。"

一时激愤的王元发泄一通，已经做好隗嚣责怪的准备，听隗嚣的言语，不仅不责怪，还有马上和光武帝决裂的意思，便擦拳磨掌做和中原汉军征战的准备去了。

陇右和关中虽然毗邻，但因其地荒蛮偏僻，平定陇右并非易事。从关中进攻隗嚣的都城天水城，有两条进攻路线可供光武帝的征讨大军选择。其一，自咸阳、长安沿泾河河谷、陇山东麓崎岖山路向北，穿越崤关和六盘山之间崎岖山道，攻占陇右的安定城，藉此再向西南夺取天水郡。选择此路，可以尽起十数万大军，毕其功于一役。但是此举因路途遥远，费时费力耗费大量国帑；其二，自关中直接循渭河河谷，穿越陇山攻取略阳，抵达天水城。选择此进军路线全是险峻山道，虽能达出其不意之功，但因不能聚集大军征讨，自己也有全军覆没的危险。

建武六年（30）夏，光武帝决定对隗嚣不宣而战。光武帝钦定的进攻路线，是自关中循渭河河谷，先分别攻取垅坻、略阳等地，后攻取天水城。光武帝不宣而战的目的，是想突出奇兵，打隗嚣一个措手不及。但隗嚣知道光武帝早已看破自己的内心，故而未雨绸缪，在预计光武帝可能进攻路线上，派大将王元率一万精兵，先行在垅坻一带的山间小道塞满横木块石，以逸待劳对付光武帝对陇右的进攻。

一场各自酝酿已久，却又相互遮遮掩掩的大战，在暗中拉开了斗智斗勇的序幕。

第四十六章
光武帝长安祭祖　冯公孙咸阳骂妻

郭皇后第三次怀孕的第三个月,阴贵人也第三次怀孕了。

建武六年(30)孟春,光武帝为了蒙蔽远在天水的隗嚣,决定以去长安祭祖的名义,亲自指挥平定隗嚣。为了使祭祖活动慎重其事,光武帝钦定带上阴贵人母子同去长安。

将要启程远征,光武帝依后宫制度幸临坤安宫。皇帝、皇后在床帏之间都很乖巧,在夫妻功课之前,尽量不提及阴贵人的话题。

光武帝曲尽丈夫之道后有一个绕不开的话题,郭皇后是后宫总管,他必须将阴贵人母子伴驾长安祭祖、阴贵人怀孕的两件事告诉郭皇后。为了减少郭皇后心里的不快,光武帝继续把郭皇后揽在胸前温存着。

郭皇后以为难得的夜晚将是一个温馨的夜晚,在昏昏欲睡中体贴地问道:"皇帝有话快说,我想睡了呢。"

光武帝斟词酌句道:"阴贵人托皇后的福气,也第三次怀孕了。"

郭皇后闻听阴贵人也第三次怀孕,心里陡生一股酸气,但嘴里玩笑道:"阴贵人不是托臣妾的福气,皇帝在阴贵人那块地儿里殷勤地耕耘播种,她再次怀孕是托皇帝的福气。"

光武帝轻轻揽了郭皇后一把道:"陇右隗嚣与朕离心离德,因其地处偏僻经营已久,平定陇右之战不比平定北地、南郡,须费一番心思。你是皇后,朕可以告诉你知道,朕此次长安祭祖,实际要掩盖御驾亲征隗嚣的动机。为了掩人耳目,朕决意带上阴贵人母子同去长安。"

郭皇后听完光武帝的话心里的酸气立即变成大石头堵在心口,很觉委屈地挣开光武帝的搂抱道:"臣妾不是刻意嫉妒阴贵人,皇上既然知道阴贵人再次怀孕,如何又能带着一个孕妇颠簸千里?皇上远离京城需要嫔妃服侍,许美人、戚美人不是一样的花容月貌殷勤周到么?特让人想不通的是,许美人、戚美人的姿色并不比阴贵人逊色,若论有孕无孕,许美人、戚美人无孕的身子,不是可以让皇帝无所顾忌地折腾么?"

光武帝很谅解郭皇后的嫉妒,便轻轻捏了捏郭皇后的"茶壶盖儿",回应了郭皇后那句"无所顾忌地折腾"后耐心解释道:"长安祖庙,经历王莽篡汉、赤眉入关

两次劫难,几乎荡然无存。幸得征西大将军冯异操持重建,才恢复先前规制。祖庙复见天日,朕须慎重其事去祭拜一次先祖。皇后、太子囿于国家制度,不可轻离京城。依秩论去,便是阴贵人携皇子刘阳,可以去长安尽子孙后辈的孝道。有此道理在,皇后尽可早点入眠安寝了。"

郭皇后见光武帝巧妙地挽起话把儿,打了呵欠有了睡意,便竭力做出通情达理的姿态,轻轻呼出那团堵在心口酸气,也想尽快早点入睡。女人最在意面容颜色,夜里失眠,第二天至少有两个黑眼圈,重则额头还显出几道细细皱纹。郭皇后出于利己考虑,也不想在意阴贵人伴君长安祭祖去。她调整个适宜入睡的最佳姿态,放松身心均匀呼吸,在将要入睡还未入睡的时候,突然想到阴贵人也第三次怀孕了。我刚刚第三次怀孕,她也第三次怀孕。阴贵人的大儿子刘阳仅仅一岁多一点,二儿子刘苍便生下地儿,这不是脚跟脚逼上来的么?由此看来,阴贵人原来婚久不孕不是不孕,而是不想孕。女人瘪着肚子和鼓着肚子,如同六月的荷花和十月的荷叶大不一样。阴贵人和皇上没有那几年毫无顾忌的快活,怎可有此钢刀都割不断的情分?

郭皇后想睡睡不着,又想到自己若怀上个公主,阴贵人若怀上她第三个小皇子,刘彊就要一个对付三个。古往今来,从小立为太子,长大被废的例子多得很,看来阴贵人不仅是自己情敌,还是刘彊的祸根。想到这里,郭皇后再也没了睡意。因为不想惹光武帝不高兴,郭皇后没问此次御驾亲征,阴贵人的弟弟阴炽随驾与否?阴炽目前虽然还未封侯,想封侯还不是皇上一句话。听说阴炽已经上阵和敌人面对面厮杀几次,现在是冯异将军麾下的一个千夫长。阴炽几次拒绝偏将军的诏封,肯定得了阴贵人的暗示有意推让邀美名。再由阴炽想到郭况,郭况不仅早早位居九卿,还多次得到皇上重赏。明眼人都能看出,皇上其实是通过重赏郭况,堵自己的嘴,也是在给自己施加压力。阴贵人和阴炽的人缘大了去,邓晨、邓禹、李通、冯异、岑彭等南阳郡的文武重臣几乎垄断朝纲。而自己和郭况,只是孤零零姐弟二人。自己幽居深宫,郭况太拘谨,也不敢主动结交文武大臣。

光武帝的微鼾提醒郭皇后,已经是子夜时分了。再不睡觉,明天肯定是两个重重的黑眼圈。郭皇后就竭力不再纠结阴贵人和阴炽,不一会有了朦胧睡意,郭皇后再努力一下,便觉得进入了恍恍惚惚的梦乡。在恍恍惚惚中,郭皇后觉得自己要临盆了。按时间算,应该是下两个月,可是小皇子急着要出来。大江大河可以堵住,女人要生产了堵不住。于是郭皇后叫来宫里的产婆们服侍自己,没想到生产三胎很容易,就像母鸡下蛋,稍稍用力小皇子就出来了。尤其可喜,生下一个之后,咕咕嘟嘟一连生了十几个。郭皇后正诧异自己怎么像母猪一样一窝十几崽,突然发现阴贵人

296

第四十六章　光武帝长安祭祖　冯公孙咸阳骂妻

也在旁边生产,也是咕咕嘟嘟一连生了十几个。郭皇后定眼一看,阴贵人生的都是小皇子,而自己生的是清一色小公主。啊呀!郭皇后难过得大哭起来。刚哭一声,郭皇后就醒了。郭皇后醒来心里堵得更狠,阴贵人真是欺人太甚,连梦中都要占上风。郭皇后睡不着干脆就不睡了,是得从长计议,想个对付阴贵人的办法来……

古礼,天子七庙。王莽篡汉成功,没忘摧毁长安的汉室宗庙。汉元帝的皇后王政君,是王莽的嫡亲姑母。因为王皇后的器重,王莽才一步步成为新朝皇帝。在摧毁汉室宗庙时,有恩于王莽的王政君还健在。王莽为能摧毁汉元帝庙,以替王政君建造生祠的名义,把汉元帝庙也拆为平地。冯异镇守关中,已遵旨陆续将汉室宗庙恢复。

光武帝与阴贵人和爱子刘阳同乘天子玉辂,一路上亲情甘饴,无限欢愉。天子玉辂之后,是天子卤簿以及邓禹、傅俊、强华、刘植等随行大臣的车乘。六天过去,光武帝一行到了长安,建威大将军耿弇按照礼制已经进行了洒扫庭除、置办三牲等先期准备。

斋戒七日之后,祭祖仪式在汉高祖庙隆重进行。在大鸿胪、大行令的赞礼声中,先是"奏乐请神",接下来"皇帝进庙"、"拜谒祭酒"、"群臣叩首"、"太官上食"、"赞飨赐封"等祭祀程序。整个祭祀准备得一丝不苟,进行得庄重肃穆。祭祖仪式方在进行,进攻陇右之战已经响起嚆矢尖音。

根据光武帝密诏,征西大将军冯异率领三千精锐,沿渭水河谷、渭水支流后川河河谷,奇袭垅坻县城。垅坻境内山川属于垅山山脉,平均海拔在两千一百米左右。与关中接壤处,有五条山谷如五指伸开指向垅坻。在五条山谷中,只有后川河河谷可顺利通达垅坻。奇崛的地势,不利于大军征战,故而光武帝听从冯异建议,采取精兵奇袭的方式征讨隗嚣。

冯异经营关中多年,麾下猛将数十员,兵马不下五六万。得光武帝密诏,冯异决定亲率三千精锐奇袭垅坻。冷兵器作战,是白刀子进去红刀子出来的拼杀。古语"杀敌一万自损三千",道出了两军阵上厮杀的残酷性。隗嚣拥兵十余万,即便甘心情愿和汉军打个自损一万、损敌三千的败仗,冯异的三千精锐也将损失殆尽。

回洛阳面君,得皇上殊恩并奉诏将家眷带至咸阳,冯异觉得唯有甘冒刀矢奋勇杀敌,才能报君恩于万一。往常出征杀敌,因家眷不在身边,无牵无挂提枪上马就走了。可现在家眷同在咸阳,慈母已经七十高龄,妻子姜氏也才三十二三,长子冯璋十五,次子、次女都是十岁左右的孩童,不能不让三十六七的冯异萌生些许儿女情长。就要吩咐亲兵带马之际,冯异终于忍不住喊来长子冯璋,和他做万一回不了咸阳的交待。

冯璋虽然年少，也有效父辈叱咤风云跃马疆场的少年豪气。他见顶盔披甲的父亲悄悄喊自己到堂间说话，以为父亲同意让自己随军练练胆量，于是自作聪明高兴道："爹，您同意带我上阵杀敌去了？"

冯异哭笑不得道："无知小儿，轮着你上阵杀敌还早着呢。爹是有几句话要交待与你，你可得牢牢记住了。"

冯璋嘟着嘴道："爹说吧，孩儿听着哩。"

冯异平静交待道："第一，爹去了以后，你要孝敬你奶奶。爹若很长时间不回家，你更要孝敬你奶奶；第二，爹去了以后，你要孝敬你母亲。爹若很长时间不回家，你更要孝敬你母亲；第三，你是冯家长子，爹若很长时间不回家，你得精于经史子集，顶起门户，成冯门之栋梁，做朝廷之贤臣。为父此三句话，你都记住了么？"

冯璋见父亲神色肃穆语气沉重，便含着泪水答道："爹放心率兵杀敌，孩儿都记住了。"

冯异近前拍拍冯璋的肩膀，正要毅然离去，不料妻子姜氏拦住去路道："夫君临行给璋儿有所交代，难道对发妻就没几句交代么？"

姜氏出现冯异先是一愣，随即一反常态粗暴骂道："贱人住嘴，女子干预丈夫出征，于大军不利，还不回到婆母身边侍奉去。"

姜氏因担心冯异会答应带冯璋随军杀敌，故而悄悄听了他父子之间的对话。听见冯异对冯璋的一番交代，句句都像在交代后事，便心惊肉跳出来拦阻。她见冯异不是往常大将军穿戴装束，更加认定冯异此次出征是凶多吉少，当下追到中门外拉住冯异袍襟道："夫君受命，镇守一方。大军出征，当是鼓乐齐鸣，千军万马旗幡蔽空。夫君今日声色冷落，行色凄清，为何不对贱妻有所交代。将军不给贱妻交代，容贱妻给夫君交代几句可好？"

冯异见主簿韩瞿、长史陶缪已经牵马等着自己前去校场点兵，便用力扯回袍襟，一掌将姜氏推倒在地骂道："呸！你个不知礼仪不知羞耻的贱人，不知好歹不明事理的蠢人！古往今来，可有夫君出征，贱人出来拦住行程的？你不是要我交代你几句么，自古刀兵相见，生死无常，万一我为国捐躯，任尔无知蠢妇改嫁他人便了！"

韩瞿见往常温文尔雅的儒将破口大骂贤妻，不解地对冯异道："将军如此谩骂夫人，职下既看不过，也十分诧异。"

冯异瞪了韩瞿一眼道："教场点兵，上马！"

韩瞿见冯异打马而去，便也认镫上马，加了一鞭追赶冯异。

长史陶缪原本想扶起姜氏安慰几句，见跟出的冯璋已经扶起姜氏替她擦拭泪水，也毅然上马加鞭追赶冯异、韩瞿而去。

第四十七章
兵不厌诈汉帅入险境　积米成山英主夸能臣

《孙子·军争篇》曰:"兵以诈立,以利动。"《韩非子·难一》曰:"战阵之间,不厌诈伪。"此二子的高论自古代便被简化为一句简单名言,即妇孺皆知的"兵不厌诈"。隗嚣新"诏封"的陇右大将军王元虽然是一介颇有蛮力的赳赳武夫,但其主簿焦兢却是一个精于"兵不厌诈"的高人。焦兢因心血过度耗费,脸上精瘦得如干皮贴骨。唯前突的眉骨下一对活泛的黑眼珠,集中展示着他精明才智。王元奉隗嚣将令,率领部卒去那垅坻以东主要山谷狭路填堵横木块石,焦兢独独建言留后川河谷暂时不予塞堵。王元不解道:"自周孝王封非子于秦,千余年来,后川河谷便是陇右与关中的主要通道,主簿如何建言不予塞堵?"

焦兢精瘦的刀豆脸笑出拥挤不堪的皱纹道:"属下建言暂时不予堵塞,是留着随后相机予以堵塞。昨天主公经申屠刚谏言,已答应放来歙回洛阳复命。待汉使来歙回朝走完后川河谷,大将军就可下令堵塞后川河谷了。"

王元心宽体胖脑满肠肥,根本想不出焦兢建言的玄机,便不满嚷道:"岂有此理!主簿倒为来歙回洛阳留下方便路径呢。"

焦兢连忙解释道:"来歙在天水城吃尽苦头,把主公和将军你做了对头。若光武帝现在没发兵进攻陇右,来歙见了光武帝,也要蛊惑光武帝发兵进攻陇右。因此,在回去途中,来歙必定会留心我陇右军情。有了来歙的陇右军情禀告,汉军必定会选择后川河谷作为首选进攻路线。我们给来歙回去时留下方便,是引诱汉军成为后川河谷的瓮中之鳖。"

王元终于明白了焦兢的玄机,伸出两个手指虚点一下焦兢的鼻子笑道:"论蛮力你不如我,论心机我不如你也。"

冯异带着三千精锐秘密行至后川河谷口,恰恰遇着来歙带着几个随从迎面而来。来歙不等冯异询问,便主动介绍了天水、略阳、垅坻的军情。

冯异的奇袭目标是垅坻,便关切问道:"太中大夫一路行来,后川河谷可见隗嚣有何部署?"

来歙道:"除垅坻城住有千余人马外,河谷东来,并未见一兵一卒。"

冯异、韩瞿、陶缪在仔细询问了解沿途的山川地形村寨多寡以后，诚恳留来歙一同攻取坻坻。来歙对冯异摇头笑道："谢大将军美意，来某此次复命皇上，我要请求一支兵马，率兵亲自捉拿贼首隗嚣。"

冯异见来歙坚持要去长安面君复命，也不好强求他留在军中。

来歙害怕冯异强留他做向导，招呼随从急急离开冯异他们。

后川河流入关中才是真正意义上的"河"，在坻山峡谷中，两边山势陡峭，重峦叠嶂。山谷底部山涧的"河水"常年不断，最深处仅仅过膝。沿河谷一侧的道路时而在山谷左边，时而在山谷右边。在左右山道变换处，七八根圆木在涧石上连接成桥，构成了无数"S"形的简陋驿道。隗嚣起意和光武帝决裂以来，后川河谷能通行车马已是陈年往事。

冯异通过来歙了解了坻坻一带的军情，改变原来昼宿夜行策略，下令快速通过二百里后川河谷。三千人的人马相对千军万马是精锐轻骑，但三千人马在人烟稀少的狭窄峡谷里行进，还是显得纷纷攘攘绵延数里。一天过去，峡谷里首次出现被敌军堵塞的横木石块。横木是就地取材拆毁的过涧木桥，石块也是涧底可以搬动的石头。冯异派出探马，探清前面十里远近没有敌兵时，下令兵士搬开横木石块继续前进。前进不一天，再遇敌军堵塞的横木石块。所幸堵塞的横木石块不是很多，搬上一个时辰，便可清理干净。接下去峡谷略显豁亮，冯异看看舆图，知道前面只需一日路程便到坻坻城。

冯异正要下令加快行军速度，长史陶缪回马禀告，前面又遭敌军堵塞山谷。冯异催马随陶缪到前面一看，只见敌军用横木土石筑起一道高约两丈的土木石坝。经与诸将两侧山谷察看，没有一天时间，难以清理完此土木石坝。冯异见左右将士均露出为难神色，再仔细观察了左右前后的山势川形后对骁骑将军王丰、主簿韩瞿、长史陶缪等众大声道："古人云，行百里者半九十，这句话告诉我们，最后十里，决定功败垂成。陇右险阻，早在我们预料之中。除去费力清理土木乱石，再无其他选择。故而，骁骑将军率五百兵士前出戒备，其余将士随我清理此坝。"

王丰遵命率部越坝前进戒备，冯异便和两千多将士轮番搬运土木乱石。好在王丰见前面并无敌军兵马迹象，派副将再带回三百兵士参与清理土木乱石。天色渐晚，冯异吩咐择地埋锅造饭，一半人马吃饭休息，一半人马继续清理乱石。如此轮换下去，直到子夜时分，在主帅身先士卒的激励下，河谷总算恢复通行。因为将士已经极度疲劳，冯异命前出戒备兵士继续戒备，其余将士就地枕戈待旦。

大约寅时，山谷突然响起隆隆战鼓，紧接着火把齐明，无数陇右将士呼喊着顺着山谷杀来。王丰喝命负责警戒的数百兵士拼死抵抗，疲劳已极的数百将士，

第四十七章 兵不厌诈汉帅入险境 积米成山英主夸能臣

在数千敌军勇猛冲杀下,不一刻便死伤殆尽。其他极度疲劳的将士睡梦中受惊而起,懵懵懂懂辨不清东南西北,哪里有力气和斗志与生力军厮杀?大多数将不见兵、兵不寻将,或是顺河谷溃逃,或是攀援两边树木登山躲避。好在冯异临危不乱,急命寻来的王丰、主簿韩瞿、长史陶缪等人,带着尚能驾驭的千余将士,折向一个斜谷。后队利用前夜搬开丢弃的横木块石,筑起一道临时屏障,暂时阻挡了追来的人马。

天色大明,王元知道冯异被围斜谷,挥旗命部下向谷内冲杀。不料屏障内一阵箭雨袭来,立时百余兵士毙命。王元见状,立马高处大声喊道:"斜谷里的冯异大将军听着!放下刀枪,立即投降,如若执迷不悟,尔等将困死荒谷。"

王丰意欲出马交战,冯异喝止道:"骁骑将军少安毋躁,若要交战,也需我将士养精蓄锐三日,选择时机方可与之一搏。"

王元见谷内并不答话,一挥手中令旗,谷口数千兵士,像蚂蚁搬家一样,搬运散乱在河谷的横木乱石,开始汉军在所筑屏障一箭开外的斜谷谷口,垒筑另一道屏障,很明显,王元修筑的屏障是为了困死冯异。

冯异明白自己陷入绝境,也只有命令兵士砍伐树木,加固自己的筑起的那道屏障。上午巳时,冯异命令除了监视敌军的军士外,其他将士一律择地搭建军帐,养精蓄锐恢复体力。

韩瞿和冯异就着一个简易帐篷,见冯异合着眼睛不能入睡,便小声对冯异道:"大将军临行之际,一反常态的打妻骂妻,属下现在有答案了。"

冯异虚睁了一下眼睛道:"主簿说说看。"

韩瞿道:"大将军太爱夫人,唯恐夫人苦苦悬念出征在外的夫君,才出此下策,借以减少夫人思念大将军的痛苦。"

冯异道:"主簿只说对了一半,吾的本意在于先交恶于贱内,万一吾此次出征为国捐躯,促使她早日改嫁他人。"

韩瞿笑道:"此话大将军自己敢说,属下即便想到这一层,如何敢说出口呢。"

长史陶缪听见二人对话,便把头凑近冯异的帐篷玩笑道:"韩主簿对大将军和夫人如此不恭,属下请大将军责罚主簿以禳退灾星。"

冯异也笑道:"主簿、长史都好好休息片刻,将心思用在怎样脱离险境吧……"

冯异三千精锐奔袭垅坻城的同时,光武帝又派虎牙大将军盖延率三千人奔袭天水东南的雁子关。盖延乃北地渔阳郡要阳人,年近四十,身长八尺,力开三百石硬弓,二百步外一箭中的。盖延先在渔阳太守彭宠麾下为营尉,光武帝北巡平定邯郸时,与吴汉一道归依光武帝。因盖延腹藏韬略,勇猛有力,光武帝即位,

诏拜虎牙大将军。

雁子关在西秦岭山脉中的麦积山左近,若攻取雁子关,与坻坻城互为犄角威胁天水。其实,光武帝首战派一员儒将一员虎将率精锐奇袭坻坻城、雁子关,也只是一种战略试探,当冯异、盖延陷入困境时,立马被他们随后跟进的建威大将军耿弇、捕虏将军马武率兵接应,分别脱离险境回到关中。

光武帝见急切之下不可轻取陇右,只好回到京城,诏令胡骑校尉隗恂写信规劝其父隗嚣,即便与朝廷离心离德,也不可投入公孙述的怀抱,以免遗憾终身。隗恂的小命在光武帝手里捏着,当然写信复述光武帝的圣谕。隗嚣顾虑长子的性命,也缓解了与光武帝剑拔弩张的关系。

以朝仪郎名分在长安上林苑屯垦的马援,以其右扶风茂陵马氏的号召力,集聚了千余黎庶参与屯垦,加上一千老弱兵士,年余间共开垦荒地三万余亩。上林苑原本就是林木丰茂土地肥沃,加之河湖众多,马援当年种植水稻万亩。待新稻登场,正是冯异、盖延撤回关中之时。马援选了上好稻米一万斤,特地用五十头毛驴浩浩荡荡进贡京城。

光武帝闻听马援送新米万斤进了洛阳宫,立即在嘉德殿召见马援。马援等的就是皇帝召见,特地亲自扛着一袋新米见驾。光武帝见马援头戴帻巾,身穿极寻常的布衣长袍扛着一袋大米进殿,便取笑马援道:"何方老农,携布袋皇宫粜米?"

马援知皇帝寻自己的开心,放下米袋,跪地叩首道:"西来臣子,捧珍宝金殿朝天。"

光武帝笑道:"马爱卿平身,一旁坐下说话。"

待马援谢座毕,光武帝笑道:"自古君无戏言,难道臣子可以戏言欺君么?"

马援躬身道:"微臣不敢欺君,自然不敢君前戏言。"

光武帝道:"爱卿适才说'西来臣子,捧珍宝金殿朝天。'难道一袋新米可以称做珍宝么?"

马援一脸诡秘道:"臣子的珍宝就在此米袋中,故而斗胆请皇上借大木盘一用,便可当场展示臣的珍宝。"

光武帝闻言顿生好奇之心,吩咐一旁侍立的范忠道:"取大木盘来,让马爱卿展示珍宝。"

范忠遵命,进里间立即取来往常用于皇帝赏赐臣子的大托盘。马援一见,问范忠道:"敢问范公公,可有比这更大的木盘么?"

"朝仪郎稍等,我这就取来。"

第四十七章　兵不厌诈汉帅入险境　积米成山英主夸能臣

范忠进了库藏里间,有点恶作剧般腾出一个临时存放丝绸布匹的大方浅,拿出来想出出马援的洋相让皇帝开开心。光武帝一见范忠搬出一个四尺见方的大方浅,心下明白了范忠要出出马援洋相的意图,便喷笑一声道:"马爱卿,此大方浅够展示你的珍宝么?"

马援频频颔首道:"皇家宝库,应有尽有,此大方浅用来展示微臣的珍宝真是天作之合。不过,微臣冒死请求,为了便于皇上看清微臣的珍宝奥妙所在,能否将此大方浅置于皇上的御案上面。"

光武帝已经被马援吊足胃口,两眼盯着米袋道:"准奏准奏,爱卿快快展示珍宝一观。"

马援说声"遵旨",将大方浅平稳放置御案,扛起米袋,小心翼翼将雪白大米慢慢倾出,然后弃了米袋,伸开两只满是老茧的大手,仔细将大米匀平,然后用右手中指在大米上划出很多道不规则的沟痕,堆积出几道山脉的山势川形。有那不如意之处,马援仔细衡量了山形的高度,作了再次调整。光武帝从马援那双满是老茧的大手和他一丝不苟地认真堆积山势川形上,已经明白马援此举非同寻常,便凝神看他摆弄大米。

半个时辰过去,马援已是满头汗水。他见光武帝期待地看着自己,不敢再卖关子,指着积米成山的大方浅道:"臣居陇右五六年,陇右的山水已经烂熟于心。微臣根据陇右舆图和山水实况,堆积此'大米舆图',以便让皇上更对陇右山势川形了然于心。此一道沟痕是渭水,以此分出是渭水支流后川河。这一带山峰是西秦岭、麦积山,这一带山峰是六盘山余脉。余脉之南,便是坻山山系。皇帝日理万机,不容微臣细细逐一标识地名。若皇帝对此积米成山感兴趣,臣日后可在天水、坻坻、略阳、栒邑、下坻等地,细细标出山高、距离以及河流走向、城邑村寨。"

光武帝待马援话音一落,禁不住击掌叫好道:"好一个积米成山,得此直观的山川地形,朕来年平定陇右,谋略已豁然在胸。可惜,此积米成山不可移动不能长久,爱卿有办法将其长久保存么?"

马援道:"皇上宝殿不可以泥沙堆积山川地形,故而微臣想出以干净的大米代替。皇上若喜欢,待微臣用泥沙调和树胶后再堆积而成,可以供皇上车载远征所用。"

光武帝高兴得连连击掌叫好道:"爱卿不仅在上林苑种出大米,还琢磨出如此直观舆图,若孙子在世,当修改其《孙子兵法》也。爱卿上林苑屯垦,劳苦功高。今日嘉德殿展示珍奇,让朕如获至宝。爱卿说说,你想要何种赏赐?"

马援见光武帝对自己连连褒奖,心里很想说出自己对平定陇右的具体谋略。

但一想到隗嚣曾引己为心腹，再想到光武帝对自己深不可测的城府，一时张口结舌面红耳赤，竟然不知如何奏对皇帝的询问了。

光武帝初见马援，便觉是一个难得将才。为了证明自己的眼光，才故意对其冷落不予重用。马援不因被冷落而消沉怨怼，倾心上林苑屯垦，且琢磨出用积米成山展示陇右地形，已经证明他的确是一个难得将才。于是笑语道："古人云，千军易得一将难求。朕今日此时得难求一将，难道此一将还不能大开襟怀么？"

马援见光武帝窥破自己内心且又坦诚相待，便激动地道："臣际遇皇上日短，与季孟交厚日长。然微臣际遇皇上，亦因奉季孟之命交结天朝。孰料臣不辱使命以赤心还报季孟，季孟却出尔反尔自食前言。微臣写书规劝季孟诚信事汉，季孟回书责骂微臣卖友求荣。因此，微臣心存背叛季孟之虑，故而未能畅所欲言。"

光武帝道："爱卿所虑，人之常情。然季孟抛弃爱卿与大义在前，爱卿何妨畅所欲言。"

马援道："隗嚣听信王元等将蛊惑，自谓函谷关以西，可做自立之本。其实，隗嚣身边所聚，鱼龙混杂，各怀异心。臣愿请旨游说分化，促使其众叛亲离。届时大军征讨，可一蹴而就置隗嚣于山穷水尽之地。"

光武帝拊掌大笑道："爱卿寥寥数语，已见你我君臣英雄所见略同。上林苑屯垦之事，爱卿可推举他人接替。朕欲命尔为偏将军，给精锐骑兵三千，任卿游说陇右、西蜀之地可好？"

马援得光武帝如此信任，激动地跪下叩首道："皇上倚重，臣肝脑涂地在所不惜……"

第四十八章
阅奏疏惜才遗草野　觅庄光至诚留高贤

马援临回上林苑交接安排屯垦事宜之前,遵旨用泥沙掺和树胶、鱼鳔,与光武帝共同打造出世界上第一个军用作战沙盘。此沙盘几乎是陇右山形地势的微缩,其山高地貌、道路远近一目了然,各个城邑村寨亦标识得清清楚楚。面对此沙盘,光武帝再次有了人才难得、得之庆幸之感慨。恰在此时,事汉不久的河西大将军窦融奉命回京,又引起光武帝对另一位旷世奇才的关注。

古代以洛阳一带在黄河所处的位置曰"河南",殷纣王都城朝歌一带叫"河内"。洛阳西北五百里处的尧帝做过都城的临汾一带叫"河东"。西距洛阳千里外的祁连山以北、合黎山和龙首山以南、乌鞘岭以西地区,因其位于黄河以西而叫河西。河南、河内、河东在汉代为郡治,独河西称为"河西走廊"。河西走廊地域包括陇西、北地、上郡、朔方、云中以及敦煌、酒泉、武威、张掖部分地区。河西走廊自古为通使西域的咽喉要道,故而光武帝对窦融事汉十分重视。因窦融七世祖是汉文帝刘恒窦皇后亲弟,特赐其"汉祖外属"图章,再命右扶风太守,修葺窦融父亲墓园。四方贡献珍物,多半转赐窦融。

因看重窦融,凡窦融所上奏疏,光武帝看得格外仔细。光武帝在嘉德殿召见窦融,待与窦融议过军机大事,话题一转问道:"朕披阅窦爱卿奏疏,文辞深邃通达,是谁援笔为之?"

窦融道:"回奏陛下,近年河西奏章,均为微臣新辟从事班彪所为。此人原在隗嚣处做从事,因隗嚣不听他诚心事汉的建言,去岁才归依微臣。"

光武帝闻听班彪大名,不久即在嘉德殿召见班彪,一番说古论今之后,光武帝诏命班彪为徐县令。以光武帝本意,先让班彪从县令历练起,逐步予以重任。可惜班彪在徐县任上久病告免,后来虽做过望都长,深为吏民敬爱。但其可特特书之竹帛名垂青史者,还是他着手开《汉书》先河成数十篇文章。班彪五十二岁早逝,得其子班固主笔,其女班昭、学生马续接力,前后四十年完成煌煌八十万字《汉书》。

且说光武帝因马援、班彪均出自隗嚣麾下,感慨不知多少俊才明珠暗投,不知多少俊才还遗落草野,于是下诏曰:

天地万物,人才最贵。《荀子·解蔽》有言:"知贤之为明,用贤之为能。勉之强之,其福必长。"古人又云:"任贤以事,存亡治乱之机也。"今天下未定,百废待兴,故治膏肓者,必进苦口之药;欲天下大治,必选贤任能。故公卿以下,速速荐举贤良、方正各一人。

朝廷求举贤良方正,以匡正君主之不逮,始于汉文帝二年(前178),至汉武帝时形成选吏制科。贤良者,或是德高望重,或是德才兼备;方正者,正直敢言一身正气之士。光武帝下诏公卿以下荐举贤良、方正后,自己也猛然想起当年在长安游学时,交友会稽郡余姚县的庄光。此人集贤良、方正为一体,性喜布衣,傲视王侯。垂髫时期,乡里传其孝名。及长,贯通诗书子集。与人谈论古今,往往废寝忘食,因此得"余姚大儒"雅号。因性情所致,凡言语抵牾者,始终不与交往。其时光武帝常求教于庄光,年长许多的庄光每每释卷接谈,因此,光武帝引为敬重的师友。

去年长安祭祖,光武帝曾让范忠抱着一岁多的刘阳参与"赞飨赐封"。小刘阳一到庄重祭堂,天真可爱的脸上竟然一下变得肃穆起来。在半个时辰的"赞飨赐封"仪式中,小刘阳瞪着那双黑葡萄一般大眼睛,配合着范忠叩首拜礼、肃立待赐。阴贵人晚间听得光武帝兴奋学说小刘阳的情形,高兴地用力拥抱着光武帝道:"皇上,臣妾不求皇上将来赐封小刘阳爵位珍宝,只求待他启蒙时,给他寻觅一个硕儒,早早教会他立身做人的古今学问。"

光武帝在阴贵人耳边笑道:"阴贵人也有贪心之时啊,难道你平时推崇的孟谷,不能做小刘阳的启蒙儒师么?"

阴丽华道:"不是臣妾贪心,臣妾因小刘阳天资聪慧,想给物色当世大儒言传身教。通古博学倒在其次,唯立身做人,须得楷模言传身教方好。"

光武帝听得阴贵人的深谋远虑,一下便想到音讯俱无的庄子陵。但那时正谋划征讨隗嚣,便把此话题放下了。

早在入都洛阳不久,光武帝也曾命人去至余姚县查访庄光踪迹。自古货珍价高,光武帝决定亲自延请庄光出山,为公卿们做一次礼贤下士的楷模。

庄光亦名庄遵,字子陵。古时写史的儒者们为避汉明帝刘庄之讳,将"庄光"改写为"严光"。古今都有"行不更名坐不改姓"之说,故而此处恢复庄光本来名姓。庄光年近古稀,其人身长七尺有余,时人传其为楚贤庄周后裔。庄光当年生得眉目整齐,玉面长须。凤眼锐利,举止飘逸。娴静时默默不语,慷慨处滔滔不

第四十八章　阅奏疏惜才遗草野　觅庄光至诚留高贤

息。自听说光武帝在河北鄗城登基，为避免光武帝遣使征召，悄悄隐姓埋名于齐地济北国平阴县莲花湖。

莲花湖因四周群山如莲花捧湖而得名。

庄光喜爱莲花湖绿水泱泱，鸟影波光，便与妻儿在湖畔小村定居。为了能长期隐居，庄光拆"莊"字托名曹壮，在村里开一小小学馆，教授五七个童稚。半天和童稚们子曰诗云，半天坐湖边大石垂钓。夏天青笠绿蓑遮雨，冬日羊皮大袄挡风。弹指须臾，庄子陵在莲花湖隐居，经历了五个春秋交替。眨眼又是雪压青松的冬季，庄子陵将学馆关闭，天天反披羊皮大袄，日日垂钓不息。自朝至暮，获鱼不喜形于色，无鱼则长啸离去。

这天，风暖云薄，将近午时，庄子陵钓到一尾两斤多的大鱼。三番放线，五次提竿，庄子陵将筋疲力尽的大鱼悠到面前，伸手拿过"竹抄子"，将一条金鳞鲤鱼抄进鱼篓里边。刚刚取下钓钩，便听身后响起叫好和掌声。他扭头一看，见是一位戴三梁进贤冠、着锦衣貂袍的尊者带着十余个随从为自己鼓掌叫好。庄子陵见朝廷第三次征召自己的使者又到了，依然视而不见，兀自整理钓钩挂饵甩竿，接着旁若无人安坐垂钓。

第三次率众前来奉旨征召庄子陵者谁？乃年届五十的当朝大司徒侯霸也。第一次奉旨征召者，是黄门侍郎。二次奉旨征召者是太常卿。东汉大司徒位同宰相，皇帝钦命宰相千里迢迢征召村野隐士，庄子陵是空前绝后第一人。

当朝大司徒侯霸字君房，河南郡密县人氏。其父侯渊，汉元帝时以中书佐权臣石显，号曰"大常侍"。因了父辈的名望和自己的博学，在汉成帝时侯霸为太子舍人。王莽时，侯霸经人举荐为地域广大的随宰。更始皇帝都洛阳时，曾遣使者召侯霸到京，遭到随地的父老卧道挽留未果。建武四年(28)，光武帝与侯霸车驾会与寿春，诏拜尚书令；建武五年(29)，擢任大司徒。

侯者，诸侯也；霸者，霸王也。侯霸其姓其名虽显出一种霸道霸气，但其人的底子还是一个文儒，有《谷梁春秋》闻名于当世并流传于后世。正是因了《谷梁春秋》的关系，侯霸在长安时与庄子陵才有了结识机缘。受命征召傲慢坐大的庄子陵，侯霸也不敢有辱君命，几步绕到庄子陵可以看清自己的地方，给庄子陵深鞠一躬朗声道："子陵先生别来无恙，故人晚生侯君房见礼了。"

庄子陵依旧充耳不闻安然垂钓。

位居一人之下千万人之上的侯霸，不远千里冒着风寒与故人在湖畔会面，当着十几个随从的面在寒风里吃了一碗闭门羹，这让侯霸难堪到家了。因临行光武帝严命要带庄子陵赴京，侯霸强饮下闭门羹，几乎走进泥水里大声道："庄子云

得鱼忘筌,子陵先生今日得鱼而忘长安故交侯霸也。"

侯霸已经报出名姓且再次提高了声音,庄子陵再充耳不闻也装不下去,于是冷笑一声道:"此地只有年近古稀的曹壮先生,刘文叔如何打探到庄子陵的行踪?"

庄子陵终于开口说话,侯霸连忙兴奋答道:"皇上心里始终装着子陵先生,多次下诏会稽太守寻访无果,便命画工绘出先生图形四处张挂悬赏礼请。得济北国相禀报,才知先生仙踪。看在君房千里风寒诚挚恭请,子陵先生给家里招呼一声,乘蒲轮安车进京吧。"

庄子陵看了侯霸一眼道:"我与君房相别很久,记得君房素有心疾,不知现在痊愈否?"

侯霸不假思索便答道:"子陵先生可能误记了,君房原无心疾。"

庄子陵大笑道:"然也然也,是我误记了,应该是刘文叔有心疾。"

侯霸也笑道:"子陵先生还是误记,当今皇上勤勉国事,日以继夜披阅奏章,哪里有心疾之兆?"

庄子陵道:"若刘文叔无心疾,如何此次犯个大糊涂?前后遣使者奉旨征召,俱是气节有差的势利之徒呢?"

侯霸认真道:"君房忝列司徒,亦有校正百官之责,请子陵先生明言,哪些使者是气节有差的势利之徒?"

庄子陵冷笑道:"草野之人,怎知君房已经位列宰相?失敬失敬,见谅见谅。古人云,'贞刚自有质,可与玉石比坚'。若前汉、新朝、更始、建武四朝,俱能如鱼得水左右逢源者,不算气节有差,这天地间还有气节有差的势利之徒么?"

堪称四朝元老的侯霸一不小心被庄光绕个大圈子奚落谩骂,很想还骂庄子陵是装腔作势的无知老狂夫,但一想道自己临行给光武帝夸下定请庄光面君的海口,便强咽一口闷气笑道:"子陵先生所言极是,正因朝廷急需贞刚有质之高士,君房恳请子陵先生屈尊一行。"

庄子陵沉默片刻道:"君房若有耐心等待,等到春暖花开之际,我可以随君房一行。"

"子陵先生要君房等待,我只好耐心等待了。"

侯霸再碰庄子陵一个软钉子,心里那股无名火蹭地一下蹿起,他冷笑着说完话,冲十余个随从狠狠一摆袍袖便快步离去。

那十几个大司徒的随从待侯霸去远,一起冲着庄子陵大喊一声"恭请子陵先生上路",齐刷刷跪成一个半圆圈,庄子陵想要罢钓回家午餐,亦是难以逾过十几个人跪成的半圆圈。

第四十八章 阅奏疏惜才遗草野 觅庄光至诚留高贤

天气较前晦暗些许,湖面朔风颇觉侵衣。时过正午,垂钓者陡然间颇觉身寒肚饥。庄子陵扭头看看十几个大有跪死不离去的侍从,喟叹一声道:"都道强龙不压地头蛇,我是地头蛇难压强龙也。"

一代高士庄光终于进京了,光武帝闻报龙心大悦。

为防止清高孤傲的庄子陵乘虚逃脱,光武帝特特将其安排在御林军北军军营住下。为其备被褥用具,皆为上品。又挑宫内御厨,顿顿山珍海味。再安排佣人、侍女服侍其起行坐卧,无不周到细致毕恭毕敬,不啻奉若天降神明。

庄子陵到了北军一处独立馆舍,拒绝着佣人、侍女的毕恭毕敬,借口路途偶染风寒需要养病,闭门拒见任何人。

一路饱受庄子陵窝囊气的侯霸见庄子陵竟然连皇帝的面子也不给,乘机将庄子陵和自己的对话录出,送嘉德殿呈光武帝御览。侯霸为引起光武帝对庄子陵的不满,待光武帝看完又添油加醋道:"庄光还有狂语,微臣不敢付诸文字。皇上君临天下之后,励精图治,光复汉室,官吏拥戴,豪杰来归。远比尧舜,近比文景。然庄光借皇上看重屡屡征召,多有大不敬言辞,不称皇帝陛下,但以'刘文叔'相呼。"

光武帝冷笑道:"庄子陵所为,都是狂夫故态。朕不计较,爱卿宰相肚里能撑船,也忽略撂开吧。"

侯霸见光武帝不计较,也只得唯唯而退。退出嘉德殿之后暗暗冷笑一下自语道:"清水下杂面,皇帝吃,臣子看。"

南阳郡一带为珍惜白面,往往在小麦中掺和蚕豆或豌豆磨成杂面粉。用杂面粉做成面条,下锅时需加入酸菜中和,杂面才去涩味。俗语"清水下杂面,你吃我看"是一句隐喻语,把话说得直白,便是"清水下杂面,我看你怎么下咽?"

庄子陵借口路途偶染风寒拒见任何人,当然也包括拒见皇帝。

光武帝不动声色让庄子陵在北军馆舍"凉"了三天,估计稍锉他三分傲气,便借探病为由,驾临北军馆舍,也不用侍者通禀,直接进到庄子陵温暖如春的卧榻处。庄子陵觑见光武帝近前,反而紧闭双眼装睡。

光武帝知其是在装睡,毫不介意上前抚摸着庄子陵袒露的鼓腹道:"十年不见,子陵先生肚里的学问已经呼之欲出也。然学问虽然若大腹便便,却不知道熟睡之人,应该是两眼松弛自然闭合。子陵先生现在双目紧闭,此举乃暴露先生是装睡也。"

庄子陵装睡被光武帝识破心里叫苦,但硬撑着紧闭双眼不予理睬。

光武帝鼻子里哼了一声，伸出中指轻轻在庄子陵的大肚皮上弹了几下道："咄咄子陵，咄咄子陵，何故不肯出山相助，继而咬牙装睡也？"

庄子陵实在忍俊不住"扑哧"笑了一声，挣开两眼看了光武帝好一会儿才缓缓道："史传唐尧之治，尚有巢父洗耳。侯霸对我言道，文叔君临天下之后，励精图治，光复汉室。远比尧舜，近比文景。诚若其所说，远追尧舜，近比文景者，不能容忍天下再有巢父洗耳耶？"

光武帝听得庄子陵高论，跌脚喟然叹道："虽然人各有志，我至诚相邀，竟然不能撼动固持之心么？"

庄子陵闭上两眼，不显风霜反显丰润的脸颊挂着微微笑意。

光武帝见状，便悄然而退。

庄子陵半天没见动静虚眼一看，光武帝早已不辞而别。庄子陵心里笑笑，期待着下次与光武帝的无声交锋。

再时隔三天，光武帝命黄门侍郎请庄子陵去嘉德殿叙旧，庄子陵不假思索便欣然从命。

到了嘉德殿偏殿，庄子陵与光武帝以师友礼见过，主动扯起昔日在长安交游往事。二人无拘无束，言谈间不时眉飞色舞。偶有面红耳赤，随即哈哈一笑了之。午膳、晚膳，亦在嘉德殿偏殿进行。席间二人宽衣揎袖，吆五喝六，餐餐都是酩酊大醉。看看华灯初上，夜色已阑，君臣二人同坐卧榻，光武帝乘着酒兴问道："俗话说酒醉道真言，子陵尊长说说，朕现在和长安游学时相比，境况可有差别？"

庄子陵斜睨着醉眼道："粗看并无差别，若细细较去，其差别也在有无之间。"

光武帝醉态醉语道："子陵夸人，何其吝啬？昔日朕乃一僻壤布衣，明日朕下诏，拜子陵做个谏议大夫可好？"

庄子陵醉眼立时放光道："果如此，子陵老梅新枝一步登天，官阶三品，官奉二千石。此官阶俸禄，虽然在我如过眼烟云，唯朝夕谏议规劝，乃平身所好也。"

光武帝信以为真心下暗喜道："君子一言驷马难追，子陵先生醒酒后且莫反悔。来，你我击掌为誓。"

庄子陵拍拍脑门道："且住，且住，子陵有话问文叔。今天你我无拘无束禁忌全无，待子陵受拜谏议大夫后，你我之间行君臣大礼否？"

光武帝道："朝堂之上你我行君臣礼，平日私下你我行师友礼。"

庄子陵一下躺在卧榻道："子陵已成巢父私淑弟子，待我梦中先禀阿师知道，再受拜谏议大夫不迟。"

光武帝见庄子陵故态复萌躺下装睡，为留他、也为自己的脸面，也与之并排

第四十八章　阅奏疏惜才遗草野　觅庄光至诚留高贤

躺下。不知醉态中的庄子陵是真睡还是装睡，不一刻便有了如雷鼾声。光武帝本来有了朦胧睡意，却被他一阵响过一阵的雷鸣鼾声震撼得睡意全无。庄子陵也许真入梦境，嘴角的流出涎水已经濡湿他的乱须。几句梦呓之后，庄子陵突然一个大侧身，把一只粗长大腿，横压光武帝的腹上。光武帝忍耐许久，迫于呼吸不畅，才捉住庄子陵一只臭脚，费力将庄子陵的粗长大腿移至一边……

隆冬日白，无风亦冷。

光武帝用尽浑身解数，还是没有留住庄子陵。

是日，自皇帝以下文武百官送别庄子陵的车驾在十里长亭驻马，陪光武帝和庄子陵做最后话别。

庄子陵看着光武帝身后浩浩荡荡的文武大臣，站在待发的安车旁，绷着脸始终不发一言。

光武帝为庄子陵整理几下衣带披风，仍然语重心长道："子陵先生固执别去，朕亦不敢强留，今日兴师动众送别子陵先生，也是为了向众臣表明朕的心迹。待天下大定，朕还要征召先生共谋国是。"

庄子陵似乎微微颔首，一言不发转身便欲登车离去。

自侯霸以下文武百官对于庄子陵的傲慢，均是怒目以视。侯霸正以目光激励敢于犯颜的马武上前呵斥庄子陵，庄子陵突然转身几步，默默对光武帝做了一个长揖。

光武帝近前搀起庄子陵道："子陵先生身若昆仑，志越青云，如何临去行此大礼？"

庄子陵半晌才道："子陵此一揖是替天下苍生所揖，非我一人之私情。庄周有'得意忘言'之谓，聊可比此时此刻你我之心境。子陵别过，文叔好自为之。"

古人有"惜墨如金"之谓，得庄子陵委婉含蓄"惜言如金"一句赞语，光武帝的身心如沐春风。

多亏庄子陵前倨后恭，临别对光武帝一个长揖，明君和高士都给对方挣足了面子。

若干年后，一代高士，千古明君，他们真的还有第二次会晤么？

第四十九章
执迷不悟降身投靠　略阳争夺折将损兵

建武七年(31)天下大熟,建武八年又呈现风调雨顺的好兆头。比年成更好的消息也到达光武帝的御案,在马援、来歙的分化瓦解下,隗嚣的郡守、部将,不断有人弃暗投明。即便没有公开和隗嚣决裂的郡守、部将,也在和光武帝暗通消息。

且说窦融见过光武帝以后,深为光武帝仁厚好德所折服。光武帝命冯异、王丰、盖延、耿弇初次征讨陇右,兵败而还后,朝中大臣联名上疏请斩隗嚣长子隗恂。光武帝以留一线促隗嚣归汉之需要,赐隗恂十万钱,借以安抚隗恂惶惶不可终日之心。窦融见光武帝无意和隗嚣作刀兵相见的厮杀,便亲自援笔,给隗嚣写了一封推心置腹且又一针见血的长信。该信洋洋洒洒千余言,被史家录入《后汉书》,兹转述其大意如下——

融顿首拜启:伏维将军以扶汉举事,将士怀服,吏民拥戴。遇豪杰并立,国家不宁之际,将军守节如初,承事本朝。后遣长子伯春入朝,委身于国,赤诚之心,昭然天下。

融等所以歆服高义,愿听命于将军者,皆缘于此也。而今将军身边宵小,一叶障目,不念天下渴望太平之大义,欲凭蛮力,妄图自立。致使君臣之间刀兵相见,裂痕愈宽。自古守义难,毁之易。可有功于国,名垂青史,一朝尽弃,岂不可惜?

今将军与朝廷现状,皆因不知大义,妄立私功者献谋所致。每虑于此,融切齿痛恨之。独看西州之地域,广袤遥远,然并于大汉舆图观之,局促狭小。再因地僻人稀,物产有限。融闻智者不逆天而动,仁者不违义邀功。今若以小敌大,于众于己何益?且初事天朝,后背身转臣于伪帝,尽失忠臣大节。其时送长子伯春入朝,将军父子垂泪相别。子之泪,骨肉情也;父之泪,慈父恩也。一朝决裂于本朝,于将士何益?于吏民何益?断送长子性命者,凶手为何?

第四十九章　执迷不悟降身投靠　略阳争夺折将损兵

古来征战,城郭转眼成墟,黎民难免沟壑。一年疮痍,十年难愈。将军知天运,怀仁义,忍看西州重遭战火兵燹么?融闻示忠甚易,得宜实难。区区建言,惟将军省焉。

窦融满以为此信送达隗嚣案头,会让隗嚣幡然醒悟。即便不悟,也会观望时日。岂料隗嚣阅信后,勃然大怒道:"窦融自己首鼠两端,见利忘义,先去光武帝处讨好卖乖,再来陇右摇唇鼓舌,妄图借西州大业,作他邀功筹码。是可忍,孰不可忍?窦融远在河西,我深恨不能煽他几嘴巴。左右,批颊河西信使三十下,立即撵出天水城!"

隗嚣虽未公开称帝,但效皇帝派头驾前站有值殿官、站殿武士。当下两个站殿武士上前扭住河西信使,值殿官上去信使脸上噼噼啪啪打了三十下。

河西信使是窦融帐下一个骑司马,千里颠簸送函天水城,不得赏赐,反被批颊三十。回到张掖城,骑司马复命时哭诉被批颊羞辱的情景,免不了添油加醋,将隗嚣的谩骂和不恭和盘托出。窦融一听自己的一片好心,反倒被隗嚣当成驴肝肺,当下便勃然大怒,先当众销毁隗嚣所给的将军印绶,再命五个骑司马,招集河西五郡太守,调兵遣将,准备请命征讨隗嚣。

窦融麾下的河西五郡及郡守有哪些?答曰:武威郡太守梁统;张掖郡太守史苞;酒泉郡太守竺曾;敦煌郡太守辛肜;金城郡太守厍俊。窦融原为张掖属国都尉,因有心延揽豪杰,怀柔胡羌,河西吏民咸服之。长安更始皇帝败坏,河西五郡郡守顿时惶惑无主,共推窦融行河西五郡大将军职。河西民风质朴。窦融及五郡郡守行政宽和,上下和睦。励精图治,发展林牧。六七年下来,多是不毛之地河西,日益富庶。境外胡、羌因荒年求食河西,窦融欣然接纳之,于是河西人口大增。继而修兵马,习战射,把河西五郡侍弄成小康之国。

河西五郡太守得窦融将令,各派能征惯战将军,带领本郡兵马聚齐张掖。加之西域小月支国主动参战的五千兵马,窦融供调集三万多步骑,辎重车辆五千多,随军充着军粮的牛羊近万头,但等光武帝一声令下,便与王师会合,平定执迷不悟叛汉投蜀的隗嚣。

光武帝得窦融请战奏疏,龙心大悦,决定应天顺命,正式开始平定陇右大战。立命窦融率领河西大军进攻陇右的高平郡,命冯异帅二万兵马自咸阳进攻阴繁;吴汉、岑彭率三万兵马自长安进攻西城;征虏将军祭遵、中郎将来歙帅一万人马,自汉中进攻略阳。

313

隗嚣闻得光武帝发十万大军攻略陇右,心下也着忙起来,急派使者向公孙述称臣求援。公孙述当即封隗嚣为朔宁王,并派翼江王、平南大将军田戎率二万人马进入陇右东南部,声援天水城的陇右守军。

　　隗嚣因田戎的二万人马解除了天水郡的后顾之忧,遂下令各郡守固守城池,命大将王元率领二万兵马、自己率领三万五千兵马,分别游击于垅山和六盘山地区,驰援各郡火急。

　　且说征虏将军祭遵帅军进至勉县,忽然身染重病。因光武帝在诏令申明各路将军在外可以自专,故而祭遵决定大军折回汉中。来歙已拜为中郎将,此次随军西征,立志要在平定陇右中建功立业。主将祭遵折回时,来歙坚决要求自己率领二千五百部兵继续进攻略阳。祭遵为来歙的胆略所折服,准予所请并给足了粮秣器械。

　　在原太中大夫现中郎将来歙的履历中,从没有从军经历,出仕后更没有精研孙子兵法立志成为带兵将军。因隗嚣出尔反尔背叛汉室且羞辱自己,便向光武帝要求弃文就武,被拜为中郎将。到了祭遵麾下,分得部兵二千五百。

　　中郎一职,始于秦国,西汉时分设五官中郎、左中郎、右中郎。中郎之下,各置左、中、右"中郎将"统领皇帝侍卫。东汉时期,统兵将领亦冠中郎将之名。来歙虽以外戚"表叔"身份得光武帝敬重,但是从来歙由太中大夫改任中郎将,且仅仅统帅部兵二千五百看,光武帝同意来歙弃文就武并没有掺和太多私情。

　　来歙身材魁梧,相貌整肃,顶盔披甲之后,颇显中郎将之威武。自到军中,来歙彻底抛弃了循规蹈矩文质彬彬,继而变得铁面无私威风凛凛。宣布了铁的军纪之后,天天铁黑着大方脸,带着副将、千夫长和兵士一起练习格斗城墙攀爬。真可谓兵士身上多少汗水,来歙身上也有好多汗水。兵士在碗里吃着粗粝饭食,来歙也在碗里吃着粗粝饭食。有那在练兵场偷懒的将士,来歙往往亲自监督长史重重责罚。当然,对于令行禁止训练卖力的将士,除以军规赏赐之外,来歙还从自己俸禄中给予对等奖赏。因为坚信自己训练出的将士与隗嚣对阵时能以一当十,来歙才坚决孤军进攻略阳。

　　略阳县属天水郡,是隗嚣后方战略要地,此次和光武帝决战陇右,许多作战物资都经过略阳往各地输送。东有公孙述二万友军帮助防御汉军,略阳守将金梁麾下有八千守军,崇山峻岭中易守难攻的略阳城,当是固若金汤之城。

　　自古攻城之战,按常规攻守之间的兵力至少三比一。若略阳守军八千,攻城的兵马至少得二万四千。进发到离略阳三百里处,来歙命令将士们隐蔽休息三天,然后昼伏夜行数天,天亮之前攀登悬崖峭壁,悄悄接近略阳城东南两边城墙。

第四十九章　执迷不悟降身投靠　略阳争夺折将损兵

略阳城外的山上不乏制作云梯的树木,故而在守城敌军不知不觉间,来歙带领将士从两面攀上略阳城城墙。此时天色见亮,夜宿城楼的主将金梁走到城墙垛口处撒尿后,正要伸胳膊蹬腿活动一下身子,看见许多汉兵正在攀爬城墙,立即扯剑大呼"有贼……"已经绕近金梁身后的千夫长洪彪没容金梁多喊,从背后一剑砍下金梁尚未戴盔的头颅。

来歙见自己多半将士已经攀上城墙,方在城楼换上汉军大旗,下令擂鼓冲杀。洪彪拾起金梁尚未瞑目的头颅,从城头往陇右兵集聚最多处抛下大呼:"尔主将已经被我斩杀,还不弃械投降,更待何时?"

城内满街乱窜的守军将士眼见城头飘扬着汉军大旗,又见主将金梁的头颅飞降城下,小部分放下刀枪做了俘虏,大部分丢盔卸甲向尚未被围的北门逃去。偌大一个略阳城,仅仅半个时辰便被来歙占领。

来歙知道轻取略阳城之后,必遭隗嚣大军围攻,立刻开始加固城墙,遣散城内愿意出城的居民。并将城里城外可搬动的石块,全部推到城墙上去。万事俱备,只等隗嚣攻城。

战略要地略阳轻易失去,这让隗嚣大吃一惊。得长史禀报略阳城被来歙二千多兵马占领时,隗嚣连连惊呼:"怪哉,怪哉,来歙非神仙,汉军非神兵,怎可从天而降略阳城?"

待略阳城逃回的将领当面禀报略阳失守经过,隗嚣才连连叫苦,大骂金梁该死,立即重新调整抵御汉军部署——大将王元率军据守垅坻,前敌将军王孟据守鸡头道,右将军牛邯据守瓦亭;自己亲率三万五千大军围攻略阳。隗嚣亲帅三万五千兵马夺略阳,其初衷是一鼓而下志在必得。三万五千兵马围一个小小略阳城,其兵力对比是十四比一。真个是:重重叠叠难泄水,密密匝匝不透风。城内耗子逃不掉,天上飞鸟难越空。

来歙、隗嚣素来交厚,故而大军围了略阳之后,隗嚣指名道姓约来歙城头答话。待来歙出现在城头,隗嚣大声喊道:"君叔仔细看看城外三万五千兵马,切莫因一时激愤,促使你我在此兵戎相见。念及你我长安故交,你罢兵献城之后,我让你做拥兵二万的武威将军!"

来歙冷笑一声并不答话,伸手要过弓箭,满弓朝隗嚣射出一箭。隗嚣身在一箭距离之外,来歙射出一箭目的是激怒隗嚣攻城。隗嚣也确实被来歙的无礼激怒,亲自援桴擂响大鼓,第一拨五千兵士便呐喊着推楼车、架云梯,拉开略阳大战的序幕。

人多势众攻城,可在气势上压倒守军。若全城守军同仇敌忾有备无患,人多势众的攻城一方则给了守城一方的杀敌立功之机。

来歙在敌军冲向城墙时,并不发出反击敌军的将令,也不理会敌军的楼车接近城墙,更不理会敌军的云梯靠上城墙。原来,略阳城四周加高的城墙都是石块虚砌,待隗嚣的兵将麇集城下,开始攀爬云梯时,城头的汉军士兵一起推倒一层虚砌的"城墙",攻城敌军霎时云梯折断,如雨的石块落下,没摔死的攻城者和麇集城下准备攻城者不死即伤。几架将要接近城垛口的攻城楼车,也被汉军伸出的长长绕钩拉倒,城上再照倒地楼车浇下几盆桐油,继之以射出的火箭助燃,熊熊大火当场火葬了许多攻城将士。

来歙轻取略阳城,不仅打乱了隗嚣的作战部署,也打乱了光武帝的作战部署。进攻陇右各个目标的将军们,闻听来歙的二千多人被隗嚣亲帅三万多人马围困在略阳城,都想放弃原定作战目标,赶到略阳和隗嚣交战。尤其大司马吴汉,不等诏命,便率大军驰援略阳,想抢个擒拿隗嚣的头功。光武帝在长安闻报,深怪吴汉擅自改变作战目标,急令吴汉大军折回原地,继续向西城进攻。接着,又给窦融、冯异、耿弇、岑彭等将发去诏令曰:"敌酋隗嚣率大军围攻略阳,各路大军正可放手夺取西城、高平等地,待陇右各地失陷,最后攻克略阳若探囊取物。"

至于被围困略阳城内的中郎将来歙,光武帝没给他任何诏命,由他和他的两千多部兵凭城自守好自为之。

一场力量极为悬殊的略阳城争夺战,竟然旷日持久地打了四个多月。隗嚣先前很藐视城内区区二千多汉兵,焉能不自量力和三万五千大军对决?第一天他派出第一拨五千将士进攻,死伤二千多将士。第二天他派八千将士进攻,两天下来总结战果,共计死伤四千余将士。隗嚣不是莽夫,他开始用耗时间的战术,来耗垮城内的守军。来歙是长途奔袭略阳城,所带粮草有限。只要城内粮草罄尽,来歙的出路只能出城投降。如此这般耗着,一个月过去,来歙没有出城投降,两个月、两个半月、三个月过去,来歙没有一丁点投降的意思。尤其可气的是,来歙还冷不丁乘夜色偷偷出城,偷袭围城的隗嚣大军。是可忍,孰不可忍,隗嚣再次被激怒了,派一名副将带领六千兵士将略阳城外一条小河的河水筑坝提高水位,居高临下将河水灌进略阳城。眼见得大水顺着已经破了许多大洞的城门灌进城内,却不见来歙派人出城联系投降。隗嚣试着派出五千人马再次攻城,一天下来,又死伤五百多将士。

隗嚣愤怒,隗嚣无奈,隗嚣有火没处发。隗嚣猛想起因为治书申屠刚的挺身谏止,当初才没斩杀来歙这个可恶的魔头。于是,隗嚣命长史传来申屠刚,不发一言便挥剑砍掉申屠刚的头颅。杀了申屠刚,隗嚣派信使向公孙述求救,公孙述

第四十九章 执迷不悟降身投靠 略阳争夺折将损兵

派田戎率五千精锐参与攻取略阳城。

隗嚣攻城攻得很苦，来歙守城守得得更苦。三个月下来，来歙的二千五百部兵，除去战死和战伤不治而死，还剩一千八百余人。冷兵器时代，被长期围困在孤城里的守军，第一位便是得有活命的粮食。来歙轻取略阳之际，接收了守军十五万斤粮食。加上随军携带的五万，合计也就二十万斤粮食。为了做好长期守城准备，来歙命令逐步宰杀了骡马。宰杀骡马，不仅可以避免骡马消耗粮食，还可以改善伙食。除此之外，来歙命兵士在城内凡是可以种植的地方，种植瓜果蔬菜。遇到隗嚣不攻城的日子，来歙和普通兵士一样每天只喝两碗稀菜粥。来歙当初以为，只要坚守两个月，光武帝便会派大军驰援略阳城。谁知三个月过去，光武帝没给略阳城任何消息。眼看粮食颗粒无存，全城只剩几匹瘦马之际，千夫长洪彪忍耐不住在聚将厅大声嚷道："皇帝不管略阳城了，我们何必苦守这座孤城。莫若宰杀几匹瘦马，全军饱喝一顿马肉汤，冲出城去为上策。"

此时的来歙衣衫褴褛，大方脸变成长条脸，他见洪彪言语可动摇军心，大喝一声道："嘟！本将军一再重申军令，凡动摇军心者斩。你立下略阳头功，也知道治军之道，自己说说本将军该怎样处罚你？"

洪彪别过脸去，随即流泪道："来将军，能做您的千夫长，是我的大幸，也是我的不幸。洪彪建言冲出城去，是为了全军，不是惜命自身。我今日一死，也是为了成全将军铁血治军。来将军保重保重，末将去了。"

洪彪慷慨悲壮说完一番言语，便扯剑横颈倒地而亡。

洪彪扯剑之初，来歙没有制止。其他将佐也没上前制止。洪彪倒地身亡，来歙看也不看，举拳挥泪对主簿姜正道："将士非因战死，不得国家哀荣。千夫长洪彪身后应得抚恤，从我俸禄中列出。"

多亏来歙铁血治军，正当来歙山穷水尽之时，两个躲在城内没走老者，因感慨来歙入城后秋毫不犯，来到军前献出埋藏的三万余斤粮食，缓解了断粮的危机。至于刀枪箭镞损失无处可补，来歙则命军士斩木削竹充做长矛，奇迹般地固守着略阳孤城。

当田戎的五千生力军加入到攻城大军中，来歙还能坚持下去么？

第五十章
亲征隗嚣郭宪阻车驾　京畿传警光武发悲音

建武八年(32)年秋,来歙在城内苦苦守城四个月,隗嚣在城外苦苦攻城四个月。此期间虽有田戎五千兵前来略阳城外助战,也只是在城墙根多留下一些将士的尸体。此时隗嚣已经被来歙气得失去理智,他拒绝左右长史、主簿的劝谏,让三万大军继续和城内的来歙无休止地耗下去。

略阳城内外的长久僵持局面,正是光武帝所期望的局面。得探马禀报隗嚣大军到了兵疲粮缺的境地,光武帝决定自长安出发亲征隗嚣。当天子戎车出长安城雍门,随驾的光禄勋郭宪突然越班拦住车驾,横刀谏阻圣驾西行。

光禄勋郭宪何许人也,莫非吃了熊心豹子胆,抑或富贵已极活腻了,竟敢横刀拦阻光武帝的车驾?

郭宪字子横,汝南宋县人氏。郭宪取字"子横"的本意不甚了了,然略略勾稽其人其事,古往今来,真个唯"此子敢横"。郭宪四十二三年纪,精瘦身躯,清癯眉目;高士风骨,哲人谈吐。知天文地理,精《易经》《尚书》。王莽久慕郭宪盛名,篡汉登基之初,便诏拜郭宪郎中,并赐郎中袍服。郭宪受郎中袍服后不是穿在身上,而是当众一把火焚之,然后隐名埋姓藏匿于东海海岛之中。王莽愤恨之极欲下诏捕杀郭宪,却不知郭宪踪迹。光武帝即位,征拜郭宪为博士。建武七年(31)年,擢拔光禄勋。

光禄勋执掌皇帝宿卫侍从之重任,如守略阳城一战成名的中郎将来歙,乃是光禄勋下属的下属。郭宪得光武帝信任,怎不披肝沥胆忠于职守?光武帝钦定深入陇右征讨隗嚣,郭宪便以天象中帝星将被他星犯座为由,劝光武帝不要身履陇右险境。郭宪以占卜预测见长,光武帝亦信天象、谶语,然任他郭宪忠心耿耿滔滔不绝几次谏止,光武帝一意孤行非去陇右擒拿隗嚣不可。也许郭宪觉得唯自己犯颜一死,才能阻拦皇帝的一意孤行。

光武帝见郭宪手持侍卫们常用的长刀,拦在天子戎车前面,便从戎车里站起好言道:"郭爱卿,朕不追究你执刀犯君大罪。你也要好自为之,弃刀闪在一边吧。"

郭宪仍然横刀御马前大声道:"事危见臣节,何惧刀斧刑!陇右地处偏僻,皇帝执圭中央,不可久久远离京都深入险境。"

第五十章　亲征隗嚣郭宪阻车驾　京畿传警光武发悲音

面对郭宪面红耳赤铿锵诤言，光武帝轻蔑地微微笑着摇头不答。

天子戎车驾驷，一马驾辕，三马在前牵拉。郭宪见光武帝仍不听谏阻，双手挥起长刀，三下五除二，将四匹御马牵拉天子戎车的革带、缰绳一一斩断，仍后弃刀去冠，坦然跪地迎接天子雷霆之怒。

光武帝这一气非同小可，不斩郭宪，怎显皇帝尊严？优柔之际放眼看去，光武帝见到的是郭宪视死如归一般坦然平静。光武帝被郭宪的神情所震撼，也便扭头平静地对范忠道："戎车已不可乘，速速牵朕的白龙马来。"

皇帝没有龙颜大怒，看都不看自己一眼，继续出征陇右。这让郭宪欲哭无泪欲死不甘。他直挺挺跪送光武帝大军远去，心下决定回到京城自系诏狱，等待光武帝回京的那一天。

就在略阳城城里城外不对等叫劲儿耗日子的当口儿，偏将军马援、太中大夫王尊加紧了对隗嚣部将的分化瓦解。

太中大夫王尊原是隗嚣麾下一名带兵将军，经马援写信劝说，悄悄逃离陇右，归依光武帝。隗嚣据守瓦亭的右将军牛邯，和王尊是拐了几个弯的亲戚。因了这层关系，王尊受马援指使，派人给王尊送去一封劝降信。

牛邯字孺卿，年约四十二三，精通三坟五典；言行规矩有度，颇有儒将之风范。当初和王尊一起审时度势，拥戴隗嚣做西州大将军。养兵千日用兵一时，光武帝大军压境，牛邯受隗嚣将命据守瓦亭。

王尊给牛邯的劝降信也记录于史书，其大义略是：

我因隗嚣优柔寡断食言背汉，数次破肝进言，然嚣均无动于衷，此乃孺卿熟知事也。我垂涕别足下，幸蒙光武帝封拜太中大夫。自得居朝堂，无一日忘孺卿也。

今光武帝车驾已在平定陇右途中，吴汉、冯异、耿弇、岑彭等骁勇之将，云集陇右四境。彼来歙以区区两千兵卒守略阳，隗嚣三万大军难奈其何。孺卿以有限兵卒据要冲，若累卵置于磐石，结果不难预料。

夫智者顺天应命，因时通变，去愚就义，功名俱著。为天下计，为一己私利计，伏望孺卿三思而后行。

牛邯得王尊劝降书，阅读三遍，犹豫三日不决，遂召集三个心腹将领密议。令牛邯没想到的是，三个心腹将领一致同意归顺天朝。于是，牛邯改弦更张，开关迎接汉军进入瓦亭。光武帝对牛邯慰勉有加，亦拜为太中大夫。

牛邯是隗嚣帐下第一等骁勇将领，第一等骁将降汉，引起隗嚣大厦倾颓殿宇瓦解。不待光武帝王师招降，诸多隗嚣的将士便自寻汉军乞降。不到一个月时间，共有将军十三人、兵士七八万、县城十六个，均有光武帝所有。公孙述派往陇右东地的蜀兵，因回蜀道路被汉军截断，只得退居陇右的上邽自保。西州大将军隗嚣惶恐难安，急派大将王元再赴成都面见公孙述求救，自己则放弃"都城"天水、要地略阳，逃往西城苟延残喘。

光武帝帅军大进，特特到略阳城驻驾，褒奖来歙及其麾下将士。来歙帅一千五百余面有菜色但精神抖擞的将士，出略阳城迎接光武帝车驾入城。光武帝进得略阳城，登上城楼，放眼城三面山势欲倒的峰峦，心里勃发万千感慨。当即封来歙征羌侯、食邑八县、以中郎将监诸路大军。

光武帝接着在略阳城大宴随驾文臣武将，赐来歙临近圣驾特席，位在诸文臣武将之首。欢宴中，光武帝褒奖来歙道："中郎将来歙以两千余部兵，攻如探囊取物，守若泰山临风。以略阳大战论之，中郎将之战绩荣耀，可比诸大将军。故赐中郎将麾下部兵三百万钱，另赐来爱卿之妻缣一千匹。"

"缣"为上好丝绢，双经双纬密不漏水。来歙得光武帝诸多赏赐，涕泪齐下叩首谢恩。

朝宴过后，来歙将全部赏赐转赏攻守略阳的有功将士。

略阳城大宴文臣武将毕，光武帝帅胜利之师，翻越坽山，抵达安定郡高平县第一城。"第一城"是与高平县临近的一座关城，也许自西域东来所遇第一城而得此地名。光武帝大军到了第一城，高平守将高峻便大开高平县城门，遣使迎接光武帝入城。皆因高峻不战而献高平城，从长安到河西走廊的驿道全部贯通。光武帝一高兴，当即封高峻为"通路将军"。恰在此时，窦融攻克安定郡治固源城，赶到高平和光武帝会师。光武帝大喜过望龙心大悦，加封窦融为安丰侯，窦融弟窦友为安亲侯。其余武威郡太守梁统、张掖郡太守史苞、酒泉郡太守竺曾、敦煌郡太守辛彤、金城郡太守厍俊，均封为列侯。因陇右大局已定，光武帝命窦融等众还镇河西五郡。

高平封赏一毕，光武帝命吴汉、岑彭合军五万，进攻上邽。自己帅大军征讨龟缩西城的隗嚣。为了防止隗嚣从西城逃脱，光武帝已下令冯异帅军赶往成纪一带。

上邽、西城、略阳、坽坻同属汉阳郡，汉阳郡西距洛阳二千里，是著名的汉江、嘉陵江的发源地。汉阳郡共有十三座城池，其中略阳、坽坻、望恒、阿阳、勇士五座城池已属汉军。剩下上邽、西城、成纪等八座城池是隗嚣最后负隅顽抗之所。以光武帝圣虑，只要攻破西城，擒拿住隗嚣，整个陇右便可尽入囊中。届时乘胜

第五十章　亲征隗嚣郭宪阻车驾　京畿传警光武发悲音

平定西蜀,天下一统便可夙愿以偿。

为了不战而屈人之兵,不因战火给敌我双方军民人等带来新的战争创伤,光武帝在大军接近西城地界驻马,再次援笔给隗嚣送去玺书一封:

> 王师将至西城,朕虽与季孟刀兵相见,思相接纳之心未死。前迫不得已争战数月,胡骑校尉恂安居洛阳便可证朕之诚心。记得曩日与季孟提及管仲名言,"生我者父母,成我者鲍子。"今手书相达,亦如肝胆相剖。季孟若念及天下苍生,罢兵来归,朕将既往不咎,使与长子平安相见,同为朝廷出力。若必欲做困兽犹斗至身败名裂家破人亡,亦是朕极不愿见也。

隗嚣得光武帝亲笔玺书,方在权衡犹豫之间,恰恰王元从成都回到西城,言报公孙皇帝答应派翼江王延岑、大将王正帅兵五万兵马驰援西城。心里铁心降蜀念头的隗嚣,又断然拒绝光武帝好意,喝命斩杀光武帝信使。此后也不给光武帝还书,督命将士日夜加固西城城墙,要与光武帝在西城决一死战。

光武帝在西城县界处等候十天,不见信使回报,便知隗嚣铁心负隅顽抗到底。于是传令洛阳立斩隗嚣长子隗恂,尽起大军向西城进发。为志在必得陇右,接着平定西蜀,光武帝再命已经病愈的祭遵率军输送军粮一百万石。到达陇右后,参与围困汉阳郡郡治成纪。然光武帝各个诏命发出不及一天,光武帝得大司空李通紧急奏报:河东郡太守朱崮竖旗反叛;颖川郡大盗丘沣纠集暴徒八千人杀死太守,乘虚占领颖川城招兵买马对抗朝廷。京畿附近因此出现骚动,黎明百姓开始逃往他乡,叩请皇帝速速提劲旅回京平叛。

光武帝闻报大惊失色,若颖川贼与河东叛军联手攻入洛阳,得十个陇右、西蜀也是得不偿失。眼看平定陇右大功告成,不料天不成人之美,竟然发生此等巨变。一番权衡,三番叹息,诏令吴汉、冯异、耿弇、岑彭、来歙、祭遵继续围困西城、上邽等城。自己亲率王霸、王丰、寇恂等三万余众回师京畿。

在回师洛阳的途中,率军出征所向无敌的光武帝,对河东郡、颖川郡同时出现警报忧心如焚。河东郡在洛阳西北五百里,颖川郡在洛阳东南五百里,两地均可称之人口稠密的富庶之地,亦可称汉室复兴的功勋之地。京畿有李通、王常、马武、刘植等名将在,一时无失守之虑。唯揪心战火若久久不息,两郡吏民将久久置身水深火热之中。此时的光武帝,后悔没听从光禄勋郭宪关于天象示警的谏阻，致使平定陇右半途而废，枉费数百万石粮食，枉送敌我双方数千将士性命。回师京畿之前，光武帝经与众将领权衡商议，诏令大司农李通、汉忠将军王常帅兵三万征讨河东郡叛将朱鲔；执金吾寇恂率兵三万平定颍川郡大盗丘沣。在众多骁将中选此三人平定两郡反叛，便是希望他三人在征伐中恩威并举，重拾二郡人心。

郭宪因善于占卜观象，在《后汉书》中被列在"方术列传"。古人占卜，有许多是对将要发生的天下大事的分析预测。一些高士的占卜，一部分被事实验证为"先觉先知"。郭宪以极端形式谏阻光武帝远离京城身履险地，就是借助天象，说出自己对光武帝久离京城的局势预测。他的分析预测，也被远在九原僭号"汉帝"的卢芳用阴谋巧合为一次"先觉先知"。

卢芳字君期，陇右安定郡三水县人。新朝王莽无道，天下人心思汉，卢芳遂假称自己是汉武帝曾孙刘文伯。王莽末年，卢芳与三水属国的羌胡据地起兵。更始皇帝驾坐长安后，遣使征卢芳为骑都尉，镇守安定以西地界。刘玄和更始朝廷寿终天命，卢芳以汉武帝曾孙久负盛名，被三水豪杰推为上将军、西平王。

卢芳自知势单力薄难于中原汉庭相抗，便与西羌、匈奴结和亲。建武四年，匈奴的"五楼且渠王"在五原一带，扶持卢芳做了"五原国"的"汉帝"。"五原国"据有五原、朔方、云中、定襄、雁门五郡，卢芳经"五楼且渠王"安排，定都五原郡的九原县

光武帝因卢芳只是匈奴羽翼庇护下的一个儿伪帝，暂时无暇予以讨伐。卢芳的相貌有几分类似汉武帝后裔，当然粗通三韬五略。他知道光武帝平定陇右、西蜀之后，便会派兵平定自己。为避免唇亡齿寒，卢芳想了一个釜底抽薪后院放火计，派人密送珠宝黄金给河东太守朱鲔起兵叛汉。许诺事成之后，封朱鲔为北地王、大司马。若在河东郡站不住脚，"汉帝"将亲自引兵接应朱鲔去京城九原。

建武四年(28)，幽州牧朱鲔逃出幽州城后，因兵败失地，被光武帝闲置两年。河东郡太守耿纯获罪罢职，朱鲔主动要求去河东郡任太守。朱鲔受命到了河东郡，因遭耿纯留下的成规限制，一直不能再现当年在幽州城那般为所欲为。心里正郁闷之际，故人卢芳送来王位、富贵。称帝称王，是朱鲔的朝思暮想。当下他不计后果，便如期在河东郡竖旗反叛。反叛第三天，颍川郡大盗丘沣便起兵响应，朱鲔立即遣使与丘沣结为盟军，传檄附近州郡，乘光武帝远在西州陇右，要占据光武帝半壁江山。

光武帝自孟春离开京城，至暮秋才回到洛阳宫。征战半年之久初回后宫，光武帝破例先临幸坤宁宫。对于光武帝的破例，阴贵人并不敢领情。一番言语温

第五十章 亲征隗嚣郭宪阻车驾 京畿传警光武发悲音

存过后,阴贵人收了喜悦心情,款款转身跪下道:"皇帝御驾远征,初回后宫,请皇帝启驾坤安宫歇驾。"

光武帝因心情阴郁,半开玩笑半认真道:"奇而怪之,素来善解人意的阴贵人,欲效郭皇后攥朕不成?"

阴贵人是何等情感细腻之人,如何听不出光武帝的话音?但若依着皇帝性子,郭皇后那里阴贵人也担待不起,于是叩首道:"臣妾岂敢生攥逐皇帝之心,臣妾只是为皇帝和皇后着想,请皇帝启驾坤安宫。"

光武帝的本意,是想利用阴贵人特有的脉脉温情,冲淡心里的积郁。孰料阴贵人囿于宫规,彻底败坏了自己的初衷。于是光武帝对阴贵人拂袖道:"朕只是想来坤宁宫处放松一下身心,阴贵人愿跪就跪着,朕可就歇息了。"

光武帝说完,便去屏风后的龙凤卧榻和衣躺下,倒让阴贵人凉在外间。阴贵人独自委屈地流了一会儿美人泪,改跪为坐,默默思索该怎样安抚皇帝的反常举动,也要思索明天该怎样和郭皇后解释皇帝的破例。

正如郭皇后在得知阴贵人第二次怀孕时所嫉妒的那样,在郭皇后生下三皇子刘辅后,阴贵人脚跟脚给光武帝生下四皇子刘苍。为了缓和郭皇后对自己无端嫉妒,阴贵人在光武帝不在京城之际,几乎每天都去坤安宫朝拜,并让聪慧可爱的刘阳喊郭皇后为皇母。让刘阳整天和刘彊在一起玩耍,有时几天不回坤宁宫。刘阳的乖巧虽然也博得郭皇后的欢心,但是阴贵人知道那是表面的。为刘阳的将来,为了刘苍的将来,阴贵人都不敢一如既往用身心去亲近光武帝。相反,阴贵人用尽心机,想让光武帝将爱自己的身心匀一些给郭皇后。

有了既定打算,阴贵人拭去泪痕,想去温存爱抚光武帝之后,还是劝光武帝在亥时将尽之前,转而幸临坤安宫。

秋夜宁静,窗外传来时有时无地秋虫低吟。温情浓浓的坤宁宫,并未让身心疲惫的光武帝安然入睡。当阴贵人抚摸到光武帝的脸颊上的泪水时,把光武帝紧紧揽在怀里哭泣道:"皇上,你流泪了?臣妾可是见皇上第一次流泪。若因臣妾不恭,皇上尽可责罚。皇上若这样伤感,不是在拿棍子戳臣妾的心么?"

光武帝许久才道:"朕非是怪罪阴贵人,朕是为天下久久不得安宁而伤感啊。"

阴贵人道:"皇上文韬武略英明睿智,皇上的将领所向无敌。区区河东郡、颍川郡作乱,很快就会平息的。"

光武帝道:"陇右、西蜀未平,河东、颍川两地又起刀兵。待费时费力平定陇右、西蜀、河东、颍川,朕惶然不知何处再起狼烟?"

阴贵人思索一会儿道:"天下大事,臣妾难以置喙。然兵来将敌水来土掩的道理,臣妾是知道的。王莽无道身亡,天下纷争不息,非是一朝一夕可以天下太平的。"

光武帝伸手揽住阴贵人的腰身,对阴贵人略略温存一下缓缓道:"每一次平定僭号割据,每一次平定州郡叛乱,便有无数父母失去儿子、无数妻子失去丈夫、无数儿子失去父亲。朕早年曾经立誓——做官当做执金吾,娶妻当娶阴丽华。然今朕忝为人主,最不喜听得何处何地燃起战火。朕以布衣起兵于春陵,朕的将军们大多也是小吏出身。一将功成万骨枯,朽骨不闻万户哭。孟姜哭得长城倒,累累白骨难辨夫。原以为天下太平指日可待,孰料战火又在汉室复兴的功勋之地熊熊燃起。战火离朕的卧榻这么近,炙烤得朕的肌肤疼痛难忍,炙烤得朕的心里流血不止。往常每一次御驾亲征,每一次遣将征伐,朕的头上就要多一层白发。朕平添白发多不被人见,朕心里伤疼更是不被人知。天下久久不宁,朕的朝纲、朕的后宫何尝安宁?朕不为天下计,倒是愿意身居执金吾,怀里仅仅一阴丽华也……"

光武帝说到最后,声音竟然有些哽咽起来。阴丽华万不料至高无上的皇帝,内心深处还藏着很多苦痛。她知道,任何语言都是多余,开始用自己的如水柔情,缓慢地浸润光武帝的全部。

秋夜深沉,夜寒露冷,户外清晰传进一阵秋虫隐隐苦吟声。